红楼梦

足本插图版

[清] 曹雪芹／著

下

吉林人民出版社

第六十一回

投鼠忌器宝玉瞒赃　判冤决狱平儿行权

那柳家的笑道："好猴儿崽子，你亲婶子找野老儿去了，你岂不多得一个叔叔，有什么疑的！别讨我把你头上的杩子盖[①]似的几根屄毛挦下来！还不开门让我进去呢。"这小厮且不开门，且拉着笑说："好婶子，你这一进去，好歹偷些杏子出来赏我吃。我这里老等。你若忘了时，日后半夜三更打酒买油的，我不给你老人家开门，也不答应你，随你干叫去。"柳氏啐道："发了昏的，今年不比往年，把这些东西都分给了众奶奶了。一个个的不像抓破了脸的，人打树底下一过，两眼就像那鸐鸡[②]似的，还动他的果子！可是你舅母姨娘两三个亲戚都管着，怎不和他们要去，倒和我来要。这可是'仓老鼠和老鸹去借粮——守着的没有，飞着的有'。"

小厮笑道："哎哟哟，没有罢了，说上这些闲话！我看你老以后就用不着我了？就便是姐姐有了好地方，将来更呼唤着的日子多，只要我们多答应他些就有了。"柳氏听了，笑道："你这个小猴精，又捣鬼吊白的，你姐姐有什么好地方了？"那小厮笑道："别哄我了，早已知道了。单是你们有内牵，难道我们就没有内牵不成？我虽在这里听哈，里

① 杩子盖——旧时儿童留头发的一种样式，四围剃去，中留短发，犹如杩桶盖。

② 鸐鸡——一种鸣禽，通体黑色，身短尾长，凶猛善斗。

头却也有两个姊妹成个体统的，什么事瞒了我们！”

正说着，只听门内又有老婆子向外叫：“小猴儿们，快传你柳婶子去罢，再不来可就误了。”柳家的听了，不顾和小厮说话，忙推门进去，笑说：“不必忙，我来了。”一面来至厨房，——虽有几个同伴的人，他们都不敢自专，单等他来调停分派——一面问众人：“五丫头那去了？”众人都说：“才往茶房里找他们姊妹去了。”

柳家的听了，便将茯苓霜搁起，且按着房头分派菜馔。忽见迎春房里小丫头莲花儿走来说：“司棋姐姐说了，要碗鸡蛋，炖的嫩嫩的。”柳家的道：“就是这样尊贵。不知怎的，今年这鸡蛋短的很，十个钱一个还找不出来。昨儿上头给亲戚家送粥米去，四五个买办出去，好容易才凑了二千个来。我那里找去？你说给他，改日吃罢。”

莲花儿道：“前儿要吃豆腐，你弄了些馊的，叫他说了我一顿。今儿要鸡蛋又没有了。什么好东西，我就不信连鸡蛋都没有了，别叫我翻出来。”一面说，一面真个走来，揭起菜箱一看，只见里面果有十来个鸡蛋，说道：“这不是？你就这么利害！吃的是主子的，我们的分例，你为什么心疼？又不是你下的蛋，怕人吃了。”柳家的忙丢了手里的活计，便上来说道：“你少满嘴里混唚！你娘才下蛋呢！通共留下这几个，预备菜上的浇头[①]。姑娘们不要，还不肯做上去呢，预备接急的。你们吃了，倘或一声要起来，没有好的，连鸡蛋都没了。你们深宅大院，水来伸手，饭来张口，只知鸡蛋是平常物件，那里知道外头买卖的行市呢。别说这个，有一年连草根子都没了的日子还有呢。我劝他们，细米白饭，每日肥鸡大鸭子，将就些儿也罢了。吃腻了膈，天天又闹起故事来了。鸡蛋、豆腐，又是什么面筋、酱萝卜炸儿，敢自倒换口味。只是我又不是答应你们的，一处要一样，就是十来样。我倒别伺候头层主子，只预备你们二层主子了。”

莲花听了，便红了脸，喊道：“谁天天要你什么来？你说上这两车子话！叫你来，不是为便宜却为什么。前儿春燕来，说‘晴雯姐姐要吃芦蒿’，你怎么忙的还问肉炒鸡炒？春燕说‘荤的因不好才另叫你炒个面筋的，少搁油才好’。你忙的倒说‘自己发昏’，赶着洗手炒了，

---

① 浇头——浇在菜肴上用作调味和点缀的汁子，或指加在盛好的主食上的菜肴。

狗颠儿似的亲捧了去。今儿反倒拿我作筏子，说我给众人听。”柳家的忙道：“阿弥陀佛！这些人眼见的。别说前儿一次，就从旧年一立厨房以来，凡各房里偶然间不论姑娘姐儿们要添一样半样，谁不是先拿了钱来，另买另添。有的没的，名声好听，说我单管姑娘厨房省事，又有剩头儿，算起帐来，惹人恶心：连姑娘带姐儿们四五十人，一日也只管要两只鸡，两只鸭子，十来斤肉，一吊钱的菜蔬。你们算算，够作什么的？连本项两顿饭还撑持不住，还搁的住这个点这样，那个点那样，买来的又不吃，又买别的去。既这样，不如回了太太，多添些分例，也像大厨房里预备老太太的饭，把天下所有的菜蔬用水牌[①]写了，天天转着吃，吃到一个月现算倒好。连前儿三姑娘和宝姑娘偶然商议了要吃个油盐炒枸杞芽儿来，现打发个姐儿拿着五百钱来给我，我倒笑起来了，说：‘二位姑娘就是大肚子弥勒佛，也吃不了五百钱的去。这三二十个钱的事，还预备的起。’赶着我送回钱去，到底不收，说赏我打酒吃，又说：‘如今厨房在里头，保不住屋里的人不去叨登，一盐一酱，那不是钱买的？你不给又不好，给了你又没的赔。你拿着这个钱，全当还了他们素日叨登的东西窝儿。’这就是明白体下的姑娘，我们心里只替他念佛。没的赵姨奶奶听了又气不忿，又说太便宜了我，隔不了十天，也打发个小丫头子来寻这样寻那样，我倒好笑起来。你们竟成了例，不是这个，就是那个，我那里有这些赔的。”

正乱时，只见司棋又打发人来催莲花儿，说他：“死在这里了，怎么就不回去？”莲花儿赌气回去，便添了一篇话，告诉了司棋。司棋听了，不免心头起火。此刻伺候迎春饭罢，带了小丫头们走来，见了许多人正吃饭，见他来的势头不好，都忙起身陪笑让坐。司棋便喝命小丫头子动手，“凡箱柜所有的菜蔬，只管丢出来喂狗，大家赚不成。”

小丫头子们巴不得一声，七手八脚抢上去，一顿乱翻乱掷的。众人一面拉劝，一面央告司棋说：“姑娘别误听了小孩子的话。柳嫂子有八个头，也不敢得罪姑娘。说鸡蛋难买是真。我们才也说他不知好歹，凭是什么东西，也少不得变法儿去。他已经悟过来了，连忙蒸上了。姑娘不信瞧那火上。”

---

① 水牌——暂时记写，又可随时擦去的白漆木牌。

司棋被众人一顿好言，方将气劝的渐平。小丫头们也没得摔完东西，便拉开了。司棋连说带骂，闹了一回，方被众人劝去。柳家的只好摔碗丢盘自己咕嘟了一回，蒸出一碗蛋令人送去。司棋全泼了地下了。那人回来也不敢说，恐又生事。

柳家的打发他女儿喝了一回汤，吃了半碗粥，又将茯苓霜一节说了。五儿听罢，便心下要分些赠芳官，遂用纸另包了一半，趁黄昏人稀之时，自己花遮柳隐的来找芳官。且喜无人盘问，一径到了怡红院门前，不好进去，只在一簇玫瑰花前站立，远远的望着。

有一盏茶时，可巧春燕出来，忙上前叫住。春燕不知是那一个，至跟前方看真切，因问作什么。五儿笑道："你叫出芳官来，我和他说话。"春燕悄笑道："姐姐太性急了，横竖等十来日就来了，只管找他做什么。方才使了他往前头去了，你且等他一等。不然，有什么话告诉我，等我告诉他。恐怕你等不得，只怕关园门了。"五儿便将茯苓霜递与了春燕，又说这是茯苓霜，如何吃，如何补益，"我得了些送他的，转烦你递与他就是了。"说毕，作辞回来。

正走蓼溆一带，忽见迎头林之孝家的带着几个婆子走来，五儿藏躲不及，只得上来问好。林之孝家的问道："我听见你病了，怎么跑到这里来？"五儿陪笑道："因这两日好些，跟我妈进来散散闷。才因我妈使我到怡红院送家伙去。"林之孝家的说道："这话岔了。方才我见你妈出来我才关门。既是你妈使了你去，他如何不告诉我说你在这里呢，竟出去让我关门，是何主意？可知是你扯谎。"五儿听了，没话回答，只说："原是我妈一早教我取去的，我忘了，挨到这时我才想起来了。只怕我妈错当我先出去了，所以没和大娘说得。"

林之孝家的听他辞钝色虚，又因近日玉钏儿说那边正房内失落了东西，几个丫头对赖，没主儿，心下便起了疑。可巧小蝉、莲花儿并几个媳妇子走来，见了这事，便说道："林奶奶倒要审审他。这两日他往这里头跑的不像，鬼鬼唧唧的，不知干些什么事。"小蝉又道："正是。昨儿玉钏姐姐说，太太耳房里的柜子开了，少了好些零碎东西。琏二奶奶打发平姑娘和玉钏姐姐要些玫瑰露，谁知也少了一罐子。若不是寻露，还不知道呢。"莲花儿笑道："这话我没听见，今儿我倒看见一个露瓶子。"

林之孝家的正因这些事没主儿，每日凤姐儿使平儿催逼他，一听此言，忙问在那里。莲花儿便说："在他们厨房里呢。"林之孝家的听了，忙命打了灯笼，带着众人来寻。五儿急的便说："那原是宝二爷屋里的芳官给我的。"林之孝家的便说："不管你方官圆官，现有了赃证，我只呈报了，凭你主子前辩去。"一面说，一面进入厨房，莲花儿带着，取出露瓶。恐还有偷的别物，又细细搜了一遍，又得了一包茯苓霜，一并拿了，带了五儿，来回李纨与探春。

那时李纨正因兰哥儿病了，不理事务，只命去见探春。探春已归房。人回进去，丫鬟们都在院内纳凉，探春在内盥沐，只有侍书回进去。半日，出来说："姑娘知道了，叫你们找平儿回二奶奶去。"林之孝家的只得领出来。到凤姐儿那边，先找着了平儿，平儿进去回了凤姐。

凤姐方才歇下，听见此事，便吩咐："将他娘打四十板子，撵出去，永不许进二门。把五儿打四十板子，立刻交给庄子上，或卖或配人。"平儿听了，出来依言吩咐了林之孝家的。五儿唬的哭哭啼啼，给平儿跪着，细诉芳官之事。平儿道："这也不难，等明日问了芳官便知真假。但这茯苓霜前日人送了来，还等老太太、太太回来看了才敢打动，这不该偷了去。"五儿见问，忙又将他舅舅送的一节说了出来。

平儿听了，笑道："这样说，你竟是个平白无辜之人，拿你来顶缸[①]。此时天晚，奶奶才进了药歇下，不便为这点子小事去絮叨。如今且将他交给上夜的人看守一夜，等明儿我回了奶奶，再做道理。"林之孝家的不敢违拗，只得带了出来交与上夜的媳妇们看守，自便去了。

这里五儿被人软禁起来，一步不敢多走。又兼众媳妇也有劝他说，不该做这没行止之事；也有报怨说，"正经更还坐不上来，又弄个贼来给我们看，倘或眼不见寻了死，或逃走了，都是我们的不是。"于是又有素日一干与柳家不睦的人，见了这般，十分趁愿，都来奚落嘲戏他。这五儿心内又气又委屈，竟无处可诉；且本来怯弱有病，这一夜思茶无茶，思水无水，思睡无衾枕，呜呜咽咽直哭了一夜。

谁知和他母女不和的那些人，巴不得一时撵出他们去，惟恐次日有变，大家先起了个清早，都悄悄的来买转平儿，一面送些东西，一面

① 顶缸——代人受过的意思。

又奉承他办事简断，一面又讲述他母亲素日许多不好。平儿一一的都应着，打发他们去了，却悄悄的来访袭人，问他可果真芳官给他露了。袭人便说："露却是给了芳官，芳官转给何人我却不知。"袭人于是又问芳官，芳官听了，唬天跳地，忙应是自己送他的。

芳官便又告诉了宝玉，宝玉也慌了，说："露虽有了，若勾起茯苓霜来，他自然也实供。若听见了是他舅舅门上得的，他舅舅又有了不是，岂不是人家的好意，反被咱们陷害了。"因忙和平儿计议："露的事虽完，然这霜也是有不是的。好姐姐，你叫他说也是芳官给他的就完了。"平儿笑道："虽如此，只是他昨晚已经同人说是他舅舅给的了，如何又说你给的？况且那边所丢的露也是无主儿，如今有赃证的白放了，又去找谁？谁还肯认？众人也未必心服。"

晴雯走来笑道："太太那边的露再无别人，分明是彩云偷了给环哥儿去了。你们可瞎乱说。"平儿笑道："谁不知是这个原故，但今玉钏儿急的哭，悄悄问着他，他若应了，玉钏儿也罢了，大家也就混着不问了。难道我们好意兜揽这事不成！可恨彩云不但不应，他还挤玉钏儿，说他偷了去了。两个人窝里发炮，先吵的合府皆知，我们如何装没事人，少不得要查的。殊不知告失盗的就是贼，又没赃证，怎么说他？"

宝玉道："也罢，这件事我也应起来，就说是我唬他们顽的，悄悄的偷了太太的来了。两件事都完了。"袭人道："也倒是件阴骘事，保全人的贼名儿。只是太太听见又说你小孩子气，不知好歹了。"平儿笑道："这也倒是小事。如今便从赵姨娘屋里起了赃来也容易，我只怕又伤着一个好人的体面。别人都别管，这一个人岂不又生气。我可怜的是他，不肯为打老鼠伤了玉瓶。"说着，把三个指头一伸。袭人等听说，便知他说的是探春。大家都忙说："可是这话。竟是我们这里应了起来的为是。"

平儿又笑道："也须得把彩云和玉钏儿两个业障叫了来，问准了他方好。不然他们得了益，不说为这个，倒像我没了本事问不出来，烦出这里来完事，他们以后越发偷的偷，不管的不管了。"袭人等笑道："正是，也要你留个地步。"

平儿便命人叫了他两个来，说道："不用慌，贼已有了。"玉钏儿先问贼在那里，平儿道："现在二奶奶屋里，你问他什么应什么。我心里明知不是他偷的，可怜他害怕都承认。这里宝二爷不过意，要替他认一半。我待要说出来，但只是这做贼的素日又是和我好的一个姊妹，窝主却是平常，里面又伤着一个好人的体面，因此为难，少不得央求宝二爷应了，大家无事。如今反要问你们两个，还是怎样？若从此以后大家小心存体面，这便求宝二爷应了；若不然，我就回了二奶奶，别冤屈了好人。”

彩云听了，不觉红了脸，一时羞恶之心感发，便说道：“姐姐放心。也别冤了好人，也别带累了无辜之人伤体面。偷东西原是赵姨奶奶央告我再三，我拿了些与环哥是情真。连太太在家我们还拿过，各人去送人，也是常事。我原说嚷过两天就罢了。如今既冤屈了好人，我心也不忍。姐姐竟带了我回奶奶去，我一概应了完事。”

众人听了这话，一个个都诧异，他竟这样有肝胆。宝玉忙笑道：“彩云姐姐果然是个正经人。如今也不用你应，我只说是我悄悄的偷的唬你们玩，如今闹出事来，我原该承认。只求姐姐们以后省些事，大家就好了。”彩云道：“我干的事为什么叫你应？死活我该去受。”平儿袭人忙道：“不是这样说，你一应了，未免又叨登出赵姨奶奶来，那时三姑娘听了，岂不生气？竟不如宝二爷应了，大家没事，且除这几个人皆不得知道这事，何等的干净。但只以后千万大家小心些就是了。要拿什么，好歹耐到太太到家，那怕连这房子给了人，我们就没干系了。”彩云听了，低头想了一想，方依允。

于是大家商议妥贴，平儿带了他两个并芳官往前边来，至上夜房中叫了五儿，将茯苓霜一节也悄悄的教他说系芳官所赠，五儿感谢不尽。平儿带他们来至自己这边，已见林之孝家的带领了几个媳妇，押解着柳家的等够多时。

林之孝家的又向平儿说：“今儿一早押了他来，恐园里没人伺候姑娘们的饭，我暂且将秦显的女人派了去伺候。姑娘一并回明奶奶，他倒干净谨慎，以后就派他常伺候罢。”平儿道：“秦显的女人是谁？我不大相熟。”林之孝家的道：“他是园里南角子上夜的，白日里没什么事，所以姑娘不大相识。高高孤拐[①]，大大的眼睛，最干净爽利的。”玉钏儿道：“是了。姐姐，你怎么忘了？他是跟二姑娘的司棋的婶娘。

① 孤拐——这里指颧骨。旧时迷信，认为女人颧骨高是克夫之相，故称作“孤拐”。

司棋的父母虽是大老爷那边的人，他这叔叔却是咱们这边的。”

平儿听了，方想起来，笑道：“哦，你早说是他，我就明白了。”又笑道：“也太派急了些。如今这事八下里水落石出了，连前儿太太屋里丢的也有了主儿。是宝玉那日过来和这两个业障要什么的，偏这两个业障怄他顽，说太太不在家不敢拿。宝玉便瞅他两个不堤防的时节，自己进去拿了些什么出来。这两个业障不知道，就唬慌了。如今宝玉听见带累了别人，方细细的告诉了我，拿出东西来我瞧，一件不差。那茯苓霜是宝玉外头得了的，也曾赏过许多人，不独园内人有，连妈妈子们讨了出去给亲戚们吃，又转送人，袭人也曾给过芳官之流的人。他们私情各相来往，也是常事。前儿那两篓还摆在议事厅上，好好的原封没动，怎么就混赖起人来。等我回了奶奶再说。”说毕，抽身进了卧房，将此事照前言回了凤姐儿一遍。

凤姐儿道：“虽如此说，但宝玉为人不管青红皂白，爱兜揽事情。别人再求求他去，他又搁不住人两句好话，给他个炭篓子戴上，什么事他不应承。咱们若信了，将来若大事也如此，如何治人。还要细细的追求才是。依我的主意，把太太屋里的丫头都拿来，虽不便擅加拷打，只叫他们垫着磁瓦子跪在太阳地下，茶饭也别给吃。一日不说跪一日，便是铁打的，一日也管招了。又道是‘苍蝇不抱无缝的蛋’。虽然这柳家的没偷，到底有些影儿，人才说他。虽不加贼刑，也革出不用。朝廷家原有罣误[①]的，倒也不算委屈了他。”

平儿道：“何苦来操这心！‘得放手时须放手。’什么大不了的事，乐得不施恩呢。依我说，纵在这屋里操上一百分的心，终久咱们是那边屋里去的。没的结些小人仇恨，使人含怨。况且自己又三灾八难的，好容易怀了一个哥儿，到了六七个月还掉了，焉知不是素日操劳太过，气恼伤着的。如今乘早儿见一半不见一半的，也倒罢了。”一席话，说的凤姐儿倒笑了，说道：“凭你这小蹄子发放去罢。我才精爽些了，没的淘气。”平儿笑道：“这不是正经！”说毕，转身出来，一一发放。要知端的，且听下回分解。

① 罣误——封建社会官吏因受牵连或办错事而被处分撤职叫“罣误”。

第六十二回

憨湘云醉眠芍药裀　呆香菱情解石榴裙

话说平儿出来吩咐林之孝家的道："大事化为小事，小事化为没事，方是兴旺之家。若得不了一点子小事，便扬铃打鼓的乱折腾起来，不成道理。如今将他母女带回，照旧去当差。将秦显家的仍旧退回。再不必提此事。只是每日小心巡察要紧。"说毕，起身走了。柳家的母女忙向上磕头，林家的带回园中，回了李纨探春，二人皆说："知道了，宁可无事，很好。"

司棋等人空兴头了一阵。那秦显家的好容易等了这个空子钻了来，只兴头上半天。在厨房内正乱着接收家伙米粮煤炭等物，又查出许多亏空来，说："粳米短了两石，常用米又多支了一个月的，炭也欠着额数。"一面又打点送林之孝家的礼，悄悄的备了一篓炭，五百斤木柴，一担粳米，在外边就遣了子侄送入林家去了；又打点送账房的礼，又预备几样菜蔬请几位同事的人，说："我来了，全仗列位扶持。自今以后都是一家人了。我有照顾不到的，好歹大家照顾些。"正乱着，忽有人来说与他："看过这早饭就出去罢。柳嫂儿原无事，如今还交与他管了。"秦显家的听了，轰去魂魄，垂头丧气，登时掩旗息鼓，卷包而出。送人之物白丢了许多，自己倒要折变了赔补亏空。连司棋都气了个倒仰，无计挽回，只得罢了。

赵姨娘正因彩云私赠了许多东西，被玉钏儿吵出，生恐查诘出来，每日捏一把汗打听信儿。忽见彩云来告诉说："都是宝玉应了，从此无事。"赵姨娘方把心放下来。谁知贾环听如此说，便起了疑心，将彩云凡私赠之物都拿了出来，照着彩云的脸摔了去，说："这两面三刀的东西！我不稀罕。你不和宝玉好，他如何肯替你应。你既有担当给了我，原该不与一个人知道。如今你既然告诉他，我再要这个，也没趣儿。"彩云见如此，急的发身赌誓，至于哭了。百般解说，贾环执意不信，说："不看你素日之情，去告诉二嫂子，就说你偷来给我，我不敢要。你细想去。"说毕，摔手出去了。急的赵姨娘骂："没造化的种子，蛆心孽障。"气的彩云哭个泪干肠断。赵姨娘百般的安慰他："好孩子，他辜负了你的心，我看的真。让我收起来，过两日他自然回转过来了。"说着，便要收东西。彩云赌气一顿卷包起来，乘人不见时，来至园中，都撇在河内，顺水沉的沉漂的漂了。自己气的夜间在被内暗哭。

当下又值宝玉生日已到，原来宝琴也是这日，二人相同。因王夫人不在家，也不曾像往年闹热。只有张道士送了四样礼，换的寄名符儿；还有几处僧尼庙的和尚姑子送了供尖儿[①]，并寿星纸马疏头，并本命星官值年太岁周年换的锁儿。家中常走的女先儿来上寿。王子腾那边，仍是一套衣服，一双鞋袜，一百寿桃，一百束上用银丝挂面。薛姨娘处减一等。其余家中人，尤氏仍是一双鞋袜；凤姐儿是一个宫制四面和合荷包，里面装一个金寿星，一件波斯国[②]所制玩器。各庙中遣人去放堂[③]舍钱。又另有宝琴之礼，不能备述。姊妹中皆随便，或有一扇的，或有一字的，或有一画的，或有一诗的，聊复应景而已。

这日宝玉清晨起来，梳洗已毕，冠带出来。至前厅院中，已有李贵等四五个人在那里设下天地香烛，宝玉炷了香。行毕礼，奠茶焚纸后，便至宁府中宗祠祖先堂两处行毕礼，出至月台上，又朝上遥拜过贾母、贾政、王夫人等。一顺到尤氏上房，行过礼，坐了一回，方回荣府。先至薛姨妈处，薛姨妈再三拉着，然后又遇见薛蝌，让一回，方进园来。晴雯、麝月二人跟随，小丫头夹着毡子，从李氏起，一一挨着比他

① 供尖儿——指供品的顶端部分。以其馈人，以示祝福。

② 波斯国——古国名，即今伊朗。

③ 放堂——旧时施主在寺庙中布施僧众以期消灾得福，叫放堂。

长的房中到过。复出二门，至李、赵、张、王四个奶妈家让了一回，方进来。虽众人要行礼，也不曾受。回至房中，袭人等只都来说一声就是了。王夫人有言，不令年轻人受礼，恐折了福寿，故皆不磕头。

歇一时，贾环、贾兰等来了，袭人连忙拉住，坐了一坐，便去了。宝玉笑说走乏了，便歪在床上。方吃了半盏茶，只听外面咭咭呱呱，一群丫头笑进来，原来是翠墨、小螺、翠缕、入画，邢岫烟的丫头篆儿，并奶子抱着巧姐儿，彩鸾、绣鸾八九个人，都抱着红毡笑着走来，说："拜寿的挤破了门了，快拿面来我们吃。"刚进来时，探春、湘云、宝琴、岫烟、惜春也都来了。宝玉忙迎出来，笑说："不敢起动，快预备好茶。"进入房中，不免推让一回，大家归坐。袭人等捧过茶来，才吃了一口，平儿也打扮的花枝招展的来了。宝玉忙迎出来，笑说："我方才到凤姐姐门上，回了进去，不能见，我又打发人进去让姐姐的。"平儿笑道："我正打发你姐姐梳头，不得出来回你。后来听见又说让我，我那里禁当的起，所以特赶来磕头。"宝玉笑道："我也禁当不起。"袭人早在外间安了坐，让他坐。平儿便福下去，宝玉作揖不迭。平儿便跪下去，宝玉也忙还跪下，袭人连忙搀起来。又下了一福，宝玉又还了一揖。

入画　小螺　翠墨

袭人笑推宝玉："你再作揖。"宝玉道："已经完了，怎么又作揖？"袭人笑道："这是他来给你拜寿。今儿也是他的生日，你也该给他拜寿。"宝玉听了，喜的忙作下揖去，说："原来今儿也是姐姐的芳诞。”平儿还万福不迭。湘云拉宝琴、岫烟说：“你们四个人对拜寿，直拜一天才是。”探春忙问：“原来邢妹妹也是今儿？我怎么就忘了。”忙命丫头：“去告诉二奶奶，赶着补了一分礼，与琴姑娘的一样，送到二姑娘屋里去。”丫头答应着去了。岫烟见湘云直口说出来，少不得要到各房去让让。

探春笑道：“倒有些意思，一年十二个月，月月有几个生日。人多了，便这等巧，也有三个一日、两个一日的。大年初一日也不白过，大姐姐占了去。怨不得他福大，生日比别人就占先。又是太祖太爷的生日。过了灯节，就是姨太太和宝姐姐，他们娘儿两个遇的巧。三月初一日是太太，初九日是琏二哥哥。二月没人。”袭人道：“二月十二是林姑娘，怎么没人？就只不是咱家的人。”探春笑道：“我这个记性是怎么了！”宝玉笑指袭人道：“他和林妹妹是一日，所以他记的。”

探春笑道：“原来你两个倒是一日。每年连头也不给我们磕一个。平儿的生日我们也不知道，这也是才知道。”平儿笑道：“我们是那牌儿名上的人，生日也没拜寿的福，又没受礼职分，可吵闹什么，可不悄悄的过去。今儿他又偏吵出来了，等姑娘们回房，我再行礼去罢。”探春笑道：“也不敢惊动。只是今儿倒要替你过个生日，我心才过得去。”宝玉、湘云等一齐都说：“很是。”探春便吩咐了丫头：“去告诉他奶奶，就说我们大家说了，今儿一日不放平儿出去，我们也大家凑了分子过生日呢。”丫头笑着去了，半日，回来说：“二奶奶说了，多谢姑娘们给他脸。不知过生日给他些什么吃，只别忘了二奶奶，就不来絮聒他了。”众人都笑了。

探春因说道：“可巧今儿里头厨房不预备饭，一应下面弄菜都是外头收拾。咱们就凑了钱叫柳家的来揽了去，只在咱们里头收拾倒好。”众人都说是极。探春一面遣人去问李纨、宝钗、黛玉，一面遣人去传柳家的进来，吩咐他内厨房中快收拾两桌酒席。

柳家的不知何意，因说外厨房都预备了。探春笑道：“你原来不知道，今儿是平姑娘的华诞。外头预备的是上头的，这如今我们私下又凑了分子，单为平姑娘预备两桌请他。你只管拣新巧的菜蔬预备了来，开了账和我那里领钱。”柳家的笑道：“原来今日也是平姑娘的千秋，我竟不知道。”说着，便向平儿磕下头去，慌的平儿拉起他来。柳家的忙去预备酒席。

这里探春又邀了宝玉，同到厅上去吃面，等到李纨、宝钗一齐来全，又遣人去请薛姨妈与黛玉。因天气和暖，黛玉之疾渐愈，故也来了。花团锦簇，挤了一厅的人。

谁知薛蝌又送了巾扇香帛四色寿礼给宝玉，宝玉于是过去陪他吃面。两家皆办了寿酒，互相酬送，彼此同领。至午间，宝玉又陪薛蝌吃了两杯酒。宝钗带了宝琴过来给薛蝌行礼，把盏毕，宝钗因嘱薛蝌："家里的酒也不用送过那边去，这虚套竟可收了。你只请伙计们吃罢。我们和宝兄弟进去还要待人去呢，也不能陪你了。"薛蝌忙说："姐姐兄弟只管请，只怕伙计们也就好来了。"宝玉忙又告过罪，方同他姊妹回来。

一进角门，宝钗便命婆子将门锁上，把钥匙要了自己拿着。宝玉忙说："这一道门何必关，又没多的人走。况且姨娘、姐姐、妹妹都在里头，倘或家去取什么，岂不费事？"宝钗笑道："小心没过逾的。你瞧你们那边，这几日七事八事，竟没有我们那边的人，可知是这门关的有功效了。要是开着，保不住那起人图顺脚，走近路从这里走，拦谁的是？不如锁了，连妈和我也禁着些，大家别走。纵有了事，就赖不着这边的人了。"宝玉笑道："原来姐姐也知道我们那边近日丢了东西？"宝钗笑道："你只知道玫瑰露和茯苓霜两件，乃因人而及物。要不是里头有人，你连这两件还不知道呢。殊不知还有几件比这两件大的呢。若以后叨登不出来，是大家的造化；若叨登出来了，不知里头连累多少人呢。你也是不管事的人，我才告诉你。平儿是个明白人，我前儿也告诉了他，皆因他奶奶不在外头，所以使他明白了。若不犯出来，大家乐得丢开手。若犯出来，他心里已有了稿子，自有头绪，就冤屈不着平人了。你只听我说，以后留神小心就是了，这话也不可告诉第二个人。"

说着，来到沁芳亭边，只见袭人、香菱、侍书、素云、晴雯、麝月、芳官、蕊官、藕官等十来个人都在那里看鱼玩呢。见他们来了，都说："芍药栏里预备下了，快去上席罢。"宝钗等随携了他们同到了芍药栏中红香圃三间小敞厅内。连尤氏已请过来了，诸人都在那里，只没平儿。

原来平儿出去，有赖林诸家送了礼来，连三接四，上中下三等家人

来拜寿送礼的不少，平儿忙着打发赏钱道谢，一面又色色的回明了凤姐，不过留下几样，也有不收的，也有收下即刻赏给人的。忙了一回，又直待凤姐吃过面，方换了衣裳往园里来。

刚进了园，就有几个丫鬟来找他，一同到了红香圃中。只见筵开玳瑁，褥设芙蓉[①]。众人都笑："寿星全了。"上面四座定要让他四个人坐，四人皆不肯。薛姨妈说："我老天拔地，又不合你们的群儿，我倒觉拘的慌，不如我到厅上随便躺躺去倒好。我又吃不下什么，又不大吃酒，这里让他们倒便宜。"尤氏等执意不从。宝钗道："这也罢了，倒是让姨妈在厅上歪着自如些，有爱吃的送些过去，倒还自在。且前头没人在那里，又可照看了。"探春等笑道："既这样，恭敬不如从命。"因大家送到议事厅上，眼看着命丫头们铺了一个锦褥并靠背引枕之类，又嘱咐："好生给姨妈捶腿，要茶要水别误了。回来送了东西来，姨妈吃不了就赏你们吃。只别离了这里。"小丫头们都答应了。

探春等方回来。终久让宝琴、岫烟二人在上，平儿面西坐，宝玉面东坐。探春又接了鸳鸯来，二人并肩对面相陪。西边一桌，宝钗、黛玉、湘云、迎春、惜春，一面又拉了香菱、玉钏儿二人打横。三桌上，尤氏、李纨，又拉了袭人彩云陪坐。四桌上便是紫鹃、莺儿、晴雯、小螺、司棋等人围坐。当下探春等还要把盏，宝琴等四人都说："这一闹，一日都坐不成了。"方才罢了。两个女先儿要弹词上寿，众人都说："我们这里没人要听那些野话，厅上说给姨太太解闷儿去罢。"一面又将各色吃食拣了，命人送与薛姨妈去。

宝玉便说："雅坐无趣，须要行令才好。"众人有的说行这个令好，又有说行那个令好。黛玉道："依我说，拿了笔砚将各色全都写了，拈成阄儿，咱们抓出那个来，就是那个。"众人都道妙。即拿了一副笔砚花笺。香菱近日学了诗，又天天学写字，见了笔砚便巴不得，连忙起座说："我写。"大家想了一回，共得了十来个，念着，香菱一一的写了，搓成阄儿，放在一个瓶中。探春便命平儿拣，平儿向内搅了一

① 筵开玳瑁、褥设芙蓉——犹言开玳瑁之筵，设芙蓉之褥。形容筵席的珍贵和铺设的华丽。玳瑁：无足类海洋动物，甲壳可作酒器或装饰品，甚名贵。

搅，用箸拈了一个出来，打开看，上写着“射覆”[1]二字。

宝钗笑道：“把个酒令的祖宗拈出来。‘射覆’从古有的，如今失了传，这是后人纂的，比一切的令都难。这里头倒有一半是不会的，不如毁了，另拈一个雅俗共赏的。”探春笑道：“既拈了出来，如何又毁。如今再拈一个，若是雅俗共赏的，便叫他们行去。咱们行这个。”说着又着袭人拈了一个，却是“拇战”[2]。史湘云笑着说：“这个简断爽利，合了我的脾气。我不行这个‘射覆’，没的垂头丧气闷人，我只划拳去了。”探春道：“惟有他乱令，宝姐姐快罚他一钟。”宝钗不容分说，便灌湘云一杯。

探春道：“我吃一杯，我是令官，也不用宣，只听我分派。”命取了令骰令盆来，“从琴妹掷起，挨下掷去，对了点的二人射覆。”

宝琴一掷，是个三，岫烟、宝玉等皆掷的不对，直到香菱方掷了一个三。宝琴笑道：“只好室内生春[3]，若说外头去，可太没头绪了。”探春道：“自然。三次不中者罚一杯。你覆，他射。”宝琴想了一想，说了个“老”字。香菱原生于这令，一时想不到，满室满席都不见有与“老”字相连的成语。湘云先听了，便也乱看，忽见门斗上贴着“红香圃”三个字，便知宝琴覆的是“吾不如老圃”[4]的“圃”字。见香菱射不着，众人击鼓又催，便悄悄的拉香菱，教他说“药”字[5]。黛玉偏看见了，说：“快罚他，又在那里私相传递呢。”闹的众人都知道了，忙又罚了一杯，恨的湘云拿筷子敲黛玉的手。于是罚了香菱一杯。

下则宝钗和探春对了点子。探春便覆了一个“人”字。宝钗笑道：“这个‘人’字泛的很。”探春笑道：“添一字，两覆一射也不泛

---

① 射覆——射：猜。覆：遮盖；隐藏。射覆：原为古时的一种猜谜游戏，用碗盆等把某物遮盖起来，猜中者胜。后来也作为酒令的一种，如这里覆者先用诗文、成语、典故等隐喻某一事物，射者猜度，用也隐喻该事物的另一诗文、成语、典故等揭谜底，若射者猜不出或猜错以及覆者误判射者的猜度时，都要罚酒。

② 拇战——行酒令的一种，也叫豁拳，划拳。

③ 室内生春——这里指所射覆的谜底只限于本室的事物。生春：喻想得新巧，妙趣横生，又含有吉利的意思。

④ 吾不如老圃——见《论语·子路》。圃：种植菜蔬花果的园地。老圃：老菜农。

⑤ “药”字——可能是指包括“红香圃”三间小敞厅在内的“芍药栏”。

了。”说着，便又说了一个“窗”字。宝钗一想，因见席上有鸡，便射着他是用“鸡窗”①“鸡人”二典了，因射了一个“埘”字。探春知他射着，用了“鸡栖于埘”②的典，二人一笑，各饮一口门杯。

湘云等不得，早和宝玉“三”“五”乱叫，划起拳来。那边尤氏和鸳鸯隔着席也“七”“八”乱叫划起来。平儿袭人也作了一对划拳，叮叮当当只听得腕上的镯子响。一时湘云赢了宝玉，袭人赢了平儿，尤氏赢了鸳鸯，三个人限酒底酒面，湘云便说：“酒面要一句古文，一句旧诗，一句骨牌名，一句曲牌名，还要一句时宪书③上有的话，共总凑成一句话。酒底要关人事的果菜名。”众人听了，都笑说：“惟有他的令也比人唠叨，倒也有意思。”便催宝玉快说。宝玉笑道：“谁说过这个，也等想一想儿。”黛玉便道：“你多喝一钟，我替你说。”宝玉真个喝了酒，听黛玉说道：

落霞与孤鹜齐飞，风急江天过雁哀，却是一只折足雁，叫的人九回肠，这是鸿雁来宾。④

说的大家笑了，说：“这一串子倒有些意思。”黛玉又拈了一个榛穰，说酒底又道：

榛子非关隔院砧，何来万户捣衣声？⑤

---

① 鸡窗——指书室。传说晋代兖州刺史宋处宗得一长鸣鸡，经常放在窗边，鸡忽然会说人话，同处宗终日交谈，处宗因而学问大进，后人遂用鸡窗代称书室。

② 鸡栖于埘——见《诗·王风·君子于役》。埘：凿在墙壁上的鸡窝。

③ 时宪书——历书。

④ “落霞……鸿雁来宾”一段——“落霞”句：见唐代王勃《滕王阁序》。鹜：野鸭。“风急”句：或系对宋代陆游《寒夕》诗中的“风急江天无过雁”句的误记。“折足雁”：骨牌副儿名。九回肠：曲牌名。“鸿雁来宾”：《礼记·月令》：“季秋之月……鸿雁来宾。”旧时历书引此语作为秋季的标志。

⑤ “榛子”二句—榛子：榛树的果实，瓤可食用或榨油。砧：捣衣石。隔院砧：邻家的捣衣石。梁代何逊《赠族人秣陵兄弟》诗：“砧杵鸣四邻。”“万户捣衣声”：见唐代李白《子夜吴歌·秋歌》。这两句话利用“榛”与“砧”同音异义的特点，既巧妙地符合了酒令的规定，也说明了榛子与捣衣声无关的事实。

令完，鸳鸯、袭人等皆说的是一句俗语，却都带一个“寿”字的，不能多赘。

大家轮流乱了一阵，这上面湘云又和宝琴对了手，李纨和岫烟对了点子。李纨便覆了一个“瓢”字，岫烟便射了一个“绿”字[①]，二人会意，各饮一口。湘云的拳却输了，请酒面酒底。宝琴笑道：“请君入瓮。”[②]大家笑起来，说：“这个典用的当。”湘云便说道：

奔腾而砰湃，江间波浪兼天涌，须要铁锁缆孤舟，既遇着一江风，不宜出行。[③]

说的众人都笑了，说：“好个诌断了肠子的。怪道他出这个令，故意惹人笑。”又听他说酒底。湘云吃了酒，拣了一块鸭肉，呷了口酒，忽见碗内有半个鸭头，遂夹了出来吃脑子。众人催他“别只顾吃，到底快说了”。湘云便用箸子举着说道：

这鸭头不是那丫头，头上那讨桂花油。

众人越发笑起来。引的晴雯、小螺、莺儿等一干人都走过来说：“云姑娘会开心儿，拿着我们取笑儿，快罚一杯才罢。怎见得我们就该

---

① 李纨同岫烟射覆一段——李纨覆“瓢”字，是看到席上有樽（酒杯），故用既有“瓢”字又有“樽”字的诗句“瓢樽空挂壁”（见宋代苏辙《九日三首》之一）隐喻“樽”字。岫烟射“绿”字，是用既有“绿”字又有“樽”字的诗句“愁向绿樽生”（见唐代刘希夷《送友人之新丰》），来猜李纨所覆的“樽”字。

② 请君入瓮——以其人之法还治其人之身的意思。唐天授二年，武则天命来俊臣审周兴。来先问周：怎样才能使犯人招供？周答：把犯人放进四面围火的大瓮中，他就不会不招。来即如法置瓮，并对周讲：奉命审你，请你入瓮。周当即服罪。

③ “奔腾……不宜出行”一段——“奔腾”句：见宋代欧阳修《秋声赋》。“江间”句：见唐代杜甫《秋兴八首》之一。兼天：连天。“铁锁”句：骨牌副儿名。一江风：曲牌名。“不宜出行”：旧时历书上每个日子的下面都载“宜”什么或“忌”什么的迷信话。造历者按干支五行推算，如认为某日外出不吉利就写上“不宜出行”，如认为某日会亲友吉利就写上“宜会亲友”，等等。

擦桂花油的？倒得每人给一瓶子桂花油擦擦。”黛玉笑道：“他倒有心给你们一瓶子油，又怕挂误着打窃盗的官司。”众人不理论，宝玉却明白，忙低了头。彩云有心病，不觉的红了脸。宝钗忙暗暗的瞅了黛玉一眼。黛玉自悔失言，原是趣宝玉的，就忘了彩云了。自悔不及，忙一顿行令划拳岔开了。

底下宝玉可巧和宝钗对了点子。宝钗便覆了一个“宝”字，宝玉想了一想，便知是宝钗作戏指自己所佩通灵玉而言，便笑道：“姐姐拿我作雅谑，我却射着了。说出来姐姐别恼，就是姐姐的讳‘钗’字就是了。”众人道：“怎么解？”宝玉道：“他说‘宝’，底下自然是‘玉’字了。我射‘钗’字，旧诗曾有‘敲断玉钗红烛冷’①，岂不射着了。”湘云说道：“这用时事却使不得，两个人都该罚。”香菱忙道：“不止时事，这也有出处。”湘云道：“‘宝玉’二字并无出处，不过是春联上或有之，诗书纪载并无，算不得。”香菱道：“前日我读岑嘉州②五言律，现有一句说‘此乡多宝玉’，怎么你倒忘了？后来又读李义山七言绝句，又有一句‘宝钗无日不生尘’③，我还笑说他两个名字都原来在唐诗上呢。”众人笑说：“这可问住了，快罚一杯。”湘云无语，只得饮了。

大家又该对点猜拳。这些人因贾母、王夫人不在家，没了管束，便任意取乐，呼三喝四，喊七叫八。满厅中红飞翠舞，玉动珠摇，十分热闹。玩了一回，大家方起席散了，却倏然不见了湘云，只当他外头自便就来，谁知越等越没了影儿，使人各处去找，那里找得着？

接着林之孝家的同着几个老婆子来，生恐有正事呼唤，二者恐丫鬟们年轻，趁王夫人不在家不服探春等约束，恣意痛饮，失了体统，故来请问有事无事。探春见他们来了，便知其意，忙笑道：“你们又不放心，来查我们来了。我们没有多吃酒，不过是大家玩笑，将酒作个引子，妈妈们别担心。”李纨、尤氏都也笑说：“你们歇着去罢，我们也不敢叫他们多吃了。”林之孝家的等人笑说：“我们知道，连老太太让

---

① “敲断玉钗红烛冷”——见南宋郑会《题邸间壁》诗。玉钗：代指灯花。

② 岑嘉州——即唐代岑参，因曾任嘉州刺史，故称。

③ “宝钗无日不生尘”——见唐代李义山（商隐）《残花》诗。“无”原诗作“何”。宝钗生尘：形容女子懒于梳妆。

姑娘吃酒，姑娘们还不肯吃呢，何况太太们不在家，自然玩罢了。我们怕有事，来打听打听。二则天长了，姑娘们玩一回子还该点补些小食儿。素日又不大吃杂项东西，如今吃一两杯酒，若不多吃些东西，怕受伤。”探春笑道：“妈妈们说的是，我们也正要吃呢。”因回头命取点心来。两旁丫鬟们答应了，忙去传点心。探春又笑让：“你们歇着去罢，或是姨妈那里说话儿去。我们即刻打发人送酒你们吃去。”林之孝家的等人笑回：“不敢领了。”又站了一回，方退了出来。平儿摸着脸笑道：“我的脸都热了，也不好意思见他们。依我说，竟收了罢，别惹他们再来，倒没意思了。”探春笑道：“不相干，横竖咱们不认真喝酒就罢了。”

正说着，只见一个小丫头笑嘻嘻的走来：“姑娘们快瞧云姑娘去，云姑娘吃醉了图凉快，在山子后头一块青石板凳上睡着了。”众人听说，都笑道：“快别吵嚷。”说着，都走来看时，果见湘云卧于山石僻处一个石凳子上，业经香梦沉酣，四面芍药花飞了一身，满头脸衣襟上皆是红香散乱，手中的扇子在地下，也半被落花埋了，一群蜂蝶闹嚷嚷的围着他，又用鲛帕包了一包芍药花瓣枕着。众人看了，又是爱，又是笑，忙上来推唤挽扶。湘云口内犹作醉语说酒令，唧唧咕咕说：

泉香而酒冽，玉碗盛来琥珀光，直饮到梅梢月上，醉扶归，却为宜会亲友。[①]

史湘云醉卧芍药裀

众人笑推他，说道：“快醒醒儿吃饭去，这潮凳上还睡出病来呢。”湘云慢启秋波，见了众人，低头看了一看自

① “泉香……宜会亲友”一段——“泉香”句：见宋代欧阳修《醉翁亭记》。冽：清凉。“玉碗”句：见唐代李白《客中行》诗。“梅梢月上”：骨牌副儿名。醉扶归：曲牌名。

己，方知是醉了。原是来纳凉避静的，不觉的因多罚了两杯酒，娇嫋不胜，便睡着了，心中反觉自愧。早有小丫头端了一盆洗脸水，两个捧着镜奁，众人等着他，便在石凳上重新匀了脸，拢了鬓，连忙起身，同着来至红香圃中，用过水，又吃了两盏酽茶。探春忙命将醒酒石[①]拿来，给他衔在口内。一时又命他喝了一些酸汤，方才觉得好了些。

我心如石

当下又选了几样果菜与凤姐送去，凤姐也送了几样来。宝钗等吃过点心，大家也有坐的，也有立的，也有在外观花的，也有倚栏观鱼的，各自取便说笑不一。探春便和宝琴下棋，宝钗、岫烟观局。黛玉和宝玉在一簇花下唧唧哝哝不知说些什么。

只见林之孝家的和一群女人带了一个媳妇进来。那媳妇愁眉泪眼，也不敢进厅，只到了阶下，便朝上跪下碰头。探春因一块棋受了敌，算来算去总得了两个眼，便折了官着[②]，两眼只瞅着棋枰，一只手却伸在盒内，只管抓弄棋子作想。林之孝家的站了半天，因回头要茶时才看见，问："什么事？"林之孝家的便指那媳妇说："这是四姑娘屋里的小丫头彩儿的娘，现是园内伺候的人。嘴很不好，才是我听见了问着他，他说的话也不敢回姑娘，竟要撵出去才是。"探春道："怎么不回大奶奶？"林之孝家的道："方才大奶奶都往厅上姨太太处去了，顶头看见，我已回明白了，叫回姑娘来。"探春道："怎么不回二奶奶？"

① 醒酒石——相传是一种能够解酒的石头。《唐余录》：李德裕平泉别墅有醒酒石，醉踞其上，可以醒酒。这里是指放在口中的一种醒酒石。

② 眼、官着——皆围棋术语。走棋时一方棋域中所留的空隙，叫"眼"。有两个眼，相连的一片子才能活。围棋下到最后阶段，双方争夺之地已毕，尚余周围及边角空白，可以轮次填子，填满为止，叫收官着或收官子。

平儿道："不回去也罢，我回去说一声就是了。"探春点点头，道："既这么着，就撵出他去，等太太回来了，再回定夺。"说毕仍又下棋。这林之孝家的带了那人去不提。

黛玉和宝玉二人站在花下，遥遥盼望。黛玉便说道："你家三丫头倒是个乖人。虽然叫他管些事，倒也一步儿也不肯多走。差不多的人就早作起威福来了。"宝玉道："你不知道呢。你病着时，他干了好几件事。这园子也分了人管，如今多掐一草也不能了。又蠲了几件事，单拿我和凤姐姐作筏子禁别人。最是心里有算计的人，岂只乖呢。"黛玉道："要这样才好，咱们也太费了。我虽不管事，心里每常闲了，替你们一算，出的多进的少，如今若不省俭，必致后手不接。"宝玉笑道："凭他怎么后手不接，也短不了咱们两个人的。"黛玉听了，转身就往厅上寻宝钗说笑去了。

宝玉正欲走时，只见袭人走来，手内捧着一个小连环洋漆茶盘，里面可式放着两钟新茶，因问："他往那去了？我见你两个半日没吃茶，巴巴的倒了两钟来，他又走了。"宝玉道："那不是他，你给他送去。"说着自拿了一钟。袭人便送了那钟去，偏和宝钗在一处，只得一钟茶，便说："那位渴了那位先接了，我再倒去。"宝钗笑道："我却不渴，只要一口漱一漱，就是了。"说着先拿起来喝了一口，剩下半杯递在黛玉手内。袭人笑说："我再倒去。"黛玉笑道："你知道我这病，大夫不许多吃茶，这半钟尽够了，难为你想的到。"说毕，饮干，将杯放下。袭人又来接宝玉的。宝玉因问："这半日没见芳官，他在那里呢？"袭人四顾一瞧说："才在这里的，几个人斗草玩，这会子不见了。"

宝玉听说，便忙回房中，果见芳官面向里睡在床上。宝玉推他说道："快别睡觉，咱们外头玩去，一会子好吃饭。"芳官道："你们吃酒不理我，教我闷了半日，可不来睡觉罢了。"宝玉拉了他起来，笑道："咱们晚上家里再吃，回来我叫袭人姐姐带了你桌上吃饭，何如？"芳官道："藕官、蕊官都不上去，单我在那里也不好。我也不惯吃那个面条子，早起也没好生吃。才刚饿了，我已告诉了柳嫂子，先给我做一碗汤，盛半碗粳米饭送来，我这里吃了就完事。若是晚上吃酒，不许教人管着我，我要尽力吃够了才罢。我先在家里，吃二三斤好惠泉

酒呢。如今学了这劳什子，他们说怕坏嗓子，这几年也没闻见。趁今儿我是要开斋了。”宝玉道：“这个容易。”

说着，只见柳家的果遣了人送了一个盒子来。春燕接着揭开，里面是一碗虾丸鸡皮汤，又是一碗酒酿清蒸鸭子，一碟腌的胭脂鹅脯，还有一碟四个奶油松瓤卷酥，并一大碗热腾腾碧荧荧绿畦香稻粳米饭。春燕放在案上，走去拿了小菜并碗箸过来，拨了一碗饭。芳官便说：“油腻腻的，谁吃这些东西！”只将汤泡饭吃了一碗，拣了两块腌鹅就不吃了。

宝玉闻着，倒觉比往常之味有胜些似的，遂吃了一个卷酥，又命春燕也拨了半碗饭，泡汤一吃，十分香甜可口。春燕和芳官都笑了。吃毕，春燕便将剩的要交回。宝玉道：“你吃了罢，若不够再要些来。”春燕道：“不用要，这就够了。方才麝月姐姐拿了两盘子点心给我们吃了，我再吃了这个，尽够了，不用再吃了。”说着，便站在桌旁一顿吃了，又留下两个卷酥，说：“这个留着给我妈吃。晚上要吃酒，给我两碗酒吃就是了。”宝玉笑道：“你也爱吃酒？等着咱们晚上痛喝一阵。你袭人姐姐和晴雯姐姐量儿也好，也要喝，只是每日不好意思：趁今儿大家开斋。还有一件事，想着嘱咐你，我竟忘了，此刻才想起来。以后芳官全要你照看他，他或有不到处，你提他，袭人照顾不过这些人。”春燕道：“我都知道，都不用操心。但只这五儿怎么样？”宝玉道：“你和柳家的说去，明儿直叫他进来罢，等我告诉他们一声就完了。”芳官听了，笑道：“这倒是正经。”春燕又叫两个小丫头进来，服侍洗手倒茶，自己收了家伙，交与婆子，也洗了手，便去找柳家的。不在话下。

宝玉便出来，仍往红香圃寻众姐妹，芳官在后拿着巾扇。刚出了院门，只见袭人、晴雯二人携手回来。宝玉问：“你们做什么？”袭人道：“摆下饭了，等你吃饭呢。”宝玉便笑着将方才吃的饭一节告诉了他两个。袭人笑道：“我说你是猫儿食。虽然如此，也该上去陪他们，多少应个景儿。”晴雯用手指戳芳官额上，说道：“你就是个狐媚子，什么空儿跑了去吃饭，两个人怎么就约下了，也不告诉我们一声儿。”袭人笑道：“不过是误打误撞的遇见了，说约下了可是没有的事。”晴雯道：“既这么着，要我们无用。明儿我们都走了，让芳官一个人就够使了。”袭人笑道：“我们都去了使得，你却去不得。”晴雯道：“惟有我是第一个要去，又懒又笨，性子又不好，又没用。”袭人笑道：“倘或那雀金裘褂子再烧个窟窿，你去了，谁能以补呢？你倒别和我拿三撇四的，我烦你做个什么，把你懒的横针不拈，竖线不动。一般也不是我的私活烦你，横竖都是他的，你就都不肯做。怎么我去了几天，你病的七死八活，一夜连命也不顾，给他做了出来，这又是什么原故？你到底说话呀！怎么装憨儿，和我笑？那也当不了什么。”晴雯笑着，啐了一口。大家说着，来至厅上。薛姨妈也来了。大家依序坐下吃饭。宝玉只用茶泡了半碗饭，应景而已。一时吃毕，大家吃茶闲话，又随便玩笑。

外面小螺和香菱、芳官、蕊官、藕官、豆官等四五个人，都满园中玩了一回，大家采了些花草来兜着，坐在花草堆中斗草。这一个说：“我有观音柳。”那一个说：“我有罗汉松。”那一个又说：“我有君子竹。”这一个又说：“我有美人蕉。”这个又说：“我有星星翠。”那个又说：“我有月月红。”这个又说：“我有《牡丹亭》上的牡丹花。”那个又说：“我有《琵琶记》里的枇杷果。”豆官便说：“我有姐妹花。”众人没了，香菱便说：“我有夫妻蕙。”豆官说：“从没听见说有个夫妻蕙。”香菱道：“一箭一花为兰，一箭数花为蕙。凡蕙有两枝，上下结花者为兄弟蕙，有并头结花者为夫妻蕙。我这枝并头的，怎么不是。”豆官没的说了，便起身笑道：“依你说，若是这两枝一大一小，就是老子儿子蕙了。若两枝背面开的，就是仇人蕙了。你汉子去了大半年，你想夫妻了？便扯上蕙也有夫妻，好不害羞！”香菱听了，红了脸，忙要起身拧他，笑骂道：“我把你这个烂了嘴的小蹄子！满嘴里放屁胡说。”豆官见他要勾来，怎容他起来，便忙连身将他一压。回头笑着央告蕊官等：“你们来，帮帮我拧他这诌嘴。”两个人滚在草地下。众人拍手笑说：“了不得了，那是一洼子水，可惜污了他的新裙子了。”豆官回头看了一看，果见旁边有一汪积雨，香菱的半扇裙子都污湿了，自己不好意思，忙夺了手跑了。众人笑个不住，怕香菱拿他们出气，也都笑着一哄而散。

香菱起身低头一瞧，那裙上犹滴滴点点流下绿水来。正恨骂不绝，可巧宝玉见他们斗草，也寻了些花草来凑戏，忽见众人跑了，只剩了香

香菱

菱一个低头弄裙，因问："怎么散了？"香菱便说："我有一枝夫妻蕙，他们不知道，反说我诌，因此闹起来，把我的新裙子也遭蹋了。"宝玉笑道："你有夫妻蕙，我这里倒有一枝并蒂菱。"口内说，手内却真个拈着一枝并蒂菱花，又拈了那枝夫妻蕙在手内。香菱道："什么夫妻不夫妻，并蒂不并蒂，你瞧瞧这裙子。"宝玉方低头一瞧，便哎呀了一声，说："怎么就拖在泥里了？可惜这石榴红绫最不经染。"香菱道："这是前儿琴姑娘带了来的。姑娘做了一条，我做了一条，今儿才上身。"宝玉跌脚叹道："若你们家，一日遭踏这一件也不值什么。只是头一件既系琴姑娘带来的，你和宝姐姐每人才一件，他的尚好，你的先脏了，岂不辜负他的心？二则姨妈老人家嘴碎，饶这么着，我还听见常说你们不知过日子，只会糟蹋东西，不知惜福呢。这叫姨妈看见了，又说个不清。"

香菱听了这话，却碰在心坎儿上，反倒喜欢起来，因笑道："就是这话。我虽有几条新裙子，都不和这一样，若有一样的，赶着换了也就好了。过后再说。"宝玉道："你快休动，只站着方好，不然连小衣儿膝裤鞋面都要弄上泥水了。我有个主意：袭人上月做了一条和这个一样的，他因有孝，如今也不穿。竟送了你，换下这个来，如何？"香菱笑着摇头说："不好。倘或他们听见了倒不好。"宝玉道："这怕什么？等他孝满了，他爱什么难道不许你送他别的不成！你若这样，不是你素日为人了。况且不是瞒人的事，只管告诉宝姐姐也可，只不过怕姨妈老人家生气罢了。"香菱想了一想有理，便点头笑道："就是这样罢了，别辜负了你的心。我等着你，千万叫他亲自送来才好。"

宝玉听了，喜欢非常，答应了忙忙的回来。一壁低头心下暗想："可惜这么一个人，没父母，连自己本姓都忘了，被人拐出来，偏又卖

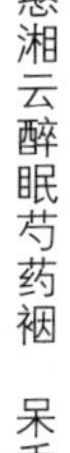

给这个霸王。”因又想起上日平儿也是意外想不到的，今日更是意外的事了。一面胡思乱想，来至房中，拉了袭人，细细告诉了他原故。香菱之为人，无人不怜爱的。袭人又本是个手中撒漫[1]的，况与香菱相好，一闻此信，忙就开箱取了出来折好，随了宝玉来寻着香菱，他还站在那里等呢。袭人笑道：“我说你太淘气了，足的淘出个故事来才罢。”香菱红了脸，笑说：“多谢姐姐了，谁知那起促狭鬼使的黑心。”说着，接了裙子，展开一看，果然和自己的一样。又命宝玉背过脸去，自己叉手向内解下来，将这条系上。袭人道：“把这腌臜了的交与我拿回去，收拾了再给你送来。你若拿回去，看见了，又是要问的。”香菱道：“好姐姐，你拿去不拘给那个妹妹罢。我有了这个，不要他了。”袭人道：“你倒大方的很。”香菱忙又拜了两拜，道谢袭人，一面袭人拿了那条泥污了的裙子就走。

香菱见宝玉蹲在地下，将方才的夫妻蕙与并蒂菱用树枝儿抠了一个坑，先抓些落花来铺垫了，将这菱蕙安放好，又将些落花来掩了，方撮土掩埋平服。香菱拉他的手，笑道：“这又叫做什么？怪道人人说你惯会鬼鬼祟祟，使人肉麻呢。你瞧瞧，你这手弄的泥乌苔滑的，还不快洗去。”宝玉笑着，方起身要回房洗手去，香菱也自走开。二人已走远了数步，香菱复转身回来叫住宝玉。宝玉不知有何话，扎着两只泥手，笑嘻嘻的转来问：“什么？”香菱只管笑，嘴里要说什么，却又说不出来。因那边他的小丫头臻儿走来说：“二姑娘等你说话呢。”香菱脸又一红，方向宝玉道：“裙子的事可别向你哥哥说才好。”说毕，即转身走了。宝玉笑道：“可不我疯了，往虎口里探头儿去呢。”说着，也回去洗手去了。不知端详，听下回分解。

---

① 撒漫——这里是出手大方、不吝惜财物的意思。

第六十三回

寿怡红群芳开夜宴　死金丹独艳理亲丧

话说宝玉回至房中洗手，因与袭人商议："晚间吃酒，大家取乐，不可拘泥。如今吃什么，好早说给他们备办去。"袭人笑道："你放心，我和晴雯、麝月、秋纹四个人，每人五钱银子。芳官、碧痕、春燕、四儿四个人，每人三钱银子，共是三两二钱银子，早已交给了柳嫂子，预备四十碟果子。我和平儿说了，已经抬了一坛好绍兴酒藏在那边了。我们八个人单替你过生日。"

宝玉听了，喜的忙说："他们是那里的钱，不该叫他们出才是。"晴雯道："他们没钱，难道我们是有钱的！这原是各人的心。那怕他偷的呢，只管领他的情就是。"宝玉听了，笑说："你说的是。"袭人笑道："你一天不挨他两句硬话撞你，你再过不去。"晴雯笑道："你如今也学坏了，专会架桥拨火儿①。"说着，大家都笑了。宝玉说："关院门罢。"袭人笑道："怪不得人说你是'无事忙'，这会子关了门，人倒疑惑，索性再等一等。"宝玉点头，因说："我出去走走，四儿舀水去，春燕一个跟我来罢。"说着，走至外边，因见无人，便问五儿之事。春燕道："我才告诉了柳嫂子，他倒很喜欢，只是五儿那夜受了委

① 架桥拨火儿——从旁怂恿挑拨促成别人吵嘴打架。架桥：比喻勾起双方矛盾。拨火：比喻拨人心火，使之动气。

屈烦恼，回家去又气病了，那里来得？只等好了罢。”宝玉听了，未免后悔长叹，因又问：“这事袭人知道不知道？”春燕道：“我没告诉，不知芳官可说了不曾。”宝玉道：“我却没告诉过他，也罢，等我告诉他就是了。”说毕，复走进来，故意洗手。

已是掌灯时分，听得院门前有一群人进来。大家隔窗悄视，果见林之孝家的和几个管事的女人走来，前头一人提着大灯笼。晴雯悄笑道：“他们查上夜的人来了。这一出去，咱们好关门了。”只见怡红院凡上夜的人都迎了出去，林之孝家的看了不少，又吩咐：“别要钱吃酒，放倒头睡到大天亮。我听见是不依的。”众人都笑说：“那里有这么大胆子的人。”

林之孝家的又问：“宝二爷睡下了没有？”众人都回不知道。袭人忙推宝玉。宝玉靸了鞋，便迎出来，笑道：“我还没睡呢。妈妈进来歇歇。”又叫：“袭人倒茶来。”林之孝家的忙进来，笑说：“还没睡？如今天长夜短了，该早些睡，明儿起的方早。不然到了明日起迟了，人笑话说不是个读书上学的公子，倒像那起挑脚汉了。”说毕，又笑。宝玉忙笑道：“妈妈说的是。我每日都睡的早，妈妈每日进来可都是我不知道的，已经睡了。今儿因吃了面怕停住食，所以多玩一会子。”林之孝家的又向袭人等笑说：“该沏些普洱茶[①]喝。”袭人、晴雯二人忙笑说：“熬了一吊子女儿茶[②]，已经吃过两碗了。大娘也尝一碗，都是现成的。”说着，晴雯便倒了一碗来。林之孝家的又笑道：“这些时我听见二爷嘴里都换了字眼，赶着这几位大姑娘们竟叫起名字来。虽然在这屋里，到底是老太太、太太的人，还该嘴里尊重些才是。若一时半刻偶然叫一声使得，若只管叫起来，怕以后兄弟侄儿照样，便惹人笑话，说这家子的人眼里没有长辈了。”宝玉笑道：“妈妈说的是。我原不过是一时半刻的，偶然叫一句是有的。”袭人、晴雯都笑说：“这可别委屈了他。直到如今，他可姐姐没离了嘴。不过玩的时候叫一声半声名字，若当着人却是和先一样。”林之孝家的笑道：“这才好呢，这才是读书

---

① 普洱茶——产于云南普洱一带的名茶，多压制成团状。《本草纲目拾遗·木部》：“普洱茶膏黑如漆，醒酒第一；绿色者更佳，消食化痰，清胃生津，功力尤大也。”

② 女儿茶——普洱茶之一种。一说泰山附近采青桐芽当饮料，号女儿茶。

知礼的。越自谦越尊重，别说是三五代的陈人，现从老太太、太太屋里拨过来的，便是老太太、太太屋里的猫儿狗儿，轻易也伤他不的。这才是受过调教的公子行事。”说毕，吃了茶，便说：“请安歇罢，我们走了。”宝玉还说：“再歇歇。”那林之孝家的已带了众人，又查别处去了。

这里晴雯等忙命关了门，进来笑说：“这位奶奶那里吃了一杯来了，唠三叨四的，又排场了我们一顿去了。”麝月笑道：“他也不是好意的？少不得也要常提着些儿。也提防着怕走了大褶儿的意思。”说着，一面摆上酒果。袭人道：“不用围桌，咱们把那张花梨圆炕桌子放在炕上坐，又宽绰，又便宜。”说着，大家果然抬来。麝月和四儿那边去搬果子，用两个大茶盘做四五次方搬运了来。两个老婆子蹲在外面火盆上筛酒。宝玉说：“天热，咱们都脱了大衣裳才好。”众人笑道：“你要脱你脱，我们还要轮流安席[①]呢。”宝玉笑道：“这一安席就要到五更天了。知道我最怕这些俗套，在外人跟前不得已的，这会子还怄我就不好了。”众人听了，都说：“依你。”于是先不上坐，且忙着卸妆宽衣。

一时将正装卸去，头上只随便挽着儿，身上皆是紧身短袄。宝玉只穿着大红棉纱小袄儿，下面绿绫弹墨夹裤，散着裤脚，靠着一个各色玫瑰芍药花瓣装的玉色夹纱新枕头，和芳官两个先划拳。当时芳官满口嚷热，只穿着一件玉色红青酡绒三色缎子斗的水田小夹袄[②]，束着一条柳绿汗巾，底下是水红撒花夹裤，也散着裤腿。头上齐额编着一圈小辫，总归至顶心，结一根粗辫，拖在脑后。右耳眼内只塞着米粒大小的一个小玉塞子，左耳上单带着一个白果大小的硬红镶金大坠子，越显的面如满月犹白，眼如秋水还清。引的众人笑说：“他两个倒像是双生的弟兄

---

① 安席——旧时宴席入座时主人对宾客的一套礼节，叫安席。

② 玉色红青酡绒三色缎子斗的水田小夹袄——意谓用玉色、红青、酡绒三种颜色的缎子小块拼到一起做成的小夹袄。玉色：介乎淡青和绿色之间的颜色。红青：略泛微红的黑色。酡绒：微带赭色的淡红。酡，酒后脸上出现的红晕。斗：亦作“逗”，这里指两种以上的色彩或衣料拼接一起组成图案。水田：即“水田衣”，是用多种颜色的零碎衣料剪成小方块，或用两块不同颜色的三角形拼成方形，缝到一起做成的衣服，形似块块水田，故名。

两个。”袭人等一一的斟了酒来，说：“且等等再划拳，虽不安席，每人在手里吃我们一口罢了。”于是袭人为先，端在唇上吃了一口，余依次下去，一一吃过，大家方团圆坐定。春燕、四儿因炕沿坐不下，便端了两张椅子，近炕放下。那四十个碟子，皆是一色白粉定窑的，不过只有小菜碟大，面里不过是山南海北，中原外国，或干或鲜，或水或陆，天下所有的酒馔果菜。

宝玉因说：“咱们也该行个令才好。”袭人道：“斯文些的才好，别大呼小叫，惹人听见。二则我们不识字，可不要那些文的。”麝月笑道：“拿骰子咱们抢红[①]罢。”宝玉道：“没趣，不好。咱们占花名儿好。”晴雯笑道：“正是早已想弄这个玩意儿。”袭人道：“这个玩意虽好，人少了没趣。”春燕笑道：“依我说，咱们竟悄悄的把宝姑娘林姑娘请了来玩一回子，到二更天再睡不迟。”袭人道：“又开门喝户的闹，倘或遇见巡夜的问呢？”宝玉道：“怕什么，咱们三姑娘也吃酒，再请他一声才好。还有琴姑娘。”众人都道：“琴姑娘罢了，他在大奶奶屋里，叨登的大发了。”宝玉道：“怕什么，你们就快请去。”春燕、四儿都巴不得一声，二人忙命开了门，分头去请。

晴雯、麝月、袭人三人又说：“他两个去请，只怕宝黛两个不肯来，须得我们请去，死活拉他来。”于是袭人、晴雯忙又命老婆子打个灯笼，二人又去。果然宝钗说夜深了，黛玉说身上不好，他二人再三央求说：“好歹给我们一点体面，略坐坐再来。”探春听了却也欢喜。因想：“不请李纨，倘或被他知道了倒不好。”便命翠墨同了春燕也再三的请了李纨和宝琴二人，会齐，先后都到了怡红院中。袭人又死活拉了香菱来。炕上又并了一张桌子，方坐开了。

宝玉忙说：“林妹妹怕冷，过这边靠板壁坐。”又拿个靠背垫着些。袭人等都端了椅子在炕沿下陪着。黛玉却离桌远远的靠着靠背，因笑向宝钗、李纨、探春等道：“你们日日说人聚饮赌博，今儿我们自己也如此，以后怎么说人？”李纨笑道：“有何妨碍？一年之中不过生日节间如此，并无夜夜如此，这倒也不怕。”说着，晴雯拿了一个竹雕的签筒来，里面装着象牙花名签子，摇了一摇，放在当中。又取过骰子

① 抢红——掷骰为戏，以得红点多少定输赢，叫抢红。

来，盛在盒内，摇了一摇，揭开一看，里面是六点，数至宝钗。宝钗便笑道："我先抓，不知抓出个什么来。"说着，将筒摇了一摇，伸手掣出一根，大家一看，只见签上画着一枝牡丹，题着"艳冠群芳"四字，下面又有镌的小字一句唐诗，道是：

任是无情也动人。①

又注着："在席共贺一杯，此为群芳之冠，随意命人，不拘诗词雅谑，或新曲一支为贺。"众人看了，都笑说："巧的很，你也原配牡丹花。"说着，大家共贺了一杯。

宝钗吃过，便笑说："芳官唱一支我们听罢。"芳官道："既这样，大家吃门杯好听。"于是大家吃酒。芳宫便唱："寿筵开处风光好②。"

众人都道："快打回去。这会子很不用你来上寿，拣你极好的唱来。"芳官只得细细的唱了一支《赏花时》③：

翠凤毛翎扎帚叉，闲踏天门扫落花。您看那风起玉尘沙。猛可的那一层云下，抵多少门外即天涯。您再休要剑斩黄龙一线儿差④，再休向东老贫穷卖酒家⑤。您与俺高眼向云霞。洞宾呵，您

---

① "任是"句——见唐代罗隐《牡丹花》诗。此回花签上的诗句，都引唐宋诗作，作者借此巧妙地把抽签人的性格、命运隐喻其中。

② "寿筵"句——见明代戏曲《牧羊记·庆寿》的第三支曲《山花子》。

③ 《赏花时》一曲——《赏花时》，曲牌名。明代汤显祖《邯郸记·度世》中何仙姑来蓬莱山门外扫花时所唱的第一支曲，底本的曲文与影印明朱墨刊本《邯郸梦记》及清代叶堂《纳书楹曲谱》所收《邯郸记》的曲文小有出入。

④ "斩黄龙"句——意思是嘱咐吕洞宾再也不要像斩黄龙那样冒冒失失地差一点丢了性命。吕洞宾因曾与黄龙禅师顶撞，被禅师打了一戒尺，一怒间，半夜祭起"降魔太阿神光宝剑"去斩黄龙，结果剑被收去，他亲身去取剑，也被押入魔岩，多亏他师父钟离权说情才得救。

⑤ "再休向"句——意思是劝吕洞宾在路上不要贪酒误事。东老：宋代湖州东林沈氏自称东老，家贫而好客，善酿酒，留饮时常使客醉。

得了人可便早些儿回话；若迟呵，错教人留恨碧桃花[1]。

才罢。宝玉却只管拿着那签，口内颠来倒去念“任是无情也动人”，听了这曲子，眼看着芳官不语。湘云忙一手夺了，撂与宝钗。

宝钗又掷了一个十六点，数到探春。探春笑道：“我还不知得个什么呢。”伸手掣了一根出来，自己一瞧，便掷在地下，红了脸，笑道：“很不该行这个令。这原是外头男人们行的令，许多混话在上头。”众人不解，袭人等忙拾了起来，众人看那上面是一枝杏花，写着“瑶池仙品”四字，诗云：

日边红杏倚云栽。

注云：“得此签者，必得贵婿，大家恭贺一杯，共同饮一杯。”众人笑道：“我说是什么呢。这签原是闺阁中取笑的，除了这两三根有这话的，并无杂话，这有何妨？我们家已有了个王妃，难道你也是王妃不成。大喜，大喜。”说着，大家来敬。探春那里肯饮。却被史湘云、香菱、李纨等三四个人强死强活灌了几口下去。探春只命蠲了这个，再行别的，众人断不肯依。

湘云拿着他的手强掷了个九点出来，便该李氏掣。李氏摇了一摇，掣出一根来一看，笑道：“好极。你们瞧瞧，这劳什子竟有些意思。”众人瞧那签上，画着一枝老梅，写着“霜晓寒姿”四字，那一面旧诗是：

竹篱茅舍自甘心[2]。

注云：“自饮一杯，下家掷骰。”李纨笑道：“真有趣，你们掷去罢。我只自吃一杯，不问你们的废兴。”说着，便吃酒，将骰过与黛

---

① 留恨碧桃花——因何仙姑此时已入仙班，吕洞宾入尘世度人来代她扫花。这句的意思是若代替扫花的人来迟，耽误了参加蟠桃宴的时间，那只好怨恨碧桃花了。

② “竹篱”句——见宋代王琪《梅》诗。

玉。

黛玉一掷，是个十八点，便该湘云掣。湘云笑着，揎拳掳袖的伸手掣了一根出来。大家看时，一面画着一枝海棠，题着“香梦沉酣”四字，那面诗道是：

只恐夜深花睡去。[①]

黛玉笑道：“‘夜深’两个字，改‘石凉’两个字。”众人便知他打趣白日间湘云醉卧的事，都笑了。湘云笑指那自行船与黛玉看，又说：“快坐上那船家去罢，别多话了。”众人都笑了。因看注云：“既云‘香梦沉酣’，掣此签者不便饮酒，只令上下二家各饮一杯。”湘云拍手笑道：“阿弥陀佛，真真好签！”恰好黛玉是上家，宝玉是下家。二人斟了两杯只得要饮。宝玉先饮了半杯，瞅人不见，递与芳官。芳官即便端起来，一仰脖喝了。黛玉只管和人说话，将酒全折在漱盂内了。

湘云便抓起骰子来一掷个九点，数去该麝月，麝月便掣了一根出来。大家看时，这面上一枝荼花，题着“韶华胜极”四字，那边写着一句旧诗，道是：

开到荼蘼花事了[②]。

注云：“在席各饮三杯送春。”麝月问怎么讲，宝玉愁眉忙将签藏了说：“咱们且喝酒。”说着，大家吃了三口，以充三杯之数。

麝月一掷个十九点，该香菱。香菱便掣了一根并蒂花，题着“联春绕瑞”，那面写着一句旧诗，道是：

连理枝头花正开[③]。

---

① “只恐”句——见宋代苏轼《海棠》诗。

② “开到”句——见宋代王琪《春暮游小园》诗。

③ “连理”句——见宋代朱淑贞《惜春》（一作《落花》）诗。

注云："共贺掣者三杯，大家陪饮一杯。"

香菱便又掷了个六点，该黛玉掣。黛玉默默的想道："不知还有什么好的被我掣着方好？"一面伸手取了一根，只见上面画着一枝芙蓉花，题着"风露清愁"四字，那面一句旧诗，道是：

莫怨东风当自嗟[①]。

注云："自饮一杯，牡丹陪饮一杯。"众人笑说："这个好极。除了他，别人不配作芙蓉。"黛玉也自笑了。于是饮了酒，便掷了个二十点，该着袭人。

袭人便伸手取了一支出来，却是一枝桃花，题着"武陵别景"四字，那一面旧诗写道是：

桃红又是一年春[②]。

注云："杏花陪一盏，坐中同庚者陪一盏，同辰者陪一盏，同姓者陪一盏。"众人笑道："这一回热闹有趣。"大家算来，香菱、晴雯、宝钗三人皆与他同庚，黛玉与他同辰，只无同姓者。芳官忙道："我也姓花，我也陪他一钟。"于是大家斟了酒，黛玉因向探春笑道："命中该着招贵婿的，你是杏花，快喝了，我们好喝。"探春笑道："这是什么话！大嫂子，顺手给他一巴掌。"李纨笑道："人家不得贵婿反挨打，我也不忍的。"众人都笑了。

袭人才要掷，只听有人叫门。老婆子忙出去问时，原来是薛姨妈打发人来了接黛玉的。众人因问几更了，人回："二更以后了，钟打过十一下了。"宝玉犹不信，要过表来瞧了一瞧，已是子初一刻十分了。黛玉便起身说："我可撑不住了，回去还要吃药呢。"众人说："也都该散了。"袭人、宝玉等还要留着众人。李纨、宝钗等都说："夜太深了不像，这已是破格了。"袭人道："既如此，每位再吃一杯再走。"

---

① "莫怨"句——见宋代欧阳修《明妃曲·再和王介甫》诗。

② "桃红"句——见宋代谢枋得《庆全庵桃花》诗。

说着，晴雯等已都斟满了酒，每人吃了，都命点灯。袭人等直送过沁芳亭河那边，方回来。

关了门，大家复又行起令来。袭人等又用大杯斟了几杯，用盘子攒了各样果菜与地下的老嬷嬷们吃。彼此有了三分酒，便猜拳赢唱小曲儿。那天已四更时分，老嬷嬷们一面明吃，一面暗偷，酒缸已罄，众人听了纳罕，方收拾盥漱睡觉。

宝玉、芳官猜拳

芳官吃的两腮胭脂一般，眉梢眼角越添了许多丰韵，身子图不得，便睡在袭人身上，“好姐姐，心跳的很。”袭人笑道：“谁许你尽力灌起来。”春燕、四儿也图不得，早睡了。晴雯还只管叫。宝玉道：“不用叫了，咱们且胡乱歇一歇罢。”自己便枕了那红香枕，身子一歪，便也睡着了。袭人见芳官醉的很，恐闹他吐酒，只得轻轻起来，就将芳官扶在宝玉之侧，由他睡了。自己却在对面榻上倒下。

大家黑甜一觉，不知所之。及至天明，袭人睁眼一看，只见天色晶明，忙说：“可迟了。”向对面床上瞧了一瞧，只见芳官头枕着炕沿上，睡犹未醒，连忙起来叫他。宝玉已翻身醒了，笑道：“可迟了！”因又推芳官起身。那芳官坐起来，犹发怔揉眼睛。袭人笑道：“不害羞，你吃醉了，怎么也不拣地方儿乱挺下了。”芳官听了，瞧了一瞧，方知道和宝玉同榻，忙羞的笑着下地，说：“我怎么……”却说不出下半句来。宝玉笑道："我竟也不知道了。若知道，给你脸上抹些黑墨。"说着，丫头进来伺候梳洗。

宝玉笑道："昨儿有扰，今儿晚上我还席。"袭人笑道："罢罢罢，今儿可别闹了，再闹就有人说话了。"宝玉道："怕什么，不过才两次罢了。咱们也算是会吃酒了，那一坛子酒，怎么就吃光了？正是有趣儿，偏又没了。"袭人笑道："原要这样着才有趣儿。必尽了兴，反无味。昨儿都好上来了，晴雯连臊也忘了。我记得他还唱了一个曲儿。"四儿笑道："姐姐忘了，连姐姐还唱了一个呢。在席的谁没唱过！"众人听了，俱红了脸，用两手握着笑个不住。

忽见平儿笑嘻嘻的走来，说亲自来请昨日在席的人："今儿我还东，短一个也使不得。"众人忙让坐吃茶。晴雯笑道："可惜昨夜没他。"平儿忙问："你们夜里做什么来？"袭人便说："告诉不得你。昨儿夜里热闹非常，连往日老太太、太太带着众人玩也不及昨儿这一玩。一坛酒我们都鼓捣光了，一个个吃的把臊都丢了，又都唱起来。四更多天才横三竖四的打了一个盹儿。"平儿笑道："好，白和我要了酒来，也不请我，还说着给我听，气我。"晴雯道："今儿他还席，必来请你的，等着罢。"平儿笑问道："他是谁，谁是他？"晴雯听了，把脸飞红了，赶着打，笑说道："偏你这耳朵尖，听得真。"平儿笑道："呸！不害臊的丫头。这会子有事，不和你说，我干事去了。一回再打发人来请，一个不到，我是打上门来的。"宝玉等忙留他，已经去了。

这里宝玉梳洗了正吃茶，忽然一眼看见砚台底下压着一张纸，因说道："你们这么随便混压东西也不好。"袭人、晴雯忙问："又怎么了，谁又有了不是了？"宝玉指道："砚台下是什么？一定又是那位的样子忘记了收的。"晴雯忙启砚拿了出来，却是一张字帖儿，递与宝玉看时，原来是一张粉红笺子，上面写着"槛外人妙玉恭肃遥叩芳辰"。宝玉看毕，直跳了起来，忙问："是谁接了来的？也不告诉。"袭人、晴雯等见了这般，不知当是那个要紧的人来的帖子，忙一齐问："昨儿谁接下了一个帖子？"四儿忙飞跑进来，笑说："昨儿妙玉并没亲来，只打发个妈妈送来。我就搁在那里，谁知一顿酒喝的就忘了。"众人听了，道："我当谁的，这样大惊小怪。这也不值的。"宝玉忙命："快拿纸来。"当时拿了纸，研了墨，看他下着"槛外人"三字，自己竟

不知回帖上回个什么字样才相敌。只管提笔出神，半天仍没主意。因又想："要问宝钗去，他必又批评怪诞，不如问黛玉去。"

想罢，袖了帖儿，径来寻黛玉。刚过了沁芳亭，忽见岫烟颤颤巍巍的迎面走来。宝玉忙问："姐姐那里去？"岫烟笑道："我找妙玉说话。"宝玉听了诧异，说道："他为人孤癖，不合时宜，万人不入他目。原来他推重姐姐，竟知姐姐不是我们一流俗人。"岫烟笑道："他也未必真心重我，但我和他做过十年的邻居，只一墙之隔。他在蟠香寺修炼，我家原寒素，赁房住，就赁了是他庙里的房子，住了十年，无事到他庙里去作伴。我所认的字都是承他所授。我和他又是贫贱之交，又有半师之分。因我们投亲去了，闻得他因不合时宜，权势不容，竟投到这里来。如今又天缘凑合，我们得遇，旧情竟未改易。承他青目，更胜当日。"宝玉听了，恍如听了焦雷一般，喜的笑道："怪道姐姐举止言谈，超然如野鹤闲云，原来有来历。我正因他的一件事为难，要请教别人去。如今遇见姐姐，真是天缘巧合，求姐姐指教。"说着，便将拜帖取与岫烟看。

岫烟笑道："他这脾气竟不能改，竟是生成这等放诞诡僻了。从来没见拜帖上下别号的，这可是俗语说的'僧不惜，俗不俗，女不女，男不男'，成个什么道理！"宝玉听说，忙笑道："姐姐不知道，他原不在这些人中算，他原是世人意外之人。因取我是个些微有知识[①]的，方给我这帖子。我因不知回什么字样才好，竟没了主意，正要去问林妹妹，可巧遇见了姐姐。"岫烟听了宝玉这话，且只顾用眼上下细细打量了半日，方笑道："怪道俗语说的'闻名不如见面'，又怪不得妙玉竟下这帖子给你，又怪不得上年竟给你那些梅花。既连他这样，少不得我告诉你原故。他常说：'古人中自汉晋五代唐宋以来皆无好诗，只有两句好，说道：

纵有千年铁门槛，终须一个土馒头。

所以他自称'槛外之人'。又常赞文是庄子的好，故又或称为'畸

① 有知识——这里指有不同流俗的见识。

人’[①]。他若帖子上是自称‘畸人’的，你就还他个‘世人’。畸人者，他自称是畸零之人；你谦自己乃世中扰扰之人，他便喜了。如今他自称‘槛外之人’，是自谓蹈于铁槛之外了；故你如今只下‘槛内人’，便合了他的心了。”宝玉听了，如醍醐灌顶[②]，哎哟了一声，方笑道：“怪道我们家庙说是‘铁槛寺’呢，原来有这一说。姐姐就请，让我去写回帖。”岫烟听了，便自往栊翠庵来。宝玉回房写了帖子，上面只写“槛内人宝玉熏沐谨拜”几字，亲自拿了到栊翠庵，只隔门缝儿投进去便回来了。

偕鸾

因饭后平儿还席，说红香圃太热，便在榆荫堂中摆了几席新酒佳肴。可喜尤氏又带了佩凤、偕鸾二妾过来游玩。这二妾亦是青年娇憨女子，不常过来的，今既入了这园，再遇见湘云、香菱、芳、蕊一干女子，所谓“方以类聚，物以群分”二语不错；只见他们说笑不了，也不管尤氏在那里，只凭了丫鬟们去服侍，且同众人一一的游玩。

闲言少述，且说当下众人都在榆荫堂中以酒为名，大家玩笑，命女先儿击鼓。平儿采了一枝芍药，大家约二十来人传花为令，热闹了一回。因人回说：

① 畸人——行事乖僻，与世俗礼仪悖谬的人。

② 醍醐灌顶——佛家用语。比喻向人灌输智慧佛性。这里引申为经人指点顿然领悟的意思。醍醐：从牛乳中提炼出来的最精华成分，佛家用以比喻佛性和智慧。

佩凤

"甄家有两个女人送东西来了。"探春和李纨、尤氏三人出去议事厅相见，这里众人且出来散一散。佩凤、偕鸾两个去打秋千玩耍，宝玉便说："你两个上去，让我送。"慌的佩凤说："罢了，别替我们闹乱子。"忽见东府中几个人慌慌张张跑来说："老爷宾天[①]了。"众人听了，唬了一大跳，忙都说："好好的并无疾病，怎么就没了。"家下人说："老爷天天修炼，定是功行圆满，升仙去了。"尤氏一闻此言，又见贾珍父子并贾琏等皆不在家，一时竟没个着己的男子来，未免忙了。只得忙卸了妆饰，命人先到玄真观将所有的道士都锁了起来，等大爷来家审问。一面忙忙坐车带了赖升一干老人媳妇出城。

又请太医看视到底系何病症。大夫们见人已死，何处诊脉来？素知贾敬导气之术[②]总属虚诞，更至参星礼斗、守庚申[③]、服灵砂等，妄作虚为，过于劳神费力，反因此伤了性命的。如今虽死，腹中坚硬似铁，面皮嘴唇烧的紫绛皱裂。便向媳妇回说："系玄教中吞金服砂，烧胀而殁。"众道士慌的回说："原是老爷秘法新制的丹砂吃坏事，小道们也曾劝说'功行未到且服不得'，不承望老爷于今夜守庚申时悄悄的服了下去，便升仙了。这恐是虔心得道，已出苦海，脱去皮囊，了然去也。"

---

① 宾天——古时专称帝王之死，后世泛称尊者的死亡。

② 导气之术——亦作导引之术，是"导气令和，引体令柔"的意思。原为我国古代锻炼身体和医疗疾病的一种方法，近似今之气功疗法。后被道教披上神秘外衣，利用作"修仙""长生"的方术之一。

③ 守庚申——道教认为人腹中有一种怪物叫"三尸"（也叫"三彭""三虫"），专门伺察人的隐私过恶，每到庚申日就到天帝面前告发，减人禄命。若人在庚申日不眠，"三尸"便不能上天告状，就可以长生不死。

尤氏也不听，只命锁着，等贾珍来发放，且命人去飞马报信。一面看视这里窄狭，不能停放，横竖也不能进城的，忙装裹好了，用软轿抬至铁槛寺来停放。掐指算来，至早也得半月的工夫，贾珍方能来到。目今天气炎热，实不能等待，遂自行主持，命天文生[①]择了日期入殓。寿木已系早年备下寄在此庙的，甚是便宜。三日后便开丧破孝，一面且做起道场来。

因那边荣府里凤姐出不来，李纨又照顾姊妹，宝玉不识事体，只得将外头之事暂托了几个家里二等管事人。贾、贾珖、贾珩、贾璎、贾菖、贾菱等各有执事。尤氏不能回家，便将他继母接来在宁府看家。他这继母只得将两个未出嫁的小女带来，一并住着才放心。

且说贾珍闻了此信，即忙告假。并贾蓉是有职人员，礼部见当今隆敦孝弟，不敢自专，具本请旨。原来天子极是仁孝过天的，且更隆重功臣之裔，一见此本，便诏问贾敬何职。礼部代奏："系进士出身，祖职已荫其子贾珍。贾敬因年迈多疾，常养静于都城之外玄真观。今因疾殁于寺中，其子珍，其孙蓉，现因国丧随驾在此，故乞假归殓。"天子听了，忙下额外恩旨曰："贾敬虽白衣[②]无功于国，念彼祖父之忠，追赐五品之职。令其子孙扶柩由北下门进都，恩赐私第殡殓。任子孙尽丧，礼毕扶柩回籍外，着光禄寺按上例赐祭。朝中由王公以下准其祭吊。钦此。"此旨一下，不但贾府中人谢恩，连朝中所有大臣皆嵩呼[③]称颂不绝。

贾珍父子星夜驰回，半路中又见贾、贾珖二人领家丁飞骑而来，看见贾珍，一齐滚鞍下马请安。贾珍忙问："作什么？"贾回说："嫂子恐哥哥和侄儿来了，老太太路上无人，叫我们两个来护送老太太的。"贾珍听了，赞称不绝，又问家中如何料理。贾等便将如何拿了道士，如何挪至家庙，怕家内无人接了亲家母和两个姨奶奶在上房住着。贾蓉当下也下了马，听见两个姨娘来了，喜的笑容满面。贾珍忙说了几声"妥

---

① 天文生——本为明、清时代钦天监官员的职称之一，主要掌管对星辰、晴雨、风雷、云霓等天象气候的观测与推算。这里是指旧时以择日、占卜、看风水、选阴阳宅等迷信活动为职业的人，也称"阴阳先生""风水先生"或"堪舆先生"。

② 白衣——古时平民穿白衣，故后为老百姓的代称。

③ 嵩呼——也叫"山呼"。封建时代臣子颂祝皇帝，高呼万岁，叫"嵩呼"。

当”，加鞭便走，店也不投，连夜换马飞驰。

一日到了都门，先奔入铁槛寺。那天已是四更天气，坐更的闻知，忙喝起众人来。贾珍下了马，和贾蓉放声大哭，从大门外便跪爬进来，至棺前稽颡泣血[1]，直哭到天亮喉咙都哑了方住。尤氏等都一齐见过。贾珍父子忙按礼换了凶服，在棺前俯伏，无奈自要理事，竟不能目不视物，耳不闻声，少不得减些悲戚，好指挥众人，因将恩旨备述与众亲友听了。一面先打发贾蓉家中料理停灵之事。

尤二姐

贾蓉巴不得一声儿，先骑马飞跑至家，忙命前厅收桌椅，下槅扇，挂孝幔子，门前起鼓手棚牌楼等事。又忙着进来看外祖母、两个姨娘。原来尤老安人年高喜睡，常歪着，他二姨娘、三姨娘都和丫头们作活计，他来了都道烦恼。贾蓉且嘻嘻的望他二姨娘笑说：“二姨娘，你又来了，我们父亲正想你呢。”尤二姐便红了脸，骂道：“蓉小子，我过两日不骂你几句，你就过不得了，越发连个体统都没了。还亏你是大家公子哥儿，每日念书学礼的，越发连那小家子的也跟不上。”说着顺手拿起一个熨斗来，兜头就打，吓的贾蓉抱着头滚到怀里告饶。尤三姐便上来撕嘴，又说：“等姐姐来家，咱们告诉他。”贾蓉忙笑着跪在炕上求饶，他两个又笑了。贾蓉又和二姨抢砂仁吃，尤二姐嚼了一嘴渣子，吐了他一脸。贾蓉用舌头都舔着吃了。众丫头看不过，都笑说：“热孝在身上，老娘才睡了觉，他两个虽小，到底是姨娘家，你太眼里没有奶奶了。回来告诉爷，你吃不了兜着走。”

贾蓉便下炕来，抱着丫头们亲嘴说：“我的心肝，你说的是，咱们饶他两个。”丫头们忙推他，恨的骂：“短命鬼儿，你一般有老婆丫头，只和我们闹。知道的说是玩；不知道的人，再遇见那脏心烂肺的爱

---

① 稽颡泣血——以头叩地，哀痛号泣。稽颡：古时礼节，跪拜时，拱手至地，以额触地。颡：额，脑门。泣血：眼泪流尽继之以血，极言悲痛。

多管闲事嚼舌头的人，吵嚷的那府里知道，谁不背地里嚼舌说咱们这边乱账。”贾蓉笑道：“各门另户，谁管谁的事，都够使的了。从古至今，连汉朝和唐朝，人还说脏唐臭汉，何况咱们这种人家。谁家没风流事，别讨我说出来。连那边大老爷这么利害，琏叔还和那小姨娘不干净呢。凤婶子那样刚强，瑞叔还想他的账。那一件瞒了我！”

贾蓉滚到尤二姐怀里

贾蓉只管信口开河，胡言乱道。三姐沉了脸，早下炕进里间屋里，叫醒尤老娘。这里贾蓉见他老娘醒了，忙去请安问好，又说：“难为老祖宗劳心，又难为两位姨娘受委屈，我们爷儿们感戴不尽。惟有等事完了，我们合家大小，登门磕头去。”尤老安人点头道：“我的儿，倒是你们会说话。亲戚们原是该的。”又问：“你父亲好？几时得了信赶到的？”贾蓉笑道：“才刚赶到的，先打发我瞧你老人家来了。好歹求你老人家事完了再去。”说着，又和他二姨挤眼，那尤二姐便悄悄咬牙含笑骂：“很会嚼舌头的猴儿崽子，留下我们给你爹做妈不成！”

贾蓉又戏他老娘道：“放心罢，我父亲每日为两位姨娘操心，要寻两个又有根基又富贵又年青又俏皮的两位姨爹，好聘嫁这二位姨娘的。这几年总没拣得，可巧前日路上才相准了一个。”尤老娘只当真话，忙问是谁家的。尤二姐丢了活计，一头笑，一头赶着打。说：“妈别信这混账孩子的话。”三姐儿道：“蓉儿，你说是说，别只管嘴里不清不浑的！”说着，人来回话：“事已完了，请哥儿出去看了，回爷的话去。”那贾蓉方笑嘻嘻的去了。不知如何，下回分解。

第六十四回

幽淑女悲题五美吟　浪荡子情遗九龙珮

话说贾蓉见家中诸事已妥，连忙赶至寺中，回明贾珍。于是连夜分派各项执事人役，并预备一切应用幡杠等物。择于初四日卯时请灵柩进城，一面使人知会诸位亲友。

是日，丧仪焜耀，宾客如云，自铁槛寺至宁府，夹路看的何止数万人。内中有嗟叹的，也有羡慕的，又有一等半瓶醋的读书人，说是"丧礼与其奢易，莫若俭戚"[①]的，一路纷纷议论不一。至未申时方到，将灵柩停放在正堂之内。供奠举哀已毕，亲友渐次散回，只剩族中人分理迎宾送客等事。近亲只有邢舅太爷相伴未去。

贾珍、贾蓉此时为礼法所拘，不免在灵旁藉草枕块[②]，恨苦居丧。人散后，仍乘空在内亲女眷中厮混。宝玉亦每日在宁府穿孝，至晚人散，方回园里。凤姐身体未愈，虽不能时常在此，或遇开坛诵经亲友上祭之日，亦挣扎过来，相帮尤氏料理料理。

一日，供毕早饭，因此时天气尚长，贾珍等连日劳倦，不免在灵旁假寐。宝玉见无客至，遂欲回家看视黛玉，因先回至怡红院中。进入门

① "丧礼与其奢易莫若俭戚"——丧礼与其奢侈而缺乏真情，不如俭朴而衷心悲戚。这里是指缺乏真情实意。

② 藉草枕块——睡干草，枕土块。这是古时居父母丧的礼节。藉草，意同"寝苫"，即以干草为席。

来，只见院中寂静无人，有几个老婆子与小丫头们在回廊下取便乘凉，也有睡卧的，也有坐着打盹的。宝玉也不去惊动。只有四儿看见，连忙上前来打帘子。将掀起时，只见芳官自内带笑跑出，几乎与宝玉撞个满怀。一见宝玉，方含笑站住，说道："你怎么来了？你快与我拦住晴雯，他要打我呢。"一语未了，只听得屋内嘻哗喇的乱响，不知是何物撒了一地。随后晴雯赶来骂道："我看你这小蹄子往那里去，输了不叫打。宝玉不在家，我看有谁来救你。"宝玉连忙带笑拦住，说道："你妹子小，不知怎么得罪了你，看我分上，饶他罢。"

晴雯也不想宝玉此时回来，乍一见，不觉好笑，遂笑说道："芳官竟是个狐狸精变的，竟是会拘神遣将的符咒也没有这样快。"又笑道："就是你真请了神来，我也不怕。"遂夺手仍要捉拿芳官。芳官早已藏在身后，搂着宝玉不放。宝玉遂一手拉了晴雯，一手携了芳官，进入屋内。看时，只见西边炕上麝月、秋纹、碧痕、春燕等正在那里抓子儿赢瓜子儿[①]呢。却是芳官输与晴雯，芳官不肯叫打，跑了出去。晴雯因赶芳官，将怀内的子儿撒了一地。宝玉笑道："如此长天，我不在家，正恐你们寂寞，吃了饭睡觉睡出病来，大家寻件事玩笑消遣甚好。"因不见袭人，又问道："你袭人姐姐呢？"晴雯道："袭人么，越发道学了，独自个在屋里面呢。这好一会我们没进去，不知他作什么呢，一点儿声气也听不见。你快瞧瞧去罢，或者此时参悟了，也未可知。"

宝玉听说，一面笑，一面走至里间。只见袭人坐在近窗床上，手中拿着一根灰色络子，正在那里打结子呢。见宝玉进来，连忙站起来，笑道："晴雯这东西编派我什么呢？我因要赶着打完了这结子，没工夫和他们瞎闹，因哄他们道：'你们玩去罢，趁着二爷不在家，我要在这里静坐一坐，养一养神。'他就编派了许多混话，什么'面壁[②]了'、'参禅了'的，等一会儿我不撕他那嘴。"

宝玉笑着挨近袭人坐下，瞧他打的结子，问道："这么长天，你也该歇息歇息，或和他们玩笑，要不，瞧瞧林妹妹去也好。怪热的，打这

① 抓子儿赢瓜子儿——抓子儿，一种女孩子的游戏。玩时有一定规则，以抓接又快又准者为胜。"赢瓜子儿"是一种罚约，输者要被赢家用指甲盖儿弹脑门或打手心。

② 面壁——因达摩坐禅，面对墙壁，所以佛家打坐又叫面壁。

个那里使？”袭人道：“我见你带的扇套还是那年东府里蓉大奶奶的事情上做的。那个青东西，除族中或亲友家夏天有白事方带得着，一年遇着带一两遭，平常又不犯做。如今那府里有事，这是要过去天天带的，所以我赶着另作一个，等打完了结子，给你换下那旧的来，你虽然不讲究这个，若叫老太太回来看见，又该说我们躲懒，连你的穿带之物都不经心了。”宝玉笑道：“这真难为你想的到。只是也不可过于赶，热着了倒是大事。”说着，芳官早托了一杯凉水内新湃的茶来。

因宝玉素习秉赋柔脆，虽暑月不敢用冰，只以新汲井水将茶连壶浸在盆内，不时更换，取其凉意而已。宝玉就芳官手内吃了半盏，遂向袭人道：“我来时已吩咐了茗烟，若珍大哥那边有要紧人客来时，叫他即刻送信；若无要紧事，我就不过去了。”说毕，遂出了房门，又回头向碧痕等道：“如有事往林姑娘处来找我。”于是一径往潇湘馆来看黛玉。

将过了沁芳桥，只见雪雁领着两个老婆子，手中都拿着菱藕瓜果之类。宝玉忙问雪雁道：“你们姑娘从来不吃这些凉东西的，拿这些瓜果做什么？不是要请那位姑娘奶奶么？”雪雁笑道：“我告诉你，可不许你对姑娘说去。”宝玉点头应允。雪雁便命两个婆子：“先将瓜果送去交与紫鹃姐姐。他要问我，你就说我做什么呢，就来。”

那两个婆子答应着去了。雪雁方说道：“我们姑娘这两日方觉身上好些了。今日饭后，三姑娘来会着要瞧二奶奶去，姑娘也没去。又不知想起了甚么来了，自己哭了一回，提笔写了好些，不知是诗还是词。叫我传瓜果去时，又听叫紫鹃将屋内摆着的小琴桌上的陈设搬下来，将桌子挪在外间当地，又叫将那龙文鼎放在桌上，等瓜果来时听用。若说是请人呢，不犯先忙着把个炉摆出来。若说点香呢，我们姑娘素日屋内除摆新鲜花儿木瓜佛手之类，又不喜熏衣服；就是点香，亦当点在常坐卧的地方。难道是老婆子们把屋子熏臭了要拿香熏熏不成？究竟连我也不知为什么，二爷自瞧瞧去。”

宝玉听了，由不得低头内心细想道：“据雪雁说，必有原故。要是同那一位姊妹们闲坐，亦不必如此先设馔具。或者是姑爹姑妈的忌辰？但我记得每年到此日期，老太太都吩咐另外整理肴馔送去与林妹妹私祭，此时已过。大约必是七月因为瓜果之节，家家都上秋祭的坟，林妹妹有感于心，所以在私室自己奠祭，取《礼记》：‘春秋荐其时食’[①]之意，也未可定。但我此刻走去，见他伤感，必极力劝解，又怕他烦恼郁结于心；若不去，又恐他过于伤感，无人劝止。两件皆足致疾。莫若先到凤姐姐处一看，在彼稍坐即回。如若见林妹妹伤感，再设法开解，既不至使其过悲，其哀痛稍申，亦不至抑郁致病。”想毕，遂别了雪雁，出了园门，一径到凤姐处来。

正有许多执事婆子们回事毕，纷纷散出。凤姐倚着门和平儿说话呢。一见了宝玉，笑道：“你回来了么？我才吩咐了林之孝家的，叫他使人告诉跟你的小厮，若没什么事趁便请你回来歇息歇息。再者那里人多，你那里禁得住那些气味？不想恰好你倒来了。”宝玉笑道：“多谢姐姐惦记。我也因今日没事，又见姐姐这两日没往那府里去，不知身上可大好些么？所以回来看看。”凤姐道：“左右也不过是这样，三日好两日歹的。老太太、太太不在家，这些大娘们，那一个是安分的？每日不是打架，就是拌嘴，连赌博偷盗的事情，都闹出来了两三件了。虽说有三姑娘帮着办理，他又是个没出阁的姑娘。也有叫他知道得的，也有对他说不得的事，也只好强扎挣着罢了，总不得心静一会儿。别说想病好，求其不添，也就罢了。”宝玉道：“虽如此说，姐姐还要保重身体，少操些心才是。”说毕，又说了些闲话，别过凤姐，回身一直往园中走来。

进了潇湘馆院门看时，只见炉袅残烟，奠余玉醴。紫鹃正看着人往里搬桌子，收陈设呢。宝玉便知已经祭完了，走入屋内，只见黛玉面向里歪着，病体恹恹，大有不胜之态。紫鹃连忙说道：“宝二爷来了。”黛玉方慢慢的起来，含笑让坐。宝玉道：“妹妹这两天可大好些了？气色倒觉比先静些，只是为何又伤心了？”黛玉道：“可是你没的说了。好好的，我多早晚又伤心了？”宝玉笑道：“妹妹脸上现有泪痕，如何还哄我呢？只是我想妹妹素日本来多病，凡事当各自宽解，不可过作无益之悲。若作贱坏了身子，将来使我……”说到这里，觉得以下的话有些难说，连忙咽住。

只因他虽说和黛玉自小一处长大，情投意合，又愿同生死，却只是

① “春秋荐其时食”——每逢春秋祭祀，向祖先进献时鲜食品。

心中领会，从来未曾当面说出。况兼黛玉心多，每每说话造次，得罪了他。今日原为的是来劝解，不想把话又说造次了，接不下去，心中一急，又怕黛玉恼他。又想一想自己的心实在的是为好，因而转急为悲，反倒掉下泪来。黛玉起先原恼宝玉，说话不论轻重，如今见此光景，心有所感，本来素昔爱哭，此时亦不免无言对泣。

却说紫鹃端了茶来，打量二人又为何事口角，因说道："姑娘才身上好些，宝二爷又来怄他了，到底是怎么样？"宝玉一面拭泪笑道："谁敢怄妹妹了？"一面搭讪着起来闲步。只见砚台底下微露一纸角，不禁伸手拿起。黛玉忙要起身来夺，已被宝玉揣在怀内，笑央道："好妹妹，赏我看看罢。"黛玉道："不管什么，来了就混翻。"一语未了，只见宝钗走来，笑道："宝兄弟要看什么？"宝玉因未见上面是何言词，又不知黛玉心中如何，未敢造次回答，却望着黛玉笑。

黛玉一面让宝钗坐，一面笑说道："我曾见古史中有才色的女子，终身遭际令人可欣可羡可悲可叹者甚多，今日饭后无事，因欲择出数人，胡乱凑几首诗以寄感慨，可巧探丫头来会我瞧凤姐姐去，我也身上懒懒的没同他去。适才将做了五首，一时困倦起来，撂在那里，不想二爷来了，就瞧见了。其实给他看也倒没有什么，但只我嫌他是不是写给人看去。"宝玉忙道："我多早晚给人看来呢？昨儿那把扇子，原是我爱那几首白海棠的诗，所以我自己用小楷写了，不过为的是拿在手中看着便宜。我岂不知闺阁中诗词字迹，是轻易往外传诵不得的。自从你说了，我总没拿出园子去。"宝钗道："林妹妹这虑的也是。你既写在扇子上，偶然忘记了，拿在书房里去，被相公们看见了，岂有不问是谁做的呢？倘或传扬开了，反为不美。自古道'女子无才便是德'，总以贞静为主，女工还是第二件。其余诗词，不过是闺中游戏，原可以会可以不会。咱们这样人家的姑娘，倒不要这些才华的名誉。"因又笑向黛玉道："拿出来给我看看无妨，只不叫宝兄弟拿出去就是了。"黛玉笑道："既如此说，连你也可以不必看了。"又指着宝玉笑道："他早已抢了去了。"宝玉听了，方自怀内取出，凑至宝钗身旁，一同细看。只见写的是：

西　施

一代倾城逐浪花[①]，吴宫空自忆儿家[②]。

效颦莫笑东村女，头白溪边尚浣纱[③]。

虞　姬

肠断乌骓夜啸风，虞兮幽恨对重瞳。

黥彭甘受他年醢，饮剑何如楚帐中？

明　妃

绝艳惊人出汉宫，红颜命薄古今同。

君王纵使轻颜色，予夺权何畀画工？

绿　珠

瓦砾明珠一例抛，何曾石尉重娇娆？

都缘顽福前生造，更有同归慰寂寥。

红　拂

长揖雄谈态自殊，美人具眼识穷途。

尸居余气杨公幕，岂得羁縻女丈夫？

宝玉看了，赞不绝口，又说道：“妹妹这诗恰好只做了五首，何不就命曰《五美吟》？”于是不容分说，便提笔写在后面。宝钗亦说道：“做诗不论何题，只要善翻古人之意。若要随人脚踪走去，纵使字句精工，已落第二义，究竟算不得好诗。即如前人所咏昭君之诗甚多，有

① “一代”句——意思是一代美人随着浪花消逝了。关于西施的结局，其说不一，较流行者有二：一说吴亡后她与范蠡同游五湖，一说是沉水而死。这里用的是后一说。倾城：代指绝世美女。

② “吴宫”句——意为西施已经死了，吴宫里的人空自想念你。儿家：你。

③ “效颦”二句——意思是，且莫笑东邻那个效颦的丑女，她却能溪边浣纱到白头。效颦：西施邻家有一丑女，因见西施皱起眉头很好看，也学着捧心皱眉，结果显得更丑。后人根据这类传说敷衍成了“东施效颦”的故事。

悲挽昭君的，有怨恨延寿的，又有讥汉帝不能使画工图貌贤臣而画美人的，纷纷不一。后来王荆公[①]复有‘意态由来画不成，当时枉杀毛延寿’；永叔[②]有‘耳目所见尚如此，万里安能制夷狄’。二诗俱能各出己见，不与人同。今日林妹妹这五首诗，亦可谓命意新奇，别开生面了。”

仍欲往下说时，只见有人回道：“琏二爷回来了。适才外间传说，往东府里去了好一会了，想必就回来的。”宝玉听了，连忙起身，迎至大门以内等待。恰好贾琏自外下马进来，于是宝玉先迎着贾琏打千儿，口中给贾母王夫人等请了安，又给贾琏请了安，二人携手走了进来。只见李纨、凤姐、宝钗、黛玉、迎、探、惜等早在中堂等候，一一相见已毕。因听贾琏说道：“老太太明日一早到家，一路身体甚好。今日先打发了我来，回家看视，明日五更，仍要出城迎接。”说毕，众人又问了些路途的景况。因贾琏是远归，遂大家别过，让贾琏回房歇息。一宿晚景，不必细述。

至次日饭时前后，果见贾母、王夫人等到来。众人接见已毕，略坐了一坐，吃了一杯茶，便领了王夫人等人过宁府中来。只听见里面哭声震天，却是贾赦、贾琏送贾母到家，即过这边来了。当下贾母进入里面，早有贾赦、贾琏率领族中人哭着迎了出来。他父子一边一个挽了贾母，走至灵前，又有贾珍、贾蓉跪着扑入贾母怀中痛哭。贾母暮年人，见此光景，亦搂了珍、蓉等痛哭不已。贾赦、贾琏在旁苦劝，方略略止住。又转至灵右，见了尤氏婆媳，不免又相持大哭一场。哭毕，众人方上前一一请安问好。贾珍因贾母才回家来，未得歇息，坐在此间，看着未免要伤心，遂再三的求贾母回家；王夫人等亦再三的劝。贾母不得已，方回来了。果然年迈的人禁不住风霜伤感，至夜间便觉头闷身酸，鼻塞声重。连忙请了医生来诊脉下药，足足的忙乱了半夜一日。幸而发散的快，未曾传经[③]，至三更天，些须发了点汗，脉静身凉，大家方放了心。至次日仍服药调理。

---

① 王荆公——即王安石，曾被封为荆国公。“意态”二句，见其《明妃曲》第一首。

② 永叔——欧阳修的字。“耳目”二句，见其《明妃曲·再和王介甫》。

③ 传经——中医术语。人体外感风寒通过经络传至全身叫“传经”。

又过了数日，乃贾敬送殡之期，贾母犹未大愈，遂留宝玉在家侍奉。凤姐因未曾甚好，亦未去。其余贾赦、贾琏、邢夫人、王夫人等率领家人仆妇，都送至铁槛寺，至晚方回。贾珍、尤氏并贾蓉仍在寺中守灵，等过百日后，方扶柩回籍。家中仍托尤老娘并二姐、三姐照管。

却说贾琏素日既闻尤氏姐妹之名，恨无缘得见。近因贾敬停灵在家，每日与二姐、三姐相认已熟，不禁动了垂涎之意。况知与贾珍、贾蓉等素有聚麀[①]之诮，因而乘机百般撩拨，眉目传情。那三姐却只是淡淡相对，只有二姐也十分有意。但只是眼目众多，无从下手。贾琏又怕贾珍吃醋，不敢轻动，只好二人心领神会而已。此时出殡以后，贾珍家下人少，除尤老娘带领二姐、三姐并几个粗使的丫鬟老婆子在正室居住外，其余婢妾，都随在寺中。外面仆妇，不过晚间巡更，日间看守门户。白日无事，亦不进里面去。所以贾琏便欲趁此下手。遂托相伴贾珍为名，亦在寺中住宿，又时常借着替贾珍料理家务，不时至宁府中来勾搭二姐。

一日，有小管家俞禄来回贾珍道："前者所用棚杠孝布并请杠人青衣，共使银一千两，除给银五百两外，仍欠五百两。昨日两处买卖人俱来催讨，小的特来讨爷的示下。"贾珍道："你往库上领去就是了，这又何必来回我？"俞禄道："昨日已曾上库上去领，但只是老爷殡天以后，各处支领甚多，所剩还要预备百日道场及庙中用度，此时竟不能发给。所以小的今日特来回爷，或者爷内库里暂且发给，或者挪借何项，吩咐了奴才好办。"贾珍笑道："你还当是先呢，有银子放着不使。你无论那里借了给他罢。"俞禄笑回道："若说一二百，小的还可以挪借；这四五百，小的一时那里办得来？"

贾珍想了一回，向贾蓉道："你问你娘去，昨日出殡以后，有江南甄家送来打祭银[②]五百两，未曾交到库上去，家里再找找，凑齐了，给他去罢。"贾蓉答应了，连忙过这边来回了尤氏，复转来回他父亲道："昨日那项银子已使了二百两，下剩的三百两令人送至家中交与老娘收了。"贾珍道："既然如此，你就带了他去，向你老娘要了出来交给

① 聚麀——指父子共占一个女子的禽兽行为。麀：母鹿。

② 打祭银——奠仪，即送给死者家属以代祭品的银钱。

他。再也瞧瞧家中有事无事，问你两个姨娘好。下剩的俞禄先借了添上罢。”

贾蓉与俞禄答应了，方欲退出，只见贾琏走了进来。俞禄忙上前请了安。贾琏便问何事，贾珍一一告诉了。贾琏心中想道：“趁此机会正可至宁府寻二姐。”一面遂说道：“这有多大事，何必向人借去？昨日我方得了一项银子还没有使呢，莫若给他添上，岂不省事！”贾珍道：“如此甚好。你就吩咐了蓉儿，一并令他取去。”贾琏忙道：“这个必得我亲身取去。再我这几日没回家了，还要给老太太、老爷、太太们请请安去。到大哥那边查查家人们有无生事，再也给亲家太太请请安。”贾珍笑道：“只是又劳动你，我心里倒不安。”贾琏也笑道：“自家兄弟，这有何妨呢？”贾珍又吩咐贾蓉道：“你跟了你叔叔去，也到那边给老太太、老爷、太太们请安，说我和你娘都请安，打听打听老太太身上可大安了？还服药呢没有？”贾蓉一一答应了，跟随贾琏出来，带了几个小厮，骑上马一同进城。

在路叔侄闲话。贾琏有心，便提到尤二姐，因夸说如何标致，如何做人好，举止大方，言语温柔，无一处不合人心，可敬可爱。“人人都说你婶子好，据我看来那里及你二姨一零儿呢！”贾蓉揣知其意，便笑道：“叔叔既这么爱他，我给叔叔作媒，说了做二房，何如？”贾琏笑道：“你这是玩话，还是正经话？”贾蓉道：“我说的是当真的话。”贾琏又笑道：“敢自好呢。只是怕你婶子不依，再也怕你老娘不愿意。况且我听见说你二姨儿已有了人家了。”

贾蓉道：“这都无妨。我二姨儿、三姨儿都不是我老爷养的，原是我老娘带了来的。听见说，我老娘在那一家时，就把我二姨儿许给皇庄张家，指腹为婚。后来张家遭了官司败落了，我老娘又自那家嫁了出来，如今这十数年，两家音信不通。我老娘时常报怨，要给他家退婚，我父亲也要将二姨转聘。只等有了好人家，不过令人找着张家，给他十数两银子，写上一张退婚的字儿。想张家穷极了的人，见了银子，有什么不依的？再他也知道咱们这样人家，也不怕他不依。又是叔叔这样人说了做二房，我管保我老娘和我父亲都愿意。倒只是婶子那里却难。”贾琏听到这里，心花都开了，那里还有什么话说，只是一味呆笑而已。

贾蓉又想了一想，笑道：“叔叔要有胆量，依我的主意管保无妨，不过多花上几个钱。”贾琏忙道：“好孩子，你有什么主意，只管说给我听听。”贾蓉道：“叔叔回家，一点声色也别露，等我回明了我父亲，向我老娘说妥，然后在咱们府后方附近左右买上一所房子及应用家伙，再拨两窝子家人过去服侍。择了日子，人不知鬼不觉娶了过去，嘱咐家人不许走漏风声。婶子在里面住着，深宅大院，那里就得知道了？叔叔两下里住着，过个一年半载，既或闹出来，不过挨上老爷太太一顿骂。叔叔只说婶子总不生育，原是为子嗣起见，所以私自在外面做成此事。就是婶子，见生米做成熟饭，也只得罢了。再求一求老太太，没有不完的事。”

自古道“欲令智昏”，贾琏只顾贪图二姐的美色，听了贾蓉一篇话，遂为计出万全，将现今身上有服，并停妻再娶，严父妒妻种种不妥之处，皆置之度外了。却不知贾蓉亦非好意：素日因同他姨娘有情，只因贾珍在内，不能畅意。如今若是贾琏娶了，少不得在外居住，趁贾琏不在时，好去鬼混之意。贾琏那里思想及此，遂向贾蓉致谢道：“好侄儿，你果然能够说成了，我买两个绝色的丫头谢你。”

说着，已至宁府门首。贾蓉说道：“叔叔进去，向我老娘要出银子来，就交给俞禄罢。我先给老太太请安去。”贾琏含笑点头道：“老太太跟前别说我和你一同来的。”贾蓉道：“知道。”又附耳向贾琏道：“今日要遇见二姨，可别性急了，闹出事来，往后倒难办了。”贾琏笑道：“少胡说，你快去罢。我在这里等你。”于是贾蓉自去给贾母请安。

贾琏进入宁府，早有家人头儿率领家人等请安，一路围随至厅上。贾琏一一的问了些话，不过塞责而已，便命家人散去，独自往里面走来。原来贾琏贾珍素日亲密，又是弟兄，本无可避忌之人，自来是不等通报的。于是走至上房，早有廊下伺候的老婆子打起帘子，让贾琏进去。

贾琏进入房中一看，只见南边炕上只有尤二姐带着两个丫头一处做活，却不见尤老娘与三姐。贾琏忙上前问好相见。尤二姐亦含笑让坐，便靠东边排插儿[1]坐下。贾琏仍将上首让与二姐儿，说了几句话，寒温

① 排插儿——“牌插”，一种用于室内局部分隔的设施，常用于室内前后檐炕的两头。

毕，便笑问道："亲家太太和三妹妹那里去了，怎么不见？"尤二姐笑道："才有事往后头去了，也就来的。"此时伺候的丫鬟因倒茶去，无人在跟前，贾琏不住的拿眼瞟着二姐。二姐低了头，只含笑不理。贾琏又不敢造次动手动脚的，因见二姐手中拿着一条拴着荷包的绢子摆弄，便搭讪着往腰里摸了摸，说道："槟榔荷包也忘记了带了来，妹妹有槟榔，赏我一口吃。"二姐道："槟榔倒有，就只是我的槟榔从来不给人吃。"贾琏便笑着欲近身来拿。二姐怕人看见不雅，便连忙一笑，撂了过来。贾琏接在手中，都倒了出来，拣了半块吃剩下的撂在口中吃了，又将剩下的都揣了起来。刚要把荷包亲身送过去，只见两个丫鬟倒了茶来。贾琏一面接了茶吃茶，一面暗将自己带的一个汉玉九龙珮解了下来，拴在手绢上，趁丫鬟回头时，仍撂了过去。二姐亦不去拿，只装看不见，坐着吃茶。

贾琏将九龙珮赐尤二姐

只听后面一阵帘子响，却是尤老娘、三姐带着两个小丫鬟自后面走来。贾琏送目与二姐，令其拾取，尤二姐亦只是不理。贾琏不知二姐何意，甚是着急，只得迎上来与尤老娘、三姐相见。一面又回头看二姐时，只见二姐笑着，没事人似的；再又看一看绢子，已不知那里去了，贾琏方放了心。

于是大家归坐后，叙了些闲话。贾琏说道："大嫂子说，前日有一包银子交给亲家太太收起来了，今日因要还人，大哥令我来取。再也看看家里有事无事。"尤老娘听了，连忙使二姐拿钥匙去取银子。这里贾琏又说道："我也要给亲家太太请请安，瞧瞧二位妹妹。亲家太太脸面倒好，只是二位妹妹在我们家里受委屈。"尤老娘笑道："咱们都是至亲骨肉，说那里的话。在家里也是住着，在这里也是住着。不瞒二爷说，我们家里自从先夫去世，家计也着实艰难了，全亏了这里姑爷帮助。如今姑爷家里有了这样大事，我们不能别的出力，白看一看家，还有什么委屈了的呢？”正说着，二姐已取了银子来，交与尤老娘。尤老娘便递给贾琏。贾琏叫一个小丫头叫了一个老婆子来，吩咐道：“你把这个交给俞禄，叫他拿过那边去等我。”老婆子答应了出去。

只听得院内是贾蓉的声音说话。须臾进来，给他老娘姨娘请了安，又向贾琏笑道：“才刚老爷还问叔叔呢，说是有什么事情要使唤。原要使人到庙里去叫，我回老爷说叔叔就来。老爷还吩咐我，路上遇着叔叔叫快去呢。”贾琏听了，忙要起身，又听贾蓉和他老娘说道：“那一次我和老太太说的，我父亲要给二姨说的姨父，就和我这叔叔的面貌身量差不多儿。老太太说好不好？”一面说着，又悄悄的用手指着贾琏和他二姨娘努嘴。二姐倒不好意思说什么，只见三姐似笑非笑、似恼非恼的骂道：“坏透了的小猴儿崽子！没了你娘的话说了！等我撕他那嘴呢！”一面说着，便赶了过来。贾蓉早笑着跑了出去，贾琏也笑着辞了出来。走至厅上，又吩咐了家人们不可吃酒耍钱等话。又悄悄的央贾蓉，回去急速和他父亲说。一面便带了俞禄过来，将银子添足，交给他拿去。一面给贾赦请安，又给贾母去请安。不提。

却说贾蓉见俞禄跟了贾琏去取银子，自己无事，便仍回至里面，和他两个姨娘嘲戏了一回，方起身。至晚到寺，见了贾珍回道：“银子已经交给俞禄了。老太太已大愈了，如今已经不服药了。”说毕，又趁便将路上贾琏要娶尤二姐做二房之意说了。又说如何在外面置房子住，不给凤姐知道，此时总不过为的是子嗣艰难上起见。为的是二姨是见过的，亲上作亲，比别处不知道的人家说了来的好。所以二叔再三央告我对父亲说。只不说是他自己的主意。贾珍想了想，笑道：“其实倒也罢了。只不知你二姨心中愿意不愿意。明日你先去和你老娘商量，叫你老娘问准了你二姨，再作定夺。”于是又教了贾蓉一篇话，便走过来将此事告诉了尤氏。尤氏却知此事不妥，因而极力劝止。无奈贾珍主意已定，素日又是顺从惯了的，况且他与二姐本非一母，不便深管，因而也只得由他们闹去了。

至次日一早，果然贾蓉复进城来见他老娘，将他父亲之意说了。又

添上许多话，说贾琏做人如何好，目今凤姐身上有病，已是不能好的了，暂且买了房在外面住着，过个一年半载，只等凤姐一死，便接了二姨进去做正室。又说他父亲此时如何聘，贾琏那边如何娶，如何接了你老人家养老，往后三姨也是那边应了替聘，说得天花乱坠，不由得尤老娘不肯。况且素日全亏贾珍周济，此时又是贾珍作主替聘，而且妆奁不用自己置办，贾琏又是青年公子，强胜张家，遂连忙过来与二姐商议。二姐又是水性人儿，在先已和姐夫不妥，又常怨恨当时错许张华，致使后来终身失所，今见贾琏有情，况是姐夫将他聘嫁，有何不肯，也便点头依允。当下回复了贾蓉，贾蓉回了他父亲。

次日命人请了贾琏到寺中来，贾珍当面告诉了他尤老娘应允之事。贾琏自是喜出望外，感谢贾珍贾蓉父子不尽。于是二人商量着，使人看房子打首饰，给二姐置买妆奁及新房中应用床帐等物。不多几日，早将诸事办妥。已于宁荣街后二里远近小花枝巷内买定一所房子，共二十余间。又买了两个小丫头。只是府里家人不敢擅动，外头买人又怕不知心腹，走漏了风声，忽然想起家人鲍二来。当初因和他女人偷情，被凤姐打闹了一阵，含羞吊死了，贾琏给了一百银子，叫他另娶一个。那鲍二向来却就合厨子多浑虫的媳妇多姑娘有一手儿，后来多浑虫酒痨死了，这多姑娘儿见鲍二手里从容了，便嫁了鲍二。况且这多姑娘儿原也和贾琏好的，此时都搬出外头住着。贾琏一时想起来，便叫了他两口儿到新房子里来，预备二姐儿过来时服侍。那鲍二两口子听见这个巧宗儿，如何不来呢？又使人将张华父子叫来，逼勒着与尤老娘写退婚书。

却说张华之祖，原当皇粮庄头，后来死去。至张华父亲时，仍充此役，因与尤老娘前夫相好，所以将张华与尤二姐指腹为婚。后来不料遭了官司，败落了家产，弄得衣食不周，那里还娶得起媳妇呢。尤老娘又自那家嫁了出来，两家有十数年音信不通。今被贾府家人唤至，逼他与二姐退婚，心中虽不愿意，无奈惧怕贾珍等势焰，不敢不依，只得写了一张退婚文约。尤老娘与了二十两银子，两家退亲不提。

这里贾琏等见诸事已妥，遂择了初三黄道吉日，以便迎娶二姐过门。正是：

只为同枝贪色欲，致教连理起干戈。

第六十五回

贾二舍偷娶尤二姨　尤三姐思嫁柳二郎

话说贾琏、贾珍、贾蓉等三人商议，事事妥贴，至初二日，先将尤老娘和三姐送入新房。尤老娘一看，虽不似贾蓉口内之言，也十分齐备，母女二人已称了心。鲍二夫妇见了如一盆火，赶着尤老娘一口一声唤老娘，又或是老太太；赶着三姐唤三姨，或是姨娘。至次日五更天，一乘素轿，将二姐抬来。各色香烛纸马，并铺盖以及酒饭，早已备得十分妥当。一时，贾琏素服坐了小轿而来，拜过天地，焚了纸马。那尤老娘见二姐身上头上焕然一新，不是在家模样，十分得意，搀入洞房。是夜贾琏同他颠鸾倒凤，百般恩爱。不消细说。

那贾琏越看越爱，越瞧越喜，不知怎生奉承这二姐，乃命鲍二等人不许提三说二的，直以奶奶称之，自己也称奶奶，竟将凤姐一笔勾倒。有时回家中，只说在东府有事羁绊，凤姐辈因知他和贾珍相得，自然是或有事商议，也不疑心。再家下人虽多，都不管这些事。便有那游手好闲专打听小事的人，也都去奉承贾琏，乘机讨些便宜，谁肯去露风。于是贾琏深感贾珍不尽。贾琏一月出五两银子做天天的供给。若不来时，他母女三人一处吃饭；若贾琏来了，他夫妻二人一处吃，他母女便回房自吃。贾琏又将自己积年所有的体己，一并搬了与二姐收着，又将凤姐素日之为人行事，枕边衾内尽情告诉了他，只等一死，便接他进去。二姐听了，自是愿意。当下十来个人，倒也过起日子来，十分丰足。

眼见已是两个月光景。这日贾珍在铁槛寺作完佛事，晚间回家时，因与他姨妹久别，竟要去探望探望。先命小厮去打听贾琏在与不在，小厮回来说不在。贾珍欢喜，将左右一概先遣回去，只留两个心腹小童牵马。一时，到了新房，已是掌灯时分，悄悄进去。两个小厮将马拴在圈内，自往下房去听候。

贾珍进来，屋内才点灯，先看过了尤氏母女，然后二姐出见，贾珍见了二姐满脸的笑容，一面吃茶，一面笑说："我作的这保山如何？若错过了，打着灯笼还没处寻，过日你姐姐还备了礼来瞧你们呢。"说话之间，尤二姐已命人预备下酒馔，关起门来，都是一家人，原无可避之礼。

那鲍二来请安，贾珍便说："你还是个有良心的，所以二爷叫你来服侍。日后自有大用你之处，不可在外头吃酒生事，我自然赏你。倘或这里短了什么，你琏二爷事多，那里人杂，你只管去回我。我们弟兄不比别人。"鲍二答应道："是，小的知道。若小的不尽心，除非不要这脑袋了。"贾珍点头说："要你知道就好。"当下四人一处吃酒。尤二姐此时怕贾琏一时走来，彼此不雅，吃了两钟酒，便推故往那边去了。贾珍此时也无可奈何，只得看着二姐儿自去，剩下尤老娘和三姐儿相陪。那三姐儿虽向来也和贾珍偶有戏言，但不似他姐姐那样随和儿，所以贾珍虽有垂涎之意，却也不肯造次了，致讨没趣。况且尤老娘在旁，贾珍也不好意思太露轻薄。

却说跟的两个小厮，都在厨下和鲍二饮酒，鲍二的女人上灶。忽见两个丫头也走了来嘲笑，要吃酒。鲍二因说："姐儿们不在上头服侍，也偷着来了。一时叫起来没人，又是事。"他女人骂道："糊涂浑混呛了的忘八！你撞丧那黄汤罢。撞丧醉了，夹着你的脑袋挺你的尸去。叫不叫，与你什么相干！一应有我承当，风雨横竖洒不着你头上来。"鲍二原因妻子之力，在贾琏前十分有脸，今日他女人越发和二姐儿跟前殷勤服侍，他便自己除赚钱吃酒之外，一概不管，贾琏等也不肯责备他，故他一听女人吩咐百依百随。且吃够了便去睡觉。这里鲍二家的陪着这些丫鬟小厮吃酒，讨他们的好，准备在贾珍前讨好儿。

正吃的高兴，忽听扣门之声，鲍二家的忙出来开门，看见是贾琏下马，问有事无事。鲍二女人便悄悄告他说："大爷在这里西院里呢。"

贾琏听了，便回至卧房。只见尤二姐和两个丫头在房中，见他来了，面上便有些讪讪的。贾琏反推不知，只命："快拿酒来，咱们吃两杯好睡觉。我今日很乏了。"尤二姐忙上来陪笑接衣奉茶，问长问短。贾琏喜的心痒难受。一时鲍二家的端上酒来，二人对饮。两个小丫头在地下服侍。

鲍二家的为贾琏、尤二姐端酒来

贾琏的心腹小童隆儿拴马去，瞧见有了一匹马，细瞧了一瞧，知是贾珍的，心下会意，也来厨下。只见喜儿寿儿两个正在那里坐着吃酒，见他来了，也都会意，故笑道："你这会子来的巧。我们因赶不上爷的马，恐怕犯夜①，往这里来借个地方睡一夜。"隆儿便笑道："有的是炕，只管睡。我是二爷使我送月银的，交给了奶奶，我也不回去了。"喜儿便说："我们吃多了，你来吃一钟。"隆儿才坐下，端起杯来，忽听马棚内闹将起来。原来二马同槽，不能相容，互相蹶踢起来。隆儿等慌的忙放下酒杯出来喝马，喝住另拴好了方进来。鲍二家的女人笑说："好儿子们，就睡罢！我可去了。"三个拦着不肯叫走，又亲嘴摸乳，口里乱嘈了一回，才放他出去。这里喜儿喝了几杯，已是楞子眼了。隆儿寿儿关了门，回头见喜儿直挺挺的仰卧炕上，二人便推他说："好兄弟，起来好生睡，只顾你一个人，我们就苦了。"那喜儿便说道："咱们今儿可要公公道道的贴一炉子烧饼，要有一个充正经的人，我痛把你

① 犯夜——干犯夜行禁例。古法城中有禁，不准夜行。

妈一肏。”隆儿寿儿见他醉了，也不必多说，只得吹了灯，将就睡下。

尤二姐听见马闹，心下便不自安，只管用言语混贾琏。那贾琏吃了几杯，春兴发作，便命收了酒果，掩门宽衣。尤二姐只穿着大红小袄，散挽乌云，满脸春色，比白日更增了颜色。贾琏搂他笑道："人人都说我们那夜叉婆齐整，如今我看来，给你拾鞋也不要。”尤二姐道："我虽标致，却无品行。看来到底是不标致的好。”贾琏忙问道："这话如何说？我却不解。”尤二姐滴泪说道："你们拿我作糊涂人待，什么事我不知。我如今和你作了两个月夫妻，日子虽浅，我也知你不是糊涂人。我生是你的人，死是你的鬼，如今既作了夫妻，我终身靠你，岂敢瞒藏一字。我算是有靠，将来我妹子却如何结果？据我看来，这个形景恐非长策，要作长久之计方可。”贾琏听了，笑道："你且放心，我不是拈酸吃醋的人。你前事我也知道，你倒不用含糊着，如今你跟了我来，大哥跟前自然倒要拘起形迹来了。依我的主意，不如叫三姨儿也和大哥成了好事，彼此两无碍，索性大家吃个杂会汤，你想怎么样？”二姐一面拭泪，一面说道："虽然你有这个好意，头一件三妹妹脾气不好，第二件也怕大爷脸上下不来。”贾琏道："这个无妨，我这会子就过去，索性破了例就完了。”说着乘着酒兴了，便往西院中来，只见窗内灯烛辉煌。

尤三姐

贾琏便推门进去，笑说："大爷在这里，兄弟来请安。”贾珍羞的无地，只得起身让坐。更琏忙笑道："何必又作如此景象，咱们弟兄从前是如何样来！大哥为我操心，我今日粉身碎骨，感激不尽。大哥若多心，我意何安？从此以后，还求大哥如昔方好；不然，兄弟宁可绝后，再不敢到此处来了。”说着，便要跪下。慌的贾珍连忙搀起，只说："兄弟怎么说，我无不领命。”贾琏忙命人：“看酒来，我和大哥吃两杯。”因又笑嘻嘻的向尤三姐道：“三妹妹为什么不和大哥吃个双钟儿？我也敬一杯，给大哥和三妹妹道喜。”

尤三姐儿听了这话，就跳起来，站在炕上，指着贾琏笑道：“你不用和我花马吊嘴[①]的，咱们清水下杂面，你吃我看见[②]。见提着影戏人子[③]上场，好歹别戳破这层纸儿。你别糊涂油蒙了心，打谅我们不知道你府上的事。这会子花了几个臭钱，你们哥儿俩拿着我们姐儿两个权当粉头来取乐儿，你们就打错了算盘了！我也知道你那老婆太难缠，如今把我姐姐拐了来做二房，偷的锣儿敲不得。我也要会会那凤奶奶去，看他是几个脑袋几只手。若大家好取和便罢；倘若有一点叫人过不去，我有本事先把你两个的牛黄狗宝[④]掏了出来，再和那泼妇拼了这命，也不算是尤三姑奶奶！喝酒怕什么，咱们就喝！”说着，自己绰起壶来斟了一杯，自己先喝了半杯，揪着贾琏的脖子来就灌，说：“我倒没有和你哥哥喝过，今儿倒和你喝一喝，咱们也来亲近亲近。”

唬的贾琏酒都醒了，贾珍也不承望尤三姐这等拉的下脸来。弟兄两个本是风月场中耍惯的，不想今日反被这个闺门之女一席话说住了。尤三姐一叠声又叫：“将姐姐请来，要乐咱们四个一处同乐。俗语说‘便宜不过当家’，他们是弟兄，咱们是姊妹，又不是外人，只管上来。”尤二姐反不好意思起来。贾珍得便就要一溜，尤三姐那里肯放，贾珍此时方后悔，不承望他是这种为人，与贾琏反不好轻薄起来。

只见这尤三姐索性卸了妆饰，脱了大衣服，松松挽着头发，大红袄子半掩半开，露着葱绿抹胸，一痕雪脯。底下绿裤红鞋，鲜艳夺目，一对金莲或翘或并，没半刻斯文。两个坠子却似打秋千一般，灯光之下，越显得柳眉笼翠，檀口含丹。本是一双秋水眼，再吃了几杯酒，越发情波入鬓，转盼流光：真把那珍、琏二人弄的欲近不敢，欲远不舍，迷疑

① 花马吊嘴——花言巧语；耍贫嘴，哄骗人。

② 清水下杂面，你吃我看见——杂面是绿豆渣子一类豆面做成的粗粮，很涩，没有油水难以下咽，因有“清水下杂面——我看你怎么吃”的歇后语。

③ 影戏人子——也叫“影戏人儿”，影戏中用皮或纸剪的人物。

④ 牛黄狗宝——两种中药，均为结石，前者生在病牛的胆内，后者长于癞狗的腹中。这里用来骂人，喻黑心肠，坏心思。

恍惚，落魄垂涎。再加方才一席话，直将二人禁住。弟兄两个竟全然无一点儿能为，别说调情斗口齿，竟连一句响亮话都没有了。三姐儿自己高谈阔论，任意挥霍，村俗流言，洒落一阵，由着性儿拿他弟兄二人嘲笑取乐。一时，他酒足兴尽，也不容他弟兄多坐，撵了出去，自己关门睡去了。

自此后，或略有丫鬟婆娘不到之处，便将贾琏、贾珍、贾蓉三个泼声厉言痛骂，说他爷儿三个诓骗了他寡妇孤女。贾珍回去之后，亦不敢轻易再来。有时尤三姐自己高了兴悄命小厮来找，方敢去一会，及至到了这里，也只好随他的便，干瞅着罢了。谁知这尤三姐天生脾气和人异样诡僻。只因他仗着自己风流标致，偏要打扮的出色，另式另样作出许多万人不及的风情体态来，那些男子们，别说贾珍贾琏这样风流公子，就是一般老到的人，铁石心肠，看见了这般光景，也要动心的。及至到他跟前，他那一种轻狂豪爽，目中无人的光景，早又把人的一团高兴逼住，不敢动手动脚。所以贾珍向来和二姐儿无所不至，渐渐的俗了，却一心注定在三姐儿身上，便把二姐乐得让给贾琏，自己却和三姐儿捏合。偏那三姐一般合他玩笑，别有一种不敢招惹的光景。

尤三姐指骂贾蓉

他母姊二人也十分相劝，他反说："姐姐糊涂。咱们金玉一般的人，白叫这两个现世宝玷污了去，也算无能。而且他家有一个极利害的女人，如今瞒着，自然是好的。倘或一日他知道了，岂有干休之理？必有一场大闹，不知谁生谁死，这如何便当作安身乐业的去处？”他母女见不听劝，也只得罢了。那尤三姐天天挑拣吃穿，打了银的，又要金的；有了珠子，又要宝石；吃的肥鹅，又宰肥鸭。或不趁心，连桌一推；衣裳不如意，不论绫缎新整，便用剪刀剪碎，撕一条，骂一句，究竟贾珍等何曾随意了一日，反花了许多昧心钱。

贾琏来了，只在二姐屋里，心中也悔上来。无奈二姐倒是个多情的人，以为贾琏是终身之主了，凡事倒还知疼着热。要论起温柔和顺，却较着凤姐还有些体度；就论起标致来，及言谈行事，也胜五分。但已经失了脚，有了一个“淫”字，凭他有什么好处也不算了。偏这贾琏又说：“谁人无错，知过必改就好。”故不提已往之淫，只取现今之善，便如胶似漆，一心一计，誓同生死，那里还有凤平二人在意了？二姐在枕边衾内，也常劝贾琏说：“你和珍大哥商议商议，拣个熟的人，把三丫头聘了罢。留着他不是常法儿，终久要生事的。”贾琏道：“前日我也曾回大哥的，他只是舍不得。我还说：‘就是块肥羊肉，只是烫的慌；玫瑰花儿可爱，刺多扎手。咱们未必降的住，正经拣个人聘了罢。’他只意意思思的，就撂过手了。你叫我有什么法儿？”二姐道：“你放心。咱们明日先劝三丫头，他肯了，让他自己闹去。闹的无法，少不得聘他。”贾琏听了说：“这话极是。”

至次日，二姐另备了酒，贾琏也不出门，至午间特请他小妹过来，与他母亲上坐。尤三姐便知其意，酒过三巡，不用他姐姐开口，先便滴泪泣道：“姐姐今日请我，自有一番大礼要说，但只我也不是糊涂人，也不用絮絮叨叨的。从前的事，我已尽知，说也无益。既如今姐姐也得了好处安身，妈妈也有了安身之处，我也要自寻归结去才是。但终身大事，一生至一死，非同儿戏。向来人家看着咱们娘儿们微息，不知都安着什么心！所以我破着没脸，人家才不敢欺负。这如今要办正事，不是我女孩儿家没羞耻，必得我拣个素日可心如意的人，才跟他。要凭你们拣择，虽是有钱有势的，我心里进不去，也白过了这一世。”

贾琏笑道：“这也容易。凭你说是谁就是谁，一应彩礼都有我们置办，母亲也不用操心。”尤三姐道：“姐姐横竖知道，不用我说。”贾琏笑问二姐是谁，二姐一时也想不起来。贾琏料定必是此人无移了！拍手笑道：“我知道了。这人原不差，果然好眼力。”二姐笑问是谁，贾

琏笑道："别人他如何进得去？一定是宝玉。"二姐与尤娘老听了，亦以为然。尤三姐便啐了一口，道："我们有姊妹十个，也嫁你弟兄十个不成。难道除了你家，天下就没了好男子了不成！"众人听了都诧异："除去他，还有那一个？"尤三姐笑道："别只在眼前想，姐姐只在五年前想就是了。"

正说着，忽见贾琏的心腹小厮兴儿走来请贾琏说："老爷那边紧等着叫爷呢。小的答应往舅老爷那边去了，小的连忙来请。"贾琏又忙问："昨日家里问我来着么？"兴儿道："小的回奶奶说，爷在家庙里同珍大爷商议作百日的事，只怕不能来。"贾琏忙命拉马，隆儿跟随去了，留下兴儿答应人。

尤二姐拿了两碟菜，命拿大杯斟了酒，就命兴儿在炕沿下蹲着吃，一长一短向他说话儿。问他家里奶奶多大年纪，怎个利害的样子，老太太多大年纪，太太多大年纪，姑娘几个，各样家常等语。兴儿笑嘻嘻的在炕沿下一头吃，一头将荣府之事备细告诉他母女。又说："我是二门上该班的人。我们共是两班，一班四个，共是八个人，有几个是奶奶的心腹，有几个是爷的心腹。奶奶的心腹我们不敢惹，爷的心腹，奶奶的就敢惹。提起我们奶奶来，心里歹毒，口里尖快。我们二爷也算是个好的，那里见得他？倒是跟前的平姑娘为人很好，虽然和奶奶一气，他倒背着奶奶常作些好事。小的们凡有了不是，奶奶是容不过的，只求求他去就完了。如今合家大小，除了老太太、太太两个人，没有不恨他的，只不过面子情儿怕他。皆因他一时看的人都不及他，只一味哄着老太太、太太两个人喜欢。他说一是一，说二是二，没人敢拦他。又恨不得把银子钱省下来堆成山，好叫老太太、太太说他会过日子，殊不知苦了下人，他讨好儿。估着有好事，他就不等别人去说，他先抓尖儿；或有了不好事，或他自己错了，他便一缩头推到别人身上来，他还在旁边拨火儿。如今连他正经婆婆都嫌他，说他'雀儿拣着旺处飞，黑母鸡一窝儿，自家的事不管，倒替人家去瞎张罗'。要不是老太太在头里，早叫过他去了。"

尤二姐笑道："你背着他这等说他，将来你又不知怎么说我呢。我又差他一层儿，越发有的说了。"兴儿忙跪下说道："奶奶要这么说，小的不怕雷劈么？但凡小的要有造化，起先娶奶奶时要得了奶奶这样的人，小的们也少挨些打骂，也少提心吊胆的。如今跟爷的这几个人，谁不背前背后称扬奶奶圣德怜下？我们商量着叫二爷要出来，情愿来伺候奶奶呢。”尤二姐笑道：“小滑贼的，还不起来。说句玩话，就唬的这个样儿。你们做什么往这里来？我还要找了你奶奶去呢。”兴儿连忙摇手说：“奶奶千万别去。我告诉奶奶，一辈子不见他才好呢。嘴甜心苦，两面三刀；上头笑着，脚底下使绊子；明是一盆火，暗是一把刀：他都占全了。只怕三姨的这张嘴还说他不过呢。奶奶这样斯文良善人，那里是他的对手！”

二姐笑道：“我只以礼待他，他敢怎么着我？”兴儿道：“不是小的吃了酒放肆胡说，奶奶就是让着他，他看见奶奶比他标致，又比他得人心，他就肯善罢干休了？人家是醋罐子，他是醋缸醋瓮。凡丫头，二爷多看一眼，他有本事当着爷打个烂羊头似的。虽然平姑娘在屋里，大约一年二年之间两个有一次在一处，他还要嘴里掂十来个过儿呢，气的平姑娘性子上来，哭闹一阵，说：‘又不是我自己寻来的，你逼着劝我，我不愿意，又说我反了，这会子又这么着。’他一般的也罢了，倒央告平姑娘。”

尤二姐笑道：“可是扯谎？这样一个夜叉，怎么反怕屋里的人呢？”兴儿道：“这就是俗语说的‘三人抬不过一个理字去’了。这平儿是他自幼儿的丫头，陪过来一共四个，嫁的嫁，死的死，只剩了这个心爱的。收在屋里，一则显他贤良，二则又拴了爷的心。那平姑娘又是个正经人，从不会调三窝四的，倒一味忠心赤胆服侍他，所以才容下了。”

尤二姐笑道：“原来如此。但我听见你们家还有一位寡妇奶奶和几位姑娘。他这么利害，这些人肯依他吗？”兴儿拍手笑道：“原来奶奶不知道。我们家这位寡妇奶奶，他的浑名叫作‘大菩萨’，第一个善德人，从不管事，只教姑娘们看书写字，学针线，学道理，这是他的事情。前儿因为二奶奶病了，这大奶奶暂管了几天事。总是按着老例而行，不像他那么多事逞才。我们大姑娘，不用说，是好的了。二姑娘的浑名是‘二木头’。三姑娘的浑名是‘玫瑰花儿’，又红又香，无人不爱的，只是有刺扎手，可惜不是太太养的，‘老鸹窝里出凤凰’！四姑娘小，他正经是珍大爷亲妹子，太太抱过来养这么大，也是一位不管

事的。奶奶不知道，我们家的姑娘不算外，还有两个姑娘，真是天上少有，地下无双，一位是我们姑太太的女儿，姓林，一位是姨太太的女儿，姓薛：这两位姑娘都是美人一般的呢，又都知书识字的。或出门上车，或在园子里遇见，我们连气儿也不敢出。”尤二姐笑道：“你们家规矩大，虽然你们小孩子进的去，然遇见小姐们，原该远远藏躲着。”兴儿摇手道：“不是那么不敢出气儿，是怕这气大了，吹倒了林姑娘；气儿暖了，吹化了薛姑娘。”说的满屋里都笑起来了。要知尤三姐要嫁何人，且听下回分解。

第六十六回

情小妹耻情归地府　冷二郎一冷入空门

话说兴儿说怕吹倒了林姑娘，吹化了薛姑娘，大家都笑了。鲍二家的走来打他一下子，笑道："原有些真，到了你嘴里，越发没了捆儿[①]了。你倒不像跟二爷的人，这些混话倒像是宝玉那边的了。"

尤二姐才要又问，忽见尤三姐笑问道："可是你们家那宝玉，除了上学，他作些什么？"兴儿笑道："姨娘别问他，说起来姨娘也未必信。他长了这么大，独他没有上过正经学堂。我们家从祖宗直到二爷，谁不是寒窗十载，偏他不喜读书。老太太的宝贝，老爷先还管，如今也不敢管了。成天家疯疯癫癫的，说的话人也不懂，干的事人也不知。外头人人看着好清俊模样儿，心里自然是聪明的，谁知是外清而内浊，见了人，一句话也没有。所有的好处，虽没上过学，倒难为他认得几个字。每日也不习文，也不学武，又怕见人，只爱在丫头群里闹。再者也没刚气儿，有时喜欢见了我们，没上没下，乱玩一阵；不喜欢各自走了，他也不理人。我们坐着卧着，见了他也不理，他也不责备。因此没人怕他，只管随便，都过的去。"

尤三姐笑道："主子宽了，你们又这样；严了，又抱怨。可知难缠。"尤二姐道："我们看他倒好，原来这样。可惜了一个好胎子。"

① 没了捆儿——没有拘束，信口乱说。

尤三姐道："姐姐信他们胡说，咱们也不是见一面两面的，行事言谈吃喝，原有些女儿气的，自然是天天只在里头惯了的。要说糊涂，那些糊涂？姐姐记得，穿孝时咱们同在一处，那日正是和尚们进来绕棺[①]，咱们都在那里站着，他只站在头里挡着人。人说他不知礼，又没眼色。过后他没悄悄的告诉咱们说：'姐姐不知道，我并不是没眼色。想和尚们脏，恐怕气味熏了姐姐们。'接着他吃茶，姐姐又要茶，那个老婆子就拿了他的碗倒。他赶忙说：'我吃脏了的，另洗了再拿来。'这两件上，我冷眼看去，原来他在女孩子们前不管怎样都过的去，只不大合外人的式，所以他们不知道。"

尤二姐听说，笑道："依你说，你两个已是情投意合了。竟把你许了他，岂不好？"三姐见有兴儿，不便说话，只低头嗑瓜子。兴儿笑道："若论模样儿行事为人，倒是一对好的。只是他已有了，只未露形。将来准是林姑娘定了的。因林姑娘多病，二则都还小，所以还没办呢。再过三二年，老太太便一开言，那是再无不准的了。"

大家正说话，只见隆儿又来了，说："老爷有事，是件机密大事，要遣二爷往平安州去。不过三五日就起身，来回也得半月工夫。今日不能来了。请老奶奶早和二姨定了那事，明日爷来，好作定夺。"说着，带了兴儿回去了。

这里尤二姐命掩了门，早睡下了，盘问他妹子一夜。至次日午后，贾琏方来了。尤二姐因劝他说："既有正事，何必忙忙又来，千万别为我误事。"贾琏道："也没甚事，只是偏偏的又出来了一件远差。出了月就起身，得半月工夫才来。"尤二姐道："既如此，你只管放心前去，这里一应不用你惦记。三妹妹他从不会朝更暮改的。他已择定了人，你只要依他就是了。"贾琏问是谁，尤二姐笑道："这人此刻不在这里，不知多早晚才来呢，也难为他眼力。自己说了，这人一年不来，他等一年；十年不来，等十年；若这人死了再不来了，他情愿剃了头发当姑子去，吃长斋念佛，以了今生。"

贾琏问："到底是谁，这样动他的心？"二姐笑道："说来话长。五年前我们老娘家里做生日，妈和我们到那里给老娘拜寿。他家请了

① 绕棺——迷信习俗，人死后请和尚或道士绕着棺材念经以超度亡魂。

一起串戏的人，也都是好人家子弟，里头有个装小生的叫作柳湘莲，他看上了，如今要是他才嫁。旧年我们闻得柳湘莲惹了一个祸逃走了，不知可来了不曾？”贾琏听了道：“怪道呢！我说是个什么样人，原来是他！果然眼力不错。你不知道这柳二郎，那样一个标致人，最是冷面冷心的，差不多的人，他都无情无义。他最和宝玉合的来。去年因打了薛呆子，他不好意思见我们的，不知那里去了，一向没来，听见有人说来了，不知是真是假。一问宝玉的小子们就知道了。倘或没来，他萍踪浪迹，知道几年才来，岂不白耽搁了？”尤二姐道：“我们这三丫头说的出来，干的出来，他怎样说，只依他便了。”

二人正说之间，只见尤三姐走来说道：“姐夫，你也不知道我们是什么人，今日和你说罢：你只放心，我们不是那心口两样的人，说什么是什么。若有了姓柳的来，我便嫁他。从今日起，我吃斋念佛，服侍母亲，等他来了，嫁了他去，若一百年不来，我自己修行去了。”说着，将头上一根玉簪拔下来，磕作两段，“一句不真，就如这簪子！”说着，回房去了，真个竟非礼不动，非礼不言起来。贾琏无了法，只得和二姐商议了一回家务，复回家与凤姐商议起身之事。一面着人问茗烟，茗烟说：“竟不知道。大约未来；若来了，必是我知道的。”一面又问他的街坊，也说未来。贾琏只得回复了二姐。至起身之日已近，前两天便说起身，却先往二姐这边来住两夜，从这里再悄悄长行。果见三姐竟像又换了一个人似的，又见二姐持家勤慎，自是不消惦记。

是日一早出城，就奔平安州大道，晓行夜住，渴饮饥餐。方走了三日，那日正走之间，顶头来了一群驮子，内中一伙，主仆十来骑马，走的近来一看，不是别人，就是薛蟠和柳湘莲来了。贾琏深为奇怪，忙伸马迎了上来，大家一齐相见，说些别后寒温，便入酒店歇下，叙谈叙谈。贾琏因笑说：“闹过之后，我们忙着请你两个和解，谁知柳兄踪迹全无。怎么你两个今日倒在一处了？”薛蟠笑道：“天下竟有这样奇事。我同伙计贩了货物，自春天起身，往回里走，一路平安。谁知前日到了平安州界，遇一伙强盗，已将东西劫去。不想柳二弟从那边来了，方把贼人赶散，夺回货物，还救了我们的性命。我谢他又不受，所以我们结拜了生死弟兄，如今一路进京。从此后我们是亲弟亲兄一般。到前面岔口上分路，他就分路往南二百里有他一个姑妈，他去望候望候。我先进京去安置了我的事，然后给他寻一所宅子，寻一门好亲事，大家过起来。”

贾琏听了道：“原来如此，倒教我们白悬了几日心。”因听道寻亲又说道：“方才说给柳二弟提亲，我正有一门好亲事堪配二弟。”说着，便将自己娶尤氏，如今又要发嫁小姨一节说了出来，只不说尤三姐自择之语。又嘱薛蟠且不可告诉家里，等生了儿子，自然是知道的。薛蟠听了大喜，说：“早该如此，这都是舍表妹之过。”湘莲忙笑说：“你又忘情了，还不住口。”薛蟠忙止住不语，便说：“既是这等，这门亲事定要做的。”湘莲道：“我本有愿，定要一个绝色的女子。如今既是贵昆仲[①]高谊，顾不得许多了，任凭裁夺，我无不从命。”贾琏笑道：“如今口说无凭，等柳兄一见，便知我这内娣的品貌是古今有一无二的了。”湘莲听了大喜，说：“既如此说，等弟探过姑母，不过一月，就进京的，那时再定如何？”贾琏笑道：“你我一言为定，只是我信不过二弟。你是萍踪浪迹，倘然去了不来，岂不误了人家一辈子的大事？须得留一定礼。”湘莲道：“大丈夫岂有失信之理。小弟素系寒贫，况且在客中，那里能有定礼？”薛蟠道：“我这里现成，就备一分二哥带去。”贾琏笑道：“也不用金银珠宝，须是二弟亲身自有的东西，不论贵贱，不过我带去取信耳。”湘莲道：“既如此说，弟无别物，囊中还有一把鸳鸯剑，乃弟家中传代之宝，弟也不敢擅用，只随身收藏着，就请拿去为定。弟纵系水流花落之性，然亦断不舍此剑。”说毕，大家又饮了几杯，方各自上马，作别起程。正是：

将军不下马，各自奔前程。

且说贾琏一日到了平安州，见了节度，完了公事。因又嘱他十月前后务要还来一次，贾琏领命。次日连忙取路回家，先到尤二姐那边探望。谁知贾琏出门之后，尤二姐操持家务十分谨肃，每日关门阖户，一点儿外事不闻。他小妹子果是个斩钉截铁之人，每日侍奉母亲之余，只和姐姐一处做些活计，虽贾珍趁贾琏不在家也来鬼混了两次，无奈二姐

① 昆仲——对他人兄弟的敬称。昆：兄。仲：弟；第二。

儿只不兜揽，推故不见。那三姐儿的脾气，贾珍早已领过教的，那里还敢招惹他去？所以踪迹一发疏阔了。

却说这日贾琏进门，见了这般景况，喜之不尽，深念二姐之德。大家叙些寒温，贾琏便将路上相遇湘莲一事说了一回，又将鸳鸯剑取出，递与三姐。三姐看时，上面龙吞夔护[①]，珠宝晶莹，及至拿出来看时，里面却是两把合体的。一把上面錾着一"鸳"字，一把上面錾着一"鸯"字，冷飕飕，明亮亮，如两痕秋水一般。三姐喜出望外，连忙收了，挂在自己绣房床上，每日望着剑，自喜终身有靠。

贾琏住了两天，回去复了父命，回家合宅相见。那时凤姐已大愈，出来理事行走了。贾琏又将此事告诉了贾珍。贾珍因近日又搭上新相知，二则正恼他姐妹无情，把这事丢过，不在心上，任凭贾琏裁夺，只怕贾琏独力不加，少不得又给了他三十两银子。贾琏拿来交与二姐预备妆奁。

谁知八月内湘莲方进了京，先来拜见薛姨妈，又遇见薛蝌，方知薛蟠不惯风霜，不服水土，一进京时便病倒在家，请医调治。听见湘莲来了，请入卧室相见。薛姨妈也不念旧事，只感新恩，母子们十分称谢。又说起亲事一节，凡一应东西皆已妥当，只等择日。柳湘莲也感激不尽。

次日又来见宝玉，二人相会，如鱼得水。湘莲因问贾琏偷娶二房之事，宝玉笑道："我听见茗烟说，我却未见，我也不敢多管。我又听见茗烟说，琏二哥哥着实问你，不知有何话说？"湘莲就将路上所有之事一概告诉宝玉，宝玉笑道："大喜，大喜！难得这个标致人，果然是个古今绝色，堪可配你。"湘莲道："既是这样，他那里少了人物，如何只想到我？况且我又素日不甚和他厚，也关切不至于此。路上忙忙的就那样再三要定礼，难道女家反赶着男家不成！我自己疑惑起来，后悔不该留下这剑作定礼。所以后来想起你来，可以细细问个底里才好。"宝玉道："你原是个精细人，如何既放了定礼又疑惑起来？你原说只要一个绝色的，如今既得了个绝色便罢了，何必再疑？"湘莲道："你既不

① 龙吞夔护——夔龙环抱的花纹。这里用以形容剑柄和剑鞘上图案的古雅。夔：传说中像龙而只有一足的神兽，古代器物常雕其形状作文饰。

知他来历，如何又知是绝色？”宝玉道：“他是珍大嫂子的继母带来的两位小姨，我在那里和他们混了一个月，怎么不知？真真一对尤物[①]，他又姓尤。”

湘莲听了，跌足道：“这事不好，断乎做不得了！你们东府里，除了那两个石头狮子干净罢了。”宝玉听说，当时满脸通红。湘莲自惭失言，连忙作揖说：“我该死胡说了。你好歹告诉我，他品行如何？”宝玉笑道：“你既深知，又来问我做什么？连我也未必干净了。”湘莲笑道：“原是我自己一时忘情，好歹别多心。”宝玉笑道：“何必再提，这倒是有心了。”湘莲作揖告辞出来，心中想着要找薛蟠，一则他现病着，二则他又浮躁，不如去索回定礼。主意已定，便一径来找贾琏。

贾琏正在新房中，闻得湘莲来了，喜之不尽，忙迎了出来，让到内室与尤老娘相见。湘莲只作揖称老伯母，自称晚生，贾琏听了诧异。吃茶之间，湘莲便说：“客中偶然忙促，谁知家姑母于四月间订了弟妇，使弟无言可回。若从了二哥，背了姑母，似非合礼。若系金帛之订，弟不敢索取，但此剑系祖父所遗，请仍赐回为幸。”贾琏听了，便不自在，便说：“这话二弟你说错了。定者，定也。原怕反悔所以为定。岂有婚姻之事，出入随意的？这个断乎使不得！”湘莲笑道：“虽如此说，弟愿领责受罚，然此事断不敢从命！”贾琏还要饶舌，湘莲便起身说：“请兄外边一叙，此处不便。”

那尤三姐在房明明听见。好容易等了他来，今忽反悔，便知他在贾府中听了什么话来，把自己也当做淫奔无耻之流，不屑为妻。今若容他出去和贾琏说退亲，料那贾琏必无法可处，就是争辩起来，自己也无趣味。一听贾琏要同他出去，连忙摘下剑来，将一股雌锋隐在肘内，出来便说：“你们不必出去再议，还你的定礼。”一面泪如雨下，左手将剑并鞘送与湘莲，右手回肘只往项上一横。可怜：

揉碎桃花红满地，玉山倾倒[②]再难扶。

① 尤物——特异的人物，多指美女。

② 玉山倾倒——这里用作身死倒地的婉辞。玉山：形容仪容之美好。

当下唬得众人急救不迭。尤老娘一面嚎哭，一面又骂湘莲。贾琏忙揪住湘莲，命人捆了送官。尤二姐忙止泪反劝贾琏："人家并没威逼，是他自寻短见。你便送他到官，又有何益？反觉生事出丑。不如放他去罢。"贾琏此时也没了主意，便放了手命湘莲快去。湘莲反不动身，拉下手绢，拭泪道："我并不知是这等刚烈人，真真可敬。是我没福消受。"湘莲反扶尸大哭一场。等买了棺木，眼见入殓，又抚棺大哭一场，方告辞而去。

出门无所之，昏昏默默，自想方才之事。原来尤三姐这样标致，又这等刚烈，自悔不及，信步行来，也不自知了。正走之间，听得隐隐一阵环珮之声，三姐从那边来了，一手捧着鸳鸯剑，一手捧着一卷册子，向柳湘莲哭道："妾痴情待君五年矣。不期君果冷心冷面，妾以死报此痴情。妾今奉警幻之命，前往太虚幻境修注案中所有一干情鬼。妾不忍一别，故来一会，从此再不能相见矣。"说着便走，又向湘莲洒了几点眼泪，便要告辞而行。湘莲不舍，忙欲上来拉住问时，那尤三姐便说："来自情天，去由情地。前生误被情惑，今既耻情而觉，与君两无干涉。"说毕，一阵香风，无踪无影去了。

湘莲放声大哭，不觉处梦中哭醒，似梦非梦，睁眼看时，竟是一座破庙，旁边坐着一个跏腿道士捕虱。湘莲便起身稽首相问："此系何方？仙师仙名法号？"道士笑道："连我也不知道此系何方，我系何人，不过暂来歇足而已。"柳湘莲听了，不觉冷然如寒冰浸骨，掣出那股雄剑，将万根烦恼丝一挥而尽，便随那道士，不知往那里去了。要知端的，且听下回分解。

第六十七回

见土仪颦卿思故里　闻秘事凤姐讯家童

话说尤三姐自尽之后，尤老娘和二姐儿、贾珍、贾琏等俱不胜悲恸，自不必说，忙令人盛殓，送往城外埋葬。柳湘莲见尤三姐身亡，痴情眷恋，却被道人数句冷言打破迷关，竟自截发出家，跟随疯道人飘然而去，不知何往，暂且不表。

且说薛姨妈闻知湘莲已说定了尤三姐为妻，心中甚喜，正是高高兴兴要打算替他买房子，治家伙，择吉迎娶，以报他救命之恩。忽有家中小厮吵嚷“三姐儿自尽了”，被小丫头们听见，告知薛姨妈。薛姨妈不知为何，心甚叹息。正在猜疑，宝钗从园里过来，薛姨妈便对宝钗说道：“我的儿，你听见了没有？你珍大嫂子的妹妹三姑娘，他不是已经许定给你哥哥的义弟柳湘莲了么？不知为什么自刎了。那湘莲也不知往那里去了。真正奇怪的事，叫人意想不到。”

宝钗听了，并不在意，便说道：“俗语说的好，‘天有不测风云，人有旦夕祸福’。这也是他们前生命定。前儿妈妈为他救了哥哥，商量着替他料理，如今已经死的死了，走的走了，依我说，也只好由他罢了。妈妈也不必为他们伤感了。倒是自从哥哥打江南回来了一二十日，贩了来的货物，想来也该发完了。那同伴去的伙计们辛辛苦苦的，回来几个月了，妈妈和哥哥商议商议，也该请一请，酬谢酬谢才是。别叫人家看着无理似的。”

母女正说话间，见薛蟠自外而入，眼中尚有泪痕。一进门来，便向他母亲拍手说道："妈妈可知道柳二哥、尤三姐的事么？"薛姨妈说："我才听见说，正在这里和你妹妹说这件公案呢。"薛蟠道："妈妈可听见说柳湘莲跟着一个道士出了家了么？"薛姨妈道："这越发奇了。怎么柳相公那样一个年轻的聪明人，一时糊涂，就跟着道士去了呢？我想你们好了一场，他又无父母兄弟，单身一人在此，你该各处找找他才是。靠那道士能往那里远去，左不过是在这方近左右的庙里寺里罢了。"薛蟠说："何尝不是呢。我一听见这个信儿，就连忙带了小厮们在各处寻找，连一个影儿也没有。又去问人，都说没看见。"

薛姨妈说："你既找寻过没有，也算把你做朋友的心尽了。焉知他这一出家不是得了好处去呢。只是你如今也该张罗张罗买卖，二则把你自己娶媳妇应办的事情，倒早些料理料理。咱们家没人，俗语说的'夯雀儿先飞'，省得临时丢三落四的不齐全，令人笑话。再者你妹妹才说，你也回家半个多月了，想货物也该发完了，同你去的伙计们，也该摆桌酒给他们道道乏才是。人家陪着你走了二三千里的路程，受了四五个月的辛苦，而且在路上又替你担了多少的惊怕沉重。"薛蟠听说，便道："妈妈说的很是，倒是妹妹想的周到。我也这样想着，只因这些日子为各处发货闹的脑袋都大了。又为柳二哥的事忙了这几日，反倒落了一个空，白张罗了一会子，倒把正经事都误了。要不然定了明儿后儿下帖儿请罢。"薛姨妈道："由你办去罢。"

话犹未了，外面小厮进来回说："管总的张大爷差人送了两箱子东西来，说这是爷各自买的，不在货账里面。本要早送来，因货物箱子压着，没得拿；昨儿货物发完了，所以今日才送来。"一面说着，一面又见两个小厮搬进了两个夹板夹的大棕箱。薛蟠一见，说："阿哟，可是我怎么就糊涂到这步田地了！特特的给妈和妹妹带来的东西，都忘了，没拿了家里来，还是伙计送了来了。"宝钗说："亏你说，还是特特的带来的，才放了一二十天，若不是特特的带来，大约要放到年底下才送来呢。我看你也诸事太不留心了。"薛蟠笑道："想是在路上叫人把魂吓掉了，还没归窍呢。"说着大家笑了一回，便向小丫头说："出去告诉小厮们，东西收下，叫他们回去罢。"

薛姨妈同宝钗因问："到底是什么东西，这样捆着绑着的？"薛蟠便叫两个小厮进来，解了绳子，去了夹板，开了锁看时，这一箱都是绸缎、绫锦、洋货等家常应用之物。薛蟠笑着道："那一箱是给妹妹带的。"亲自来开。母女二人看时，却是些笔、墨、纸、砚、各色笺纸、香袋、香珠、扇子、扇坠、花粉、胭脂等物；外有虎丘[①]带来的自行人、酒令儿，水银灌的打筋斗小小子、沙子灯，一出一出的泥人儿的戏，用青纱罩的匣子装着；又有在虎丘山上泥捏的薛蟠小像，与薛蟠毫无相差。宝钗见了，别的都不理论，倒是薛蟠的小像，拿着细细看了一看，又看看他哥哥，不禁笑起来了。因叫莺儿带着几个老婆子将这些东西连箱子送到园里去，又和母亲哥哥说了一回闲话，才回园子里来。这里薛姨妈将箱子里的东西取出，一分一分的打点清楚，叫同喜送给贾母并王夫人等处不提。

且说宝钗到了自己房中，将那些玩意儿一件一件的过了目，除了自己留用之外，一分一分配合妥当，也有送笔墨纸砚的，也有送香袋扇子香坠的，也有送脂粉头油的，有单送玩意儿的。只有黛玉的比别人不同，且又加厚一倍。一一打点完毕，使莺儿同着一个老婆子，跟着送往各处。

这边姊妹诸人都收了东西，赏赐来使，说见面再谢。惟有林黛玉看见他家乡之物，反自触物伤情，想起："父母双亡，又无兄弟，寄居亲戚家中，那里有人也给我带些土物？"想到这里，不觉的又伤起心来了。紫鹃深知黛玉心肠，但也不敢说破，只在一旁劝道："姑娘的身子多病，早晚服药，这两日看着比那些日子略好些。虽说精神长了一点儿，还算不得十分大好。今儿宝姑娘送来的这些东西，可见宝姑娘素日看得姑娘很重，姑娘看着该喜欢才是，为什么反倒伤起心来？这不是宝姑娘送东西来倒叫姑娘烦恼了不成？就是宝姑娘听见，反觉脸上不好看。再者这里老太太们为姑娘的病，千方百计请好大夫配药诊治，也为是姑娘的病好。这如今才好些，又这样哭哭啼啼，岂不是自己糟蹋了自己身子，叫老太太看着添了愁烦了么？况且姑娘这病，原是素日忧虑过度，伤了血气。姑娘的千金贵体，也别自己看轻了。"紫鹃正在这里劝

① 虎丘——山名，在江苏省苏州市，有虎丘塔、剑池等名胜古迹。据东汉赵晔《吴越春秋》载：吴王阖闾葬此，葬三日有白虎踞其上，故名虎丘。

解，只听见小丫头子在院内说："宝二爷来了。"紫鹃忙说："请二爷进来罢。"

只见宝玉进房来了，黛玉让坐毕，宝玉见黛玉泪痕满面，便问："妹妹，又是谁气着你了？"黛玉勉强笑道："谁生什么气！"旁边紫鹃将嘴向床后桌上一努，宝玉会意，往那里一瞧，见堆着许多东西，就知道是宝钗送来的，便取笑说道："那里这些东西，不是妹妹要开杂货铺啊？"黛玉也不答言。紫鹃笑着道："二爷还提东西呢。因宝姑娘送了些东西来，姑娘一看就伤起心来了。我正在这里劝解，恰好二爷来的很巧，替我们劝劝。"宝玉明知黛玉这个缘故，却也不敢提头儿，只得笑说道："你们姑娘的缘故想来不为别的，必是宝姑娘送来的东西少，所以生气伤心。妹妹，你放心，等我明年叫人往江南去，给你多多的带两船来，省得你淌眼抹泪的。"黛玉听了这些话，也知宝玉是为自己开心，也不好推，也不好任，因说道："我任凭怎么没见世面，也到不了这步田地，因送的东西少，就生气伤心。我又不是两三岁的小孩子，你也忒把人看得小气了。我有我的缘故，你那里知道。"说着，眼泪又流下来了。

宝玉忙走到床前，挨着黛玉坐下，将那些东西一件一件拿起来摆弄着细瞧，故意问："这是什么，叫什么名字？""那是什么做的，这样齐整？""这是什么，要他做什么使用？"又说："这一件可以摆在面前。"又说："那一件可以放在条桌上，当古董儿倒好呢。"一味的将些没要紧的话来厮混。黛玉见宝玉如此，自己心里倒过不去，便说："你不用在这里混搅了。咱们到宝姐姐那边去罢。"宝玉巴不得黛玉出去散散闷，解了悲痛，便道："宝姐姐送咱们东西，咱们原该谢谢去。"黛玉道："自家姊妹，这倒不必。只是到他那边，薛大哥回来了，必然告诉他些南边的古迹儿，我去听听，只当回了家乡一趟的。"说着，眼圈儿又红了。宝玉便站着等他。黛玉只得同他出来，往宝钗那里去了。

且说薛蟠听了母亲之言，急下了请帖，办了酒席。次日，请了四位伙计，俱已到齐，不免说些贩卖账目发货之事。不一时，上席让坐，薛蟠挨次斟了酒。薛姨妈又使人出来致意。大家喝着酒说闲话儿。内中一个道："今日这席上短两个好朋友。"众人齐问是谁，那人道："还有

谁，就是贾府上的琏二爷和大爷的盟弟柳二爷。”大家果然都想起来，问着薛蟠道：“怎么不请琏二爷和柳二爷来？”薛蟠闻言，把眉一皱，叹口气道：“琏二爷又往平安州去了，头两天就起了身的。那柳二爷竟别提起，真是天下头一件奇事。什么是柳二爷，如今不知那里作柳道爷去了。”众人都诧异道：“这是怎么说？”

薛蟠便把湘莲前后事体说了一遍。众人听了，越发骇异，因说道：“怪不的前日我们在店里仿仿佛佛也听见人吵嚷说，有一个道士三言两语把一个人度了去了，又说一阵风刮了去了，只不知是谁。我们正发货，那里有闲工夫打听这个事去？到如今还是似信不信的，谁知就是柳二爷呢。早知是他，我们大家也该劝他劝才是。任他怎么着，也不叫他去。”内中一个道：“别是这么着罢？”众人问怎么样，那人道：“柳二爷那样个伶俐人，未必是真跟了道士去罢。他原会些武艺，又有力量，或看破那道士的妖术邪法，特意跟他去，在背地摆布他，也未可知。”薛蟠道：“果然如此，倒也罢了。世上这些妖言惑众的人，怎么没人治他一下子。”众人道：“那时你知道了，难道也没找寻他去？”薛蟠说：“城里城外，那里没有找到？不怕你们笑话，我找不着他，还哭了一场呢。”言毕，只是长吁短叹无精打彩的，不像往日高兴。众伙计见他这样光景，自然不便久坐，不过随便喝了几杯酒，吃了饭，大家散了。

且说宝玉同着黛玉到宝钗处来。宝玉见了宝钗，便说道：“大哥哥辛辛苦苦的带了东西来，姐姐留着使罢，又送我们。”宝钗笑道：“不是什么好东西，不过是远路带来的土物儿，大家看着新鲜些就是了。”黛玉道：“这些东西我们小时候倒不理会，如今看见，真是新鲜物儿了。”宝钗因笑道：“妹妹知道，这就是俗语说的‘物离乡贵’，其实可算什么呢。”宝玉听了这话正对了黛玉方才的心事，连忙拿话岔道：“明年好歹大哥哥再去时，替我们多带些来。”黛玉瞅了他一眼，便道：“你要你只管说，不必拉扯上人。姐姐你瞧，宝哥哥不是给姐姐来道谢，竟又要定下明年的东西来了。”说的宝钗、宝玉都笑了。

三个人又闲话了一回，因提起黛玉的病来。宝钗劝了一回，因说道：“妹妹若觉着身子不爽快，倒要自己勉强扎挣着出来走走逛逛，散散心，比在屋里闷坐着到底好些。我那两日不是觉着发懒，浑身发热，只是要歪着，也因为时气不好，怕病，因此寻些事情自己混着。这两日才觉着好些了。”黛玉道：“姐姐说的何尝不是。我也是这么想着呢。”大家又坐了一会方散。宝玉仍把黛玉送至潇湘馆门首，才各自回去了。

且说赵姨娘因见宝钗送了贾环些东西，心中甚是喜欢，想道：“怨不得别人都说宝丫头好，会做人，很大方，如今看起来果然不错。他哥哥能带了多少东西来，他挨门儿送到，并不遗漏一处，也不露出谁薄谁厚，连我们这样没时运的，他都想到了。若是那林丫头，他把我们娘儿们正眼也不瞧，那里还肯送我们东西？”一面想，一面把那些东西翻来覆去的摆弄瞧了一回。忽然想到宝钗系王夫人是亲戚，为何不到王夫人跟前卖个好儿呢？自己便蝎蝎螫螫的拿着东西，走至王夫人房中，站在旁边，陪笑说道：“这是宝姑娘才刚给环哥儿的。难为宝姑娘这么年轻的人，想的这么周到，真是大户人家的姑娘，又展样，又大方，怎么叫人不敬服呢。怪不得老太太和太太成日家都夸他疼他。我也不敢自专就收起来，特拿来给太太瞧瞧，太太也喜欢喜欢。”王夫人听了，早知道来意，又见他说的不伦不类，也不便不理他，说道：“你自管收了去给环哥玩罢。”赵姨娘来时兴兴头头，谁知抹了一鼻子灰，满心生气，又不敢露出来，只得讪讪的出来了。到了自己房中，将东西丢在一边，嘴里咕咕哝哝自言自语道：“这个又算了个什么儿呢。”一面坐着，各自生了一回闷气。

却说莺儿带着老婆子们送东西回来，回复了宝钗，将众人道谢的话并赏赐的银钱都回完了，那老婆子便出去了。莺儿走近前来一步，挨着宝钗悄悄的说道：“刚才我到琏二奶奶那边，看见二奶奶一脸的怒气。我送下东西出来时，悄悄的问小红，说刚才二奶奶从老太太屋里回来，不似往日欢天喜地的，叫了平儿去，唧唧咕咕的不知说了些什么。看那个光景，倒像有什么大事的似的。姑娘没听见那边老太太有什么事？”宝钗听了，也自己纳闷，想不出凤姐是为什么有气，便道：“各人家有各人的事，咱们那里管得。你去倒茶去罢。”莺儿于是出来，自去倒茶不提。

且说宝玉送了黛玉回来，想着黛玉的孤苦，不免也替他伤感起来。因要将这话告诉袭人，进来时却只有麝月秋纹在房中。因问：“你袭

人姐姐那里去了？”麝月道：“左不过在这几个院里，那里就丢了他。一时不见，就这样找。”宝玉笑着道：“不是怕丢了。我方才到林姑娘那边，见林姑娘正在伤心，问起来，却是为宝姐姐送了他东西，他看见是他家乡的土物，不免对景伤情。我要告诉你袭人姐姐，叫他闲时过去劝劝。”正说着，晴雯进来了，因问宝玉道：“你回来了，又要叫劝谁？”宝玉将方才的话说了一遍。晴雯道：“袭人姐姐才出去，听见他说要到琏二奶奶那边去。保不住还到林姑娘那里去呢。”宝玉听了，便不言语。秋纹倒了茶来，宝玉漱了一口，递给小丫头子，心中着实不自在，就随便歪在床上。

却说袭人因宝玉出门，自己作了回活计，忽想起凤姐身上不好，这几日也没有过去看看，况闻贾琏出门，正好大家说说话儿。便告诉晴雯：“好生在屋里，别都出去了，叫宝玉回来抓不着人。”晴雯道：“哎哟，这屋里单你一个人记挂着他，我们都是白闲着混饭吃的。”袭人笑着，也不答言，就走了。

刚来到沁芳桥畔，那时正是夏末秋初，池中莲藕新残相间，红绿离披。袭人走着，沿堤看玩了一回。猛抬头看见那边葡萄架底下有人拿着掸子在那里掸什么呢，走到跟前，却是老祝妈。那老婆子见了袭人，便笑嘻嘻的迎上来，说道：“姑娘怎么今日得工夫出来逛逛？”袭人道：“可不是吗。我要到琏二奶奶家瞧瞧去。你这里做什么呢？”那婆子道：“我在这里赶蜜蜂儿。今年三伏里雨水少，这果子树上都有虫子，把果子吃的疤瘌流星的，掉了好些。姑娘还不知道呢，这马蜂最可恶的，一嘟噜上只咬破三两个儿，那破的水滴到好的上头，连这一嘟噜都是要烂的。姑娘你瞧，咱们说话的空儿没赶，就落上许多了。”

袭人道：“你就是不住手的赶，也赶不了许多。你倒是告诉买办，叫他多多做些小冷布[①]口袋儿，一嘟噜套上一个，又透风，又不糟蹋。”婆子笑道：“倒是姑娘说的是。我今年才管上，那里知道这个巧法儿呢？”因又笑着说道：“今年果子虽糟蹋了些，味儿倒好，不信摘一个姑娘尝尝。”袭人正色道：“这那里使得。不但没熟吃不得，就是熟了，上头还没有供鲜，咱们倒先吃了。你是府里使老了的，难道连这

① 冷布——稀疏透气的纱布。

个规矩都不懂了？”老祝妈忙笑道：“姑娘说得是。我见姑娘很喜欢，我才敢这么说，可就把规矩错了，我可是老糊涂了。”袭人道：“这也没有什么。只是你们有年纪的老奶奶们，别先领着头儿这么着就好了。”说着，遂一径出了园门，来到凤姐这边。

一到院里，只听凤姐说道：“天理良心，我在这屋里熬的越发成了贼了。”袭人听见这话，知道有原故了，又不好回来，又不好进去，遂把脚步放重些，隔着窗子问道：“平姐姐在家里呢么？”平儿忙答应着迎出来。袭人便问：“二奶奶也在家里呢么，身上可大安了？”说着，已走进来。凤姐装着在床上歪着呢，见袭人进来，也笑着站起来，说：“好些了，叫你惦着。怎么这几日不过我们这边坐坐？”袭人道：“奶奶身上欠安，本该天天过来请安才是。但只怕奶奶身上不爽快，倒要静静儿的歇歇，我们来了，倒吵的奶奶烦。”

凤姐笑道：“烦是没的话。倒是宝兄弟屋里虽然人多，也就靠着你一个照看他，也实在的离不开。我常听见平儿告诉我，说你背地里还惦着我，常常问我。这就是你尽心了。”一面说着，叫平儿挪了张杌子放在床旁边，让袭人坐下。丰儿端进茶来，袭人欠身道：“妹妹坐着罢。”一面说闲话儿。只见一个小丫头子在外间屋里悄悄的和平儿说：“旺儿来了，在二门上伺候着呢。”又听见平儿也悄悄的道：“知道了。叫他先去，回来再来，别在门口儿站着。”袭人知他们有事，又说了两句话，便起身要走。凤姐道：“闲来坐坐，说说话儿，我倒开心。”因命平儿：“送送你妹妹。”平儿答应着送出来。只见两三个小丫头子，都在那里屏声息气齐齐的伺候着。袭人不知何事，便自去了。

却说平儿送出袭人，进来回道：“旺儿才来了，因袭人在这里我叫他先到外头等等儿，这会子还是立刻叫他呢，还是等着？请奶奶的示下。”凤姐道：“叫他来。”平儿忙叫小丫头去传旺儿进来。这里凤姐又问平儿：“你到底是怎么听见说的？”平儿道：“就是头里那小丫头子的话。他说他在二门里头听见外头两个小厮说：‘这个新二奶奶比咱们旧二奶奶还俊呢，脾气儿也好。’不知是旺儿是谁，吆喝了两个一顿，说：‘什么新奶奶旧奶奶的，还不快悄悄儿的呢，叫里头知道了，把你的舌头还割了呢。’”平儿正说着，只见一个小丫头进来回说：“旺儿在外头伺候着呢。”凤姐听了，冷笑了一声说：“叫他进来。”

那小丫头出来说："奶奶叫呢。"旺儿连忙答应着进来。

旺儿请了安，在外间门口垂手侍立。凤姐道："你过来，我问你话。"旺儿才走到里间门旁站着。凤姐道："你二爷在外头弄了人，你知道不知道？"旺儿又打着千儿回道："奴才天天在二门上听差事，如何能知道二爷外头的事呢？"凤姐冷笑道："你自然不知道。你要知道，你怎么拦人呢。"旺儿听了这话，知道方才的话已经走了风了，料着瞒不过，便又跪回道："奴才实在不知。就是头里兴儿和喜儿两个人在那里混说，奴才吆喝了他们两句。内中深情底里奴才不知道，不敢妄回。求奶奶问兴儿，他是长跟二爷出门的。"凤姐听了，下死劲啐了一口，骂道："你们这一起没良心的混账忘八崽子！都是一条藤儿，打量我不知道呢。先去给我把兴儿那个忘八崽子叫了来，你也不许走。问明白了他，回来再问你。好，好，好，这才是我使出来的好人呢！"那旺儿只得连声答应几个是，磕了个头爬起来，出去叫兴儿。

却说兴儿正在账房儿里和小厮们玩呢，听见说二奶奶叫，先唬了一跳，却也想不到是这件事发作了，连忙跟着旺儿进来。旺儿先进去，回说："兴儿来了。"凤姐厉声道："叫他来！"兴儿听见这个声音儿，早已没了主意了，只得仗着胆子进来。凤姐一见，便说："好小子啊！你和你爷办的好事啊！你只实说罢！"兴儿一闻此言，又看见凤姐气色及两边丫头们的光景，早唬软了，不觉跪下，只是磕头。凤姐道："论起这事来，我也听见说不与你相干。但只你不早来回我知道，这就是你的不是了。你要实说了，我还饶你；再有一字虚言，你先摸摸你腔子上几个脑袋瓜子！"兴儿战兢兢的朝上磕头道："奶奶问的是什么事，奴才同爷办坏了？"凤姐听了，一腔火都发作起来，喝命："打嘴巴！"旺儿过来才要打时，凤姐骂道："什么糊涂忘八崽子！叫他自己打，用你打吗！一会子你再打你自己的嘴巴子还不迟呢。"

那兴儿真个自己左右开弓打了自己十几个嘴巴。凤姐喝声"站住"，问道："你二爷外头娶了什么新奶奶旧奶奶的事，你大概不知道啊。"兴儿见说出这件事来，越发着了慌，连忙把帽子抓下来在砖地上咕咚咕咚碰的头山响，口里说道："只求奶奶超生，奴才再不敢撒一个字儿的谎。"凤姐道："快说！"兴儿直蹶蹶的跪起来回道："这事头里奴才也不知道。就是这一天，东府里大老爷送了殡，俞禄往珍大爷庙里去领银子。二爷同着蓉哥儿到了东府里，道儿上爷儿两个说起珍大奶奶那边的二位姨奶奶来。二爷夸他好，蓉哥儿哄着二爷，说把二姨奶奶说给二爷。”凤姐听到这里，使劲啐道：“呸，没脸的忘八蛋！他是你那一门子的姨奶奶！”兴儿忙又磕头说：“奴才该死！”往上瞅着，不敢言语。凤姐道：“完了吗？怎么不说了？”兴儿方才又回道：“奶奶恕奴才，奴才才敢回。”凤姐啐道：“放你妈的屁，这还什么恕不恕了。你好生给我往下说，好多着呢。”兴儿又回道：“二爷听见这个话就喜欢了。后来奴才也不知道怎么就弄真了。”凤姐微微冷笑道：“这个自然么，你可那里知道呢！你知道的只怕都烦了呢。是了，说底下的罢！”兴儿回道：“后来就是蓉哥儿给二爷找了房子。”凤姐忙问道：“如今房子在那里？”兴儿道：“就在府后头。”凤姐道：“哦。”回头瞅着平儿道：“咱们都是死人那。你听听！”平儿也不敢作声。

兴儿又回道：“珍大爷那边给了张家不知多少银子，那张家就不问了。”凤姐道：“这里头怎么又扯拉上什么张家李家咧呢？”兴儿回道：“奶奶不知道，这二奶奶……”刚说到这里，又自己打了个嘴巴，把凤姐倒怄笑了。两边的丫头也都抿嘴儿笑。兴儿想了想，说道：“那珍大奶奶的妹子……”凤姐接着道：“怎么样？快说呀。”兴儿道：“那珍大奶奶的妹子原来从小儿有人家的，姓张，叫什么张华，如今穷的待好讨饭。珍大爷许了他银子，他就退了亲了。”凤姐听到这里，点了点头儿，回头便望丫头们说道：“你们都听见了？小忘八崽子，头里他还说他不知道呢！”兴儿又回道：“后来二爷才叫人裱糊了房子，娶过来了。”凤姐道：“打那里娶过来的？”兴儿回道：“就在他老娘家抬过来的。”凤姐道：“好罢咧。”又问：“没人送亲么？”兴儿道：“就是蓉哥儿。还有几个丫头老婆子们，没别人。”凤姐道：“你大奶奶没来吗？”兴儿道：“过了两天，大奶奶才拿了些东西来瞧的。”

凤姐笑了一笑，回头向平儿道：“怪道那两天二爷称赞大奶奶不离嘴呢。”掉过脸来又问兴儿，“谁服侍呢？自然是你了。”兴儿赶着碰头不言语。凤姐又问：“前头那些日子说给那府里办事，想来办的就是这个了。”兴儿回道：“也有办事的时候，也有往新房子里去的时候。”凤姐又问道：“谁和他住着呢。”兴儿道：“他母亲和他妹子。昨儿他妹子自己抹了脖子了。”凤姐道：“这又为什么？”兴儿随将柳

闻秘事凤姐训兴儿

湘莲的事说了一遍。凤姐道："这个人还算造化高，省了当那出名儿的忘八。"因又问道："没了别的事了么？"兴儿道："别的事奴才不知道。奴才刚才说的字字是实话，一字虚假，奶奶问出来只管打死奴才，奴才也无怨的。"

凤姐低了一回头，便又指着兴儿说道："你这个猴儿崽子就该打死。这有什么瞒着我的？你想着瞒了我，就在你那糊涂爷跟前讨了好儿了，你新奶奶好疼你。我不看你刚才还有点怕惧儿，不敢撒谎，我把你的腿不给你砸折了呢。"说着喝声"起去"。兴儿磕了个头，才爬起来，退到外间门口，不敢就走。凤姐道："过来，我还有话呢。"兴儿赶忙垂手敬听。凤姐道："你忙什么，新奶奶等着赏你什么呢？"兴儿也不敢抬头。凤姐道："你从今日不许过去。我什么时候叫你，你什么时候到。迟一步儿，你试试！出去罢。"兴儿忙答应几个"是"，退出门来。凤姐又叫道："兴儿！"兴儿赶忙答应回来。凤姐道："你快出去告诉你二爷去，是不是啊！"兴儿回道："奴才不敢。"凤姐道："你出去提一个字儿，隄防你的皮！"兴儿连忙答应着才出去了。凤姐又叫："旺儿呢？"旺儿连忙答应着过来。凤姐把眼直瞪瞪的瞅了两三句话的工夫，才说道："好旺儿，很好，去罢！外头有人提一个字儿，全在你身上。"旺儿答应着，也慢慢的退出去。

凤姐便叫倒茶。小丫头子们会意，都出去了。这里凤姐才和平儿说："你都听见了？这才好呢。"平儿也不敢答言，只好陪笑儿。凤姐越想越气，歪在枕上只是出神，忽然眉头一皱，计上心来，便叫："平儿来！"平儿连忙答应过来。凤姐道："我想这件事竟该这么着才好。也不必等你二爷回来再商量了。"未知凤姐如何办理，下回分解。

第六十八回

苦尤娘赚入大观园　酸凤姐大闹宁国府

话说贾琏起身去后，偏值平安节度巡边在外，约一个月方回。贾琏未得确信，只得住在下处等候。及至回来相见，将事办妥，回程已是将近两个月的限了。

谁知凤姐心下早已算定，只待贾琏前脚走了，回来便传各色匠役，收拾东厢房三间，照依自己正室一样装饰陈设。至十四日便回明贾母王夫人，说十五日一早要到姑子庙里进香去。只带了平儿、丰儿、周瑞媳妇、旺儿媳妇四人，未曾上车，便将原故告诉了众人。又吩咐众男人，素衣素盖，一径前来。

兴儿引路，一直到了二姐门前扣门。鲍二家的开了。兴儿笑说："快回二奶奶去，大奶奶来了。"鲍二家的听了这话，顶梁骨走了真魂，忙飞跑进去报与尤二姐。尤二姐虽也一惊，但已来了，只得以礼相见，于是忙整理衣裳迎了出来。至门前，凤姐方下车进来。尤二姐一看，只见凤姐头上皆是素白银器，身上月白缎袄，青缎披风，白绫素裙。眉弯柳叶，高吊两梢，目横丹凤，神凝三角。俏丽若三春之桃，清素若九秋之菊。周瑞、旺儿二女人搀入院来。尤二姐陪笑忙迎上来万福，张口便叫"姊姊"，说："今儿实在不知姐姐下降，不曾远接，望恕仓促之罪。"说着便福了下来。凤姐忙陪笑还礼不迭。二人携手同入室中。

凤姐上座，尤二姐命丫鬟拿褥子来便行礼，说："妹子年轻，一从到了这里，凡事都是家母和家姊商议主张。今日有幸相会，若姊姊不弃寒微，凡事求姊姊的指示教训。奴亦倾心吐胆，只服侍姊姊。"说着，便行下礼去。凤姐忙下座以礼相还，口内忙说："皆因我也年轻，向来总是妇人的见识，一味的只劝二爷保重，别在外边眠花宿柳，恐怕叫太爷太太担忧。这都是我的痴心，谁知二爷倒错会了我的意。若是外头包占人家姐妹，瞒着家里也罢了；如今娶了妹妹作二房，这样正经大事，也是人家大礼，却不曾和我说。我也劝过二爷，早办这件事，果然生个一男半女，连我后来都有靠。不想二爷反以我为那等妒忌不堪的人，私自办了，真真叫我有冤没处诉。我的这个心，惟有天地可表。头十天头里，我就风闻着知道了，只怕二爷又错想了，遂不敢先说；目今可巧二爷走了，所以我亲自过来拜见。还求妹妹体谅我的苦心，起动大驾，挪至家中。你我姊妹同居同处，彼此合心合意的谏劝二爷，谨慎世务，保养身子，这才是大礼呢。要是妹妹在外，我在里头，妹妹白想想，我心里怎么过的去？再者叫外人听着，不但我的名声不好听，就是妹妹的名儿也不雅。况二爷的名声更是要紧，倒是谈论咱们姐妹们，还是小事。至于那起下人小人之言，未免见我素习持家太严，背地里加添些言语，也是常情。妹妹想：自古说的'当家人，恶水缸'。我要真有不容人的地方儿，上头三层公婆，当中有好几位姊妹妯娌们，怎么容的我到今日？就是今日二爷私娶妹妹，在外住着，我自然不愿意见妹妹，我如何还肯来呢？拿着我们平儿说起，我还劝着二爷收他呢。这都是天地神佛不忍的叫这些小人们糟蹋我，所以才叫我知道了。我如今来求妹妹进去，和我一块儿，住的使的，带的穿的，总是一样儿的。妹妹这样伶俐人，要肯真心帮我，我也得个膀臂。不但那起小人，堵了他们的嘴；就是二爷，回来一见，他也从今后悔，我并不是那种吃醋调歪的人：你我三人，更加和气，所以妹妹还是我的大恩人呢。要是妹妹不合我去，我也愿意搬出来，陪着妹妹住，只求妹妹在二爷跟前，替我好言方便，留我个站脚地方儿，就叫我服侍妹妹梳头洗脸，也是愿意的。"说着，便呜呜咽咽哭将起来。尤二姐见了这般，也不免淌下泪来。

二人对见了礼，分序坐下。平儿忙也上来要见礼。尤二姐见他打扮不凡，举止品貌不俗，料定是平儿，连忙亲身挽住，只叫："妹子，快别这么着，你我是一样的人。”凤姐忙也起身笑说：“折死了他！妹子只管受礼，他原是咱们的丫头。以后快别这么着。”说着，又命周瑞家的从包袱里取出四匹上色尺头，四对金珠簪环为拜见的礼。尤二姐忙拜受了。二人吃茶，对诉已往之事。凤姐口内全是自怨自错，说“怨不得别人，如今只求妹妹疼我”。

熙凤拷问尤二姐之事

尤二姐是个实心人，便认他作是个极好的人，想道小人不遂心，诽谤主子亦是常理，故倾心吐胆，叙了一回，竟把凤姐认为知己。又见周瑞等媳妇在旁边称扬凤姐素日许多善政，只是吃亏心太痴了，反惹人怨；又说“已经预备了房屋，奶奶进去一看便知”。尤氏心中早已要进去同住方好，今又见如此，岂有不允之理？便说：“原该跟了姐姐去，只是这里怎样着呢？”凤姐道：“这有何难，妹妹的箱笼细软之物着小厮搬了进去。这些粗夯货要他无用，还叫人看着。妹妹说谁妥当就叫谁在这里。”尤二姐忙说：“今日既遇见姊姊，这一进去，凡事只凭姊姊料理。我也来的日子浅，也不曾当过家，世事不明白，如何敢作主呢？这几件箱笼拿进去罢。我也没有什么东西，那也不过是二爷的。”

凤姐听了，便命周瑞家的记清，好生看管着抬到东厢房去。于是催着尤二姐急忙穿戴了，二人携手上车，又同坐一处，又悄悄的告诉他：“我们家的规矩大。这事老太太、太太一概不知，倘或知道二爷孝中娶你，管把他打死了。如今且别见老太太、太太。我们有一个园子极大，姊妹们住着，容易没人去的。你这一去且在园里住两天，等我设个法子回明白了，那时再见方妥。”尤二姐道：“任凭姊姊裁处。”那些跟车的小厮们皆是预先说明的，如今不走大门，只奔后门而来。

下了车，赶散众人。凤姐便带尤氏进了大观园的后门，来到李纨处相见了。彼时大观园中十停人已有九停人知道了，今忽见凤姐带了进来，引动众人来看问。二姐一一见过。众人见他标致和悦，无不称扬。

凤姐又一一的吩咐园中婆子丫头："都不许在外走了风声，若老太太、太太知道，我先叫你们死。"园中婆子丫头都素惧凤姐的，又系贾琏国孝、家孝中所行之事，知道关系非常，都不管这事。凤姐悄悄的求李纨收养几日，"等回明了，我们自然过去的"。李纨见凤姐那边已收拾房屋，况在服中，不好倡扬，自是正理，只得收下权住。凤姐又变法将他的丫头一概退出，又将自己的一个丫头送来与他使唤。暗暗吩咐园中媳妇们："好生照看着他。若有走失逃亡，一概和你们算账。"自己又去暗中行事，不提。

且说合家之人都暗暗的纳罕说："他如何这等贤惠起来了？"那二姐得了这个所在，又见园中姊妹各各相好，倒也安心乐业的自谓得其所矣。谁知三日之后，丫头善姐便有些不服使唤起来。二姐因说："没了头油了，你去回声大奶奶拿些来。"善姐便道："二奶奶，你怎么不知好歹没眼色？我们奶奶天天承应了老太太，又要承应这边太太、那边太太。这些姑娘、妯娌们，上下几百男女，天天起来，都等他的话。一日少说，大事也有一二十件，小事还有三五十件。外头的从娘娘算起，以及王公、侯伯家，多少人情客礼；家里又有这些亲友的调度；银子上千钱上万，一日都从他一人手里出入，一个嘴里调度，那里为这点子小事去烦琐他？我劝你能着些儿罢。咱们又不是明媒正娶来的，这是他亘古少有一个贤良人才这样待你，若差些儿的人，听见了这话，不知怎样吵嚷起来，把你丢在外头，死不死，活不活，你敢怎么着呢！"

一席话，说的二姐垂了头，自为有这一说，少不得将就些罢了。那善姐渐渐的连饭也不端来与他吃了，或早一顿，或晚一顿，所拿来的东西，皆是剩的。二姐说过两次，他反瞪着眼乱叫起来。二姐又怕人笑他不安分，少不得忍着。隔五日八日见凤姐一面，那凤姐却是和容悦色，满嘴"好妹妹"不绝口。又说："倘有下人不到之处，你降不住他们，只管告诉我，我打他们。"又骂丫头媳妇说："我深知你们，软的欺，硬的怕，背开我的眼，还怕谁？倘或二奶奶告诉我一个不字，我要你们的命！"二姐见他这般的好心，思想："既有他，何必我又多事？下人不知好歹，也是常情。我若告了，他们受了委屈，到叫人说我不贤良。"因此反替他们遮掩。

凤姐一面使旺儿在外打听这尤二姐的底细，皆已深知，果然已有了婆家的，女婿现在才十九岁，成日在外嫖赌，不理生业，家私花尽了，父亲撵他出来，现在赌钱厂里存身。父亲受了尤婆十两银子退了亲的，这女婿尚不知道。原来这小伙子名叫张华。凤姐都一一尽知原委，便封了二十两银子与旺儿，悄悄命他将张华勾来养活，着他写一张状子，只管往有司衙门中告去，就告琏二爷“国孝家孝之中，背旨瞒亲，仗财倚势，强逼退亲，停妻再娶”等语。这张华也深知利害，不敢造次。旺儿回了凤姐，凤姐气的骂道：“真是他娘的话！怨不得俗语说的，‘癞狗扶不上墙’的！你细细的说给他，‘就告我们家谋反也没要紧’，不过是借他一闹，大家没脸；若闹大了，我这里自然能够平息的。”旺儿领命，只得细说与张华。凤姐又吩咐旺儿：“他若告了你，你就和他对词去。”如此如此，这般这般，“我自有道理。”旺儿听了有他做主，便又命张华状子上添上自己，说：“你只告我来旺的过付，一应调唆二爷做的。”张华得了主意，和旺儿商议定了，写了一纸状子，次日便往都察院喊了冤。

察院坐堂看状子，是告贾琏的事，上面有家人旺儿一人，只得遣人去贾府传旺儿来对词。青衣[1]不敢擅入，只命人带信。那旺儿正等着此事，不用人带信，早在这条街上等候。见了青衣，反迎上去，笑道：“起动众位兄弟：必是兄弟的事犯了。说不得，快来套上吧。”众青衣不敢，只说：“你老走罢，别闹了。”

于是来至堂上跪了。察院命将状子与他看。旺儿故意看了一遍，碰头说道：“这事小的尽知，小的主人实有此事。但这张华素与小的有仇，故意扯小的在内。其中还有别人，求老爷再问。”张华碰头说：“虽还有人，小的不敢告他，所以只告他下人。”旺儿故意急的说：“糊涂东西，还不快说出来！这是朝廷公堂之上，凭是主子，也要说出来。”张华便说出贾蓉来。察院听了无法，只得去传贾蓉。凤姐又差了庆儿暗中打听，告下来了，便忙将王信唤来，告诉他此事，命他托察院只虚张声势惊唬而已，又拿了三百银子给他打点。是夜王信到了察院私第，安了根子。

那察院深知原委，收了赃银。次日回堂，只说张华无赖，因拖欠了

[1] 青衣——这里指穿黑衣的衙役，即“皂隶”。

贾府银两，枉捏虚词，诬赖良人。都察院又素与王子腾相好，王信也只到家说了一声，况是贾府之人，巴不得了事，便也不提此事，且都收下，只传贾蓉对词。

且说贾蓉正忙着贾珍之事，忽有人来报信，说有人告你们如此如此，这般这般，快作道理。贾蓉慌了，忙来回贾珍。贾珍说："我防了这一着，只亏他好大胆子。"即刻封了二百银子着人去打点察院，又命家人去对词。正商议之间，人回："西府二奶奶来了。"贾珍听了这个，倒吃了一惊，忙要同贾蓉藏躲，不想凤姐已进来了，说："好大哥哥，带着兄弟们干的好事！"贾蓉忙请安，凤姐拉了他就进来。贾珍还笑说："好生伺候你婶娘，吩咐他们杀牲口预备饭。"说了，忙命备马，躲往别处去了。

这里凤姐带着贾蓉走来上房，尤氏正迎了出来，见凤姐气色不善，忙笑说："什么事情这等忙？"凤姐照脸一口吐沫啐道："你尤家的丫头没人要了，偷着只往贾家送！难道贾家的人都是好的，普天下死绝了男人了！你就愿意给，也要三媒六证，大家说明，成个体统才是。你痰迷了心，脂油蒙了窍，国孝家孝两重在身，就把个人送来了。这会子叫人告我们，连官场中都知道我利害，吃醋。如今指名提我，要休我。我来了这里，干错了什么不是，你这等害我？或是老太太、太太有了话在你心里，使你们做这圈套，要挤我出去？如今咱们两个一同去见官，分证明白，回来咱们公同请了合族中人，大家觌面[①]说个明白，给我休书，我就走路！"一面说，一面大哭，拉着尤氏，只要去见官。

急的贾蓉跪在地下碰头，只求"婶娘息怒"。凤姐一面又骂贾蓉："天雷劈脑子、五鬼分尸的没良心的东西！不知天有多高，地有多厚，成日家调三窝四，干出这些没脸面没王法败家破业的营生。你死了的娘，阴灵也不容你！祖宗也不容你！还敢来劝我！"哭骂着扬手就打。唬的贾蓉忙磕头说道："婶婶别动气！只求婶娘别看这一时，侄儿千日的不好，还有一日的好。实在婶娘气不平，何用婶娘打，等我自己打，婶娘只别生气！"说着，自己举手，左右开弓，自己打了一顿嘴巴子。又自己问着自己说："以后可还再顾三不顾四的混管闲事了？以后

① 觌面——当面；会面。觌：见；相见。

还单听叔叔的话、不听婶娘的话了？婶娘是怎么样待你？你这么没良心的！”众人又是劝，又要笑，又不敢笑。

凤姐滚到尤氏怀里，嚎天动地，大放悲声，只说：“给你兄弟娶亲我不恼。为什么使他违旨背亲，将混账名儿给我背着？咱们只去见官，省了捕快皂隶来拿。再者咱们只过去见了老太太、太太和众族人，大家公议了，我既不贤良，又不容男人娶亲买妾，只给我一纸休书，我即刻就走。你妹妹我也亲身接了来家，生怕老太太、太太生气，也不敢回，现在三茶六饭、金奴银婢的住在园里。我这里赶着收拾房子，和我的一样的道理，只等老太太知道了。原说了接过来大家安分守己的，我也不提旧事了。谁知又是有了人家的。不知你们干的什么事，我一概又不知道。如今告我，我昨日急了，纵然我出去见官，也丢的是你贾家的脸，少不得偷把太太的五百两银子去打点。如今把我的人还锁在那里。”说了又哭，哭了又骂，后来放声大哭起祖宗爹妈来，又要寻死撞头。

把个尤氏揉搓成一个面团儿，衣服上全是眼泪鼻涕，并无别话，只骂贾蓉：“混账种子，和你老子作的好事！当初就说使不得。”凤姐听说这话，哭着搬着尤氏的脸问道：“你发昏了？你的嘴里难道有茄子塞着？不然是他们给你嚼子衔上了？为什么你不来告诉我去？你若告诉了我，这会子不平安了？怎得经官动府，闹到这步田地，你这会子还怨他们！自古说‘妻贤夫祸少，表壮不如里壮’。你但凡是个好的，他们怎得闹出这些事来？你又没才干，又没口齿，锯了嘴子的葫芦，就只会一味瞎小心应贤良的名儿。”说着啐了几口。尤氏也哭道：“何曾不是这样？你不信问问跟我的人，我何曾不劝的，也得他们听。叫我怎么样呢？怨不得妹妹生气，我只好听着罢了。”

凤姐照尤氏脸上吐唾沫

众姬妾、丫鬟、媳妇已是黑压压跪了一地，陪笑求说；“二奶奶最圣明的。虽是我们奶奶的不是，奶奶也作践的够了。当着奴才们，奶奶们素日何等的好来，如今还求奶奶给留点脸儿。”说着，捧上茶来。凤姐也摔了，一面住了哭挽头发，又哭骂贾蓉：“出去请你父亲来。我对面问他，亲大爷的孝才五七，侄儿就娶亲，这个礼我竟不知道。我问问，也好学着日后教导子侄的。”

贾蓉只跪着磕头，说道：“这事原不与父母相干，都是侄儿一时吃了屎，调唆叔叔做的。我父亲也并不知道。婶子若闹起来，侄儿也是个死。只求婶子责罚侄儿，侄儿谨领。这官司还求婶子料理，侄儿竟不能干这大事。婶子是何等样人，岂不知俗语说的‘胳膊只折在袖子里’。侄儿糊涂死了，既做了不肖的事，就同那猫儿狗儿一般。婶子既教训，就不和侄儿一般见识的，少不得还要婶子费心费力将外头的压住了才好。原是婶子有这个不肖的侄儿，既惹了祸，少不得委屈，还要疼侄儿。”说着，又磕头不绝。

凤姐见了贾蓉这般，心里早软了。只是碍着众人面前，又难改过口来，因叹了一口气，一面拉起来，一面拭泪向尤氏道：“嫂子也别恼我，我是年轻不知事的人，一听见有人告了，把我吓昏了，才这么着急的顾前不顾后了。可是蓉儿说的‘胳膊折了，往袖子里藏’，刚才的话，嫂子可别恼，还得嫂子在哥哥跟前替说，先把这官司按下去才好。”尤氏贾蓉一齐都说：“婶子放心，横竖一点儿连累不着叔叔。婶子方才说用过了五百两银子，少不得我娘儿们打点五百两银子与婶子送过去，好补上，不然岂有反教婶子又添上亏空之名，越发我们该死了。但还有一件，老太太、太太们跟前婶子还要周全方便，别提这些话方好。”

凤姐又冷笑道：“你们饶压着我的头干了事，这会子反哄着我替你们周全。我就是个呆子，也呆不到如此。嫂子的兄弟是我的丈夫，嫂子既怕他绝后，我岂不更比嫂子更怕绝后。嫂子的妹子就和我的妹子一样。我一听见这话，连夜喜欢的连觉也睡不成，赶着传人收拾了屋子，就要接进来同住。倒是奴才小人的见识，他们倒说：‘奶奶太性急。若是我们的主意，先回了老太太、太太看是怎样，再收拾房子去接也不迟。’我听了这话，教我要打要骂的，才不言语了。谁知偏不称我的意，偏偏儿的打我的嘴，半空里又跑出一个张华来告了一状。我听见了，吓的两夜没合眼儿，又不敢声张，只得求人去打听这张华是什么人，这样大胆。打听了两日，谁知是个无赖的花子。小子们说：‘原是二奶奶许了他的。他如今急了，冻死饿死也是一个死；现在有这个理他抓住，纵然死了，死的倒比冻死饿死还值些。’怎么怨的他告呢。这事原是爷做的太急了。国孝一层罪，家孝一层罪，背着父母私娶一层罪，停妻再娶一层罪。俗语说：‘拚着一身剐，敢把皇帝拉下马。’他穷疯了的人，什么事做不出来？况且他又拿着这满理，不告等请不成？嫂子说，我就是个韩信张良，听了这话，也把智谋吓回去了。你兄弟又不在家，又没个人商议，少不得拿钱去垫补，谁知越使钱越叫人拿住了刀靶儿，越发来讹。我是耗子尾上长疮，——多少脓血儿！所以又急又气，少不得来找嫂子……”

尤氏贾蓉不等说完，都说：“不必操心，自然要料理的。”贾蓉又道：“那张华不过是穷急，故舍了命才告。咱们如今想了一个法儿，竟许他些银子，只叫他应了枉告不实之罪，咱们替他打点完了官司。他出来时再给他些个银子就完了。”凤姐笑道：“好孩子，怨不得你顾一不顾二的做这些事出来。原来你是这么个有心胸的，我往日错看了你了。若你说得这话，他暂且依了，且打出官司来又得了银子，眼前自然了事。这个人既是无赖的小人，银子到手三天五天光了，他又来找事讹诈。再要叨登起来，咱们虽不怕，终久担心。搁不住他说‘既没毛病为什么反给我银子’？”

贾蓉原是个明白人，听如此一说，便笑道：“我还有个主意，‘来是是非人，去是是非者’[①]，这事还得我了才好。如今我竟去问张华个主意，或是他定要人，或是他愿意了事得钱再娶。他若说一定要人，少不得我去劝我二姨，叫他出来仍嫁他去；若说要钱，我们这里少不得给他。”凤姐忙道：“虽如此说，我断舍不得你姨娘出去，我也断不肯使他出去。他要出去了，咱们家的脸在那里呢？依我说，只宁可多给钱为是。”贾蓉深知凤姐口虽如此，心却是巴不得只要本人出来，他却做贤良人。如今怎说怎依。

凤姐欢喜了，又说：“外头好处了，家里终久怎么样？你也同我过

① “来是是非人，去是是非者”——由谁惹起的是非，还得由谁来了结，与“解铃还须系铃人”义近。

去回明老太太、太太才是。”尤氏又慌了，拉凤姐讨主意如何撒谎才好。凤姐冷笑道：“既没这本事，谁叫你干这样事了。这会子又这个腔儿，我又看不上。待要不出个主意，我又是个心慈面软的人，凭人撮弄我。我还是一个傻心肠儿，说不得，让我应起来。如今你们只别露面，我只领了你妹妹去与老太太、太太们磕头，只说原系你妹妹，我看上了很好。正因我不大生长，原说买两个人放在屋里的，今既见你妹妹很好，而又是亲上做亲的，我愿意娶来做二房。皆因家中父母姊妹新近一概死了，日子又艰难，不能度日，若等百日之后，无奈无家无业，实在难等。我的主意接进来了，已经厢房收拾出来了暂且住着，等满了服再圆房[①]。仗着我不怕臊的脸，死活赖去，有了不是，也寻不着你们了。你们母子想想，可使得？”

尤氏、贾蓉一齐笑说：“到底是婶子宽洪大量，足智多谋。等事妥了，少不得我们娘儿们过去拜谢。”凤姐道：“罢呀！还说什么拜谢不拜谢！”又指着贾蓉道：“今日我才知道你了！”说着，把脸却一红，眼圈儿也红了，似有多少委屈的光景。贾蓉忙陪笑道：“罢了，少不得担待我这一次罢。”说着，忙又跪下了。凤姐扭过脸去不理他，贾蓉才笑着起来了。这里尤氏忙命丫头们舀水，取妆奁服侍凤姐梳洗了，赶忙又命预备晚饭。凤姐执意要回去，尤氏拦着道：“今日二婶子要这么走了，我们什么脸还过那边去呢？”贾蓉旁边笑着劝道：“好婶娘，亲婶娘，以后蓉儿要不真心孝顺你老人家，天打雷劈！”凤姐瞅了他一眼，啐道：“谁信你这……”说到这里，又咽住了。一面老婆子们摆上酒菜来，尤氏亲自递酒布菜。贾蓉又跪着敬了一钟酒。凤姐便和尤氏吃了饭。丫头们递了漱口茶，又捧上茶来，凤姐喝了两口，便起身回去。贾蓉亲身送过来，进门时又悄悄的央告了几句私心话，凤姐也不理他，只得央央的回去了。

凤姐进园中，将此事告诉与尤二姐，又说我怎么操心打听，又怎么设法子，须得如此如此方保得众人无罪，少不得咱们按着这个法儿才好。不知凤姐又想出什么计策来，且听下回分解。

---

① 圆房——旧时嫁女有女子先到男家，虽有夫妻名分而不同房者，待适当时候方行同宿，称为“圆房”。

第六十九回

弄小巧用借剑杀人　觉大限吞生金自逝

话说尤二姐听了，又感谢不尽，只得跟了他来。尤氏那边怎好不过来的，少不得也过来跟着凤姐去回。凤姐笑说："你只别说话，等我去说。"尤氏道："这个自然。但一有个不是，是往你身上推的。"说着，大家先来至贾母房中。

正值贾母和园中姊妹们说笑解闷，忽见凤姐带了一个标致小媳妇进来，忙觑着眼看，说："这是谁家的孩子！好可怜见的。"凤姐上来笑道："老祖宗倒细细的看看，好不好？"说着，忙拉二姐说："这是太婆婆，快磕头。"二姐忙行了大礼。又指着众姊妹说，这是某人某人，"你先认了，太太瞧过了再见礼。"二姐听了，一一又重新故意的问过，垂头站在旁边。

贾母上下瞧了一瞧，仰着脸想了想，因又笑问："这孩子我倒像那里见过他，好眼熟啊！"凤姐忙又笑说："老祖宗且别问，只说比我俊不俊。"贾母又戴了眼镜，命鸳鸯琥珀："把那孩子拉过来，我瞧瞧肉皮儿。"众人都抿嘴儿笑着，只得推他上去。贾母细瞧了一遍，又命琥珀："拿出手来我瞧瞧。"鸳鸯又揭起袖子来。贾母瞧毕，摘下眼镜来，笑说道："很齐全，我看比你俊些。"凤姐听说，笑着忙跪下，将尤氏那边所编之话，一五一十细细的说了一遍，"少不得老祖宗发慈心，先许他进来，住一年后再圆房。"贾母听了道："这有什么不是。既你这样贤良，很好。只是一年后方可圆得房。”凤姐听了，叩头起来，又求贾母着两个女人一同带去见太太们，说是老祖宗的主意。贾母依允，遂使二人带去见了邢夫人等。王夫人正因他风声不雅，深为忧虑，见他今行此事，岂有不乐之理？于是尤二姐自此见了天日，挪到厢房居住。

凤姐一面使人暗暗调唆张华，只叫他要原妻，这里还有许多赔送外，还给他银子安家过活。张华原无胆无心告贾家的，后来又见贾蓉打发人来对词，那人原说的：“张华先退了亲，我们原是亲戚，接到家里住着是真，并无娶嫁之说。皆因张华拖欠了我们的债务，追索不与，方诬赖小的主儿。”那察院都和贾王两处有瓜葛，况又受了贿，只说张华无赖，以穷讹诈，状子也不收，打了一顿赶出来，庆儿在外替他打点，也没打重。又调唆张华：“亲原是你家定的，你只要亲事，官必还断给你。”于是又告。王信那边又透了消息与察院，察院便批：“张华所欠贾宅之银，令其限内按数交还；其所定之亲，仍令其有力时娶回。”又传了他父亲来，当堂批准。他父亲亦系庆儿说明，乐得人财两进，便去贾家领人。

凤姐一面吓的来回贾母，说如此这般，“都是珍大嫂子干事不明，并没和那家退准，惹人告了，如此官断。”贾母听了，忙唤了尤氏过来，说他作事不妥：“既是你妹子从小曾与人指腹为婚，又没退断，使人混告了。”尤氏听了，只得说：“他连银子都收了，怎么没准？”凤姐在旁又说：“张华的口供上现说没见银子，也没见人去。他老子说：‘原是亲家母说过一次，并没应准。亲家母死了，你们就接进去作二房。’如此没有对证的话，只好由他去混说。幸而琏二爷不在家，没曾圆房，这还无妨。只是人已来了，怎好送回去？岂不伤脸！”贾母道：“又没圆房，没的强占人家有夫之人，名声也不好，不如送给他去。那里寻不出好人来。”尤二姐听了，又回贾母说：“我母亲实于某年月日给了他十两银子退准的。他因穷急了告，又翻了口。我姊姊原没错办。”贾母听了，便说：“可见刁民难惹。既这样，凤丫头去料理料理。”

凤姐听了无法，只得应着。回来只命人去找贾蓉。贾蓉深知凤姐之意，若要使张华领回，成何体统？便回了贾珍，暗暗遣人去说张华：

“你如今既有许多银子，何必定要原人？若只管执定主意，岂不怕爷们一怒，寻出个由头，你死无葬身之地！你有了银子，回家去什么好人寻不出来？你若走时，还赏你些路费。”张华听了，心中想了一想，这倒是好主意，和父亲商议已定，约共也得了有百金，父子次日起个五更，回原籍去了。

贾蓉打听得真了，来回了贾母凤姐，说：“张华父子妄告不实，惧罪逃走，官府亦知此情，也不追究，大事完毕。”凤姐听了，心中一想：若必定着张华带回二姐去，未免贾琏回来再花几个钱包占住，不怕张华不依；还是二姐不去，自己相绊着还妥当，且再作道理。只是张华此去不知何往，他倘或再将此事告诉了别人，或日后再寻出这由头来翻案，岂不是自己害了自己？原先不该如此将刀靶递给外人那！因此悔之不迭。复又想了一条主意出来，悄命旺儿遣人寻着了他，或说他作贼，和他打官司将他治死，或暗中使人算计，务将张华治死，方剪草除根，保住自己的名誉。

旺儿领命出来，回家细想：“人已走了完事，何必如此大作？人命关天，非同儿戏，我且哄过他去，再用道理。”因此在外躲了几日，回来告诉凤姐，只说张华是有了几两银子在身上，逃去第三日，在京口地界五更天已被截路人打闷棍的打死了。他老子唬死在店房，在那里验尸掩埋。凤姐听了不信，说：“你要扯谎，我再使人打听出来敲你的牙！”自此方丢过不究。

凤姐和尤二姐和美非常，更比亲姊亲妹还胜十倍。

那贾琏一日事毕回来，先到了新房中，已竟悄悄的封锁，只有一个看房子的老头儿。贾琏问起原故，老头子细说原委，贾琏只在镫中跌足。少不得来见贾赦与邢夫人，将所完之事回明。贾赦十分欢喜，说他中用，赏了他一百两银子，又将房中一个十七岁的丫鬟名叫秋桐者，赏他为妾。贾琏叩头领去，喜之不尽。见了贾母和家中人，回来见了凤姐，未免脸上有些愧色。谁知凤姐反不似往日容颜，同尤二姐一同出来，叙了寒温。贾琏将秋桐之事说了，未免脸上有些得意骄矜之色。凤姐听了，忙命两个媳妇坐车在那边接了来。心中一刺未除，又平空添了一刺，说不得且吞声忍气，将好颜面换出来遮掩。一面又命摆酒接风，一面带了秋桐来见贾母与王夫人等。贾琏心中也暗暗的纳罕。

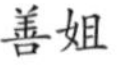

善姐

秋桐

且说凤姐在家，外面待尤二姐自不必说得，只是心中又怀别意。无人处只和尤二姐说："妹妹的声名很不好听，连老太太、太太们都知道了，说妹妹在家做女孩儿就不干净，又和姐夫来往太密，'没人要的了，你拣了来。还不休了，再寻好的'。我听见这话，气了什么儿似的，打听是谁说的，又查不出来。日久天长，这些个奴才们跟前，怎么说嘴呢？我反弄了个鱼头来拆。[①]"说了两遍，自己又气病了，茶饭也不吃。除了平儿，众丫头媳妇无不言三语四，指桑说槐，暗相讥刺。

且说秋桐自以为系贾赦之赐，无人僭他的，连凤姐平儿皆不放在眼里，岂肯容他？张口是"先奸后娶没汉子要的娼妇，也来要我的强"。凤姐听了暗乐。自从装病，便不和尤二姐吃饭。每日只命人端了菜饭到他房中去吃，那茶饭都系不堪之物。平儿看不过，自拿了钱出来弄菜与他吃，或是有时只说和他园中去玩，在园中厨内另做了汤水与他吃，也无人敢回凤姐。只有秋桐一时撞见了，便去说舌告诉凤姐说："奶奶的名声，生是平儿弄坏了的。这样好菜好饭浪着不吃，却往园里去偷吃。"凤姐听了，骂平儿说："人家养猫拿耗子，我的猫只倒咬鸡。"平儿不敢多说，自此也就远着了，又暗恨秋桐。

园中姊妹一干人暗为二姐担心。虽都不便多言，却也可怜。每常无

---

① 弄了个鱼头来拆——也作"择鱼头"，比喻处理和排解复杂难办的事。拆，分解、清理的意思。一说，把筵席上的鱼头拆开了好让大家吃，引申为与人方便，宁可自找麻烦。

人处，说起话来，二姐便淌眼抹泪，又不敢抱怨凤姐，因无一点坏形。

贾琏来家时，见了凤姐贤良，也便不留心。况素昔见贾赦姬妾、丫鬟最多，贾琏每怀不轨之心，只未敢下手。今日天缘凑巧，竟把秋桐赏了他，真是一对烈火干柴，如胶投漆，燕尔新婚[①]，连日那里拆的开？那贾琏在二姐身上之心，也渐渐淡了，只有秋桐一人是命。

凤姐虽恨秋桐，且喜借他先可发脱二姐，用“借剑杀人”之法，“坐山观虎斗”，等秋桐杀了尤二姐，自己再杀秋桐。主意已定，没人处常又私劝秋桐说：“你年轻不知事。他现是二房奶奶，你爷心坎儿上的人，我还让他三分，你去硬碰他，岂不是自寻其死？”那秋桐听了这话，越发恼了，天天大口乱骂说：“奶奶是软弱人，那等贤惠，我却做不来。奶奶把你素日的威风怎都没了？奶奶宽洪大量，我却眼里揉不下沙子去。让我和这淫妇做一回，他才知道。”凤姐在屋里，只装不敢出声儿。

气的尤二姐在房里哭泣，饭也不吃，又不敢告诉贾琏。次日贾母见他眼红红的肿了，问他，又不敢说。秋桐正是抓乖卖俏之时，他便悄悄的告诉贾母王夫人等说：“专会作死，好好的成天家丧声嚎气，背地里咒二奶奶和我早死了，他好和二爷一心一计的过。”贾母听了便说：“人太生娇俏了，可知心就嫉妒。凤丫头倒好意待他，他倒这样争风吃醋的。可是个贱骨头！”因此渐次便不大欢喜。众人见贾母不喜，不免又往下踏践起来，弄得这尤二姐要死不能，要生不得。还是亏了平儿，时常背着凤姐，与他排解。

那尤二姐原是个花为肠肚雪作肌肤的人，如何经得这般磨折？不过受了一个月的暗气，便恹恹得了一病，四肢懒动，茶饭不进，渐次黄瘦下去。夜来合上眼，只见他妹妹手捧鸳鸯宝剑前来说：“姐姐，你一生为人心痴意软，终吃了这亏。休信那妒妇花言巧语，外作贤良，内藏奸滑，他发恨定要弄你一死方罢。若妹子在世，断不肯令你进来，即进来时，亦不容他这样。此亦系理数应然，你生前淫奔不才，使人家丧伦败行，故有此报。你依我将此剑斩了那妒妇，一同归至警幻案下，听其发

① 燕尔新婚——新婚和美。《诗经·邶风·谷风》：“宴尔新昏（昏与婚通），如兄如弟。”宴尔：即燕好、和美，指夫妻和谐。“宴”通“燕”，安乐。

落。不然，你则白白的丧命，且无人怜惜。”

尤二姐哭道：“妹妹，我一生品行既亏，今日之报既系当然，何必又去杀人作孽？”三姐儿听了，长叹而去。尤二姐惊醒，却是一梦。等贾琏来看时，因无人在侧，便哭着和贾琏说：“我这病便不能好了。我来了半年，腹中也有了身孕，但不能预知男女。倘天见怜，生了下来还可，若不然，我这命就不保，何况于他？”贾琏亦哭说：“你只放心，我请名人来医治。”于是出去即刻请医生。

谁知王太医此时也病了，又谋干了军前效力，回来好讨荫封的。小厮们走去，便请了那年给晴雯看病的太医胡君荣来。诊视了，说是经水不调，全要大补。贾琏便说：“已是三月庚信①不行，又常作呕酸，恐是胎气。”胡君荣听了，复又命老婆子请出手来再看看。再看了半日，说：“若论胎气，肝脉②自应洪大。然木盛则生火，经水不调亦皆因由肝木所致。医生要大胆，须得请奶奶将金面略露露，医生观观气色，方敢下药。”贾琏无法，只得命将帐子掀起一缝，尤二姐露出脸来。胡君荣一见，魂魄如飞天外，那里还能辨气色？

一时掩了帐子，贾琏就陪他出来，问是如何。胡大医道：“不是胎气，只是瘀血凝结。如今只以下瘀血通经要紧。”于是写了一方，作辞而去。贾琏命人送了药礼，抓了药来，调服下去。只半夜，尤二姐腹痛不止，谁知竟将一个已成形的男胎打了下来。于是血行不止，二姐就昏迷过去。贾琏闻知，大骂胡君荣。一面再遣人去请医调治，一面命人去打告胡君荣。胡君荣听了，早已卷包逃走。这里太医便说：“本来气血生成亏弱，受胎以来，想是着了些气恼，郁结于中。这位先生误用虎狼之剂，如今大人元气十分伤其八九，一时难保就愈。煎丸二药并行，还要一些闲言闲事不闻，庶可望好。”说毕而去。——也开了个煎药方子并调元散郁的丸药方子去了。急的贾琏查是谁请了姓胡的来，一时查出，便打了半死。

凤姐比贾琏更急十倍，只说：“咱们命中无子，好容易有了一个，又遇见这样没本事的大夫。”于是天地前烧香礼拜，自己通陈祷告说：

---

① 庚信——亦称月信，即月经。

② 肝脉——左手关脉可诊肝部病情，亦称肝脉。

"我或有病，只求尤氏妹子身体大愈，再得怀胎生一男子，我愿吃长斋念佛。"贾琏众人见了，无不称赞。贾琏与秋桐在一处，凤姐又做汤做水的着人送与二姐，又叫人出去算命打卦。偏算命的回来又说："系属兔的阴人冲犯了。"大家算将起来，只有秋桐一人属兔儿，说他冲的。

秋桐近见贾琏请医治药，打人骂狗，为尤二姐十分尽心，他心中早浸了一缸醋在内了。今又听见如此说他冲了，凤姐又劝他说："你暂且别处去躲几个月再来。"秋桐便气的哭骂道："理那起瞎肏的混咬舌根！我和他'井水不犯河水'，怎么就冲了他！好个爱八哥儿，在外头什么人不见，偏来了就有人冲了。我还要问问他呢，到底是那里来的孩子？他不过指着哄我们那个棉花耳朵的爷罢了。纵有孩子，也不知姓张姓王。奶奶希罕那杂种羔子，我不喜欢！谁不会养？一年半载养一个，倒还是一点搀杂没有的呢！"众人又要笑，又不敢笑。可巧邢夫人过来请安，秋桐便哭告邢夫人说："二爷奶奶要撵我回去，我没了安身之处，太太好歹开恩。"邢夫人听说，慌的数落凤姐一阵，又骂贾琏："不知歹的种子，凭他怎么样，是老爷给的。为个外头来的撵他，连老子都没了。"说着，赌气去了。秋桐更又得意，越发走到他窗户根底下大哭大骂起来。尤二姐听了，不免更添烦恼。

晚间，贾琏在秋桐房中歇了，凤姐已睡，平儿过尤二姐那边来劝慰了一番，尤二姐哭诉了一回。平儿又嘱咐了几句，夜已深了，方去安息。

这里尤二姐心下自思："病已成势，日无所养，反有所伤，料定必不能好。况胎已打下，无可悬心，何必受这些零气，不如一死，倒还干净。常听见人说，生金子可以坠死，岂不比上吊自刎又干净。"想毕，扎挣起来，打开箱子，便找出一块生金，也不知多重，狠命含泪便吞入口中，几次直脖方咽了下去。于是赶忙将衣服首饰穿戴齐整，上炕躺下。当下人不知，鬼不觉。到第二日早晨，丫鬟媳妇们见他不叫人，乐得自梳洗。凤姐便和秋桐都上去了。平儿看不过，说丫头们："就只配没人心的打着骂着便也罢了，一个病人，也不知可怜可怜。他虽好性儿，你们也该拿出个样儿来，别太过逾了，墙倒众人推。"丫鬟听了，急推房门进来看时，却穿戴的齐齐整整，死在炕上，于是方吓慌了，喊叫起来，平儿进来看了，不禁大哭。众人虽素习惧怕凤姐，然想尤二姐实在温和怜下，如今死去，谁不伤心落泪？只不敢与凤姐看见。

当下合宅皆知。贾琏进来，搂尸大哭不止。凤姐也假意哭："狠心的妹妹！你怎么丢下我去了，辜负了我的心！"尤氏、贾蓉等也来哭了一场，劝住贾琏。贾琏便回了王夫人，讨了梨香院停放五日，挪到铁槛寺去。王夫人依允。贾琏忙命人去往开了梨香院收拾停灵，出灵不像，将二姐抬上去，用衾单盖了，八个小厮和几个媳妇围随，抬往梨香院来。那里已请下天文生，择定明日寅时入殓大吉；五日出不得，七日方可。贾琏道："竟是七日。因家叔家兄皆在外，小丧不敢多停。"天文生应诺，写了殃榜[①]而去。宝玉已早过来陪哭一场。众族中人也都来了。

贾琏忙进去找凤姐，要银子治办丧事。凤姐见抬了出去，推有病，回："老太太、太太说我病着，忌三房[②]，不许我去。"因此也不出来穿孝，且往大观园中来。绕过群山，至北界墙根下，往外听了一半言语，回来又回贾母说如此这般。贾母道："信他胡说，谁家痨病死的孩子不烧了一撒，也认真的开丧破土起来。既是二房一场，也是夫妻情分，停五七日抬出来，或一烧或乱葬地上埋了完事。"凤姐笑道："可是这话。我又不敢劝他。"正说着，丫鬟来请凤姐，说："二爷等着奶奶拿银子呢。"凤姐只得来了，便问他："什么银子？家里近来艰难，你还不知道？咱们的月例，一月赶不上一月。昨儿我把两个金项圈当了三百银子，使剩了，还有二三十两银子，你要就拿去。"说着，便命平儿拿出来，递给贾琏，指着贾母有话，又去了。恨的贾琏没话可说，只得开了尤氏箱柜，去拿自己的体己。及开了箱柜，一滴无存，只有些拆簪烂花并几件半新不旧的绸绢衣裳，都是尤二姐素习所穿的，不禁又伤心哭了。想着他死的不分明，又不敢说。只得自己用个包袱一齐包了，也不命小厮丫鬟来拿，便自己提着来烧。

平儿又是伤心，又是好笑，忙将二百两一包的碎银子偷出来，到厢房拉住贾琏，悄递与他说："你只别作声才好，你要哭，外头多少哭

① 殃榜——旧时由阴阳先生给死者写的文书，上有死者的年寿及"招魂"的话。

② 忌三房——旧俗，生病的人忌进新房、产房和灵房，称为"忌三房"。

不得？又跑了这里来点眼。”贾琏听说，便说：“你说的是。”接了银子，又将一条裙子递与平儿，说：“这是他家常穿的，你好生替我收着，作个念心儿。”平儿只得接了，自己收去。贾琏拿了银子命人买板进来，连夜赶造。一面分派了人口守灵，晚来也不进去，只在这里伴宿。放了七日，想着二姐旧情，虽不敢大作声势，却也不免请些僧道超度亡灵。一时贾母忽然来唤，未知何事，下回分解。

第七十回

林黛玉重建桃花社　史湘云偶填柳絮词

话说贾琏自在梨香院伴宿七日夜，天天僧道不断做佛事。贾母唤了他去，吩咐不许送往家庙中。贾琏无法，只得又和时觉说了，就在尤三姐之上点了一个穴，破土埋葬。那日送殡，只不过族中人与王信夫妇、尤氏婆媳而已。凤姐一应不管，只凭他自去办理。

因又年近岁逼，诸务猬集不算外，又有林之孝开了一个人名单子来，共有八个二十五岁的单身小厮应该娶妻成房，等里面有该放的丫头们好求指配。凤姐看了，先来问贾母和王夫人。大家商议，虽有几个应该发配的，奈各人皆有原故：第一个鸳鸯发誓不去。自那日之后，一向未和宝玉说话，也不盛妆浓饰。众人见他志坚，也不好相强。第二个琥珀，又有病，这次不能了。彩云因近日和贾环分崩，也染了无医之症。只有凤姐和李纨房中粗使的大丫鬟出去了，其余年纪未足。令他们外头自娶去了。

原来这一向因凤姐病了，李纨、探春料理家务不得闲暇，接着过年过节，出来许多杂事，竟将诗社搁起。如今仲春天气，虽得了工夫，争奈宝玉因柳湘莲遁迹空门，又闻得尤三姐自刎，尤二姐被凤姐逼死，又兼柳五儿自那夜监禁之后病越重了，连连接接，闲愁胡恨，一重不了一重添。弄得情色若痴，语言常乱，似染怔忡之疾。慌的袭人等又不敢回贾母，只百般逗他玩笑。

这日清晨方醒，只听的外间房内咭咭呱呱笑声不断。袭人因笑说：“你快出去解救，晴雯和麝月两个人按住芳官里那膈肢呢。”宝玉听了，忙披上灰鼠袄子出来一瞧，只见他三人被褥尚未叠起，大衣也未穿。那晴雯只穿葱绿杭绸小袄，红小衣红睡鞋，披着头发，骑在芳官身上。麝月是红绫抹胸，披着一身旧衣，在那里抓芳官的肋肢。芳官却仰在炕上，穿着撒花紧身儿，红裤绿袜，两脚乱蹬，笑的喘不过气来。宝玉忙上前笑说：“两个大的欺负一个小的，我来挠他们。”说着，也上床来膈肢晴雯。晴雯触痒，笑的忙丢下芳官，和宝玉对抓。芳官趁势又将晴雯按倒，向他肋下抓动。袭人看他四人滚在一处倒好笑，因说道：“仔细冻着了，可不是玩的，都穿上衣裳罢。”

忽见碧月进来说：“昨儿晚上奶奶在这里把块手帕子忘了，不知可在这里没有？”春燕说：“有，我在地下拾了起来，不知是那一位的，才洗了出来晾着，还未干呢。”碧月见他四人乱滚，因笑道：“倒是这里热闹，大清早起就咭咭呱呱的玩到一处。”宝玉笑道：“你们那里人也不少，怎么不玩？”碧月道：“我们奶奶不玩，把两个姨娘和琴姑娘也都拘住了。如今琴姑娘又跟了老太太前头去了，更寂寞了。两个姨娘今年过了，到明年冬天都去了，又更寂寞呢。你瞧宝姑娘那里，出去了一个香菱，就冷清了多少，把个云姑娘落了单。”

正说着，只见湘云又打发了翠缕来说：“请二爷快出去瞧好诗。”宝玉听了，忙梳洗了出来，果见黛玉、宝钗、湘云、宝琴、探春都在那里，手里拿着一篇诗看。见他来时，都笑说：“这会子还不起来，咱们的诗社散了一年，也没有人作兴。如今正是初春时节，万物更新，正该鼓舞另立起来才好。”湘云笑道：“一起诗社时是秋天，就不发达。如今却好万物逢春，咱们重新整理起这个诗社来。况这首桃花诗又好，就把海棠社改作桃花社，岂不妙呢。”宝玉听着，点头说：“很好。”且忙着要诗看。众人都又说：“咱们此时就访稻香老农去，大家议定才好。”说着，一齐起来，都往稻香村来。

宝玉一壁走，一壁看那纸上写着《桃花行》一篇，曰：

桃花帘外东风软，桃花帘内晨妆懒。
帘外桃花帘内人，人与桃花隔不远。

东风有意揭帘栊，花欲窥人帘不卷。
桃花帘外开仍旧，帘中人比桃花瘦。
花解怜人花也愁，隔帘消息风吹透。
风透湘帘花满庭，庭前春色倍伤情。
闲苔院落门空掩，斜日栏杆人自凭。
凭栏人向东风泣，茜裙偷傍桃花立。
桃花桃叶乱纷纷，花绽新红叶凝碧。
雾裹烟封一万株，烘楼照壁红模糊。
天机烧破鸳鸯锦[①]，春酣欲醒移珊枕[②]。
侍女金盆进水来，香泉影蘸胭脂冷[③]。
胭脂鲜艳何相类，花之颜色人之泪；
若将人泪比桃花，泪自长流花自媚。
泪眼观花泪易干，泪干春尽花憔悴。
憔悴花遮憔悴人，花飞人倦易黄昏。
一声杜宇春归尽，寂寞帘栊空月痕！

宝玉看了并不称赞，痴痴呆呆，竟要滚下泪来，又怕众人看见，又忙自己擦了。因问："你们怎么得来？"宝琴笑道："你猜是谁作的？"宝玉笑道："自然是潇湘子稿。"宝琴笑道："现是我作的呢。"宝玉笑道："我不信。这声调口气，迥乎不像。"宝琴笑道："所以你不通。难道杜工部首首只作'丛菊两开他日泪'之句不成！一般的也有'红绽雨肥梅''水荇牵风翠带长'之媚语。[④]"宝玉笑道："固然如此说。但我知道姐姐断不许妹妹有此伤悼语句，妹妹本有此

① 天机烧破鸳鸯锦——烧破天机鸳鸯锦。这里是形容盛开的桃花犹如天上的纹绵烧成碎片落到了人间一样。天机：传说中天上仙女用的织机。烧：极喻其红。

② 珊枕——珊瑚枕。

③ 香泉影蘸脂胭冷——面容的倒影蘸在清冷的泉水中。胭脂：代指少女的面容。

④ 难道杜工部……之媚语——杜工部，即杜甫。"丛菊两开他日泪"句，见杜甫《秋兴》八首之一。这首诗写秋日凋伤萧森的气象，格调深沉。"红绽雨肥梅"句见《陪郑广文游何将军山林》——十首之五；"水荇牵风翠带长"见《曲江对雨》。这里薛宝钗是说杜诗风格沉郁，但非首首如此，也有清灵明媚的句子。

才，却也断不肯作的。比不得林妹妹曾经离丧，作此哀音。”众人听说，都笑了。

已至稻香村中，将诗与李纨看了，自不必说称赏不已。说起诗社，大家议定：明日乃三月初二日，就起社，便改“海棠社”为“桃花社”，黛玉就为社主。明日饭后，齐集潇湘馆。因又大家拟题，黛玉便说：“大家就要桃花诗一百韵。”宝钗道：“使不得。从来桃花诗最多，纵作了必落套，比不得你这一首古风。须得再拟。”正说着，人回：“舅太太来了。姑娘出去请安。”因此大家都往前头来见王子腾的夫人，陪着说话。吃饭毕，又陪入园中来，各处游玩一遍，至晚饭后掌灯方去。

次日乃是探春的寿日，元春早打发了两个小太监送了几件玩器。合家皆有寿仪，自不必说。饭后，探春换了礼服，各处行礼。黛玉笑向众人道：“我这一社开的又不巧了，偏忘了这两日是他的生日。虽不摆酒唱戏，少不得都要陪他在老太太、太太跟前玩笑一日，如何能得闲空儿？”因此改至初五日。这日众姊妹皆在房中侍早膳毕，便有贾政书信到了。宝玉请安，将请贾母的安禀拆开念与贾母听，上面不过是请安的话，说六月中准进京等语。其余家信事务之帖，自有贾琏和王夫人开读。众人听说六七月回京，都喜之不尽。偏生近日王之腾将侄女许与保宁侯之子为妻，择于五月间过门，凤姐又忙着张罗，常三五日不在家。这日，王子腾的夫人又来接凤姐，一并请众甥男甥女闲乐一日。贾母和王夫人命宝玉、探春、黛玉、宝钗四人同凤姐去。众人不敢违拗，只得回房去另妆饰了起来。五人去了一日，掌灯方回。

宝玉进了怡红院，歇了半刻，袭人便乘机劝他收一收心，闲时把书理一理，好预备着。宝玉屈指算一算说：“还早呢。”袭人道：“书是第二件，到那时你纵有了书，你的字写的在那里呢？”宝玉笑道：“我时常也有写下的好些，难道都没收着？”袭人道：“何曾没收着。你昨儿不在家，我就拿出来，统共数了一数，才有五六十篇。这三四年的工夫，难道只有这几张字不成？依我说，从明日起，把别的心先都收起来，天天快临几张字补上。虽不能按日都有，也要大概看的过去。”宝玉听了，忙的自己又亲检了一遍，实在搪塞不去，便说：“明日为始，一天写一百字才好。”说话时，大家睡下。

至次日起来梳洗了，便在窗下研墨，恭楷临帖。贾母因不见他，只当病了，忙使人来问。宝玉方去请安，便说写字之故，因此出来迟了。贾母听说，便十分欢喜，就吩咐他："以后只管写字念书，不用出来也使得。你去回你太太知道。"宝玉听说，便往王夫人房中来说明。王夫人便说："临阵磨枪，也不中用。有这会子着急，天天写写念念，有多少完不了的。这一赶，又赶出病来才罢。"宝玉回说："不妨事。"探春、宝钗等都笑说："太太不用急。书虽替他不得，字却替得的。我们每人每日临一篇给他，搪塞过这一步就完了。一则老爷不生气，二则他也急不出病来。"王夫人听说，点头而笑。

林黛玉

原来黛玉闻得贾政回家，必问宝玉的功课，宝玉一向分心，恐临期吃了亏。因此自己只装作不耐烦，把诗社便不提。探春、宝钗二人每日也临一篇楷书字与宝玉，宝玉自己每日也加工，或写二百三百不拘。至三月下旬，便将字又集凑出许多来。这日正算，再得五十篇，也就搪得过了。谁知紫鹃走来，送了一卷东西与宝玉，拆开看时，却是一色老油竹纸上临的钟王蝇头小楷[①]，字迹且与自己十分相似。喜的宝玉和紫鹃作了一个揖，又亲自来道谢。史湘云、宝琴二人亦皆临了几篇相送。凑成虽不足功课，亦可搪塞了。宝玉放了心，于是将所应读之书，又温理过几遍。正是天天用功。可巧近

① 钟王蝇头小楷——钟王：指三国时魏的钟繇和晋代的王羲之，都是大书法家，被历代推尊为楷、行书法之祖。蝇头：比喻小字。

海一带海啸，又糟蹋了几处生民。地方官题本奏闻，奉旨就着贾政顺路查看赈济回来。如此算去，至冬底方回。宝玉听了，便把书字又搁过一边，仍是照旧游荡。

时值暮春之际，史湘云无聊，因见柳花飘舞，便偶成一小令[①]，调寄《如梦令》，其词曰：

岂是绣绒残吐，卷起半帘香雾[②]，纤手自拈来，空使鹃啼燕妒[③]。且住，且住！莫使春光别去。

自己作了，心中得意，便用一条纸儿写好，与宝钗看了，又来找黛玉。黛玉看毕，笑道："好得很，又新鲜又有趣儿。我却不能。"湘云笑道："咱们这几社总没有填词。你明日何不起社填词，岂不新鲜些。"黛玉听了，偶然兴动，便说："这话说也倒是。"湘云道："咱们趁今日天气好，为什么不就是今日？"黛玉道："也使得。"说着，一面吩咐预备了几色果点之类，一面就打发人分头去请众人。这里他二人便拟了柳絮之题，又限出几个调来，写了粘在壁上。

众人来看时，以柳絮为题，限各色小调。又都看了史湘云的，称赏了一回。宝玉笑道："这词上我倒平常，少不得也要胡诌起来。"于是大家拈阄，宝钗炷了一支梦甜香，大家思索起来。一时黛玉有了，写完。接着宝琴也忙写出来。宝钗笑道："我已有了，先瞧完了你们的，再看我的。"探春笑道："今日这香怎么这样快，我才有了半首。"因又问宝玉可有了。宝玉虽作了些，自己嫌不好，又都抹了，要另作，回头看香，已烬了。

李纨笑道："这算输了。蕉丫头的半首且写出来。"探春听说，忙写了出来。众人看时，上面却只半首《南柯子》，写道是：

① 小令——词中体制短小的称"小令"，同"中调""长调"相对而言。一般五十八字以内为小令，五十九至九十字为中调，九十字以上为长调。

② "岂是"二句——暗喻柳絮。绣绒残吐：指吐绒，喻柳絮。香雾：亦喻柳絮。

③ "纤手"二句——意谓纤手虽然拈得柳絮，却无法留住春光，空惹得鹃啼燕妒。

空挂纤纤缕，徒垂络络丝，也难绾系也难羁，一任东西南北各分离。

李纨笑道："这也却也好作，何不续上？"宝玉见香没了，情愿认负，不肯勉强塞责，将笔搁下，来瞧这半首。见没完时，反倒动了兴开了机，乃提笔续道是：

落去君休惜，飞来我自知。莺愁蝶倦晚芳时[①]，纵是明春再见隔年期[②]！

众人笑道："正经你分内的又不能，这却偏有了。纵然好，也算不得。"说着，看黛玉的，是一阕《唐多令》：

粉堕百花洲，香残燕子楼[③]。一团团逐对成毬。飘泊亦如人命薄，空缱绻，说风流。草木也知愁，韶华竟白头！叹今生谁舍谁收？嫁与东风春不管，凭尔去，忍淹留[④]。

众人看了，俱点头感叹，说："太作悲了，好是固然好的。"因又看宝琴的是《西江月》：

---

① 晚芳时——指暮春时节。

② "纵是"句——意谓纵然明春还可再见，但须相隔一年。期：约；相会。

③ "粉堕"二句——用"粉堕""香残"暗点柳絮飘落的晚春季节，借西施和关盼盼的故事表现作者林黛玉的孤寂悲愁情绪。粉堕、香残：指残花零落，暗喻女子的衰老死亡。百花洲：这里指姑苏城（今苏州市）内的百花洲。燕子楼：故址在今江苏徐州市西北。唐太宗贞观年间，尚书张愔的爱妓关盼盼居住其中，愔死后，盼盼念旧情不嫁，居此楼十余年。

④ "嫁与"三句——意谓东风吹落了柳絮，春天竟不闻不问，任凭你随风飘荡，忍心看着你在外久留！嫁与东风：被东风吹落的意思。淹留：久留。

汉苑零星有限，隋堤点缀无穷[1]。三春事业付东风，明月梅花一梦。几处落红庭院，谁家香雪帘栊[2]？江南江北一般同，偏是离人恨重[3]！

众人都笑说："到底是他的声调壮。'几处''谁家'两句最妙。"宝钗笑道："终不免过于丧败。我想，柳絮原是一件轻薄无根无绊的东西，依我的主意，偏要把他说好了，才不落套。所以我诌了一首来，未必合你们的意思。"众人笑道："不要太谦。自然是好的，我们且赏鉴。"因看这一阕《临江仙》道：

白玉堂前春解舞，东风卷得均匀[4]。

湘云先笑道："好一个'东风卷得均匀'！这一句就出人之上了。"又看底下道：

蜂团蝶阵[5]乱纷纷。几曾随逝水，岂必委芳尘。万缕千丝终不改，任他随聚随分。韶华休笑本无根，好风频借力，送我上青云！

众人拍案叫绝，都说："果然翻得好，自然是这首为尊。缠绵悲戚，让潇湘妃子；情致妩媚，却是枕霞；小薛与蕉客今日落第，要受罚的。"宝琴笑道："我们自然受罚，但不知交白卷子的又怎么罚？"李纨道："不要忙，这定要重重罚他。下次为例。"

一语未了，只听窗外竹子上一声响，恰似窗屉子倒了一般，众人唬了一跳。丫鬟们出去瞧时，帘外丫头子们回道："一个大蝴蝶风筝挂在竹梢上了。"众丫鬟笑道："好一个齐整风筝！不知是谁家放的断了

① "汉苑"二句——这里汉苑、隋堤皆暗寓"柳"字。汉苑：指汉代的皇家宫苑，其中的长杨宫等处多植柳树，但规模远不及隋堤。

② 香雪帘栊——指沾满柳絮的门窗帘幕。香雪：喻柳絮。

③ 离人恨重——意谓飘零的柳絮犹如漂泊的游人，深怀离愁别恨。

④ 均匀——指舞姿优美，匀称有度。

⑤ 蜂团蝶阵——比喻柳絮纷飞繁乱。

绳，咱们拿下他来。”宝玉等听了，也都出来看时，宝玉笑道：“我认得这风筝，这是大老爷那院里嫣红姑娘放的，拿下来给他送过去罢。”紫鹃笑道：“难道天下没有一样的风筝，单他有这个不成？我不管，我且拿起来。”探春道：“紫鹃也学小器了。你们一般的也有，这会子拾人走了的，也不怕忌讳。”黛玉笑道：“可是呢，把咱们的拿出来，咱们也放放晦气[①]。”

小丫头们听见放风筝，巴不得一声儿，七手八脚都忙着拿出来：也有美人儿的，也有沙雁儿的。丫头们搬高凳，捆剪子股儿，一面拨起子来。宝钗等都立在院门前，命丫头们在院外敞地下放去。宝琴笑道：“你这个不大好看，不如三姐姐的那一个软翅子大凤凰好。”宝钗回头向翠墨笑道：“你把你们的拿来也放放。”宝玉又兴头起来，也打发个小丫头子家去，说：“把昨儿赖大娘送我的那个大鱼取来。”小丫头子去了半天，空手回来，笑道：“晴姑娘昨儿放走了。”宝玉道：“我还没放一遭儿呢。”探春笑道：“横竖是给你放晦气罢了。”宝玉道：“再把大螃蟹拿来罢。”丫头去了，同了几个人，扛了一个美人并子来，说道：“袭姑娘说，昨儿把螃蟹给了三爷了。这一个是林大娘才送来的，放这一个罢。”宝玉细看了一回，只见这美人做的十分精致，心中欢喜，便命叫放起来。

此时探春的也取了来了，丫头们在那边山坡上已放了起来。宝琴叫丫头放起一个大蝙蝠来。宝钗也放起个一连七个大雁来，独有宝玉的美人，再放不起来。宝玉说丫头们不会放，自己放了半天，只起房高便落下来了。急的宝玉头上出汗，众人又笑。宝玉恨的掷在地下，指着风筝道：“要不是个美人，我一顿脚跺个稀烂。”黛玉笑道：“那是顶线不好。拿出叫人换好了，就好放了。再取一个来放罢。”宝玉等大家都仰面看天上，几个风筝都起在空中。

一时风紧，众丫鬟都用绢子垫着手放。黛玉见风力紧了，过去将子一松，只听豁剌剌一阵响，登时线尽，风筝随风去了。黛玉因让众人来放。众人都道：“各人都有，你先请罢。”黛玉笑道：“这一放虽有

① 放晦气——旧时迷信，放风筝时故意剪断扯线，让风筝飞走，认为可以放走坏运气，叫“放晦气”。

趣，只是不忍。”李纨道：“放风筝图的是这一乐，所以又说放晦气，你更该多放些，把你这病根儿都带了去就好了。咱们大家都放了罢。”于是丫头们拿过一把剪子来，铰断了线，那风筝飘飘摇摇，随风而去，一时只有鸡蛋大小，展眼只剩了一点黑星儿，再展眼便不见了。众人仰面说道：“有趣，有趣。”说着，有丫头来请吃饭，大家方散。

从此宝玉的功课，也不敢像先竟撂在脖后头了，有时写写字，有时念念书，闷了也出来合姐妹们玩笑半天，或往潇湘馆去闲话一回。众姐妹都知他功课亏欠，大家自去吟诗取乐，或讲习针黹，也不肯去招他。那黛玉更怕贾政回来宝玉受气，每每推睡，不大兜揽他。宝玉也只得在自己屋里，随便用些工课。

展眼已是夏末秋初，一日，贾母处两个丫头匆匆忙忙来叫宝玉。不知何事，下回分解。

第七十一回

嫌隙人有心生嫌隙　鸳鸯女无意遇鸳鸯

话说贾母处两个丫头匆匆忙忙来找宝玉，口里说道："二爷快跟着我们走罢，老爷家来了。"宝玉听了，又喜又愁，只得忙忙换了衣服，前来请安。贾政正在贾母房中，连衣服未换，看见宝玉进来请安，心中自是喜欢，却又有些伤感之意。又叙了些任上事情，贾母便说："你也乏了，歇歇去罢。"贾政忙站起来，笑着忙答应了个"是"，又略站着说了几句话，才退出来。宝玉等也都跟过来。贾政自然问问他的功课，也就散了。

原来贾政回京复命，因是学差，故不敢先到家中，珍、琏、宝玉头一天便迎出一站去，接见了，贾政先请了贾母的安，便命都回家伺候。次日面圣，诸事完毕，才回家来。又蒙恩赐假一月，在家歇息。因年景渐老，事重身衰，又近因在外几年，骨肉离异，今得宴然复聚，自觉喜幸不尽。一应大小事务，一概亦付之度外，只是看书，闷了便与清客们下棋吃酒，或日间在里面，母子夫妻共叙天伦之乐。

因今岁八月初三日乃贾母八旬之庆，又因亲友前来，恐筵宴排设不开，便早同贾赦及贾琏等商议，议定于七月二十八日起至八月初五日止，荣宁两处齐开筵宴，宁国府中单请官客①，荣国府中单请堂客，

① 官客——男客人。

大观园中收拾出缀锦阁并嘉荫堂等几处大地方来作退居[①]。二十八日，请皇亲、驸马、王公、诸王、郡主、王妃、公主、国君、太君、夫人[②]等；二十九日，便是阁下、都府、督镇[③]及诰命等；三十日便是诸官长及诰命并远近亲友及堂客。初一日，是贾赦的家宴；初二日，是贾政；初三日，是贾珍、贾琏；初四日，是贾府中合族长幼大小共凑的家宴；初五日，是赖大、林之孝等家下管事人等共凑一日。

贾母福寿双全

自七月上旬，送寿礼者便络绎不绝。礼部奉旨：钦赐金玉如意一柄，彩缎四端，金玉杯四件，帑银五百两。元春又命太监送出金寿星一尊，沉香拐一支，伽南珠[④]一串，福寿香一盒，金锭一对，银锭四对，彩缎十二匹，玉杯四只。余者自亲王驸马以及大小文武官员家，凡所来往者，莫不有礼，不能胜记。堂屋内设下大桌案，铺了红毡，将凡所有精细之物都摆上，请贾母过目。贾母先一二日还高兴过来瞧瞧，后来烦了，也不过目，只说："叫凤丫头收了，改日闷了再瞧。"

至二十八日，两府中俱悬灯结彩，屏开鸾凤，褥设芙蓉，笙箫鼓乐之音，通衢越巷。宁府中本日只有北静王、南安郡王、永昌驸马、乐善郡王并几位世交公侯荫袭，荣府中南安王太妃、北静王妃并几位世交公侯诰命。贾母等皆是按品大妆迎接。大家厮见，先请入大观园内嘉荫堂，茶毕更衣，方出至荣庆堂上拜寿入席。大家谦逊半日，方才入座。

① 退居——指供宾客临时休息的处所。

② 国君、太君、夫人——是按官阶赐予臣下母、妻的封号。

③ 阁下、都府、督镇——阁下：指入阁办事的大学士。阁：内阁，辅佐皇帝的中央最高机关。都府，泛指军政将帅之府署的长官。督镇：泛指各省督抚、总兵之类的长官和将帅。

④ 伽南珠——用伽南香（即沉香）制成的念珠。

上面两席是南、北王妃；下面依序，便是众公侯命妇。左边下手一席，陪客是锦乡侯诰命与临昌伯诰命；右边下手一席，方是贾母主位。邢夫人、王夫人带领尤氏、凤姐并族中几个媳妇，两溜雁翅，站在贾母身后侍立。

林之孝、赖大家的带领众媳妇都在竹帘外面伺候上菜上酒，周瑞家的带领几个丫鬟在围屏后伺候呼唤。凡跟来的人，早又有人管待别处去了。一时台上参了场[①]，台下一色十二个未留发小丫头，都是小厮打扮，垂手伺候。须臾，一个小厮捧了戏单至阶下，先递给回事的媳妇。这媳妇接了，才递与林之孝家的，用一上茶盘托上，挨身入帘来递给尤氏的侍妾佩凤。佩凤接了才奉与尤氏。尤氏托着走至上席，南安太妃谦让了一回，点了一出吉庆戏文，然后又谦让，北静王妃也点了一出。众人又让了一回，命随便拣好的唱罢了。少时，菜已四献，汤始一道，跟来各家的放了赏。大家便更衣复入园来，另献好茶。

南安太妃因问宝玉，贾母笑道："今日几处庙里念《保安延寿经》，他跪经[②]去了。"又问众小姐们，贾母笑道："他们姊妹们病的病，弱的弱，见人腼腆，所以叫他们给我看屋子去了。有的是小戏子，传了一班在那边厅上陪着他姨娘家姊妹们也看戏呢。"南安太妃笑道："既这样，叫人请来。"贾母回头命凤姐去把史、薛、林带来，"再只叫你三妹妹陪着来罢"。凤姐答应了，来至贾母这边，只见他姊妹们正吃果子看戏，宝玉也才从庙里跪经回来。凤姐说了，宝钗姊妹与黛玉、湘云、探春五人来至园中，大家见了，俱请安问好。内中也有见过的，还有一两家不曾见过的，都齐声夸赞不绝。其中湘云最熟，南安太妃因笑道："你在这里，听见我来了还不出来，还只等请去。我明儿和你叔叔算账。"因一手拉着探春，一手拉着宝钗，问几岁了，又连声夸赞。因又松了他两个，又拉着黛玉、宝琴，也着实细看，极夸一回。又笑道："都是好的，不知叫我夸那一个的是。"早有人将备用礼物打点出几分来：金玉戒指各五个，腕香珠五串。南安太妃笑道："你姊妹们

---

① 参了场——旧时喜庆祝寿等演戏时，演员在开场前须出台致贺，叫"参场"。

② 跪经——参加寺庙诵经的一种方式。

别笑话，留着赏丫头们罢。”五人忙拜谢过。北静王妃也有五样礼物。余者不必细说。

南安太妃认女

吃了茶，园中略逛了一逛，贾母等因又让入席。南安太妃便告辞，说身上不快，“今日若不来。实在使不得，因此恕我竟先要告别了。”贾母等听说，也不便强留，大家又让了一回，送至园门，坐轿而去。接着北静王妃略坐一坐也就告辞了。余者也有终席的，也有不终席的。

贾母劳乏了一日，次日便不见人，一应都是邢夫人、王夫人管待。有那些世家子弟拜寿的，只到厅上行礼，贾赦、贾政、贾珍等还礼管待，至宁府坐席，不在话下。

这几日，尤氏晚间也不回那府去，白日间待客，晚间陪贾母玩笑，又帮着凤姐出入料理大小器皿，以及收放礼物，晚上往园内李氏房中歇宿。这日服侍过贾母晚饭后，贾母因说：“你们乏了，我也乏了，早些寻点子什么吃了歇歇去罢。明儿还要起早闹呢。”尤氏答应着退了出来，到凤姐房里来吃饭。凤姐在楼上看着人收送礼的新围屏，只有平儿在房里与凤姐叠衣服。尤氏想起二姐儿在时，多承平儿照应，便点着头儿，说道：“好丫头，你这么个好心人，难为在这里熬。”平儿把眼圈儿一红，拿话岔过去了。尤氏因笑问道：“你们奶奶吃了饭了没有？”平儿笑道：“吃饭岂不请奶奶去的。”尤氏笑道：“既这么着，我别处找吃的去，饿的我受不得了。”说着，就走。平儿忙笑道：“奶奶请回来。这里有饽饽，且点补些儿，回来再吃饭。”尤氏笑道：“你们忙的这样，我园里和他姊妹们闹去。”一面说，一面就走。平儿留不住，只得罢了。

且说尤氏一径来至园中，只见园中正门与各处角门仍未关好，犹吊着各色彩灯，因回头命小丫头叫该班的女人。那丫鬟走入班房中，竟没一个人影，回来回了尤氏。尤氏便命传管家的女人。这丫头应了便出去，到二门外鹿顶内，乃是管事的女人议事取齐之所。到了这里，只有两个婆子分菜果呢。因问："那一位奶奶在这里？东府奶奶立等一位奶奶，有话吩咐。"这两个婆子只顾分菜果，又听见是东府里的奶奶，不大在心上，因就回说："管家奶奶们才散了。"小丫头道："散了，你们家里传他去。"婆子道："我们只管看屋子，不管传人。姑娘要传人再派传人的去。"

小丫头听了道："哎呀，这可反了！怎么你们不传去？你哄那新来了的，怎么哄起我来了！素日你们不传谁传？这会子打听了体己信儿，或是赏了那位管家奶奶的东西，你们争着狗颠屁股儿似的传去的，不知谁是谁呢。琏二奶奶要传，你们也敢这么回？"这两个婆子一则吃了酒，二则被这丫头揭挑着弊病，便羞恼成怒了，因回口道："扯你的臊！我们的事，传不传不与你相干！你不用揭挑我们，你想想，你那老子娘在那边管家爷们跟前比我们还更会溜呢。各门各户的，你有本事，排场你们那边人去。我们这边，你们离着还远些呢！"丫头听了，气白了脸，因说道："好，好，这话说的好！"一面转身进来回话。

尤氏已早入园来，因遇见了袭人、宝琴、湘云三人同着地藏庵的两个姑子正说故事玩笑，尤氏因说饿了，先到怡红院，袭人装了几样荤素点心出来与尤氏吃。那小丫头子一径找了来，气狠狠的把方才的话都说了出来。尤氏听了，冷笑道："这是两个什么人？"两个姑子笑推这丫头道："你这姑娘好性气大，那糊涂老妈妈们的话，你也不该来回才是。咱们奶奶万金之躯，劳乏了几日，黄汤辣水没吃，咱们哄他欢喜一会还不得一半儿，说这些话做什么？"袭人也忙笑拉出他去，说："好妹子，你且出去歇歇，我打发人叫他们去。"尤氏道："你不要叫人，你去就叫这两个婆子来，到那边把他们家的凤儿叫来。"袭人笑道："我请去。"尤氏道："偏不要你去。"两个姑子忙立起身来，笑说："奶奶素日宽洪大量，今日老祖宗千秋，奶奶生气，岂不惹人谈论？"宝琴湘云二人也都笑劝。尤氏道："不为老太太的千秋，我断不依。且放着就是了。"

说话之间，袭人早又遣了一个丫头去到园门外找人，可巧遇见周瑞家的，这小丫头子就把这话告诉周瑞家的。周瑞家的虽不管事，因他素日仗着是王夫人的陪房，原有些体面，心性乖滑，专管各处献勤讨好，所以各处房里的主人都喜欢他。他今日听了这话，忙的便跑入怡红院来，一面飞走，一面口内说："可了不得，气坏了奶奶了。偏我不在跟前！若在跟前，且打给他们几个耳刮子，再等过了这几日算账。"

尤氏见了他，也便笑道："周姐姐你来，有个理你说说。这早晚门还大开着，明灯蜡烛，出入的人又杂，倘有不防的事，如何使得？因此叫该班的人吹灯关门，谁知一个人芽儿也没有。"周瑞家的道："这还了得！前儿二奶奶还吩咐过的，今儿就没了人。过了这几日，必要打几个才好。"尤氏又说小丫头子的话。周瑞家的道："奶奶不用生气，等过了事，我告诉管事的打他个臭死。只问他们，谁叫他们说这'各家门各家户'的话！我已经叫他们吹了灯，关上正门和角门子。"正乱着，只见凤姐打发人来请吃饭。尤氏道："我也不饿了，才吃了几个饽饽，请你奶奶自吃罢。"

一时周瑞家的得便出去，便把方才的事回了凤姐。凤姐便命："将那两个名字记上，等过了这几日，捆了送到那府里凭大嫂子开发，或是打几下子，或是他开恩饶了他们，随他去就是了，什么大事。"周瑞家的听了，巴不得一声儿，素日因与这几个人不睦，出来便命一个小厮到林之孝家传凤姐的话，立刻叫林之孝家的进来见大奶奶；一面又传人立刻捆起这两个婆子来，交到马圈里派人看守。

林之孝家的不知有什么事，忙坐车进来，先见凤姐。至二门上传进话去，丫头们出来说："奶奶才歇了。大奶奶在园里，叫大娘见了大奶奶就是了。"林之孝家的只得进园来到稻香村，丫鬟们回进去，尤氏听了反过意不去，忙唤进他来，因笑向他道："我不过为找人找不着因问你，你既去了，也不是什么大事，谁又把你叫进来？倒要你白跑一遭。不大的事，已经撂过手了。"林之孝家的也笑道："二奶奶打发人传我，说奶奶有话吩咐。"尤氏笑道："这是那里的话，只当你没去，白问你。这是谁又多事告诉了凤丫头，大约周姐姐说的。家去歇着罢，没有什么大事。"李纨又要说原故，尤氏反拦住了。

林之孝家的见如此，只得便回身出园去。可巧遇见赵姨娘，因笑道："哎呀呀，我的嫂子！这会子还不家去歇歇，还跑些什么？"林之

孝家的便笑说何曾不家去的，如此这般进来了。赵姨娘便说："这事也值一个屁！开恩呢，就不理论；心窄些儿，也不过打几下子就完了。也值的叫你进来！你快歇歇去，我也不留你吃茶了。"

说毕，林之孝家的出来，到了侧门前，就有方才两个婆子的女儿上来哭着求情。林之孝家的笑道："你这孩子好糊涂，谁叫你娘吃酒混说了，惹出事来，连我也不知道。二奶奶打发人捆他，连我还有不是呢。我替谁讨情去？"这两个小丫头子才七八岁，原不识事，只管哭啼求告。缠的林之孝家的没法，因说道："糊涂东西！你放着门路不去，却缠我来。你姐姐现给了那边太太的陪房费大娘的儿子，你过去告诉你姐姐，叫亲家娘和太太一说，什么完不了的？"一语提醒了一个，那一个还求。林之孝家的啐道："糊涂攮的！他过去一说，自然都完了。没有个单放了他妈，又只打你妈的理。"说毕，上车去了。

这一个小丫头果然过来告诉了他姐姐，和费婆子说了。这费婆子原是个不大安静的，便隔墙大骂了一阵，走上来求邢夫人，说他亲家和那府里的大奶奶的小丫头白斗了两句话，"周瑞家的便调唆了咱家二奶奶捆到马圈里，等过了这两日还要打呢。求太太和二奶奶说声，饶他这一次罢。"

邢夫人自为要鸳鸯之后讨了没意思，贾母冷淡了他，且前日南安太妃来，贾母又单令探春出来，自己心内早已怨忿，又有在侧一干小人，心内嫉妒，挟怨凤姐，便调唆的邢夫人着实憎恶凤姐。如今又听了如此一篇话，也不说长短。

至次日一早，见过贾母，众族中人到齐，坐席开戏。贾母高兴，又见今日无远亲，都是自己族中子侄辈，只便衣常妆出来，堂上受礼。当中独设一榻，引枕靠背脚踏俱全，自己歪在榻上。榻之前后左右，皆是一色的小矮凳，宝钗、宝琴、黛玉、湘云、迎探惜姊妹等围绕。因贾之母也带了女儿喜鸾，贾琼之母也带了女儿四姐儿，还有几房的孙女儿，大小共有二十来个。贾母独见喜鸾和四姐儿生得又好，说话行事与众不同，心中喜欢，便命他两个也坐在榻前。宝玉却在榻上与贾母捶腿。首席便是薛姨妈，下边两溜皆顺着房头辈数下去。帘外两廊都是族中男客，也依次而坐。

先是那女客一起一起行礼，后方是男客行礼。贾母歪在榻上，只命人说“免了罢”。然后赖大等带领众人，从仪门直跪至大厅上，磕头礼毕，又是众家下媳妇，然后各房的丫鬟，足闹了两三顿饭时。然后又抬了许多雀笼来，在当院中放了生。贾赦等焚过了天地寿星纸，方开戏饮酒。直到歇了中台[①]，贾母方进来歇息，命他们取便，因命凤姐留下喜鸾、四姐儿玩两日再去。凤姐出来便和他母亲说，他两个母亲素日都承凤姐的照顾，愿意在园内玩耍，至晚便不回家了。

邢夫人直至晚间散时，当着众人，陪笑和凤姐求情说：“我昨儿晚上听见二奶奶生气，打发周管家的奶奶捆了两个老婆子，可也不知犯了什么罪？论理，我不该讨情。我想老太太好日子，发狠的还舍钱舍米，周贫济老，咱们家先倒折磨起老奴才来了。不看我的脸，权且看老太太的好日子，暂且竟放了他们罢。”说毕，上车去了。

凤姐听了这话，又当着许多人，又羞又气，一时抓寻不着头脑，憋的脸紫涨，回头向赖大家的等冷笑道：“这是那里的话？昨儿因为这里的人得罪了那府里的大嫂子，我怕大嫂子多心，所以尽让他发放，并不为得罪了我。这又是谁的耳报神这么快？”王夫人因问为什么事，凤姐笑将昨日的事说了。尤氏也笑道：“连我并不知道，你原也太多事了。”凤姐道：“我为你脸上过不去，所以等你开发，不过是个礼。就如我在你那里有人得罪了我，你自然送了来尽我。凭他是什么好奴才，到底错不过这个礼去。这又不知谁过去没的献勤儿，这也当作一件事情去说。”王夫人道：“你太太说的是。就是珍哥儿媳妇也不是外人，也不用这些虚礼。老太太的千秋要紧，放了他们为是。”说着，回头便命人去放了那两个婆子。

凤姐由不得越想越气越愧，不觉的一阵灰心，滚下泪来。因赌气回房哭泣，又不使人知觉。偏是贾母打发了琥珀来叫立等说话。琥珀见了，诧异道：“好好的，这是什么原故？那里立等你呢。”凤姐听了，忙擦干了泪，洗面另施了脂粉，方同琥珀过来。

贾母因问道：“前儿这些人家送礼来的共有几家有围屏？”凤姐道：“共有十六家，十二架大的，四架小的炕屏。内中只有江南甄家

① 中台——旧时演戏，开场时观众尚未到齐，例由次要演员先演开场戏；“中台”才由主要演员演出正本戏。

一架大屏十二扇，大红缎子缂丝[①]'满床笏'，一面是泥金《百寿图》的，是头等。还有粤海将军邬家一架玻璃的还罢了。"贾母道："既这样，这两架别动，好生搁着，我要送人的。"凤姐答应了。

鸳鸯忽过来向凤姐面上只管瞧，引的贾母问说："你不认得他？只管瞧什么？"鸳鸯笑道："怎么他的眼肿肿的，所以我诧异。"贾母便叫"过来"，细细的看。凤姐笑道："才觉的一阵发痒，揉肿了些。"鸳鸯笑道："别又是受了谁的气了不成？"凤姐道："谁敢给我气受？就受了气，老太太好日子，我也不敢哭啊！"贾母道："正是呢。我正要吃晚饭，你在这里打发我吃，剩下的你就和珍儿媳妇吃了。你两个在这里帮着两个师傅替我拣佛豆儿，你们也积积寿，前儿你姊妹们和宝玉都拣了，如今也叫你们拣拣，别说我偏心。"

说话时，先摆上一桌素馔来。两个姑子吃了，然后才摆上荤的，贾母吃毕，抬出外间。尤氏、凤姐二人正吃，贾母又叫把喜鸾、四姐儿二人也叫来，跟他二人吃毕，洗了手，点上香，捧过一升豆子来。两个姑子先念了佛偈，然后一个一个的拣在一个簸箩内，每拣一个，念一声佛。明日煮熟了，令人在十字街结寿缘[②]。贾母歪着听两个姑子又说些佛家的因果。

鸳鸯早已听见琥珀说凤姐哭之一事，又和平儿前打听得原故。晚间人散时，便回说："二奶奶还是哭的，那边大太太当着人给二奶奶没脸。"贾母因问为什么原故，鸳鸯便将原故说了。贾母道："这才是凤丫头知礼处，难道为我的生日，由着奴才们把一族中的主子都得罪了也不管罢？这是太太素日没好气，不敢发作，所以今儿拿着这个作法子，明是当着众人给凤儿没脸罢了。"正说着，只见宝琴等进来，也就不说了。

贾母忽想起留下的喜姐儿和四姐儿，叫人吩咐园中婆子们："要和家里的姑娘们一样照应。倘有人小看了他们，我听见可不依。"婆子答

---

① 缂丝——刻丝。我国特有的一种丝织工艺。织造时，以细丝为经，彩色丝作纬，各色纬丝仅于图案花纹需要处与经丝交织，纬丝不贯串全幅，而经丝则纵贯织品。

② 拣佛豆儿、结寿缘——旧时生日，众人一面念佛，一面拣豆，叫"拣佛豆儿"；然后把佛豆煮熟，在街口分送行人，以求添寿，叫作"结寿缘"。

应了，方要走时，鸳鸯道："我说去罢。他们那里听他的话。"说着，便一径往园子来。

先到稻香村中，李纨与尤氏都不在这里。问丫鬟们，说："都在三姑娘那里呢。"鸳鸯回身又来至晓翠堂，果见那园中人都在那里说笑。见他来了，都笑说："你这会子又跑来做什么？"又让他坐。鸳鸯笑道："不许我也逛逛么？"于是把方才的话说了一遍。李纨忙起身听了，就叫人把各处的头儿唤了一个来。令他们传与诸人知道，不在话下。

这里尤氏笑道："老太太也太想的到，实在我们年轻力壮的人捆上十个也赶不上。"李纨道："凤丫头仗着鬼聪明儿，还离脚踪儿不远。咱们是不能的了。"鸳鸯道："罢哟，还提凤丫头、虎丫头呢，他的为人，也可怜见儿的。虽然这几年没有在老太太、太太跟前有个错缝儿，暗里也不知得罪了多少人。总而言之，为人是难作的：若太老实了没有个机变，公婆又嫌太老实了，家里人也不怕；若有些机变，未免又治一经损一经[①]。如今咱们家里更好，新出来的这些底下奴字号的奶奶们，一个个心满意足，都不知要怎么样才好，少有不得意，不是背地里咬舌根，就是挑三窝四的。我怕老太太生气，一点儿也不肯说。不然我告诉出来，大家别过太平日子。这不是我当着三姑娘说，老太太偏疼宝玉，有人背地里怨言还罢了，算是偏心。如今老太太偏疼你，我听着也是不好。这可笑不可笑？"探春笑道："糊涂人多，那里较量得许多。我说倒不如小户人家人少，虽然寒素些，倒是天天娘儿们欢天喜地，大家快乐。我们这样人家人多，看着我们不知千金万金，何等快乐，殊不知我们这里说不出来的烦难，更利害。"

宝玉道："谁都像三妹妹好多心。事事我常劝你，总别听那些俗话，想那俗事，只管安富尊荣才是。比不得我们没这清福，该应浊闹的。"尤氏道："谁都像你，真是一心无罣碍，只知道和姊妹们玩笑，饿了吃，困了睡，再过几年，不过还是这样，一点儿后事也不虑。"宝玉笑道："我能够和姊妹们过一日是一日，死了就完了。什么后事不后事。"李纨等都笑道："这可又是胡说了。就算你是个没出息的，终老

① 治一经损一经——本中医术语，借喻顾此失彼、好了这头又坏了那头。

在这里，难道他姊妹们都不出门的？”尤氏笑道：“怨不得人都说你是空长了一个好胎子，真真是个傻东西。”宝玉笑道：“人事难定，谁死谁活？倘或我在今日明日、今年明年死了，也算是遂心一辈子了。”众人不等说完，便说：“越发胡说了，别和他说话才好。若和他说话，不是呆话，就是疯话。”喜鸾因笑道：“二哥哥，你别这么说，等这里姐姐们果然都出了阁，横竖老太太、太太也闷得慌，我来和你作伴儿。”李纨、尤氏等都笑道：“姑娘也别说呆话，难道你是不出门的吗？”一句说的喜鸾低了头。当下已是起更时分，大家各自归房安歇，不提。

且说鸳鸯一径回来，刚至园门前，只见角门虚掩，犹未上闩。此时园内无人来往，只有该班的房内灯光掩映，微月半天。鸳鸯又不曾有个作伴的，也不曾提灯笼，独自一个，脚步又轻，所以该班的人皆不理会。偏生又要小解，因下了甬路，寻微草处走动，行至一山石后大桂树阴底下。刚转过石后，只听一阵衣衫响，吓了一惊不小。定睛一看，只见是两个人在那里，见他来了，便想往树丛石后藏躲。鸳鸯眼尖，趁着半明的月色，早看见一个穿红袄儿，梳鬅头[①]，高大丰壮身材的，是迎春房里司棋。鸳鸯只当他和别的女孩子也在此方便，见自己来了，故意藏躲，恐吓着玩耍，因便笑叫道：“司棋，你不快出来，吓着我，我就喊起来，当贼拿了。这么大丫头，没个黑家白日只是玩不够。”

惊破野鸳鸯

这本是鸳鸯的戏语，叫他出来。谁知他贼人胆虚，只当鸳鸯已看见他的首尾了，生恐叫喊出来，使众人知觉更不

① 鬅头——一种发髻鬅松的女子发式。鬅：头发散乱的样子。

好；且素日鸳鸯又和自己亲厚，不比别人：便从树后跑出来，一把拉住鸳鸯，便双膝跪下，只说："好姐姐，千万别嚷！"鸳鸯反不知为什么，忙拉他起来，笑问道："这是怎么说？"司棋只不言语，浑身乱颤。鸳鸯越发不解，再瞧了一瞧，又有一个人影儿，恍惚像是个小厮，心下便猜疑了八九，自己反羞的面红耳赤，又怕起来。因定了一会，忙悄问："那个是谁？"司棋复跪下道："是我姑舅兄弟。"鸳鸯啐了一口，却羞的一句话说不出来。司棋又回头悄道："你不用藏着，姐姐已看见了，快出来磕头。"那小厮听了，只得也从树后爬出来，磕头如捣蒜。鸳鸯忙要回身，司棋拉住苦求，哭道："我们的性命，都在姐姐身上，只求姐姐超生我们罢！"鸳鸯道："你不用多说了，叫他去罢，我横竖不告诉一个人就是了。你这是怎么说呢！"一语未了，只听角门上有人说道："金姑娘已出去了，角门上锁罢。"鸳鸯正被司棋拉住，不得脱身，听见如此说，便接声道："我在这里有事，且略等等儿，我出来了。"司棋听了，只得松手让他去了。要知端的，且听下回分解。

第七十二回

王熙凤恃强羞说病　来旺妇倚势霸成亲

且说鸳鸯出了角门，脸上犹红，心内突突的，真是意外之事。因想这事非常，若说出来，奸盗相连，关系人命，还保不住带累了旁人。横竖与自己无干，且藏在心内，不说与一人知道。回房复了贾母的命，大家安息。不提。

却说司棋因从小儿和他姑表兄弟在一处玩笑，起初时，小儿戏言，便都订下将来不娶不嫁。近年大了，彼此又出落的品貌风流，常时司棋回家时，二人眉来眼去，旧情不断，只不能入手。又彼此生怕父母不从，二人便设法彼此里外买嘱园内老婆子们，留门看道，今日赶乱，方从外进来，初次入港。虽未成双，却也海誓山盟，私传表记，已有无限风情。忽被鸳鸯惊散，那小厮早穿花度柳，从角门出去了。司棋一夜不曾睡着，又后悔不来。至次日见了鸳鸯，自是脸上一红一白，百般过不去。心内怀着鬼胎，茶饭无心，起居恍惚。挨了两日，竟不听见有动静，方略放下了心。这日晚间，忽有个婆子来悄告诉他道："你兄弟已逃走了，三四天没归家。如今四下里找他呢。"司棋听了，又气又急又伤心，因思道："纵是闹了出来，也该死在一处。真真男人没情意，先就走了。"因此又添了一层气。次日便觉心内不快，百般支持不住，一头睡倒，恹恹的成了病了。

鸳鸯闻知那边无故走了一个小断，园内司棋病重，要往外挪，心下料定是二人惧罪之故，“生怕我说出来，方吓到这样。”因此自己反过意不去，指着来望候司棋，支出人去，反自己赌咒发誓，与司棋说：“我告诉一个人，立刻现死现报！你只管放心养病，别白糟蹋了小命儿。”司棋一把拉住，哭道：“我的姐姐，咱们从小儿耳鬓厮磨，你不曾拿我当外人待，我也不敢待慢了你。如今我虽一着走错，你若果然不告诉一个人，你就是我的亲娘一样。从此后我活一日是你给我一日，我的病好之后，把你立个长生牌位，我天天焚香磕头，保佑你一辈子福寿双全的。我若死了时，变驴变狗报答你。”一面说，一面哭。这一席话反把鸳鸯说的心酸，也哭起来了。因点头道：“你也是自家要作死哟！我作什么管你这些事，坏你的名儿，我白去献勤。况且这事我自己也难开口向人说。你只放心。从此养好了，可要安分守己的再不许胡行乱闹了。”司棋在枕上点首不绝。鸳鸯又安慰了他一番，方出来。

因知贾琏不在家中，又因这两日凤姐声色怠惰了些，不似往日一样，因顺路也来望候。因进入凤姐院中，二门上的人见是他来，便立身待他进去。鸳鸯来至堂屋，只见平儿从里头出来，见了他来，忙上来悄声笑道：“才吃了一口饭歇了午睡，你且这屋里略坐坐。”鸳鸯听了，只得同平儿到东边房里来。小丫头倒了茶来。鸳鸯因悄问：“你奶奶这两日是怎么了？我近来看着他懒懒的。”平儿见问，因房内无人，便叹道：“他这懒懒的也不止今日了，这有一月前头便是这么着。这几日忙乱了几天，又受了些闲气，从新又勾起来。这两日比先又添了些病，所以支持不住，便露出马脚来了。”鸳鸯忙道：“既这样，怎么不早请大夫治？”平儿叹道：“我的姐姐，你还不知道他的脾气的？别说请大夫来吃药，我看不过，白问了一声身上觉怎么样，他就动了气，反说我咒他病了。饶这样，天天还是察三访四，自己再不肯看破些，且养身子！”

鸳鸯道：“虽然如此，到底该请大夫来瞧瞧是什么病，也都好放心。”平儿道：“我的姐姐，说起病来，据我看也不是什么小症候。”鸳鸯忙道：“是什么病呢？”平儿见问，又往前凑了一凑，向耳边说道：“只从上月行了经之后，这一个月竟沥沥淅淅的没有止住。这可是大病不是？”鸳鸯听了，忙答道：“哎哟！依你这话，这可不成了血山

崩[1]了吗？”平儿忙啐了一口，又悄笑道：“你女孩儿家，这是怎么说的，倒会咒人呢。”鸳鸯见说，不禁红了脸，又悄笑道：“究竟我也不知什么是崩不崩的，你倒忘了不成，先我姐姐不是害这病死了？我也不知是什么病，因无心听见妈和亲家妈说，我还纳闷，后来听见妈细说原故，才明白了一二分。”

二人正说着，只见小丫头进来向平儿道：“方才朱大娘又来了。我们回了他，奶奶才歇午觉，他往太太上头去了。”平儿听了点头。鸳鸯问：“那一个朱大娘？”平儿道：“就是官媒婆[2]那朱嫂子。因有什么孙大人家来和咱们求亲，所以他这两日天天弄个帖子来，闹得人怪烦的。”一语未了，小丫头跑来说：“二爷进来了。”说话之间，贾琏已走至堂屋门口，平儿忙迎出来，贾琏见平儿在东屋里，便也过这间房内来。至门前，忽见鸳鸯坐在炕上，便煞住脚，笑道：“鸳鸯姐姐，今儿贵步幸临贱地。”鸳鸯只坐着，笑道：“来请爷、奶奶的安，偏又不在家的不在家，睡觉的睡觉。”贾琏笑道：“姐姐一年到头辛苦服侍老太太，我还没看你去，那里还敢劳动来看我们。又是巧的很，我才要找姐姐去。因为穿着这袍子热，先来换了夹袍子再过去找姐姐，不想天可怜，省我走这一趟。”一面说，一面在椅子上坐下。鸳鸯因问：“又有什么说的？”贾琏未语先笑道：“因有一件事，我竟忘了，只怕姐姐还记得。上年老太太生日，曾有一个外路和尚[3]来孝敬一个蜡油冻的佛手[4]，因老太太爱，就即刻拿过来摆着。因前日老太太生日，我看古董账，还有一笔在这账上，却不知此时这件东西着落何处。古董房里的人也回过我两次，等我问准了好注上一笔。所以我问姐姐，如今还是老太太摆着呢，还是交到谁手里去了呢？”鸳鸯听说，便道：“老太太摆了

① 血山崩——中医病症名。妇女不在行经期间，阴道内大量出血，或月经刚停，仍续见下血、淋沥不断叫“崩漏”。出血量多而来势急剧的叫“血崩”或“血山崩”。

② 官媒婆——旧时衙门中的女差役。承办择配女犯或官僚贵族之家放出婚配的女奴，还承担女犯的押解伴送等事。官媒婆也指以做媒为业的妇女。

③ 外路和尚——“行脚僧”、云游四方的和尚。

④ 蜡油冻的佛手——用黄色蜜蜡冻石雕刻成的佛手。冻石：是一种半透明的名贵石头。佛手：即“佛手柑”，色黄，形如手指攥聚，有浓香。

几日厌烦了，就给了你们奶奶。你这会子又问。我连日子还记得，还是我打发老王家的送来的。你忘了，或是问你们奶奶和平儿。”

平儿正拿衣服，听见如此说，忙出来回说：“交过来了，现在楼上放着呢。奶奶已经打发过人出去说过，他们发昏，没记上，又来叨登这些没要紧的事。”贾琏听说，笑道：“既然给了你奶奶，我怎么不知道，你们就昧下了。”平儿道：“奶奶告诉二爷，二爷还要送人，奶奶不肯，好容易留下的。这会子自己忘了，倒说我们昧下。那是什么好东西，比那强十倍的东西也没昧下一遭，这会子爱上那不值钱的！”贾琏低头含笑想了一想，拍手道：“我如今竟糊涂了！丢三忘四，惹人抱怨，竟大不像先了。”鸳鸯笑道：“也怨不得。事情又多，口舌又杂，你再喝上两杯酒，那里记得许多。”一面说，一面起身要去。

贾琏忙也立身来说道：“好姐姐，再坐一坐，兄弟还有事相求。”说着便骂小丫头：“怎么不沏好茶来！快拿干净盖碗，把昨儿进上的新茶沏一碗来。”说着向鸳鸯道：“这两日因老太太的千秋，所有的几千两银子都使了。各处房租地租通在九月内才得，这会子竟接不上。明儿又要送南安府里的礼，又要预备娘娘的重阳节礼，还有几家红白大礼，至少还得三二千两银子用，一时难去支借。俗语说的好，‘求人不如求己’。说不得，姐姐担个不是，暂且把老太太查不着的金银家伙偷着运出一箱子来，暂押千数两银子支腾过去。不上半年的光景，银子来了，我就赎了交还，断不能叫姐姐落不是。”鸳鸯听了，笑道：“你倒会变法儿，亏你怎么想来。”贾琏笑道：“不是我扯谎，若论除了姐姐，也还有人手里管的起千数两银子的，只是他们为人都不如你明白有胆量。我若和他们一说，反吓住了他们。所以我‘宁撞金钟一下，不打破鼓三千’。”一语未了，贾母那边的小丫头子忙忙走来找鸳鸯，说：“老太太找姐姐半日，我们那里没找到，却在这里。”鸳鸯听说，忙的且去见贾母。

贾琏见他去了，只得回来瞧凤姐。谁知凤姐已醒了，听他和鸳鸯借当，自己不便答话，只躺在榻上。听见鸳鸯去了，贾琏进来，凤姐因问道：“他可应准了？”贾琏笑道：“虽然未应准，却有几分成了，须得你再去和他说一说，就十成了。”凤姐笑道：“我不管这事。倘或说准了，这会子说得好听，到有了钱的时节，你就丢在脖子后头了，谁和你打饥荒去？倘或老太太知道了，倒把我这几年的脸面都丢了。”贾琏笑道：“好人，你若说定了，我谢你如何？”凤姐笑道：“你说，谢我什么？”贾琏笑道：“你说要什么就给你什么。”平儿一旁笑道：“奶奶不用要别的，刚才正说要作一件什么事，恰少一二百银子使，不如借了来，奶奶拿这么一二百银子，岂不两全其美。”凤姐笑道：“幸亏提起我来，就是这样也罢。”

贾琏笑道：“你们也太狠了。你们这会子别说一千两的当头，就是现银子要三五千，只怕也难不倒。我不和你们借就罢了。这会子烦你说一句话，还要个利钱，难为你们和我……”凤姐不等说完，翻身起来说道：“我有三千五千，不是赚的你的。如今里里外外上上下下背着我嚼说我的不少，就短了你来说了，可知没家亲引不出外鬼来。我们看着你家什么石崇邓通？把我王家的地缝子扫一扫，就够你们一辈子过的呢。说出来的话也不怕臊！现有对证：把太太和我的嫁妆细看看，比一比你们的，那一样是配不上你们的。”贾琏笑道：“说句玩话就急了。这有什么的呢，要使一二百两银子值什么，多的没有，这还有，先拿进来，你使了再说，如何？”凤姐道：“我又不等着衔口垫背[①]，忙了什么。”贾琏道：“何苦来，不犯着这样肝火盛。”凤姐听了，又自笑起来，“不是我着急，你说的话戳人的心。因为我想着后日是尤二姐的周年，我们好了一场，虽不能别的，到底给他上个坟烧张纸，也是姊妹一场。他虽没留下个男女，也要‘前人撒土迷了后人的眼’才是。”凤姐一语倒把贾琏说没了话，低头打算，说：“既是后日才用，若明日得了这个，你随便使多少就是了。”

一语未了，只见旺儿媳妇走进来。凤姐便问：“可成了没有？”旺儿媳妇道：“竟不中用。我说须得奶奶作主就成了。”贾琏便问：“又是什么事？”凤姐见问，便说道：“不是什么大事。旺儿有个小子，今年十七岁了，还没娶媳妇儿，因要求太太房里的彩霞，不知太太心里怎么样。前日太太见彩霞大了，二则又多病多灾的，因此开恩打发他出去了，给他老子娘随便自己拣女婿去罢。因此旺儿媳妇来求我。我想他两

① 衔口垫背——旧俗、殓葬时给死者口中含珠玉或米粮，叫“衔口”；在死者褥下放钱物叫“垫背”。

家也就算门当户对的，一说去自然成的，谁知他这会子来了，说不中用。”贾琏道：“这是什么大事，比彩霞好的多着呢。”旺儿家的陪笑道：“爷虽如此说，连他家还看不起我们，别人越发看不起我们了。好容易相看准一个媳妇，我只说求爷奶奶的恩典，替我作成了。奶奶又说他是必肯的，我就烦了人过去试一试，谁知白讨了个没趣儿。若论那孩子倒好，据我素日私意儿试他，他心里没有甚说的，只是他老子娘两个老东西太心高了些。”一语戳动了凤姐和贾琏。

凤姐因见贾琏在此，且不作一声，只看贾琏的光景。贾琏心中有事，那里把这点子事放在心里？待要不管，只是看着他是凤姐的陪房，且又素日出过力的，脸上实在过不去，因说道：“什么大事，只管咕咕唧唧的。你放心且去，我明儿作媒打发两个有体面的人，带着定礼去，就说我的主意。他十分不依，叫他来见我。”旺儿家的看着凤姐，凤姐便努嘴儿。旺儿家的会意，忙爬下就给贾琏磕头谢恩。这贾琏忙道：“你只给你姑奶奶磕头。我虽如此说了这样行，到底也得你姑奶奶打发个人叫他女人上来，和他好说更好些。不然，太霸道了，日后你们两亲家也难走动。”凤姐忙道：“连你还这样开恩操心呢，我倒反袖手旁观不成。旺儿家你听见，说了这事，你也忙忙的给我完了事来。说给你男人，外头所有的账目，一概赶今年年底都收进来，少一个钱也不依。我的名声不好，再放一年都要生吃了我呢。”

旺儿媳妇笑道：“奶奶也太胆小了。谁敢议论奶奶，若收了时，我也是一场痴心白使了。”凤姐冷笑道：“我真个的还等钱作什么？不过为的是日用出的多，进的少。这屋里有的没的，我和你姑爷一月的月钱，再连上四个丫头的月钱，通共一二十两银子，还不够三五天的使用呢。若不是我千凑万挪的，早不知道到什么破窑里去了。如今倒落了一个放账破落户的名儿。既这样，我就收了回来。我比谁不会花钱，咱们以后就坐着花，到多早晚是多早晚。这不是样儿：前儿老太太生日，太太急了两个月，想不出法儿来，还是我提了一句，后楼上现有些没要紧的大铜锡家伙四五箱子，拿去弄了三百银子，才把太太遮羞礼儿搪过去了。我是你们知道的，那一个金自鸣钟卖了五百六十两银子，没有半个月，大事小事倒有十来件，白填在里头。今儿外头也短住了，不知是谁的主意，搜寻上老太太了。明儿再过一年，再搜寻到头面衣服，可就好

了！”

旺儿家的媳妇笑道：“那一位太太奶奶的头面衣服折变了不够过一辈子的，只是不肯罢了。”凤姐道：“不是我说没了能耐的话，要像这样，我竟不能了。昨儿晚上忽然作了一个梦，说来也可笑，梦见一个人，虽然面善，却又不知名姓，找我，说娘娘打发他来要一百匹锦。我问他是那一位娘娘，他说的又不是咱们家的娘娘。我就不肯给他，他就来夺。正夺着，就醒了。”旺儿家的笑道：“就是奶奶日间操心惦记，常应候宫里的事。”

一语未了，人回：“夏太监打发了一个小内监[①]来说话。”贾琏听了，忙皱眉道：“又是什么话？一年他们也搬够了。”凤姐道：“你藏起来，等我见他，若是小事罢了，若是大事，我自有话回他。”贾琏便躲入内套间去。这里凤姐命人带进小太监来，让他椅子上坐了吃茶，因问何事。那小太监便说：“夏爷爷因今儿偶见一所房子，如今竟短二百两银子，打发我来问舅奶奶家里，有现成的银子暂借一二百，过一两日就送来。”凤姐听了，笑道：“什么是送来，有的是银子，只管先兑了去。改日等我们短住，再借去也是一样。”小太监道：“夏爷爷还说了，上两回还有一千二百两银子没送来，等今年年底下，自然一齐都送过来的。”凤姐笑道：“你夏爷爷好小器，这也值得放在心里。我说一句话，不怕他多心，要都这么记清了还我们，不知要还了多少了。只怕我们没有；要有，只管拿去。”因叫旺儿媳妇来，“出去不管那里先支二百两来”。

旺儿媳妇会意，因笑道：“我才因别处支不动，才来和奶奶支的。”凤姐道：“你们只会里头来要钱，叫你们外头算去就不能了。”说着叫平儿，“把我那两个金项圈拿出去，暂且押四百两银子。”平儿答应去了，果然拿了一个锦盒子来，里面两个锦袱包着。打开时，一个金累丝攒珠的，那珍珠都有莲子大小；一个点翠嵌宝石的。两个都与宫中之物不离上下。一时拿去，果然拿了四百两银子来。凤姐命与小太监打叠起一半，那一半与了旺儿媳妇，命他拿去办八月中秋的节。那小太监便告辞了，凤姐命人替他拿着银子，送出大门去了。这里贾琏出

① 内监——内宫的太监。

来笑道："这一起外祟何日是了！"凤姐笑道："刚说着，就来了一股子。"贾琏道："昨儿周太监来，张口一千两。我略应慢了些，他就不自在。将来得罪人的地方儿多着呢。这会子再发个三二百万的财就好了。"一面说，一面平儿服侍凤姐另洗了脸，更衣往贾母处去伺候晚饭。

这里贾琏出来，刚至外书房，忽见林之孝走来。贾琏因问何事。林之孝说道："才打听得雨村降了，却不知因何事，只怕未必真。"贾琏道："真不真，他那官儿也未必保得长。只怕将来有事，咱们宁可疏远着他。"林之孝道："何尝不是？只是一时难以疏远。如今东府大爷和他更好，老爷又喜欢他，时常来往，那个不知？"贾琏道："横竖不和他谋事，也不相干。你去再打听真了，是为什么。"

林之孝答应了，却不动身，坐在下面椅子上，且说些闲话。因又说起家道艰难，便趁势又说："人口太重了。不如拣个空日回明老太太老爷，把这些出过力的老家人，用不着的，开恩放几家出去。一则他们各有营运，二则家里一年也省些口粮月钱。再者，里头的姑娘也太多。俗语说，'一时比不得一时'，如今说不得先时的例了，少不得大家委屈些，该使八个的使六个，该使四个的便使两个。若各房算起来，一年也可以省得许多月米月钱。况且里头的女孩子们一半都太大了，也该配人的配人。成了房，岂不又滋生出些人来？"贾琏道："我也这么想着，只是老爷才回家来，多少大事未回，那里议到这个上头？前儿官媒拿了个庚帖[①]来求亲，太太还说老爷才来家，每日欢天喜地的说骨肉完聚，忽然就提起这事，恐老爷又伤心，所以且不叫提起。"林之孝道："这也是正理，太太想的周到。"

贾琏道："正是，提起这话我想起了一件事来。我们旺儿的小子要说太太房里的彩霞。他昨儿求我，我想什么大事，不管谁去说一声去。这会子有谁闲着？我打发个人去说一声，就说我的话。"林之孝听了，只得应着，半晌笑道："依我说，二爷竟别管这件事。旺儿的那小儿子虽然年轻，在外吃酒赌钱，无所不至。虽说都是奴才们，到底是一辈子

① 庚帖——也叫"年庚帖子"。旧时订婚，男女双方互相交换的一种红色柬帖，上写订婚者的姓名、籍贯、生辰八字及祖宗三代等。

的事。彩霞那孩子这几年我虽没见。听见说越发出挑的好了，何苦来白糟蹋一个人呢？”贾琏道：“哦，他小子竟会喝酒不成人吗？这么着，那里还给他老婆，且给他一顿棍，锁起来，再问他老子娘！”林之孝笑道：“何必在这一时？等他再生事，我们自然回爷处治。如今且也不用究办。”贾琏不语，一时林之孝出去。

晚间凤姐已命人唤了彩霞之母来说媒。那彩霞之母满心纵不愿意，见凤姐亲自和他说，何等体面，便心不由意的满口应了出去。今凤姐问贾琏可说了没有，贾琏因说：“我原要说来着，打听得他小子大不成人，所以还没说。若果然不成人，且管教他两日，再给他老婆不迟。”凤姐笑道：“我们王家的人，连我还不中你们的意，何况奴才呢！我已经和他娘说了，他娘倒欢天喜地，难道又叫进他来，不要了不成？”贾琏道：“既你说了，又何必退，明儿说给他老子好生管他就是了。”这里说话不提。

且说彩霞因前日出去，等父母择人，心中虽是与贾环有旧，尚未作准。今日又见旺儿每每来求亲，早闻得旺儿之子酗酒赌博，而且容颜丑陋，不能如意，自此，心中越发懊恼。生恐旺儿仗凤姐之势，一时作成，终身不遂，不免心中急躁。至晚间悄命他妹子小霞进二门来找赵姨娘，问个端的。赵姨娘素日深与彩霞契合，巴不得与了贾环，方有个膀臂，不承望王夫人又放出去了。每每调唆贾环去讨，一则贾环羞口难开，二则贾环也不在意，不过是个丫头，他去了，将来自然还有，遂迁延住不肯说去，意思便丢开手。无奈赵姨娘又不舍，又见他妹子来问，是晚得空，便先求了贾政。贾政因说道：“且忙什么，等他们再念一二年书再放人不迟。我已经看中了两个丫头，一个与宝玉，一个给环儿。只是年纪还小，又怕他们误了书，所以再等一二年再提。”赵姨娘还要说话，只听外面一声响，不知何物，大家吃了一惊。未知如何，下回分解。

第七十三回

痴丫头误拾绣春囊　懦小姐不问累金凤

话说那赵姨娘和贾政说话，忽听外面一声响，不知何物。忙问时，原来是外间窗屉不曾扣好，塌了屈戌了吊[①]掉了下来。赵姨娘骂了丫头几句，自己带领丫鬟扣好，方进来打发贾政安歇。不在话下。

小鹊

却说怡红院中宝玉正才睡下，丫鬟们正欲各散安歇，忽听有人敲院门。老婆子开了门，见是赵姨娘房内的丫鬟名唤小鹊的。问他什么事，小鹊不答，直往房内来找宝玉。只见宝玉才睡下，晴雯等犹在床边坐着玩笑，见他来了，都问："什么事，这时候又跑了来？"小鹊连忙悄向宝玉道："我来告诉你一个信儿。方才我们奶奶咕咕唧唧的，在老爷前不知说了你些什么，我只听见'宝玉'二字。我来告诉你，仔细明儿老爷问你说话罢。"说着回身就去了。袭人命留他吃茶，他因怕关门，遂一直去了。

① 屈戌了吊——门窗上的环钮搭扣。

这里宝玉听了，知道赵姨娘心术不端，合自己仇人似的，又不知他说些什么，便如孙大圣听见了紧箍咒一般，登时四肢五内一齐皆不自在起来。想来想去，别无他法，且理熟了书预备明儿盘考。只能书不舛错，就有别事，也可搪塞。想罢，忙披衣起来要读书。心中又自后悔，这些日子只说不提了，偏又丢生了，早知该天天好歹温习些的。如今打算打算，肚子内现可背诵的，不过只有“学”“庸”“二论”①是带注背得出的。“上孟”，就是一半夹生的，若凭空提一句，断不能接背的；至“下孟”，就有一大半不能了。算起五经②来，因近来作诗，常把《诗经》集些，虽不算熟，还可塞责。别的虽不记得，素日贾政也幸未吩咐过读的，纵不知，也还不妨。至于古文，这几年读过的《左传》《公羊》《谷梁》《国策》③汉唐等文，前几年未曾读得，不过一时高兴，随看随忘，未下苦工夫，如何记得？这是断难塞责的。更有时文八股，因平素深恶，原非圣贤之制撰，焉能阐发圣贤之微奥，不过是后人饵名钓禄之阶。虽贾政当日起身时选了百十篇命他读的，不过偶因见其中或一二股内，或承起之中，有作的或精致，或流荡，或游戏，或悲感，稍能动性者，偶一读之，不过供一时之兴趣，究竟何曾成篇潜心玩索？如今若温习这个，又恐明日盘诘那个；若温习那个，又恐盘驳这个。一夜之工，亦不能全然温习，因此越添了焦躁。

自己读书，不值紧要，却带累着一房丫鬟们都不能睡。袭人等在旁剪烛斟茶；那些小的，都困倦起来，前仰后合。晴雯骂道：“什么蹄子们，一个个黑日白夜挺尸挺不够，偶然一次睡迟了些，就装出这腔调儿来了。再这样，我拿针扎你们两下子！”

话犹未了，只听外间咕咚一声，急忙看时，原来是一个小丫头子坐

---

① “学”“庸”“二论”——《大学》《中庸》和《论语》。因《论语》分上下两本，故称“二论”。

② 五经——《易》《书》《诗》《礼》《春秋》称为五经。

③ 《左传》《公羊》《谷梁》《国策》——《左传》亦称《春秋左氏传》，相传为春秋时左丘明所撰，是以《春秋》为纲依据各国史籍编写而成。《公羊》《谷梁》亦称《春秋公羊传》《春秋谷梁传》，相传为战国时公羊高、谷梁赤所撰，多用义理阐释《春秋》。《国策》即《战国策》，分别叙写战国时期各诸侯国的历史，多记述当时那些谋臣说客的论辩说辞。

着打盹，一头撞到壁上，从梦中惊醒，恰正是晴雯说这话之时，他怔怔的只当是晴雯打了他一下子，遂哭央说：“好姐姐，我再不敢了。”众人都笑起来。宝玉忙劝道：“饶他去罢，原该叫他们都睡去才是。你们也该替换着睡。”袭人道：“小祖宗，你只顾你的罢。统共这一夜的工夫，你把心暂且用在这几本书上，等过了这关，由你再张罗别的去，也不算误了什么。”宝玉听他说的恳切，只得又读。读了没有几句，麝月又斟了一杯茶来润舌，宝玉接茶吃了。因见麝月只穿着短袄，宝玉道：“夜静了，冷，到底穿一件大衣裳才是啊。”麝月笑指着书道：“你暂且把我们忘了，使不得吗？且把心搁在这上头些罢。”

话犹未了，只听春燕、秋纹从后房门跑进来，口内喊说：“不好了，一个人从墙上跳下来了！”众人听说，忙问在那里，即喝起人来，各处寻找。晴雯因见宝玉读书苦恼，劳费一夜神思，明日也未必妥当，心下正要替宝玉想出一个主意，好脱此难，正好忽然碰着这一惊，便生计向宝玉道：“趁这个机会快装病，只说唬着了。”此话正中宝玉心怀，因而遂传起上夜人等来，打着灯笼，各处搜寻，并无踪迹，都说：“小姑娘们想是睡花了眼出去，风摇的树枝儿，错认作人了。”晴雯便道：“别放诌屁！你们查的不严，怕担不是，还拿这话来支吾。才刚并不是一个人见的，宝玉和我们出去有事，大家亲见的。如今宝玉唬的颜色都变了，满身发热，我这会子还要上房里取安魂丸药去呢。太太问起来，是要回明白了的，难道依你说就罢了不成？”众人听了，吓的不敢作声，只得又各处去找。晴雯和秋纹二人果出去要药去，故意闹的众人皆知宝玉着了惊，吓病了。王夫人听了，忙命人来看视给药，又吩咐各处上夜人仔细搜查，又一面叫查二门外邻园墙上夜的小厮们。于是园内灯笼火把，直闹了一夜。至五更天，就传管家的细看查访。

贾母闻知宝玉被吓，细问原由。众人不敢再隐，只得回明。贾母道：“我不料有此事。如今各处上夜都不小心还是小事，只怕他们就是贼也未可知。”当下邢夫人、尤氏等都过来请安，李纨、凤姐并姊妹等皆陪侍，听贾母如此说，都默无所答。独探春出位笑道：“近因凤姐姐身子不好，几日园内的人比先放肆了许多。先前不过是大家偷着一时半刻，或夜里坐更时，三四个人聚在一处，或掷骰或斗牌，小玩意儿，不过为熬困。近来渐次放诞，竟开了赌局，甚至有头家局主，或三十吊

五十吊的大输赢。半月前竟有争斗相打的事。”贾母听了，忙说：“你既知道，为何不早回我来？”探春道：“我因想着太太事多，且连日不自在，所以没回。只告诉了大嫂子和管事的人们，戒饬过几次，近日好些了。”

贾母忙道：“你姑娘家，如何知道这里头的利害。你自为耍钱常事，不过怕起争端。殊不知夜间既耍钱，就保不住不吃酒；既吃酒，就免不得门户任意开锁。或买东西，寻张找李，其中夜静人稀，趋便藏贼躲盗，什么事做不出来？况且园内你姊妹们起居所伴者皆系丫头媳妇们，贤愚混杂，贼盗事小，倘有别事略沾带些，关系不小。这事岂可轻恕？”探春听说，便默然归坐。凤姐虽未大愈，精神因此比常稍减，今见贾母如此说，便忙道：“偏生我又病了。”遂回头命人速传林之孝家的等总理家事四个媳妇到来，当着贾母申饬了一顿。贾母命即刻查了头家赌家来，出首者赏，隐情不告者罚。

林之孝家的等见贾母动怒，谁敢徇私，忙至园内传齐人，一一盘查。虽不免大家赖一回，终不免水落石出。查得大头家三人，小头家八人，聚赌者通共二十多人，都带来见贾母，跪在院内磕响头求饶。贾母先问大头家名姓和钱之多少。原来这三个大头家，一个就是林之孝的两姨亲家，一个就是园内厨房内柳家媳妇之妹，一个就是迎春之乳母。这是三个为首的，余者不能多记。贾母便命将骰子牌一并烧毁，所有的钱入官分散与众人，将为首者每人四十大板，撵出去，总不许再入；次者每人二十大板，革去三月月钱，拨入圊厕行[①]内。又将林之孝家的申饬了一番。

林之孝家的见他的亲戚又给他打嘴，自己也觉没趣。迎春在坐，也觉没意思。黛玉、宝钗、探春等见迎春的乳母如此，也是物伤其类的意思，遂都起身笑向贾母讨情说：“这个妈妈素日原不玩的，不知怎么也偶然高兴。求看二姐姐面上，饶他这次罢。”贾母道：“你们不知。大约这些奶子们，一个个仗着奶过哥儿姐儿，原比别人有些体面，他们就生事，比别人更可恶，专管调唆主子护短偏向。我都身经过的。况且要拿一个作法，恰好果然就遇见了一个。你们别管，我自有道理。”宝钗

① 圊厕行——打扫管理厕所的行当。圊：厕所。

等听说，只得罢了。

傻大姐

一时贾母歇晌，大家散出，都知贾母今日生气，皆不敢各散回家，只得在此暂候。尤氏便往凤姐处来闲话了一回，因他也不自在，只得往园内去闲谈。邢夫人在王夫人处坐了一回，也要到园内走走。刚至园门前，只见贾母房内的小丫头子名唤傻大姐的笑嘻嘻走来，手内拿着个花红柳绿的东西，低头瞧着只管走，不防迎头撞见邢夫人，抬头看见，方才站住。邢夫人因说："这痴丫头，又得了个什么爱巴物儿，这么欢喜？拿来我瞧瞧。"原来这傻大姐年方十四岁，是新挑上来给贾母这边专做粗活的。只因他生得体肥面阔，一双大脚作粗活很简捷爽利，且心性愚顽，一无知识，出言可以发笑，贾母喜欢，便起名为"傻大姐"。纵有错失，也不苛责。

他无事时，便入园内来玩耍。正往山石背后掏促织去，忽见一个五彩绣香囊，上面绣的并非花鸟等物，一面却是两个人，赤条条的相抱；一面是几个字。这痴丫头原不认得是春意儿，心下打量："敢是两个妖精打架？不然必是两口子相打呢？"左右猜解不来，正要拿去与贾母看，所以笑嘻嘻的走回，忽见了邢夫人如此说，便笑道："太太真个说的巧，真个是狗不识呢。太太请瞧一瞧。"说着，便送过去。邢夫人接来一看，吓得连忙死紧攥住，忙问："你是那里得的？"傻大姐道："我掏促织儿在山子石上拣的。"邢夫人道："快别告诉一人。这不是好东西，连你也要打死呢。皆因你素日是个傻子，以后再别提了。"这傻大姐听了，反吓的黄了脸，说："再不敢了。"磕了个头，呆呆而去。邢夫人回头看时，都是些女孩儿，不便递与，自己便塞在袖内，心内十分罕异，揣摩此物从何而至，且不形于声色，到了迎春房里。

迎春正因他乳母获罪，心中不自在，忽报母亲来了，遂接入。奉茶毕，邢夫人因说道："你这么大了，你那奶妈子行此事，你也不说说他。如今别人都好好的，偏咱们的人做出这事来，什么意思？"迎春低着头弄衣带，半晌答道："我说他两次，他不听，也叫我没法儿。况且他是妈妈，只有他说我的，没有我说他的。"邢夫人道："胡说！你不好了，他原该说；如今他犯了法，你就该拿出姑娘的身分来。他敢不从，你就回我去才是。如今直等外人共知，这可是什么意思！再者放头儿[①]，还只怕他巧言花语的和你借贷些簪环衣履作本钱。你这心活面软，未必不周接他些。若被他骗去，我是一个钱没有的，看你明日怎么过节？"迎春不语，只低着头。

邢夫人见他这般，因冷笑道："你是大老爷跟前人养的，这里探丫头也是二老爷跟前人养的，出身一样。你娘比赵姨娘强十倍，你也该比探丫头强才是，怎么反不及他一点！倒是我无儿无女的一生干净，也不能惹人笑话。"人回："琏二奶奶来了。"邢夫人听了，冷笑两声，命人出去说："请他自去养病，我这里不用他伺候。"接着又有探事的小丫头来报说："老太太醒了。"邢夫人方起身前边来。迎春送至院外方回。

绣桔因说道："如何，前儿我回姑娘，那一个攒珠累丝金凤[②]竟不知那里去了。回了姑娘，姑娘竟不问一声儿。我说必是老奶奶拿去典了银子放头儿的，姑娘不信，只说司棋收着呢。问司棋，司棋虽病着，心里却明白。我去问他，他说：'没有收起来，还在书架上匣里暂放着，预备八月十五要戴呢。'姑娘就该叫人去问老奶奶一声。"迎春道："何用问，自然是他拿去暂时借一肩儿[③]。我只说他悄悄的拿了出去，不过一时半晌，仍旧悄悄的送来就完了，谁知他就忘了。今日偏又闹出来，问他想也无益。"绣桔道："何曾是忘记！他是试准了姑娘的性格，所以才这样。如今我有个主意：到二奶奶房里将此事回了他，或他着人去要，或他省事拿几吊钱来替他赎了。如何？"迎春忙道："罢，

---

① 放头儿——这里是聚赌、作头家的意思。聚赌抽头所得的钱叫头儿钱。

② 攒珠累丝金凤——以金丝穿聚珍珠堆叠连缀成凤形的发饰。

③ 借一肩儿——挑担时让别人挑一会自己歇一会叫借力歇肩或借一肩儿，这里是借人之物典押得钱以应急用的意思。

罢，罢，省些事罢。宁可没有了，又何必生事。”绣桔道：“姑娘怎么这样软弱。都要省起事来，将来连姑娘还骗了去呢。我竟去的是。”说着便走。迎春便不言语，只好由他。

绣桔

谁知迎春乳母之媳、玉住儿媳妇正因他婆婆得了罪，来求迎春去讨情，听他们正说金凤一事，且不进去。也因素日迎春懦弱，他们都不放在心上。如今见绣桔立意去回凤姐，估着这事脱不去的，只得进来，陪笑先向绣桔说：“姑娘，你别去生事。姑娘的金丝凤，原是我们老奶奶老糊涂了，输了几个钱，没的捞梢[①]，所以暂借了去。原说一日半晌就赎还的，不想今日弄出事来。虽然这样，到底主子的东西，我们不敢迟误，终久是要赎的。如今还要求姑娘看从小儿吃奶的情，往老太太那边去讨个情儿，救出他来才好。”

迎春先便说道：“好嫂子，你趁早儿打了这妄想，要等我去说情，等到明年也不中用的。方才连宝姐姐、林妹妹大伙儿说情，老太太还不依，何况是我一个人。我自己臊还臊不过来，还去讨臊去。”绣桔便说：“赎金凤是一件事，说情是一件事，别绞在一处说。难道姑娘不去说情，你就不赎了不成？嫂子且取了金凤来再说。”玉住儿家的听见迎春如此拒绝他，绣桔的话又锋利无可回答，一时脸上过不去，也明欺迎春素日好性儿，乃向绣桔发话道：“姑娘，你别太仗势了。你满家子算一算，谁的妈妈奶子不仗着主子哥儿多得些益，偏咱们就这样丁是丁卯是卯的，只许你们偷偷摸摸的哄骗了去。自从邢姑娘来了，太太吩咐一个月俭省出一两银子来与舅太太去，这里饶添了邢姑娘的使费，反少了一两银子。常时短了这个，少了那个，那不是我们供给？谁又要去？不过大家将就些罢了。算到今日，少说些也有三十两了。我们这一向的钱，岂不白填了限呢。”

① 捞梢——赌博中称翻本为“捞梢”，即把输了的钱赢回来。

绣桔不待说完，便啐了一口，道："做什么的白填了三十两？我且和你算算账！姑娘要了些什么东西？"迎春听见这媳妇发邢夫人之私意，忙止道："罢，罢，罢。你不能拿了金凤来，不必牵三扯四乱嚷。我也不要那凤了。便是太太们问时，我只说丢了，也妨碍不着你什么的，出去歇歇儿罢，何苦呢！"一面叫绣桔倒茶来。绣桔又气又急，因说道："姑娘虽不怕，我们是做什么的，把姑娘的东西丢了？他倒赖说姑娘使了他们的钱，这如今竟要准折起来。倘或太太问姑娘为什么使了这些钱，敢是我们就中取势了？这还了得！"一行说，一行就哭了。司棋听不过，只得勉强过来，帮着绣桔问着那媳妇。迎春劝止不住，自拿了一本《太上感应篇》[①]去看。

三人正没开交，可巧宝钗、黛玉、宝琴、探春等因恐迎春今日不自在，都约来安慰。走至院中，听见几个人讲究。探春从纱窗内一看，只见迎春倚在床上看书，若有不闻之状。探春也笑了。小丫鬟们忙打起帘子，报道："姑娘们来了。"迎春方放下书起身。那媳妇见有人来，且又有探春在内，不劝而自止了，遂趁便要溜。探春坐下，便问："才刚谁在这里说话？倒像拌嘴似的。"迎春笑道："没有说什么，左不过是他们小题大作罢了。何必问他。"探春笑道："我才听见什么'金凤'，又是什么'没有钱只和我们奴才要'，谁和奴才要钱了？难道姐姐和奴才要钱了不成？"司棋绣桔道："姑娘说的是了。姑娘何曾和他要什么了？"探春笑道："姐姐既没有和他要，必定是我们或者和他们要了不成！你叫他进来，我倒要问问他。"

迎春笑道："这话又可笑。你们又无沾碍，何必如此。"探春笑道："这倒不然。我和姐姐一样，姐姐的事和我的也是一般，他说姐姐即是说我。我那边的人有怨我的，姐姐听见也是和怨姐姐一样。咱们是主子，自然不理论那些钱财小事，只知想起什么要什么，也是有的事。但不知累丝凤怎么又夹在里头？"那玉住儿媳妇生恐绣桔等告出他来，遂忙进来用话掩饰。探春深知其意，因笑道："你们所以糊涂。如今你奶奶已得了不是，趁此求求二奶奶，把方才的钱尚未散人的拿出些来赎

---

① 《太上感应篇》——书名，晋代葛洪（自号抱朴子）托名道家始祖太上老君之名所作，旨在劝善惩恶，宣扬因果报应。

取了就完了。比不得没闹出来，大家都藏着留脸面；如今既是没了脸，趁此时纵有十个罪，也只一人受罚，没有砍两颗头的理。你依我，竟是和二奶奶说说。在这里大声小器，如何使得？”这媳妇被探春说出真病，也无可赖了，只不敢往凤姐处自首。探春笑道：“我不听见便罢，既听见，少不得替你们分解分解。”谁知探春早使个眼色与侍书出去了。

这里正说话，忽见平儿进来。宝琴拍手笑说道：“三姐姐敢是有驱神召将的符术？”黛玉笑道：“这倒不是道家法术，倒是用兵最精的，所谓‘守如处女，出如脱兔’[①]，出其不备之妙策也。”二人取笑。宝钗便使眼色与二人，令其不可，遂以别话岔开。探春见平儿来了，遂问：“你奶奶可好些了？真是病糊涂了，事事都不在心上，叫我们受这样的委曲。”平儿忙道：“姑娘怎么委曲？谁敢给姑娘气受，姑娘快吩咐我。”那玉住儿媳妇方慌了手脚，遂上来赶着平儿叫：“姑娘坐下，让我说原故。姑娘请听。”平儿正色道：“姑娘这里说话，也有你我混插口的礼吗？你但凡知礼，只该在外头伺候，也有外头的媳妇子们无故到姑娘们房里来的？”绣桔道：“你不知我们这屋里是没礼的，谁爱来就来。”平儿道：“都是你们的不是。姑娘好性儿，你们就该打出去，然后再回太太去才是。”玉住儿媳妇见平儿出了言，红了脸方退出去。

探春接着道：“我且告诉你，若是别人得罪了我，倒还罢了。如今那玉住儿媳妇和他婆婆仗着是妈妈，又瞅着二姐姐好性儿，私自拿了首饰去赌钱，而且还捏造假账，威逼着去讨情，和这两个丫头在卧房里大嚷大叫，二姐姐竟不能辖治，所以我看不过，才请你来问一声：还是他本是天外的人，不知道理？还是谁主使他如此，先把二姐姐制伏，然后就要治我和四姑娘了？”平儿忙陪笑道：“姑娘怎么今日说这话出来？我们奶奶如何当得起！”探春冷笑道：“俗语说的，‘物伤其类’，‘齿竭唇亡’[②]，我自然有些心惊么！”平儿问迎春道：“若论此事，本好处的，但他现是姑娘的奶嫂，据姑娘怎么样为是？”当下迎春只和

① 守如处女，出如脱兔——喻出其不意的举动。这是说作战时开始要像处女一样沉静，使敌人放松戒备，然后像脱兔一样迅捷，使敌人不及抗拒。

② 齿竭唇亡——亦作“唇亡齿寒”，比喻两者相互依存，利害关系十分密切。

宝钗阅《感应篇》故事，究竟连探春的话亦不曾听见，忽见平儿如此说，仍笑道："问我，我也没什么法子。他们的不是，自作自受，我也不能讨情，我也不去苛责就是了。至于私自拿去的东西，送来我收下，不送来我也不要了。太太们要问，我可以隐瞒遮饰过去，是他的造化，若瞒不住，我也没法儿。没有个为他们反欺枉太太们的理，少不得直说。你们若说我好性儿，没个决断，竟有好主意可以八面周全，不使太太们生气，任凭你们处治，我也不管。"

众人听了，都好笑起来。黛玉笑道。"真是'虎狼屯于阶陛，尚谈因果'[①]。若使二姐姐是个男人，这一家上下这些人，又如何裁治他们？"迎春笑道："正是。多少男人，衣租食税，及至事到临头，尚且如此。况且太上说的好，救人急难，最是阴骘事。我虽不能救人，何苦来白白去和人结怨结仇，作那无益有损的事呢？"一语未了，只见又有一人来了。不道是谁？且听下回分解。

---

① 虎狼屯于阶陛，尚谈因果——屯：聚集；驻扎。阶陛：宫殿的台阶。此语原意在讽喻封建帝王佞信佛道以致祸国殃民。如南朝梁武帝萧衍，当叛将侯景的军队已打到京师围困台城，他还一心皈依佛教奢谈因果。这里是指对与己生死攸关的事，采取不闻不问的态度。

第七十四回

惑奸谗抄检大观园 矢孤介杜绝宁国府

话说平儿听迎春说了，正自好笑，忽见宝玉也来了。原来管厨房柳家的媳妇之妹，也因放头开赌得了不是。这园中有素与柳家不睦的，便又告出柳家来，说他和他妹子是伙计，虽然他妹子出名，其实赚了钱两个人平分。因此凤姐要治柳家之罪。那柳家的因得此言，便慌了手脚；因思素与怡红院人最为深厚，故走来悄悄的央求晴雯、芳官等人，转告诉了宝玉。宝玉因思内中迎春的嬷嬷也现有此罪，不若来约同迎春讨情，比自己独去单为柳家说情又更妥当，故此前来。忽见许多人在此，见他来时，都问："你的病可好了？跑来作什么？"宝玉不便说出讨情一事，只说："来看二姐姐。"当下众人也不在意，且说些闲话。

平儿便出去办金凤一事。那玉住儿媳妇紧跟在后，口内百般央求，只说："姑娘好歹口内超生，我横竖去赎了来。"平儿笑道："你迟也赎，早也赎，既有今日，何必当初。你的意思得过就过。既是这么样，我也不好意思告人，趁早去赎了来交给我，我一字不提。"玉住儿媳妇听说，方放下心来，就拜谢。又说："姑娘自去贵干，我赶晚赎了来，先回了姑娘，再送去，如何？"平儿道："赶晚不来，可别怨我。"说毕，二人方分路各自散了。

平儿到房，凤姐问他："三姑娘叫你做什么？"平儿笑道："三姑娘怕奶奶生气，叫我劝着奶奶些，问奶奶这两天可吃些什么。"凤姐笑道："倒是他还记挂着我。刚才又出来了一件事：有人来告柳二媳妇和他妹子通同开局，凡妹子所为，都是他作主。我想，你素日肯劝我'多一事不如少一事'，自己保养保养也是好的。我因听不进去，果然应了些，先把太太得罪了，而且反赚了一场病。如今我也看破了，随他们闹去罢，横竖还有许多人呢。我白操一会子心，倒惹的万人咒骂。不如且自养病要紧；就是病好了，我也会做个好好先生，得乐且乐，得笑且笑，一概是非都凭他们去罢。所以我只答应着知道了。"平儿笑道："奶奶果然如此，便是我们的造化了。"

一语未了，只见贾琏进来，拍手叹气道："好好的又生事，前儿我和鸳鸯借当，那边太太怎么知道了。才刚太太叫过我去，叫我不管那里先迁挪二百两银子，做八月十五日节下使用。我回没处借。太太就说：'你没有钱就有地方挪移，我白和你商量，你就搪塞我！你就说没地方儿！前儿一千银子的当是那里的？连老太太的东西你都有神通弄出来，这会子二百银子，你就这样。幸亏我没和别人说去。'我想太太分明不短，何苦来要寻事奈何人？"凤姐道："那日并没一个外人，谁走了这个消息？"

平儿听了，也细想那日有谁在此，想了半日，笑道："是了。那日说话时没一个外人，但晚上送东西来的时节，老太太那边傻大姐的娘也可巧来送浆洗衣服。他在下房里坐了一会子，见一大箱子东西，自然要问，必是小丫头们不知道，说了出来，也未可知。"因此便唤了几个小丫头来问，那日谁告诉傻大姐的娘？众小丫头慌了，都跪下赌咒发誓，说："自来也不敢多说一句话。有人凡问什么，都答应不知道。这事如何敢多说。"凤姐详情[①]说："他们必不敢，倒别委屈了他们。如今且把这事靠后，且把太太打发了去要紧。宁可咱们短些，又别讨没意思。"因叫平儿："把我的金项圈拿来，且去暂押二百银子来送去完事。"贾琏道："越性多押二百，咱们也要使呢。"凤姐道："很不必，我没处使钱。这一去还不知指那一项赎呢。"平儿拿去，吩咐一个人唤了旺儿媳妇来领去。不一时拿了银子来，贾琏亲自送去，不在话下。

① 详情——审察情理。

这里凤姐和平儿猜疑走风的人："倘或反叫鸳鸯受累，岂不是咱们的过失！"正在胡思，人报："太太来了。"凤姐听了诧异，不知何事，与平儿等忙迎出来。只见王夫人气色更变，只带一个贴己的小丫头走来，一语不发，走至里间坐下。凤姐忙奉茶，因陪笑问道："太太今日高兴，到这里逛逛？"王夫人喝命："平儿出去！"平儿见了这般，不知怎么了，忙应了一声，带着众小丫头一齐出去，在房门外站住。一面将房门掩了，自己坐在台阶上，所有的人，一个不许进去。凤姐也着了慌，不知有何事。只见王夫人含着泪，从袖内掷出一个香袋来，说："你瞧。"凤姐忙拾起一看，见是十锦春意香袋，也吓了一跳，忙问："太太从那里得来？"

王夫人见问，越发泪如雨下，颤声说道："我从那里得来！我天天坐在井里，拿你当个细心人，所以我才偷个空儿。谁知你也和我一样。这样的东西大天白日明摆在园里山石上，被老太太的丫头拾着，不亏你婆婆遇见，早已送到老太太跟前去了。我且问你，这个东西如何遗在那里来？"凤姐听得，也更了颜色，忙问："太太怎知是我的？"王夫人又哭又叹道："你反问我！你想，一家子除了你们小夫小妻，余者老婆子们，要这个何用？再女孩子们是从那里得来？自然是那琏儿不长进下流种子那里弄来的。你们又和气，当作一件玩意儿，年轻的人儿女闺房私意是有的，你还和我赖！幸而园内上下人还不解事，尚未拣得。倘或丫头们拣着，你姊妹看见，这还了得！不然有那小丫头们拣着，出去说是园内拣着的，外人知道，这性命脸面要也不要？"

凤姐听说，又急又愧，登时紫涨了面皮，便依炕沿双膝跪下，也含泪诉道："太太说的固然有理，我也不敢辩我并无这样的东西。但其中还要求太太细想：那香袋是外头雇工仿着内工绣的，连穗子一概都是市买的东西。我虽年轻不尊重，也不要这样东西。再者这也不是常带着的，我纵然有，也只好在私处搁着，焉肯在身上常带，各处逛去？况且又在园里去，个个姊妹，我们都肯拉拉扯扯，倘或露出来，不但在姊妹前，就是奴才看见，我有什么意思？三则论主子内，我是年轻媳妇，算起奴才来，比我更年轻的又不止一个人了。况且他们也常在园内走动，焉知不是他们掉的？再者除我常在园里，还有那边太太常带过几个小姨娘来，如嫣红翠云那几个人，也都是年轻的人，他们更该有这个了。还

有那边珍大嫂子，他也不算很老，他也常带过佩凤他们来，焉知又不是他们的？五则园内丫头太多，保不住都是正经的，或者年纪大些的，知道了人事，一刻查问不到，偷出去了，或借着因由，同二门上小幺儿们打牙撂嘴儿，外头得了来的，也未可知。我不但没此事，就连平儿，我也可以下保的。太太请细想。”

王夫人听了这一席话大近情理，因叹道：“你起来。我也知道你是大家小姐出身，不至这样轻薄，不过我气激你的话。但只如今却怎么处？你婆婆才打发人封了这个给我瞧，把我气了个死。”凤姐道：“太太快别生气。若被众人觉察了，保不定老太太不知道。且平心静气暗暗访察，才能得个实在，纵然访不着，外人也不能知道。如今惟有趁着赌钱的因由革了许多的人这空儿，把周瑞媳妇、旺儿媳妇等四五个贴近不能走话的人安插在园里，以查赌为由。再如今他们的丫头也太多了，保不住人大心大，生事作耗，等闹出来，反悔不及了。如今若无故裁革，不但姑娘们委屈，就连太太和我也过不去。不如趁此机会，以后凡年纪大些的，或有些磨牙难缠的，拿个错儿撵出去配人。一则保得住没有别的事，二则也可省些用度。太太想我这话如何？”

王夫人叹道：“你说的何尝不是！但从公细想来，你这几个妹妹，只有两三个丫头像人，余者竟是小鬼儿似的。如今再去了，不但于我心不忍，只怕老太太未必就依。虽然艰难，也还穷不至此。我虽没受过大荣华富贵，比你们是强些。如今宁可省我些，别委屈了他们。你如今且叫人传了周瑞家的等人进来，就吩咐他们快快暗地访这事要紧。”凤姐听了，即唤平儿进来吩咐出去。

一时，周瑞家的与吴兴家的、郑华家的、来旺家的、来喜家的现在五家陪房进来。王夫人正嫌人少不能勘察，忽见邢夫人的陪房王善保家的走来，正是方才他送香囊来的。王夫人向来看视邢夫人之得力心腹人等，原无二意，今见他来打听此事，便向他说：“你去回了太太，也进园内照管照管，比别人强些。”这王善保家正因素日进园去，那些丫鬟们不大趋奉他，他心里不自在，要寻他们的故事又寻不着，恰好生出这件事来，以为得了把柄。又听王夫人委托他，正撞在心坎上，说：“这个容易。不是奴才多话，论理这事该早严紧些的。太太也不大往园里去，这些女孩子们一个个倒像受了封诰似的，他们就成了千金小姐了。

闹下天来，谁敢哼一声儿。不然，就调唆姑娘们，说欺负了姑娘们了，谁还担得起！”王夫人道：“跟姑娘的丫头原比别的娇贵些，这也是常情。”

王善保家的

王善保家的道：“别的都还罢了。太太不知道，一个宝玉屋里的晴雯，那丫头仗着他生的模样儿比别人标致些，又生了一张巧嘴，天天打扮的像个西施的样子，在人跟前能说惯道，掐尖要强。一句话不投机，他就立起两个骚眼睛来骂人，妖妖趫趫[1]，大不成个体统。”王夫人听了这话，猛然触动往事，便问凤姐道：“上次我们跟了老太太进园逛去，有一个水蛇腰、削肩膀、眉眼又有些像你林妹妹的，正在那里骂小丫头。我的心里很看不上那狂样子，因同老太太走，我不曾说他。后来要问是谁，又偏忘了。今日对了坎儿，这丫头想必就是他了。”凤姐道：“若论这些丫头们，共总比起来，都没晴雯生得好。论举止言语，他原有些轻薄。方才太太说的倒很像他，我也忘了那日的事，不敢混说。”王善保家的便道：“不用这样，此刻不难叫了他来太太瞧瞧。”王夫人道：“宝玉房里常见我的只有袭人、麝月，这两个体体面面的倒好。若有这个，他自不敢来见我的。我一生最嫌这样人，况且又出来这个事。好好的宝玉，倘或叫这蹄子勾引坏了，那还了得！”因叫自己的丫头来，吩咐他到园里去，“只说我说有话问他们，留下袭人、麝月服侍宝玉不必来，有一个晴雯最伶俐，叫他即刻快来。你不许和他说什么”。

小丫头子答应了，走入怡红院，正值晴雯身上不自在，睡中觉才起来，正发闷，听如此说，只得跟了他来。素日晴雯不敢出头。因连日不

① 妖妖趫趫——妖冶轻佻的样子。

自在，并没十分妆饰，自为无碍。及到了凤姐房中，王夫人一见他钗亸[①]鬓松，衫垂带褪，有春睡捧心之遗风[②]，而且形容面貌恰是上月的那人，不觉勾起方才的火来。王夫人便冷笑道："好个美人！真像个病西施了。你天天作这轻狂样儿给谁看？你干的事，打量我不知道呢！我且放着你，自然明儿揭你的皮！宝玉今日可好些？"

晴雯一听如此说，心内大异，便知有人暗算了他。虽然羞恼，只不敢作声。他本是个聪敏过顶的人，见问宝玉可好些，他便不肯以实话答应，忙跪下回道："我不大到宝玉房里去，又不常和宝玉在一处，好歹我不能知，那都是麝月和袭人两个人的事，太太问他们。"王夫人道："这就该打嘴！你难道是死人，要你们做什么！"晴雯道："我原是跟老太太的人。因老太太说园里空，大人少，宝玉害怕，所以拨了我去外间屋里上夜，不过填屋子。我原回过我笨，不能服侍。老太太骂了我，说'又不叫你管他的事，要伶俐的做什么'。我听了，不敢不去，才去的。不过十天半个月之内，宝玉叫着了，答应几句，就散了。至于宝玉饮食起坐，上一层有老奶奶老妈妈们，下一层有袭人、麝月、秋纹几个人。我闲着还要做老太太屋里的针线，所以宝玉的事竟不曾留心。太太既怪我，从此后我留心就是了。"王夫人信以为真，忙说："阿弥陀佛！你不近宝玉，是我的造化，竟不劳你费心。既是老太太给宝玉的，我明儿回了老太太，再撵你。"因向王善保家的道："你们进去，好生防他几日，不许他在宝玉房里睡觉。等我回过老太太再处治他。"喝声："去罢！站在这里，我看不上这浪样儿！谁许你这么花红柳绿的妆扮！"晴雯只得出来。这气非同小可，一出门，便拿绢子捂着脸，一头走，一头哭，直哭到园内去。

这里王夫人向凤姐等自怨道："这几年我越发精神短了，照顾不到，这样妖精似的东西竟没看见。只怕这样的还有，明日倒得查查。"凤姐见王夫人盛怒之际，又因王善保家的是邢夫人的耳目，常调唆的邢夫人生事，纵有千百样言语，此刻也不敢说，只低头答应着。王善保家

---

① 钗亸——发髻上的钗饰将要脱落。亸：下垂的样子。

② 春睡捧心之遗风——春睡：本喻杨贵妃之醉态。捧心：指西施蹙眉捧心之美。遗风：即余风，前人遗留下来的风韵、风致。这里讥刺女子的娇慵病弱。

的道："太太请息怒，这些小事只交与奴才。如今要查这个主儿也极容易的。等到晚上园门关了的时节，内外不通风，我们竟给他们个冷不防，带着人到各处丫头们房里搜寻。想来谁有这个，断不单有这个，自然还有别的。那时翻出别的来，自然这个也是他的了。"王夫人道："这话倒是。若不如此，断不能明白。"因问凤姐如何，凤姐只得答应说："太太说的是，就行罢了。"王夫人道："这主意很是，不然一年也查不出来。"于是大家商议已定。

至晚饭后，待贾母安寝了，宝钗等入园时，王善保家的便请了凤姐一并入园，喝命将角门皆上锁，便从上夜的婆子处来抄检起，不过抄检出些多余攒下蜡烛、灯油等物。王善保家的道："这也是赃，不许动的，等明儿回过太太再动。"于是先就到怡红院中，喝命关门。当下宝玉正因晴雯不自在，忽见这一干人来，不知为何直扑了丫头们的房门去，因迎出凤姐来，问是何故。凤姐道："丢了一件要紧的东西，因大家混赖，恐怕有丫头们偷了，所以大家都查一查去疑。"一面说，一面坐下吃茶。王善保家的等搜了一回，又细问这几个箱子是谁的，都叫本人来亲自打开。袭人因见晴雯这样，知道必有异事，又见这番抄检，只得自己先出来打开了箱子并匣子，任其搜检一番，不过是平常动用之物。随放下又搜别人的，挨次都一一搜过。到了晴雯的箱子，因问："是谁的，怎不打开叫搜？"袭人等方欲代晴雯开时，只见晴雯挽着头发闯进来，豁啷一声将箱子掀开，两手捉着底子，往地下尽情一倒，将所有之物尽都倒出来。王善保家的也觉没趣儿，便紫胀了脸，说道："姑娘，你别生气。我们并非私自就来的，原是奉太太的命来搜察；你们叫翻呢，我们就翻一翻，不叫翻，我们还许回太太去呢。那用急的这个样子！"晴雯听了这话，越发火上浇油，便指着他的脸说道："你是太太打发来的，我还是老太太打发来的呢！太太那边的人我也都见过，就是没见你这么个有头有脸大管事的奶奶！"凤姐见晴雯说话锋利尖酸，心中甚喜，却碍着邢夫人的脸，忙喝住晴雯。那王善保家的又羞又气，刚要还言，凤姐道："妈妈，你也不必和他们一般见识，你且细细搜你的；咱们还到各处走走呢。再迟了，走了风，我可担不起。"王善保家的只得咬咬牙，且忍了这口气，细细的看了一看，也无甚私弊之物，回了凤姐要往别处去。凤姐道："你们可细细的查，若这一番查不出来，难回话的。”众人都道：“都细翻看了，没什么差错东西。虽有几样男人物件，都是小孩子的东西，想是宝玉的旧物件，没甚关系的。”凤姐听了，笑道：“既如此咱们就走，再瞧别处去。”

说着，一径出来，向王善保家的道：“我有一句话，不知是不是。要抄检只抄检咱们家的人，薛大姑娘屋里，断乎抄检不得的。”王善保家的笑道：“这个自然。岂有抄起亲戚家来。”凤姐点头道：“我也这样说呢。”一头说，一头到了潇湘馆内。黛玉已睡了，忽报这些人来，也不知为甚事。才要起来，只见凤姐已走进来，忙按住他不许起来，只说：“睡罢，我们就走。”这边且说些闲话。那个王善保家的带了众人到丫鬟房中，也一一开箱倒笼抄检了一番。因从紫鹃房中抄出两副宝玉常换下来的寄名符儿，一副束带上的披带，两个荷包并扇套，套内有扇子。打开看时皆是宝玉往年往日手内曾拿过的。王善保家的自为得了意，遂忙请凤姐过来验视，又说：“这些东西从那里来的？”凤姐笑道：“宝玉和他们从小儿在一处混了几年，这自然是宝玉的旧东西。况且这符子和扇子，都是老太太和太太常见的。妈妈不信，咱们只管拿了去。”王家的忙笑道：“二奶奶既知道就是了。”凤姐道：“这也不算什么罕事，撂下再往别处去是正经。”紫鹃笑道：“直到如今，我们两下里的东西也算不清。要问这一个，连我也忘了是那年月日有的了。”

这里凤姐和王善保家的又到探春院内。谁知早有人报与探春了。探春也就猜着必有原故，所以引出这等丑态来。遂命众丫鬟秉烛开门而待。一时众人来了，探春故问何事。凤姐笑道：“因丢了一件东西，连日访察不出人来，恐怕旁人赖这些女孩子们，所以索性大家搜一搜，使人去疑儿，倒是洗净他们的好法子。”探春冷笑道：“我们的丫头自然都是些贼，我就是头一个窝主。既如此，先来搜我的箱柜，他们所有偷了来的都交给我藏着呢。”说着便命丫头们把箱柜一齐打开，将镜奁、妆盒、衾袱、衣包若大若小之物一齐打开，请凤姐去抄阅。凤姐陪笑道：“我不过是奉太太的命来，妹妹别错怪我。”因命丫鬟们快快关上。平儿等先忙着替侍书等关的关，收的收。探春道：“我的东西倒许你们搜阅；要想搜我的丫头，这可不能。我原比众人歹毒，凡丫头所有的东西我都知道，都在我这里间收着，一针一线他们也没得收藏，要搜只管来搜我。你们不依，只管去回太太，只说我违背了太太，该怎么处治，我去自领。你们别忙，自然连你们抄的日子有呢。你们今日早起不曾议论甄家，自己盼着好好的抄家，果然今日真抄了。咱们也渐渐的来了。可知这样大族人家，若从外头杀来，一时是杀不死的，这可是古人曾说的‘百足之虫，死而不僵’，必须先从家里自杀自灭起来，才能一败涂地！”说着，不觉流下泪来。

凤姐只看着众媳妇们。周瑞家的便道：“既是女孩子的东西全在这里，奶奶且请到别处去罢，也让姑娘好安寝。”凤姐便起身告辞。探春道：“可细细的搜明白了？若明日再来，我就不依了。”凤姐笑道：“既然丫头们的东西都在这里，就不必搜了。”探春冷笑道：“你果然倒乖。连我的包袱都打开了，还说没翻。明日敢说我护着丫头们，不许你们翻了。你趁早说明，若还要翻，不妨再翻一遍。”凤姐知道探春素日与众不同的，只得陪笑道：“我已经连你的东西都搜查明白了。”探春又问众人：“你们也都搜明白了不曾？”周瑞家的等都陪笑说：“都翻明白了。”

那王善保家的本是个心内没成算的人，素日虽闻探春的名，他想众人没眼力没胆量罢了，那里一个姑娘家就这样利害起来？况且又是庶出，他敢怎么着？他自恃是邢夫人陪房，连王夫人尚另眼相看，何况别人？只当是探春认真单恼凤姐，与他们无干。他便要趁势作脸，因越众向前拉起探春的衣襟，故意一掀，嘻嘻笑道：“连姑娘身上我都翻了，果然没有什么。”凤姐见他这样，忙说：“妈妈走罢，别疯疯颠颠的。”一语未了，只听“拍”的一声，王家的脸上早着了探春一巴掌。探春登时大怒，指着王家的问道：“你是什么东西，敢来拉扯我的衣裳！我不过看着太太的面上，你又有几岁年纪，叫你一声妈妈，你就狗仗人势，天天作耗，在我们跟前逞脸。如今越发了不得了，你索性望我动手动脚的了。你打谅我是同你们姑娘那样好性儿，由着你们欺负他，就错了主意！你搜检东西我不恼，你不该拿我取笑。”说着，便亲自解衣卸裙，拉着凤姐细细的翻。又说：“省得叫奴才来翻我身上。”凤姐、平儿等忙与探春束裙整袂，口内喝着王善保家的说：“妈妈吃两口酒就疯疯颠颠起来。前儿把太太也冲撞了。快出去，别再讨没脸了。”又忙劝探春：“好姑娘，别生气，他算什么，姑娘气着，倒值多了。”探春冷笑道：“我但凡有气，早一头碰死了！不然岂许奴才来我身上翻

贼赃了。明儿一早，我先回过老太太、太太，然后过去给大娘陪礼，该怎么着，我去领。”

那王善保家的讨了个没脸，赶忙躲出窗外，只说：“罢了，罢了，这也是头一遭挨打。我明儿回了太太，仍回老娘家去罢。这个老命还要他做什么！”探春喝命丫鬟道：“你们听他说的这话，还等我和他对嘴去不成！”侍书等听说，便出去说道：“妈妈，你知道点理儿，省一句儿罢。你果然回老娘家去，倒是我们的造化了。只怕舍不得去。”凤姐笑道：“好丫头，真是有其主必有其仆。”探春冷笑道：“我们作贼的人，嘴里都有三言两语的。这还算笨的，背地里就只不会调唆主子。”平儿忙也陪笑解劝，一面又拉了侍书进来。周瑞家的等人劝了一番。凤姐直待服侍探春睡下，方带着人往对过暖香坞来。

彼时李纨犹病在床上，他与惜春是紧邻，又和探春相近，故顺路先到这两处。因李纨才吃了药睡着，不好惊动，只到丫鬟们的房中一一的搜了一遍，也没有什么东西，遂到惜春房中来。因惜春年少，尚未识事，吓的不知当有什么事，故凤姐也少不得安慰他。谁知竟在入画箱中寻出一大包银锞子来，约共三四十个。——为察奸情，反得贼赃。——又有一副玉带板子①并一包男人的靴袜等物。凤姐也黄了脸，因问是那里来的。入画只得跪下哭诉真情，说：“这是珍大爷赏我哥哥的。因我们老子娘都在南方，如今只跟着叔叔过日子。我叔叔、婶子只要吃酒耍钱，我哥哥怕交给他们又花了，所以每常得了，悄悄的烦了老妈妈带进来叫我收着的。”惜春胆小，见了这个也害怕，说：“我竟不知道。这还了得！二嫂子，你要打他，好歹带他出去打罢，我听不惯的。”

入画

凤姐笑道：“这话若果真呢，也倒可恕，只是不该私自传送进来。这个可以传递得，什么不可以传递？这倒是传递人的不是了。若这话不

① 玉带板子——男子腰带上的玉质带头。

真，倘是偷来的，你可就别想活了。”入画跪着哭道：“我不敢扯谎。奶奶只管明日问我们奶奶和大爷去，若说不是赏的，就拿我和我哥哥一同打死无怨。”凤姐道：“这个自然要问的，只是真赏的也有不是。谁许你私自传送东西的！你且说是谁作接的，我便饶你。下次万万不可。”惜春道：“嫂子别饶他。这里人多，要不拿一个人作法，那些大的听见了，又不知怎么呢。嫂子若饶他，我也不依。”凤姐道：“素日我看他还好。谁没一个错，只这一次。二次犯下，两罪俱罚。但不知传递是谁。”惜春道：“若说传递，再无别个，必是后门上的老张妈。他常肯和这些丫头们鬼鬼祟祟的，这些丫头们也都肯照顾他。”凤姐听说，便命人记下，将东西且交给周瑞家的暂拿着，等明日对明再议。谁知那老张妈原和王善保家有亲，近因王善保家的在邢夫人跟前作了心腹人，便把亲戚和伴儿们都看不到眼里了。后来张家的气不平，斗了两次口，彼此都不说话了。如今王家的听见是他传递，碰在他心坎儿上；更兼刚才挨了探春的打，受了侍书的气，没处发泄，听见张家的这事，因撺掇凤姐道：“这传东西的事关系更大。想来那些东西，自然也是传递进来的。奶奶倒不可不问。”凤姐道：“我知道。不用你说。”于是别了惜春，方往迎春房内来。

迎春已经睡着了，丫鬟们也才要睡，众人叩门半日才开。凤姐吩咐：“不必惊动姑娘。”遂往丫头们房里来。因司棋是王善保家的外孙女儿，凤姐倒要看看王家的可藏私不藏，遂留神看他搜检。先从别人箱子搜起，皆无别物。及到了司棋箱子中随意搜了一回，王善保家的说：“也没有什么东西。”才要关箱时，周瑞家的道：“这是什么话？有没有，总要一样看看，才公道。”说着，便伸手掣出一双男子的绵袜并一双缎鞋来。又有一个小包袱，打开看时，里面有一个同心如意并一个字帖儿，一总递给凤姐。凤姐因理家久了，每每看帖看账，也颇识得几个字了。便看那帖子是大红双喜笺帖，上面写道：“上月你来家后，父母已觉察了。但姑娘未出阁，尚不能完你我心愿。若园内可以相见，你可托张妈给一信。若得在园内一见，倒比来家好说话。千万，千万！再所赐香袋二个，今已查收。外特寄香珠一串，略表我心。千万收好！表弟潘又安拜具。”凤姐看罢，不由的笑将起来。

别人并不识字。那王保善家的素日并不知道他姑表姊弟有这一节风流故事，见了这鞋袜，心内已是有些毛病，又见有一红帖，凤姐又看着笑，他便说道："必是他们胡写的账，不成个字，所以奶奶见笑。"凤姐笑道："正是这个账竟算不过来。你是司棋的老娘，他的表弟也该姓王，怎么又姓潘呢？"王善保家的见问的奇怪，只得勉强告道："司棋的姑妈给了潘家，所以他姑表兄弟姓潘。上次逃走了的潘又安就是他。"凤姐笑道："这就是了。"因道："我念给你听听。"说着从头念了一遍，大家都唬了一跳。这王家的一心只要拿人的错儿，不想反拿住了他外孙女儿，又气又臊。

周瑞家的四人听见凤姐念了，都吐舌头摇头儿。周瑞家的道："王大妈听见了？这是明明白白，再没的话说了。如今怎么样呢？"这王家的只恨没地缝儿可钻。凤姐只瞅着他嘻嘻的笑，向周瑞家的道："这倒也好。不用他老娘的操一点儿心，鸦雀不闻的就给他们弄了一个好女婿来了。"周瑞家的也笑着凑趣儿。王家的气无处泄，便自己回手打着自己的脸，骂道："老不死的娼妇，怎么造下孽了！说嘴打嘴，现世现报！"众人见他如此，要笑又不敢笑，也有趁愿的，也有心中感动报应不爽的。凤姐见司棋低头不语，也并无畏惧惭愧之意，倒觉可异。料此时夜深，且不必盘问，只怕他夜间自愧去寻拙志[①]，遂唤了两个婆子监守，带了人，拿了赃证，回来安歇，等待明日料理。

谁知到夜里又连起来几次，下面淋血不止。至次日，便觉身体十分软弱，遂撑不住，请医诊视，开方立案，说要保重而去。老嬷嬷们拿了方子，回过王夫人，不免又添一番愁闷，遂将司棋等一事暂且搁起。

可巧这日尤氏来看凤姐，坐了一回，又看过李纨等。忽见惜春遣人来请，尤氏遂到了他房中来。惜春便将昨晚之事细细告诉了，又命将入画的东西一一要来与尤氏过目。尤氏道："实是你哥哥赏他哥哥的，只不该私自传送，如今官盐竟成了私盐[②]了。"因骂入画"糊涂脂油蒙了心的"。惜春道："你们管教不严，反骂丫头。这些姊妹，独我的丫头这样没脸，我如何去见人？昨儿我立逼着凤姐姐带了他去，他只不肯。

---

① 寻拙志——寻短见、自杀。

② 官盐竟成了私盐——旧时，由国家运销或已经缴纳盐税为官方许可经营的食盐称为官盐，若逃避纳税私运私销则称为私盐，要受到官府的取缔。这里比喻本系主人赏赐的"合法"的东西，因私自传送倒成为"不合法"的了。

我想，他原是那边的人，凤姐姐不带他去，也原有理。我今日正要送过去，嫂子来的恰好，快带了他去。或打，或杀，或卖，我一概不管。”入画听说，又跪下哭求，百般苦告。尤氏和奶娘等人也都十分分解，说：“他不过一时糊涂了，下次再不敢的。他从小儿服侍你一场。”

谁知惜春虽然年幼，天性孤僻，任人怎说，他咬定牙，断乎不肯。更又说道：“不但不要入画，如今我也大了，连我也不便往你们那边去了。况且近日闻得多少议论，我若再去，连我也编派上了。”尤氏道：“谁议论什么？又有什么可议论的？姑娘是谁？我们是谁？姑娘既听见人议论我们，就该问着他才是。”惜春冷笑道：“你这话问着我倒好。我一个姑娘家，只有躲是非的，我反去寻是非，成个什么人了！况且古人说得好，‘善恶生死，父子不能有所勖助[①]’，何况你我二人之间。我只能保住自己就够了。以后你们有事，好歹别累我。”

尤氏听了，又气又好笑，因向地下众人道：“怪道人人都说这四丫头年轻糊涂，我只不信。你们听这些话，无原无故，又没轻重，真真的叫人寒心！”众人都劝说道：“姑娘年轻，奶奶自然要吃些亏的。”

惜春冷笑道：“我虽年轻，这话却不年轻。你们不看书不识几个字，所以都是些呆子，倒说我糊涂。”尤氏道：“你是状元[②]，第一个才子。我们是糊涂人，不如你明白！”惜春道：“据你这话就不明白，状元难道就没有糊涂的？可知你们这些人都是世俗之见，那里眼里识的出真假、心里分的出好歹来？你们要看真人，总在最初一步的心上看起，才能明白呢。”尤氏笑道：“好，好，才是才子，这会子又作大和尚，又讲起参悟来了。”惜春道：“我也不是什么参悟。我看如今人一概也都是入画一般，没有什么大说头儿。”尤氏道：“可知你真是个心冷口冷的人。”惜春道：“怎么我不冷！我清清白白的一个人，为什么叫你们带累坏了？”

尤氏心内原有病，怕说这些话。方才听说有人议论，已是心中羞恼激射，只是在惜春分上不好发作，忍耐了大半天。今见惜春又说这句，因按捺不住，便问道：“怎么就带累了你了？你的丫头的不是，无故说

---

① 勖助——勉勉帮助。

② 状元——明清时代科举制度以廷试一甲（一等）第一名为状元。

我，我倒忍了这半日，你倒越发得了意，只管说这些话。你是千金小姐，我们以后就不亲近你，仔细带累了小姐的美名！即刻就叫人将入画带了过去！”说着，便赌气起身去了。惜春道：“你这一去了，若果然不来，倒也省了口舌是非，大家倒还清净。”尤氏听了，越发生气，但终究他是姑娘，任凭怎么也不好和他认真的拌起嘴来，只得索性忍了这口气。他也不答言，一径往前边去了。未知后事如何，且听下回分解。

第七十五回

开夜宴异兆发悲音　赏中秋新词得佳谶

话说尤氏从惜春处赌气出来，正欲往王夫人处去，跟从的老嬷嬷们因悄悄的回道：“奶奶且别往上房去。才有甄家的几个人来，还有些东西，不知是作什么机密事。奶奶这一去恐怕不便。”尤氏听了道：“昨日听见你老爷说，看邸报甄家犯了罪，现今抄没家私，调取进京治罪。怎么又有人来？”老嬷嬷道：“正是呢。才来了几个女人，气色不成气色，慌慌张张的，想必有什么瞒人的事情。”

尤氏听了，便不往前去，仍往李氏这边来了。恰好太医才诊了脉去。李纨近日也略觉精爽了些，拥衾倚枕，坐在床上，正欲一二人来说些闲话。因见尤氏进来不似往日和蔼，只呆呆的坐着。李纨因问道：“你过来了这半日，可吃些东西？只怕饿了。”命素云瞧有什么新鲜点心拣了来。尤氏忙止道：“不必，不必。你这一向病着，那里有什么新鲜东西？况且我也不饿。”李纨道：“昨日他姨娘家送来的好茶面子[①]，倒是对碗来你喝罢。”说毕，便吩咐人去对茶。尤氏仍出神无语。跟来的丫头媳妇们因问：“奶奶今日中晌尚未洗脸，这会子趁便可净一净好？”尤氏点头。

李纨忙命素云来取自己妆奁。素云又将自己胭粉拿来，笑道：“我

① 茶面子——将面粉炒熟，吃时用开水冲调，可加入各种作料。

们奶奶就少这个。奶奶不嫌脏，这是我的，能着用些。”李纨道：“我虽没有，你就该往姑娘们那里取去，怎么公然拿出你的来？幸而是他，若是别人，岂不恼呢。”尤氏笑道：“这又何妨。自来我凡过来，就使他们的，今日忽然又嫌脏了？”说着，一面洗脸。丫头只弯腰捧着脸盆。李纨道：“怎么这样没规矩？”那丫头忙赶着跪下。尤氏笑道：“我们家下大小的人只会讲外面，假礼假体面，究竟作出来的事都够使的了。”李纨听如此说，便知他已知道昨夜的事，因笑道：“你这话有因。是谁做的事究竟够使了？”尤氏道：“你倒问我！你敢是病着过阴去了？”

一语未了，只见人报：“宝姑娘来了。”忙说快请时，宝钗已走进来。尤氏忙擦脸起身让坐，因问：“怎么一个人忽然走进来，别的姊妹都不见？”宝钗道：“正是，我也没见他们。只因今日我们奶奶身上不自在，家里两个女人也都因时症未起炕，别的都靠不得，我今儿要出去伴着老人家夜里作伴。要去回老太太、太太，我想又不是什么大事，且不用提，等好了我横竖进来的，所以来告诉大嫂子一声。”李纨听了，只看着尤氏笑。尤氏也只看着李纨笑。

一时尤氏盥沐已毕，大家吃面茶。李纨因笑向宝钗道：“既这样，且打发人去请姨娘的安，问是何病？我也病着，不能亲自来瞧。好妹妹，你只管去，我自打发人去到你那里去看屋子。你好歹住一两天还进来，别叫我落不是。”宝钗笑道：“落什么不是呢，这也是人之常情，你又不曾卖放了贼。依我的主意，也不必添人过去，竟把云丫头请了来，你和他住一两日，岂不省事？”尤氏道：“可是史大妹妹往那里去了？”宝钗道：“我才打发他们找你们探丫头去了，叫他同到这里来，我也明白告诉他。”

正说着，果然人报：“云姑娘和三姑娘来了。”大家让坐已毕，宝钗便说要出去一事。探春道：“很好。不但姨妈好了还来的，就便好了不来也使得。”尤氏笑道：“这话奇怪，怎么撵起亲戚来了？”探春冷笑道：“正是呢，有叫人撵的，不如我先撵。亲戚们好，也不再必要死住着才好。咱们倒是一家子亲骨肉呢，一个个不像乌眼鸡似的？恨不得你吃了我，我吃了你！”尤氏忙笑道：“我今儿是那里来的晦气，偏都碰着你姊妹们的气头儿上了。”探春道：“谁叫你赶热灶来了？”因问："谁又得罪了你呢？"因又寻思道："凤丫头也不犯和你怄气。是谁呢？"尤氏只含糊答应。

探春知他畏事不肯多言，因笑道："你别装老实了。除了朝廷治罪，没有砍头的，你不必畏头畏尾。实告诉你罢，我昨日把王善保家那老婆子打了，我还顶着徒罪呢。不过背地里说我些闲话，难道他还打我不成！"宝钗忙问因何又打他，探春悉把昨夜怎的抄检，怎的打他，一一说了出来。尤氏见探春已经说了出来，便把惜春方才之事也说了出来。探春道："这是他的僻性，孤介太过，我们再傲不过他的。"又告诉他们说："今日一早不见动静，打听凤辣子又病了。我就打发我妈妈出去打听王善保家的是怎样。回来告诉我说，王善保家的挨了一顿打，大太太嗔着他多事。"尤氏、李纨道："这倒也是正理。"探春冷笑道："这种遮人眼目儿的事，谁不会作？且再瞧就是了。"尤氏、李纨皆默无所答。一时估着前头用饭，湘云和宝钗回房打点衣衫，不在话下。

尤氏遂辞了李纨，往贾母这边来。贾母歪在榻上，王夫人说甄家因何获罪，如今抄没了家产，回京治罪等语。贾母听了正不自在，恰好见他姊妹来了，因问："从那里来的？可知凤姐妯娌两个的病今日怎样？"尤氏等忙回道："今日都好些。"贾母点头叹道："咱们别管人家的事，且商量咱们八月十五日赏月是正经。"王夫人笑道："都已预备下了，不知老太太拣那里好？只是园里恐夜晚风冷。"贾母笑道："多穿两件衣服何妨，那里正是赏月的地方，岂可倒不去的？"

说话之间，媳妇们抬过饭桌。王夫人、尤氏等忙上来放箸捧饭。贾母见自己的几色菜已摆完，另有两大捧盒内捧了几色菜，便知是各房孝敬的旧规矩。贾母因问："我吩咐过几次，蠲了罢，你们都不听。"王夫人笑道："不过都是家常东西。今日我吃斋，没有别的孝敬。那些面筋豆腐，老太太又不大甚爱吃，只拣了一样椒油莼齑酱[1]来。"贾母笑道："这样正好，正想这个吃。"鸳鸯听说，便将碟子挪在跟前。宝琴一一的让了，方归坐。贾母便命探春来同吃。探春也都让过了，便和宝

① 莼齑酱——用莼菜捣碎腌成的小菜。莼菜：水生，嫩叶可作菜肴。齑：调味用的姜、蒜等碎末儿。

琴对面坐下。侍书忙去取了碗箸。鸳鸯又指那几样菜道："这两样看不出是什么东西来，大老爷送来的。这一碗是鸡髓笋，是外头老爷送上来的。"一面说，一面就只将这碗笋送至桌上。贾母略尝了两点，便命："将那两样着人送回去，就说我吃了。以后不必天天送，我想吃自然来要。"媳妇们答应着，仍送过去，不在话下。贾母因问："有稀饭吃些罢了。"尤氏早捧过一碗来，说是红稻米粥。贾母接来吃了半碗，便吩咐："将这粥送给凤哥儿吃去。"又指着："这一盘果子[①]给颦儿、宝玉两个吃去，那一碗肉给兰小子吃去。"又向尤氏道："我吃了，你就来吃了罢。"尤氏答应着，待贾母漱口洗手毕，贾母便下地和王夫人说闲话行食[②]。

尤氏告坐吃饭。贾母又命鸳鸯等来陪吃。贾母因见尤氏吃的仍是白粳米饭，因问道："怎么不盛我的饭？"丫头道："老太太的饭吃完了。今日添了一位姑娘，所以短了些。"鸳鸯道："如今都是可着头做帽子了，要一点儿富余也不能的。"王夫人忙回道："这一二年旱涝不定，田上的米都不能按数交的。这几样细米更艰难，所以都可着吃的做。"贾母笑道："这正是'巧媳妇做不出没米的粥'来。"众人都笑起来。鸳鸯一面回头向门外伺候媳妇们道："既这样，你们就去把三姑娘的饭拿来添上也是一样。"尤氏笑道："我这个就够了，也不用取去。"鸳鸯道："你够了，我不会吃的。"地下的媳妇们听说，方忙着取去了。一时王夫人也去用饭。这里尤氏直陪贾母说话取笑。

到起更的时候，贾母说："黑了，过去罢。"尤氏方告辞出来。走至二门外上了车，众媳妇放下帘子来，四个小厮拉出来，套上牲口，几个媳妇带着小丫头子们先走，到那边大门口等着去了。这里送的丫鬟们也回来了。

尤氏在车内因见两边狮子下放着四五辆大车，便知系来赴赌之人，遂向小丫头银蝶道："你看，坐车的是这些，骑马的还不知有几个呢。"说着，已到了厅上。贾蓉媳妇带领众妇女们，也都秉着羊角手罩

---

① 果子——一种名贵菜肴。果子，即果子狸，又名"花面狸"，狸之一种，体小如猫，嗜食谷类和果子等物，肉味鲜美。

② 行食——饭后活动，借以帮助消化。

接出来了。尤氏笑道："成日价我要偷着瞧瞧他们赌钱，也没得便。今儿倒巧，就顺便打他们窗户跟前走过去。"众媳妇答应着，提灯引路，又有一个先去悄悄的知会服侍的小厮们不要失惊打怪。于是尤氏一行人悄悄的来至窗下，只听里面称三赞四，耍笑之音虽多，又兼有恨五骂六，忿怨之声亦不少。

原来贾珍近因居丧，不得游玩，无聊之极，便生了个破闷的法子。日间以习射为由，请了各世家弟兄及诸富贵亲友来较射。因说："白白的只管乱射，终无裨益，不但不能长进，而且坏了式样，必须立个罚约，赌个利物，大家才有勉力之心。"因此在天香楼下箭道内立了鹄子[①]，皆约定每日早饭后来射鹄子。贾珍不肯出名，便命贾蓉作局家。这些来的皆系世袭公子，人人家道丰富，且都在少年，正是斗鸡走狗、问柳评花的一干游荡纨袴。因此大家议定，每日轮流作晚饭之主，天天宰猪割羊，屠鹅戮鸭，好似临潼斗宝[②]一般，都要卖弄自己家的好厨艺好烹炮。不到半月工夫，贾赦、贾政听见这般，不知就里，反说这才是正理，文既误矣，武事当亦该习，况在武荫[③]之属。遂命宝玉、贾环、贾琮、贾兰等四人于饭后过来，跟着贾珍习射一回，方许回去。

贾珍

贾珍之志不在此，再过几日，便渐次以歇臂养力为由，或抹抹骨牌，赌个酒东儿，至后渐次赌钱。如今三四月的光景，竟一日一日赌胜于射了，公然斗牌掷骰，放头开局，大赌起来。家下人借此各有些进

① 鹄子——鹄的，箭靶的中心。

② 临潼斗宝——其事不见史载，《疏者下船》《伍员吹箫》等元杂剧中皆提及，以《孤本元明杂剧·临潼斗宝》所记较为完整。内容有春秋时秦穆公设谋邀请十七国诸侯至临潼赴会，各出传国之宝比斗。在这里是取其夸富斗奢、争强赌胜之意。

③ 武荫——因武功而得到封荫。

益，巴不得如此，所以竟成了局势。外人皆不知一字。

近日邢夫人之胞弟邢德全也酷好如此，故也在其中。又有薛蟠，头一个惯喜送钱与人的，见此岂不快乐？邢德全虽系邢夫人之胞弟，却居心行事大不相同。这个邢德全只知吃酒赌钱、眠花宿柳为乐，手中滥漫使钱，待人无二心，因此都唤他“傻大舅”。薛蟠是早已出名的呆大爷，今日二人皆凑在一处，都爱“抢新快”[①]，便又会了两家，在外间炕上“抢快”。别的又有几家在当地下大桌上赶羊。里间又一起斯文些的抹骨牌，打天九。此间服侍的小厮都是十五岁以下的孩子。此是前话。

且说尤氏方潜至窗外偷看。其中有两个陪酒的小幺儿，都打扮的粉妆玉琢。今日薛蟠又输了，正没好气，幸而后手里渐渐翻过来了，除了冲账的，反赢了好些，心中自是兴头起来。贾珍道：“且打住，吃了东西再来。”因问：“那两处怎样？”此时打天九赶老羊的，也作了账等吃饭。打公番的未清，且不肯吃。于是各不能顾，先摆下一大桌，贾珍陪着吃。薛蟠兴头了，便搂着一个小幺儿吃酒，又命将酒去敬傻大舅。傻大舅输家，没心绪，喝了两碗，便有些醉意，嗔着两个小幺儿只赶着赢家不理输家了，因骂道：“你们这起兔子[②]，真是些没良心的王八羔子！天天在一处，谁的恩你们不沾？只不过我这一会子输了几两银子，你们就三六九等儿的了。难道从此以后再没有求着我的事了？”众人见他带酒，那些输家便不言语，只抿着嘴笑。那些赢家忙说：“大舅骂的很是。这小狗攮的们都是这个风俗儿。”因笑道：“还不给舅太爷斟酒呢！”两个小孩子都是演就的局套，忙都跪下奉酒，扶着傻大舅的腿，一面撒娇儿说道：“你老人家别生气，看着我们两个小孩子罢。我们师父教的：不论远近厚薄，只看一时有钱的就亲近。你老人家不信，回来大大的下一注，赢了，白瞧瞧我们两个是什么光景儿。”说的众人都笑了，傻大舅掌不住也笑了。一面伸手接过酒来，一面说道：“我要不看你们两个素日怪可怜见的，我这一脚，把你们的小黄蛋子踢出来。”

---

① 抢新快——六个骰子，按一定的点色组合，定出分数，进行比赛，分多者胜。

② 兔子——娈童、男妓。传说月中有兔，月为阴之精；或谓兔子雌雄同体，望月而孕。因由“兔子”联想而及雌化男性，即不男不女、亦男亦女的变态的性格和体态特征。

说着，把腿一抬，两个孩子趁势儿爬起来，越发撒娇撒痴，拿着洒花绢子，托了傻大舅的手，把那钟酒灌在傻大舅嘴里。

傻大舅哈哈的笑着，一扬脖儿，把一钟酒都干了，因拧了那孩子的脸一下儿，笑说道："我这会子看着又怪心疼的了！"说着，忽然想起旧事来，乃拍案对贾珍道："昨日我和你令伯母怄气，你可知道吗？"贾珍道："没有听见。"傻大舅叹道："就为钱这件东西！老贤甥，你不知道我们邢家的底里。我们老太太去世时，我还小呢，世事不知。他姊妹三个人，只有你令伯母居长。他出阁时，把家私都带过来了。如今你二姨儿也出了门子了，他家里也很艰窘。你三姨儿尚在家里。一应用度，都是这里陪房王善保家的掌管。我就是来要几个钱，也并不是要贾府里的家私。我邢家的家私也就够我花了，无奈竟不得到手！你们就欺负我没钱！"贾珍见他酒醉，外人听见不雅，忙用话解劝。

外面尤氏等听得十分真切，乃悄向银蝶笑道："你听见了？这是北院里大太太的兄弟抱怨他呢。可怜他亲兄弟还是这样说，这样就怨不得这些人了。"因还要听时，正值赶老羊的那些人也歇住了，要吃酒。因有一个问道："方才是谁得罪了舅太爷？我们竟没听明白，且告诉我们，评评理。"邢德全见问，便把两个孩子不理的话说了一遍。那人接过来就说："这样说，原可恼的，怨不得舅太爷生气。我且问你两个：舅太爷不过输了几个钱罢咧，并没有输丢了，怎么你们就不理他了？"说着，众人大笑起来，连邢德全也喷了一地饭，说："你这个东西，行不动儿就撒村捣怪的！"尤氏在外面听了这话，悄悄的啐了一口，骂道："你听听，这一起子没廉耻的小挨刀的，再灌丧了黄汤，还不知出些什么新样儿的来呢。"一面便进去卸装安歇。至四更时，贾珍方散，往佩凤房里去了。

次日起来，就有人回："西瓜月饼都全了，只待分派人送。"贾珍吩咐佩凤道："你请你奶奶看着送罢，我还有别的事呢。"佩凤答应去了，回了尤氏。尤氏只得一一分派遣人送去。一时佩凤来说："爷问奶奶，今儿出门不出门？说咱们是孝家，十五过不得节，今儿晚上倒好，可以大家应个景儿。"尤氏道："我倒不愿出门呢。那边珠大奶奶又病了，凤丫头又睡倒了，我再不过去，越发没个人了。"佩凤道："爷说，奶奶出门，好歹早些回来，叫我跟了奶奶去呢。"尤氏道："既这样，快些吃了，我好走。”佩凤道：“爷说早饭在外头吃，请奶奶自己吃罢。”尤氏问道：“今日外头有谁？”佩凤道：“听见说外头有两个南京新来的，倒不知是谁。”说毕，吃饭更衣，尤氏等仍过荣府来，至晚方回去。

贾珍赏月

果然贾珍煮了一口猪，烧了一腔羊，备了一桌菜蔬及果品，在会芳园丛绿堂中，屏开孔雀，褥设芙蓉，带领妻子姬妾，先饭后酒，开怀赏月作乐。将一更时分，真是风清月朗，银河微隐。贾珍因命佩凤等四个人也都入席，下面一溜坐下，猜枚划拳，饮了一回。

贾珍有了几分酒，益发高兴，便命取了一竿紫竹箫来，命佩凤吹箫，文花唱曲，喉清嗓嫩，真令人心动神移。唱罢，复又行令。那天将有三更时分，贾珍酒已八分。大家正添衣饮茶，换盏更酌之际，忽听那边墙下有人长叹之声。大家明明听见，都悚然疑畏起来。贾珍忙厉声叱咤，问：“谁在那里？”连问几声，没有人答应。尤氏道：“必是墙外边家里人，也未可知。”贾珍道：“胡说。这墙四面皆无下人的房子，况且那边又紧靠着祠堂，焉得有人。”一语未了，只听得一阵风声，竟过墙去了。恍惚闻得祠堂内槅扇开阖之声，只觉得风气森森，比先更觉凄惨起来。看那月色时，也是淡淡的，不似先前明朗，众妇女都觉毛发倒竖。贾珍酒已醒了一半，只比别人撑持得住些，心下也十分疑畏，便大没兴头起来。勉强又坐了一会子，就归房安歇去了。

次日一早起来，乃是十五日，带领众子侄开祠堂行朔望之礼。细查祠内，都仍是照旧好好的，并无怪异之迹。贾珍自为醉后自怪，也不提此事。礼毕，仍闭上门，看着锁禁起来。

贾珍夫妻至晚饭后方过荣府来。只见贾赦、贾政都在贾母房内坐着说闲话，与贾母取笑。贾琏、宝玉、贾环、贾兰皆在地下侍立。贾珍来了，都一一见过。说了两句话，贾珍方在近门小杌子上告了坐，侧着身子坐下。贾母笑问道："这两日你宝兄弟的箭如何了？"贾珍忙起身笑道："大长进了，不但样式好，而且弓也长了一个力气[①]。"贾母道："这也够了，且别贪力，仔细努伤[②]着。"贾珍忙答应几个"是"。贾母又道："你昨日送来的月饼好；西瓜看着倒好，打开却也不怎么样。"贾珍陪笑道："月饼是新来的一个专做饽饽的厨子，我试了试果然好，才敢做了孝敬来的。西瓜往年都还可以，不知今年怎么就不好了。"贾政道："大约今年雨水太多之过。"贾母笑道："此时月已上了，咱们且去上香。"说着，便起身扶着宝玉的肩，带领众人，齐往园中来。

当下园之正门俱已大开，吊着羊角大灯。嘉荫堂前月台上，焚着斗香[③]，秉着风烛，陈献着瓜果、月饼等物。邢夫人等皆在里面久候。真是月明灯彩，人气香烟，晶艳氤氲，不可形状。地下铺着拜毡锦褥。贾母盥手上香拜毕，于是大家皆拜过。贾母便说："赏月在山上最好。"因命在那山脊上的大亭子内去。众人听说，就忙着在那里去铺设。贾母且在嘉荫堂中吃茶少歇，说些闲话。一时，人回："都齐备了。"贾母方扶着人上山来。王夫人等因说："恐石上苔滑，还是坐竹椅上去。"贾母道："天天有人打扫，况且极平稳的宽路，何必不疏散疏散筋骨也好。"于是贾赦贾政等在前引导，又是两个老婆子秉着两把羊角手罩，鸳鸯、琥珀、尤氏等贴身搀扶，邢夫人等在后围随，从下逶迤而上，不过百余步，到了主山峰脊上，便是这座敞亭。因在山之高脊，故名曰凸碧山庄。亭前平台上列下桌椅，又用一架大围屏隔作两间。凡桌椅形式皆是圆的，特取团圆之意。上面居中贾母坐下，左边贾赦、贾珍、贾琏、贾蓉，右边贾政、宝玉、贾环、贾兰，团团围坐。只坐了半桌，下面还有半桌余空。

贾母笑道："往常倒还不觉人少，今日看来，究竟咱们的人也甚

---

① 一个力气——在这里是古代拉弓用力的单位，相当于九斤十二两。

② 努伤——因过分用力而受伤。

③ 斗香——又叫香斗，将香束捆扎攒聚堆成塔形，点燃顶上一股，即从上到下层层燃尽。一斗香可燃一夜。

少，算不得什么。想当年过的日子，到今夜男女三四十个，何等热闹。今日那有那些人？如今叫女孩子们来坐那边罢。”于是令人向围屏后邢夫人等席上将迎春、探春、惜春三个请出来。贾琏、宝玉等一齐出坐，先尽他姊妹坐了，然后在下方依次坐定。贾母便命折一枝桂花来，命一媳妇在屏后击鼓传花。若花到谁手中，饮酒一杯，罚说笑话一个。

于是先从贾母起，次贾赦，一一接过。鼓声两转，恰恰在贾政手中住了，只得饮了酒。众姊妹弟兄都你悄悄的拉我一下，我暗暗的又捏你一把，都含笑心里想着，倒要听是何笑话。贾政见贾母喜悦，只得承欢。方欲说时，贾母又笑道：“若说的不笑了，还要罚。”贾政笑道：“却只得一个，若不说笑了，也只好愿罚了。”贾母道：“你就说这一个。”贾政因说道：“一家子，一个人最怕老婆。”只说了这一句，大家都笑了。因从没听见贾政说过这样话，所以才笑。贾母笑道：“这必是好的。”贾政笑道：“若好，老太太多吃一杯。”贾母笑道：“使得。”贾赦连忙捧杯，贾政执壶，斟了一杯。贾赦仍旧递给贾政，贾赦旁边侍立。贾政捧上安放在贾母面前，贾母饮了一口。贾赦、贾政退回本位。于是贾政又说道：“这个怕老婆的人从不敢多走一步。偏那日是八月十五，到街上买东西，便遇了几个朋友，死活拉到家去吃酒。不想吃醉了，在朋友家睡着了，第二日醒了，后悔不及，只得来家赔罪。他老婆正洗脚，说：‘既是这样，你替我舔舔就饶你。’这男人只得给他舔，未免恶心要吐。他老婆便恼了，要打，说：‘你这样轻狂！’唬得他男人忙跪下求说：‘并不是奶奶的脚脏。只因昨日喝多了黄酒，又吃了月饼馅子，所以今日有些酸呢。’”说的贾母与众人都笑了。贾政忙又斟了一杯酒，送与贾母。贾母笑道：“既这样，快叫人取烧酒来。别叫你们受累。”众人又都笑起来。

于是又击鼓，便从贾政传起，可巧传至宝玉鼓止。宝玉因贾政在坐，自是踧踖[①]不安，偏又在他手中，因想：“说笑话，倘或说不好了，又说没口才；若说好了，又说正经的不会，只惯贫嘴，更有不是。不如不说。”乃起身辞道：“我不能说，求再限别的罢。”贾政道：“既这样，限个‘秋’字，就即景作一首诗。若好，便赏你；若不好，

① 踧踖——恭敬而局促不安的样子。

贾赦同贾政与贾母赏月

明日仔细。”贾母忙道：“好好的行令，怎么又作诗？”贾政陪笑道：“他能的。”贾母听说，“既这样，快作。”命人取了纸笔来，贾政道：“只不许用这些冰、玉、晶、银、彩、光、明、素等堆砌字样，要另出己见，试试你这几年的心思。”

宝玉听了，碰在自己心坎儿上，遂立想了四句，向纸上写了，呈与贾政看。贾政看了，点头不语。贾母见这般，知无甚大不好，便问：“怎么样？”贾政因欲贾母喜悦，便说：“难为他。只是不肯念书，到底词句不雅。”贾母道：“这就罢了。他能多大，定要他做才子不成！这就该奖励他，以后越发上心了。”贾政道：“正是。”因回头命个老婆子出去吩咐小厮，“把我海南带来的扇子取来给两把与宝玉。”宝玉磕了一个头，仍复归座行令。当下贾兰见奖励宝玉，他便出席，也做一首递与贾政看，贾政看了，更觉欣喜，遂并讲与贾母听。贾母也十分欢喜，也忙令贾政赏他。于是大家归坐，复行起令来。

这次在贾赦手内住了，只得吃了酒，说笑话。因说道：“一家子一个儿子最孝顺。偏生母亲病了，各处求医不得，便请了一个针灸的婆子来。婆子原不知道脉理，只说是心火，一针就好了。这儿子慌了，便问：'心见铁即死，如何针得？'婆子道：'不用针心，只针肋条就是了。'儿子道，'肋条离心远着呢，怎么就好？'婆子道：'不妨事。你不知，天下作父母的心偏的多着呢。'"众人听说，也都笑起了，贾母也只得吃半杯酒，半日笑道："我也得这个婆子针一针就好了。"贾赦听说，便知自己出言冒撞，贾母疑了心，忙起身笑与贾母把盏，以别言解释。贾母亦不好再提，且行起令来。

贾赦

不料这次花却在贾环手里。贾环近日读书稍进，亦好外务。今见宝玉作诗受奖，他便技痒，只当着贾政，不敢造次。如今可巧花在手中，便也索纸笔来，立挥一绝，呈与贾政。贾政看了，亦觉罕异，只是词句终带着不乐读书之意，遂不悦道："可见是弟兄了。发言吐气，总属邪派。古人中有'二难'，你两个也可以称'二难[①]'了。就只不是那一个'难'字，却是作难以教训之'难'字讲才好。哥哥是公然以温飞卿自居，如今兄弟又自为曹唐[②]再世

① 二难——《世说新语·德行》载：东汉陈寔有长子元方，少子季方，元方和季方之子各论其父功德，争持不下，便去请问祖父，陈寔说，"元方难为兄，季方难为弟"，意思是兄弟二人才德俱优，难分高下。这里反其意而用之。

② 温飞卿、曹唐——温飞卿，温庭筠的字，唐代诗人，才思敏捷，长于辞赋、音乐，作品以秾艳华丽为特色。曹唐，唐代诗人，字尧宾，曾为道士，作品以游仙诗居多。

了。”说的众人都笑了。

贾赦道：“拿诗来我瞧。”便连声赞好，道：“这诗据我看，甚是有气骨。想来咱们这样人家，原不必‘雪窗荧火’[①]，只要读些书，比别人略明白些，可以做得官时，就跑不了一个官的。何必多费了工夫，反弄出书呆子来？所以我爱他这诗，竟不失咱们侯门的气概。”因回头吩咐人去取了自己的许多玩物来赏赐与他。因又拍着贾环的头，笑道：“以后就这么做去，方是咱们的口气，这世袭的前程就跑不了你袭了。”贾政听说，忙劝说：“不过他胡诌如此，那里就论到后事了？”

说着便斟上酒，又行了一回令。贾母便说：“你们去罢。自然外头还有相公们候着，也不可轻忽了他们。况且二更多了，你们散了，再让我和姑娘们多乐一会子，好歇着了。”贾赦等听了，方止令起身。又大家公进了一杯酒，方带着子侄们出去了。要知端的，下回分解。

① 雪窗荧火——雪窗：冬夜借窗前雪光读书。荧：通“萤”。

第七十六回

凸碧堂品笛感凄清　凹晶馆联诗悲寂寞

话说贾赦、贾政带领贾珍等散去不提。

且说贾母这里命将围屏撤去，两席并而为一。众媳妇另行擦桌整果，更杯洗箸，陈设一番。贾母等都添了衣，盥漱吃茶，方又入坐，团团围绕。贾母看时，宝钗姊妹二人不在坐内，知他们家去圆月去了，且李纨、凤姐二人又病着，少了四个人，便觉冷清了好些。贾母因笑道："往年你老爷们不在家，咱们越性请过姨太太来，大家赏月，却十分闹热。忽一时想起你老爷来，又不免想到母子夫妻儿女不能一处，也都没兴。及至今年你老爷来了，正该大家团圆取乐，又不便请他们娘儿们来说说笑笑。况且他们今年又添了两口人，也难丢了他们跑到这里来。偏又把凤丫头病了，有他一人来说说笑笑，还抵得十个人的空儿。可见天下事总难十全。"说毕，不觉长叹一声，遂命拿大杯来斟热酒。

王夫人笑道："今日得母子团圆，自比往年有趣。往年娘儿们虽多，终不似今年自己骨肉齐全的好。"贾母笑道："正是为此，所以才高兴拿大杯来吃酒。你们也换大杯才是。"邢夫人等只得换上大杯来。因夜深体乏，且不能胜酒，未免都有些倦意，无奈贾母兴犹未阑，只得陪饮。

贾母又命将毡毯铺于阶上，命将月饼、西瓜、果品等类都叫搬下去，令丫头媳妇们也都团团围坐赏月。贾母因见月至中天，比先越发精彩可爱，因说："如此好月，不可不闻笛。"因命人将十番上女孩子传来。贾母道："音乐多了，反失雅致，只用吹笛的远远的吹起来就够了。"说毕，刚去吹时，只见跟邢夫人的媳妇走来向邢夫人前说了两句话。贾母便问："说什么事？"邢夫人便回说："方才大老爷出去，被石头绊了一下，蹉了腿。"贾母听说，忙命两个婆子快看去，又命邢夫人快去。邢夫人遂告辞起身。贾母便又说，"珍哥媳妇也趁着便儿就家去罢，我也就睡了。"

尤氏笑道："我今日不回去了，定要和老祖宗吃一夜。"贾母笑道："使不得，使不得。你们小夫妻家，今夜不要团圆团圆，如何为我耽搁了。"尤氏红了脸，笑道："老祖宗说的我们太不堪了。我们虽然年轻，已经是二十来年的夫妻，也奔四十岁的人了。况且孝服未满，陪着老太太玩一夜是正理。"贾母听说，笑道："这话很是，我倒也忘了孝未满。可怜你公公转眼已死二年多了，可是我倒忘了，该罚我一大杯。既这样，你就越性别送，陪着我罢了。你叫蓉儿媳妇送去。就顺便回去罢。"尤氏说了。蓉妻答应着，送出邢夫人，一同至大门，各自上车回去。不在话下。

这里贾母仍带众人赏了一回桂花，又入席换暖酒来。正说着闲话，猛不防只听那壁厢桂花树下，呜咽悠扬，吹出笛声来。趁着这明月清风，天空地静，真令人烦心顿释，万虑齐除，都肃然危坐，默默相赏。听约两盏茶时，方才止住，大家称赞不已。于是遂又斟上暖酒来。贾母笑道："果然可听么？"众人道："实在可听。我们也想不到这样，须得老太太带领着，我们也得开些心儿。"贾母道："这还不大好，须得拣那曲谱越慢的吹来越好。"便命斟一大杯热酒，送给吹笛之人，慢慢的吃了再细细的吹一套来。

媳妇们答应了，方送去，只见方才瞧贾赦的两个婆子回来了，说："右脚面上白肿了些，如今调服了药，疼的好些了，也不甚大关系。"贾母点头叹道："我也太操心。打紧说我偏心，我反这样。"

说着鸳鸯拿了软巾兜与大斗篷来，说："夜深了，恐露水下来，风吹了头，坐坐也该歇了。"贾母道："偏今儿高兴，你又来催。难道我醉了不成，偏要坐到天亮！"因命再斟酒。一面戴上兜巾，披了斗篷，大家陪着又饮，说些笑话。只听桂花阴里又发出一缕笛音来，果真比先越发凄凉。大家都寂然而坐。夜静月明，且笛声悲怨。众人不免伤感，恐贾母亦有感触，忙转身陪笑，谈话解释。又命换酒止笛。

尤氏笑道："我也学了一个笑话，说与老太太解解闷。"贾母勉强笑道："这样更好，快说来我听。"尤氏乃说道："一家子养了四个儿子：大儿子只一个眼睛，二儿子只一个耳朵，三儿子只一个鼻子眼，四儿子倒都齐全，偏又是个哑巴。"正说到这里，只见贾母已朦胧双眼，似有睡去之态。尤氏方住了，忙和王夫人轻轻的请醒。贾母睁眼笑道："我不困，白闭闭眼养神。你们只管说，我听着呢。"王夫人等笑道："夜已四更了，风露也大，请老太太安歇罢。明日再赏十六，也不辜负这月色。"贾母道："那里就四更了？"王夫人笑道："实已四更，他们姊妹们熬不过，都去睡了。"贾母听说，细看了一看，果然都散了，只有探春在此。贾母笑道："也罢。你们也熬不惯夜，况且弱的弱，病的病，去了倒省心。只是三丫头可怜见的，尚还等着。你也去罢，我们散了。"说着，便起身，吃了一口清茶，便有预备下的竹椅小轿，便围着斗篷坐上，两个婆子搭起，众人围随出园去了。不在话下。

这里众媳妇收拾杯盘碗盏时，却少了个细茶杯，各处寻觅不见，又问众人："必是谁失手打了。撂在那里，告诉我拿了磁瓦去交收，好作证见，不然又说偷起来了。"众人都说："没有打碎，只怕跟姑娘的人打了，也未可知。你细想想，或问问他们去。"

一语提醒了这管家伙的媳妇，因笑道："是了，那一会儿记得是翠缕拿着的。我去问他。"说着便去找时，刚下了甬路，就遇见了紫鹃和翠缕来了。翠缕问道："老太太散了，可知我们姑娘那去了？"这媳妇道："我来问那一个茶钟往那里去了，你们倒问我要姑娘。"翠缕笑道："我因倒茶给姑娘吃的，展眼回头，就连姑娘也没了。"那媳妇道："太太才说都睡觉去了。你不知那里玩去了，还不知道呢。"翠缕向紫鹃道："断乎没有悄悄的睡去的，只怕在那里走了一走。如今见老太太散了，赶过前边送去，也未可知。我们且往前边找找去。有了姑娘，自然你的茶钟也有了。你明日一早再找，有什么忙的。"媳妇笑道："有了下落就不必忙了，明儿就和你要罢。"说毕回去，仍查收家伙。这里紫鹃和翠缕便往贾母处来。不在话下。

原来黛玉和湘云二人并未去睡。只因黛玉见贾府中许多人赏月，贾母犹叹人少，不似当年热闹，又想宝钗姊妹家去，母女弟兄自去赏月等语，不觉对景感怀，自去俯栏垂泪。宝玉近因晴雯病势甚重，诸务无心，王夫人再三遣他去睡，他也便去了。探春又因近日家事恼着，无心游玩。虽有迎春、惜春二人，偏又素日不大甚和。所以只剩湘云一人宽慰他，因说道："你是个明白人，何必作此形像自苦？我也和你一样，我就不似你这样心窄。何况你又多病，还不自己保养。可恨宝姊琴妹天天说亲道热，早已说今年中秋要大家一处赏月，必要起社，大家联句，到今日便扔下咱们，自己赏月去了。社也散了，诗也不作了。倒是他们父子叔侄纵横起来。可知宋太祖说的好：'卧榻之侧，岂容他人酣睡[①]。'他们不作，咱们两个竟联起句来，明日羞他们一羞。"

黛玉见他这般劝慰，不肯负他的豪兴，因笑道："你看这里这等人嘈杂，有何诗兴！"湘云笑道："这山上赏月虽好，终不及近水赏月更妙。你知道这山坡底下就是池沿，山坳里近水一个所在就是凹晶馆。可知当日盖这园子时就有学问。这山之高处，就叫凸碧；山之低洼近水处，就叫作凹晶。这'凸''凹'二字，历来用的人最少。如今直用作轩馆之名，更觉新鲜，不落窠臼。可知这两处一上一下，一明一暗，一高一矮，一山一水，竟是特因玩月而设此处。有爱那山高月小的，便往这里来；有爱那皓月清波的，便往那里去。只是这两个字俗念作'洼''拱'二音，便说俗了，不大见用，只陆放翁用了一个'凹'字，说'古砚微凹聚墨多'，还有人批他俗，岂不可笑？"林黛玉道："也不只放翁才用，古人中用者太多。如江淹《青苔赋》[②]，东方朔《神异经》[③]，以至《画记》上云张僧繇画一乘寺的故事[④]，不可胜举。

① "卧榻之侧，岂容他人酣睡"——喻自己势力范围，不许别人插足。这里借喻大观园中作诗雅事，向来是姑娘姐妹吟咏展才，岂容"他们父子叔侄纵横起来"。

② 江淹《青苔赋》——江淹：南朝梁文学家。他的《青苔赋》有"悲凹险兮，唯流水而驰骛"的句子。

③ 东方朔《神异经》——东方朔，西汉武帝时人，善辞赋，性诙谐。《神异经》是托名东方朔作的一部志怪小说，其中有"北方荒中有石湖，方千里，……其湖无凹凸，平满无高下"的话。

④ 《画记》上云张僧繇画一乘寺的故事——张僧繇：南朝梁武帝时著名画家，开创了佛像绘画及雕刻的中国风格，《历代名画记》中列为"上品"。他曾在南京一乘寺门上用古印度技法画凹凸花，即以类似色按浓淡配置而产生了浮雕般的效果，远望如凹凸，近看却平。

只是今人不知，误作俗字用了。实和你说罢，这两个字还是我拟的呢。因那年试宝玉，宝玉拟了未妥，我们拟写出来，送给大姐姐瞧了，他又带出来，命给舅舅瞧过，所以都用了。如今咱们就往凹晶馆去看看。”

说着，二人便同下了山坡。只一转弯，就是池沿，沿上一带竹栏相接，直通着那边藕香榭的路径。只有两个老婆子上夜，因知在凸碧山庄赏月，与他们无干，早已息灯睡了。

黛玉、湘云见熄了灯，都笑道：“倒是他们睡了好。咱们就在这卷棚底下近水赏月如何？”二人遂在两个湘妃竹墩上坐下。只见天上一轮皓月，池中一轮水月，上下争辉，如置身于晶宫鲛室之内。微风一过，粼粼然池面皱碧叠纹，真令人神清气净。湘云笑道：“怎得这会子坐上船吃酒倒好。这要是我家里，这样我就立刻坐船了。”黛玉笑道：“正是古人常说的好，‘事若求全何所乐’？据我说，这也罢了，偏要坐船起来。”湘云笑道：“得陇望蜀，人之常情。”

正说间，只听笛韵悠扬起来。黛玉笑道：“今日老太太、太太高兴了，这笛子吹的有趣，倒是助咱们的兴趣了。咱们两个都爱五言，就还是五言排律罢。”湘云道：“限何韵？”黛玉笑道：“咱们数这栏杆上的直棍，这头到那头为止。他是第几根就用第几韵。”湘云笑道：“这倒别致。”于是二人起身，便从头数至尽头，止得十三根。湘云道：“偏又是‘十三元’了。这个韵少，作排律只怕牵强不能押韵呢。少不得你先起一句罢了。”黛玉笑道：“倒要试试咱们谁强谁弱，只是没有纸笔记。”湘云道：“不妨，明儿再写。只怕这一点儿聪明还有。”

黛玉道：“我先起一句现成的俗语罢。”因念道：

三五中秋夕，

湘云想了一想，道：

清游拟上元[①]。撒天箕斗[②]灿，

① 拟上元——可与上元节相比。上元：元宵节，阴历正月十五日。

② 箕斗——星宿名，南箕北斗，这里泛指群星。

林黛玉笑道：

匝地管弦繁。几处狂飞盏，

湘云笑道："这一句'几处狂飞盏'有些意思。这倒要对的好呢。"想了一想，笑道：

谁家不启轩。轻寒风剪剪，

黛玉道："对的比我的却好。只是底下这句又说俗话了，就该加劲说了去才是。"湘云道："诗多韵险，也要铺陈些才是。纵有好的，且留在后头。"黛玉笑道："到后头没有好的，我看你羞不羞？"因联道：

良夜景暄暄。争饼嘲黄发[①]，

湘云笑道："这句不好，是你杜撰，用俗笔来难我了。"黛玉笑道："我说你不曾见过书呢。吃饼是旧典，《唐书》《唐志》你看了来再说。"湘云笑道："这也难不倒我，我也有了。"因联道：

分瓜笑绿媛[②]。香新荣玉桂，

黛玉笑道："分瓜可是实实的你杜撰了。"湘云笑道："明日咱们对查了出来大家看看，这会子别耽误工夫。"黛玉笑道："虽如此，下句也不好，不犯着又用'玉桂''金兰'等字样来塞责。"因联道：

---

① "争饼"句——"嘲黄发之争饼"。黄发：老年人。争饼：争中秋的月饼。此典生僻，有人以为或指唐僖宗命御厨以红绫扎饼赐曲江新科进士之事，因徐演有"莫欺老缺残牙齿，曾吃红绫饼馅来"的诗。

② "分瓜"句——"笑绿媛之分瓜"。绿媛：年轻女子；绿，指绿鬓，乌黑的头发。分瓜：指切西瓜。

色健茂金萱[1]。蜡烛辉琼宴，

湘云笑道："'金萱'二字便宜了你，省了多少力。这样现成的韵被你得了，只是不犯着替他们颂圣去。况且下句你也是塞责了。"黛玉笑道："你不说'玉桂'，我难道强对个'金萱'么？再也要铺陈些富丽，方才是即景之实事。"湘云只得又联道：

觥筹乱绮园。分曹尊一令[2]，

黛玉笑道："下句好，只是难对些。"因想了一想，联道：

射覆听三宣。骰彩红成点，

湘云笑道："'三宣'有趣，竟化俗成雅了。只是下句又说上'骰'字。"少不得联道：

传花鼓滥喧。晴光摇院宇，

黛玉笑道："对却对好。下句又溜了，只管拿些风月来塞责吗？"湘云道："究竟没说到月上，也要点缀点缀，方不落题。"黛玉道："且姑存之，明日再斟酌。"因联道：

素彩接乾坤。赏罚无宾主，

湘云道："又说他们作什么？不如说咱们。"只得联道：

---

① "香新"一联——写中秋月夜景色。意谓盛开的桂花飘散清香，繁茂的萱草闪耀光彩。萱：萱草，又名忘忧草，俗称金针菜，也叫黄花菜。古人常用萱堂代指母亲。

② "分曹"句——意谓尊令官一人之命，分出对手，行射覆、猜拳等酒令。分曹：分出对手，如射覆中分射者和覆者。曹，这里指对偶，即互作对手的人。

吟诗序仲昆[1]。构思时倚槛，

黛玉笑道：“这可以入上你我了。”因联道：

拟景或依门。酒尽情犹在，

湘云说道：“是时候了。”乃联道：

更残乐已谖[2]。渐闻语笑寂，

黛玉说道：“这时候可知一步难似一步了。”因联道：

空剩雪霜痕[3]。阶露团朝菌[4]，

湘云笑道：“这一句怎么押韵？让我想想。”因起身负手，想了一想，笑道：“够了，幸而想出一个字来，几乎败了。”因联道：

庭烟敛夕棔[5]。秋湍泻石髓[6]，

黛玉听了，不禁也起身叫妙，说：“这促狭鬼，果然留下好的。这会子才说‘棔’字，亏你想得出。”湘云道：“幸而昨日看《历朝文选》，见了这个字，我不知是何树，因要查一查。宝姐姐说不用查，这就是如今俗叫作明开夜合的。我信不及，到底查了一查，果然不错。看来宝姐姐知道的竟多。”黛玉笑道：“‘棔’字用在此时更恰，也还罢

① 序仲昆——排名次；定高低。

② 谖——忘记，引申为止歇。

③ 雪霜痕——代指月光。

④ 朝菌——一种朝生暮死的菌类。

⑤ 棔——即合欢对，一名马缨花，又叫夜合花。夜间叶子成对相合。

⑥ 石髓——即石钟乳，石上多孔隙。

了。只是‘秋湍’一句亏你好想。只这一句，别的都要抹倒。我少不得打起精神来对一句，只是再不能似这一句了。”因想了一想，道：

风叶聚云根[1]。宝婺情孤洁，

湘云道：“这对的也还好。只是下一句你也溜了，幸而是景中情，不单用‘宝婺’来塞责。”因联道：

银蟾气吐吞[2]。药经灵兔捣，

黛玉不语点头，半日随念道：

人向广寒奔。犯斗邀牛女，

湘云也望月点首，联道：

乘槎访帝孙。虚盈轮莫定，

黛玉笑道：“不用比兴了。”因联道：

晦朔魄空存[3]。壶漏声将涸，

湘云方欲联时，黛玉指池中黑影与湘云看道：“你看那河里怎么像个人在黑影里去了，敢是个鬼罢？”湘云笑道：“可是又见鬼了。我是

① 云根——指山石。古人认为山间云气生于山石，故称之为云根。

② “宝婺”一联——意谓秋星孤高晶洁，月中的银蟾吞吐云气，遮住月亮的光辉。婺：婺女。星宿名，又名婺女，即女须星。这里代指秋星。银蟾：指月中蟾蜍。气吐吞：古人把云层遮月而过说成是月中蟾蜍在吞吐云气。

③ “虚盈”一联——意谓月亮的圆缺变换不停，每当晦、朔，月魄无光。虚盈：指月的圆缺。轮：月轮；月亮。晦、朔：阴历每月初一叫朔，最末一天叫晦。魄：月魄，指月的实体。

不怕鬼的，等我打他一下。”因弯腰拾了一块小石片向那池中打去，只听打得水响，一个大圆圈将月影激荡散复聚者几次。只听那黑影里嘎然一声，却飞起一只白鹤来，直往藕香榭去了。黛玉笑道：“原来是他，猛然想不到，反吓了一跳。”

湘云笑道：“这个鹤有趣，倒助了我了。”因联道：

窗灯焰已昏。寒塘渡鹤影[1]，

林黛玉听了，又叫好，又跺足，说：“了不得，这鹤真是助他的了！这一句更比‘秋湍’不同，叫我对什么才好？‘影’字只有一个‘魂’字可对，况且‘寒塘渡鹤’何等自然，何等混成，何等有景且又新鲜，我竟要搁笔了。”湘云笑道：“大家细想就有了，不然就放着明日再联也可。”黛玉只看天，不理他，半日，猛然笑道：“你不必捞嘴，我也有了，你听听。”因对道：

冷月葬花魂[2]。

湘云拍手赞道：“果然好极！非此不能对。好个‘葬花魂’！”因又叹道：“诗固新奇，只是太颓丧了些。你现病着，不该作此过于清奇诡谲之语。”黛玉笑道：“不如此如何压倒你。下句竟还未得，只为用工在这一句了。”

一语未了，只见栏外山石后转出一个人来，笑道：“好诗，好诗，果然太悲凉了。不必再往下联，若底下只这样去，反不显这两句了，倒觉得堆砌牵强。”二人不防，倒唬了一跳。细看时，不是别人，却是妙玉。二人皆诧异，因问：“你如何到了这里？”妙玉笑道：“我听见你们大家赏月，又吹得好笛，我也出来玩赏这清池皓

① “寒塘”句——秋夜寒塘掠过飞鹤的身影。或系化用唐代杜甫“鸟影度寒塘”之句而成。

② “冷月”句——清冷的月光埋葬了诗人的精魂。或谓此句借用李贺“秋坟鬼唱鲍家诗”意境，“冷月葬花魂”，也可能从“凉风醒醉眼，明月破诗魂”点化而来。

月。顺脚走到这里，忽听见你两个联诗，更觉清雅异常，故此听住了。只是方才我听见这一首中，有几句虽好，只是过于颓败凄楚。此亦关人之气数而有，所以我出来止住。如今老太太都已早散了，满园的人想俱已睡熟了，你两个的丫头还不知在那里找你们呢。你们也不怕冷了？快同我来，到我那里去吃杯茶，只怕就天亮了。”黛玉笑道：“谁知道就这个时候了。”

三人遂一同来至栊翠庵中。只见龛焰犹青，炉香未烬。几个老道婆也都睡着了，只有小丫鬟在蒲团上垂头打盹。妙玉唤他起来，现去烹茶。忽听叩了之声，小丫鬟忙去开门看时，却是紫鹃、翠缕与几个老嬷嬷来找他姊妹两个。进来见他们正吃茶，因都笑说：“要我们好找，一个园子里走遍了，连姨太太那里都找到了。才到了那山坡底下小亭里找时，可巧那里上夜的睡醒了。我们问他们，他们说，方才亭外头棚下两个人说话，后来又添了一个，听见说大家往庵里去。我们就知是这里来了。”妙玉忙命小丫鬟引他们到那边去坐着歇歇吃茶。自却取了笔砚纸墨出来，将方才的诗命他二人念着，遂从头写出来。

黛玉见他今日十分高兴，便笑道：“从来没见你这样高兴。若不见你这样高兴，我也不敢唐突请教。这还可以见教否？若不堪时，便就烧了；若或可改，即请改正改正。”妙玉笑道：“也不敢妄加评赞。只是这才有了二十二韵。我意思想着你二位警句已出，再若续时，恐后力不加。我竟要续貂[①]，又恐有玷。”黛玉从没见妙玉作过诗，今见他高兴如此，忙说：“果然如此，我们的虽不好，亦可以带好了。”妙玉道：“如今收结，到底还该归到本来面目上去。若只管丢了真情真事，且去搜奇检怪，一则失了咱们的闺阁面目[②]，二则也与题目无涉了。”二人皆道“极是”。妙玉遂提笔微吟，一挥而就，递与他二人道：“休要见笑。依我必须如此，方翻转过来，虽前头有凄楚之句，亦无甚碍了。”二人接了看时，只见他续道：

① 续貂——古代近侍官员以貂尾为冠饰，朝廷滥任官吏，时人讽刺曰：“貂不足，狗尾续”，后常以“续貂”作为自谦之词，表示佳作在前，难以为继。

② 闺阁面目——指诗之格调合乎闺阁小姐的身份情趣。

香篆[1]销金鼎，脂冰[2]腻玉盆。箫增嫠妇泣[3]，衾倩侍儿温。
空帐悬文凤，闲屏掩彩鸳。露浓苔更滑，霜重竹难扪。
犹步萦纡沼，还登寂历原。石奇神鬼缚[4]，木怪虎狼蹲。
赑[5]屃朝光透，罘罳[6]晓露屯。振林千树鸟，啼谷一声猿。
歧熟焉忘径[7]，泉知不问源。钟鸣栊翠寺，鸡唱稻香村。
有兴悲何继，无愁意岂烦。芳情只自遣，雅趣向谁言。
彻旦休云倦，烹茶更细论[8]。

后书：《中秋夜大观园即景联句三十五韵》。

黛玉、湘云二人皆赞赏不已，说："可见我们天天是舍近而求远。现有这样诗仙在此，却天天去纸上谈兵。"妙玉笑道："明日再润色。此时想也快天亮了，到底要歇息歇息才是。"林、史二人听说，便起身告辞，带领丫鬟出来。妙玉送至门外，看他们去远，方掩门进来。不在话下。

这里翠缕向湘云道："大奶奶那里还有人等着咱们睡去呢。如今还是那里去好？"湘云笑道："你顺路告诉他们，叫他们睡罢。我这一去未免惊动病人，不如闹林姑娘半夜去罢。"说着，大家走至潇湘馆中，有一半人已睡去。二人进去，方宽衣卸妆，盥漱已毕，方上床安歇。紫鹃放下绡帐子，移灯掩门出去。

---

① 香篆——篆香，一种记时用的盘香，形似篆文。

② 脂冰——冰脂，亦即凝脂（古文"冰""凝"通），这里指凝固了的蜡油。

③ "箫增"句——呜呜洞箫，增添寡妇泣声的悲戚。嫠妇：寡妇。

④ "石奇"句——石头奇形怪状，像神鬼在搏斗。

⑤ 赑屃——亦作"赑屓""屓赑"，蠵龟的别名。传说赑屃力大，能负重，故大碑的石座多雕作它的形状。这里代指石碑。

⑥ 罘罳——古代设在宫门外或城角上多孔的屏障，用以瞭望和防御。这里泛指门外用作屏障的有孔的篱垣。

⑦ 歧熟焉忘径——歧：道路分岔处。《列子·说符》："大道以多歧亡羊，学者以多方丧生。"后常以"歧路亡羊"比喻事理复杂多变，没有正确方向。这里是反其意而用，意谓岔道都很熟悉，那会迷路呢？

⑧ 细论——仔细品评。论：这里读阳平。杜甫《春日忆李白》："何时一尊酒，重与细论文"。

谁知湘云有择席之病，虽在枕上，只是睡不着。黛玉又是个心血不足常常失眠的，今日又错过困头，自然也是睡不着。二人在枕上翻来覆去。黛玉因问道："怎么你还没睡着？"湘云微笑道："我有择席的病，况且走了困，只好躺躺罢。你怎么也睡不着？"黛玉叹道："我这睡不着也并非今日，大约一年之中，通共也只好睡十夜满足的。"湘云道："却是你病的原故，所以……"要知端的，下回分解。

第七十七回

俏丫鬟抱屈夭风流　美优伶斩情归水月

话说王夫人见中秋已过，凤姐病已比先减了，虽未大愈，然亦可以出入行走得了，仍命大夫每日诊脉服药，又开了丸药方子来配调经养荣丸。因用上等人参二两，王夫人命人取时，翻寻了半日，只向小匣内寻了几枝簪挺粗细的。王夫人看了嫌不好，命再找去，又找了一大包须末出来。王夫人焦躁道："用不着偏有，但用着了，再找不着。成日家我说叫你们查一查，都归拢在一处，你们白不听，就随手混撂。"彩云道："想是没了，就只有这个。上次那边的太太来寻了些去，太太都给过去了。"王夫人道："没有的话，你再细找找。"彩云只得又去找，又拿了几包药材来说："我们不认得这个，请太太自看。除这个再没有了。"王夫人打开看时，也都忘了，不知都是什么药，并没有一枝人参。

因一面遣人去问凤姐有无，凤姐来说："也只有些参膏芦须[①]。虽有几枝，也不是上好的，每日还要煎药用呢。"王夫人听了，只得向邢夫人那里问去。邢夫人说："因上次没了，才往你太太那里来寻，早已用完了。"王夫人没法，只得亲身过来请问贾母。贾母忙命鸳鸯取出当

① 参膏芦须——参膏：用次参或碎参熬的膏。芦：人参顶部长叶处，亦称"参芦"。须：人参的细根。

日所余的来，竟还有一大包，皆有手指头粗细的，遂称二两与王夫人。王夫人出来交与周瑞家的拿去，命小厮送与医生家去，又命将那包不能辨得的药也带了去，命医生认了，各记号了来。

一时，周瑞家的又拿了进来说："这几包都各包好记上名字了。但这一包人参固然是上好的，只是年代太陈。这东西比别的不同，凭是怎样好的，只过了一百年后，便自己就成了灰了。如今这个虽未成灰，然已成了朽糟烂木，也无性力的了。请太太收了这个，倒不拘粗细，好歹再换些新的倒好。"王夫人听了，低头不语，半日才说："这可没法了，只好去买二两来罢。"也无心看那些，只命："都收了罢。"因向周瑞家的说："你就去说给外头人们，拣好的换二两来。倘一时老太太问，你们只说用的是老太太的，不必多说。"

周瑞家的方才要去时，宝钗因在坐，乃笑道："姨娘且住。如今外头卖的人参都没好的。虽有一枝全的，他们也必截做两三段，镶嵌上芦泡须枝，搀匀了好卖，看不得粗细。我们铺子里常和参行交易，如今我去和妈说了，叫哥哥去托个伙计过去和参行商议说明，叫他把未作的原枝好参兑二两来，不妨咱们多使几两银子，也得了好的。"王夫人笑道："倒是你明白。就难为你亲自走一趟更好。"于是宝钗去了，半日回来说："已遣人去了，赶晚就有回信。明日一早去配也不迟。"王夫人自是喜悦，因说道："'卖油娘子水梳头'，自来家里有的，不知给了人多少。这会子轮到自己用，反倒各处寻了。"说毕长叹。宝钗笑道："这东西虽然值钱，究竟不过是药，原该济众散人才是。咱们比不得那没见世面的人家，得了这个，就珍藏密敛的。"王夫人点头道："这话极是。"

一时宝钗去后，因见无别人在室，遂唤周瑞家的来问前日园中搜检的事情可得个下落。周瑞家的已和凤姐等人商议停妥，一字不隐，遂回明王夫人。王夫人听了，吃了一惊，想到司棋系迎春的丫头，乃系那边的人，只得令人去回邢夫人。周瑞家的回道："前日那边太太嗔着王善保家的多事，打了几个嘴巴子，如今他也装病在家，不肯出头了。况且又是他外孙女儿，自己打了嘴，他只好装个忘了，日久平服了再说。如今我们过去回时，恐怕又多心，倒像是咱们多事似的。不如直把司棋带过去，一并连赃证与那边太太瞧了，不过打一顿配了人，再指个丫头来，岂不省事？如今白告诉去，那边太太再推三阻四的，又说‘既这样你太太就该料理，又来说什么’，岂不反耽搁了？倘那丫头瞅空儿寻了死，反不好了。如今看了两三天，人都有个偷懒的时候，倘一时不到，岂不倒弄出事来？”王夫人想了一想，说：“这也倒是。快办了这一件，再办咱们家的那些妖精。”

周瑞家的听说，会齐了那几个媳妇，先到迎春房里，回迎春道：“太太们说了，司棋大了，连日他娘求了太太，太太已赏了他娘配人，今日叫他出去，另挑好的与姑娘使。”说着，便命司棋打点出去。迎春听了，含泪似有不舍之意，因前夜之事，丫头们悄悄说了原故，虽数年之情难舍，但事关风化，亦无可如何了。那司棋也曾求了迎春，实指望迎春能保留下的，只是迎春语言迟慢，耳软心活，是不能作主的。司棋见了这般，知不能免，因哭道：“姑娘好狠心！哄了我这两日，如今怎么连一句话也没有？”周瑞家的等说道：“你还要姑娘留你不成？便留下，你也难见园里的人了。依我们的好话，快快收了这样子，倒是人不知鬼不觉的去罢，大家体面些。”迎春含泪道：“我知道你干了什么大不是，我还十分说情留下，岂不连我也完了。你瞧入画也是几年的人，怎么说去就去了。自然不止你两个，想这园里凡大的都要去呢。依我说，将来终有一散，不如你各人去罢。”周瑞家的道：“到底是姑娘明白。明儿还有打发的人呢，你放心罢。”司棋无法，只得含泪与迎春磕头，和众姊妹告别，又向迎春耳根说：“好歹打听我要受罪，替我说个情儿，就是主仆一场！”迎春亦含泪答应：“放心。”

于是周瑞家的人等带了司棋出了院门，又命两个婆子将司棋所有的东西都与他拿着。走了没几步，后头只见绣桔赶来，一面也擦着泪，一面递与司棋一个绢包说：“这是姑娘给你的。主仆一场，如今一旦分离，这个与你作个念心罢。”司棋接了，不觉更哭起来了，又和绣桔哭了一回。周瑞家的不耐烦，只管催促，二人只得散了。司棋因又哭告道：“婶子大娘们，好歹略徇个情儿，如今且歇一歇，让我到相好的姊妹跟前辞一辞，也是我们这几年好了一场。”周瑞家的等人皆各有事务，作这些事便是不得已了，况且又素日深恨他们大样，如今那里有工夫听他的话？因冷笑道：“我劝你走罢，别拉拉扯扯的了。我们还有正经事呢。谁是同你一个衣包里爬出来的，辞他们做什么？你不过是挨一

会是一会，难道就算了不成！依我说快走罢。”一面说，一面总不住脚，直带着往后角门出去了。司棋无奈，又不敢再说，只得跟了出来。

可巧正值宝玉从外而入，一见带了司棋出去，又见后面抱着些东西，料着此去再不能来了。因闻得上夜之事，又兼晴雯之病亦因那日加重，细问晴雯，又不说是为何。上日见入画已去，今又见司棋亦走，不觉如丧魂魄一般，因忙拦住问道：“那里去？”周瑞家的等皆知宝玉素日行为，又恐唠叨误事，因笑道：“不干你事，快念书去罢。”宝玉笑道：“好姐姐们，且站一站，我有道理。”周瑞家的便道：“太太不许少捱一刻，又有什么道理。我们只知遵太太的话，管不得许多。”司棋见了宝玉，因拉住哭道：“他们做不得主，你好歹求求太太去。”宝玉不禁也伤心，含泪说道：“我不知你做了什么大事，晴雯也气病着，如今你又要去。都要去了，这却怎么着好？”周瑞家的发躁向司棋道：“你如今不是服侍小姐的了，要不听说，我就打得你了。别想着往日姑娘护着，任你们作耗！越说着，还不好好走！如今和小爷们拉拉扯扯，成个什么体统！”那几个媳妇不由分说，拉着司棋便出去了。

宝玉又恐他们去告舌，恨的只瞪着他们，看已去远，方指着恨道：“奇怪，奇怪，怎么这些人只一嫁了汉子，染了男人的气味，就这样混账起来，比男人更可杀了！”守园门的婆子听了，也不禁好笑起来，因问道：“这样说，凡女儿个个是好的了，女人个个是坏的了？”宝玉点头道：“不错，不错！”正说着，只见几个老婆子走来，忙说道：“你们小心，传齐了伺候着。此刻太太亲自到园里查人呢。又吩咐快叫怡红院的晴雯姑娘的哥嫂来，在这里等着，领他妹子去。”因又笑道：“阿弥陀佛！今日天睁眼，把这一个祸害妖精退送了，大家清净些。”宝玉一闻得王夫人进来亲查，便料定晴雯也保不住了，早飞也似的赶了去，所以这后来趁愿之语竟未得听见。

宝玉及到了怡红院，只见一群人在那里。王夫人在屋里坐着，一脸怒色，见宝玉也不理。晴雯四五日水米不曾沾牙，恹恹弱息，如今现从炕上拉了下来，蓬头垢面，两个女人才架起来去了。王夫人吩咐，只许把他贴身衣服撂出去，余者好衣服留下给好丫头们穿。又命把这里所有的丫头们都叫来一一过目。

原来王夫人惟怕丫头们教坏了宝玉，乃从袭人起以至于极小作粗活的小丫头们，个个亲自看了一遍。因问："谁是和宝玉一日的生日？"本人不敢答应，老嬷嬷指道："这一个蕙香，又叫作四儿的，是同宝玉一日生日的。"王夫人细看了一看，虽比不上晴雯一半，却有几分水秀。视其行止，聪明皆露在外面，且也打扮的不同。王夫人冷笑道："这也是个不怕臊的。他背地里说的，同日生日就是夫妻。这可是你说的？打谅我隔的远，都不知道呢。可知我身子虽不大来，我的心耳神意时时都在这里。难道我通共一个宝玉，就白放心凭你们勾引坏了不成！"这个四儿见王夫人说着他素日和宝玉的私语，不禁红了脸，低头垂泪。王夫人即命也快把他家的人叫来，领出去配人。

晴雯被逐

又问，"那芳官呢？"芳官只得过来。王夫人道："唱戏的女孩子，自然是狐狸精了！上次放你们，你们又懒待出去，可就该安分守己才是。你就成精鼓捣起来，调唆着宝玉，无所不为！"芳官笑辩道："并不敢调唆什么。"王夫人笑道："你还强嘴。你连你干娘都压倒了，岂止别人！"因喝命："唤他干娘来领去，就赏他外头自寻个女婿去吧。把他的东西一概给他。"又吩咐上年凡有姑娘们分的唱戏的女孩子们，一概不许留在园里，都令其各人干娘带出，自行聘嫁。一语传出，这些干娘皆感恩趁愿不尽，都约齐与王夫人磕头领去。

王夫人又满屋里搜检宝玉之物。凡略有眼生之物，一并命人收的收，卷的卷，着人拿到自己房内去了。因说："这才干净，省得旁人口舌。"因又吩咐袭人、麝月等人："你们小心！往后再有一点分外之事，我一概不饶。因叫人查看了，今年不宜迁挪，暂且挨过今年，明年一并给我仍旧搬出去心净。"说毕，茶也不吃，遂带领众人又往别处去阅人。暂且说不到后文。

如今且说宝玉只当王夫人不过来搜检搜检，无甚大事，谁知竟这样雷嗔电怒的来了。所责之事皆系平日之语，一字不爽，料必不能挽回的。虽心下恨不能一死，但王夫人盛怒之际，自不敢多言，一直跟送王夫人到沁芳亭。王夫人命：“回去好生念念那书，仔细明儿问你。才已发下狠了。”宝玉听如此说，方回来，一路打算：“谁这样犯舌？况这里的事也无人知道，如何太太都说着了？”一面想，一面进来，只见袭人在那里擦泪。且去了心上第一个的人，岂不伤心？便倒在床上大哭起来。袭人知他心内别的还犹可，独有晴雯是第一件大事，乃劝道：“哭也不中用。你起来我告诉你，晴雯已经好了，他这一家去，倒心净养几天。你果然舍不得他，等太太气消了，你再求老太太，慢慢的叫进来也不难。太太不过偶然听了人的诽言，在气头上罢了。”宝玉哭道：“我究竟不知晴雯犯了何等滔天大罪！”袭人道：“太太只嫌他生的太好了，未免轻佻些。太太因这样美人似的人恐不安静，所以恨嫌他，像我们这粗粗笨笨的倒好。”宝玉道：“这也罢了。咱们私自玩话怎么也知道了？又没外人走风的，这可奇怪了。”袭人道：“你有什么忌讳的？一时高兴了，就不管有人无人。我也曾使过眼色，也曾递过暗号，倒被那别人已知道了，你反不觉。”宝玉道：“怎么人人的不是太太都知道，单不挑出你和麝月、秋纹来？”

袭人听了这话，心内一动，低头半日，无可回答，因慢笑道：“正是呢。若论我们，也有玩笑不留心的去处，怎么太太竟忘了？想是还有别的事，等完了再发放我们，也未可知。”宝玉笑道：“你是头一个出名的至善至贤之人，他两个又是你陶冶教育的，焉得还有什么该罚之处！只是芳官尚小，过于伶俐些，未免倚强压倒了人，惹人厌。四儿是我误了他，还是那年我和你拌嘴的那日起，叫上来作些细话，众人见我待他好，未免夺占了地位，故有今日。只是晴雯也是和你一样，从小儿在老太太屋里过来的，虽然他生得比人强些，也没什么妨碍着谁的去处。就只是他的性情爽利，口角锋芒些，究竟也不曾得罪了你们。想是他过于生得好了，反被这好所误。”说毕，复又哭起来。

袭人细揣此话，好似宝玉有疑他之意，竟不好再劝，因叹道：“天知道罢了。此时查不出人来了，白哭一场也无益了。”宝玉冷笑道：“原是想他自幼娇生惯养，何尝受过一日委屈？如今是一盆才抽出嫩箭来的兰花送到猪窝里去一般。况又是一身重病，里头一肚子闷气。他又没有亲爷亲娘，只有一个醉泥鳅姑舅哥哥。他这一去，一时也不惯的，那里还等得几日。知道还能见他一面两面不能了！”说着又越发伤心起来。

袭人笑道：“可是你‘只许州官放火，不许百姓点灯’[①]。我们偶然说一句略妨碍些的话，就说是不吉利之谈，你如今好好的咒他，是该的了？”宝玉道：“不是我妄口咒他，今年春天已有兆头的。”袭人忙问何兆。宝玉道：“这阶下好好的一株海棠花，竟无故死了半边，我就知有异事，果然应在他身上。”

袭人听了，又笑起来，因说道：“我待不说，又撑不住，你也太婆婆妈妈的了。这样的话，岂是你读书的人说的。草木怎么又关系起人来？”宝玉叹道：“你们那里知道，不但草木，凡天下之物，皆是有情有理的，也和人一样，得了知己，便极有灵验的。若用大题目比，就有孔子庙前之桧、坟前之蓍[②]，诸葛祠前之柏，岳武穆坟前之松。这都是堂堂正大随人之正气，千古不磨之物。世乱则萎，世治则荣，几千百年了，枯而复生者几次，这岂不是兆应？若是小题目比，就有杨太真沉香亭的木芍药，端正楼的相思树，王昭君坟上的长青草，难道不也有灵验？所以这海棠亦是应着人生的。”

袭人听了这篇痴话，又可笑，又可叹，因笑道：“真真的这话越发

① “只许州官放火，不许百姓点灯”——宋代某州官名用登，忌讳和“登”同音的字，令百姓改称“灯”为“火”，每逢正月十五“放灯”，官榜写作“放火”。百姓讽刺说：“只许州官放火，不许百姓点灯”。后用以喻只许自己胡作非为，不许别人正当行动。

② “孔子庙前之桧、坟前之蓍”一段——桧：也名“桧柏”“圆柏”，常绿乔木。孔子庙前之桧，相传为孔子生前所种，当晋永嘉之乱时忽然枯死，到隋统一天下又复活。蓍：蓍草，古代用蓍草茎占卜，传说孔子坟前的蓍草最为灵验。诸葛：诸葛亮。相传诸葛亮庙前的柏树在唐末开始枯萎，到宋初又复活。岳武穆：即岳飞。宋代抗金名将，被奸相秦桧所害，后谥“武穆”。相传岳坟前的树木为岳飞英灵所感，枝都朝南生长，心向南宋。木芍药，即牡丹。唐明皇曾与杨贵妃在沉香亭北赏牡丹，李白作《清平调》三章，以歌其事。端正楼：位于骊山的华清宫，是当年杨贵妃梳妆的地方。相思树：或指端正楼前的琪树。安史之乱后，唐明皇见琪树而思念死在马嵬坡的杨贵妃。一说扶风道旁之石楠树呼为“端正树”，温庭筠有诗曰《题相思树》。

说上我的气来了。那晴雯是个什么东西，就费这样心思，比出这些正经人来！还有一说，他纵好，也灭不过我的次序去。便是这海棠，也该先来比我，也还轮不到他。想是我要死的了。”宝玉听说，忙捂他的嘴，劝道：“这是何苦！一个未清，你又这样起来。罢了，再别提这事，别弄的去了三个，又饶上一个。”

袭人听说，心下暗喜道：“若不如此，你也不能了局。”宝玉乃道：“我还有一句话要和你商量，不知你肯不肯？现有他的东西，是瞒上不瞒下，悄悄的打发人送与他去。再或有咱们常时积攒下的钱，拿几吊出来给他养病，也是你姊妹好了一场。”袭人听了，笑道：“你太把我们看的又小器又没人心了。这话还等你说，我才已将他素日所有的衣裳以至各什各物总打点下了，都放在那里。如今白日里人多眼杂，又恐生事，且等到晚上，悄悄的叫柳妈给他拿去。我还有攒下的几吊钱也给他罢。”宝玉听了，点点头儿。袭人笑道：“我原是久已出名的贤人，连这一点子好名儿还不会买去不成？”宝玉听他方才说的话，忙陪笑抚慰他，怕他寒了心。晚间果密遣柳妈送去。

一时趁空，宝玉将一切人稳住，独自得便，出了后角门，央一个老婆子带他到晴雯家去瞧瞧。先是婆子百般不肯，只说怕人知道，“回了太太，我还吃饭不吃饭？”无奈宝玉死活央告，又许他些钱。那婆子方带了他去。

却说这晴雯当日系赖大家用银子买的。还有个姑舅哥哥，叫吴贵，人都叫他贵儿。那时晴雯才得十岁，因常跟赖嬷嬷进来，贾母见了喜欢，故此赖嬷嬷就孝敬了贾母。过了几年，赖大又给他姑舅哥哥娶了一房媳妇。谁知贵儿一味胆小老实，那媳妇却倒伶俐，又兼有几分姿色，看着贵儿无能为，便每日家打扮的妖妖调调，两只眼儿水汪汪的，招惹的赖大家人如蝇逐息，渐渐做出些风流勾当来。那时晴雯已在宝玉屋里，他便央及了晴雯转求凤姐，和赖大家的要过来。目今两口儿就在园子后角门外居住，伺候园中买办杂差。这晴雯一时被撵出来，住在他家。那媳妇那有心肠照管？吃了饭便去串门子，只剩下晴雯一人，在外间房内爬着。宝玉命那婆子在院门瞭哨，他独自掀起草帘进来，一眼就看见晴雯睡在芦席土炕上，幸而衾褥还是旧日铺的。心内不知自己怎么才好，因上来含泪伸手轻轻拉他，悄唤两声。当下晴雯又因着了风，又受了他哥嫂的歹话，病上加病，嗽了一日，才朦胧睡了。忽闻有人唤他，强展星眸，一见是宝玉，又惊又喜，又悲又痛，忙一把死攥住他的手。哽咽了半日，方说出半句话来：“我只当不得见你了。”接着便嗽个不住。宝玉也只有哽咽之分。

晴雯道：“阿弥陀佛，你来的好，且把那茶倒半碗我喝。渴了这半日，叫半个人也叫不着。”宝玉听说，忙拭泪问：“茶在那里？”晴雯道：“那炉台上就是。”宝玉看时，虽有个黑沙吊子，却不像个茶壶。只得桌上去拿了一个碗，也甚大甚粗，不像个茶碗，未到手内，先就闻得油膻之气。宝玉只得拿了来，先拿些水洗了两次，复又用水汕过，方提起沙壶斟了半碗。看时，绛红的，也太不成茶。晴雯扶枕道：“快给我喝一口罢！这就是茶了。那里比得咱们的茶呢！”宝玉听说，先自己尝了一尝，并无茶味，苦涩不堪，只得递与晴雯。只见晴雯如得了甘露一般，一气都灌下去了。宝玉看着，眼中泪直流下来，连自己的身子都不知为何物了，一面想，一面流泪问道：“你有什么说的，趁着没人告诉我。”晴雯呜咽道：“有什么可说的！不过挨一刻是一刻，挨一日是一日。我已知横竖不过三五日的光景，就好回去了。只是一件，我死也不甘心的：我虽生的比别人略好些，并没有私情密意勾引你怎样，如何一口死咬定了我是个狐狸精！我太不服。今日既已担了虚名，而且临死，不是我说一句后悔的话，早知如此，我当日……”说到这里，气往上咽，便说不出来，两手已经冰凉。宝玉又痛又急又害怕，便歪在席上，一只手攥着他的手，一只手轻轻的给他捶打着。又不敢大声叫唤，真是万箭攒心。两三句话时，晴雯才哭出来。宝玉拉着他的手，只觉瘦如枯柴，腕上犹戴着四个银镯。因泣道：“且卸下这个来，等好了再戴上罢。”又说：“这一病好了，又损好些。”

晴雯拭泪，把那手用力拳回，搁在口边，狠命一咬，只听咯吱一声，将两根葱管一般的指甲齐根咬下，拉了宝玉的手，将指甲搁在他手里。又回手扎挣着，连揪带脱，在被窝内将贴身穿着的一件旧红绫小袄儿脱下，递给宝玉。不想虚弱透了的人，那里经得这么抖搂，早喘成一处了。宝玉见他这般，已经会意，连忙解开外衣，将自己的袄儿褪下来盖在他身上，却把这件穿上；不及扣钮子，只用外头衣裳掩了。刚系腰时，只见晴雯睁眼道：“你扶起我来坐坐。”宝玉只得扶他。那里扶

得起？好容易欠起半身，晴雯伸手把宝玉的袄儿往自己身上拉。宝玉连忙给他披上，拖着肐膊，伸上袖子，轻轻放倒，将他的指甲装在荷包。晴雯哭道："你去罢！这里腌，你那里受得？你的身子要紧。今日这一来，我就死了，也不枉担了虚名。"

一语未了，只见他嫂子笑嘻嘻掀帘进来，道："好呀，你两个的话，我已都听见了。"又向宝玉道："你一个作主子的，跑到下人房里作什么？看我年轻又俊，敢是来调戏我么？"宝玉听说，吓的忙陪笑央道："好姐姐，快别大声。他服侍我一场，我私自来瞧瞧他。"那媳妇儿点着头儿，笑道："怨不得人家都说你有情有义儿的。"便一手拉了宝玉进里间来，笑道："你要不叫我嚷，这也容易，你只是依我一件事。"说着，便自己坐在炕沿上，把宝玉拉在怀中，紧紧的将两条腿夹住。

宝玉如何见过这个？心内早突突的跳起来了。急得满脸红胀，又羞又怕，只说："好姐姐，别闹！"那媳妇也斜了眼儿，笑道："呸！成日家听见你在女孩儿们身上做工夫，怎么今儿个就发起讪来了？"宝玉红了脸，笑道："姐姐撒开手，有话咱们慢慢的说。外头有老妈妈听见，什么意思呢？"那媳妇那里肯放？笑道："我早进来了。已经叫那老婆子去到园门口等你呢。我等什么似的，今日才等着你了！你要不依我，我就嚷起来。叫里头太太听见了，我看你怎么样！你这么个人，只这么大胆子儿。我刚才进来了好一会子，在窗下细听，屋里只你两个人，我只道有些个体己话儿。这么看起来，你们两个人竟还是各不相扰儿呢。我可不能像他那么傻。"说着，就要动手。宝玉急的死往外拽。正闹着，只听窗外有人问道："晴雯姐姐在这里住呢不是？"那媳妇也吓了一跳，连忙放了宝玉。这宝玉已经吓怔了，听不出声音。外边晴雯听见他嫂子缠磨宝玉，又急，又臊，又气，一阵虚火上攻，早昏晕过去。那媳妇连忙答应着，出来看，不是别人，却是柳五儿和他母亲两个，抱着一个包袱。柳家的拿着几吊钱，悄悄的问那媳妇道："这是里头袭姑娘叫拿出来给你们姑娘的，他在那屋里呢？"那媳妇儿笑道："就是这个屋子，那里还有屋子？"

那柳家的领着五儿刚进门来，只见一个人影儿往屋里一闪。柳家的素知这媳妇子不妥，只打量是他的私人。看见晴雯睡着了，连忙放下，带着五儿，便往外走。谁知五儿眼尖，早已见是宝玉，便问他母亲道："头里不是袭人姐姐那里悄悄儿的找宝二爷吗？"柳家的道："哎哟！可是忘了。方才老宋妈说，见宝二爷出角门来了，门上还有人等着，要关园门呢。"因回头问那媳妇儿。那媳妇儿自己心虚，便道："宝二爷那里肯到我们这屋里来？"柳家的听说，便要走。这宝玉一则怕关了门，二则怕那媳妇子进来又缠，也顾不得什么了，忙掀了帘子出来道："柳嫂子，你等等我，一路儿走。"柳家的听了，倒唬了一大跳，说："我的爷，你怎么跑了这里来了？"那宝玉也不答言，一直飞走。那五儿道："妈妈，你快叫住宝二爷不用忙，留神冒冒失失，被人碰见，倒不好。况且才出来时，袭人姐姐已经打发人留了门了。"说着，赶忙同他妈来赶宝玉。这里晴雯的嫂子干瞅着，把个妙人儿走了。

却说宝玉跑进角门，才把心放下来，还是突突乱跳。又怕五儿关在门外，眼巴巴瞅着他母女也进来了。意欲到芳官四儿处去，无奈天黑，出来了半日，恐里面人找他不见，又恐生事，遂且进园来了，明日再作计较。因乃至后角门，小厮正抱铺盖，里边嬷嬷们正查人，若再迟一步也就关了。宝玉进入园中，且喜无人知道。到了自己房内，告诉袭人只说在薛姨妈家去的，也就罢了。一时铺床，袭人不得不问今日怎么睡。宝玉道："不管怎么睡罢了。"原来这一二年间袭人因王夫人看重了他了，越发自要尊重，凡背人之处，或夜晚之间，总不与宝玉狎昵，较先幼时反倒疏远了。况虽无大事办理，然一应针线并宝玉及诸小丫头们凡出入银钱衣履什物等事，也甚烦琐；且有吐血旧症虽愈，然每因劳碌风寒所感，即嗽中带血，故迩来夜间总不与宝玉同房。宝玉夜间常醒，又极胆小，每醒必唤人。因晴雯睡卧警醒，且举动轻便，故夜晚一应茶水起坐呼唤之任皆悉委他一人，所以宝玉外床只是他睡着。今他去了，袭人只得将自己铺盖搬来，设于床外。

宝玉发了一晚上呆。袭人催他睡下，然后自睡。只听宝玉在枕上长吁短叹，覆去翻来，直至三更以后，方渐渐的安顿了，略有齁声。袭人方放心，也就朦胧睡着。没半盏茶时，只听宝玉叫"晴雯"。袭人忙连声答应，问作什么。宝玉因要吃茶。袭人倒了茶来，宝玉乃叹道："我近来叫惯了他，却忘了是你。"袭人笑道："他一乍来时你也曾睡梦中直叫我，以后才改了。"说着，大家又卧下。宝玉又翻转了一个更次，至五更方睡去时，只见晴雯从外头走来，仍是往日形景，进来笑向宝玉道："你们好生过罢，我从此就别过了。"说毕，翻身便走。宝玉忙叫时，又将袭人叫醒。袭人还只当他惯了口乱叫，却见宝玉哭了，说道："晴雯死了。"袭人笑道："这是那里的话！你就知道胡闹，被人听着什么意思。"宝玉那里肯听，恨不得一时亮了就遣人去问信。

及至天亮时，就有王夫人房里小丫头立等叫开前角门，传王夫人的话："'即时叫起宝玉，快洗脸，换了衣裳快来。因今儿有人请老爷寻秋赏桂花，老爷因喜欢他前儿作得诗好，故此要带他们去。'这都是太太的话，一句别错了。你们快告诉他去，立刻叫他快来，老爷在上屋里还等他吃面茶呢。环哥儿已来了。快快儿的去罢。我去叫兰哥儿去了。"里面的婆子听一句，应一句，一面扣钮子，一面开门。

袭人听得叩院门，便知有事，忙一面命人问时，自己已起来了。听得这话，促人来舀了洗脸水，催宝玉起来梳洗，他自去取衣。因思跟贾政出门，便不肯拿出十分出色的新鲜衣履来，只拿那三等成色的来。宝玉此时亦无法，只得忙忙的前来。果然贾政在那里吃茶，十分喜悦。宝玉请了早安。贾环、贾兰二人也都见过，贾政命坐吃茶，向环兰二人道："宝玉读书不如你两个，论题联和诗这种聪明，你们皆不及他。今日此去，未免强你们做诗，宝玉须听便助他们两个。"王夫人等自来不曾听见这等夸语，真是意外之喜。

一时，候他父子二人等去了，方欲过贾母这边来时，就有芳官等三个的干娘走来，回说："芳官自前日蒙太太的恩典赏了出去，他就疯了似的，茶也不吃，饭也不用，勾引上藕官、蕊官，三个人寻死觅活，只要剪了头发做尼姑去。我只当是小孩子家，一时出去不惯也是有的，不过隔两日就好了。谁知越闹越凶，打骂着也不怕。实在没法，所以来求太太，或者就依他们做尼姑去，或教导他们一顿，赏给别人作女儿去罢。我们也没这福。"王夫人听了道："胡说！那里由得他们起来？佛门也是轻易进去的！每人打一顿给他们，看还闹不闹了！"

当下因八月十五日各庙内上供去，皆有各庙内的尼姑来送供尖之例，王夫人曾于十五日就留下水月庵的智通与地藏庵的圆心住两日，至今日未回，听得此信，巴不得又拐两个女孩子去作活使唤，因都向王夫人道："咱们府上到底是善人家。因太太好善，所以感应得这些小姑娘们皆如此。虽说佛门轻易难入，也要知道佛法平等。我佛立愿，原是一切众生无论鸡犬皆要度他，无奈迷人不醒。若果有善根能醒悟，即可以超脱轮回。所以经上现有虎狼蛇虫得道者就不少。如今这两三个姑娘既然无父无母，家乡又远，他们既经了这富贵，又想从小儿命苦入了这风流行次，将来知道终身怎么样，所以苦海回头，立意出家修修来世，也是他们的高意。太太倒不要限了善念。”

王夫人原是个好善的，先听见这话，谅系小孩子不遂心的话，将来熬不得清净，反致获罪。今听这两个拐子的话大近情理，且近日家中多故，又有邢夫人遣人来知会，明日接迎春家去住两日，以备人家相看；且又有官媒婆来求说探春等：心绪正烦，那里着意在这些小事上？既听此言，便笑答道：“你两个既这等说，你们就带了作徒弟去如何？”两个姑子听了，念一声佛道：“善哉！善哉！若如此，可是你老人家阴德不小。”说毕，便稽首拜谢。王夫人道：“既这样，你们问他们去。若果真心，即上来当着我拜了师父去罢。”这三个女人听了出去，果然将他三人带来。王夫人问之再三，他三人已是立定主意，遂与两个姑子叩了头，又拜辞了王夫人。王夫人见他们意皆决断，知不可强了，反倒伤心可怜，忙命人取了些东西来赍赏了他们，又送了两个姑子些礼物。

从此芳官跟了水月庵的智通，蕊官、藕官二人跟了地藏庵的圆心，各自出家去了。再听下回分解。

第七十八回

老学士闲征姽婳词　痴公子杜撰芙蓉诔

话说两个尼姑领了芳官等去后，王夫人便往贾母处来省晨，见贾母喜欢，便趁便回道："宝玉屋里有个晴雯，那个丫头也大了，而且一年之间，病不离身；我常见他比别人淘气，也懒；前日又病倒了十几天，叫大夫瞧，说是女儿痨[①]，所以我就赶着叫他下去了。若养好了也不用叫他进来，就赏他家配人去也罢了。再那几个学戏的女孩子，我也作主放出去了。一则他们都会戏，口里没轻没重，只会混说，女孩儿们听了如何使得？二则他们既唱了会子戏，白放了他们，也是应该的。况丫头们也太多，若说不够使，再挑上几个来也是一样。"贾母听了，点头道："这倒是正理，我也正想着如此呢。但晴雯那丫头我看他甚好，言谈针线多不及他，将来只他还可以给宝玉使唤得。谁知变了。"

王夫人笑道："老太太挑中的人原不错。只怕他命里没造化，所以得了这个病。俗语又说，'女大十八变'。况且有本事的人，未免就有些调歪。老太太还有什么不曾经验过的。三年前我也就留心这件事。先只取中了他，我便留心。冷眼看去，他色色虽比人强，只是不大沉重。若说沉重知大礼，莫若袭人第一。虽说贤妻美妾，然也要性情和顺举止

① 女儿痨——痨：一种慢性消耗性传染病，类今之肺结核病，称"肺痨"，亦称"传尸痨"。年轻女子患此病的叫"女儿痨"。

沉重的更好些。就是袭人模样虽比晴雯略次一等，然放在房里，也算得一二等的了。况且行事大方，心地老实，这几年来，从未同宝玉淘气。凡宝玉十分胡闹的事，他只有死劝的。因此品择了二年，一点儿不错了，我就悄悄的把他丫头的月分钱止住，我的月分银子里批出二两银子来给他。不过使他自己知道越发小心效好之意。且不明说，一则宝玉年纪尚小，老爷知道了又恐说耽误了书；二则宝玉再自为已是跟前的人不敢劝他说他，反倒纵起性来。所以直到今日才回明老太太。”

贾母听了，笑道：“原来这样，如此更好了。袭人本来从小儿不言不语，我只说他是没嘴的葫芦。既是你深知，岂有大错误的。”王夫人又回今日贾政如何夸奖，又如何带他逛去。贾母听了，更加喜悦。

一时，只见迎春妆扮了前来告辞过去。凤姐也来省晨，伺候过早饭，又说笑了一回。贾母歇晌后，王夫人便唤了凤姐，问他丸药可曾配来。凤姐道：“还不曾呢，如今还是吃汤药。太太只管放心，我已大好了。”王夫人见他精神复初，也就信了。因告诉撵逐晴雯等事，又说：“宝丫头怎么私自回家去了，你们都不知道？我前儿顺路都查了一查。谁知兰小子这一个新进来的奶子也十分的妖娇，我也不喜欢。我也说与你嫂子了，好不好叫他各自去罢。我因问你大嫂子：‘宝丫头出去难道你也不知道不成？’他说是告诉了他的，不过住两三日，等你姨妈好了就进来。姨妈究竟没甚大病，不过咳嗽腰疼，年年是如此的。他这去必有原故，敢是有人得罪了他不成？那孩子心重，亲戚们住一场，别得罪了人，反不好了。”

凤姐笑道：“谁可好好的得罪着他？”王夫人道：“别是宝玉有嘴无心，傻子似的从没个忌讳，高兴了信嘴胡说也是有的。”凤姐笑道：“这可是太太过于操心了。若说他出去干正经事说正经话去，却像个傻子；若只叫进来在这些姊妹跟前以至于大小的丫头们跟前，他最有尽让，又恐怕得罪了人，那是再不得有人恼他的。我想薛妹妹出去，想必为着前时搜检众丫头的东西的原故。他自然为信不及园里的人才搜检，他又是亲戚，现也有丫头老婆在内，我们又不好去搜检，恐我们疑他，所以多了这个心，自己回避了。也是应该避嫌疑的。”

王夫人听了这话不错，自己遂低头想了一想，便命人请了宝钗来分晰前日的事以解他疑心，又仍命他进来照旧居住。宝钗陪笑道：“我原要早出去的，因姨娘有许多的大事，所以不便来说。可巧前日妈又不好了，家里两个靠得的女人也病着，我所以趁便去了。姨娘今日既已知道了，我正好回明，就从今日辞了好搬东西。”王夫人凤姐都笑道：“你太固执了。正经再搬进来为是，休为没要紧的事反疏远了亲戚。”

宝钗笑道：“这话说的太不解了，并没为什么事我出去。我为的是妈近来神思比先大减，而且夜间晚上没有得靠的人，通共只我一个。二则如今我哥哥眼看娶嫂子了，多少针线活计并家里一切动用器皿，尚有未齐备的，我也须得帮着妈去料理。姨妈和凤姐姐都知道我们家的事，不是我撒谎。三则自我在园里，东南上小角门子就常开着，原是为我走的，保不住出入的人就图省路也从那里走，又没人盘查，设若从那里生出一件事来，岂不两碍。而且我进园里来住原不是什么大事，因前几年年纪皆小，且家里没事，有在外头的，不如进来，姊妹们一处玩笑做针线，比在外头一人闷坐好些，如今彼此都大了，况姨娘这边历年皆遇不遂心的事故，那园子也太大，一时照顾不到，皆有关系。惟有少几个人，就可以少操些心了。所以今日不但我执意辞去，此外还要劝姨娘，如今该减省的就减省，也不为失了大家的体统。据我看，园里这一项费用也竟可以免的，说不得当日的话。姨娘深知我家的，难道我家当日也是这样冷落不成？”

凤姐听了这篇话，便向王夫人笑道：“这话竟是，依我的主意，竟不必强他了。”王夫人点头道：“我也无可回答，只好随你便罢了。”

话说之间，只见宝玉等已回来，因说他父亲还未散，恐天黑了，所以先叫我们回来了。王夫人忙问：“今日可丢了丑没有？”宝玉笑道：“不但不丢丑，倒拐了许多东西来。”接着，就有老婆子们从二门上小厮手内接了东西来。王夫人一看时，只见扇子三把，扇坠三个，笔墨共六匣，香珠三串，玉绦环三个。宝玉说道：“这是梅翰林送的，那是杨侍郎送的，这是李员外送的，每人一分。”说着，又向怀中取出一个旃檀香小护身佛来，说：“这是庆国公单给我的。”王夫人又问在席何人、作何诗词等语毕，只将宝玉一分令人拿着，同宝玉、兰、环前来见过贾母。贾母看了，喜欢不尽，不免又问些话。无奈宝玉一心记着晴雯，答应完了话时，便说骑马颠了，骨头疼。贾母便说：“快回房去换了衣服，疏散疏散就好了，不许睡倒。”宝玉听了，便忙入园来。

当下麝月、秋纹已带了两个丫头来等候，见宝玉辞了贾母出来，秋纹便将笔墨拿起来，一同随宝玉进园来。宝玉满口里说“好热”，一壁走，一壁便摘冠解带，将外面的大衣服都脱下来，麝月拿着，只穿着一件松花绫子夹袄，袄内露出血点般大红裤子来。秋纹见这条红裤是晴雯手内针线，因叹道：“这条裤子以后收了罢，真是‘物在人亡’了。”秋纹将麝月拉了一把，笑道：“这裤子配着松花色袄儿、石青靴子，越显出这靛青的头，雪白的脸来了。”宝玉在前只装听不见，又走了两步，便止步道：“我要走一走，这怎么好？”麝月道：“大白日里，还怕什么？还怕丢了你不成？”因命两个小丫头跟着，“我们送了这些东西去再来。”宝玉道：“好姐姐，等一等我再去。”麝月道：“我们去了就来。两个人手里都有东西，倒像摆执事的，一个捧着文房四宝，一个捧着冠袍带履，成个什么样子！”宝玉听了，正中心怀，便让他两个去了。

他便带了两个小丫头到一石后，也不怎么样，只问他二人道：“自我去了，你袭人姐姐打发人瞧晴雯姐姐去了不曾？”这一个答道：“打发宋妈妈瞧去了。”宝玉道；“回来说什么？”小丫头道：“回来说晴雯姐姐直着脖子叫了一夜，今日早起就闭了眼，住了口，世事不知，也出不得一声儿，只有倒气儿的分儿了。”宝玉忙道：“一夜叫的是谁？”小丫头子说：“一夜叫的是娘。”宝玉拭泪道：“还叫谁？”小丫头子道：“没有听见叫别人了。”宝玉道：“你糊涂，想必没有听真。”

旁边那一个小丫头最伶俐，听宝玉如此说，便上来说：“真个他糊涂。”又向宝玉道：“不但我听得真切，我还亲自偷着看去的。”宝玉听说，忙问：“你怎么又亲自看去？”小丫头道：“我因想晴雯姐姐素日与别人不同，待我们极好。如今他虽受了委屈出去，我们不能别的法子救他，只亲去瞧瞧，也不枉素日疼我们一场。就是人知道了回了太太，打我们一顿，也是愿受的。所以我拚着挨一顿打，偷着下去瞧了一瞧。谁知他平生为人聪明，至死不变。他因想着那起俗人不可说话，所以只闭眼养神，见我去了便睁开眼，拉我的手问：‘宝玉那去了？’我告诉他实情。他叹了一口气说：‘不能见了。’我就说：‘姐姐何不等一等他回来见一面？’他就笑道：‘你们还不知道。我不是死，如今天上少了一位花神，玉皇爷叫我去管花儿。我如今未正二刻就上任去了，宝玉须待未正三刻才到家，只少得一刻儿的工夫，不能见面。世上凡有该死之人阎王勾取了去，是差些小鬼来拿他魂儿。若要迟延一时半刻，不过烧些纸钱浇些浆饭，那鬼只顾抢钱去了，该死的人就可挨磨些工夫。我这如今是天上的神仙来请，岂可捱得时刻呢？’我听了这话，竟不大信，及进来到房里留神看时辰表时，果然是未正二刻他咽了气，正三刻上就有人来叫我们，说你来了。”

宝玉忙道：‘你不识字看书，所以不知道。这原是有的，不但花有一个神，一样花有一位神之外还有总花神。但他不知是作总花神去了，还是单管一样花的神？”这丫头听了，一时诌不出来。恰好这是八月时节，园中池上芙蓉正开。这丫头便见景生情，忙答道：“我也曾问他是管什么花的神，告诉我们日后也好供养的。他说：‘天机不可泄漏。你既这样虔诚，我只告诉你，你只可告诉宝玉一人。除他之外若泄了天机，五雷就来轰顶的。’他就告诉我说，他就是专管这芙蓉花的。”宝玉听了这话，不但不为怪，亦且去悲而生喜，乃指芙蓉笑道：“此花也须得这样一个人去司掌。我就料定他那样的人必有一番事业做的。虽然超出苦海，从此不能相见，也免不得伤感思念。”因又想：“虽然临终未见，如今且去灵前一拜，也算尽这五六年的情意。”

想毕忙至房中，正值麝月、秋纹找来。宝玉又自穿戴了，只说去看黛玉，遂一人出园来，往前次看望之处来，意为停柩在内。谁知他哥嫂见他一咽气便回了进去，希图早些得几两发送例银。王夫人闻知，便命赏了十两烧埋银子。又命：“即刻送到外头焚化了罢。女儿痨死的，断不可留！”他哥嫂听了这话，一面得银，一面就雇了人来入殓，抬往城外化人场上去了。剩的衣履簪环，约有三四百金之数，他兄嫂自收了为后日之计。二人将门锁上，一同送殡去未回。宝玉走来扑了个空。

宝玉自立了半天，别无法儿，只得复身进入园中。及回房中，甚觉无味，因乃顺路来找黛玉。偏黛玉不在房中，问其何往，丫鬟们回说：“往宝姑娘那里去了。”宝玉又至蘅芜苑中，只见寂静无人，房内搬的空空落落的，不觉吃一大惊。才想起前日仿佛听见宝钗要搬出去，只因这两日功课忙，就混忘了；这时看见如此，才知道果然搬出。怔了半天，因转念一想：“不如还是和袭人厮混，再与黛玉相伴。只这两三个人，只怕还是同死同归的。”想毕，仍往潇湘馆来，偏黛玉尚未回来。

正在不知所以之际，忽见王夫人的丫头进来找他说：“老爷回来了，找你呢，又得了好题目来了。快走，快走。”宝玉听了，只得跟了出来。到王夫人房中，他父亲已出去了。王夫人命人送宝玉至书房中。

彼时贾政正与众幕友们谈论寻秋之胜，又说：“快散时忽然谈及一事，最是千古佳谈，‘风流隽逸，忠义慷慨’八字皆备，倒是个好题目，大家要作一首挽词。”众幕宾听了，都忙请教系何等妙事。贾政乃道：“当日曾有一位恒王，出镇青州。这恒王最喜女色，且公余好武，因选了许多美女，日习武事，令众美女习战斗攻拔之事。内中有姓林行四的，姿色既冠，且武艺更精，皆呼为林四娘[①]。恒王最得意，遂超拔林四娘统辖诸姬，又呼为‘姽婳[②]将军’。”众清客都称：“妙极神奇。竟以‘姽婳’下加‘将军’二字，反更觉妩媚风流，真绝世奇文也。想这恒王也是千古第一风流人物了。”贾政笑道：“这话自然是如此，但更有可奇可叹之事。”众清客都惊问道：“不知底下有何奇事？”贾政道：“谁知次年便有‘黄巾’‘赤眉’[③]一干流贼余党复又乌合，抢掠山左一带。恒王意为犬羊之辈，不足大举，因轻骑进剿。不意贼众诡谲，两战不胜，恒王遂为众贼所害。于是青州城内文武官员，各各皆谓：‘王尚不胜，你我何为？’遂将有献城之举。林四娘闻得凶报，遂集聚众女将，发令说道：‘你我皆向蒙王恩，戴天履地，不能报其万一。今王既殒身国事，我意亦当殒身于王。尔等有愿随者，即时同我前往；有不愿者，亦早各散。’众女将听他这样，都一齐说愿意。于是林四娘带领众人连夜出城，直杀至贼营里头。众贼不防，也被斩戮了几员首贼。然后大家见是不过几个女人，料不能济事，遂回戈倒兵，奋力一阵，把林四娘等一个不曾留下，倒作成了这林四娘的一片忠

---

① 林四娘——据清代陈维崧《妇人集》、王士祯《池北偶谈》和蒲松龄《聊斋志异》记载，她本是明代青州衡王府宫人。衡（恒）王，或指明朝朱祐，于弘治十二年镇守青州。

② 姽婳——形容女子娴静美好。

③ 黄巾、赤眉——黄巾：指东汉末年张角领导的农民起义军。他们以黄巾裹头，故称“黄巾军”。赤眉：指西汉末年樊崇领导的农民起义军。他们以赤色染眉，因称“赤眉军”。这里泛指农民起义军。

烈之志。后来报至中都，自天子以至百官，无不惊奇叹息。其后朝中方遣将去剿灭了。其事不必深论。只就林四娘一节，众位听了，可羡不可羡？”

众幕友都叹道：“实在可羡可奇！实是个妙题，原该大家挽一挽才是。”说着，早有人取了笔砚，按贾政口中之言稍加改易了几个字，便成了一篇短序，递与贾政看了。贾政道：“不过如此。他们那里已有原序。因昨日又奉恩旨，着察核前代以来应加褒奖而遗落未经奏请各项人等，无论僧尼、乞丐、女妇人等，有一事可嘉，即行汇送履历至礼部，备请恩赏。所以他这原序也送往礼部去了。大家听见这新闻，所以都要作一首《姽婳词》，以志其忠义。”众人听了，都又笑道：“这原该如此。只是更可羡者，本朝皆系千古未有之旷典隆恩，可谓‘圣朝无阙事’了。”贾政点头道：“正是。”

说话间，宝玉、贾环、贾兰俱起身来看了题目。贾政命他三人各吊一首，谁先作成者赏，佳者额外加赏。贾环、贾兰二人近日当着多人皆作过几首了，胆量愈壮，今看了题目，遂自去思索。一时，贾兰先有了，贾环生恐落后也就有了。二人皆已录出，宝玉尚自出神。贾政与众人且看他二人的二首。贾兰的是一首七言绝句，写道是：

姽婳将军林四娘，玉为肌骨铁为肠。
捐躯自报恒王后，此日青州土亦香！

众幕宾看了，便皆大赞：“小哥儿十三岁就如此，可知家学渊源，真不诬矣。”贾政笑道：“稚子口角，也还难为他。”

又看贾环的，是首五言律，写道是：

红粉不知愁，将军意未休。掩啼离绣幕，抱恨出青州。
自谓酬王德，讵能复寇仇。谁题忠义墓，千古独风流。

众人道：“更佳。倒底大几岁年纪，立意又自不同。”贾政道：“还不甚大错，终不恳切。”众人道：“这就罢了。三爷才大不过两岁，在未冠之时如此，用了工夫，再过几年，怕不是大阮、小阮[1]了。”贾政笑道：“过奖了。只是不肯读书的过失。”

因又问宝玉怎样。众人道：“二爷细心镂刻，定又是风流悲感，不同此等的了。”宝玉笑道：“这个题目似不称近体，须得古体，或歌或行[2]，长篇一首，方能恳切。”众人听了，都立身点头拍手道：“我说他立意不同！每一题到手必先度其体格宜与不宜，这便是老手妙法。就如裁衣一般，未下剪时，须度其身量。这题目名曰《姽婳词》，且既有了序，此必是长篇歌行方合体的。或拟李长吉《会稽歌》，或拟白乐天《长恨歌》，或拟咏古词，半叙半咏，流利飘逸，始能尽妙。”

贾政听说，也合了主意，遂自提笔向宝玉笑道：“如此甚好，你念我写。若不好了，我捶你的肉。谁许你先大言不惭的！”宝玉只得念了一句，道是：

恒王好武兼好色，

贾政写了看时，摇头道：“粗鄙。”一幕宾道：“要这样方古，究竟不粗。且看他底下的。”贾政道：“姑存之。”宝玉又道：

遂教美女习骑射。秾歌艳舞不成欢，列阵挽戈为自得。

贾政写出，众人都道：“只这第三句便古朴老健，极妙。这四句平叙出，也最得体。”贾政道：“休谬加奖誉，且看转的如何。”宝玉念道：

① 大阮小阮——大阮指三国时魏诗人阮籍，小阮指阮籍的侄子阮咸，均为“竹林七贤”之一。

② 近体、古体、歌、行——近体：近体诗，又名今体诗，律诗和绝句的通称。近体诗在句数、字数和平仄、用韵等方面都有严格的规定。古体：古体诗，也称“古诗”“古风”，在对仗、平仄、用韵方面较自由。唐时律诗、绝句被称为“近体”以后，把唐以前的诗歌称为“古体”，并把采用这种古体写成的诗歌，也称为“古诗”或“古风”。歌、行：都是乐府诗的体裁，或连称“歌行”。

眼前不见尘沙起，将军俏影红灯里。

众人听了这两句，便都叫："妙！好个'不见尘沙起'，又承了一句'俏影红灯里'，用字用句，皆入神化了。"宝玉道：

叱咤[①]时闻口舌香，霜矛雪剑娇难举。

众人听了，便拍手笑道："益发画出来了。当日敢是宝公也在座，见其娇且闻其香？不然，何体贴至此！"宝玉笑道："闺阁习武，任其勇悍，怎似男人？不待问而可知娇怯之形的了。"贾政道："还不快续，这又有你说嘴的了。"宝玉只得又想了一想，念道：

丁香结子芙蓉绦[②]，

众人都道："转'绦'、'萧'韵，更妙，这才流利飘荡。而且这一句也绮靡秀媚的妙。"贾政写了，看道："这一句不好。已写过'口舌香'，'娇难举'，何必又如此？这是力量不加，故又用这些堆砌货来搪塞。"宝玉笑道："长歌也须得要些词藻点缀点缀，不然便觉萧索。"贾政道："你只顾用这些，但这一句底下如何能转至武事？若再多说两句，岂不蛇足了！"宝玉道："如此，底下一句转煞住，想亦可矣。"贾政冷笑道："你有多大本领？上头说了一句大开门的散话，如今又要一句连转带煞，岂不心有余而力不足些？"宝玉听了，垂头想了一想，说了一句道：

不系明珠系宝刀。

忙问："这一句可还使得？"众人拍案叫绝。贾政写了，看着笑道："且放着，再续。"宝玉道："若使得，我便要一气下去了。若使

① 叱咤——指操练时的呼喊。

② 丁香结子芙蓉绦——绣有芙蓉花样的绦带，结扎着丁香花式的结子。

不得，越性涂了，我再想别的意思出来，再另措词。”贾政听了，便喝道：“多话！不好了再作，便作十篇百篇，还怕辛苦了你不成！”宝玉听了，只得想了一会儿，便念道：

战罢夜阑心力怯，脂痕粉渍污鲛鮹。

贾政道：“又一段了。底下怎样？”宝玉道：

明年流寇走山东，强吞虎豹势如蜂。

众人道：“好个‘走’字！便见得高低了。且通句转的也不板。”宝玉又念道：

王率天兵思剿灭，一战再战不成功。
腥风吹折陇头麦，日照旌旗虎帐[①]空。
青山寂寂水澌澌，正是恒王战死时。
雨淋白骨血染草，月冷黄昏鬼守尸。

众人都道：“妙极，妙极！布置，叙事，词藻，无不尽美。且看如何至四娘，必另有妙转奇句。”宝玉又念道：

纷纷将士只保身，青州眼见皆灰尘。
不期忠义明闺阁，愤起恒王得意人。

众人都道：“铺叙得委婉。”贾政道：“太多了，只怕底下累赘。”宝玉乃又念道：

恒王得意数谁行[②]，姽婳将军林四娘；

① 虎帐——古代元帅发号施令的营帐。
② “恒王”句——全句的意思是：恒王最宠爱的人数谁呢？行：次第、等辈。

号令秦姬驱赵女[①]，艳李秾桃临战场。
绣鞍有泪春愁重，铁甲无声夜气凉；
胜负自然难预定，誓盟生死报前王。
贼势猖獗不可敌，柳折花残实可伤；
魂依城郭家乡近，马践胭脂骨髓香。
星驰时报入京师，谁家儿女不伤悲！
天子惊慌恨失守，此时文武皆垂首。
何事文武立朝纲，不及闺中林四娘。
我为四娘长太息，歌成余意尚彷徨！

念毕，众人都大赞不止，又都从头看了一遍。贾政笑道：“虽说了几句，到底不大恳切。”因说：“去罢。”三人如得了赦的一般，一齐出来，各自回房。

众人皆无别话，不过至晚安歇而已。独有宝玉一心凄楚，回至园中，猛然见池上芙蓉，想起小丫鬟说晴雯作了芙蓉之神，不觉又喜欢起来，乃看着芙蓉嗟叹了一会。忽又想起死后并未到灵前一祭，如今何不在芙蓉前一祭，岂不尽了礼？想毕，便欲行礼。忽又止住道：“虽如此，亦不可太草率了，也须得衣冠整齐，奠仪周备，方为诚敬。”想了一想：“古人云：‘潢污行潦，蘋蘩蕴藻之贱，可以羞王公，荐鬼神[②]。’原不在物之贵贱，全在心之诚敬而已。然非自作一篇诔文，这一段凄惨酸楚，竟无处可以发泄了。”因用晴雯素日素喜之冰鲛縠一幅，楷字写成，名曰《芙蓉女儿诔》[③]，前序后歌。又备了晴雯素喜四样吃食，于是黄昏人静之时，命那小丫头捧至芙蓉前。先行礼毕，将那诔文即挂于芙蓉枝上，乃泣涕念曰：

① 秦姬、赵女——秦和赵是战国时代的两个国家，相传这两地多出美女，后用“秦姬、赵女”作为美貌女子的代称，这里泛指恒王的姬妾。

② “潢污”句——意谓只要胸怀诚意，即使是坑中的积水和野生的水草，也可以奉献王公，祭奠鬼神。潢污：坑中的死水。行潦：车辙中的流水。蘋：浮萍。蘩：白蒿。蕴藻：水草。羞：奉献。荐：呈献。

③ 《芙蓉女儿诔》——为芙蓉女儿写的祭文。诔：原为表彰死者德行、寄托生者哀思的文辞，仅能用于上下对。后变成哀祭文体的一种。

维太平不易之元[①]，蓉桂竞芳之月，无可奈何之日，怡红院浊玉，谨以群花之蕊，冰鲛之縠，沁芳之泉，枫露之茗，四者虽微，聊以达诚申信，乃致祭于白帝宫中抚司秋艳芙蓉女儿之前曰：

窃思女儿自临浊世，迄今凡十有六载。其先之乡籍姓氏，湮沦而莫能考者久矣。而玉得于衾枕栉沐之间，栖息宴游之夕，亲昵狎亵，相与共处者，仅五年八月有畸。

噫！女儿曩生之昔，其为质则金玉不足喻其贵，其为性则冰雪不足喻其洁，其为神则星日不足喻其精，其为貌则花月不足喻其色。姊妹悉慕媖娴，妪媪咸仰惠德。

孰料鸠鸩恶其高，鹰鸷翻遭罦罬；薋葹妒其臭，茝兰竟被芟鉏！花原自怯，岂奈狂飚；柳本多愁，何禁骤雨。偶遭蛊虿之谗，遂抱膏肓之疚。故尔樱唇红褪，韵吐呻吟；杏脸香枯，色陈顑颔。诼谣謑诟，出自屏帏；荆棘蓬榛，蔓延户牖。岂招尤则替，实攘诟而终。既忳幽沉于不尽，复含罔屈于无穷。高标见嫉，闺帏恨比长沙；直烈遭危，巾帼惨于羽野。

自蓄辛酸，谁怜夭折？仙云既散，芳趾难寻。洲迷聚窟，何来却死之香？海失灵槎，不获回生之药。眉黛烟青，昨犹我画；指环玉冷，今倩谁温？鼎炉之剩药犹存，襟泪之余痕尚渍。镜分鸾别，愁开麝月之奁；梳化龙飞，哀折檀云之齿。委金钿于草莽，拾翠匐于尘埃。楼空鳷鹊，徒悬七夕之针；带断鸳鸯，谁续五丝之缕？况乃金天属节，白帝司时；孤衾有梦，空室无人。桐阶月暗，芳魂与倩影同销；蓉帐香残，娇喘共细言皆绝。连天衰草，岂独蒹葭；匝地悲声，无非蟋蟀。露苔晚砌，穿帘不度寒砧；雨荔秋垣，隔院希闻怨笛。芳名未泯，檐前鹦鹉犹呼；艳质将亡，槛外海棠预老。捉迷屏后，莲瓣无声；斗草庭前，兰芽枉待。抛残绣线，银笺彩缕谁裁？折断冰丝，金斗御香未熨。

昨承严命，既趋车而远涉芳园；今犯慈威，复泣杖而遽抛孤匶。及闻槥棺被燹，惭违共穴之盟；石椁成灾，愧迨同灰之诮。尔乃西风古寺，淹滞青燐；落日荒丘，零星白骨。楸榆飒飒，蓬艾萧萧。隔雾圹以

① 维太平不易之元——维：语助词，无义，常用于语首。太平不易：本为“永远太平”的意思。

啼猿，绕烟塍而泣鬼。自为红绡帐里，公子情深；始信黄土垄中，女儿命薄！汝南泪血，斑斑洒向西风；梓泽余衷，默默诉凭冷月。

呜呼！固鬼蜮之为灾，岂神灵而亦妒？钳诐奴之口，讨岂从宽？剖悍妇之心，忿犹未释！在君之尘缘虽浅，然玉之鄙意岂终。因蓄惓惓之思，不禁谆谆之问。始知上帝垂旌，花宫待诏，生侪兰蕙，死辖芙蓉。听小婢之言，似涉无稽；以浊玉之思，则深为有据。

何也？昔叶法善摄魂以撰碑，李长吉被诏而为记，事虽殊，其理则一也。故相物以配才，苟非其人，恶乃滥乎？始信上帝委托权衡，可谓至洽至协，庶不负其所秉赋也。因希其不昧之灵，或陟降于兹；特不揣鄙俗之词，有污慧听。乃歌而招之曰：

天何如是之苍苍兮，乘玉虬以游乎穹窿耶？
地何如是之茫茫兮，驾瑶象以降乎泉壤耶？
望繖盖之陆离兮，抑箕尾之光耶？
列羽葆而为前导兮，卫危虚于旁耶？
驱丰隆以为比从兮，望舒月以离耶？
听车轨而伊轧兮，御鸾鹥以征耶？
闻馥郁而薆然兮，纫蘅杜以为纕耶？
炫裙裾之烁烁兮，镂明月以为珰耶？
籍葳蕤而成坛畤兮，檠莲焰以烛兰膏耶？
文瓟匏以为觯斝兮，漉醽醁以浮桂醑耶？
瞻云气而凝盼兮，仿佛有所觇耶？
俯窈窕而属耳兮，恍惚有所闻耶？
期汗漫而无夭阏兮，忍捐弃余于尘埃耶？
倩风廉之为余驱车兮，冀联辔而携归耶？
余中心为之慨然兮，徒嗷嗷而何为耶？
君偃然而长寝兮，岂天运之变于斯耶？
既窀穸且安稳兮，反其真而复奚化耶？
余犹桎梏而悬附兮，灵格余以嗟来耶？
来兮止兮，君其来耶！

若夫鸿蒙而居，寂静以处，虽临于兹，余亦莫睹。搴烟萝而为步幛，列枪蒲而森行伍。警柳眼之贪眠，释莲心之味苦。素女约于桂岩，宓妃迎于兰渚。弄玉吹笙，寒簧击敔。征嵩岳之妃，启骊山之姥。龟呈洛浦之灵，兽作咸池之舞。潜赤水兮龙吟，集珠林兮凤翥。爰格爰诚。匪簠匪筥。发轫乎霞城，返旌乎玄圃。既显微而若逋，复氤氲而倏阻。离合兮烟云，空蒙兮雾雨。尘霾敛兮星高，溪山丽兮月午。何心意之忡忡，若寤寐之栩栩。余乃欷歔怅望，泣涕傍徨。人语兮寂历，天籁兮筼筜[①]。鸟惊散而飞，鱼唼喋以响。志哀兮是祷，成礼兮期祥。呜呼哀哉！尚飨！

读毕，遂焚帛奠茗，犹依依不舍。小丫鬟催至再回，方才回身。忽听山石之后有一人笑道："且请留步。"二人听了，不免一惊。那小丫鬟回头一看，却是个人影从芙蓉花中走出来，他便大叫："不好，有鬼。晴雯真来显魂了！"唬得宝玉也忙看时，究竟是人是鬼，下回分解。

① 天籁兮筼筜——竹林里发出天然的音响。天籁：发自自然界的声音，如风声、鸟声、流水声等。筼筜：长节的大竹。

第七十九回

薛文龙悔娶河东狮　贾迎春误嫁中山狼

话说宝玉才祭完了晴雯，只听花影中有个人声，倒唬了一跳。细看不是别人，却是黛玉，满面含笑，口内说道："好新奇的祭文！可与曹娥碑并传的了。"宝玉听了，不觉红了脸，笑道；"我想着世人这些祭文都过于熟滥了，所以改个新样，原不过是我一时的玩意儿，谁知被你听见了。有什么大使不得的，何不改削改削？"黛玉道："原稿在那里？倒要细细一读。长篇大论，不知说的是什么，只听见中间两句，什么'红绡帐里，公子多深；黄土垄中，女儿薄命'。这一联意思却好，只是'红绡帐里'未免熟滥些。放着现成真事，为什么不用？"宝玉忙问："什么现成的真事？"黛玉笑道："咱们如今都系霞影纱糊的窗槅，何不就说'茜纱窗下，公子多情'呢？"

宝玉听了，不禁跌足道："好极，是极！到底是你想的出，说的出。可知天下古今现成的好景妙事尽多，只是我们愚人想不出来罢了。但只一件：虽然这一改新妙之极，但你居此则可，在我实不敢当。"说着，又接连说"不敢"。黛玉笑道："何妨？我的窗即可为你之窗，何必如此分晰，也太生疏了。古人异姓陌路，尚然肥马轻裘，敝之无憾，何况咱们？”宝玉笑道：“论交之道[①]，不在肥马轻裘，即黄金白璧，亦不当锱铢较量。倒是这唐突闺阁上头，却万万使不得的。如今我索性将‘公子’‘女儿’改去，竟算是你诔他的倒妙。况且素日你又待他甚厚，故今宁可弃了这一篇文，万不可弃此‘茜纱’新句。莫若改作‘茜纱窗下，小姐多情；黄土垄中，丫鬟薄命’？如此一改，虽于我无涉，我也是惬怀的。”黛玉笑道：“他又不是我的丫鬟，何用作此语？况且小姐丫鬟亦不典雅，等我的紫鹃死了，我再如此说，还不算迟。”宝玉听了，忙笑道：“这是何苦又咒他。”黛玉笑道：“是你要咒的，并不是我说的。”

宝玉道：“我又有了，这一改可极妥当了。莫若说‘茜纱窗下，我本无缘；黄土垄中，卿何薄命’？”黛玉听了，徒然变色，心中虽有无限的狐疑，外面却不肯露出，反连忙含笑点头称妙，说：“果然改的好。再不必乱改了，快去干正经事罢。才刚太太打发人叫你明儿一早过大舅母那边去呢。你二姐姐已有人家求准了，说是明儿那家人来叩头，所以叫你们过去呢。”宝玉拍手道：“何必如此忙？我身上也不大好，明儿还未必能去呢。”黛玉道：“又来了，我劝你把脾气改改罢。一年大二年小……”一面说话，一面咳嗽起来。宝玉忙道：“这里风冷，咱们只顾呆站在这里，冷着可不是玩的。快回去罢！”黛玉道：“我也家去歇息了，明儿再见罢。”说着，便自取路去了。宝玉只得闷闷的转步，又总想起来黛玉无人陪伴，忙令小丫头子跟送回去。自己到了怡红院中，果有王夫人打发老嬷嬷来，吩咐他明日一早过贾赦那边去，与方才黛玉之言相对。

原来贾赦已将迎春许与孙家了。这孙家乃是大同府人氏，祖上军官出身，乃当日宁荣府中之门生，算来亦系世交。如今孙家只有一人在京，现袭指挥[②]之职。此人名唤孙绍祖，生得相貌魁梧，体格健壮，弓马娴熟，应酬权变，年纪未满三十，且又家资饶富，现在兵部候缺题升。因未有室，贾赦见是世交子侄，且人品家当都相称合，遂青目择为

① “论交之道”一段——这里意谓论交友的道理，即使比“肥马轻裘”更贵重的“黄金白璧”，也应毫不计较。锱铢：古代很小的重量单位。锱，四分之一两；铢，二十四分之一两。

② 指挥——官名，历代职掌品级不同，清代京师兵马司指挥约在六七品之间。

迎春

东床娇婿。亦曾回明贾母。贾母心中却不十分称意，想来拦阻亦恐不听，儿女之事自有天意，况且他是亲父主张，何必出头多事？为此只说“知道了”三字，余不多及。贾政又深恶孙家，虽是世交，当年不过是彼祖希慕荣宁之势，有不能了结之事才拜在门下的，并非诗礼名族之裔，因此倒劝谏过两次，无奈贾赦不听，也只得罢了。

宝玉却未曾会过这孙绍祖一面的，次日只得过去，聊以塞责。只听见说娶亲的日子甚急，不过今年，就要过门的。又见邢夫人等回了贾母，将迎春接出大观园去，越发扫兴，每日痴痴呆呆的，不知作何消遣。又听说要陪四个丫头过去，更又跌足道：“从今后这世上又少了五个清洁人了。”因此天天到紫菱洲一带地方徘徊瞻顾，见其轩窗寂寞，屏帐翛然[①]，不过有几个该班上夜的老妪。再看那岸上的蓼花苇叶，池内的翠荇香菱，也都觉摇摇落落，似有追忆故人之态，迥非素常逞妍斗色之可比。既领略得如此寥落凄惨之景，是以情不自禁，乃信口吟成一歌曰：

池塘一夜秋风冷，吹散芰荷红玉影[②]。蓼花菱叶不胜愁，重露繁霜压纤梗。不闻永昼敲棋声，燕泥点点污棋枰。古人惜别怜朋友，况我今当手足情！

① 屏帐翛然——人去屋空的景况。翛然：萧然，空寂的样子。

② “池塘”二句——以一夜秋风吹落了红玉般的荷花花瓣，喻宝玉同迎春的即将分离。芰荷：这里指出水的荷花。红玉影：代指红色的荷花。

宝玉方才吟罢，忽闻背后有人笑道："你又发什么呆呢？"宝玉回头忙看是谁，原来是香菱。宝玉便转身笑问道："我的姐姐，你这会子跑到这里来做什么？许多日子也不进来逛逛。"香菱拍手笑嘻嘻的说道："我何曾不要来。如今你哥哥回来了，那里比先时自由自在的了？才刚我们奶奶使人找你凤姐姐的，竟没找着，说往园子里来了。我听见了这话，我就讨了这件差进来找他。遇见他的丫头，说在稻香村呢。如今我往稻香村去，谁知又遇见了你。我且问你，袭人姐姐这几日可好？怎么忽然把个晴雯姐姐也没了，到底是什么病？二姑娘搬出去的好快，你瞧瞧这地方好空落落的。"宝玉应之不迭，又让他同到怡红院去吃茶。香菱道："此刻竟不能，等找着琏二奶奶，说完了正经话再来。"

宝玉道："什么正经话这么忙？"香菱道："为你哥哥娶嫂子的事，所以要紧。"宝玉道："正是。说的到底是那一家的？只听见吵嚷了这半年，今儿又说张家的好，明儿又要李家的，后儿又说王家的。这些人家的女儿他也不知道造了什么罪了，叫人家好端端议论。"香菱道："这如今定了，可以不用搬扯别家了。"宝玉忙问："定了谁家的？"香菱道："因你哥哥上次出门贸易时，顺路到了个亲戚家去。这门亲原是老亲，且又和我们是同在户部挂名行商，也是数一数二的大门户。前日说起来，你们两府都也知道的。合长安城中，上至王侯，下至买卖人，都称他家是'桂花夏家'。"宝玉笑问道："如何又称为'桂花夏家'？"香菱道："他家本姓夏，非常的富贵。其余田地不用说，单有几十顷地独种桂花，凡这长安城里城外桂花局俱是他家的，连宫里一应陈设盆景亦是他家贡奉，因此才有这个浑号。如今太爷也没了，只有老奶奶带着一个亲生的姑娘过活，也并没有哥儿兄弟，可惜他竟一门尽绝了后。"

宝玉忙道："咱们也别管他绝后不绝后，只是这姑娘可好？你们大爷怎么就中意了？"香菱笑道："一则是天缘，二来是'情人眼里出西施'。当年又是通家来往，从小儿都一处厮混过。叙起亲是姑舅兄妹，又没嫌疑。虽离开了这几年，前儿一到他家，夏奶奶又是没儿子的，一见你哥哥出落的这样，又是哭，又是笑，竟比见了儿子的还胜。又令他兄妹相见。谁知这姑娘出落得花朵似的了，在家里也读书写字，所以你

哥哥当时就一心看准了。连当铺里老朝奉[①]伙计们一群人连遭扰了人家三四日，他们还留多住几天，好容易苦辞才放回家。你哥哥一进门，就咕咕唧唧求我们奶奶去求亲。我们奶奶原也是见过这姑娘的，且又门当户对，也就依了。和这里姨太太、凤姑娘商议了，打发人去一说就成了。只是娶的日子太急，所以我们忙的很。我也巴不得早些过来，又添一个作诗的人了。”宝玉冷笑道：“虽如此说，但只我听这话不知怎么倒替你耽心虑后呢。”香菱听了，不觉红了脸，正色道：“这说的是什么话！素日咱们都是斯抬斯敬的，今日忽然提起这些事来，什么意思！怪不得人人说你是个亲近不得的人。”一面说，一面转身走了。

宝玉见他这样，便怅然如有所失，呆呆的站了半天，思前想后，不觉滴下泪来，只得没精打彩，还入怡红院来。一夜不曾安睡，种种不宁。次日便懒进饮食，身体发热。也皆因近日抄检大观园、逐司棋、别迎春、悲晴雯等羞辱惊恐悲凄所致，兼以风寒外感，遂致成疾，卧床不起。贾母听得如此，天天亲来看视。王夫人心中自悔，不合因晴雯过于逼责了他。心中虽如此，脸上却不露出，只吩咐众奶娘等好生服侍看守。一日两次带进医生来诊脉下药。

一月之后，方才渐渐的痊愈。贾母命好生保养，过百日方许动荤腥油面等物，方可出门行走。这一百日内，院门前皆不许到，只在房中玩笑。四五十日后，就把他拘约的火星乱迸，那里忍耐得住？虽百般设法，无奈贾母、王夫人执意不从，也只得罢了。因此，和那些丫鬟们无所不至，恣意要笑。又听得薛蟠摆酒唱戏，热闹非常，已娶亲入门。闻得这夏家小姐十分俊俏，也略通文翰，宝玉恨不得就过去一见才好。再过些时，又闻得迎春出了阁。宝玉思及当时姊妹，耳鬓厮磨，从今一别，纵得相逢，必不似得先前那等亲密了。眼前又不能去一望，真令人凄惶不尽。少不得潜心忍耐，暂同这些丫鬟们厮闹释闷，幸免贾政责备逼迫读书之难。这百日内，只不曾拆毁了怡红院，和这些丫头们无法无天，凡世上所无之事，都玩耍出来，如今且不消细说。

且说香菱自那日抢白了宝玉之后，心中自为宝玉有意唐突他，“从此倒要远避他才好。”因此，以后连大观园也不轻易进来了。日日忙乱

① 朝奉——原为宋代官名，后用作对富豪或店铺中高级雇员的称呼。

着，薛蟠娶过亲，自为得了护身符，自己身上分去责任，到底比这样安宁些；二则又闻得是个有才有貌的佳人，自然是典雅和平的：故此他心中盼过门的日子比薛蟠还急十倍。好容易盼得一日娶过了门，他便十分殷勤小心服侍。

原来这夏家小姐今年方十七岁，生得亦颇有姿色，亦颇识得几个字。若论心中的丘壑经纬，颇步熙凤之后尘。只吃亏了一件，从小时父亲去世的早，又无同胞弟兄，寡母独守此女，娇养溺爱，不啻珍宝，凡女儿一举一动，彼母皆百依百随，因此未免娇养太过，竟酿成个盗跖[①]的性气，爱自己尊若菩萨，窥他人秽如粪土；外具花柳之姿，内秉风雷之性。在家中时常就和丫鬟们使性弄气，轻骂重打的。今日出了阁，自为要作当家的奶奶，比不得做女儿时腼腆温柔，须要拿出这威风来，才钤压得住人；况且见薛蟠气质刚硬，举止骄奢，若不趁热灶一气炮制，将来必不能自竖旗帜矣。又见有香菱这等一个才貌俱全的爱妾在室，越发添了“宋太祖灭南唐”之意[②]。因他家多桂花，他小名就唤做金桂。他在家时，不许人口中带出“金桂”二字来，凡有不留心误道一字者，他便定要苦打重罚才罢。他因想桂花二字是禁止不住的，须另换一名，因想桂花曾有广寒嫦娥之说，便将桂花改为嫦娥花，又寓自己身分如此。

薛蟠本是个怜新弃旧的人，且是有酒胆无饭力的，如今得了这样一个妻子，正在新鲜兴头上，凡事未免尽让他些。那夏金桂见了这般形景，便也试着一步紧似一步。一月之中，二人气概还都相平；至两月之后，便觉薛蟠的气概渐次低矮了下去。一日薛蟠酒后，不知要行何事，先与金桂商议。金桂执意不从，薛蟠忍不住便发了几句话，赌气自行了。金桂便哭的如醉人一般，茶汤不进，

夏金桂

① 盗跖——人名，传说中的大盗。

② “宋太祖灭南唐”之意——这里是妒忌、不能容人之意。

装起病来，请医疗治。医生又说："气血相逆，当进宽胸顺气之剂。"薛姨娘恨的骂了薛蟠一顿，说："如今娶了亲，眼前抱儿子了，还是这样胡闹！人家凤凰蛋似的，好容易养了一个女儿，比花朵儿还轻巧，原看的你是个人物，才给你作老婆。你不说收了心安分守己，一心一计和和气气的过日子，还是这样胡闹，喝了黄汤，折磨人家。这会子花钱吃药白遭心。"一席话说的薛蟠后悔不迭，反来安慰金桂。

金桂见婆婆如此说丈夫，越发得了意，便装出些张致[①]来，总不理薛蟠。薛蟠没了主意，惟自怨而已，好容易十天半月之后，才渐渐的哄转过金桂的心来，自此便加一倍小心不免气概又矮了半截下来。那金桂见丈夫旗纛渐倒，婆婆良善，也就渐渐的持戈试马起来。先时不过挟制薛蟠，后来倚娇作媚，将及薛姨妈，又将至薛宝钗。宝钗久察其不轨之心，每随机应变，暗以言语弹压其志。金桂知其不可犯，每欲寻隙，又无隙可乘，倒只好曲意俯就。

薛文起悔娶河东狮

一日金桂无事，因和香菱闲谈，问香菱家乡父母。香菱皆答忘记，金桂便不悦，说有意欺瞒了他。因问他"香菱"二字是谁起的名字，香菱便答："姑娘起的。"金桂冷笑道："人人都说姑娘通，只这一个名就不通。"香菱忙笑道："奶奶若说姑娘不通，奶奶没和姑娘讲究过。说起来，他的学问连我们姨老爷时常还夸呢。"欲知香菱说出何话，且听下回分解。

① 张致——姿态、模样。

第八十回

美香菱屈受贪夫棒　王道士胡诌妒妇方

话说金桂听了，将脖项一扭，嘴唇一撇，鼻孔里哧哧两声，拍着掌冷笑道："菱角花谁闻见香来着？若说菱角香了，正经那些香花放在那里？可是不通之极！"香菱道："不独菱角花，就连荷叶、莲蓬，都是有一股清香的。但他原不是花香可比，若静日静夜或清早半夜细领略了去，那一股香比是花儿都好闻呢。就连菱角、鸡头、苇叶、芦根得了风露，那一股清香，就令人心神爽快的。"金桂道："依你说，那兰花桂花倒香的不好了？"

香菱说到热闹头上，忘了忌讳，便接口道："兰花、桂花的香，又非别花之香可比。"一句未完，金桂的丫鬟名唤宝蟾者，忙指着香菱的脸儿说道："要死，要死！你怎么直叫起姑娘的名字来了！"香菱猛省了，反不好意思，忙陪笑赔罪说："一时说顺了嘴，奶奶别计较。"金桂笑道："这有什么，你也太小心了。但只是我想这个'香'字到底不妥，意思要换一个字，不知你服不服？"香菱忙笑道："奶奶说那里话，此刻连我一身一体俱属奶奶，何得换一名字反问我服不服，叫我如何当得起。奶奶说那一个字好，就用那一个。"金桂笑道："你虽说的是，只怕姑娘多心！"香菱笑道："奶奶有所不知，当日买了我时，原是老奶奶使唤的，故此姑娘起了这个名字。后来我自服侍了爷，就与姑娘无涉了。如今又有了奶奶，越发不与姑娘相干。况且姑娘又是极明白的人，如何恼得这些呢？”金桂道：“既这样说，‘香’字竟不如‘秋’字妥当。菱角菱花皆盛于秋，岂不比‘香’字有来历些？”香菱道：“就依奶奶这样罢了。”自此后遂改了秋字，宝钗亦不在意。

只因薛蟠天性是个“得陇望蜀”的，如今娶了金桂，又见金桂的丫鬟宝蟾有三分姿色，举止轻浮可爱，便时常要茶要水的故意撩逗他。宝蟾虽亦解事，只怕着金桂，不敢造次，且看金桂的眼色。金桂亦颇觉察其意，想着：“正要摆布香菱，无处寻隙，如今他既看上了宝蟾，且舍出宝蟾去与他，他一定就和香菱疏远了，我且乘他疏远之时，摆布了香菱。那时宝蟾原是我的人，也就好处了。”打定了主意，伺机而发。

这日薛蟠晚间微醺，又命宝蟾倒茶来吃。薛蟠接碗时，故意捏他的手。宝蟾又乔装躲闪，连忙缩手。两下失误，豁啷一声，茶碗落地，泼了一身一地的茶。薛蟠不好意思，佯说宝蟾不好生拿着。宝蟾说：“姑爷不好生接。”金桂冷笑道：“两个人的腔调儿都够使了。别打谅谁是傻子。”薛蟠低头微笑不语，宝蟾红了脸出去。一时安歇之时，金桂便故意的撵薛蟠别处去睡，“省得你馋痨饿眼。”薛蟠只是笑。金桂道：“要做什么和我说，别偷偷摸摸的，不中用。”薛蟠听了，仗着酒盖脸，便趁势跪在被上拉着金桂笑道：“好姐姐，你若把宝蟾赏了我，你要怎样就怎样。你要人脑子也弄来给你。”金桂笑道：“这话好不通。你爱谁，说明了，就收在房里，省得别人看着不雅。我可要什么呢？”薛蟠得了这话，喜的称谢不尽。是夜曲尽丈夫之道，奉承金桂。次日也不出门，只在家中厮奈，越发放大了胆。

至午后，金桂故意出去，让个空儿与他二人。薛蟠便拉拉扯扯的起来。宝蟾心里也知八九，也就半推半就。正要入港，谁知金桂是有心等候的，料着在难分之际，便叫丫头小舍儿过来。原来这小丫头也是金桂从小儿在家使唤的，因他自幼父母双亡，无人看管，便大家叫他作小舍儿，专作些粗笨的生活。金桂如今有意独唤他来吩咐道：“你去告诉香菱，到我屋里将手帕取来，不必说我说的。”小舍儿听了，一径寻着香菱说：“菱姑娘，奶奶的手帕子忘记在屋里了，你去取来送上去，岂不好？”香菱正因金桂近日每每的折挫他，不知何意，百般竭力挽回不暇。听了这话，忙往房里来取。不防正遇见他二人推就之际，一头撞了进去，自己倒羞的耳面飞红，忙转身回避不迭。

那薛蟠自为是过了明路的[1]，除了金桂，无人可怕，所以连门也不掩，今见香菱撞来，故也略有些惭愧，还不十分在意。无奈宝蟾素日最是说嘴要强的，今既遇见了香菱，便恨无地缝儿可入，忙推开薛蟠，一径跑了，口内还恨怨不迭，说他强奸力逼等语。薛蟠好容易圈哄的要上手，却被香菱打散，不免一腔兴头变作了一腔恶怒都在香菱身上。不容分说，赶出来啐了两口，骂道："死娼妇，你这会子做什么来撞尸游魂？"香菱料事不好，三步两步早已跑了。薛蟠再来找宝蟾，已无踪迹了，于是恨的只骂香菱。至晚饭后，已吃得醺醺然，洗澡时不防水略热了些，烫了脚，便说香菱有意害他，赤条精光赶着香菱踢打了两下。香菱虽未受过这气苦，既到此时，也说不得了，只好自怨自悲，各自走开。

彼时金桂已暗和宝蟾说明，今夜令薛蟠和宝蟾在香菱房中去成亲，命香菱过来陪自己先睡。先是香菱不肯，金桂说他嫌脏了，再必是图安逸，怕夜里劳动服侍，又骂说："你那没见世面的主子，见一个，爱一个，把我的人霸占了去，又不叫你来。到底是什么主意，想必是逼我死罢了。"薛蟠听了这话，又怕闹黄了宝蟾之事，忙又赶来骂香菱："不识抬举！再不去时便要打了！"香菱无奈，只得抱了铺盖来。金桂命他在地下铺睡。香菱无奈，依命刚睡下，便叫倒茶，只得起来。一时又叫捶腿，如是一夜七八次，总不使其安逸稳卧片时。那薛蟠得了宝蟾，如获珍宝，一概都置之不顾。恨的金桂暗暗的发恨道："且叫你乐这几天，等我慢慢的摆布了来，那时可别怨我！"一面隐忍，一面设计摆布香菱。

半月光景，忽又装起病来，只说心疼难忍，四肢不能转动，请医疗治不效。众人都说是香菱气的。闹了两日，忽又从金桂的枕头内抖出纸人来，上面写着金桂的年庚八字，有五根针钉在心窝并四肢骨节等处。于是众人反乱起来，当作新闻，先报与薛姨妈。薛姨妈先忙手忙脚的，薛蟠自然更乱起来，立刻要拷打众人。金桂笑道："何必冤枉众人，大约是宝蟾的镇魇法儿。"薛蟠道："他这些时并没多空儿在你房里，何苦误赖好人。"金桂冷笑道："除了他还有谁，莫不是我自己不成！虽

[1] 过了明路的——事经公开，无须躲闪。

有别人，谁可敢进我的房呢。”薛蟠道：“香菱如今是天天跟着你，他自然知道，先拷问他就知道了。”金桂冷笑道：“拷问谁，谁肯认？依我说竟装个不知道，大家丢开手罢了。横竖治死我也没什么要紧，乐得再娶好的。若据良心上说，左不过是你三个多嫌我一个。”说着，一面痛哭起来。薛蟠更被这一席话激怒，顺手抓起一根门闩来，一径抢步找着香菱，不容分说便劈头劈面浑身打起来，一口咬定是香菱所施。香菱叫屈，薛姨妈跑来禁喝说：“不问明白，你就打起人来了。这丫头服侍了你这几年，那一点儿不周到，不尽心？他岂肯如今作这没良心的事！你且问个清红皂白，再动粗卤。”

金桂听见他婆婆如此说着，怕薛蟠耳软心活，便益发嚎啕大哭起来，一面又哭喊说：“这半个多月把我的宝蟾霸占了去，不容他进我的房，唯有秋菱跟着我睡。我要拷问宝蟾，你又护到头里。你这会子又赌气打他去。治死我，再拣富贵的标致的娶来就是了，何苦作出这些把戏来！”薛蟠听了这些话，越发着了急。薛姨妈听见金桂句句挟制着儿子，百般恶赖的样子，十分可恨。无奈儿子偏不硬气，已是被他挟制软惯了。如今又勾搭上丫头，被他说霸占了去，他自己反要占温柔让夫之礼。这魇魔法究竟不知谁做的？实是俗语说的“清官难断家务事”，此时正是公婆难断床帏事了。因此无法，只得赌气喝骂薛蟠说：“不争气的孽障！骚狗也比你体面些！谁知你三不知的把陪房丫头也摸索上了，叫老婆说嘴霸占了丫头，什么脸出去见人！也不知谁使的法子，也不问青红皂白，好歹就打人。我知道你是个得新弃旧的东西，白辜负了我当日的心。他既不好，你也不许打，我即刻叫人牙子来卖了他，你就心净了。”说着，命香菱“收拾了东西跟我来”，一面叫人去，“快叫个人牙子来，多少卖几两银子，拔去肉中刺，眼中钉，大家过太平日子。”薛蟠见母亲动了气，早也低下头了。

金桂听了这话，便隔着窗子往外哭道：“你老人家只管卖人，不必说着一个扯着一个的。我们很是那吃醋拈酸容不下人的不成，怎么‘拔出肉中刺，眼中钉’？是谁的钉，谁的刺？但凡多嫌着他，也不肯把我的丫头也收在房里了。”薛姨妈听说，气的身战气咽道：“这是谁家的规矩？婆婆这里说话，媳妇隔着窗子拌嘴。亏你是旧人家的女儿！满嘴里大呼小喊，说的是什么！”薛蟠急的跺脚说：“罢哟，罢哟！看人听见笑话！”

金桂意谓一不做，二不休，越发发泼喊起来了。说：“我不怕人笑话！你的小老婆治我害我，我倒怕人笑话了！再不然，留下他，就卖了我！谁还不知道你薛家有钱，行动拿钱垫人[①]，又有好亲戚挟制着别人。你不趁早施为，还等什么？嫌我不好，谁叫你们瞎了眼，三求四告的跑了我们家做什么去了！”一面哭喊，一面滚揉，自己拍打。薛蟠急的说又不好，劝又不好，打又不好，央告又不好，只是出入咳声叹气，抱怨说运气不好。

当下薛姨妈早被薛宝钗劝进去了，只命人来卖香菱。宝钗笑道：“咱们家从来只知买人，并不知卖人之说。妈可是气的糊涂了，倘或叫人听见，岂不笑话。哥哥嫂子嫌他不好，留着我使唤，我也正没人使呢。”薛姨妈道：“留下他还是惹气，不如打发了他干净。”宝钗笑道：“他跟着我也是一样，横竖不叫他到前头去。从此断绝了他那里，也如卖了一般。”香菱早已跑到薛姨妈跟前痛哭哀求，只不愿出去，情愿跟着姑娘，薛姨妈也只得罢了。

自此以后，香菱果跟随宝钗去了，把前面路径竟一心断绝。虽然如此，终不免对月伤悲，挑灯自叹。本来怯弱，虽在薛蟠房中几年，皆因血分中有病，是以并无胎孕。今复加以气怒伤肝，内外折挫不堪，竟酿成干血之症[②]，日渐羸瘦[③]，饮食懒进，请医服药不效。

美香菱屈受贪夫棒

① 拿钱垫人——意即行贿。

② 干血之症——中医所说的“干血痨”，妇科病。主要症状有面目暗黑、肌肉消瘦干枯、潮热盗汗、口干颧红、月经涩少或闭经。

③ 羸瘦——瘦弱。羸：弱。

那时金桂又吵闹了数次，薛蟠有时仗着酒胆挺撞过两次，持棍欲打，那金桂便递身叫打；这里持刀欲杀时，便伸与他脖项。薛蟠也实不能下手，只得乱闹了一阵罢了。如今习惯成自然，反使金桂越发长了威风。

又渐次寻趁宝蟾。宝蟾却不比香菱的情性，最是个烈火干柴，既和薛蟠情投意合，便把金桂忘在脑后。近见金桂又作践他，他便不肯服低半点。先是一冲一撞的拌嘴口角，后来金桂气急了，甚至于骂，再至于打。他虽不敢还手，便大撒泼打滚，寻死觅活，昼则刀剪，夜则绳索，无所不闹。薛蟠一身难以两顾，惟徘徊观望，十分闹的无法，便出门躲着。金桂不发作性气，有时欢喜，便纠聚人来斗纸掷骰行乐。又生平最喜啃骨头，每日务要杀鸡鸭，将肉赏人吃，只单以油炸焦骨头下酒。吃得不耐烦，便肆行海骂，说："有别的忘八粉头乐的，我为什么不乐！"薛家母女总不去理他，惟暗自落泪。薛蟠亦无别法，惟日夜悔恨不该娶这"搅家精"，都是一时没了主意。于是宁、荣二宅之人，上上下下，无有不知，无有不叹者。

此时宝玉已过了百日，出门行走。亦曾过来见过金桂，"举止形容也不怪厉，一般是鲜花嫩柳，与众姊妹不差上下的人，焉得这等样情性？可为奇事。"因此心中纳闷。这日与王夫人请安去，又正遇见迎春奶娘来家请安，说起孙绍祖甚属不端，"姑娘惟有背地里淌眼抹泪的，只要接了来家，散荡两日"。王夫人因说："我正要这两日接他去，只因七事八事的都不遂心，所以就忘了。前儿宝玉去了，回来也曾说过的。明日是个好日子，就接去。"正说着，贾母打发人来找宝玉，说："明儿一早往天齐庙[①]还愿。"宝玉如今巴不得各处去逛逛，听见如此，喜的一夜不曾合眼，盼明不明的。

次日一早，梳洗穿戴已毕，随了两三个老嬷嬷坐车出西城门外天齐庙来烧香还愿。这庙里已是昨日预备停妥的。宝玉天性怯懦，不敢近狰狞神鬼之像。是以忙忙的焚过纸马钱粮，便退至道院歇息。

一时吃饭毕，众嬷嬷和李贵等人围随宝玉到处散诞玩耍了一回。宝玉困倦，复回至静室安歇。众嬷嬷生恐他睡着了，便请当家的老王道士来陪他说话儿。这老道士专意在江湖上卖药，弄些海上方治人射利，这

① 天齐庙——东岳庙，唐代曾封东岳泰山神为天齐王。

庙外现挂着招牌，丸散膏药，色色俱备。亦长在宁荣两宅走动熟惯，都与他起个浑号，唤他作“王一贴”，言他的膏药灵验，一贴病除。当下王一贴进来。宝玉正歪在炕上想睡，看见王一贴进来，便笑道：“来的好，我听见说，你极会说笑话儿的，说一个给我们大家听听。”王一贴笑道：“正是呢。哥儿别睡，仔细肚里面筋作怪。”说着，满屋里人都笑了。宝玉也笑着起身整衣。王一贴命徒弟们快泡好酽茶来。茗烟道：“我们爷不吃你的茶，连这屋里坐着还嫌膏药气息呢。”王一贴笑道：“没当家花花的[①]，膏药从不拿进这屋里来的。知道二爷今日必来，头三五天就拿香熏了又熏的。”宝玉道：“可是呢，天天只听见你的膏药好，到底治什么病？”王一贴道：“若问我的膏药，说来话长，其中细理，一言难尽。共药一百二十味，君臣相济，宾主得宜，温凉兼用贵贱殊方。内则调元补气，开胃口，养荣卫[②]，宁神定魂，去寒去暑，化食化痰；外则和血脉，舒筋络，出死生新，去风散毒。其效如神，贴过的便知。”

宝玉道：“我不信一张膏药就治这些病。我且问你，倒有一种病可也贴的好么？”王一贴道：“百病千灾，无不立效。若不见效，二爷只管揪着胡子打我这老脸，拆我这庙何如？只说出病源来。”宝玉笑道：“你猜，若你猜的着，便贴的好了。”王一贴听了，寻思一会，笑道：“这倒难猜，只怕膏药有些不美了。”宝玉命他坐在身旁，王一贴心动，便笑着悄悄的说道：“我可猜着了。想是哥儿如今有了房中的事情，要滋助的药，可是不是？”话犹未完，茗烟先喝道：“该死，打嘴！”宝玉犹未解，忙问：“他说什么？”茗烟道：“信他胡说。”唬的王一贴不敢再问，只说：“哥儿明说了罢。”

宝玉道：“我问你，可有贴女人的妒病方子没有？”王一贴听说，拍手笑道：“这可罢了。不但说没有方子，就是听也没有听见过。”宝

① 没当家花花的——这里是“不敢”“罪过”的意思。“花花”是词尾，无义。“家”读轻声。“没当家”亦作“不当家”“不当价”。

② 养荣卫——又叫“养营卫”。中医把人体中饮食所化的精气和功能分为“营”和“卫”。“营”指充盈于内、生化血液、营养周身的作用；“卫”指捍卫于外、抗御病邪、保卫肌表的作用。营与卫互为影响，如果外邪自表而入，就会出现营卫失和的症状。

玉笑道："这样还算不得什么。"王一贴又忙道："贴妒的膏药倒没经过，倒有一种汤药或者可医，只是慢些儿，不能立竿见影的效验。"宝玉道："什么汤药，怎么吃法？"王一贴道："这叫作'疗妒汤'：用极好的秋梨一个，二钱冰糖，一钱陈皮，水三碗，梨熟为度，每日清晨吃这么一个梨，吃来吃去就好了。"宝玉道："这也不值什么，只怕未必见效。"

王一贴道："一剂不效吃十剂，今日不效明日再吃，今年不效明年再吃。横竖这三味药都是润肺开胃不伤人的，甜丝丝的，又止咳嗽，又好吃。吃过一百岁，人横竖是要死的，死了还妒什么！那时就见效了。"说着，宝玉、茗烟都大笑不止，骂"油嘴的牛头"。王一贴笑道："不过是闲着解午盹罢了，有什么关系。说笑了你们就值钱。实告你们说，连膏药也是假的。我有真药，我还吃了作神仙呢。有真的，跑到这里来混？"正说着，吉时已到，请宝玉出去焚化钱粮散福。功课完毕，方进城回家。

王道士胡诌妒妇方

那时迎春已来家好半日，孙家的婆娘、媳妇等人已待过晚饭，打发回家去了。迎春方哭哭啼啼的在王夫人房中诉委曲，说孙绍祖"一味好色，好赌酗酒，家中所有的媳妇、丫头将及淫遍。略劝过两三次，便骂我是'醋汁子老婆拧出来的'。又说老爷曾收着他五千银子，不该使了他的。如今他来要了两三次不得，他便指着我的脸说道：'你别和我充夫人、娘子，你老子使了我五千银子，把你准折卖给我的。好不好，打一顿撵在下房里睡去。当日有你爷爷在时，希图上我们的富贵，赶着相与的。论理我和你父亲是一辈，如今强压我的头，卖了一辈。又不该作了这门亲，倒没的叫人看着赶势利似的。'"一行说，一行哭的呜呜咽咽，连王夫人并众姊妹无不落泪。

王夫人只得用言语解劝说："已是遇见了这不晓事的人，可怎么样呢？想当日你叔叔也曾劝过大老爷，不叫做这门亲的。大老爷执意不听，一心情愿，到底做不好了。我的儿，这也是你的命。"迎春哭道："我不信我的命就这么不好！从小儿没了娘，幸而过婶子这边过了几年心净日子，如今偏又是这么个结果！"王夫人一面解劝，一面问他随意要在那里安歇。迎春道："乍乍的离了姊妹们，只是眠思梦想。二则还记挂着我的屋子，还得在园里旧房子里住得三五天，死也甘心了。不知下次还可能得住不得住了呢！"王夫人忙劝道："快休乱说。年轻的夫妻们，斗牙斗齿，也是泛泛人的常事，何必说这丧话。"仍命人忙忙的收拾紫菱洲房屋，命姊妹们陪伴着解释，又吩咐宝玉："不许在老太太跟前走漏一些风声，倘或老太太知道了这些事，都是你说的。"宝玉唯唯听命。

迎春是夕仍在旧馆安歇。众姊妹丫鬟等更加亲热异常。一连住了三日，才往邢夫人那边去。先辞过贾母及王夫人，然后与众姊妹分别，更皆悲伤不舍。还是王夫人、薛姨妈等安慰劝释，方止住了过那边去。又在邢夫人处住了两日，就有孙绍祖的人来接去。迎春虽不愿去，无奈惧孙绍祖之强，勉强忍情作辞去了。邢夫人本不在意，也不问其夫妻和睦，家务烦难，只面情塞责而已。要知后事，下回分解。

第八十一回

占旺相四美钓游鱼　奉严词两番入家塾

且说迎春归去之后，邢夫人像没有这事，倒是王夫人抚养了一场，却甚实伤感，在房中自己叹息了一回。只见宝玉走来请安，看见王夫人脸上似有泪痕，也不敢坐，只在旁边站着。王夫人叫他坐下，宝玉才捱上炕来，就在王夫人身旁坐了。

王夫人见他呆呆的瞅着，似有欲言不言的光景，便道："你又为什么这样呆呆的？"宝玉道："并不为什么，只是昨儿听见二姐姐这种光景，我实在替他受不得。虽不敢告诉老太太，却这两夜只是睡不着。我想咱们这样人家的姑娘，那里受得这样的委屈？况且二姐姐是个最懦弱的人，向来不会和人拌嘴，偏偏儿的遇见这样没人心的东西，竟一点儿不知道女人的苦处。"说着，几乎滴下泪来。

王夫人道："这也是没法儿的事。俗语说的'嫁出去的女孩儿泼出去的水'，叫我能怎么样呢？"宝玉道："我昨儿夜里倒想了一个主意：咱们索性回明了老太太，把二姐姐接回来，还叫他紫菱洲住着，仍旧我们姐妹弟兄们一块儿吃，一块儿玩，省得受孙家那混账行子的气。等他来接，咱们硬不叫他去。由他接一百回，咱们留一百回，只说是老太太的主意。这个岂不好呢？"

王夫人听了，又好笑，又好恼，说道："你又发了呆气了，混说的是什么？大凡做了女孩儿，终久是要出门子的，嫁到人家去，娘家那里顾得？也只好看他自己的命运，碰得好就好，碰得不好也就没法儿。你难道没听见人说，‘嫁鸡随鸡，嫁狗随狗’，那里个个都像你大姐姐做娘娘呢？况且你二姐姐是新媳妇，孙姑爷也还是年轻的人，各人有各人的脾气，新来乍到，自然要有些扭彆的。过几年大家摸着脾气儿，生儿长女以后，那就好了。你断断不许在老太太跟前提起半个字，我知道了是不依你的。你去干你的去罢，别在这里混说了。”说得宝玉也不敢作声，坐了一回，无精打采的出来了。憋着一肚子闷气，无处可泄，走到园中，一径往潇湘馆来。刚进了门，便放声大哭起来。

黛玉正在梳洗才毕，见宝玉这个光景，倒唬了一跳，问：“是怎么了？和谁怄了气了？”连问几声。宝玉低着头，伏在桌子上，呜呜咽咽的，哭的说不出话来。黛玉便在椅子上怔怔的瞅着他，一会子问道：“到底是别人和你怄了气了，还是我得罪了你呢？”宝玉摇手道：“都不是。”黛玉道：“那么着，为什么这么伤起心来？”宝玉道：“我只想着咱们大家越早些死的越好，活着真真没有趣儿！”黛玉听了这话，更觉惊讶，道：“这是什么话，你真正发了疯了不成！”宝玉道：“也并不是我发疯，我告诉你，你也不能不伤心。前儿二姐姐回来的样子和那些话，你也都听见看见了。我想人到了大的时候，为什么要嫁出去，受人家这般苦楚？还记得咱们初结‘海棠社’的时候，大家吟诗做东道，那时候何等热闹。如今宝姐姐家去了，连香菱也不能过来，二姐姐又出了门子了，几个知心知意的人都不在一处，弄得这样光景。我原打算去告诉老太太接二姐姐回来，谁知太太不依，倒说我呆、混说，我又不敢言语。这不多几时，你瞧瞧，园中光景已经大变了。若再过几年，又不知怎么样了。故此越想不由得人不心里难受起来。”黛玉听了这番言语，把头渐渐的低了下去，身子渐渐的退至炕上，一言不发，叹了口气，便向里躺下去了。

紫鹃刚拿进茶来，见他两个这样，正在纳闷。只见袭人来了，进来看见宝玉，便道：“二爷在这里呢么，老太太那里叫呢。我估量着二爷就是在这里。”黛玉听见是袭人，便欠身起来让坐。黛玉的两个眼圈儿已经哭的通红了。宝玉看见道：“妹妹，我刚才说的不过是些呆话，你也不用伤心。你要想我的话时，身子要紧。歇歇儿罢，老太太那边叫我，我看看去就来。”说着，往外走了。袭人悄问黛玉道：“你两个人又为什么？”黛玉道：“他为他二姐姐伤心；我是刚才眼睛发痒揉的，并不为什么。”袭人也不言语，忙跟了宝玉出来，各自散了。宝玉来到贾母那边，贾母却已经歇晌，只得回到怡红院。

到了午后，宝玉睡了中觉起来，甚觉无聊，随手拿了一本书看。袭人见他看书，忙去沏茶伺候。谁知宝玉拿的那本书却是《古乐府》[①]，随手翻来，正看见曹孟德“对酒当歌，人生几何”[②]一首，不觉刺心。因放下这一本，又拿一本看时，却是晋文[③]，翻了几页，忽然把书掩上，托着腮，只管痴痴的坐着。袭人倒了茶来，见他这般光景，便道：“你为什么又不看了？”宝玉也不答言，接过茶来喝了一口，便放下了。袭人一时摸不着头脑，也只管站在旁边呆呆的看着他。忽见宝玉站起来，嘴里咕咕哝哝的说道：“好一个‘放浪形骸之外[④]’！”袭人听了，又好笑，又不敢问他，只得劝道：“你若不爱看这些书，不如还到园里逛逛，也省得闷出毛病来。”宝玉只管口中答应，只管出着神往外走了。

一时走到沁芳亭，但见萧疏景象，人去房空。又来至蘅芜院，更是香草依然，门窗掩闭。转过藕香榭来，远远的只见几个人在蓼溆一带栏杆上靠着，有几个小丫头蹲在地下找东西。宝玉轻轻的走在假山背后听着。只听一个说道：“看他洑上来不洑上来。”好似李纹的语音。一个笑道：“好，下去了。我知道他不上来的。”这个却是探春的声音。一个又道：“是了。姐姐你别动，只管等着，他横竖上来。”一个又说：“上来了。”这两个是李绮、邢岫烟的声儿。

宝玉忍不住，拾了一块小砖头儿，往那水里一撂，咕咚一声，四个人都吓了一跳，惊讶道：“这是谁这么促狭？唬了我们一跳。”宝玉笑着从山子后直跳出来，笑道：“你们好乐啊，怎么不叫我一声儿？”探春道：“我就知道再不是别人，必是二哥哥这样淘气。没什么说的，你

① 《古乐府》——古代乐府诗集名，元代左克明编辑，共十卷。

② 曹孟德“对酒当歌，人生几何”——孟德：曹操的字。所引诗是曹操《短歌行》的头两句，意谓人生在世面对有酒有歌的欢乐时光能有多少呢？当：对。

③ 晋文——或指《西晋文纪》二十卷，明代梅鼎祚辑，通编西晋一代之文。

④ 放浪形骸之外——见晋代王羲之《兰亭序》。放浪：放纵不受拘束。形骸：人的形体。

好好儿的赔我们的鱼罢。刚才一个鱼上来，刚刚儿的要钓着，叫你唬跑了。”宝玉笑道：“你们在这里玩，竟不找我，我还要罚你们呢。”大家笑了一回。

宝玉道：“咱们大家来钓鱼，占占谁的运气好。看谁钓得着，就是他今年的好运气；钓不着，就是他今年运气不好。咱们谁先钓？”探春便让李纹，李纹不肯。探春笑道：“这样就是我先钓。”回头向宝玉说道：“二哥哥，你再赶走了我的鱼，我可不依了。”宝玉道：“头里原是我要唬你们玩，这会子你只管钓罢。”探春把丝绳抛下，没十来句话的工夫，就有一个杨叶窜儿①吞着钩子把漂儿坠下去。探春把竿一挑，往地下一撩，却是活迸的。侍书在满地上乱抓，两手捧着，搁在小磁坛内清水养着。

探春把钓竿递与李纹。李纹也把钓竿垂下，但觉丝儿一动，忙挑起来，却是个空钩子。又垂下去，半晌钩丝一动，又挑起来，还是空钩子。李纹把那钩子拿上来一瞧，原来往里钩了。李纹笑道：“怪不得钓不着。”忙叫素云把钩子敲好了，换上新虫子，上边贴好了苇片儿。垂下去一会儿，见苇片②直沉下去，急忙提起来，倒是一个二寸长的鲫瓜儿③。李纹笑着道：“宝哥哥钓罢。”宝玉道：“索性三妹妹和邢妹妹钓了我再钓。”岫烟却不答言。只见李绮道：“宝哥哥先钓罢。”说着水面上起了一个泡儿。探春道：“不必尽着让了。你看那鱼都在三妹妹那边呢，还是三妹妹快着钓罢。”李绮笑着接了钓竿儿，果然沉下去就钓了一个。

然后岫烟也钓着了一个，随将竿子仍旧递给探春，探春才递与宝玉。宝玉道：“我是要做姜太公的。”便走下石矶，坐在池边钓起来。岂知那水里的鱼看见人影儿，都躲到别处去了。宝玉抡着钓竿等了半天，那钓丝儿动也不动。刚有一个鱼儿在水边吐沫，宝玉把竿子一幌，又唬走了。急的宝玉道：“我最是个性儿急的人，他偏性儿慢，这可怎么样呢？好鱼儿，快来罢！你也成全成全我呢。”说得四人都笑了。一

① 杨叶窜儿——一种淡水小鱼，俗称“鲳条鱼”，形状细长似杨柳叶子。

② 苇片——浮漂。

③ 鲫瓜儿——小鲫鱼。

言未了，只见钓丝微微一动。宝玉喜得满怀，用力往上一兜，把钓竿往石上一碰，折作两段，丝也振断了，钩子也不知往那里去了。众人越发笑起来。探春道："再没见像你这样卤人。"

正说着，只见麝月慌慌张张的跑来说："二爷，老太太醒了，叫你快去呢。"五个人都唬了一跳。探春便问麝月道："老太太叫二爷什么事？"麝月道："我也不知道。就只听见说是什么闹破了，叫宝玉来问，还要叫琏二奶奶一块儿查问呢。"吓得宝玉发了一回呆，说道："不知又是那个丫头遭瘟了。"探春道："不知什么事，二哥哥你快去，有什么信儿，先叫麝月来告诉我们一声儿。"说着，便同李纹、李绮、岫烟走了。

宝玉走到贾母房中，只见王夫人陪着贾母摸牌。宝玉看见无事，才把心放下了一半。贾母见他进来，便问道："你前年那一次得病的时候，后来亏了一个疯和尚和个瘸道士治好了的。那会子病里，你觉得是怎么样？"宝玉想了一回，道："我记得得病的时候，好好的站着，倒像背地里有人把我拦头一棍，疼的眼睛前头漆黑，看见满屋子里都是些青面獠牙、拿刀举棒的恶鬼。躺在炕上，觉得脑袋上加了几个脑箍似的。以后便疼的任什么不知道了。到好的时候，又记得堂屋里一片金光直照到我房里来，那些鬼都跑着躲避，便不见了，我的头也不疼了，心上也就清楚了。"贾母告诉王夫人道："这个样儿，也就差不多了。"

说着凤姐也进来了，见了贾母，又回身见过了王夫人，说道："老祖宗要问我什么？"贾母道："你前年害了邪病，你还记得怎么样？"凤姐笑道："我也不很记得了。但觉自己身子不由自主，倒像有些鬼怪拉拉扯扯要我杀人才好，有什么，拿什么，见什么，杀什么。自己原觉很乏，只是不能住手。"贾母道："好的时候还记得么？"凤姐道："好的时候好像空中有人说了几句话似的，却不记得说什么来着。"贾母道："这么看起来竟是他了。他姐儿两个病中的光景和才说的一样。这老东西竟这样坏心，宝玉枉认了他做干妈。倒是这个和尚道人，阿弥陀佛，才是救宝玉性命的，只是没有报答他。"凤姐道："怎么老太太想起我们的病来呢？"

贾母道："你问你太太去，我懒待说。"王夫人道："才刚老爷进来说起宝玉的干妈竟是个混账东西，邪魔外道的。如今闹破了，被锦衣卫拿住送入刑部监[①]，要问死罪的了，前几天被人告发的。那个人叫作什么潘三保，有一所房子卖与斜对过当铺里。这房子加了几倍价钱，潘三保还要加，当铺里那里肯？潘三保便买嘱了这老东西，因他常到当铺里去，那当铺里人的内眷都与他好的。他就使了个法儿，叫人家的内人便得了邪病，家翻宅乱起来。他又去说这个病他能治，就用些神马[②]纸钱烧献了，果然见效。他又向人家内眷们要了十几两银子。岂知老佛爷有眼，应该败露了。这一天急要回去，掉了一个绢包儿。当铺里人拣起来一看，里头有许多纸人，还有四丸子很香的香。正诧异着呢，那老东西倒回来找这绢包儿。这里的人就把他拿住，身边一搜，搜出一个匣子，里面有象牙刻的一男一女，不穿衣服，光着身子的两个魔王，还有七根朱红绣花针。立时送到锦衣府去，问出许多官员家大户太太姑娘们的隐情事来。所以知会了营[③]里，把他家中一抄，抄出好些泥塑的煞神，几匣子闷香[④]。炕背后空屋子里挂着一盏七星灯[⑤]，灯下有几个草人，有头上戴着脑箍的，有胸前穿着钉子的，有项上拴着锁子的。柜子里无数纸人儿，底下几篇小账，上面记着某家验过，应找银若干。得人家油钱香分[⑥]也不计其数。”

凤姐道：“咱们的病，一准是他。我记得咱们病后，那老妖精向赵姨娘处来过几次，要向赵姨娘讨银子，见了我，便脸上变貌变色，两眼黧鸡似的。我当初还猜疑了几遍，总不知什么原故。如今说起来，却原来都是有因的。但只我在这里当家，自然惹人恨怨，怪不得人治我。宝玉可和人有什么仇呢？忍得下这么毒手。”贾母道：“焉知不因我疼宝玉不疼环儿，竟给你们种了毒了呢。”王夫人道：“这老货已经问了

① 锦衣卫、刑部监——锦衣卫，即锦衣亲军都指挥使司，明洪武十五年始设，原为管理护卫皇宫的禁卫军和掌管皇帝出入仪仗的官署，后逐渐演变为专管纠查、侦察的特务组织。刑部监：隶属于刑部的监狱。刑部：隋唐以来中央一级的官署之一，掌国家的法律和刑狱，和吏部、户部、礼部、兵部、工部并称六部。

② 神马——亦作神码、月光马。

③ 营——这里指京师五城巡捕营，掌治安职责，属步军营的步军统领统辖。

④ 闷香——一种熏人能使之昏迷的香。

⑤ 七星灯——这里是供在佛前专以祭神的油灯，燃有七个灯火，故名。

⑥ 油钱香分——巫祝僧道借口请神作法诈取钱物的名目。油、香这里皆为假托祭神的用品。

罪，决不好叫他来对证。没有对证，赵姨娘那里肯认账？事情又大，闹出来，外面也不雅，等他自作自受，少不得要自己败露的。”

贾母道：“你这话说的也是，这样事，没有对证，也难作准。只是佛爷、菩萨看的真，他们姐儿两个，如今又比谁不济了呢？罢了，过去的事，凤哥儿也不必提了。今日你和你太太都在我这边吃了晚饭再过去罢。”遂叫鸳鸯、琥珀等传饭。凤组赶忙笑道：“怎么老祖宗倒操起心来！”王夫人也笑了。只见外头几个媳妇伺候。凤姐连忙告诉小丫头子传饭：“我和太太都跟着老太太吃。”正说着，只见玉钏儿走来对王夫人道：“老爷要找一件什么东西，请太太伺候了老太太的饭完了自己去找一找呢。”贾母道：“你去罢，保不住你老爷有要紧的事。”王夫人答应着，便留下凤姐伺候，自己退了出来。

回至房中，和贾政说了些闲话，把东西找了出来。贾政便问道：“迎儿已经回去了，他在孙家怎么样？”王夫人道：“迎丫头一肚子眼泪，说孙姑爷凶横的了不得。”因把迎春的话述了一遍。贾政叹道：“我原知不是对头，无奈大老爷已说定了，教我也没法。不过迎丫头受些委屈罢了。”王夫人道：“这还是新媳妇，只指望他以后好了好。”说着，嗤的一笑。

贾政道：“笑什么？”王夫人道：“我笑宝玉，今儿早起特特的到这屋里来，说的都是些孩子话。”贾政道：“他说什么？”王夫人把宝玉的言语笑述了一遍。贾政也忍不住的笑，因又说道：“你提宝玉，我正想起一件事来。这小孩子天天放在园里，也不是事。生女儿不得济，还是别人家的人；生儿若不济事，关系非浅。前日倒有人和我提起一位先生来，学问人品都是极好的，也是南边人。但我想南边先生性情最是和平，咱们城里的孩子，个个踢天弄井[①]，鬼聪明倒是有的，可以搪塞就搪塞过去了；胆子又大，先生再要不肯给没脸，一日哄哥儿似的，没的白耽误了。所以老辈子不肯请外头的先生，只在本家择出有年纪再有点学问的请来掌家塾。如今儒大太爷虽学问也只中平，但还弹压的住这些小孩子们，不至以颟顸[②]了事。我想宝玉闲着总不好，不如仍旧叫他

① 踢天弄井——极言小孩活蹦乱跳，调皮玩闹。

② 颟顸——糊涂；不明事理。

家塾中读书去罢了。”

王夫人道：“老爷说的很是。自从老爷外任去了，他又常病，竟耽搁了好几年。如今且在家学里温习温习，也是好的。”贾政点头，又说些闲话，不提。

且说宝玉次日起来，梳洗已毕，早有小厮们传进话来说：“老爷叫二爷说话。”宝玉忙整理了衣服，来至贾政书房中，请了安站着。

贾政道：“你近来作些什么功课？虽有几篇字，也算不得什么。我看你近来的光景，越发比头几年散荡了，况且每每听见你推病不肯念书。如今可大好了，我还听见你天天在园子里和姊妹们玩玩笑笑，甚至和那些丫头们混闹，把自己的正经事，总丢在脑袋后头。就是做得几句诗词，也并不怎么样，有什么稀罕处！比如应试选举，到底以文章为主，你这上头倒没有一点儿工夫。我可嘱咐你：自今日起，再不许做诗做对的了，单要习学八股文章。限你一年，若毫无长进，你也不用念书了，我也不愿有你这样的儿子了。”遂叫李贵来，说：“明儿一早，传茗烟跟了宝玉去收拾应念的书籍，一齐拿过来我看看，亲自送他到家学里去。”喝命宝玉：“去罢！明日起早来见我。”宝玉听了，半日竟无一言可答，因回到怡红院来。

袭人正在着急听信，见说取书，倒也欢喜。独是宝玉要人即刻送信与贾母，欲叫拦阻。贾母得信，便命人叫过宝玉来，告诉他说：“只管放心先去，别叫你老子生气。有什么难为你，有我呢。”宝玉没法，只得回来嘱咐了丫头们：“明日早早叫我，老爷要等着送我到家学里去呢。”袭人等答应了，同麝月两个倒替着醒了一夜。

次日一早，袭人便叫醒宝玉，梳洗了，换了衣服，打发小丫头子传了茗烟在二门上伺候，拿着书籍等物。袭人又催了两遍，宝玉只得出来过贾政书房中来，先打听“老爷过来了没有？”书房中小厮答应：“方才一位清客相公请老爷回话，里边说梳洗呢，命清客相公出去候着去了。”宝玉听了，心里稍稍安顿，连忙到贾政这边来。恰好贾政着人来叫，宝玉便跟着进去。贾政不免又嘱咐几句话，带了宝玉上了车，茗烟拿着书籍，一直到家塾中来。

早有人先抢一步回代儒说：“老爷来了。”代儒站起身来，贾政早已走入，向代儒请了安。代儒拉着手问了好，又问：“老太太近日安

么？”宝玉过来也请了安。贾政站着，请代儒坐了，然后坐下。贾政道：“我今日自己送他来，因要求托一番。这孩子年纪也不小了，到底要学个成人的举业，才是终身立身成名之事。如今他在家中只是和些孩子们混闹，虽懂得几句诗词，也是胡诌乱道的；就是好了，也不过是风云月露，与一生的正事毫无关涉。”代儒道：“我看他相貌也还体面，灵性也还去得，为什么不念书，只是心野贪玩。诗词一道，不是学不得的，只要发达了以后，再学还不迟呢。”贾政道：“原是如此。目今只求叫他读书、讲书、作文章。倘或不听教训，还求太爷认真的管教管教他，才不至有名无实的白耽误了他的一世。”说毕，站起来又作了一个揖，然后说了些闲话，才辞了出去。代儒送至门首，说：“老太太前替我问好请安罢。”贾政答应着，自己上车去了。

贾政拜代儒

代儒回身进来，看见宝玉在西南角靠窗户摆着一张花梨[①]小桌，右边堆下两套旧书，薄薄儿的一本文章，叫茗烟将纸墨笔砚都搁在抽屉里藏着。代儒道：“宝玉，我听见说你前儿有病，如今可大好了？”宝玉站起来道：“大好了。”代儒道：“如今论起来，你可也该用功了。你父亲望你成人恳切的很。你且把从前念过的书，打头儿理一遍。每日早起理书[②]，饭后写字，晌午讲书，念几遍文章就是了。”

---

① 花梨——花梨木，有两种，一曰花榈木，一曰海南檀（心为红褐色），皆落叶乔木，木质坚硬，纹理细密，同为贵重家具和雕刻用材，与紫檀并称，旧时对名贵家具有“花梨紫檀”之说。

② 理书——旧时俗称温书曰理书。理：犹言温习。

宝玉答应了个“是”，回身坐下时，不免四面一看。见昔时金荣辈不见了几个，又添了几个小学生，都是些粗俗异常的。忽然想起秦钟来，如今没有一个做得伴说句知心话儿的，心上凄然不乐，却不敢作声，只是闷着看书。代儒告诉宝玉道：“今日头一天，早些放你家去罢。明日要讲书了。但是你又不是很愚夯的，明日我倒要你先讲一两章书我听，试试你近来的功课何如，我才晓得你到怎么个分儿上头。”说得宝玉心中乱跳。欲知明日听解何如，且听下回分解。

第八十二回

老学究讲义警顽心　病潇湘痴魂惊噩梦

话说宝玉下学回来，见了贾母。贾母笑道：“好了，如今野马上了笼头了。去罢，见见你老爷，回来散散儿去罢。”宝玉答应着，去见贾政。贾政道：“这早晚就下了学了么？师父给你定了功课没有？”宝玉道：“定了。早起理书，饭后写字，晌午讲书念文章。”贾政听了，点点头儿，因道：“去罢，还到老太太那边陪着坐坐去。你也该学些人功道理，别一味的贪玩。晚上早些睡，天天上学早些起来。你听见了？”宝玉连忙答应几个“是”，退出来，忙忙又去见王夫人，又到贾母那边打了个照面儿。

赶着出来，恨不得一走就到潇湘馆才好。刚进门口，便拍着手笑道：“我依旧回来了！”猛可里倒唬了黛玉一跳。紫鹃打起帘子，宝玉进来坐下。黛玉道：“我恍惚听见你念书去了。这么早就回来了？”宝玉道：“哎哟，了不得！我今儿不是被老爷叫了念书去了么？心上倒像没有和你们见面的日子了。好容易熬了一天，这会子瞧见你们，竟如死而复生的一样，真真古人说‘一日三秋[①]’，这话再不错的。”黛玉道：“你上头去过了没有？”宝玉道：“都去过了。”黛玉道：“别处

① 一日三秋——意谓一天不见面，就像离别了三年，极言别后的深切思念之情。

呢？”宝玉道：“没有。”黛玉道：“你也该瞧瞧他们去。”宝玉道：“我这会子懒待动了，只和妹妹坐着说一会子话儿罢。老爷还叫早睡早起，只好明儿再瞧他们去了。”黛玉道：“你坐坐儿，可是正该歇歇儿去了。”宝玉道：“我那里是乏，只是闷得慌。这会子咱们坐着才把闷散了，你又催起我来。”黛玉微微的一笑，因叫紫鹃：“把我的龙井茶给二爷沏一碗。二爷如今念书了，比不的头里。”紫鹃笑着答应，去拿茶叶，叫小丫头子沏茶。

宝玉接着说道：“还提什么念书，我最厌这些道学话。更可笑的是八股文章，拿他诓功名混饭吃也罢了，还要说代圣贤立言[①]。好些的，不过拿些经书凑搭凑搭还罢了；更有一种可笑的，肚子里原没有什么，东拉西扯，弄的牛鬼蛇神，还自以为博奥。这那里是阐发圣贤的道理。目下老爷口口声声叫我学这个，我又不敢违拗，你这会子还提念书呢。”黛玉道：“我们女孩儿家虽然不要这个，但小时跟着你们雨村先生念书，也曾看过。内中也有近情近理的，也有清微淡远的。那时候虽不大懂，也觉得好，不可一概抹倒。况且你要取功名，这个也清贵些。”

宝玉听到这里，觉得不甚入耳，因想黛玉从来不是这样人，怎么也这样势欲熏心起来？又不敢在他跟前驳回，只在鼻子眼里笑了一声。正说着，忽听外面两个人说话，却是秋纹和紫鹃。只听秋纹道：“袭人姐姐叫我老太太那里接去，谁知却在这里。”紫鹃道：“我们这里才沏了茶，索性让他喝了再去。”说着，二人一齐进来。宝玉和秋纹笑道：“我就过去，又劳动你来找。”秋纹未及答言，只见紫鹃道：“你快喝了茶去罢，人家都想了一天了。”秋纹啐道：“呸，好混账丫头！”说的大家都笑了。宝玉起身才辞了出来。黛玉送到屋门口儿，紫鹃在台阶下站着，宝玉出去，才回房里来。

却说宝玉回到怡红院中，进了屋子，只见袭人从里间迎出来，便问：“回来了么？”秋纹应道：“二爷早来了，在林姑娘那边来着。”

① 代圣贤立言——明清科举制以八股取士，试题都采用“四书”“五经”。考生作文必须严格按照八股文格式，依据“圣贤”的思想，模拟古人的老调加以铺叙，不许发挥自己的思想和见解，叫“代圣贤立言”。

宝玉道："今日有事没有？"袭人道："事却没有。方才太太叫鸳鸯姐姐来吩咐我们：如今老爷发狠叫你念书，如有丫鬟们再敢和你玩笑，都要照着晴雯、司棋的例办。我想，服侍你一场，赚了这些言语，也没什么趣儿。"说着，便伤起心来。宝玉忙道："好姐姐，你放心。我只好生念书，太太再不说你们了。我今儿晚上还要看书，明日师父叫我讲书呢。我要使唤，横竖有麝月、秋纹呢，你歇歇去罢。"袭人道："你要真肯念书，我们服侍你也是欢喜的。"

宝玉听了，赶忙吃了晚饭，就叫点灯，把念过的四书翻出来。只是从何处看起？翻了一本，看去章章里头似乎明白；细按起来，却不很明白。看着小注，又看讲章，闹到梆子下来了，自己想道："我在诗词上觉得很容易，在这个上头竟没头脑。"便坐着呆呆的呆想。袭人道："歇歇罢，做功夫也不在这一时的。"宝玉嘴里只管胡乱答应。麝月、袭人才服侍他睡下，两个才也睡了。及至睡醒一觉，听得宝玉炕上还是翻来覆去。袭人道："你还醒着呢么？你倒别混想了，养养神明儿好念书。"宝玉道："我也是这样想，只是睡不着。你来给我揭去一层被。"袭人道："天气不热，别揭罢。"宝玉道："我心里烦躁的很。"自把被窝褪下来。袭人忙爬起来按住，把手去他头上一摸，觉得微微有些发烧。袭人道："你别动了，有些发烧了。"宝玉道："可不是。"袭人道："这是怎么说呢！"宝玉道："不怕，是我心烦的原故。你别吵嚷，省得老爷知道了，必说我装病逃学，不然怎么病的这样巧。明儿好了，原到学里去就完事了。"袭人也觉得可怜，说道："我靠着你睡罢。"便和宝玉捶了一回脊梁，不知不觉大家都睡着了，直到红日高升，方才起来。宝玉道："不好了，晚了！"急忙梳洗毕，问了安，就往学里来了。

代儒已经变着脸，说："怪不得你老爷生气，说你没出息。第二天你就懒惰，这是什么时候才来！"宝玉把昨儿发烧的话说了一遍，方过去了，原旧念书。到了下晚，代儒道："宝玉，有一章书你来讲讲。"宝玉过来一看，却是"后生可畏[1]"章。宝玉心上说："这还好，幸亏

① 后生可畏——孔子激励门徒发奋读书，争取超过前辈的话。后生：后辈；青年人。

不是‘学’‘庸’。”问道：“怎么讲呢？”代儒道：“你把节旨[①]句子细细儿讲来。”

宝玉把这章先朗朗的念了一遍，说：“这章书是圣人勉励后生，教他及时努力，不要弄到……”说到这里，抬头向代儒一瞧。代儒觉得了，笑了一笑道：“你只管说，讲书是没有什么避忌的。《礼记》上说‘临文不讳[②]’，只管说，‘不要弄到’什么？”宝玉道：“不要弄到老大无成。先将‘可畏’二字激发后生的志气，后把‘不足畏’二字警惕后生的将来。”说罢，看着代儒。代儒道：“也还罢了。串讲呢？”宝玉道：“圣人说，人生少时，心思才力，样样聪明能干，实在是可怕的。那里料得定他后来的日子不像我的今日。若是悠悠忽忽到了四十岁，又到五十岁，既不能够发达，这种人虽是他后生时像个有用的，到了那个时候，这一辈就没有人怕他了。”

代儒笑道：“你方才节旨讲的倒清楚，只是句子里有些孩子气。‘无闻’二字不是不能发达做官的话。‘闻’是实在自己能够明理见道，就不做官也是有‘闻’了。不然，古圣贤有遁世不见知[③]的，岂不是不做官的人，难道也是‘无闻’么？‘不足畏’是使人料得定，方与‘焉知’的‘知’字对针，不是‘怕’的字眼。要从这里看出，方能入细。你懂得不懂得？”宝玉道：“懂得了。”代儒道：“还有一章，你也讲一讲。”代儒往前揭了一篇，指给宝玉。宝玉看是“吾未见好德如好色者也[④]”。

宝玉觉得这一章却有些刺心，便陪笑道：“这句话没有什么讲头。”代儒道：“胡说！譬如场中出了这个题目，也说没有做头么？”宝玉不得已，讲道：“是圣人看见人不肯好德，见了色便好的了不得。

---

① 节旨——明清通行的“四书”“五经”读本，除正文和注解外，还有总括章节大意的话，叫“章旨”或“节旨”。

② 临文不讳——语见《礼记·曲礼》。讳：避忌。封建时代对于君主和尊长的名字，避忌直接说出或写出，叫“避讳”。但在抄录或讲解儒家经典时则不受这种限制，叫“临文不讳”。

③ 遁世不见知——意谓避世隐居而名不闻于世。

④ 吾未见好德如好色者也——意谓我（孔子）没有见到过爱好德行像爱好美色那样的人。

殊不想德是性中本有的东西，人偏都不肯好他。至于那个色呢，虽也是从先天中带来，无人不好的。但是德乃天理，色是人欲，人那里肯把天理好的像人欲似的。孔子虽是叹息的话，又是望人回转来的意思。并且见得人就有好德的好得终是浮浅，直要像色一样的好起来，那才是真好呢。”

代儒道：“这也讲的罢了。我有句话问你：你既懂得圣人的话，为什么正犯着这两件病？我虽不在家中，你们老爷也不曾告诉我，其实你的毛病我却尽知的。做一个人，怎么不望长进？你这会儿正是‘后生可畏’的时候，‘有闻’‘不足畏’全在你自己做去了。我如今限你一个月，把念过的旧书全要理清，再念一个月文章。以后我要出题目叫你作文章了。如若懈怠，我是断乎不依的。自古道：‘成人不自在，自在不成人。’你好生记着我的话。”宝玉答应了，也只得天天按着功课干去。不提。

且说宝玉上学之后，怡红院中甚觉清净闲暇。袭人倒可做些活计，拿着针线要绣个槟榔包儿，想着如今宝玉有了功课，丫头们可也没有饥荒了。早要如此，晴雯何致弄到没有结果？兔死狐悲，不觉滴下泪来。忽又想到自己终身本不是宝玉的正配，原是偏房。宝玉的为人，却还拿得住，只怕娶了一个利害的，自己便是尤二姐、香菱的后身。素来看着贾母、王夫人光景及凤姐往往露出话来，自然是黛玉无疑了。那黛玉就是个多心人。想到此际，脸红心热，拿着针不知戳到那里去了，便把活计放下，走到黛玉处去探探他的口气。

黛玉正在那里看书，见是袭人，欠身让坐。袭人也连忙迎上来问：“姑娘这几天身子可大好了？”黛玉道：“那里能够，不过略硬朗些。你在家里做什么呢？”袭人道：“如今宝二爷上了学，房中一点事儿没有，因此来瞧瞧姑娘，说说话儿。”说着，紫鹃拿茶来。袭人忙站起来道：“妹妹坐着罢。”因又笑道：“我前儿听见秋纹说，妹妹背地里说我们什么来着。”紫鹃也笑道：“姐姐信他的话！我说宝二爷上了学，宝姑娘又隔断了，连香菱也不过来，自然是闷的。”袭人道：“你还提香菱呢，这才苦呢，撞着这位太岁奶奶，难为他怎么过！”把手伸着两个指头道：“说起来，比他还利害，连外头的脸面都不顾了。”黛玉接着道：“他也够受了。尤二姑娘怎么死了！”袭人道：“可不是。想来都是一个人，不过名分里头差些，何苦这样毒？外面名声也不好听。”黛玉从不闻袭人背地里说人，今听此话有因，便说道：“这也难说。但凡家庭之事，不是东风压了西风，就是西风压了东风。”袭人道：“做了旁边人，心里先怯了，那里倒敢去欺负人呢？”

说着，只见一个婆子在院里问道：“这里是林姑娘的屋子么？那位姐姐在这里呢？”雪雁出来一看，模模糊糊认得是薛姨妈那边的人，便问道：“作什么？”婆子道：“我们姑娘打发来给这里林姑娘送东西的。”雪雁道：“略等等儿。”雪雁进来回了黛玉，黛玉便叫领他进来。那婆子进来请了安，且不说送什么，只是觑着眼瞧黛玉，看的黛玉脸上倒不好意思起来，因问道：“宝姑娘叫你来送什么？”婆子方笑着回道：“我们姑娘叫给姑娘送了一瓶儿蜜饯荔枝来。”回头又瞧见袭人，便问道：“这位姑娘不是宝二爷屋里的花姑娘么？”

袭人笑道：“妈妈怎么认得我？”婆子笑道：“我们只在太太屋里看屋子，不大跟太太姑娘出门，所以姑娘们都不大认得。姑娘们碰着到我们那边去，我们都模糊记得。”说着，将一个瓶儿递给雪雁，又回头看看黛玉，因笑着向袭人道：“怨不得我们太太说这林姑娘和你们宝二爷是一对儿，原来真是天仙似的。”袭人见他说话造次，连忙岔道：“妈妈，你乏了，坐坐吃茶罢。”那婆子笑嘻嘻的道：“我们那里忙呢，都张罗琴姑娘的事呢。姑娘还有两瓶荔枝，叫给宝二爷送去。”说着，颤颤巍巍告辞出去。黛玉虽恼这婆子方才冒撞，但因是宝钗使来的，也不好怎么样他。等他出了屋门，才说一声道：“给你们姑娘道费心。”那老婆子还只管嘴里咕咕哝哝的说：“这样好模样儿，除了宝玉，什么人擎受[①]的起。”黛玉只装没听见。袭人笑道：“怎么人到了老来，就是混说白道的，叫人听着又生气，又好笑。”一时雪雁拿过瓶子来与黛玉看。黛玉道：“我懒待吃，拿了搁起去罢。”又说了一回话，袭人才去了。

一时晚妆将卸，黛玉进了套间，猛抬头看见了荔枝瓶，不禁想起日间老婆子的一番混话，甚是刺心。当此黄昏人静，千愁万绪，堆上心来。想起自己身子不牢，年纪又大了。看宝玉的光景，心里虽没别人，

① 擎受——承受。擎：擎架，担当。

但是老太太、舅母又不见有半点意思。深恨父母在时，何不早定了这头婚姻。又转念一想道："倘若父母在时，别处定了婚姻，怎能够似宝玉这般人材心地，不如此时尚有可图。"心内一上一下，辗转缠绵，竟像辘轳一般。叹了一回气，掉了几点泪，无情无绪，和衣倒下。

不知不觉，只见小丫头走来说道："外面雨村贾老爷请姑娘。"黛玉道："我虽跟他读过书，却不比男学生，要见我作什么？况且他和舅舅往来，从未提起，我也不便见的。"因叫小丫头："回复'身上有病不能出来'，与我请安道谢就是了。"小丫头道："只怕要与姑娘道喜，南京还有人来接。"说着，又见凤姐同邢夫人、王夫人、宝钗等都来笑道："我们一来道喜，二来送行。"黛玉慌道："你们说什么话。"凤姐道："你还装什么呆。你难道不知道林姑爷升了湖北的粮道，娶了一位继母，十分合心合意。如今想着你撂在这里，不成事体，因托了贾雨村作媒，将你许了你继母的什么亲戚，还说是续弦，所以着人到这里来接你回去。大约一到家中就要过去的，都是你继母作主。怕的是道儿上没有照应，还叫你琏二哥哥送去。"说得黛玉一身冷汗。

黛玉又恍惚父亲果在那里做官的样子，心上急着硬说道："没有的事，都是凤姐姐混闹。"只见邢夫人向王夫人使个眼色儿，"他还不信呢，咱们走罢。"黛玉含着泪道："二位舅母坐坐去。"众人不言语，都冷笑而去。

黛玉此时心中干急，又说不出来，哽哽咽咽。恍惚又是和贾母在一处的似的，心中想道："此事惟求老太太，或还可救。"于是两腿跪下去，抱着贾母的腰说道："老太太救我！我南边是死也不去的！况且有了继母，又不是我的亲娘。我是情愿跟着老太太一块儿的。"但见老太太呆着脸儿笑道："这个不干我事。"黛玉哭道："老太太，这是什么事呢。"老太太道："续弦也好，倒多一副妆奁。"黛玉哭道："我若在老太太跟前，决不使这里分外的闲钱，只求老太太救我。"贾母道："不中用了。做了女人，终是要出嫁的，你孩子家，不知道，在此地终非了局。"黛玉道："我在这里情愿自己做个奴婢过活，自做自吃，也是愿意，只求老太太作主。"老太太总不言语。黛玉抱着贾母的腰哭道："老太太，你向来最是慈悲的，又最疼我的，到了紧急的时候怎么全不管？不要说我是你的外孙女儿，是隔了一层了，我的娘是你的亲生女儿，看我娘分上，也该护庇些。”说着，撞在怀里痛哭。

贾母道：“鸳鸯，你来送姑娘出去歇歇。我倒被他闹乏了。”黛玉情知不是路了，求去无用，不如寻个自尽，站起来往外就走。深痛自己没有亲娘，便是外祖母与舅母姊妹们，平时何等待的好，可见都是假的。又一想：“今日怎么独不见宝玉？或见一面，看他还有法儿？”便见宝玉站在面前，笑嘻嘻地说：“妹妹大喜呀。”黛玉听了这一句话，越发急了，也顾不得什么了，把宝玉紧紧拉住说：“好，宝玉，我今日才知道你是个无情无义的人了！”宝玉道：“我怎么无情无义？你既有了人家儿，咱们各自干各自的了。”黛玉越听越气，越没了主意，只得拉着宝玉哭道：“好哥哥，你叫我跟了谁去？”宝玉道：“你要不去，就在这里住着。你原是许了我的，所以你才到我们这里来。我待你是怎么样的，你也想想。”

黛玉恍惚又像果曾许过宝玉的，心内忽又转悲作喜，问宝玉道：“我是死活打定主意的了。你到底叫我去不去？”宝玉道：“我说叫你住下。你不信我的话，你就瞧瞧我的心。”说着，就拿着一把小刀子往胸口上一划，只见鲜血直流。黛玉吓得魂飞魄散，忙用手握着宝玉的心窝，哭道：“你怎么做出这个事来，你先来杀了我罢！”宝玉道：“不怕，我拿我的心给你瞧。”还把手在划开的地方儿乱抓。黛玉又颤又哭，又怕人撞破，抱住宝玉痛哭。宝玉道：“不好了，我的心没有了，活不得了。”说着，眼睛往上一翻，咕咚就倒了。

黛玉拚命放声大哭。只听见紫鹃叫道：“姑娘，姑娘，怎么魇住了？快醒醒儿脱了衣服睡罢。”黛玉一翻身，却原来是一场恶梦。喉间犹是哽咽，心上还是乱跳，枕头上已经湿透，肩背身心，但觉冰冷。想了一回，“父亲死得久了，与宝玉尚未放定[①]，这是从那里说起？”又想梦中光景，无倚无靠，再真把宝玉死了，那可怎么样好？一时痛定思痛，神魂俱乱。又哭了一回，遍身微微的出了一点儿汗，挣扎起来，把外罩大袄脱了，叫紫鹃盖好了被窝，又躺下去。翻来覆去，那里睡得着？只听得外面淅淅飒飒，又像风声，又像雨声。又停了一会子，又听

① 放定——旧时订婚，男方给女方送去聘礼，表示双方肯定了婚约，叫“放定”。

得远远的吆呼声儿，却是紫鹃已在那里睡着，鼻息出入之声。自己扎挣着爬起来，围着被坐了一会，觉得窗缝里透进一缕凉风来，吹得寒毛直竖，便又躺下。正要朦胧睡去，听得竹枝上不知有多少家雀儿的声儿，啾啾唧唧，叫个不住。那窗上的纸，隔着屉子，渐渐的透进清光来。

黛玉此时已醒得双眸炯炯，一回儿咳嗽起来，连紫鹃都咳嗽醒了。紫鹃道："姑娘，你还没睡着么？又咳嗽起来了，想是着了风了。这会儿窗户纸发清了，也待好亮起来了。歇歇儿罢，养养神，别尽着想长想短的了。"黛玉道："我何尝不要睡，只是睡不着。你睡你的罢。"说了又嗽起来。紫鹃见黛玉这般光景，心中也自伤感，睡不着了。听见黛玉又嗽，连忙起来，捧着痰盒。这时天已亮了。黛玉道："你不睡了么？"紫鹃笑道："天都亮了，还睡什么呢。"黛玉道："既这样，你就把痰盒儿换了罢。"

紫鹃答应着，忙出来换了一个痰盒儿，将手里的这个盒儿放在桌上，开了套间门出来，仍旧带上门，放下撒花软帘，出来叫醒雪雁。开了屋门去倒那盒子时，只见满盒子痰，痰中好些血星，唬了紫鹃一跳，不觉失声道："哎哟，这还了得！"黛玉里面接着问是什么，紫鹃自知失言，连忙改说道："手里一滑，几乎撂了痰盒子。"黛玉道："不是盒子里的痰有了什么？"紫鹃道："没有什么。"说着这句话时，心中一酸，那眼泪直流下来，声儿早已岔了。黛玉因为喉间有些甜腥，早自疑惑，方才听见紫鹃在外边诧异，这会子又听见紫鹃说话声音带着悲惨的光景，心中觉了八九分，便叫紫鹃："进来罢，外头看凉着。"紫鹃答应了一声，这一声更比头里凄惨，竟是鼻中酸楚之音。黛玉听了，凉了半截。看紫鹃推门进来时，尚拿手帕拭眼。

黛玉道："大清早起，好好的为什么哭？"紫鹃勉强笑道："谁哭来，早起起来眼睛里有些不舒服。姑娘今夜大概比往常醒的时候更大罢，我听见咳嗽了大半夜。"黛玉道："可不是，越要睡，越睡不着。"紫鹃道："姑娘身上不大好，依我说，还得自己开解着些。身子是根本，俗语说的，'留得青山在，依旧有柴烧。'况这里自老太太、太太起，那个不疼姑娘。"只这一句话，又勾起黛玉的梦来。觉得心头一撞，眼中一黑，神色俱变，紫鹃连忙端着痰盒，雪雁捶着脊梁，半日才吐出一口痰来。痰中一缕紫血，簌簌乱跳，紫鹃、雪雁脸都唬黄了。

两个旁边守着，黛玉便昏昏躺下。紫鹃看着不好，连忙努嘴叫雪雁叫人去。

雪雁才出屋门，只见翠缕、翠墨两个人笑嘻嘻的走来。翠缕便道：“林姑娘怎么这早晚还不出门？我们姑娘和三姑娘都在四姑娘屋里讲究四姑娘画的那张园子景儿呢。”雪雁连忙摆手儿，翠缕、翠墨二人倒都吓了一跳，说：“这是什么原故？”雪雁将方才的事，一一告诉他二人。二人都吐了吐舌头儿说：“这可不是玩的！你们怎么不告诉老太太去？这还了得！你们怎么这么糊涂。”雪雁道：“我这里才要去，你们就来了。”正说着，只听紫鹃叫道：“谁在外头说话？姑娘问呢。”三个人连忙一齐进来。翠缕、翠墨见黛玉盖着被躺在床上，见了他二人便说道：“谁告诉你们了？你们这样大惊小怪的。”翠墨道：“我们姑娘和云姑娘才都在四姑娘屋里讲究四姑娘画的那张园子图儿，叫我们来请姑娘来，不知姑娘身上又欠安了。”黛玉道：“也不是什么大病，不过觉得身子略软些，躺躺儿就起来了。你们回去告诉三姑娘和云姑娘，饭后若无事，倒是请他们来这里坐坐罢。宝二爷没到你们那边去？”二人答道：“没有。”翠墨又道：“宝二爷这两天上了学了，老爷天天要查功课，那里还能像从前那么乱跑呢。”黛玉听了，默然不言。二人又略站了一回，都悄悄的退出来了。

且说探春、湘云正在惜春那边论评惜春所画《大观园图》，说这个多一点，那个少一点，这个太疏，那个太密。大家又议着题诗，着人去请黛玉商议。正说着，忽见翠缕、翠墨二人回来，神色匆忙。湘云便先问道：“林姑娘怎么不来？”翠缕道：“林姑娘昨日夜里又犯了病了，咳嗽了一夜。我们听见雪雁说，吐了一盒子痰血。”探春听了诧异道：“这话真么？”翠缕道：“怎么不真。”翠墨道：“我们刚才进去瞧了瞧，颜色不成颜色，说话儿的气力儿都微了。”湘云道：“不好的这么着，怎么还能说话呢。”探春道：“怎么你这么糊涂，不能说话不是已经……”说到这里却咽住了。惜春道：“林姐姐那样一个聪明人，我看他总有些瞧不破，一点儿半点儿都要认起真来。天下事那里有多少真的呢。”探春道：“既这么着，咱们都过去看看。倘若病的利害，咱们好过去告诉大嫂子回老太太，传大夫进来瞧瞧，也得个主意。”湘云道：“正是这样。”惜春道：“姐姐们先去，我回来再过去。”

于是探春、湘云扶了小丫头，都到潇湘馆来。进入房中，黛玉见他二人，不免又伤起心来。因又转念想起梦中，连老太太尚且如此，何况他们？况且我不请他们，他们还不来呢。心里虽是如此，脸上却碍不过去，只得勉强令紫鹃扶起，口中让坐。探春、湘云都坐在床沿上，一头一个。看了黛玉这般光景，也自伤感。探春便道："姐姐怎么身上又不舒服了？"黛玉道："也没什么要紧，只是身子软得很。"

紫鹃在黛玉身后偷偷的用手指那痰盒儿。湘云到底年轻，性情又兼直爽，伸手便把痰盒拿起来看。不看则已，看了唬的惊疑不止，说："这是姐姐吐的？这还了得！"初时黛玉昏昏沉沉，吐了也没细看，此时见湘云这么说，回头看时，自己早已灰了一半。探春见湘云冒失，连忙解说道："这不过是肺火上炎[①]，带出一半点来，也是常事。偏是云丫头，不拘什么，就这样蝎蝎螫螫的！"湘云红了脸，自悔失言。

探春见黛玉精神短少，似有烦倦之意，连忙起身说道："姐姐静静的养养神罢，我们回来再瞧你。"黛玉道："累你二位惦着。"探春又嘱咐紫鹃好生留神服侍姑娘，紫鹃答应着。探春才要走，只听外面一个人嚷起来。未知是谁，下回分解。

---

① 肺火上炎——中医用语。指因阴虚而致内火上升，损伤肺中血络，故易咳血或咯血，常见于肺炎、肺结核等症。

第八十三回

省宫闱贾元妃染恙　闹闺阃薛宝钗吞声

话说探春、湘云才要走时，忽听外面一个人嚷道："你这不成人的小蹄子！你是个什么东西，来这园子里头混搅！"黛玉听了，大叫一声道："这里住不得了。"一手指着窗外，两眼反插上去，哭的过去了。紫鹃只是哭叫："姑娘怎么样了，快醒转来罢。"探春也叫了一回。半晌，黛玉回过这口气，还说不出话来，那只手仍向窗外指着。

探春会意，开门出去，看见老婆子手中拿着拐棍赶着一个不干不净的毛丫头道："我是为照管这园中的花果树木来到这里，你做什么来了！等我家去打你一个知道。"这丫头扭着头，把一个指头探在嘴里，瞅着老婆子笑。探春骂道："你们这些人如今越发没了王法了，这里是你骂人的地方儿吗！"老婆子见是探春，连忙陪着笑脸儿说道："刚才是我的外孙女儿，看见我来了，他就跟了来。我怕他闹，所以才吆喝他回去，那里敢在这里骂人呢。"探春道："不用多说了，快给我都出去。这里林姑娘身上不大好，还不快去么！"老婆子答应了几个"是"，说着一扭身去了，那头也就跑了。

探春回来，看见湘云拉着黛玉的手只管哭，紫鹃一手抱着黛玉，一手给黛玉揉胸口，黛玉的眼睛方渐渐的转过来了。探春笑道："想是听见老婆子的话，你疑了心了么？"黛玉只摇摇头儿。探春道："他是骂他外孙女儿，我才刚也听见了。这种东西说话再没有一点道理的，他们懂得什么避讳。”黛玉听了点点头儿，拉着探春的手道：“妹妹……”叫了一声，又不言语了。探春又道：“你别心烦。我来看你是姊妹们应该的，你又少人服侍。只要你安心肯吃药，心上把喜欢事儿想想，能够一天一天的硬朗起来，大家依旧结社做诗，岂不好呢。”

湘云道：“可是三姐姐说的，那么着不乐？”黛玉哽咽道：“你们只顾要我喜欢，可怜我那里赶得上这日子，只怕不能够了！”探春道：“你这话说的太过了。谁没个病儿灾儿的，那里就想到这里来了。你好生歇歇儿罢，我们到老太太那边，回来再看你。你要什么东西，只管叫紫鹃告诉我。”黛玉流泪道：“好妹妹，你到老太太那里只说我请安，身上略有点不好，不是什么大病，也不用老太太烦心的。”探春答应道：“我知道，你只管养着罢。”说着，才同湘云出去了。

这里紫鹃扶着黛玉躺在床上，地下诸事，自有雪雁照料，自己只守着旁边，看着黛玉，又是心酸，又不敢哭泣。那黛玉闭着眼躺了半晌，那里睡得着？觉得园里头平日只见寂寞，如今躺在床上，偏听得风声，虫鸣声，鸟语声，人走的脚步声，又像远远的孩子们啼哭声，一阵一阵的聒噪的烦躁起来，因叫紫鹃放下帐子来。雪雁捧了一碗燕窝汤递与紫鹃，紫鹃隔着帐子轻轻问道：“姑娘喝一口汤罢？”黛玉微微应了一声。紫鹃复将汤递给雪雁，自己上来搀扶黛玉坐起，然后接过汤来，搁在唇边试了一试，一手搂着黛玉肩臂，一手端着汤送到唇边。黛玉微微睁眼喝了两三口，便摇摇头儿不喝了。紫鹃仍将碗递给雪雁，轻轻扶黛玉睡下。

静了一时，略觉安顿。只听窗外悄悄问道：“紫鹃妹妹在家么？”雪雁连忙出来，见是袭人，因悄悄说道：“姐姐屋里坐。”袭人也便悄悄问道：“姑娘怎么着？”一面走，一面雪雁告诉夜间及方才之事。袭人听了这话，也唬怔了，因说道：“怪道刚才翠缕到我们那边，说你们姑娘病了，唬的宝二爷连忙打发我来看看是怎么样。”

正说着，只见紫鹃从里间掀起帘子望外看，见袭人，点头儿叫他。袭人轻轻走过来问道：“姑娘睡着了吗？”紫鹃点点头儿，问道：“姐姐才听见说了？”袭人也点点头儿，蹙着眉道：“终久怎么样好呢！那一位昨夜也把我唬了个半死儿。”紫鹃忙问怎么了，袭人道：“昨日晚上睡觉还是好好儿的，谁知半夜里一叠连声的嚷起心疼来，嘴里胡说白道，只说好像刀子割了去的似的。直闹到打亮梆子[①]以后才好些了，你说唬人不唬人？今日不能上学，还要请大夫来吃药呢。”

正说着，只听黛玉在帐子里又咳嗽起来。紫鹃连忙过来捧痰盒儿接痰。黛玉微微睁眼问道：“你和谁说话呢？”紫鹃道：“袭人姐姐来瞧姑娘来了。”说着，袭人已走到床前。黛玉命紫鹃扶起，一手指着床边，让袭人坐下。袭人侧身坐了，连忙陪着笑劝道：“姑娘倒还是躺着罢。”黛玉道：“不妨，你们快别这样大惊小怪的。刚才是说谁半夜里心疼起来？”袭人道：“是宝二爷偶然魇住了，不是认真怎么样。”

黛玉会意，知道是袭人怕自己又悬心的原故，又感激，又伤心。因趁势问道：“既是魇住了，不听见他还说什么？”袭人道：“也没说什么。”黛玉点点头儿，迟了半日，叹了一声，才说道：“你们别告诉宝二爷说我不好，看耽搁了他的工夫，又叫老爷生气。”袭人答应了，又劝道：“姑娘还是躺躺歇歇罢。”黛玉点头，命紫鹃扶着歪下。袭人不免坐在旁边，又宽慰了几句，然后告辞，回到怡红院，只说黛玉身上略觉不受用，也没什么大病。宝玉才放了心。

且说探春、湘云出了潇湘馆，一路往贾母这边来。探春因嘱咐湘云道：“妹妹，回来见了老太太，别像刚才那样冒冒失失的了。”湘云点头笑道：“知道了，我头里是叫他唬的忘了神了。”说着，已到贾母那边，探春因提起黛玉的病来。贾母听了自是心烦，因说道：“偏是这两个玉儿多病多灾的。林丫头一来二去的大了，他这个身子也要紧。我看那孩子太是个心细。”众人也不敢答言。贾母便向鸳鸯道：“你告诉他们，明儿大夫来瞧了宝玉，就叫他到林姑娘那屋里去。”鸳鸯答应着，出来告诉了婆子们，婆子们自去传话。这里探春、湘云就跟着贾母吃了晚饭，然后同回园中去。不提。

到了次日，大夫来了，瞧了宝玉，不过说饮食不调，着了点儿风邪，没大要紧，疏散疏散就好了。这里王夫人、凤姐等一面遣人拿了方子回贾母，一面使人到潇湘馆告诉说大夫就过来。紫鹃答应了，连忙给黛玉盖好被窝，放下帐子。雪雁赶着收拾房里的东西。一时贾琏陪着大

① 亮梆子——旧时巡夜人在天快亮时所打的末次梆子。梆子：打更的响器，用竹或木制成。

夫进来了，便说道："这位老爷是常来的，姑娘们不用回避。"老婆子打起帘子，贾琏让着进入房中坐下。贾琏道："紫鹃姐姐，你先把姑娘的病势向王老爷说说。"王大夫道："且慢说。等我诊了脉，听我说了看是对不对，若有不合的地方，姑娘们再告诉我。"紫鹃便向帐中扶出黛玉的一只手来，搁在迎手上。紫鹃又把镯子连袖子轻轻的撸起，不叫压住了脉息。

那王大夫诊了好一回儿，又换那只手也诊了，便同贾琏出来，到外间屋里坐下，说道："六脉皆弦，因平日郁结所致。"说着，紫鹃也出来站在里间门口。那王大夫便向紫鹃道："这病时常应得头晕，减饮食，多梦，每到五更，必醒个几次。即日间听见不干自己的事，也必要动气，且多疑多惧。不知者疑为性情乖诞，其实因肝阴亏损，心气衰耗，都是这个病在那里作怪。不知是否？"紫鹃点点头儿，向贾琏道："说的很是。"王太医道："既这样就是了。"说毕起身，同贾琏往外书房去开方子。

小厮们早已预备下一张梅红单帖，王太医吃了茶，因提笔先写道：

> 六脉弦迟，素由积郁。左寸无力，心气已衰。关脉独洪，肝邪偏旺。木气不能疏达，势必上侵脾土，饮食无味，甚至胜所不胜，肺金定受其殃。气不流精，凝而为痰；血随气涌，自然咳吐。理宜疏肝保肺，涵养心脾。虽有补剂，未可骤施。姑拟'黑逍遥'以开其先，复用'归肺固金'以继其后。不揣固陋，俟高明裁服。

又将七味药与引子写了。贾琏拿来看时，问道："血势上冲，柴胡使得么？"王大夫笑道："二爷但知柴胡是升提之品，为吐衄所忌。岂知用鳖血拌炒，非柴胡不足宣少阳甲胆之气。以鳖血制之，使其不致升提，且能培养肝阴，制遏邪火。所以《内经》说：'通因通用，塞因塞用。'柴胡用鳖血拌炒，正是'假周勃以安刘'的法子。"贾琏点头道："原来是这么着，这就是了。"王大夫又道："先请服两剂，再加减或再换方子罢。我还有一点儿小事，不能久坐，容日再来请安。"说着，贾琏送了出来，说道："舍弟的药就是那么着了？"王大夫道："宝二爷倒没什么大病，大约再吃一剂就好了。"说着，上车而去。

这里贾琏一面叫人抓药，一面回到房中告诉凤姐黛玉的病原与大夫用的药，述了一遍。只见周瑞家的走来回了几件没要紧的事，贾琏听到一半，便说道：“你回二奶奶罢，我还有事呢。”说着就走了。

周瑞家的回完了这件事，又说道：“我方才到林姑娘那边，看他那个病，竟是不好呢。脸上一点儿血色也没有，摸了摸身上，只剩得一把骨头。问问他，也没有话说，只是淌眼泪。回来紫鹃告诉我说：‘姑娘现在病着，要什么自己又不肯要，我打算要问二奶奶那里支用一两个月的月钱。如今吃药虽是公中的，零用也得几个钱。’我答应了他，替他来回奶奶。”凤姐低了半日头，说道：“竟这么着罢：我送他几两银子使罢，也不用告诉林姑娘。这月钱却是不好支的，一个人开了例，要是都支起来，那如何使得呢？你不记得赵姨娘和三姑娘拌嘴了，也无非为的是月钱。况且近来你也知道，出去的多，进来的少，总绕不过弯儿来。不知道的，还说我打算的不好；更有那一种嚼舌根的，说我搬运到娘家去了。周嫂子，你倒是那里经手的人，这个自然还知道些。”

周瑞家的道：“真正委屈死人！这样大门头儿，除了奶奶这样心计儿当家罢了。别说是女人当不来，就是三头六臂的男人，还撑不住呢。还说这些个混账话。”说着，又笑了一声，道：“奶奶还没听见呢，外头的人还更糊涂呢。前儿周瑞回家来，说起外头的人打谅着咱们府里不知怎么样有钱呢。也有说‘贾府里的银库几间，金库几间，使的家伙都是金子镶了玉石嵌了的。’也有说‘姑娘做了王妃，自然皇上家的东西分的了一半子给娘家。前儿贵妃娘娘省亲回来，我们还亲见他带了几车金银回来，所以家里收拾摆设的水晶宫似的。那日在庙里还愿，花了几万银子，只算得牛身上拔了一根毛罢咧。’有人还说‘他门前的狮子只怕还是玉石的呢。园子里还有金麒麟，叫人偷了一个去，如今剩下一个了。家里的奶奶、姑娘不用说，就是屋里使唤的姑娘们，也是一点儿不动，喝酒下棋，弹琴画画，横竖有服侍的人呢。单管穿罗罩纱，吃的戴的，都是人家不认得的。那些哥儿姐儿们更不用说了，要天上的月亮，也有人去拿下来给他玩。’还有歌儿呢，说是‘宁国府，荣国府，金银财宝如粪土。吃不穷，穿不穷，算来……’”说到这里，猛然咽住。

原来那时歌儿说道是“算来总是一场空”。这周瑞家的说溜了嘴，说到这里，忽然想起这话不好，因咽住了。凤姐听了，已明白必是句不

好的话了。也不便追问，因说道："那都没要紧。只是这金麒麟的话从何而来？"周瑞家的笑道："就是那庙里的老道士送给宝二爷的小金麒麟儿。后来丢了几天，亏了史姑娘拣着还了他，外头就造出这个谣言来了。奶奶说这些人可笑不可笑？"凤姐道："这些话倒不是可笑，倒是可怕的。咱们一日难似一日，外面还是这么讲究。俗语儿说的，'人怕出名猪怕壮'，况且又是个虚名儿，终久还不知怎么样呢。"周瑞家的道："奶奶虑的也是。只是满城里茶坊酒铺儿以及各胡同儿都是这样说，并且不是一年了，那里握的住众人的嘴？"

凤姐点点头儿，因叫平儿称了几两银子，递给周瑞家的，道："你先拿去交给紫鹃，只说我给他添补买东西的。若要官中的，只管要去，别提这月钱的话。他也是个伶透人，自然明白我的话。我得了空儿，就去瞧姑娘去。"周瑞家的接了银子，答应着自去。不提。

且说贾琏走到外面，只见一个小厮迎上来回道："大老爷叫二爷说话呢。"贾琏急忙过来，见了贾赦。贾赦道："方才风闻宫里头传了一个太医院御医、两个吏目[①]去看病，想来不是宫女儿下人了。这几天娘娘宫里有什么信儿没有？"贾琏道："没有。"贾赦道："你去问问二老爷和你珍大哥。不然，还该叫人去到太医院里打听打听才是。"贾琏答应了，一面吩咐人往太医院去，一面连忙去见贾政、贾珍。贾政听了这话，因问道："是那里来的风声？"贾琏道："是大老爷才说的。"贾政道："你索性和你珍大哥到里头打听打听。"贾琏道："我已经打发人往太医院打听去了。"一面说着，一面退出来，去找贾珍。只见贾珍迎面来了，贾琏忙告诉贾珍。贾珍道："我也为听见这话，来回大老爷二老爷去的。"于是两个人同着来见贾政。贾政道："如系元妃，少不得终有信的。"说着，贾赦也过来了。

到了晌午，打听的尚未回来。门上人进来，回说："有两个内相在外要见二位老爷呢。"贾赦道："请进来。"门上的人领了老公[②]进来。贾赦、贾政迎至二门外，先请了娘娘的安，一面同着进来，走至厅

① 吏目——这里指太医院吏目，八品或九品官职，在御医之下，医士之上。宋代称太医局教授，元代称太医院经历和都事，明清称太医院吏目。

② 老公——老公公，即太监。

上让了坐。老公道："前日这里贵妃娘娘有些欠安。昨日奉过旨意，宣召亲丁四人进里头探问。许各带丫头一人，余皆不用。亲丁男人只许在宫门外递个职名，请安听信，不得擅入。准于明日辰巳时进去，申酉时出来。"贾政、贾赦等站着听了旨意，复又坐下，让老公吃茶毕，老公辞了出去。

贾赦、贾政送出大门，回来先禀贾母。贾母道："亲丁四人，自然是我和你们两位太太了。那一个人呢？"众人也不敢答言，贾母想了想，道："必得是凤姐，他诸事有照应。你们爷儿们各自商量去罢。"贾赦、贾政答应了出来，因派了贾琏、贾蓉看家外，凡文字辈至草字辈一应都去。遂吩咐家人预备四乘绿轿，十余辆大车，明儿黎明伺候。家人答应去了。贾赦、贾政又进去回明老太太，辰巳时进去，申酉时出来，今日早些歇歇，明日好早些起来收拾进宫。贾母道："我知道，你们去罢。"赦政等退出。这里邢夫人、王夫人、凤姐也都说了一会子元妃的病，又说了些闲话，才各自散了。

次日黎明，各间屋子丫头们将灯火俱已点齐，太太们各梳洗毕，爷们亦各整顿好了。一到卯初，林之孝和赖大进来，至二门口回道："轿车俱已齐备，在门外伺候着呢。"不一时，贾赦、邢夫人也过来了。大家用了早饭。凤姐先扶老太太出来，众人围随，各带使女一人，缓缓前行。又命李贵等二人先骑马去外宫门接应，自己家眷随后。文字辈至草字辈各自登车骑马，跟着众家人，一齐去了。贾琏、贾蓉在家中看家。

且说贾家的车辆轿马俱在外西垣门口歇下等着。一回儿，有两个内监出来说："贾府省亲的太太、奶奶们，着令入宫探问；爷们俱着令内宫门外请安，不得入见。"门上人叫快进去。贾府中四乘轿子跟着小内监前行，贾家爷们在轿后步行跟着，令众家人在外等候。走近宫门口，只见几个老公在门上坐着。见他们来了，便站起来说道："贾府爷们至此。"贾赦、贾政便捱次立定。

轿子抬至宫门口，便都出了轿。早有几个小内监引路，贾母等各有丫头扶着步行。至元妃寝宫，只见奎壁[①]辉煌，琉璃照耀。又有两个小

① 奎壁——原为二十八宿中的奎宿与壁宿的并称。旧谓二星主文运，以"奎"喻皇帝，以"壁"喻仙女。此处喻皇帝与元妃如同天上的奎、壁二星宿一样辉煌。

宫女儿传谕道："只用请安，一概仪注都免。"贾母等谢了恩，来至床前请安毕，元妃都赐了坐。贾母等又告了坐。元妃便向贾母道："近日身上可好？"贾母扶着小丫头，颤颤巍巍站起来，答应道："托娘娘洪福，起居尚健。"元妃又向邢夫人、王夫人问了好，邢、王二夫人站着回了话。元妃又问凤姐家中过的日子若何，凤姐站起来回奏道："尚可支持。"元妃道："这几年来难为你操心。"凤姐正要站起来回奏，只见一个宫女传进许多职名，请娘娘龙目[①]。元妃看时，就是贾赦、贾政等若干人。那元妃看了职名，眼圈一红，止不住流下泪来。宫女儿递过绢子，元妃一面拭泪，一面传谕道："今日稍安，令他们外面暂歇。"贾母等站起来，又谢了恩。元妃含泪道："父女弟兄，反不如小家子得以常常亲近。"贾母等都忍着泪道："娘娘不用悲伤，家中已托着娘娘的福多了。"元妃又问："宝玉近来若何？"贾母道："近来颇肯念书。因他父亲逼得严紧，如今文字也都做上来了。"元妃道："这样才好。"遂命外宫赐宴，便有两个宫女儿、四个小太监引了到一座宫里，已摆得齐整，各按坐次坐了。不必细述。

一时吃完了饭，贾母带着他婆媳三人谢过宴，又耽搁了一回，看看已近酉初，不敢羁留，俱各辞了出来。元妃命宫女儿引道，送至内宫门，门外仍是四个小太监送出。贾母等依旧坐着轿子出来，贾赦等接着，大伙儿一齐回去。到家又要安排明后日进宫，仍令照应齐集。不题。

且说薛家夏金桂赶了薛蟠出去，日间拌嘴没有对头，秋菱又住在宝钗那边去了，只剩得宝蟾一人同住。既给与薛蟠作妾，宝蟾的意气又不比从前了。金桂看去更是一个对头，自己也后悔不来。

一日，吃了几杯闷酒，躺在炕上，便要借那宝蟾做个醒酒汤儿，因问着宝蟾道："大爷前日出门，到底是到那里去？你自然是知道的了。"宝蟾道："我那里知道。他在奶奶跟前还不说，谁知道他那些事？"金桂冷笑道："如今还有什么奶奶、太太的，都是你们的世界了。别人是惹不得的，有人护庇着，我也不敢去虎头上捉虱子。你还是

---

① 龙目——封建时代以龙作为帝王的象征，谓帝王之眼为龙目，后亦常用及后妃。目：这里作动词用，犹言看。

我的丫头，问你一句话，你就和我摔脸子，说话。你既这么有势力，为什么不把我勒死了，你和秋菱不拘谁做了奶奶，那不清净了么！偏我又不死，碍着你们的道儿。”

宝蟾听了这话，那里受得住，便眼睛直直的瞅着金桂道：“奶奶这些闲话只好说给别人听去！我并没和奶奶说什么。奶奶不敢惹人家，何苦来拿着我们小软儿[1]出气呢。正经的，奶奶又装不听见，‘没事人一大堆’了。”说着，便哭天哭地起来。金桂越发性起，便爬下炕来，要打宝蟾。宝蟾也是夏家的风气，半点儿不让。金桂将桌椅杯盏，尽行打翻，那宝蟾只管喊冤叫屈，那里理会他半点儿。

岂知薛姨妈在宝钗房中听见如此吵嚷，叫香菱：“你去瞧瞧，且劝劝他。”宝钗道：“使不得，妈妈别叫他去。他去了岂能劝他，那更是火上浇了油了。”薛姨妈道：“既这么样，我自己过去。”宝钗道：“依我说妈妈也不用去，由着他们闹去罢。这也是没法儿的事了。”薛姨妈道：“这那里还了得！”说着，自己扶了丫头，往金桂这边来。宝钗只得也跟着过去，又嘱咐香菱道：“你在这里罢。”

母女同至金桂房门口，听见里头正还嚷哭不止。薛姨妈道：“你们是怎么着，又这样家翻宅乱起来，这还像个人家儿吗！矮墙浅屋的，难道都不怕亲戚们听见笑话了么？”金桂屋里接声道：“我倒怕人笑话呢！只是这里扫帚颠倒竖，也没有主子，也没有奴才，也没有妻，没有妾，是个混账世界了。我们夏家门子里没见过这样规矩，实在受不得你们家这样委屈了！”

宝钗道：“大嫂子，妈妈因听见闹得慌，才过来的。就是问的急了些，没有分清‘奶奶’‘宝蟾’两字，也没有什么。如今且先把事情说开，大家和和气气的过日子，也省的妈妈天天为咱们操心。”那薛姨妈道：“是啊，先把事情说开了，你再问我的不是还不迟呢。”金桂道：“好姑娘，好姑娘，你是个大贤大德的。你日后必定有个好人家，好女婿，决不像我这样守活寡，举眼无亲，叫人家骑上头来欺负的。我是个没心眼儿的人，只求姑娘，我说话别往死里挑拣！我从小儿到如今，没有爹娘教导。再者我们屋里老婆、汉子、大女人、小女人的事，姑娘也

① 小软儿——软弱可欺的人。

管不得！”

宝钗听了这话，又是羞，又是气；见他母亲这样光景，又是疼不过。因忍了气说道：“大嫂子，我劝你少说句儿罢。谁挑捡你？又是谁欺负你？不要说是嫂子，就是秋菱，我也从来没有加他一点儿声气儿的。”金桂听了这几句话，更加拍着炕沿大哭起来，说：“我那里比得秋菱，连他脚底下的泥我还跟不上呢！他是来久了的，知道姑娘的心事，又会献勤儿；我是新来的，又不会献勤儿，如何拿我比他，何苦来。天下有几个都是贵妃的命，行点好儿罢！别修的像我嫁个糊涂行子守活寡，那就是活活儿的现了眼了！”薛姨妈听到那里，万分气不过，便站起身来道：“不是我护着自己的女孩儿，他句句劝你，你却句句怄他。你有什么过不去，不要寻他，勒死我倒也是希松的。”宝钗忙劝道：“妈妈，你老人家不用动气。咱们既来劝他，自己生气，倒多了层气。不如且出去，等嫂子歇歇儿再说。”因吩咐宝蟾道：“你可别再多嘴了。”跟了薛姨妈出得房来。

走过院子里，只见贾母身边的丫头同着秋菱迎面走来。薛姨妈道：“你从那里来，老太太身上可安？”那丫头道：“老太太身上好，叫来请姨太太安，还谢谢前儿的荔枝，还给琴姑娘道喜。”宝钗道：“你多早晚来的？”那丫头道：“来了好一会子了。”薛姨妈料他知道，红着脸说道：“这如今我们家里闹得也不像个过日子的人家了，叫你们那边听见笑话。”丫头道：“姨太太说那里的话，谁家没个碟大碗小磕着碰着的呢。那是姨太太多心罢咧。”说着，跟了回到薛姨妈房中，略坐了一回就去了。

宝钗正嘱咐香菱些话，只听薛姨妈忽然叫道：“左肋疼痛的很。”说着，便向炕上躺下，唬得宝钗、香菱二人手足无措。要知后事如何，下回分解。

第八十四回

试文字宝玉始提亲　探惊风贾环重结怨

却说薛姨妈一时因被金桂这场气怄得肝气上逆，左肋作痛。宝钗明知是这个原故，也等不及医生来看，先叫人去买了几钱钩藤①来，浓浓地煎了一碗，给他母亲吃了。又和秋菱给薛姨妈捶腿揉胸，停了一会儿，略觉安顿。

薛姨妈只是又悲又气，气的是金桂撒泼，悲的是宝钗有涵养，倒觉可怜。宝钗又劝了一回，不知不觉的睡了一觉，肝气也渐渐平复了。宝钗便说道："妈妈，你这种闲气不要放在心上才好。过几天走的动了，乐得往那边老太太姨妈处去说说话儿，散散闷也好。家里横竖有我和秋菱照看着，谅他也不敢怎么样。"薛姨妈点点头道："过两日看罢了。"

且说元妃疾愈之后，家中俱各喜欢。过了几日，有几个老公走来，带着东西银两，宣贵妃娘娘之命，因家中省问勤劳，俱有赏赐。把物件银两一一交代清楚。贾赦、贾政等禀明了贾母，一齐谢恩毕，太监吃了茶去了。大家回到贾母房中，说笑了一回。外面老婆子传进来说："小厮们来回道，那边有人请大老爷说要紧的话呢。"贾母便向贾赦道：

① 钩藤——茜草科，常绿攀缘状灌木，通常在叶腋处生有由花序柄变成的弯钩两枚，故名。中医以带钩的茎枝入药，有清热平肝、熄风定惊等功效。

“你去罢。”贾赦答应着，退出来自去了。

这里贾母忽然想起，和贾政笑道：“娘娘心里却甚实惦记着宝玉，前儿还特特的问他来着呢。”贾政陪笑道：“只是宝玉不大肯念书，辜负了娘娘的美意。”贾母道：“我倒给他上了个好儿，说他近日文章都做上来了。”贾政笑道：“那里能像老太太的话呢。”贾母道：“你们时常叫他出去作诗作文，难道他都没作上来么？小孩子家慢慢的教导他，可是人家说的，‘胖子也不是一口儿吃的’。”贾政听了这话，忙陪笑道：“老太太说的是。”

贾母又道：“提起宝玉，我还有一件事和你商量。如今他也大了，你们也该留神看一个好孩子给他定下。这也是他终身的大事。也别论远近亲戚，什么穷啊富的，只要深知那姑娘的脾性儿好模样儿周正的就好。”贾政道：“老太太吩咐的很是。但只一件，姑娘也要好，第一要他自己学好才好，不然不稂不莠[①]的，反倒耽误了人家的女孩儿，岂不可惜！”贾母听了这话，心里却有些不喜欢，便说道：“论起来，现放着你们作父母的，那里用我去张心。但只我想宝玉这孩子从小儿跟着我，未免我多疼他一点儿，耽误了他成人的正事也是有的。只是我看他那生来的模样儿也还齐整，心性儿也还实在，未必一定是那种没出息的，必至糟蹋了人家的女孩儿。也不知是我偏心，我看着横竖比环儿略好些，不知你们看着怎么样？”

几句话说得贾政心中甚实不安，连忙陪笑道：“老太太看的人也多了，既说他好有造化的，想来是不错的。只是儿子望他成人性儿太急一点，或者竟和古人的话相反，倒是‘莫知其子之美[②]’了。”一句话把贾母也怄笑了，众人也都陪着笑了。贾母因说道：“你这会子也有了几岁年纪，又居着官，自然越历练越老成。”说到这里，回头瞅着邢夫人和王夫人笑道：“想他那年轻的时候，那一种古怪脾气，比宝玉还加一

① 不稂不莠——稂：又名童粱，仅生穗不结实的禾谷；一说即狼尾草。莠：又叫莠子，一种茎叶穗皆似粟的草，俗称狗尾草。不稂不莠，原谓庄稼长得好，既无童粱，又无莠子。元、明以后，比喻人之不成材有“不郎不秀”一语。后人遂渐将“不稂不莠”混同为“不郎不秀”，以喻人之不成材、没出息。

② 莫知其子之美——意谓父母因偏爱自己的孩子而看不到他的缺点。这里贾政有意改“恶”字为“美”，意在讨贾母喜欢。

倍呢。直等娶了媳妇，才略略的懂了些人事儿。如今只抱怨宝玉，这会子我看宝玉比他还略体些人情儿呢。”说的邢夫人、王夫人都笑了。因说道：“老太太又说起逗笑儿的话儿来了。”

说着，小丫头子们进来告诉鸳鸯：“请示老太太，晚饭伺候下了。”贾母便问：“你们又咕咕唧唧的说什么？”鸳鸯笑着回明了。贾母道：“那么着，你们也都吃饭去罢，单留凤姐和珍哥媳妇跟着我吃罢。”贾政及邢、王二夫人都答应着，伺候摆上饭来，贾母又催了一遍，才都退出各散。

却说邢夫人自去了。贾政同王夫人进入房中。贾政因提起贾母方才的话来，说道：“老太太这样疼宝玉，毕竟要他有些实学，日后可以混得功名，才好不枉老太太疼他一场，也不至糟蹋了人家的女儿。”王夫人道：“老爷这话自然是该当的。”贾政因着个屋里的丫头传出去告诉李贵：“宝玉放学回来，索性吃饭后再叫他过来，说我还要问他话呢。”李贵答应了“是”。至宝玉放了学刚要过来请安，只见李贵道：“二爷先不用过去。老爷吩咐了，今日叫二爷吃了饭再过去呢。听见还有话问二爷呢。”宝玉听了这话，又是一个闷雷。只得见过贾母，便回园吃饭。三口两口吃完，忙漱了口，便往贾政这边来。

贾政此时在内书房坐着，宝玉进来请了安，一旁侍立。贾政问道：“这几日我心上有事，也忘了问你。那一日你说你师父叫你讲一个月的书就要给你开笔[①]，如今算来将两个月了，你到底开了笔了没有？”宝玉道：“才做过三次。师父说且不必回老爷知道，等好些再回老爷知道罢。因此这两天总没敢回。”贾政道：“是什么题目？”宝玉道：“一个是《吾十有五而志于学[②]》，一个是《人不知而不愠[③]》，一个是《则归墨[④]》三字。”贾政道：“都有稿儿么？”宝玉道：“都是作了抄出来师父又改的。”贾政道：“你带了家来了还是在学房里呢？”

---

① 开笔——旧时称学童开始作文为开笔，也叫试笔。

② 吾十有五而志于学——这是孔子老年时回顾自身经历所说的话，说他在十五岁就立志学习。

③ 人不知而不愠——人家不了解我，我也不怨恨。愠：怨，愤恨。

④ 则归墨——意谓人们的言论主张，不是属于杨朱一派，就是属于墨翟一派。杨朱、墨翟：战国时期的思想家，皆创立了自己的学派。

宝玉道："在学房里呢。"贾政道："叫人取了来我瞧。"宝玉连忙叫人传话与茗烟：'叫他往学房中去，我书桌子抽屉里有一本薄薄儿竹纸本子，上面写着'窗课[①]'两字的就是，快拿来！"

一回儿茗烟拿了来递给宝玉，宝玉呈与贾政。贾政翻开看时，见头一篇写着题目是《吾十有五而志于学》。他原本破的"圣人有志于学，幼而已然矣。"代儒却将幼字抹去，明用"十五"。贾政道："你原本'幼'字便扣不清题目了。'幼'字是从小起至十六以前都是'幼'。这章书是圣人自言学问工夫与年俱进的话，所以十五、三十、四十、五十、六十、七十俱要明点出来，才见得到了几时有这么个光景，到了几时又有那么个光景。师父把你'幼'字改了'十五'，便明白了好些。"看到承题[②]，那抹去的原本云："夫不志于学，人之常也。"贾政摇头道："不但是孩子气，可见你本性不是个学者的志气。"又看后句"圣人十五而志之，不亦难乎"，说道："这更不成话了。"然后看代儒的改本云："夫人孰不学，而志于学者卒鲜。此圣人所为自信于十五时欤。"便问："改的懂得么？"宝玉答应道："懂得。"

又看第二艺[③]，题目是《人不知而不愠》，便先看代儒的改本云："不以不知而愠者，终无改其说乐矣。"方觑着眼看那抹去的底本，说道："你是什么？——'能无愠人之心，纯乎学者也。'上一句似单做了'而不愠'三个字的题目，下一句又犯了下文君子的分界。必如改笔才合题位[④]呢。且下句找清上文，方是书理[⑤]。须要细心领略。"宝玉答应着。贾政又往下看，"夫不知，未有不愠者也；而竟不然。是非由说而乐者，曷克臻此。"原本末句"非纯学者乎"。贾政道："这也与破题同病的。这改的也罢了，不过清楚，还说得去。"

第三艺是《则归墨》，贾政看了题目，自己扬着头想了一想，因问

---

① 窗课——明清时读书人的作文本上常写有"窗课"二字，表示是八股文的习作。

② 破、承题——破：八股文起首两句须说破题目要义，称为破题。紧承破题申述题义的，叫"承题"。

③ 第二艺——第二篇、第二文。

④ 合题位——合乎文章的命题，犹今之所谓切题或扣题。

⑤ 书理——文理，文辞之义理和脉络。

宝玉道“你的书讲到这里了么？”宝玉道：“师父说，《孟子》好懂些，所以倒先讲《孟子》，大前日才讲完了。如今讲上《论语》呢。”贾政因看这个破承倒没大改。破题云：“言于舍杨之外，若别无所归者焉。”贾政道：“第二句倒难为你。”“夫墨，非欲归者也；而墨之言已半天下矣，则舍杨之外，欲不归于墨，得乎？”贾政道：“这是你做的么？”宝玉答应道：“是。”贾政点点头儿，因说道：“这也并没有什么出色处，但初试笔能如此，还算不离。前年我在任上时，还出过《惟士为能》[①]这个题目。那些童生都读过前人这篇，不能自出心裁，每多抄袭。你念过没有？”宝玉道：“也念过。”贾政道：“我要你另换个主意，不许雷同了前人，只做个破题也使得。”

宝玉只得答应着，低头搜索枯肠。贾政背着手，也在门口站着作想。只见一个小厮往外飞走，看见贾政，连忙侧身垂手站住。贾政便问道：“作什么？”小厮回道：“老太太那边姨太太来了，二奶奶传出话来，叫预备饭呢。”贾政听了，也没言语。那小厮自去了。

谁知宝玉自从宝钗搬回家去，十分想念，听见薛姨妈来了，只当宝钗同来，心中早已忙了，便乍着胆子回道：“破题倒作了一个，但不知是不是。”贾政道：“你念来我听。”宝玉道：“天下不皆士也，能无产者亦仅矣。”贾政听了，点着头道：“也还使得。以后作文，总要把界限分清，把神理想明白了再去动笔。你来的时候老太太知道不知道？”宝玉道：“知道的。”贾政道：“既如此，你还到老太太处去罢。”宝玉答应了个“是”，只得拿捏[②]着慢慢的退出，刚过穿廊月洞门的影屏，便一溜烟跑到老太太院门口。急得茗烟在后头赶着叫：“看跌倒了！老爷来了。”宝玉那里听得见。刚进得门来，便听见王夫人、凤姐、探春等笑语之声。

丫鬟们见宝玉来了，连忙打起帘子，悄悄告诉道：“姨太太在这里呢。”宝玉赶忙进来给薛姨妈请安，过来才给贾母请了晚安。贾母便问：“你今儿怎么这早晚才散学？”宝玉悉把贾政看文章并命作破题的

---

① 惟士为能——意谓无固定产业收入而有一定道德观念和行为准则的人，只有士人才能做到。

② 拿捏——装样子，故作恭谨。

话述了一遍。贾母笑容满面。宝玉因问众人道；“宝姐姐在那里坐着呢？”薛姨妈笑道：“你宝姐姐没过来，家里和香菱作活呢。”

宝玉听了，心中索然，又不好就走。只见说着话儿已摆上了饭来，自然是贾母、薛姨妈上坐，探春等陪坐。薛姨妈道：“宝哥儿呢？”贾母忙笑说道：“宝玉跟着我这边坐罢。”宝玉连忙回道：“头里散学时李贵传老爷的话，叫吃了饭过去。我赶着要了一碟菜，泡茶吃了一碗饭，就过去了。老太太和姨妈姐姐们用罢。”贾母道：“既这么着，凤丫头就过来跟着我。你太太才说他今儿吃斋，叫他们自己吃去罢。”王夫人也道：“你跟着老太太姨太太吃罢，不用等我，我吃斋呢。”于是凤姐告了坐，丫头安了杯箸，凤姐执壶斟了一巡，才归坐。

大家吃着酒，贾母便问道：“可是才姨太太提香菱，我听见前儿丫头们说‘秋菱’，不知是谁，问起来才知道是他。怎么那孩子好好的又改了名字呢？”薛姨妈满脸飞红，叹了口气道：“老太太再别提起。自从蟠儿娶了这个不知好歹的媳妇，成日家咕咕唧唧，如今闹的也不成个人家了。我也说过他几次，他牛心不听说，我也没那么大精神和他们尽着吵去，只好由他们去。可不是他嫌这个丫头的名儿不好改的。”贾母道：“名儿什么要紧的事呢。”薛姨妈道：“说起来我也怪臊的，其实老太太这边有什么不知道的。他那里是为这名儿不好，听见说他因为是宝丫头起的，他才有心要改。”贾母道：“这又是什么原故呢？”

薛姨妈把手绢子不住地擦眼泪，未曾说，又叹了一口气，道：“老太太还不知道呢，这如今媳妇子专和宝丫头怄气。前日老太太打发人来看我去，我们家里正闹呢。”贾母连忙接着问道：“可是前儿听见姨太太肝气疼，要打发人看去，后来听见说好了，所以没着人去。依我，劝姨太太竟把他们别放在心上。再者，他们也是新过门的小夫妻，过些时自然就好了。我看宝丫头性格儿温厚和平，虽然年轻，比大人还强几倍。前日那小丫头子回来说，我们这边还都赞叹了他一会子。都像宝丫头那样心胸脾气儿，真是百里挑一的。不是我说句冒失话，那给人家作了媳妇儿，怎么叫公婆不疼，家里上上下下的不宾服[①]呢。”

① 宾服——本指诸侯或边远部落按期向天子朝贡，表示归顺。这里是心悦诚服的意思。

宝玉头里已经听烦了，推故要走，及听见这话，又坐了呆呆的往下听。姨妈道："不中用。他虽好，到底是女孩儿家。养了蟠儿这个糊涂孩子，真真叫我不放心，只怕在外头喝点子酒，闹出事来。幸亏老太太这里的大爷二爷常和他一块儿，我还放点儿心。"宝玉听到这里，便接口道："薛姨妈更不用悬心。薛大哥相好的都是些正经买卖大客人，都是有体面的，那里就闹出事来。"薛姨妈笑道："依你这样说，我敢只不用操心了。"说话间，饭已吃完。宝玉先告辞了，晚间还要看书，便各自去了。

这里丫头们刚捧上茶来，只见琥珀走过来向贾母耳朵旁边说了几句，贾母便向凤姐道："你快去罢，瞧瞧巧姐儿去罢。"凤姐听了，还不知何故，大家也怔了。琥珀遂过来向凤姐道："刚才平儿打发小丫头子来回二奶奶，说巧姐儿身上不大好，请二奶奶忙着些过来才好呢。"贾母因说道："你快去罢，姨太太也不是外人。"凤姐连忙答应，在薛姨妈跟前告了辞。又见王夫人说道："你先过去，我就去。小孩子家魂儿还不全呢，别叫丫头们大惊小怪的，屋里的猫儿狗儿，也叫他们留点神儿。尽着孩子贵气，偏有这些琐碎。"凤姐答应了，然后带了小丫头回房去了。

这里薛姨妈又问了一回黛玉的病。贾母道："林丫头那孩子倒罢了，只是心重些，所以身子就不大很结实了。要赌灵性儿，也和宝丫头不差什么；要赌宽厚待人里头，却不济他宝姐姐有耽待、有尽让了。"薛姨妈又说了两句闲话儿，便道："老太太歇着罢。我也要到家里去看看，只剩下宝丫头和香菱了。打那么同着姨太太看看巧姐儿。"贾母道："正是。姨太太上年纪的人看看是怎么不好，说给他们，也得点儿主意。"薛姨妈便告辞，同着王夫人出来，往凤姐院里去了。

却说贾政试了宝玉一番，心里却也喜欢，走向外面和那些门客闲谈。说起方才的话来，便有新近到来最善大棋[①]的一个王尔调名作梅的说道："据我们看来，宝二爷的学问已是大进了。"贾政道："那有进益，不过略懂得些罢咧，'学问'两个字早得很呢。"詹光道："这是老世翁过谦的话。不但王大兄这般说，就是我们看，宝二爷必定要高发

① 大棋——即围棋。

的。”贾政笑道：“这也是诸位过爱的意思。”那王尔调又道：“晚生还有一句话，不揣冒昧，和老世翁商议。”贾政道：“什么事？”王尔调陪笑道：“也是晚生的相与，做过南韶道的张大老爷家有一位小姐，说是生得德容功貌[1]俱全，此时尚未受聘。他又没有儿子，家资巨万。但是要富贵双全的人家，女婿又要出众，才肯作亲。晚生来了两个月，瞧着宝二爷的人品学业，都是必要大成的。老世翁这样门楣还有何说。若晚生过去，包管一说就成。”贾政道：‘宝玉说亲却也是年纪了，并且老太太常说起。但只张大老爷素来尚未深悉。”詹光道：“王兄所提张家，晚生却也知道。况和大老爷那边是旧亲，老世翁一问便知。”

詹光

贾政想了一回，道：“大老爷那边不曾听得这门亲戚。”詹光道：“老世翁原来不知，这张府上原和邢舅太爷那边有亲的。”贾政听了，方知是邢夫人的亲戚。坐了一回，进来了，便要同王夫人说知，转问邢夫人去。谁知王夫人陪同了薛姨妈到凤姐那边看巧姐儿去了。那天已经掌灯时候，薛姨妈去了，王夫人才过来了。贾政告诉了王尔调和詹光的话，又问巧姐儿怎么了。王夫人道：“怕是惊风的光景。”贾政道：“不甚利害呀？”王夫人道：“看着是搐风的来头，只还没搐出来呢。”贾政听了，便不言语，各自安歇。一宿晚景不提。

却说次日邢夫人过贾母这边来请安，王夫人便提到张家的事，一面回贾母，一面问邢夫人。邢夫人道：“张家虽系老亲，但近年来久已不通音信，不知他家的姑娘是怎么样的。倒是前日孙亲家太太打发老婆子来问安，却说起张家的事，说他家有个姑娘，托孙亲家那边有对劲的提

---

① 德容功貌——本为德言功容，封建礼教规定妇女应具的四种德行，称为四德，又称四行。

一提。听见说只这一个女孩儿，十分娇养，也识得几个字，见不得大阵仗儿，常在房中不出来的。张大老爷又说，只有这一个女孩儿，不肯嫁出去，怕人家公婆严，姑娘受不得委屈，必要女婿过门赘在他家，给他料理些家事。”贾母听到这里，不等说完便道：“这断使不得。我们宝玉别人服侍他还不够呢，倒给人家当家去。”邢夫人道：“正是老太太这个话。”

贾母因向王夫人道：“你回来告诉你老爷，就说我的话，这张家的亲事是作不得的。”王夫人答应了。贾母便问：“你们昨日看巧姐儿怎么样？头里平儿来回我说很不大好，我也要过去看看呢。”邢、王二夫人道：“老太太虽疼他，他那里耽的住。”贾母道：“却也不止为他，我也要走动走动，活活筋骨儿。”说着，便吩咐：“你们吃饭去罢，回来同我过去。”邢、王二夫人答应着出来，各自去了。

一时吃了饭，都来陪贾母到凤姐房中。凤姐连忙出来接了进去。贾母便问巧姐儿到底怎么样。凤姐道：“只怕是搐风的来头。”贾母道：“这么着还不请人赶着来瞧！”凤姐道：“已经请去了。”贾母因同邢、王二夫人进房来看，只见奶子抱着，用桃红绫子小绵被儿裹着，脸皮趣青[①]，眉梢鼻翅微有动意。贾母同邢、王二夫人看了看，便出外间坐下。正说间，只见一个小丫头回凤姐道：“老爷打发人问姐儿怎么样。”凤姐道：“替我回老爷，就说请大夫去了。一会儿开了方子，就过去回老爷。”贾母忽然想起张家的事来，向王夫人道：“你该就去告诉你老爷，省得人家去说了回来又驳回。”又问邢夫人道：“你们和张家如今为什么不走了？”邢夫人因又说：“论起那张家行事，也难和咱们作亲，太啬克，没的玷辱了宝玉。”

凤姐听了这话，已知八九，便问道：“太太不是说宝兄弟的亲事？”邢夫人道：“可不是么。”贾母接着因把刚才的话告诉凤姐。凤姐笑道：“不是我当着老祖宗太太们跟前说句大胆的话，现放着天配的良缘，何用别处去找？”贾母笑问道：“在那里？”凤姐道：“一个‘宝玉’，一个‘金锁’，老太太怎么忘了？”贾母笑了一笑，因说：“昨日你姑妈在这里，你为什么不提？”凤姐道：“老祖宗和太太们在

① 趣青——很青，气色不好。

前头，那里有我们小孩子家说话的地方儿。况且姨妈过来瞧老祖宗，怎么提这些个，这也得太太们过去求亲才是。”贾母笑了，邢、王二夫人也都笑了。贾母因道：“可是我背晦了。”

说着人回：“大夫来了。”贾母便坐在外间，邢、王二夫人略避。那大夫同贾琏进来，给贾母请了安，方进房中。看了出来，站在地下躬身回贾母道：“妞儿一半是内热，一半是惊风。须先用一剂发散风痰药，还要用四神散[1]才好，因病势来得不轻。如今的牛黄都是假的，要找真牛黄方用得。”贾母道了乏，那大夫同贾琏出去开了方子，去了。凤姐道：“人参家里常有，这牛黄倒怕未必有，外头买去，只要是真的才好。”王夫人道：“等我打发人到姨太太那边去找找。他家蟠儿是向与那些西客[2]们做买卖，或者有真的也未可知。我叫人去问问。”正说话间，众姊妹都来瞧了，坐了一回，也都跟着贾母等去了。

这里煎了药给巧姐儿灌了下去，只见喀的一声，连药带痰都吐出来，凤姐才略放了一点儿心。只见王夫人那边的小丫头拿着一点儿的小红纸包儿说道：“二奶奶，牛黄有了。太太说了，叫二奶奶亲自把分两对准了呢。”凤姐答应着接过来，便叫平儿配齐了真珠、冰片、朱砂，快熬起来。自己用戥子按方秤了，掺在里面，等巧姐儿醒了好给他吃。

只见贾环掀帘进来说：“二姐姐，你们巧姐儿怎么了？妈叫我来瞧瞧他。”凤姐见了他母子便嫌，说：“好些了。你回去说，叫你们姨娘想着。”那贾环口里答应，只管各处瞧看。看了一回，便问凤姐道：“你这里听的说有牛黄，不知牛黄是怎么个样儿，给我瞧瞧呢。”凤姐道：“你别在这里闹了，妞儿才好些。那牛黄都煎上了。”贾环听了，便去伸手拿那铞子瞧时，岂知措手不及，沸的一声，铞子倒了，火已泼灭了一半。贾环见不是事，自觉没趣，连忙跑了。

凤姐急的火星直爆，骂道：“真真那一世的对头冤家！你何苦来还来使促狭！从前你妈要想害我，如今又来害妞儿。我和你几辈子的仇呢？”一面骂平儿不照应。正骂着，只见丫头来找贾环。凤姐道：“你

① 四神散——这里即指下文所述由牛黄、真珠、冰片、朱砂四药配成的方剂，与《证治准绳方》中所载六种“四神散”皆不同。

② 西客——此指专向西域一带做生意的客商。

去告诉赵姨娘，说他操心也太苦了。巧姐儿死定了，不用他惦着了！”平儿急忙在那里配药再熬，那丫头摸不着头脑，便悄悄问平儿道：“二奶奶为什么生气？”平儿将环哥弄倒药铞子说了一遍。丫头道：“怪不得他不敢回来，躲了别处去了。这环哥儿明日还不知怎么样呢。平姐姐，我替你收拾罢。”平儿说：“这倒不消。幸亏牛黄还有一点，如今配好了，你去罢。”丫头道：“我一准回去告诉赵姨奶奶，也省得他天天说嘴。”

丫头回去果然告诉了赵姨娘。赵姨娘气的叫：“快找环儿！”环儿在外间屋子里躲着，被丫头找了来。赵姨娘便骂道：“你这个下作种子！你为什么弄洒了人家的药，招的人家咒骂。我原叫你去问一声，不用进去。你偏进去，又不就走，还要虎头上捉虱子。你看我回了老爷，打你不打！”这里赵姨娘正说着，只听贾环在外间屋子里更说出些惊心动魄的话来。未知何言，下回分解。

第八十五回

贾存周报升郎中任　薛文起复惹放流刑

话说赵姨娘正在屋里抱怨贾环，只听贾环在外间屋里发话道："我不过弄倒了药铞子，洒了一点子药，那丫头子又没就死了，值的他也骂我，你也骂我，赖我心坏，把我往死里糟蹋。等着我明儿还要那小丫头子的命呢，看你们怎么着！只叫他们提防着就是了。"那赵姨娘赶忙从里间出来，捂住他的嘴说道："你还只管信口胡唚[①]，还叫人家先要了我的命呢！"娘儿两个吵了一回。赵姨娘听见凤姐的话，越想越气，也不着人来安慰凤姐一声儿。过了几天，巧姐儿也好了。因此两边结怨比从前更加一层了。

一日林之孝进来回道："今日是北静郡王生日，请老爷的示下。"贾政吩咐道："只按向年旧例办了，回大老爷知道，送去就是了。"林之孝答应了，自去办理。不一时，贾赦过来同贾政商议，带了贾珍、贾琏、宝玉去与北静王拜寿。别人还不理论，惟有宝玉素日仰慕北静王的容貌威仪，巴不得常见才好，遂连忙换了衣服，跟着来到北府。贾赦贾政递了职名候谕。不多时，里面出来了一个太监，手里掐着数珠儿，见了贾赦、贾政，笑嘻嘻的说道："二位老爷好？"贾赦、贾政也都赶忙问好。他兄弟三人也过来问了好。那太监道："王爷叫请进去呢。"于

① 胡唚——本指牲畜呕吐。借以骂人，比"胡说"更重。

是爷儿五个跟着那太监进入府中，过了两层门，转过一层殿去，里面方是内宫门。刚到门前，大家站住，那太监先进去回王爷去了。这里门上小太监都迎着问了好。

一时那太监出来，说了个“请”字，爷儿五人肃敬跟入。只见北静郡王穿着礼服，已迎到殿门廊下。贾赦、贾政先上来请安，捱次便是珍、琏、宝玉请安。那北静郡王单拉着宝玉道：“我久不见你，很惦记你。”因又笑问道：“你那块玉儿好？”宝玉躬着身打着一半千儿回道：“蒙王爷福庇，都好。”北静王道：“今日你来，没有什么好东西给你吃的，倒是大家说说话儿罢。”说着，几个老公打起帘子，北静王说“请”，自己却先进去，然后贾赦等都躬着身跟进去。先是贾赦请北静王受礼，北静王也说了两句谦辞，那贾赦早已跪下，次及贾政等捱次行礼，自不必说。

那贾赦等复肃敬退出。北静王吩咐太监等让在众戚旧一处好生款待，却单留宝玉在这里说话儿，又赏了坐。宝玉又磕头谢了恩，在挨门边绣墩上侧坐，说了一回读书作文诸事。北静王甚加爱惜，又赏了茶，因说道：“昨儿巡抚吴大人来陛见，说起令尊翁前任学政[1]时，秉公办事，凡属生童，俱心服之至。他陛见时，万岁爷也曾问过，他也十分保举，可知是令尊翁的喜兆。”宝玉连忙站起，听毕这一段话，才回启道：“此是王爷的恩典，吴大人的盛情。”

正说着，小太监进来回道：“外面诸位大人老爷都在前殿谢王爷赏宴。”说着，呈上谢宴并请午安的贴子来。北静王略看了一看，仍递给小太监，笑了一笑说道：“知道了，劳动他们。”那小太监又回道：“这贾宝玉王爷单赏的饭预备了。”北静王便命那太监带了宝玉到一所极小巧精致的院里，派人陪着吃了饭，又过来谢了恩。北静王又说了些好话儿，忽然笑说道：“我前次见你那玉倒有趣儿，回来说了个式样，叫他们也作了一块来。今日你来得正好，就给你带回去玩罢。”因命小太监取来，亲手递给宝玉。宝玉接过来捧着，又谢了，然后退出。北静王又命两个小太监跟出来，才同着贾赦等回来了。贾赦便各自回院里

---

① 学政——“提督学政”的简称，又称“督学使者”。清代朝廷派往各省主管生员考课升降的官员。

去。

这里贾政带着他三人回来见过贾母，请过了安，说了一回府里遇见的人。宝玉又回了贾政吴大人陛见保举的话。贾政道："这吴大人本来咱们相好，也是我辈中人，还倒是有骨气的。"又说了几句闲话儿，贾母便叫"歇着去罢"。贾政退出，珍、琏、宝玉都跟到门口。贾政道："你们都回去陪老太太坐着去罢。"说着，便回房去。刚坐了一坐，只见一个小丫头回道："外面林之孝请老爷回话。"说着，递上个红单贴来，写着吴巡抚的名字。贾政知是来拜，便叫小丫头叫林之孝进来。贾政出至廊檐下。林之孝进来回道："今日巡抚吴大人来拜，奴才回了去了。再奴才还听见说，现今工部出了一个郎中缺，外头人和部里都吵嚷是老爷拟正[①]呢。"贾政道："瞧罢咧。"林之孝又回了几句话，才出去了。

且说珍、琏、宝玉三人回去，独有宝玉到贾母那边，一面述说北静王待他的光景，并拿出那块玉来。大家看着笑了一回。贾母因命人："给他收起去罢，别丢了。"因问："你那块玉好生带着罢？别闹混了。"宝玉在项上摘了下来，说："这不是我那一块玉，那里就掉了呢。比起来，两块玉差远着呢，那里混得过。我正要告诉老太太，前儿晚上我睡的时候把玉摘下来挂在帐子里，他竟放起光来了，满帐子都是红的。"贾母说道："又胡说了，帐子的檐子是红的，火光照着，自然红是有的，"宝玉道："不是。那时候灯已灭了，屋里都漆黑的了，还看得见他呢。"邢、王二夫人抿着嘴笑。凤姐道："这是喜信发动了。"宝玉道："什么喜信？"贾母道："你不懂得。今儿个闹了一天，你去歇歇儿去罢，别在这里说呆话了。"宝玉又站了一回儿，才回园中去了。

这里贾母问道："正是。你们去看薛姨妈说起这事没有？"王夫人道："本来就要去看的，因凤丫头为巧姐儿病着，耽搁了两天，今日才去的。这事我们都告诉了，姨妈倒也十分愿意，只说蟠儿这时候不在家，目今他父亲没了，只得和他商量商量再办。"贾母道："这也是情理的话。既这么样，大家先别提起，等姨太太那边商量定了再说。"

---

① 拟正——封建官吏代任或试任官职后被正式任命，叫拟正。

不说贾母处谈论亲事，且说宝玉回到自己房中，告诉袭人道：“老太太与凤姐姐方才说话含含糊糊，不知是什么意思。”袭人想了想，笑了一笑道：“这个我也猜不着。但只刚才说这些话时，林姑娘在跟前没有？宝玉道：“林姑娘才病起来，这些时何曾到老太太那边去呢。”正说着，只听外间屋里麝月与秋纹拌嘴。袭人道：“你两个又闹什么？”麝月道：“我们两个斗牌，他赢了我的钱他拿了去，他输了钱就不肯拿出来。这也罢了，他倒把我的钱都抢了去了。”宝玉笑道：“几个钱什么要紧，傻丫头，不许闹了。”说的两个人都咕嘟着嘴坐着去了。这里袭人打发宝玉睡下。不提。

却说袭人听了宝玉方才的话，也明知是给宝玉提亲的事。因恐宝玉每有痴想，这一提起不知又招出他多少呆话来，所以故作不知，自己心上却也是头一件关切的事。夜里躺着想了个主意，不如去见见紫鹃，看他有什么动静，自然就知道了。次日一早起来，打发宝玉上了学，自己梳洗了，便慢慢的去到潇湘馆来。只见紫鹃正在那里掐花儿呢，见袭人进来，便笑嘻嘻的道：“姐姐屋里坐着。”袭人道：“妹妹掐花儿呢吗？姑娘呢？”紫鹃道：“姑娘才梳洗完了，等着温药呢。”

紫鹃一面说着，一面同袭人进来。见了黛玉正在那里拿着一本书看。袭人陪着笑道：“姑娘怨不得劳神，起来就看书。我们宝二爷念书若能像姑娘这样，岂不好了呢。”黛玉笑着把书放下。雪雁已拿着个小茶盘里托着一钟药，一钟水，小丫头在后面捧着痰盒漱盂进来。原来袭人来时要探探口气，坐了一回，无处入话，又想着黛玉最是心多，探不成消息再惹着了他倒是不好，又坐了坐，搭讪着辞了出来了。

将到怡红院门口，只见两个人在那里站着呢。袭人不便往前走，那一个早看见了，连忙跑过来。袭人一看，却是锄药，因问：“你作什么？”锄药道：“刚才芸二爷来了，拿了个帖儿，说给咱们宝二爷瞧的，在这里候信。”袭人道：“宝二爷天天上学，你难道不知道，还候什么信呢？”锄药笑道：“我告诉他了。他叫告诉姑娘，听姑娘的信呢。”袭人正要说话，只见那一个也慢慢的蹭了过来，细看时，就是贾芸，溜溜湫湫往这边来了。袭人见是贾芸，连忙向锄药道：“你告诉说知道了，回来给宝二爷瞧罢。”

那贾芸原要过来和袭人说话，无非亲近之意，又不敢造次，只得慢

慢踱来。相离不远，不想袭人说出这话，自己也不好再往前走，只好站住。这里袭人已掉背脸往回里去了。贾芸只得怏怏而回，同锄药出去了。

晚间宝玉回房，袭人便回道："今日廊下小芸二爷来了。"宝玉道："作什么？"袭人道："他还有个贴儿呢。"宝玉道："在那里？拿来我看看。"麝月便走去在里间屋里书槅子上头拿了来。宝玉接过看时，上面皮儿上写着"叔父大人安禀"。宝玉道："这孩子怎么又不认我作父亲了？"袭人道："怎么？"宝玉道："前年他送我白海棠时称我作'父亲大人'，今日这帖子封皮上写着'叔父'，可不是又不认了么？"袭人道："他也不害臊，你也不害臊。他那么大了，倒认你这么大的作父亲，可不是他不害臊？你正经连个……"刚说到这里，脸一红，微微的一笑。宝玉也觉得了，便道："这倒难讲。俗语说：'和尚无儿，孝子多着呢。'只是我看着他还伶俐得人心儿，才这么着；他不愿意，我还不希罕呢。"

说着，一面拆那帖儿。袭人也笑道："那小芸二爷也有些鬼鬼头头的。什么时候又要看人，什么时候又躲躲藏藏的，可知也是个心术不正的货。"宝玉只顾拆开看那字儿，也不理会袭人这些话。袭人见他看那帖儿，皱一回眉，又笑一笑儿，又摇摇头儿，后来光景竟不大耐烦起来。袭人等他看完了，问道："是什么事情？"宝玉也不答言，把那帖子已经撕作几段。袭人见这般光景，也不便再问，便问宝玉吃了饭还看书不看。宝玉道："可笑芸儿这孩子竟这样的混账。"袭人见他所答非所问，便微微的笑着问道："到底是什么事？"宝玉道："问他作什么，咱们吃饭罢。吃了饭歇着罢，心里闹的怪烦的。"说着叫小丫头子点了一个火儿来，把那撕的帖儿烧了。

一时小丫头们摆上饭来。宝玉只是怔怔的坐着，袭人连哄带怄催着吃了一口儿饭，便搁下了，仍是闷闷的歪在床上。一时间，忽然掉下泪来。此时袭人、麝月都摸不着头脑。麝月道："好好儿的，这又是为什么？都是什么芸儿、雨儿的，不知什么事弄了这么个浪帖子来，惹的这么傻了的似的，哭一会子，笑一会子。要天长日久闹起这闷葫芦来，可叫人怎么受呢。"说着，竟伤起心来。袭人旁边由不得要笑，便劝道："好妹妹，你也别怄人了。他一个人就够受了，你又这么着。他那帖子上的事难道与你相干？”麝月道：“你混说起来了。知道他帖儿上写的是什么混账话，你混往人身上扯。要那么说，他帖儿上只怕倒与你相干呢。”袭人还未答言，只听宝玉在床上噗哧的一声笑了，爬起来抖了抖衣裳，说：“咱们睡觉罢，别闹了。明日我还起早念书呢。”说着便躺下睡了。一宿无话。

次日宝玉起来梳洗了，便往家塾里去。走出院门，忽然想起，叫茗烟略等，急忙转身回来叫：“麝月姐姐呢？”麝月答应着出来问道：“怎么又回来了？”宝玉道：“今日芸儿要来了，告诉他别在这里闹，再闹我就回老太太和老爷去了。”麝月答应了，宝玉才转身去了。刚往外走着，只见贾芸慌慌张张往里来，看见宝玉连忙请安，说：“叔叔大喜了。”那宝玉估量着是昨日那件事，便说道：“你也太冒失了，不管人心里有事没事，只管来搅。”贾芸陪笑道：“叔叔不信只管瞧去，人都来了，在咱们大门口呢。”宝玉越发急了，说：“这是那里的话！”

正说着，只听外边一片声嚷起来。贾芸道：“叔叔听这不是？”宝玉越发心里狐疑起来，只听一个人嚷道：“你们这些人好没规矩，这是什么地方，你们在这里混嚷。”那人答道：“谁叫老爷升了官呢，怎么不叫我们来吵喜[①]呢。别人家盼着吵还不能呢。”宝玉听了，才知道贾政升了郎中了，人来报喜的。心中自是甚喜。连忙要走时，贾芸赶着说道：“叔叔乐不乐？叔叔的亲事要再成了，不用说是两层喜了。”宝玉红了脸，啐了一口道：“呸！没趣儿的东西！还不快走呢。”贾芸把脸红了道：“这有什么的，我看你老人家就不……”宝玉沉着脸道：“就不什么？”贾芸未及说完，也不敢言语了。

宝玉连忙来到家塾中，只见代儒笑着说道：“我才刚听见你老爷升了。你今日还来了么？”宝玉陪笑道：“过来见了太爷，好到老爷那边去。”代儒道：“今日不必来了，放你一天假罢。可不许回园子里玩去。你年纪不小了，虽不能办事，也当跟着你大哥他们学学才是。”宝玉答应着回来。刚走到二门口，只见李贵走来迎着，旁边站住笑道：“二爷来了么，奴才才要到学里请去。”宝玉笑道：“谁说的？”李贵道：“老太太才打发人到院里去找二爷，那边的姑娘们说二爷学里去

① 吵喜——到喜庆之家故意吵闹讨彩（赏钱、赏物），以示庆贺，叫吵喜。

了。刚才老太太打发人出来叫奴才去给二爷告几天假，听说还要唱戏贺喜呢，二爷就来了。”说着，宝玉自己进去。进了二门，只见满院里丫头、老婆都是笑容满面，见他来了，笑道：“二爷这早晚才来，还不快进去给老太太道喜去呢。”

宝玉笑着进了房门，只见黛玉挨着贾母左边坐着呢，右边是湘云。地下邢、王二夫人。探春、惜春、李纨、凤姐、李纹、李绮、邢岫烟一干姐妹，都在屋里，只不见宝钗、宝琴、迎春三人。宝玉此时喜的无话可说，忙给贾母道了喜，又给邢、王二夫人道了喜，一一见了众姐妹，便向黛玉笑道：“妹妹身体可大好了？”黛玉也微笑道：“大好了。听见说二哥哥身上也欠安，好了么？”宝玉道：“可不是，我那日夜里忽然心里疼起来，这几天刚好些就上学去了，也没能过去看妹妹。”黛玉不等他说完，早扭过头和探春说话去了。凤姐地下站着笑道：“你两个那里像天天在一处的，倒像是客一般，有这些套话，可是人说的‘相敬如宾’了。”说的大家一笑。黛玉满脸飞红，又不好说，又不好不说，迟了一回儿，才说道：“你懂得什么？”众人越发笑了。

凤姐一时回过味来，才知道自己出言冒失，正要拿话岔时，只见宝玉忽然向黛玉道：“林妹妹，你瞧芸儿这种冒失鬼。”说了这一句，方想起来，便不言语了。招的大家又都笑起来，说：“这从那里说起？”黛玉也摸不着头脑，也跟着讪讪的笑。宝玉无可搭讪，因又说道：“可是刚才我听见有人要送戏，说是几儿？”大家都瞅着他笑。凤姐道：“你在外头听见，你来告诉我们。你这会子问谁呢？”宝玉得便说道：“我外头再去问问去。”贾母道：“别跑到外头去，头一件看报喜的笑话，第二件你老子今日大喜，回来碰见你，又该生气了。”宝玉答应了个“是”，才出来了。

这里贾母因问凤姐谁说送戏的话，凤姐道：“说是舅太爷那边说，后儿日子好，送一班新出的小戏儿给老太太、老爷、太太贺喜。”因又笑着说道：“不但日子好，还是好日子呢。”说着这话，却瞅着黛玉笑。黛玉也微笑。王夫人因道：“可是呢，后日还是外甥女的生日呢。”贾母想了一想，也笑道：“可见我如今老了，什么事都糊涂了。

亏了有我这凤丫头是我个‘给事中’[①]。既这么着，很好，他舅舅家给他们贺喜，你舅舅家就给你做生日，岂不好呢。”说的大家都笑起来，说道：“老祖宗说句话儿都是上篇上论的，怎么怨得有这么大福气呢。”说着，宝玉进来，听见这些话，越发乐的手舞足蹈了。

一时，大家都在贾母这边吃饭，甚热闹，自不必说。饭后，那贾政谢恩回来，给宗祠里磕了头，便来给贾母磕头，站着说了几句话，便出去拜客去了。这里接连着亲戚族中的人来来去去，闹闹穰穰，车马填门，貂蝉[②]满座，真是：

花到正开蜂蝶闹，月逢十足海天宽。

如此两日，已是庆贺之期。这日一早，王子腾和亲戚家已送过一班戏来，就在贾母正厅前搭起行台。外头爷们都穿着公服陪侍，亲戚来贺的约有十余桌酒。里面为着是新戏，又见贾母高兴，便将琉璃戏屏隔在后厦，里面也摆下酒席。

上首薛姨妈一桌，是王夫人、宝琴陪着；对面老太太一桌，是邢夫人、岫烟陪着；下面尚空两桌，贾母叫他们快来。

一回儿，只见凤姐领着众丫头，都簇拥着林黛玉来了。黛玉略换了几件新鲜衣服，打扮得宛如嫦娥下界，含羞带笑的出来见了众人。湘云、李纹、李纨都让他上首座，黛玉只是不肯。贾母笑道：“今日你坐了罢。”薛姨妈站起来问道：“今日林姑娘也有喜事么？”贾母笑道：“是他的生日。”薛姨妈道：“咳，我倒忘了。”走过来说道：“恕我健忘，回来叫宝琴过来拜姐姐的寿。”黛玉笑说“不敢”。大家坐了。那黛玉留神一看，独不见宝钗，便问道：“宝姐姐可好么？为什么不过来？”薛姨妈道：“他原该来的，只因无人看家，所以不来。”黛玉红着脸微笑道：“姨妈那里又添了大嫂子，怎么倒用宝姐姐看起家来？大约是他怕人多热闹，懒待来罢。我倒怪想他的。”薛姨妈笑道：“难得

① 给事中——官名，亦称给谏，清代属都察院，和御史同为谏官。这里借喻协理事务、随时从旁提醒的得力助手。

② 貂蝉——貂尾和金蝉。原指汉代侍从官员帽上的饰物，后用作达官贵人的代称。

你惦记他。他也常想你们姊妹们，过一天我叫他来，大家叙叙。”

说着，丫头们下来斟酒上菜，外面已开戏了。出场自然是一两出吉庆戏文，乃至第三出，只见金童玉女，旗幡宝幢，引着一个霓裳羽衣的小旦，头上披着一条黑帕，唱了一回儿进去了。众皆不识，听见外面人说：“这是新打的《蕊珠记》[①]里的《冥升》。小旦扮的是嫦娥，前因堕落人寰，几乎给人为配，幸亏观音点化，他就未嫁而逝，此时升引月宫。不听见曲里头唱的‘人间只道风情好，那知道秋月春花容易抛，几乎不把广寒宫忘却了。’”第四出是《吃糠》[②]，第五出是达摩带着徒弟过江回去[③]，正扮出些海市蜃楼，好不热闹。

众人正在高兴时，忽见薛家的人满头汗闯进来，向薛蝌说道：“二爷快回去，并里头回明太太也请速回去，家中有要事。”薛蝌道：“什么事？”家人道：“家去说罢。”薛蝌也不及告辞就走了。薛姨妈见里头丫头传进话去，更骇的面如土色，即忙起身，带着宝琴，别了一声，即刻上车回去了，弄得内外愕然。贾母道：“咱们这里打发人跟过去听听，到底是什么事，大家都关切的。”众人答应了个“是”。

不说贾府依旧唱戏，单说薛姨妈回去，只见有两个衙役站在二门口，几个当铺里伙计陪着，说：“太太回来自有道理。”正说着，薛姨妈已进来了。那衙役们见跟从着许多男妇簇拥着一位老太太，便知是薛蟠之母。看见这个势派，也不敢怎么，只得垂手侍立，让薛姨妈进去了。

那薛姨妈走到厅房后面，早听见有人大哭，却是金桂。薛姨妈赶忙走来，只见宝钗迎出来，满面泪痕，见了薛姨妈，便道：“妈妈听了先别着急，办事要紧。”薛姨妈同着宝钗进了屋子，因为头里进门时已经走着听见家人说了，吓的战战兢兢的了，一面哭着，因问：“到底是和

---

① 《蕊珠记》——未详。曹本《隶鬼簿》《今乐考证》《曲录》录有元人庾天锡《秋月蕊珠宫》。贾本《录鬼簿》《太和正音谱》《元曲选目》作《蕊珠宫》，但剧本已失传。《蕊珠记》或据此改编。

② 《吃糠》——指元代高明所作南戏《琵琶记》第二十一出《糟糠自厌》。写赵五娘甘守贫困、侍奉公婆事。

③ 达摩带着徒弟过江回去——明代张凤翼《祝发记》第二十四出《达摩渡江》，有达摩折苇渡江，点化徐孝克的故事。达摩：禅宗始祖。

谁？”只见家人回道：“太太此时且不必问那些底细，凭他是谁，打死了总是要偿命的，且商量怎么办才好。”薛姨妈哭着出来道：“还有什么商议？”家人道：“依小的们的主见，今夜打点银两同着二爷赶去和大爷见了面，就在那里访一个有斟酌的刀笔先生①，许他些银子，先把死罪撕掳开，回来再求贾府去上司衙门说情。还有外面的衙役，太太先拿出几两银子来打发了他们。我们好赶着办事。”

薛姨妈道：“你们找着那家子，许他发送银子，再给他些养济银子，原告不追，事情就缓了。”宝钗在帘内说道：“妈妈，使不得。这些事越给钱越闹的凶，倒是刚才小厮说的话是。”薛姨妈又哭道：“我也不要命了，赶到那里见他一面，同他死在一处就完了。”宝钗急的一面劝，一面在帘子里叫人：“快同二爷办去罢。”丫头们搀进薛姨妈来。薛蝌才往外走，宝钗道：“有什么信打发人即刻寄了来，你们只管在外头照料。”薛蝌答应着去了。

这宝钗方劝薛姨妈，那里金桂趁空儿抓住香菱，又和他嚷道：“平常你们只管夸他们家里打死了人一点儿事也没有，就进京来了的，如今撺掇的真打死人了。平日里只讲有钱有势有好亲戚，这时候我看着也是唬的慌手慌脚的了。大爷明儿有个好歹儿不能回来时，你们各自干你们的去了，撂下我一个人受罪！”说着，又大哭起来。这里薛姨妈听见，越发气的发昏。宝钗急的没法。

正闹着，只见贾府中王夫人早打发大丫头过来打听来了。宝钗虽心知自己是贾府的人了，一则尚未提明，二则事急之时，只得向那大丫头道：“此时事情头尾尚未明白，就只听见说我哥哥在外头打死了人被县里拿了去了，也不知怎么定罪呢。刚才二爷才去打听去了，一半日得了准信，赶着就给那边太太送信去。你先回去道谢太太惦记着，底下我们还有多少仰仗那边爷们的地方呢。”那丫头答应着去了。薛姨妈和宝钗在家抓摸不着。

过了两日，只见小厮回来，拿了一封书交给小丫头拿进来。宝钗拆开看时，书内写着：

① 刀笔先生——古时以刀为笔，刻字于简牍。后因称公牍文书或诉讼状文为刀笔，以代写诉讼状文为业的人谓刀笔先生。

大哥人命是误伤，不是故杀。今早用蝌出名补了一张呈纸进去，尚未批出。大哥前头口供甚是不好，待此纸批准后再录一堂[①]，能够翻供得好，便可得生了。快向当铺内再取银五百两来使用。千万莫迟。并请太太放心。余事问小厮。

宝钗看了，一一念给薛姨妈听了，薛姨妈拭着眼泪说道："这么看起来，竟是死活不定了。"宝钗道："妈妈先别伤心，等着叫进小厮来问明了再说。"一面打发小丫头把小厮叫进来。薛姨妈便问小厮道："你把大爷的事细说与我听听。"未知小厮说出什么话来，下回分解。

① 再录一堂——对案件的重审。堂：过堂、审讯。录：记录口供。

第八十六回

受私贿老官翻案牍　寄闲情淑女解琴书

话说薛姨妈听了薛蝌的来书，因叫进小厮问道：“你听见你大爷说，到底是怎么就把人打死了呢？”小厮道：“小的也没听真切。那一日大爷告诉二爷说。”说着回头看了一看，见无人，才说道：“大爷说自从家里闹的特利害，大爷也没心肠了，所以要到南边置货去。这日想着约一个人同行，这人在咱们这城南二百多地住。大爷找他去了，遇见在先和大爷好的那个蒋玉菡带着些小戏子进城。大爷同他在个铺子里吃饭喝酒，因为这当槽儿的[①]尽着拿眼瞟蒋玉菡，大爷就有了气了。后来蒋玉菡走了。第二天，大爷就请找的那个人喝酒，酒后想起头一天的事来，叫那当槽儿的换酒，那当槽儿的来迟了，大爷就骂起来了。那个人不依，大爷就拿起酒碗照他打去。谁知那个人也是个泼皮，便把头伸过来叫大爷打。大爷拿碗就砸他的脑袋一下，他就冒了血了，躺在地下，头里还骂，后头就不言语了。”薛姨妈道：“怎么也没人劝劝吗？”那小厮道：“这个没听见大爷说，小的不敢妄言。”薛姨妈道：“你先去歇歇罢。”小厮答应出来。

这里薛姨妈自来见王夫人，托王夫人转求贾政。贾政问了前后，也只好含糊应了，只说等薛蝌递了呈子，看他本县怎么批了再作道理。

---

① 当槽儿的——酒店里跑堂的。

这里薛姨妈又在当铺里兑了银子，叫小厮赶着去了。三日后果有回信。薛姨妈接着了，即叫小丫头告诉宝钗，连忙过来看了。只见书上写道：

带去银两做了衙门上下使费。哥哥在监也不大吃苦，请太太放心。独是这里的人很刁，尸亲见证都不依，连哥哥请的那个朋友也帮着他们。我与李祥两个俱系生地生人，幸找着一个好先生，许他银子，才讨个主意，说是须得拉扯着同哥哥喝酒的吴良，弄人保出他来，许他银两，叫他撕掳。他若不依，便说张三是他打死，明推在异乡人身上，他吃不住，就好办了。我依着他，果然吴良出来。现在买嘱尸亲见证，又做了一张呈子。前日递的，今日批来，请看呈底便知。

因又念呈底道：

具呈人某，呈为兄遭飞祸代伸冤抑事。窃生胞兄薛蟠，本籍南京，寄寓西京。于某年月日备本往南贸易。去未数日，家奴送信回家，说遭人命。生即奔宪治[①]，知兄误伤张姓，及至囹圄[②]。据兄泣告，实与张姓素不相认，并无仇隙。偶因换酒角口，生兄将酒泼地，恰值张三低头拾物，一时失手，酒碗误碰囟门身死。蒙恩拘讯，兄惧受刑，承认斗殴致死。仰蒙宪天仁慈，知有冤抑，尚未定案。生兄在禁，具呈诉辩，有干例禁。生念手足，冒死代呈，伏乞宪慈恩准，提证质讯，开恩莫大。生等举家仰戴鸿仁，永永无既[③]矣。激切上呈。

批的是：

---

① 宪治——这里指县衙门。宪：旧时对上官的尊称。

② 囹圄——监狱。

③ 仰戴鸿仁，永永无既——感戴大恩大德，永生永世不尽。鸿：大。既：尽。

尸场检验，证据确凿。且并未用刑，尔兄自认斗杀，招供在案。今尔远来，并非目睹，何得捏词妄控。理应治罪，姑念为兄情切，且恕。不准。

薛姨妈听到那里，说道："这不是救不过来了么？这怎么好呢？"宝钗道："二哥的书还没看完，后面还有呢。"因又念道："有要紧的问来使便知。"薛姨妈便问来人，因说道："县里早知我们的家当充足，须得在京里谋干得大情，再送一份大礼，还可以复审，从轻定案。太太此时必得快办，再迟了就怕大爷要受苦了。"

薛姨妈听了，叫小厮自去，即刻又到贾府与王夫人说明原故，恳求贾政。贾政只肯托人与知县说情，不肯提及银物。薛姨妈恐不中用，求凤姐与贾琏说了，花上几千银子，才把知县买通。薛蝌那里也便弄通了。

然后知县挂牌坐堂，传齐了一干邻保证见尸亲人等，监里提出薛蟠。刑房书吏俱一一点名。知县便叫地保对明初供，又叫尸亲张王氏并尸叔张二问话，张王氏哭禀道："小的的男人是张大，南乡里住，十八年前死了。大儿子二儿子也都死了，光留下这个死的儿子叫张三，今年二十三岁，还没有娶女人呢。为小人家里穷，没得养活，在李家店里做当槽儿的。那一天晌午，李家店里打发人来叫俺，说'你儿子叫人打死了'。我的青天老爷，小的就唬死了。跑到那里，看见我儿子头破血出的躺在地下喘气儿，问他话也说不出来，不多一会儿就死了。小人就要揪住这个小杂种拚命。"众衙役吆喝一声。张王氏便磕头道："求青天老爷伸冤，小人就只这一个儿子了。"知县便叫下去。

又叫李家店的人问道："那张三是你店内佣工的么？"那李二回道："不是佣工，是做当槽儿的。"知县道："那日尸场上你说张三是薛蟠将碗砸死的，你亲眼见的么？"李二说道："小的在柜上，听见说客房里要酒。不多一回，便听见说'不好了，打伤了'。小的跑进去，只见张三躺在地下，也不能言语。小的便喊禀地保，一面报他母亲去了。他们到底怎样打的，实在不知道，求太爷问那喝酒的便知道了。"知县喝道："初审口供，你是亲见的，怎么如今说没有见？"李二道："小的前日唬昏了乱说。"衙役又吆喝了一声。

知县便叫吴良问道："你是同在一处喝酒的么？薛蟠怎么打的，据实供来。"吴良说："小的那日在家，这个薛大爷叫我喝酒。他嫌酒不好要换，张三不肯。薛大爷生气把酒向他脸上泼去，不晓得怎么样就碰在那脑袋上了。这是亲眼见的。"知县道："胡说。前日尸场上薛蟠自己认拿碗砸死的，你说你亲眼见的，怎么今日的供不对？掌嘴。"衙役答应着要打，吴良求着说："薛蟠实没有与张三打架，酒碗失手碰在脑袋上的。求老爷问薛蟠便是恩典了。"

知县叫提薛蟠，问道："你与张三到底有什么仇隙？毕竟是如何死的，实供上来。"薛蟠道："求太老爷开恩，小的实没有打他。为他不肯换酒，故拿酒泼他，不想一时失手，酒碗误碰在他的脑袋上。小的即忙掩他的血，那里知道再掩不住，血淌多了，过一回就死了。前日尸场上怕太老爷要打，所以说是拿碗砸他的。只求太爷开恩。"知县便喝道："好个糊涂东西！本县问你怎么砸他的，你便供说恼他不换酒才砸的，今日又供是失手碰的。"知县假作声势，要打要夹，薛蟠一口咬定。

知县叫仵作将前日尸场填写伤痕据实报来。仵作禀报说："前日验得张三尸身无伤，惟囟门有磁器伤长一寸七分，深五分，皮开，囟门骨脆裂破三分。实系磕碰伤。"知县查对尸格[①]相符，早知书吏改轻，也不驳诘，胡乱便叫画供。张王氏哭喊道："青天老爷！前日听见还有多少伤，怎么今日都没有了？"知县道："这妇人胡说，现有尸格，你不知道么？"叫尸叔张二便问道："你侄儿身死，你知道有几处伤？"张二忙供道："脑袋上一伤。"知县道："可又来。"叫书吏将尸格给张王氏瞧去，并叫地保尸叔指明与他瞧，现有尸场亲押证见俱供并未打架，不为斗殴。只依误伤吩咐画供。将薛蟠监禁候详，余令原保领出，退堂。张王氏哭着乱嚷，知县叫众衙役撵他出去。

张二也劝张王氏道："实在误伤，怎么赖人？现在太老爷断明，不要胡闹了。"薛蝌在外打听明白，心内喜欢，便差人回家送信，等批

---

① 尸格——又叫尸单，验尸时填写尸体状况的表格。

详[1]回来，便好打点赎罪，且住着等信。只听路上三三两两传说，有个贵妃薨了，皇上辍朝三日。这里离陵寝[2]不远，知县办差垫道，一时料着不得闲，住在这里无益，不如到监告诉哥哥安心等着，“我回家去，过几日再来。”薛蟠也怕母亲痛苦，带信说：“我无事，必须衙门再使费几次，便可回家了。只是不要可惜银钱。”

薛蝌留下李祥在此照料，一径回家，见了薛姨妈，陈说知县怎样徇情，怎样审断，终定了误伤，将来尸亲那里再花些银子，一准赎罪，便没事了。薛姨妈听说，暂且放心，说：“正盼你来家中照应。贾府里本该谢去，况且周贵妃薨了，他们天天进去，家里空落落的。我想着要去替姨太太那边照应照应作伴儿，只是咱们家又没人。你这来的正好。”

薛蝌道：“我在外头原听见说是贾妃薨了，这么才赶回来的，我们元妃好好儿的，怎么说死了？”薛姨妈道：“上年原病过一次，也就好了。这回又没听见元妃有什么病。只闻那府里头几天老太太不大受用，合上眼便看见元妃娘娘。众人都不放心，直至打听进来，又没有什么事。到了大前儿晚上，老太太亲口说是‘怎么元妃独自一个人到我这里’，众人只道是病中想的话，总不信。老太太又说‘你们不信，元妃还与我说是荣华易尽，须要退步抽身。’众人都说：‘谁不想到？这是有年纪的人思前想后的心事。’所以也不当件事。恰好第二天早起，里头吵嚷出来说娘娘病重，宣各诰命进去请安。他们就惊疑的了不得，赶着进去。他们还没有出来，我们家里已听见周贵妃薨逝了。你想外头的讹言，家里的疑心，恰碰在一处，可奇不奇？”

宝钗道：“不但是外头的讹言舛错，便在家里的，一听见‘娘娘’两个字，也就都忙了，过后才明白。这两天那府里这些丫头、婆子来说，他们早知道不是咱们家的娘娘。我说：‘你们那里拿得定呢？’他说道：‘前几年正月，外省荐了一个算命的，说是很准。那老太太叫人将元妃的八字夹在丫头们八字里头，送出去叫他推算。他独说这正月初一日生日的那位姑娘只怕时辰错了，不然真是个贵人，也不能在这府

① 候详、批详——详：旧时公文的一种，用以向上级陈报请示。候详：等候写公文上报。批详：经上级批示的公文。

② 陵寝——皇家的陵墓寝庙。

中。老爷和众人说，不管他错不错，照八字算去。’那先生便说：‘甲申年正月丙寅这四个字内有伤官败财，惟申字内有正官禄马，这就是家里养不住的，也不见什么好。这日子是乙卯，初春木旺，虽是比肩，那里知道愈比愈好，就像那个好木料，愈经斲削，才成大器。’独喜得时上什么辛金为贵，什么巳中正官禄马独旺，这叫作飞天禄马格。又说什么日禄归时，贵重得很，天月二德坐本命，贵受椒房之宠，这姑娘若是时辰准了，定是一位主子娘娘。这不是算准了么？我们还记得说，可惜荣华不久，只怕遇着寅年卯月的，这就是比而又比，劫而又劫，譬如好木，太要做玲珑剔透，本质就不坚了。他们把这些话都忘记了，只管瞎忙。我才想起来告诉我们大奶奶，今年那里是寅年卯月呢？”

宝钗尚未说完，薛蝌急道：“且不要管人家的事，既有这样个神仙算命的，我想哥哥今年什么恶星照命，遭这么横祸，快开八字与我给他算去，看有妨碍么？”宝钗道：“他是外省来的，不知如今在京不在了。”

说着，便打点薛姨妈往贾府去。到了那里，只有李纨、探春等在家接着，便问道：“大爷的事怎么样了？”薛姨妈道：“等详上司才定，看来也到不了死罪了。”这才大家放心。探春便道：“昨晚太太想着说，上回家里有事，全仗姨太太照应，如今自己有事，也难提了。心里只是不放心。”薛姨妈道：“我在家里也是难过。只是你大哥遭了事，你二兄弟又办事去了，家里你姐姐一个人，中什么用？况且我们媳妇儿又是个不大晓事的，所以不能脱身过来。目今那里知县也正为预备周贵妃的差事，不得了结案件，所以你二兄弟回来了，我才得过来看看。”李纨便道：“请姨太太这里住几天更好。”薛姨妈点头道：“我也要在这边给你姐妹们作作伴儿，就只你宝妹妹冷静些。”惜春道：“姨妈要惦着，为什么不把宝姐姐也请过来？”薛姨妈笑着说道：“使不得。”惜春道：“怎么使不得？他先怎么住着来呢？”李纨道：“你不懂的，人家家里如今有事，怎么来呢？”惜春也信以为实，不便再问。

正说着，贾母等回来。见了薛姨妈，也顾不得问好，便问薛蟠的事。薛姨妈细述了一遍。宝玉在旁听见什么蒋玉菡一段，当着人不问，心里打量是“他既回了京，怎么不来瞧我”。又见宝钗也不过来，不知是怎么个原故。心内正自呆呆的想呢，恰好黛玉也来请安。宝玉稍觉心里喜欢，便把想宝钗来的念头打断，同着姊妹们在老太太那里吃了晚饭。大家散了，薛姨妈将就住在老太太的套间屋里。

宝玉回到自己房中，换了衣服，忽然想起蒋玉菡给的汗巾，便向袭人道："你那一年没有系的那条红汗巾子还有没有？"袭人道："我搁着呢，问他做什么？"宝玉道："我白问问。"袭人道："你没有听见，薛大爷相与这些混账人，所以闹到人命关天。你还提那些作什么？有这样白操心，倒不如静静儿的念念书，把这些个没要紧的事撂开了也好。"宝玉道："我并不闹什么，偶然想起，有也罢，没也罢，我白问一声，你们就有这些话。"袭人笑道："并不是我多话。一个人知书达理，就该往上巴结才是。就是心爱的人来了，也叫他瞧着喜欢尊敬啊。"宝玉被袭人一提，便说："了不得，方才我在老太太那边，看见人多，没有与林妹妹说话。他也不曾理我，散的时候他先走了，此时必在屋里。我去就来。"说着就走。袭人道："快些回来罢，这都是我提头儿，倒招起你的高兴来了。"

宝玉也不答言，低着头，一径走到潇湘馆来。只见黛玉靠在桌上看书。宝玉走到跟前头，笑说道："妹妹早回来了。"黛玉也笑道："你不理我，我还在那里做什么！"宝玉一面笑说："他们人多说话，我插不下嘴去，所以没有和你说话。"一面瞧着黛玉看的那本书。书上的字一个也不认得，有的像"芍"字，有的像"茫"字，也有一个"大"字旁边"九"字加上一勾，中间又添个"五"字，也有上头"五"字"六"字又添一个"木"字，底下又是一个"五"字，看着又奇怪，又纳闷，便说："妹妹近日愈发进了，看起天书来了。"

黛玉嗤的一声笑道："好个念书的人，连个琴谱都没有见过。"宝玉道："琴谱怎么不知道，为什么上头的一个字也不认得？妹妹你认得么？"黛玉道："不认得瞧他做什么？"宝玉道："我不信，从没有听见你会抚琴。我们书房里挂着好几张，前年来了一个清客先生，叫作什么嵇好古，老爷烦他抚了一曲。他取下琴来说，都使不得，还说：'老先生若高兴，改日携琴来请教。'想是我们老爷也不懂，他便不来了。怎么你有本事藏着？"

黛玉道："我何尝真会呢。前日身上略觉舒服，在大书架上翻书，看有一套琴谱，甚有雅趣，上头讲的琴理甚通，手法说的也明白，真

是古人静心养性的工夫。我在扬州也听得讲究过，也曾学过，只是不弄了，就没有了。这果真是‘三日不弹，手生荆棘’。前日看这几篇没有曲文，只有操名[①]。我又到别处找了一本有曲文的来看着，才有意思。究竟怎么弹得好，实在也难。书上说的师旷鼓琴能来风雷龙凤；孔圣人尚学琴于师襄[②]，一操便知其为文王；高山流水，得遇知音[③]。”说到这里，眼皮儿微微一动，慢慢的低下头去。

宝玉正听得高兴，便笑道：“好妹妹，你才说的实在有趣，只是我才见上头的字都不认得，你教我几个呢。”黛玉道：“不用教的，一说便可以知道的。”宝玉道：“我是个糊涂人，得教我那个‘大’字加一勾，中间一个‘五’字的。”黛玉笑道：“这‘大’字‘九’字是用左手大拇指按琴上的九徽[④]，这一勾加‘五’字是右手钩五弦[⑤]。并不是一个字，乃是一声，是极容易的。还有吟、揉、绰、注、撞、走、飞、推等法，是讲究手法的。”宝玉乐得手舞足蹈的说：“好妹妹，你既明琴理，我们何不学起来。”

黛玉道：“琴者，禁也[⑥]。古人制下，原以治身，涵养性情，抑其淫荡，去其奢侈。若要抚琴，必择静室高斋，或在层楼的上头，在林石的里面，或是山巅上，或是水涯上。再遇着那天地清和的时候，风清月朗，焚香静坐，心不外想，气血和平，才能与神合灵，与道合妙。所以

---

① 操名——操：即琴操，古琴曲叫操。古琴曲有十二操，其名为：将归操，猗兰操，龟山操，越裳操，拘幽操，岐山操，履霜操，朝飞操，别鹤操，残形操，山仙操，襄陵操。

② 师旷、师襄——师旷：春秋时代晋国盲乐师。他辨音能力很强，善弹七弦琴。相传他弹琴招来了玄鹤。师襄：春秋时代鲁国乐官，善弹琴、击磬。据说孔子曾跟他学琴。

③ 高山流水，得遇知音——《列子·汤问》：“伯牙善鼓琴，钟子期善听。伯牙鼓琴，志在高山，钟子期曰：‘善哉，峨峨兮若泰山！’志在流水，曰：‘善哉，洋洋乎若江河！’”故后以“高山流水”喻指知音。

④ 九徽——徽：亦作晖。古琴依三分损益法确定十三音，每音在琴面左侧饰以金玉或螺蛤的圆点为标记，谓之徽。全弦凡十三徽，以指按而弹之，凡十三音。九徽：自琴首向琴尾数第九个圆点，即第九音。

⑤ 五弦——这里指第五根弦。我国古琴初为五弦，自周代后为七弦。近徽一侧为第一弦，最粗；近弹琴者一侧为第七弦，最细。

⑥ 琴者，禁也——认为琴是象征道德的乐器，不可轻动。

古人说‘知音难遇’。若无知音，宁可独对着那清风明月，苍松怪石，野猿老鹤，抚弄一番，以寄兴趣，方为不负了这琴。还有一层，又要指法好，取音好，若必要抚琴，先须衣冠整齐，或鹤氅，或深衣，要如古人的像表，那才能称圣人之器，然后盥了手，焚上香，方才将身就在榻边，把琴放在案上，坐在第五徽的地方儿，对着自己的当心，两手方从容抬起，这才心身俱正。还要知道轻重疾徐，卷舒自若，体态尊重方好。”宝玉道：“我们学着玩，若这么讲究起来，那就难了。”

两个人正说着，只见紫鹃进来，看见宝玉笑说道：“宝二爷，今日这样高兴。”宝玉笑道：“听见妹妹讲究的叫人顿开茅塞，所以越听越爱听。”紫鹃道：“不是这个高兴，说的是二爷到我们这边来的话。”宝玉道：“先时妹妹身上不舒服，我怕闹的他烦。再者我又上学，因此显着就疏远了似的。”紫鹃不等说完，便道：“姑娘也是才好，二爷既这么说，坐坐也该让姑娘歇歇儿了，别叫姑娘只是讲究劳神了。”宝玉笑道：“可是我只顾爱听，也就忘了妹妹劳神了。”黛玉笑道：“说这些倒也开心，也没有什么劳神的。只是怕我只管说，你只管不懂呢。”宝玉道：“横竖慢慢的自然明白了。”

说着，便站起来道：“当真的妹妹歇歇儿罢。明儿我告诉三妹妹和四妹妹去，叫他们都学起来，让我听。”黛玉笑道：“你也太受用了。既如大家学会了抚起来，你不懂，可不是对……[①]”黛玉说到那里，想起心上的事，便缩住口，不肯往下说了。宝玉便笑道：“只要你们能弹，我便爱听，也不管牛不牛的了。”黛玉红了脸一笑。紫鹃、雪雁也都笑了。

于是走出门来，只见秋纹带着小丫头捧着一小盆兰花来说：“太太那边有人送了四盆兰花来，因里头有事没有空儿玩，叫给二爷一盆，林姑娘一盆。”黛玉看时，却有几枝双朵儿的，心中忽然一动，也不知是喜是悲，便呆呆的呆看。那宝玉此时却一心只在琴上，便说：“妹妹有了兰花，就可以做《猗兰操》[②]了。”

---

① 对——“对牛弹琴”的省略。对牛弹琴：讥笑别人听不懂音乐或听不懂对方所说的话。后亦喻说话人不看对象。

② 《猗兰操》——又名《幽兰操》，相传为孔子所作。

黛玉听了，心里反不舒服。回到房中，看着花，想到“草木当春，花鲜叶茂，想我年纪尚小，便像三秋蒲柳。若是果能随愿，或者渐渐的好来，不然，只恐似那花柳残春，怎禁得风催雨送？”想到那里，不禁又滴下泪来。紫鹃在旁看见这般光景，却想不出原故来。方才宝玉在这里那么高兴，如今好好的看花，怎么又伤起心来？正愁着没法儿劝解，只见宝钗那边打发人来。未知何事，下回分解。

第八十七回

感秋声抚琴悲往事　坐禅寂走火入邪魔

却说黛玉叫进宝钗家的女人来，问了好，呈上书子。黛玉叫他去喝茶，便将宝钗来书打开看时，只见上面写着：

妹生辰不偶[①]，家运多艰，姊妹伶仃，萱亲衰迈。兼之猇声狺语[②]，旦暮无休。更遭惨祸飞灾，不啻惊风密雨。夜深辗侧，愁绪何堪。属在同心[③]，能不为之愍恻[④]乎？回忆海棠结社，序属清秋，对菊持螯，同盟欢洽。犹记"孤标傲世偕谁隐，一样花开为底迟"之句，未尝不叹冷节遗芳[⑤]，如吾两人也。感怀触绪，聊赋四章，匪曰无故呻吟，亦长歌当哭之意耳。

悲时序之递嬗[⑥]兮，又属清秋。感遭家之不造[⑦]兮，独处离

① 生辰不偶——降生的时辰不吉利，即命运不好。不偶：即数奇，谓命运不佳。数：气数；命运。奇：机遇不佳。

② 猇声狺语——形容恶言叫骂。猇声：虎吼声。狺语：狗叫声。

③ 属在同心——谓相互知心，关系亲密。

④ 愍恻——同情。愍：哀怜、伤痛。

⑤ 冷节遗芳——这是以菊的品格自喻。冷节：清冷的季节。余芳：百花凋谢后菊花才开，故称余芳。

⑥ 递嬗——不断地更迭、变化。

⑦ 不造——不成，不幸。

愁[1]。北堂有萱兮，何以忘忧？无以解忧兮，我心咻咻[2]！一解。

云凭凭兮秋风酸[3]，步中庭兮霜叶干。何去何从兮，失我故欢！静言思之兮恻肺肝！二解。

惟鲔有潭兮，惟鹤有梁。鳞甲潜伏兮，羽毛何长[4]！搔首问兮茫茫，高天厚地兮，谁知余之永伤。三解。

银河耿耿兮寒气侵，月色横斜兮玉漏沉[5]。忧心炳炳兮发我哀吟，吟复吟兮寄我知音。四解。

黛玉看了，不胜伤感。又想："宝姐姐不寄与别人，单寄与我，也是惺惺惜惺惺[6]的意思。"

正在沉吟，只听见外面有人说道："林姐姐在家里呢么？"黛玉一面把宝钗的书叠起，口内便答应道："是谁？"正问着，早见几个人进来，却是探春、湘云、李纹、李绮。彼此问了好，雪雁倒上茶来，大家喝了，说些闲话。

因想起前年的菊花诗来，黛玉便道："宝姐姐自从挪出去，来了两遭，如今索性有事也不来了，真真奇怪。我看他终究还来我们这里不来！"探春微笑道："怎么不来，横竖要来的。如今是他们尊嫂有些脾气，姨妈上了年纪的人，又兼有薛大哥的事，自然得宝姐姐照料一切，那里还比得先前有工夫呢。"

正说着，忽听得唿喇喇一片风声，吹了好些落叶，打在窗纸上。停了一回儿，又透过一阵清香来。众人闻着，都说道："这是何处来的香风？这像什么香？"黛玉道："好像木樨香。"探春笑道："林姐姐终

---

① 离愁——遭遇忧愁。离：同"罹"，遭到。

② 咻咻——本为嘘气声，引申为烦扰不安。

③ "凭凭"句——凭凭：云层厚积的样子。秋风酸：令人辛酸凄楚的秋风。

④ "惟鲔"四句——鲔：鲟、鳇之类的鱼。比喻小人在位，君子在野。这里四句意谓：鲔在潭、鹤在梁，都应各得其所；可是为什么龙龟隐而不现，乌雀（喻小人）却在高飞。

⑤ 玉漏沉——犹言夜深沉。漏：即漏壶，古代滴水计时仪器，故"漏"亦借指时刻。玉漏：镶玉饰的漏壶。漏壶以滴水计时，壶内之水下沉，说明时逝夜深。

⑥ 惺惺惜惺惺——才情、境遇相类的人相互同情、爱惜。常用以表示同病相怜。惺惺：聪明。

不脱南边人的话，这大九月里的，那里还有桂花呢。”黛玉笑道：“原是啊，不然怎么不竟说是桂花香只说似乎像呢。”湘云道：“三姐姐，你也别说。你可记得‘十里荷花，三秋桂子[①]’？在南边，正是晚桂开的时候了。你只没有见过罢了，等你明日到南边去的时候，你自然也就知道了。”探春笑道：“我有什么事到南边去？况且这个也是我早知道的，不用你们说嘴。”李纹、李绮只抿着嘴儿笑。

黛玉道：“妹妹，这可说不齐。俗语说，‘人是地行仙[②]’，今日在这里，明日就不知在那里。譬如我，原是南边人，怎么到了这里呢？”湘云拍着手笑道：“今儿三姐姐可叫林姐姐问住了。不但林姐姐是南边人到这里，就是我们这几个人就不同。也有本来是北边的；也有根子是南边，生长在北边的；也有生长在南边，到这北边的，今儿大家都凑在一处。可见人总有一个定数，大凡地和人总是各自有缘分的。”众人听了都点头，探春也只是笑。又说了一会子闲话儿，大家散出。黛玉送到门口，大家都说：“你身上才好些，别出来了，看着了风。”

于是黛玉一面说着话儿，一面站在门口又与四人殷勤了几句，便看着他们出院去了。

进来坐着，看看已是林鸟归山，夕阳西坠。因史湘云说起南边的话，便想着“父母若在，南边的景致，春花秋月，水秀山明，二十四桥[③]，六朝遗迹。不少下人服侍，诸事可以任意，言语亦可不避。香车画舫，红杏青帘，惟我独尊。今日寄人篱下，纵有许多照应，自己无处不要留心。不知前生作了什么罪孽，今生这样孤凄。真是李后主说的‘此间日中，只以眼泪洗面’[④]矣！”一面思想，不知不觉神往那里去了。

---

① 十里荷花，三秋桂子——宋代柳永《望海潮》词中描写西湖景色的句子。

② 人是地行仙——俗谚有“人是地行仙，一日不见走三千”之说。地行仙：仙人的一种。佛教认为人通过修炼能够成仙，这种仙人共有十种，如地行仙、空行仙、通行仙等等。

③ 二十四桥——江苏扬州名胜之一。有二说：一说有桥二十四座，一说为一座桥名，又名红药桥。

④ 此间日中，只以眼泪洗面——南唐后主李煜亡国后，囚居于宋，他在给旧宫人的信里说：“此中日夕，只以眼泪洗面”。极言去国哀伤之情。

紫鹃走来，看见这样光景，想着必是因刚才说起南边北边的话来，一时触着黛玉的心事了，便问道："姑娘们来说了半天话，想来姑娘又劳了神了。刚才我叫雪雁告诉厨房里给姑娘作了一碗火肉[①]白菜汤，加了一点儿虾米儿，配了点青笋紫菜。姑娘想着好么？"黛玉道："也罢了。"紫鹃道："还熬了一点江米粥。"黛玉点点头儿，又说道："那粥该你们两个自己熬了，不用他们厨房里熬才是。"紫鹃道："我也怕厨房里弄的不干净，我们各自熬呢。就是那汤，我也告诉雪雁和柳嫂儿说了，要弄干净着。柳嫂儿说了，他打点妥当，拿到他屋里叫他们五儿瞅着炖呢。"黛玉道："我倒不是嫌人家肮脏，只是病了好些日子，不周不备，都是人家。这会子又汤儿粥儿的调度，未免惹人厌烦。"说着，眼圈儿又红了。

紫鹃道："姑娘这话也是多想。姑娘是老太太的外孙女儿，又是老太太心坎儿上的。别人求其在姑娘跟前讨好儿还不能呢，那里有抱怨的。"黛玉点点头儿，因又问道："你才说的五儿，不是那日和宝二爷那边的芳官在一处的那个女孩儿？"紫鹃道："就是他。"黛玉道："不听见说要进来么？"紫鹃道："可不是，因为病了一场，后来好了才要进来，正是晴雯他们闹出事来的时候，也就耽搁住了。"黛玉道："我看那丫头倒也还头脸儿干净。"说着，外头婆子送了汤来。雪雁出来接时，那婆子说道："柳嫂儿叫回姑娘，这是他们五儿作的，没敢在大厨房里作，怕姑娘嫌肮脏。"雪雁答应着接了进来。

黛玉在屋里已听见了，吩咐雪雁告诉那老婆子回去说，叫他费心。雪雁出来说了，老婆子自去。

这里雪雁将黛玉的碗箸安放在小几儿上，因问黛玉道："还有咱们南来的五香大头菜，拌些麻油醋可好么？"黛玉道："也使得，只不必累赘了。"一面盛上粥来，黛玉吃了半碗，用羹匙舀了两口汤喝，就搁下了，两个丫鬟撤了下来，拭净了小几端下去，又换上一张常放的小几。黛玉漱了口，盥了手，便道："紫鹃，添了香了没有？"紫鹃道："就添去。"黛玉道："你们就把那汤和粥吃了罢，味儿还好，且是干净。待我自己添香罢。"两个人答应了，在外间自吃去了。

---

① 火肉——火腿之肉。

这里黛玉添了香，自己坐着。才要拿本书看，只听得园内的风自西边直透到东边，穿过树枝，都在那里唏哗喇不住的响，一回儿，檐下的铁马[①]也只管叮叮当当的乱敲起来。

一时雪雁先吃完了，进来伺候。黛玉便问道："天气冷了，我前日叫你们把那些小毛儿衣服晾晾，可曾晾过没有？"雪雁道："都晾过了。"黛玉道："你拿一件来我披披。"雪雁走去将一包小毛衣服抱来，打开毡包，给黛玉自拣。只见内中夹着个绢包儿，黛玉伸手拿起打开看时，却是宝玉病时送来的旧手帕，自己题的诗，上面泪痕犹在，里头却包着那剪破了的香囊扇袋并宝玉通灵玉上的穗子。原来晾衣服时从箱中拣出。紫鹃恐怕遗失了，遂夹在这毡包里的。

这黛玉不看则已，看了时也不说穿那一件衣服，手里只拿着那两方手帕，呆呆的看那旧诗。看了一回，不觉的簌簌泪下。

紫鹃刚从外间进来，只见雪雁正捧着一毡包衣裳在旁边呆立，小几上却搁着剪破的香囊，两三截儿扇袋和那铰折了的穗子，黛玉手中自拿着两方旧帕，上边写着字迹，在那里对着滴泪。正是：

失意人逢失意事，新啼痕间旧啼痕。

紫鹃见了这样，知是他触物伤情，感怀旧事，料道劝也无益，只得笑着道："姑娘还看那些东西作什么？那都是那几年宝二爷和姑娘小时一时好了，一时恼了，闹出来的笑话儿。要像如今这样斯抬斯敬，那里能把这些东西白糟蹋了呢。"紫鹃这话原给黛玉开心，不料这几句话更提起黛玉初来时和宝玉的旧事来，一发珠泪连绵起来。紫鹃又劝道："雪雁这里等着呢，姑娘披上一件罢。"那黛玉才把手帕撂下。紫鹃连忙拾起，将香袋等物包起拿开。

这黛玉方披了一件皮衣，自己闷闷的走到外间来坐下。回头看见案上宝钗的诗启尚未收好，又拿出来瞧了两遍，叹道："境遇不同，伤心则一。不免也赋四章，翻入琴谱，可弹可歌，明日写出来寄去，以当和

---

① 铁马——又叫檐马。挂在房檐下的铁片（原为马形，后也有其他形状）或铃铛，风吹时互相碰撞发出叮当声。

作。”便叫雪雁将外边桌上笔砚拿来，濡墨挥毫，赋成四叠[①]。又将琴谱翻出，借他《猗兰》《思贤》两操，合成音韵，与自己做的配齐了，然后写出，以备送与宝钗。又即叫雪雁向箱中将自己带来的短琴拿出，调上弦，又操演了指法。黛玉本是个绝顶聪明人，又在南边学过几时，虽是手生，到底一理就熟。抚了一番，夜已深了，便叫紫鹃收拾睡觉。不题。

却说宝玉这日起来梳洗了，带着茗烟正往书房中来，只见墨雨笑嘻嘻的跑来迎头说道：“二爷今日便宜了，太爷不在书房里，都放了学了。”宝玉道：“当真的么？”墨雨道：“二爷不信，那不是三爷和兰哥儿来了。”宝玉看时，只见贾环、贾兰跟着小厮们，两个笑嘻的嘴里咭咭呱呱不知说些什么，迎头来了。见了宝玉，都垂手站住。宝玉问道：“你们两个怎么就回来了？”贾环道：“今日太爷有事，说是放一天学，明儿再去呢。”

宝玉听了，方回身到贾母贾政处去禀明了，然后回到怡红院中。袭人问道：“怎么又回来了？”宝玉告诉了他，只坐了一坐儿，便往外走。袭人道：“往那里去，这样忙法？就放了学，依我说也该养养神儿了。”宝玉站住脚，低了头，说道：“你的话也是。但是好容易放一天学，还不散散去，你也该可怜我些儿了。”袭人见说的可怜，笑道：“由爷去罢。”正说着，端了饭来。宝玉也没法儿，只得且吃饭，三口两口忙忙的吃完，漱了口，一溜烟往黛玉房中去了。

走到门口，只见雪雁在院中晾绢子呢。宝玉因问：“姑娘吃了饭了么？”雪雁道：“早起喝了半碗粥，懒待吃饭。这时候打盹儿呢。二爷且到别处走走，回来再来罢。”宝玉只得回来。

无处可去，忽然想起惜春有好几天没见，便信步走到蓼风轩来。刚到窗下，只见静悄悄一无人声。宝玉打谅他也睡午觉，不便进去。才要走时，只听屋里微微一响，不知何声。宝玉站住再听，半日又拍的一响。宝玉还未听出，只见一个道：“你在这里下了一个子儿，那里你不应么？”宝玉方知是下大棋，但只急切听不出这个人的语音是谁。底下方听见惜春道：“怕什么，你这么一吃我，我这么一应，你又这么吃，我又这么应。

① 叠——按前面乐章的格式，曲调重奏一次或文辞重复一章叫“一叠”。

还缓着一着儿呢，终究连得上。”那一个又道：“我要这么一吃呢？”惜春道：“阿嗄，还有一着‘反扑’在里头呢！我倒没防备。”

宝玉听了，听那一个声音很熟，却不是他们姊妹。料着惜春屋里也没外人，轻轻的掀帘进去。看时不是别人，却是那栊翠庵的槛外人妙玉。这宝玉见是妙玉，不敢惊动。妙玉和惜春正在凝思之际，也没理会。宝玉却站在旁边看他两个的手段。只见妙玉低着头问惜春道：“你这个‘畸角儿’不要了么？”惜春道：“怎么不要，你那里头都是死子儿，我怕什么。”妙玉道：“且别说满话，试试看。”惜春道：“我便打了起来，看你怎么样。”妙玉却微微笑着，把边上子一接，却搭转一吃，把惜春的一个角儿都打起来了，笑着说道：“这叫作‘倒脱靴势’[①]。”

惜春尚未答言，宝玉在旁情不自禁，哈哈一笑，把两个人都唬了一大跳。惜春道：“你这是怎么说，进来也不言语，这么使促狭唬人。你多早晚进来的？”宝玉道：“我头里就进来了，看着你们两个争这个‘畸角儿’。”说着，一面与妙玉施礼，一面又笑问道：“妙公轻易不出禅关[②]，今日何缘下凡一走？”

妙玉听了，忽然把脸一红，也不答言，低了头自看那棋。宝玉自觉造次，连忙陪笑道：“倒是出家人比不得我们在家的俗人，头一件心是静的。静则灵，灵则慧。”宝玉尚未说完，只见妙玉微微的把眼一抬，看了宝玉一眼，复又低下头去，那脸上的颜色渐渐的红晕起来。宝玉见他不理，只得讪讪的旁边坐了。

惜春还要下子，妙玉半日说道：“再下罢。”便起身理理衣裳，重新坐下，痴痴的问着宝玉道：“你从何处来？”宝玉巴不得这一声，好解释前头的话，忽又想道：“或是妙玉的机锋。”转红了脸答应不出来。妙玉微微一笑，自和惜春说话。惜春也笑道：“二哥哥，这什么难

---

① 反扑、畸角儿、倒脱靴势——均为围棋术语。反扑：指甲方在吃乙方棋子以后，乙方又反过来将甲方吃掉。畸角儿：全盘围棋的某一角。畸角面积虽小，但容易活棋、占子多，俗称“金角、银边”，以示宝贵，故常为双方重视、争夺。倒脱靴势：甲方利用原已死定的数子，再多送一子或两子给乙方吃，以造成立即吃回乙方数子之势。

② 禅关——此指僧、尼静修之所。

答的，你没的听见人家常说的‘从来处来’么？这也值得把脸红了，见了生人的似的。”

妙玉听了这话，想起自家，心上一动，脸上一热，必然也是红的，倒觉不好意思起来。因站起来说道：“我来得久了，要回庵里去了。”惜春知妙玉为人，也不深留，送到门口。妙玉笑道：“久已不来这里，弯弯曲曲的，回去的路头都要迷住了。”宝玉道：“这倒要我来指引指引何如？”妙玉道：“不敢，二爷前请。”

于是二人别了惜春，离了蓼风轩，弯弯曲曲，走近潇湘馆，忽听得叮咚之声。妙玉道：“那里的琴声？”宝玉道：“想必是林妹妹那里抚琴呢。”妙王道：“原来他也会这个，怎么素日不听见提起？”宝玉悉把黛玉的事述了一遍，因说：“咱们去看他。”妙玉道：“从古只有听琴，再没有‘看琴’的。”宝玉笑道：“我原说我是个俗人。”说着，二人走至潇湘馆外，在山子石坐着静听，甚觉音调清切。

只听得低吟道：

风萧萧兮秋气深，美人千里兮独沉吟。望故乡兮何处，倚栏杆兮涕沾襟。

歇了一回，听得又吟道：

山迢迢兮水长，照轩窗兮明月光。耿耿不寐兮银河渺茫，罗衫怯怯兮风露凉。

又歇了一歇。妙玉道：“刚才‘侵’字韵是第一叠，如今‘阳’字韵是第二叠了。咱们再听。”里边又吟道：

子之遭兮不自由，予之遇兮多烦忧。之子与我兮心焉相投，思古人兮俾无尤[1]。

---

① 思古人兮俾无尤——语见《诗经·邶风·绿衣》：“我思古人，俾无尤兮。”意谓思念古人的美德，使自己避免过错。俾：使。尤：过失，罪过。

妙玉道："这又是一拍。何忧思之深也！"宝玉道："我虽不懂得，但听他音调，也觉得过悲了。"里头又调了一回弦。妙玉道："君弦太高了，与无射律只怕不配呢[①]。"里边又吟道：

人生斯世兮如轻尘，天上人间兮感夙因。感夙因兮不可惙[②]，素心如何天上月。

妙玉听了，呀然失色道："如何忽作变徵[③]之声？音韵可裂金石矣。只是太过。"宝玉道："太过便怎么？"妙玉道："恐不能持久。"正议论时，听得君弦嘣的一声断了。妙玉站起来连忙就走。宝玉道："怎么样？"妙玉道："日后自知，你也不必多说。"竟自走了。弄得宝玉满肚疑团，没精打采的归至怡红院中不表。

单说妙玉归去，早有道婆接着，掩了庵门，坐了一回，把"禅门日诵"念了一遍。吃了晚饭，点上香拜了菩萨，命道婆自去歇着，自己的禅床靠背俱已整齐，屏息垂帘，跏趺[④]坐下，断除妄想，趋向真如。坐到三更过后，听得屋上骨一片瓦响，妙玉恐有贼来，下了禅床，出到前轩，但见云影横空，月华如水。那时天气尚不很凉，独自一个凭栏站了一回，忽听房上两个猫儿一递一声厮叫。

那妙玉忽想起日间宝玉之言，不觉一阵心跳耳热。自己连忙收摄心神，走进禅房，仍到禅床上坐了。怎奈神不守舍，一时如万马奔驰，觉

① 君弦太高了，与无射律只怕不配——君弦：古琴近徽一侧的第一根弦，又名初弦、大弦，最粗，是确定基音的。无射律：十二律之一。我国古代以竹管或钟、弦来定音，共有十二个标准音，称十二律。因无射律音阶较高，故君弦定音太高，无射律的音阶则更高，弹奏就极困难。

② 惙——通"辍"，中止，停止。

③ 变徵——古代七声音阶分宫、商、角、变徵、徵、羽、变宫。曲调以宫音为起点的叫宫调式，以变徵音为起点的叫变徵调式。调式不同，产生不同音乐效果。变徵调式一般表现激越悲凉的情绪。黛玉将调式突然变为"变徵之声"，当与末句从平声韵突变为入声韵（"月"）相适应的。

④ 跏趺——"结跏趺坐"的省称。佛教修禅者的坐法，盘膝，两足交叉以足背搭于左右股上。趺：指足背。

得禅床便恍荡起来，身子已不在庵中。便有许多王孙公子要求娶他，又有些媒婆扯扯拽拽扶他上车，自己不肯去。一回儿又有盗贼劫他，持刀执棍的逼勒，只得哭喊求救。

早惊醒了庵中女尼道婆等众，都拿火来照看，只见妙玉两手撒开，口中流沫。急叫醒时，只见眼睛直竖，两颧鲜红，骂道："我是有菩萨保佑，你们这些强徒敢要怎么样！"众人都唬的没了主意，都说道："我们在这里呢，快醒转来罢。"妙玉道："我要回家去，你们有什么好人送我回去罢。"道婆道："这里就是你住的房子。"说着，又叫别的女尼忙向观音前祷告，求了签，翻开签书看时，是触犯了西南角上的阴人①。就有一个说："是了。大观园中西南角上本来没有人住，阴气是有的。"一面弄汤弄水的在那里忙乱。

那女尼原是自南边带来的，服侍妙玉自然比别人尽心，围着妙玉，坐在禅床上。妙玉回头道："你是谁？"女尼道："是我。"妙玉仔细瞧了一瞧，道："原来是你。"便抱住那女尼呜呜咽咽的哭起来，说道："你是我的妈呀，你不救我，我不得活了。"那女尼一面唤醒他，一面给他揉着。道婆倒上茶来喝了，直到天明才睡了。

女尼便打发人去请大夫来看脉，也有说是思虑伤脾的，也有说是热入血室②的，也有说是邪祟触犯的，也有说是内外感冒的，终无定论。后请得一个大夫来看了，问："曾打坐过没有？"道婆说道："向来打坐的。"大夫道："这病可是昨夜忽然来的么？"道婆道："是。"大夫道："这是走魔入火的原故。"众人问："有碍没有？"大夫道："幸亏打坐不久，魔还入得浅，可以有救。"写了降伏心火的药，吃了一剂，稍稍平复些。

外面那些游头浪子听见了，便造作许多谣言说："这样年纪，那里忍得住。况且又是很风流的人品，很乖觉的性灵，以后不知飞在谁手里，便宜谁去呢。"过了几日，妙玉病虽略好，神思未复，终有些恍惚。

① 阴人——这里指死人或阴鬼。

② 热入血室——中医用语。即热邪进入下焦，以至胞宫。血室：多有所指，明代张介宾则指胞宫，即子宫。

一日惜春正坐着，彩屏忽然进来回道："姑娘知道妙玉师父的事吗？"惜春道："他有什么事？"彩屏道："我昨日听见邢姑娘和大奶奶那里说呢。他自从那日和姑娘下棋回去，夜间忽然中了邪，嘴里乱嚷说强盗来抢他来了，到如今还没好。姑娘你说这不是奇事吗。"惜春听了，默然无语，因想："妙玉虽然洁净，毕竟尘缘未断。可惜我生在这种人家不便出家。我若出了家时，那有邪魔缠扰，一念不生，万缘俱寂。"想到这里，蓦与神会，若有所得，便口占一偈云：

大造本无方，云何是应住。[1]
既从空中来，应向空中去。

占毕，即命丫头焚香。自己静坐了一回，又翻开那棋谱来，把孔融、王积薪[2]等所著看了几篇。内中"荷叶包蟹势""黄莺搏兔势"都不出奇；"三十六局杀角势"一时也难会难记；独看到"八龙走马"[3]，觉得甚有意思。正在那里作想，只听见外面一个人走进院来，连叫"彩屏"。未知是谁，下回分解。

① "大造"二句——现实世界本非永恒不变，何处是应当迷恋不舍的立脚点呢？无方：无常。住：佛家语，即住相，执迷于现实世界。

② 孔融、王积薪——二人皆擅围棋。孔融：东汉时人。王积薪：唐代人，著有《围棋十诀》。

③ 荷叶包蟹势、黄莺搏兔势、三十六局杀角势、八龙走马——均围棋术语，属围棋对杀手段。"黄莺搏兔势"疑为"黄鹰搏兔势"或"苍鹰搏兔势"之误；"八龙走马"疑为"八王走马势"之误。后者棋谱有据。

第八十八回

博庭欢宝玉赞孤儿　正家法贾珍鞭悍仆

却说惜春正在那里揣摩棋谱，忽听院内有人叫彩屏，不是别人，却是鸳鸯的声音。彩屏出去，同着鸳鸯进来。那鸳鸯却带着一个小丫头，提了一个小黄绢包儿。惜春笑问道："什么事？"鸳鸯道："老太太因明年八十一岁，是个暗九[①]。许下一场九昼夜的功德，发心要写三千六百五十零一部《金刚经》。这已发出外面人写了。但是俗说《金刚经》就像那道家的符壳，《心经》才算是符胆[②]。故此《金刚经》内必要插着《心经》，更有功德。老太太因《心经》是更要紧的，观自在[③]又是女菩萨，所以要几个亲丁奶奶姑娘们写上三百六十五部，如此又虔诚，又洁净。咱们家中除了二奶奶，头一宗他当家没有空儿，二宗他也写不上来，其余会写字的，不论写得多少，连东府珍大奶奶姨娘们

① 暗九——九：数之极限。《素问》："天地之至数，始于一，终于九焉。"旧时迷信，认为八十一为九九相乘而得，暗藏两个九字，故称"暗九"，又称"暗坎"（含有过不去之意），故八十一岁是个不吉利的岁数，须诵经参佛、消灾祈福。

② 《金刚经》、《心经》、符壳、符胆——《金刚经》即《金刚般若波罗密经》。《心经》即《般若波罗密多心经》。两者都属《般若经》（印度佛教一个流派所收集的大丛书）。《心经》经文极简，概括了《般若经》精义，旧时与《金刚经》合印，故书中有"符胆""符壳"之喻。符胆：指道家符箓的精义所在。符壳：指符箓的图形，笔画屈曲怪诞，道家认为有驱使神鬼、祓除灾疫的作用。

③ 观自在——即观世音，亦称观音菩萨。

都分了去，本家里头自不用说。”

惜春听了，点头道：“别的我做不来，若要写经，我最信心[①]的。你搁下喝茶罢。”鸳鸯才将那小包儿搁在桌上，同惜春坐下。彩屏倒了一钟茶来。惜春笑问道：“你写不写？”鸳鸯道：“姑娘又说笑话了。那几年还好，这三四年来姑娘见我还拿了拿笔么？”惜春道：“这却是有功德的。”鸳鸯道：“我也有一件事：向来服侍老太太安歇后，自己念上米佛[②]，已经念了三年多了。我把这个米收好，等老太太做功德的时候，我将他衬在里头供佛施食，也是我一点儿诚心。”惜春道：“这样说来，老太太做了观音，你就是龙女[③]了。”鸳鸯道：“那里跟得上这个分儿。却是除了老太太，别的也服侍不来，不晓得前世是什么缘分儿。”说着要走，叫小丫头把小绢包打开，拿出来道：“这素纸一扎是写《心经》的。”又拿起一子儿藏香[④]道：“这是叫写经时点着写的。”惜春都应了。

鸳鸯遂辞了出来，同小丫头来至贾母房中，回了一遍。看见贾母与李纨打双陆[⑤]，鸳鸯旁边瞧着。李纨的骰子好，掷下去把老太太的锤[⑥]打下了好几个去。鸳鸯抿着嘴儿笑。

忽见宝玉进来，手中提了两个细篾丝的小笼子，笼内有几个蝈蝈儿，说道：“我听说老太太夜里睡不着，我给老太太留下解解闷。”贾母笑道：“你别瞅着你老子不在家，你只管淘气。”宝玉笑道：“我没有淘气。”贾母道：“你没淘气，不在学房里念书，为什么又弄这个东西呢？”宝玉道：“不是我自己弄的。今儿因师父叫环儿和兰儿对对子，环儿对不来，我悄悄的告诉了他。他说了，师父喜欢，夸了他两句。他感激我的情，买了来孝敬我的。我才拿了来孝敬老太太的。”贾

① 信心——归依信仰之心，即虔诚。

② 念米佛——旧时念佛的方式之一。边念佛边数米粒，念一声数一粒，谓之念米佛。

③ 龙女——相传为婆竭罗龙王的女儿，八岁到灵鹫山拜释迦牟尼，后成道。

④ 一子儿藏香——一子儿：一束。藏香：本为西藏所产的香。

⑤ 双陆——又名“双鹿”。古代博戏之一，传自天竺（印度），盛于南北朝、隋、唐。下铺一特制盘子，双方各用十六枚（一说十五枚）棒槌形的“马”立于自己一方，按掷骰子的点数各占步数，先走到对方者为胜。

⑥ 锤——双陆之“马”为棒槌形，类今之跳棋，故俗称“锤”。

母道："他没有天天念书么，为什么对不上来？对不上来就叫你儒大爷爷打他的嘴巴子，看他臊不臊。你也够受了，不记得你老子在家时，一叫做诗做词，唬的倒像个小鬼儿似的，这会子又说嘴了。那环儿小子更没出息，求人替做了，就变着方法儿打点人。这么点子孩子就闹鬼闹神的，也不害臊，赶大了还不知是个什么东西呢。"说的满屋子人都笑了。

贾母又问道："兰小子呢，做上来了没有？这该环儿替他了，他又比他小了。是不是？"宝玉笑道："他倒没有，却是自己对的。"贾母道："我不信，不然就也是你闹了鬼了。如今你还了得，'羊群里跑出骆驼来了，就只你大。'你又会做文章了。"宝玉笑道："实在是他作的。师父还夸他明儿一定大有出息呢。老太太不信，就打发人叫了他来亲自试试，老太太就知道了。"贾母道："果然这么着我才喜欢。我不过怕你撒谎。既是他做的，这孩子明儿大概还有一点儿出息。"因看着李纨，又想起贾珠来，"这也不枉你大哥哥死了，你大嫂子拉扯他一场，日后也替你大哥哥顶门壮户。"说到这里，不禁流下泪来。

李纨听了这话，却也动心，只是贾母已经伤心，自己连忙忍住泪笑劝道："这是老祖宗的余德，我们托着老祖宗的福罢咧。只要他应得了老祖宗的话，就是我们的造化了。老祖宗看着也喜欢，怎么倒伤起心来呢。"因又回头向宝玉道："宝叔叔明儿别这么夸他，他多大孩子，知道什么？你不过是爱惜他的意思，他那里懂得，一来二去，眼大心肥，那里还能够有长进呢。"贾母道："你嫂子这也说的是。就只他还太小呢，也别逼紧了他。小孩子胆儿小，一时逼急了，弄出点子毛病来，书倒念不成，把你的工夫都白糟蹋了。"贾母说到这里，李纨却忍不住扑簌簌掉下泪来，连忙擦了。

只见贾环、贾兰也都进来给贾母请了安。贾兰又见过他母亲，然后过来在贾母旁边侍立。贾母道："我刚才听见你叔叔说你对的好对子，师父夸你来着。"贾兰也不言语，只管抿着嘴儿笑。鸳鸯过来说道："请示老太太，晚饭伺候下了。"贾母道："请你姨太太去罢。"琥珀接着便叫人去王夫人那边请薛姨妈。这里宝玉、贾环退出。

素云和小丫头们过来把双陆收起。李纨尚等着伺候贾母的晚饭，贾兰便跟着他母亲站着。贾母道："你们娘儿两个跟着我吃罢。"李纨答应了。一时摆上饭来，丫鬟回来禀道："太太叫回老太太，姨太太这几天浮来暂去，不能过来回老太太，今日饭后家去了。"于是贾母叫贾兰在身旁坐下，大家吃饭，不必细述。

却说贾母刚吃完了饭，盥漱了，歪在床上说闲话儿。只见小丫头子告诉琥珀，琥珀过来回贾母道："东府大爷请晚安来了。"贾母道："你们告诉他，如今他办理家务乏乏的，叫他歇着去罢。我知道了。"小丫头告诉老婆子们，老婆子才告诉贾珍。贾珍然后退出。

到了次日，贾珍过来料理诸事。门上小厮陆续回了几件事，又一个小厮回道："庄头送果子来了。"贾珍道："单子呢？"那小厮连忙呈上。贾珍看时，上面写着不过是时鲜果品，还夹带菜蔬野味若干在内。贾珍看完，问向来经管的是谁。门上的回道："是周瑞。"便叫周瑞："照账点清，送往里头交代。等我把来账抄下一个底子，留着好对。"又叫："告诉厨房，把下菜中添几宗给送果子的来人，照常赏饭给钱。"

周瑞答应了。一面叫人搬至凤姐院子里去，又把庄上的账同果子交代明白。出去了一回儿，又进来回贾珍道："才刚来的果子，大爷曾点过数目没有？"贾珍道："我那里有这个工夫点这个呢。给了你账，你照账点就是了。"周瑞道："小的曾点过，也没有少，也不能多出来。大爷既留下底子，再叫送果子来的人问问，他这账是真的假的？"贾珍道："这是怎么说，不过是几个果子罢咧，有什么要紧。我又没有疑你。"

说着，只见鲍二走来，磕了一个头，说道："求大爷原旧放小的在外头伺候罢。"贾珍道："你们这又是怎么着？"鲍二道："奴才在这里又说不上话来。"贾珍道："谁叫你说话？"鲍二道："何苦来，在这里作眼睛珠儿。"周瑞接口道："奴才在这里经管地租庄子，银钱出入每年也有三五十万来往，老爷、太太、奶奶们从没有说过话的，何况这些零星东西。若照鲍二说起来，爷们家里的田地房产都被奴才们弄完了。"贾珍想道："必是鲍二在这里拌嘴，不如叫他出去。"因向鲍二说道："快滚罢。"又告诉周瑞说："你也不用说了，你干你的事罢。"二人各自散了。

贾珍正在厢房里歇着，听见门上闹的翻江搅海。叫人去查问，回

来说道："鲍二和周瑞的干儿子打架。"贾珍道："周瑞的干儿子是谁？"门上的回道："他叫何三，本来是个没味儿的，天天在家里喝酒闹事，常来门上坐着。听见鲍二与周瑞拌嘴，他就插在里头。"贾珍道："这却可恶。把鲍二和那个什么何几给我一块儿捆起来！周瑞呢？"门上的回道："打架时他先走了。"贾珍道："给我拿了来！这还了得了！"众人答应了。

正嚷着，贾琏也回来了，贾珍便告诉了一遍。贾琏道："这还了得！"又添了人去拿周瑞。周瑞知道躲不过，也找到了。贾珍便叫都捆上。贾琏便向周瑞道："你们前头的话也不要紧，大爷说开了，很是了。为什么外头又打架！你们打架已经使不得，又弄个野杂种什么何三来闹，你不压伏压伏他们，倒竟走了。"就把周瑞踢了几脚。贾珍道："单打周瑞不中用。"喝命人把鲍二和何三各人打了五十鞭子，撵了出去，方和贾琏两个商量正事。

鲍二挨鞭打

下人背地里便生出许多议论来：也有说贾珍护短的；也有说不会调停的；也有说他本不是好人，前儿尤家姊妹弄出许多丑事来，那鲍二不是他调停着二爷叫了来的吗，这会子嫌鲍二不济事，必是鲍二的女人服侍不到了。人多嘴杂，纷纷不一。

却说贾政自从在工部掌印，家人中尽有发财的。那贾芸听见了，也要插手弄一点事儿，便在外头说了几个工头，讲了成数，便买了些时新绣货，要走凤姐门子。凤姐正在房中听见丫头们说："大爷二爷都生了气，在外头打人呢。"

凤姐听了，不知何故，正要叫人去问问，只见贾琏已进来了，把外面的事告诉了一遍。凤姐道："事情虽不要紧，但这风俗儿断不可长。

此刻还算咱们家里正旺的时候，他们就敢打架。以后小辈儿们当了家，他们越发难制伏了。前年我在东府里，亲眼见过焦大吃的烂醉，躺在台阶子底下骂人，不管上上下下一混汤子的混骂。他虽是有过功的人，到底主子奴才的名分，也要存点儿体统才好。珍大奶奶不是我说是个老实头，个个人都叫他养得无法无天的。如今又弄出一个什么鲍二，我还听见是你和珍大爷得用的人，为什么今儿又打他呢？”贾琏听了这话刺心，便觉讪讪的，拿话来支开，借有事，说着就走了。

小红进来回道：“芸二爷在外头要见奶奶。”凤姐一想，“他又来做什么？”便道：“叫他进来罢。”小红出来，瞅着贾芸微微一笑。贾芸赶忙凑近一步问道：“姑娘替我回了没有？”小红红了脸，说道：“我就是见二爷的事多。”贾芸道：“何曾有多少事能到里头来劳动姑娘呢？就是那一年姑娘在宝二叔房里，我才和姑娘……”小红怕人撞见，不等说完，赶忙问道：“那年我换给二爷的一块绢子，二爷见了没有？”

那贾芸听了这句话，喜的心花俱开，才要说话，只见一个小丫头从里面出来，贾芸连忙同着小红往里走。两个人一左一右，相离不远，贾芸悄悄的道：“回来我出来还是你送出我来。我告诉你还有笑话儿呢。”小红听了，把脸飞红，瞅了贾芸一眼，也不答言。同他到了凤姐门口，自己先进去回了，然后出来，掀起帘子点手儿，口中却故意说道：“奶奶请芸二爷进来呢。”

贾芸笑了一笑，跟着他走进房来，见了凤姐，请了安，并说：“母亲叫问好。”凤姐也问了他母亲好。凤姐道：“你来有什么事？”贾芸道：“侄儿从前承婶娘疼爱，心上时刻想着，总过意不去。欲要孝敬婶娘，又怕婶娘多想。如今重阳时候，略备了一点儿东西。婶娘这里那一件没有，不过是侄儿一点孝心。只怕婶娘不肯赏脸。”凤姐笑道：“有话坐下说。”贾芸才侧身坐了，连忙将东西捧着搁在旁边桌上。凤姐又道：“你不是什么有余的人，何苦又去花钱。我又不等着使。你今日来意是怎么个想头儿，你倒是实说。”贾芸道：“并没有别的想头儿，不过感念婶娘的恩惠，过意不去罢咧。”说着微微的笑了。凤姐道：“不是这么说。你手里窄，我很知道，我何苦白白使你的？你要我收下这个东西，须先和我说明白了。要是这么含着骨头露着肉的，我倒不收。”

贾芸没法儿，只得站起来陪着笑儿说道："并不是有什么妄想。前儿日听见老爷总办陵工[①]，侄儿有几个朋友办过好些工程，极妥当的，要求婶娘在老爷跟前提一提。办得一两种，侄儿再忘不了婶娘的恩典。若是家里用得着，侄儿也能给婶娘出力。"凤姐道："若是别的我却可以作主，至于衙门里的事，上头呢，都是堂官司员定的；底下呢，都是那些书办衙役们办的。别人只怕插不上手。连自己的家人，只不过跟着老爷服侍服侍。就是你二叔去，亦只是为的是各自家里的事，他也并不能搀越公事。论家事，这时是踩一头儿撬一头儿的，连珍大爷还弹压不住，你的年纪儿又轻，辈数儿又小，那里缠的清这些人呢。况且衙门里头的事差不多儿也要完了，不过吃饭瞎跑。你在家里什么事作不得，难道没了这碗饭吃不成？我这是实在话，你自己回去想想就知道了。你的情意我已经领了，把东西快拿回去，是那里弄来的，仍旧给人家送了去罢。"

正说着，只见奶妈子一大起带了巧姐儿进来。那巧姐儿身上穿得锦团花簇，手里拿着好些玩意儿，笑嘻嘻走到凤姐身边学舌。贾芸一见，便站起来笑盈盈的赶着说道："这就是大妹妹么？你要什么好东西不要？"那巧姐儿便哑的一声哭了。贾芸连忙退下。凤姐道："乖乖不怕。"连忙将巧姐揽在怀里道："这是你芸大哥哥，怎么认起生来了。"贾芸道："妹妹生得好相貌，将来又是个有大造化的。"那巧姐儿回头把贾芸一瞧，又哭起来，叠连几次。

贾芸看这光景坐不住，便起身告辞要走。凤姐道："你把东西带了去罢。"贾芸道："这一点子婶娘还不赏脸？"凤姐道："你不带去，我便叫人送到你家去。芸哥儿，你不要这么样，你又不是外人，我这里有机会，少不得打发人去叫你，没有事也没法儿，不在乎这些东东西西上的。"贾芸看见凤姐执意不受，只得红着脸道："既这么着，我再找得用的东西来孝敬婶娘罢。"凤姐便叫小红拿了东西，跟着贾芸送出来。

贾芸走着，一面心中想道："人说二奶奶利害，果然利害。一点儿

① 陵工——营缮帝王陵墓寝庙的工程。属工部的屯田司主管，上由一名工部郎中总负责。

都不漏缝，真正斩钉截铁，怪不得没有后世。这巧姐儿更怪，见了我好像前世的冤家似的。真正晦气，白闹了这么一天。”小红见贾芸没得彩头，也不高兴，拿着东西跟出来。贾芸接过来，打开包儿拣了两件，悄悄的递给小红。小红不接，嘴里说道：“二爷别这么着，看奶奶知道了，大家倒不好看。”贾芸道：“你好生收着罢，怕什么，那里就知道了呢。你若不要，就是瞧不起我了。”小红微微一笑，才接过来，说道：“谁要你这些东西，算什么呢。”说了这句话，把脸又飞红了。贾芸也笑道：“我也不是为东西，况且那东西也算不了什么。”说着话儿，两个已走到二门口。

贾芸把下剩的仍旧揣在怀内。小红催着贾芸道：“你先去罢。有什么事情，只管来找我。我如今在这院里了，又不隔手。”贾芸点点头儿，说道：“二奶奶太利害，我可惜不能长来。刚才我说的话，你横竖心里明白，得了空儿再告诉你罢。”小红满脸羞红，说道：“你去罢，明儿也长来走走。谁叫你和他生疏呢。”贾芸道：“知道了。”贾芸说着出了院门。这里小红站在门口，怔怔的看他去远了，才回来了。

却说凤姐在房中吩咐预备晚饭，因又问道：“你们熬了粥了没有？”丫鬟们连忙去问，回来回道：“预备了。”凤姐道：“你们把那南边来的糟东西弄一两碟来罢。”秋桐答应了，叫丫头们伺候。平儿走来笑道：“我倒忘了，今儿晌午奶奶在上头老太太那边的时候，水月庵的师父打发人来，要向奶奶讨两瓶南小菜，还要支用几个月的月银，说是身上不受用。我问那道婆来着：‘师父怎么不受用？’他说：‘四五天了，前儿夜里因那些小沙弥、小道士里头有几个女孩子睡觉没有吹灯，他说了几次不听。那一夜看见他们三更以后灯还点着呢，他便叫他们吹灯，个个都睡着了，没有人答应，只得自己亲自起来给他们吹灭了。回到坑上，只见有两个人，一男一女，坐在坑上。他赶着问是谁，那里把一根绳子往他脖子上一套，他便叫起人来。众人听见，点上灯火一齐赶来，已经躺在地下，满口吐白沫子，幸亏救醒了。此时还不能吃东西，所以叫来寻些小菜儿的。’我因奶奶不在房中，不便给他。我说：‘奶奶此时没有空儿，在上头呢，回来告诉。’便打发他回去了。才刚听见说起南菜，方想起来了，不然就忘了。”

凤姐听了，呆了一呆，说道：“南菜不是还有呢，叫人送些去就是

了。那银子过一天叫芹哥来领就是了。”又见小红进来回道：“才刚二爷差人来，说是今晚城外有事，不能回来，先通知一声。”凤姐道：“是了。”

说着，只听见小丫头从后面喘吁吁的嚷着直跑到院子里来，外面平儿接着，还有几个丫头们，咕咕唧唧的说话。凤姐道：“你们说什么呢？”平儿道：“小丫头子有些胆怯，说鬼话。”凤姐叫那一个小丫头进来，问道：“什么鬼话？”那丫头道：“我才刚到后边去叫打杂儿的添煤，只听得三间空屋子里哗喇哗喇的响，我还道是猫儿耗子，又听得哎的一声，像个人出气儿的似的。我害怕，就跑回来了。”凤姐骂道：“胡说！我这里断不兴说神说鬼，我从来不信这些个话。快滚出去罢。”那小丫头出去了。凤姐便叫彩明将一天零碎日用账对过一遍，时已将近二更。大家又歇一回，略说些闲话，遂叫各人安歇去罢。凤姐也睡下了。

将近三更，凤姐似睡不睡，觉得身上寒毛一乍，自己惊醒了，越躺着越发起渗[①]来，因叫平儿、秋桐过来作伴。二人也不解何意。那秋桐本来不顺凤姐，后来贾琏因尤二姐之事不大爱惜他了，凤姐又笼络他，如今倒也安静，只是心里比平儿差多了，外面情儿。今见凤姐不受用，只得端上茶来。凤姐喝了一口，道：“难为你，睡去罢，只留平儿在这里就够了。”秋桐却要献勤儿，因说道：“奶奶睡不着，倒是我们两个轮流坐坐也使得。”凤姐一面说，一面睡着了。平儿、秋桐看见凤姐已睡，只听得远远的鸡叫了，二人方都穿着衣服略躺了一躺，就天亮了，连忙起来服侍凤姐梳洗。

凤姐因夜中之事，心神恍惚不宁，只是一味要强，仍然扎挣起来。正坐着纳闷，忽听个小丫头子在院里问道：“平姑娘在屋里么？”平儿答应了一声，那小丫头掀起帘子进来，却是王夫人打发过来找贾琏，说：“外头有人回要紧的官事。老爷才出了门，太太叫快请二爷过去呢。”凤姐听见唬了一跳。未知何事，下回分解。

---

① 渗——恐惧不安。

第八十九回

人亡物在公子填词　蛇影杯弓颦卿绝粒

却说凤姐正自起来纳闷，忽听见小丫头这话，又唬了一跳，连忙问道："什么官事？"小丫头道："也不知道。刚才二门上小厮回进来，回老爷有要紧的官事，所以太太叫我请二爷来了。"凤姐听是工部里的事，才把心略略的放下，因说道："你回去回太太，就说二爷昨日晚上出城有事，没有回来。打发人先回珍大爷去罢。"那丫头答应着去了。

一时贾珍过来见了部里的人，问明了，进来见了王夫人，回道："部中来报，昨日总河[①]奏到河南一带决了河口，湮没了几府州县。又要开销国帑，修理城工。工部司官又有一番照料，所以部里特来报知老爷的。"说完退出，及贾政回家来回明。从此直到冬间，贾政天天有事，常在衙门里。宝玉的工课也渐渐松了，只是怕贾政觉察出来，不敢不常在学房里去念书，连黛玉处也不敢常去。

那时已到十月中旬，宝玉起来要往学房中去。这日天气陡寒，只见袭人早已打点出一包衣服，向宝玉道："今日天气很冷，早晚宁使暖些。"说着，把衣服拿出来给宝玉挑了一件穿。又包了一件，叫小丫头拿出交给茗烟，嘱咐道："天气凉，二爷要换时，好生预备着。"茗烟

① 总河——亦称"河督"，河道总督的简称。元代曰总治河防使，明代曰总督河道都御史，清代称河道总督，正二品，总管黄、淮等河道事务。

答应了，抱着毡包，跟着宝玉自去。

宝玉到了学房中，做了自己的功课，忽听得纸窗呼喇喇一派风声。代儒道："天气又发冷。"把风门推开一看，只见西北上一层层的黑云渐渐往东南扑上来。茗烟走进来回宝玉道："二爷，天气冷了，再添些衣服罢。"宝玉点点头儿。只见茗烟拿进一件衣服来，宝玉不看则已，看了时神已痴了。那些小学生都巴着眼瞧，却原是晴雯所补的那件雀金裘。宝玉道："怎么拿这一件来！是谁给你的？"茗烟道："是里头姑娘们包出来的。"宝玉道："我身上不大冷，且不穿呢，包上罢。"代儒只当宝玉可惜这件衣服，却也心里喜他知道俭省。茗烟道："二爷穿上罢，着了凉，又是奴才的不是了。二爷只当疼奴才罢。"宝玉无奈，只得穿上，呆呆的对着书坐着。

代儒也只当他看书，不甚理会。晚间放学时，宝玉便往代儒托病告假一天。代儒本来上年纪的人，也不过伴着几个孩子解闷儿，时常也八病九痛的，乐得去一个少操一日心。况且明知贾政事忙，贾母溺爱，便点点头儿。

宝玉一径回来，见过贾母王夫人，也是这样说，自然没有不信的，略坐一坐便回园中去了。见了袭人等，也不似往日有说有笑的，便和衣躺在炕上。袭人道："晚饭预备下了，这会儿吃还是等一等儿？"宝玉道："我不吃了，心里不舒服。你们吃去罢。"袭人道："那么着你也该把这件衣服换下来了，那个东西那里禁得住揉搓。"宝玉道："不用换。"袭人道："倒也不但是娇嫩物儿，你瞧瞧那上头的针线也不该这么糟蹋他呀。"宝玉听了这话，正碰在他心坎儿上，叹了一口气道："那么着，你就收起来给我包好了，我也总不穿他了。"说着，站起来脱下。袭人才过来接时，宝玉已经自己叠起。袭人道："二爷怎么今日这样勤谨起来了？"宝玉也不答言，叠好了，便问："包这个的包袱呢？"麝月连忙递过来，让他自己包好，回头却和袭人挤着眼儿笑。

宝玉也不理会，自己坐着，无精打采，猛听架上钟响，自己低头看了看表，针已指到酉初二刻了。一时小丫头点上灯来。袭人道："你不吃饭，喝一口粥儿罢。别净饿着，看仔细饿上虚火来，那又是我们的累赘了。"宝玉摇摇头儿，说："不大饿，强吃了倒不受用。"袭人道："既这么着，就索性早些歇着罢。"于是袭人、麝月铺设好了，宝玉也就歇下，翻来复去只睡不着，将及黎明，反朦胧睡去，不一顿饭时，早又醒了。

此时袭人、麝月也都起来。袭人道："昨夜听着你翻腾到五更多，我也不敢问你。后来我就睡着了，不知到底你睡着了没有？"宝玉道："也睡了一睡，不知怎么就醒了。"袭人道："你没有什么不受用？"宝玉道："没有，只是心上发烦。"袭人道："今日学房里去不去？"宝玉道："我昨儿已经告了一天假了，今儿我要想园里逛一天，散散心，只是怕冷。你叫他们收拾一间房子，备下一炉香，搁下纸墨笔砚。你们只管干你们的，我自己静坐半天才好。别叫他们来搅我。"麝月接着道："二爷要静静儿的用工夫，谁敢来搅。"袭人道："这么着很好，也省得着了凉。自己坐坐，心神也不散。"因又问："你既懒待吃饭，今日吃什么？早说好传给厨房里去。"宝玉道："还是随便罢，不必闹的大惊小怪的。倒是要几个果子搁在那屋里，借点果子香。"袭人道："那个屋里好？别的都不大干净，只有晴雯起先住的那一间，因一向无人，还干净，就是清冷些。"宝玉道："不妨，把火盆挪过去就是了。"袭人答应了。

正说着，只见一个小丫头端了一个茶盘儿，一个碗，一双牙箸，递给麝月道："这是刚才花姑娘要的，厨房里老婆子送了来了。"麝月接了一看，却是一碗燕窝汤，便问袭人道："这是姐姐要的么？"袭人笑道："昨夜二爷没吃饭，又翻腾了一夜，想来今日早起心里必是发空的，所以我告诉小丫头们叫厨房里作了这个来的。"袭人一面叫小丫头放桌儿，麝月打发宝玉喝了，漱了口。只见秋纹走来说道："那屋里已经收拾妥了，但等着一时炭劲过了，二爷再进去罢。"宝玉点头，只是一腔心事，懒怠说话。

一时小丫头来请，说笔砚都安放妥当了。宝玉道："知道了。"又一个小丫头回道："早饭得了。二爷在那里吃？"宝玉道："就拿了来罢，不必累赘了。"小丫头答应了自去。一时端上饭来，宝玉笑了一笑，向袭人、麝月道："我心里闷得很，自己吃只怕又吃不下去，不如你们两个同我一块儿吃，或者吃的香甜，我也多吃些。"麝月笑道："这是二爷的高兴，我们可不敢。"袭人道："其实也使得，我们一处喝酒，也不止今日。只是偶然替你解闷儿还使得，若认真这样，还有什

么规矩体统呢。”说着三人坐下。宝玉在上首，袭人、麝月两个打横陪着。吃了饭，小丫头端上漱口茶，两个看着撤了下去。宝玉因端着茶，默默如有所思，又坐了一坐，便问道：“那屋里收拾妥了么？”麝月道：“头里就回过了，这回子又问。”

宝玉略坐了一坐，便过这间屋子来，亲自点了一炷香，摆上些果品，便叫人出去，关上了门。外面袭人等都静悄无声。宝玉拿了一幅泥金角花的粉红笺出来，口中祝了几句，便提起笔来写道：

怡红主人焚付晴姐知之，酌茗清香，庶几来飨。

其词云：

随身伴，独自意绸缪[①]。谁料风波平地起，顿教躯命即时休。孰与话轻柔。东逝水，无复向西流。想象更无怀梦草[②]，添衣还见翠云裘。脉脉使人愁！

写毕，就在香上点个火焚化了。静静儿等着，直待一炷香点尽了，才开门出来。袭人道：“怎么出来了？想来又闷的慌了。”宝玉笑了一笑，假说道：“我原是心里烦，才找个地方静坐坐。这会子好了，还要外头走走去呢。”

说着，一径出来，到了潇湘馆，在院里问道：“林妹妹在家里呢么？”紫鹃接应道：“是谁？”掀帘看时，笑道：“原来是宝二爷。姑娘在屋里呢，请二爷到屋里坐着。”宝玉同着紫鹃走进来。黛玉却在里间呢，说道：“紫鹃，请二爷屋里坐罢。”宝玉走到里间门口，看见新写的一付紫墨色泥金云龙笺的小对，上写着：“绿窗明月在，青史古人空。”宝玉看了，笑了一笑，走入门去，笑问道：“妹妹做什么呢？”黛玉站起来迎了两步，笑着让道：“请坐。我在这里写经，只剩得两行

① 绸缪——这里是心意缠绵之意。

② 怀梦草——传说汉武帝的宠妃李夫人死后，帝极怀念，东方朔献仙草一株，夜间佩之，梦会李夫人，因称之为怀梦草。

了，等写完了再说话儿。”因叫雪雁倒茶。宝玉道：“你别动，只管写。”

说着，一面看见中间挂着一幅单条[①]，上面画着一个嫦娥，带着一个侍者；又一个女仙，也有一个侍者，捧着一个长长儿的衣囊似的，二人身边略有些云护，别无点缀，全仿李龙眠[②]白描笔意，上有“斗寒图”三字，用八分书[③]写着。宝玉道：“妹妹这幅《斗寒图》可是新挂上的？”黛玉道：“可不是。昨日他们收拾屋子，我想起来，拿出来叫他们挂上的。”宝玉道：“是什么出处？”黛玉笑道：“眼前熟得很的，还要问人。”宝玉笑道：“我一时想不起，妹妹告诉我罢。”黛玉道：“岂不闻‘青女素娥俱耐冷，月中霜里斗蝉娟’[④]？”宝玉道：“是啊。这个实在新奇雅致，却好此时拿出来挂。”说着，又东瞧瞧，西走走。

雪雁沏了茶来，宝玉吃着。又等了一会子，黛玉经才写完，站起来道：“简慢了。”宝玉笑道：“妹妹还是这么客气。”但见黛玉身上穿着月白绣花小毛皮袄，加上银鼠坎肩；头上挽着随常云髻，簪上一枝赤金匾簪，别无花朵；腰下系着杨妃色[⑤]绣花绵裙。真比如：

亭亭玉树临风立，冉冉香莲带露开。

宝玉因问道：“妹妹这两日弹琴来着没有？”黛玉道：“两日没弹了。因为写字已经觉得手冷，那里还去弹琴。”宝玉道：“不弹也罢了。我想琴虽是清高之品，却不是好东西，从没有弹琴里弹出富贵寿考来的，只有弹出忧思怨乱来的。再者弹琴也得心里记谱，未免费心。依

---

① 单条——即立轴，中国画装裱体式之一，直幅卷轴的一种，居中为画幅，四周镶边成狭长形条幅，有别于“中堂”和“吊屏”（如对联等）。

② 李龙眠——宋代画家。名公麟，字伯时，安徽人，晚年居龙眠山庄，号龙眠山人。擅人物鞍马、神仙佛道，兼及山水花鸟。作画多用“白描”，《画断》赞其笔法如“云形水流”。

③ 八分书——字体名，汉隶的别称。魏晋时也称楷书为隶书，故别称有波挑的隶书为“八分”，以示区别。

④ “青女”两句——李商隐《霜月》中的诗句。

⑤ 杨妃色——即粉红色。

我说，妹妹身子又单弱，不操这心也罢了。”黛玉抿着嘴儿笑。宝玉指着壁上道：“这张琴可就是么？怎么这么短？”黛玉笑道：“这张琴不是短，因我小时学抚的时候别的琴都够不着，因此特地做起来的。虽不是焦尾枯桐[①]，这鹤山凤尾还配得齐整，龙池雁足[②]高下还相宜。你看这断纹不是牛旄[③]似的么？所以音韵也还清越。”

宝玉道：“妹妹这几天来做诗没有？”黛玉道：“自结社以后没大作。”宝玉笑道：“你别瞒我，我听见你吟的什么‘不可，惙素心如何天上月’，你搁在琴里觉得音响分外的响亮。有的没有？”黛玉道：“你怎么听见了？”宝玉道：“我那一天从蓼风轩来听见的，又恐怕打断你的清韵，所以静听了一会就走了。我正要问你：前路是平韵，到末了儿忽转了仄韵，是个什么意思？”黛玉道：“这是人心自然之音，做到那里就到那里，原没有一定的。”宝玉道：“原来如此。可惜我不知音，枉听了一会子。”黛玉道：“古来知音人能有几个？”

宝玉听了，又觉得出言冒失了，又怕寒了黛玉的心，坐了一坐，心里像有许多话，却再无可讲的。黛玉因方才的话也是冲口而出，此时回想，觉得太冷淡些，也就无话。宝玉一发打量黛玉设疑，遂讪讪的站起来说道：“妹妹坐着罢。我还要到三妹妹那里瞧瞧去呢。”黛玉道：“你若是见了三妹妹，替我问候一声罢。”宝玉答应着便出来了。

黛玉送至屋门口，自己回来闷闷的坐着，心里想道：“宝玉近来说话半吐半吞，忽冷忽热，也不知他是什么意思。”正想着，紫鹃走来道：“姑娘，经不写了？我把笔砚都收好了。”黛玉道：“不写了，收起去罢。”说着，自己走到里间屋里床上歪着，慢慢的细想。紫鹃进来问道：“姑娘喝碗茶罢？”黛玉道：“不喝呢。我略歪歪儿，你们自己去罢。”

---

① 焦尾枯桐——《后汉书·蔡邕传》载：某人用枯桐树烧饭，蔡邕听其火裂声，知为美材，取来做琴，果然极佳，因其尾已焦，名为焦琴或焦尾琴。后以“焦尾枯桐”称赞好琴。

② 鹤山凤尾、龙池雁足——均为古琴几个部位的专名。鹤山：即岳山，又名临乐、琴鹤，琴面近琴首一端的高起者，上架七弦。凤尾：即琴尾。龙池：琴底前端的一长方孔（琴底尾端一较小长方孔叫凤沼）。雁足：琴腰底部的两只木足。

③ 牛旄——古琴上髹漆的裂纹叫断纹，断纹如“牛旄”者为上品。

紫鹃答应着出来，只见雪雁一个人在那里发呆。紫鹃走到他跟前问道："你这会子也有了什么心事了么？"雪雁只顾发呆，倒被他唬了一跳，因说道："你别嚷，今日我听见了一句，我告诉你听，奇不奇。你可别言语。"说着，往屋里努嘴儿。因自己先行，点着头儿叫紫鹃同他出来。

到门外平台底下，悄悄儿的道："姐姐你听见了么？宝玉定了亲了！"紫鹃听了，唬了一跳，说道："这是那里来的话？只怕不真罢。"雪雁道："怎么不真，别人大概都知道，就只咱们没听见。"紫鹃道："你是那里听来的？"雪雁道："我听见侍书说的，是个什么知府家，家资也好，人才也好。"紫鹃正听时，只听得黛玉咳嗽了一声，似乎起来的光景。紫鹃恐怕他出来听见，便拉了雪雁摇摇手儿，往里望望，不见动静，才又悄悄儿的问道："他到底怎么说来？"雪雁道："前儿不是叫我到三姑娘那里去道谢吗？三姑娘不在屋里，只有侍书在那里。大家坐着，无意中说起宝二爷的淘气来，他说宝二爷怎么好，只会玩儿，全不像大人的样子，已经说亲了，还是这么呆头呆脑。我问他定了没有，他说是定了，是个什么王大爷做媒的。那王大爷是东府里的亲戚，所以也不用打听，一说就成了。"紫鹃侧着头想了一想，"这句话奇！"又问道："怎么家里没有人说起？"雪雁道："侍书也说的是老太太的意思。若一说起，恐怕宝玉野了心，所以都不提起。侍书告诉了我，又叮嘱千万不可露风，说出来只道是我多嘴。"把手往里一指，"所以他面前也不提。今日是你问起，我不犯瞒你。"

正说到这里，只听鹦鹉叫唤，学着说："姑娘回来了，快倒茶来！"倒把紫鹃、雪雁吓了一跳，回头并不见有人，便骂了鹦鹉一声，走进屋内，只见黛玉喘吁吁的刚坐在椅子上，紫鹃搭讪着问茶问水。黛玉问道："你们两个那里去了？再叫不出一个人来。"说着便走到炕边，将身子一歪，仍旧倒在炕上，往里躺下，叫把帐子撩下。紫鹃、雪雁答应出去。他两个心里疑惑方才的话只怕被他听了去了，只好大家不提。

谁知黛玉一腔心事，又窃听了紫鹃、雪雁的话，虽不很明白，已听得了七八分，如同将身撂在大海里一般。思前想后，竟应了前日的梦中之谶，千愁万恨，堆上心来。左右打算，不如早些死了，免得眼见了

意外的事情，那时反倒无趣。又想到自己没了爹娘的苦，自今以后，把身子一天一天的糟蹋起来，一年半载，少不得身登清净。打定了主意，被也不盖，衣也不添，竟是合眼装睡。紫鹃和雪雁来伺候几次，不见动静，又不好叫唤。晚饭都不吃。点灯已后，紫鹃掀开帐子，见已睡着了，被窝都蹬在脚后。怕他着了凉，轻轻儿拿来盖上。黛玉也不动，单待他出去，仍然褪下。

那紫鹃只管问雪雁："今儿的话到底是真的是假的？"雪雁道："怎么不真。"紫鹃道："侍书怎么知道的？"雪雁道："是小红那里听来的。"紫鹃道："头里咱们说话，只怕姑娘听见了，你看刚才的神情，大有原故。今日以后，咱们倒别提这件事了。"说着，两个人也收拾要睡。紫鹃进来看时，只见黛玉被窝又蹬下来，复又给他轻轻盖上。一宿晚景不提。

次日，黛玉清早起来，也不叫人，独自一个呆呆地坐着。紫鹃醒来，看见黛玉已起，便惊问道："姑娘怎么这么早？"黛玉道："可不是，睡得早，所以醒得早。"紫鹃连忙起来，叫醒雪雁，伺候梳洗。那黛玉对着镜子，只管呆呆的自看。看了一回，那泪珠儿断断连连，早已湿透了罗帕。正是：

瘦影正临春水照，卿须怜我我怜卿。

紫鹃在旁也不敢劝，只怕倒把闲话勾引旧恨来。迟了好一会，黛玉才随便梳洗了，那眼中泪渍终是不干。又自坐了一会，叫紫鹃道："你把藏香点上。"紫鹃道："姑娘，你睡也没睡得几时，如何点香？不是要写经？"黛玉点点头儿。紫鹃道："姑娘今日醒得太早，这会子又写经，只怕太劳神了罢。"黛玉道："不怕，早完了早好。况且我也并不是为经，倒借着写字解解闷儿。以后你们见了我的字迹，就算见了我的面儿了。"说着，那泪直流下来。紫鹃听了这话，不但不能再劝，连自己也撑不住滴下泪来。

原来黛玉立定主意，自此已后，有意糟蹋身子，茶饭无心，每日渐减下来。宝玉下学时，也常抽空问候，只是黛玉虽有万千言语，自知年纪已大，又不便似小时可以柔情挑逗，所以满腔心事，只是说不出来。

宝玉欲将实言安慰，又恐黛玉生嗔，反添病症。两个人见了面，只得用浮言劝慰，真真是亲极反疏了。

那黛玉虽有贾母、王夫人等怜恤，不过请医调治，只说黛玉常病，那里知他的心病。紫鹃等虽知其意，也不敢说。从此一天一天的减，到半月之后，肠胃日薄，一日果然粥都不能吃了。黛玉日间听见的话，都似宝玉娶亲的话，看见怡红院中的人，无论上下，也像宝玉娶亲的光景。薛姨妈来看，黛玉不见宝钗，越发起疑心，索性不要人来看望，也不肯吃药，只要速死。睡梦之中，常听见有人叫宝二奶奶的。一片疑心，竟成蛇影。一日竟是绝粒，粥也不喝，恹恹一息，垂毙殆尽。未知黛玉性命如何，且看下回分解。

第九十回

失绵衣贫女耐嗷嘈　送果品小郎惊叵测

却说黛玉自立意自戕之后，渐渐不支，一日竟至绝粒。从前十几天内，贾母等轮流看望，他有时还说几句话；这两日索性不大言语。心里虽有时昏晕，却也有时清楚。贾母等见他这病不似无因而起，也将紫鹃、雪雁盘问过两次，两个那里敢说。便是紫鹃欲向侍书打听消息，又怕越闹越真，黛玉更死得快了，所以见了侍书，毫不提起。那雪雁是他传话弄出这样缘故来，此时恨不得长出百十个嘴来说“我没说”，自然更不敢提起。到了这一天黛玉绝粒之日，紫鹃料无指望了，守着哭了会子，因出来偷向雪雁道：“你进屋里来好好儿的守着他。我去回老太太、太太和二奶奶去，今日这个光景大非往常可比了。”雪雁答应，紫鹃自去。

侍书

这里雪雁正在屋里伴着黛玉，见他昏昏沉沉，小孩子家那里见过这个样儿，只打谅如此便是死的光景了，心中又痛又怕，恨不得紫鹃一时回来才好。正怕着，只听窗外脚步走响，雪雁知是紫鹃回来，才放下心了，连忙站起来掀着里间帘子等他。只见外面帘子响处，进来一个人，却是侍书。那侍书是探春打发来看黛玉的，见雪雁在那里掀着帘子，便问道："姑娘怎么样？"雪雁点点头儿叫他进来。侍书跟进来，见紫鹃不在屋里，瞧了瞧黛玉，只剩得残喘微延，唬的惊疑不止，因问道："紫鹃姐姐呢？"雪雁道："告诉上屋里去了。"

那雪雁此时只打谅黛玉心中一无所知了，又见紫鹃不在面前，因悄悄的拉了侍书的手问道："你前日告诉我说的是什么王大爷给这里宝二爷说了亲，是真话么？"侍书道："怎么不真。"雪雁道："多早晚放定的？"侍书道："那里就放定了呢。那一天我告诉你时，是我听见小红说的。后来我到二奶奶那边去，二奶奶正和平姐姐说呢，说那都是门客们借着这个事讨老爷的喜欢，往后好拉拢的意思。别说大太太说不好，就是大太太愿意，说那姑娘好，那大太太眼里看的出什么人来！再者老太太心里早有了人了，就在咱们园子里的。大太太那里摸的着底呢。老太太不过因老爷的话，不得不问问罢咧。又听见二奶奶说，宝玉的事，老太太总是要亲上作亲的，凭谁来说亲，横竖不中用。"

雪雁听到这里，也忘了神了，因说道："这是怎么说，白白的送了我们这一位的命了！"侍书道："这是从那里说起？"雪雁道："你还不知道呢。前日都是我和紫鹃姐姐说来着，这一位听见了，就弄到这步田地了。"侍书道："你悄悄儿的说罢，看仔细他听见了。"雪雁道："人事都不省了，瞧瞧罢，左不过在这一两天了。"正说着，只见紫鹃掀帘进来说："这还了得！你们有什么话，还不出去说。还在这里说。索性逼死他就完了。"侍书道："我不信有这样奇事。"紫鹃道："好姐姐，不是我说，你又该恼了。你懂得什么呢！懂得也不传这些舌了。"

这里三人正说着，只听黛玉忽然又嗽了一声。紫鹃连忙跑到炕沿前站着，侍书、雪雁也都不言语了。紫鹃弯着腰，在黛玉身后轻轻问道："姑娘喝口水罢。"黛玉微微答应了一声。雪雁连忙倒了半钟滚白水，紫鹃接了托着，侍书也走近前来。紫鹃和他摇头儿，不叫他说话，侍书只得咽住了。站了一回，黛玉又嗽了一声。紫鹃趁势问道："姑娘喝水呀？"黛玉又微微应了一声，那头似有欲抬之意，那里抬得起？紫鹃爬上炕去，爬在

黛玉旁边，端着水试了冷热，送到唇边，扶了黛玉的头，就到碗边，喝了一口。紫鹃才要拿时，黛玉意思还要喝一口，紫鹃便托着那碗不动。黛玉又喝一口，摇摇头儿不喝了，喘了一口气，仍旧躺下。

半日，微微睁眼说道：“刚才说话不是侍书么？”紫鹃答应道：“是。”侍书尚未出去，因连忙过来问候。黛玉睁眼看了，点点头儿，又歇了一歇，说道：“回去问你姑娘好罢。”侍书见这番光景，只当黛玉嫌烦，只得悄悄的退出去了。

原来那黛玉虽则病势沉重，心里却还明白。起先侍书、雪雁说话时，他也模糊听见了一半句，却只作不知，也因实无精神答理。及听了雪雁侍书的话，才明白前头的事情原是议而未成的，又兼侍书说是凤姐说的，老太太的主意亲上作亲，又是园中住着的，非自己而谁？因此一想，阴极阳生，心神顿觉清爽许多，所以才喝了两口水，又要想问侍书的话。

恰好贾母、王夫人、李纨、凤姐听见紫鹃之言，都赶着来看。黛玉心中疑团已破，自然不似先前寻死之意了。虽身体软弱，精神短少，却也勉强答应一两句了。凤姐因叫过紫鹃问道：“姑娘也不至这样，这是怎么说，你这样唬人。”紫鹃道：“实在头里看着不好，才敢去告诉的，回来见姑娘竟好了许多，也就怪了。”贾母笑道：“你也别怪他，他懂得什么。看见不好就言语，这倒是他明白的地方，小孩子家，不嘴懒脚懒就好。”说了一回，贾母等料着无妨，也就去了。正是：

心病终须心药治，解铃还是系铃人。

不言黛玉病渐减退，且说雪雁、紫鹃背地里都念佛。雪雁向紫鹃说道：“亏他好了，只是病的奇怪，好的也奇怪。”紫鹃道：“病的倒不怪，就只好的奇怪。想来宝玉和姑娘必是姻缘，人家说的‘好事多磨’，又说道‘是姻缘棒打不回’。这样看起来，人心天意，他们两个竟是天配的了。再者，你想那一年我说了林姑娘要回南去，把宝玉没急死了，闹得家翻宅乱。如今一句话，又把这一个弄得死去活来。可不说的三生石上百年前结下的么？”说着，两个悄悄的抿着嘴笑了一回。

雪雁又道：“幸亏好了。咱们明儿再别说了，就是宝玉娶了别的人家儿的姑娘，我亲见他在那里结亲，我也再不露一句话了。”紫鹃笑道：“这就是了。”不但紫鹃和雪雁在私下里讲究，就是众人也都知道黛玉的病也病得奇怪，好也好得奇怪，三三两两，唧唧哝哝议论着。不多几时，连凤姐也知道了，邢、王二夫人也有些疑惑，倒是贾母略猜着了八九。

那时正值邢、王二夫人、凤姐等在贾母房中说闲话，说起黛玉的病来。贾母道：“我正要告诉你们，宝玉和林丫头是从小儿在一处的，我只说小孩子们，怕什么？以后时常听得林丫头忽然病，忽然好，都为有了些知觉了。所以我想他们若尽着搁在一块儿，毕竟不成体统。你们怎么说？”王夫人听了，便呆了一呆，只得答应道：“林姑娘是个有心计儿的。至于宝玉，呆头呆脑，不避嫌疑是有的，看起外面，却还都是个小孩儿的形象。此时若忽然或把那一个分出园外，不是倒露了什么痕迹了么？古来说的：‘男大须婚，女大须嫁。’老太太想，倒是赶着把他们的事办办也罢了。”

贾母皱了一皱眉，说道：“林丫头的乖僻，虽也是他的好处，我的心里不把林丫头配他，也是为这点子。况且林丫头这样虚弱，恐不是有寿的。只有宝丫头最妥。”王夫人道：“不但老太太这么想，我们也是这样。但林姑娘也得给他说了人家才好，不然女孩儿家长大了，那个没有心事？倘或真与宝玉有些私心，若知道宝玉定下宝丫头，那倒不成事了。”贾母道：“自然先给宝玉娶了亲，然后给林丫头说人家，再没有先是外人后是自己的。况且林丫头年纪到底比宝玉小两岁。依你们这样说，倒是宝玉定亲的话不许叫他知道倒罢了。”

凤姐便吩咐众丫头们道：“你们听见了，宝二爷定亲的话，不许混吵嚷。若有多嘴的，提防着他的皮。”贾母又向凤姐道：“凤哥儿，你如今自从身上不大好，也不大管园里的事了。我告诉你，须得经点儿心。不但这个，就像前年那些人喝酒耍钱，都不是事。你还精细些，少不得多分点心儿，严紧严紧他们才好。况且我看他们也就只还服你。”凤姐答应了。娘儿们又说了一回话，方各自散了。

从此凤姐常到园中照料。一日，刚走进大观园，到了紫菱洲畔，只听见一个老婆子在那里嚷。凤姐走到跟前，那婆子才瞧见了，早垂手侍立，口里请了安。凤姐道：“你在这里闹什么？”婆子道：“蒙奶奶们派我在这里看守花果，我也没有差错，不料邢姑娘的丫头说我们是

贼。”凤姐道：“为什么呢？”婆子道：“昨儿我们家的黑儿跟着我到这里玩了一回，他不知道，又往邢姑娘那边去瞧了一瞧，我就叫他回去了。今儿早起听见他们丫头说丢了东西了。我问他丢了什么，他就问起我来了。”凤姐道：“问了你一声，也犯不着生气呀。”婆子道：“这里园子到底是奶奶家里的，并不是他们家里的。我们都是奶奶派的，贼名儿怎么敢认呢？”凤姐照脸啐了一口，厉声道：“你少在我跟前唠唠叨叨的！你在这里照看，姑娘丢了东西，你们就该问哪，怎么说出这些没道理的话来？把老林叫了来，撵出他去！”丫头们答应了。

只见邢岫烟赶忙出来，迎着凤姐陪笑道：“这使不得，没有的事，事情早过去了。”凤姐道：“姑娘，不是这个话。倒不讲事情，这名分上太岂有此理了。”岫烟见婆子跪在地下告饶，便忙请凤姐到里边去坐。凤姐道：“他们这种人我知道，他除了我，其余都没上没下的了。”岫烟再三替他讨饶，只说自己的丫头不好。凤姐道：“我看着邢姑娘的分上，饶你这一次。”婆子才起来，磕了头，又给岫烟磕了头，才出去了。

这里二人让了坐。凤姐笑问道：“你丢了什么东西了？”岫烟笑道：“没有什么要紧的，是一件红小袄儿，已经旧了的。我原叫他们找，找不着就罢了。这小丫头不懂事，问了那婆子一声，那婆子自然不依了。这都是小丫头糊涂不懂事，我也骂了几句，已经过去了，不必再提了。”凤姐把岫烟内外一瞧，看见虽有些皮绵衣服，已是半新不旧的，未必能暖和。他的被窝多半是薄的。至于房中桌上摆设的东西，就是老太太拿来的，却一些不动，收拾的干干净净。

凤姐心上便很爱敬他，说道：“一件衣服原不要紧，这时候冷，又是贴身的，怎么就不问一声儿呢。这撒野的奴才了不得了！”说了一回，凤姐出来，各处去坐了一坐，就回去了。到了自己房中，叫平儿取了一件大红洋绉的小袄儿，一件松花色绫子一斗珠儿的小皮袄，一条宝蓝盘锦[①]镶花绵裙，一件佛青[②]银鼠褂子，包好叫人送去。

---

① 盘锦——用金线在丝织物上盘出图案。

② 佛青——绘画颜料，又名头青，石青中之最深者，近群青。如来佛像头部的螺髻着色用头青，故称“佛头青”或“佛青”。

那时岫烟被那老婆子聒噪了一场，虽有凤姐来压住，心上终是不安。想起“许多姊妹们在这里，没有一个下人敢得罪他的，独自我这里，他们言三语四，刚刚凤姐来碰见。”想来想去，终是没意思，又说不出来。

正在吞声饮泣，看见凤姐那边的丰儿送衣服过来。岫烟一看，决不肯受。丰儿道：“奶奶吩咐我说，姑娘要嫌是旧衣裳，将来送新的来。”岫烟笑谢道：“承奶奶的好意，只是因我丢了衣服，他就拿来，我断不敢受。你拿回去千万谢你们奶奶，承你奶奶的情，我算领了。”倒拿个荷包给了丰儿。那丰儿只得拿了去。不多时，又见平儿同着丰儿过来，岫烟忙迎着问了好，让了坐。平儿笑说道：“我们奶奶说，姑娘特外道的了不得。”岫烟道：“不是外道，实在不过意。”平儿道：“奶奶说，姑娘要不收这衣裳，不是嫌太旧，就是瞧不起我们奶奶。刚才说了，我要拿回去，奶奶不依我呢。”岫烟红着脸笑谢道：“这样说了，叫我不敢不收。”又让了一回茶。

平儿同丰儿回去，将到凤姐那边，碰见薛家差来的一个老婆子，接着问好。平儿便问道：“你那里来的？”婆子道：“那边太太姑娘叫我来请各位太太、奶奶、姑娘们的安。我才刚在奶奶前问起姑娘来，说姑娘到园中去了。可是从邢姑娘那里来么？”平儿道：“你怎么知道？”婆子道：“方才听见说。真真的二奶奶和姑娘们的行事叫人感念。”平儿笑了一笑说：“你回来坐着罢。”婆子道：“我还有事，改日再过来瞧姑娘罢。”说着走了。平儿回来，回复了凤姐。不在话下。

且说薛姨妈家中被金桂搅得翻江倒海，看见婆子回来，述起岫烟的事，宝钗母女二人不免滴下泪来。宝钗道：“都为哥哥不在家，所以叫邢姑娘多吃几天苦，如今还亏凤姐姐不错。咱们底下也得留心，到底是咱们家里人。”说着，薛蝌进来说道：“大哥哥这几年在外头相与的都是些什么人，连一个正经的也没有，来一起子，都是些狐群狗党。我看他们那里是不放心，不过来探探消息儿罢咧。这两天都被我干出去了。以后吩咐了门上，不许传进这种人来。”薛姨妈道：“又是蒋玉菡那些人哪？”薛蝌道：“蒋玉菡却倒没来，倒是别人。”

薛姨妈听了薛蝌的话，不觉又伤心起来，说道：“我虽有儿，如今就像没有的了，就是上司准了，也是个废人。你虽是我侄儿，我看你还比你哥哥明白些，我这后辈子全靠你了。你自己从今更要学好。再者，你聘下的媳妇儿，家道不比往时了。人家的女孩儿出门子不是容易，再没别的想法，只盼着女婿能干，他就有日子过了。若邢丫头也像这个东西……”说着把手往里头一指，道，“我也不说了。邢丫头实在是个有廉耻有心计儿的，又守得贫，耐得富。只是等咱们的事情过去了，早些把你们的正经事完结了，也了我一宗心事。”薛蝌道：“琴妹妹还没有出门子，这倒是太太烦心的一件事。至于这个，可算什么呢。”大家又说了一回闲话。

薛蝌回到自己房中，吃了晚饭，想起邢岫烟住在贾府园中，终是寄人篱下，况兼又穷，日用起居，不想可知。况兼当初一路同来，模样儿性格儿都知道的。可知天意不均：如夏金桂这种人，偏教他有钱，娇养得这般泼辣；邢岫烟这种人，偏教他这样受苦。阎王判命的时候，不知如何判法的？想到闷来也想吟诗一首，写出来出出胸中的闷气。又苦自己没有工夫，只得混写道：

蛟龙失水似枯鱼，两地情怀感索居[①]。
同在泥涂多受苦，不知何日向清虚。

写毕看了一回，意欲拿来粘在壁上，又不好意思。自己沉吟道：“不要被人看见笑话。”又念了一遍，道：“管他呢，左右粘上自己看着解闷儿罢。”又看了一回，到底不好，拿来夹在书里。又想自己年纪可也不小了，家中又碰见这样飞灾横祸，不知何日了局，致使幽闺弱质，弄得这般凄凉寂寞。

正在那里想时，只见宝蟾推门进来，拿着一个盒子，笑嘻嘻放在桌上。薛蝌站起来让坐。宝蟾笑着向薛蝌道：“这是四碟果子，一小壶儿酒，大奶奶叫给二爷送来的。”薛蝌陪笑道：“大奶奶费心。但是叫小丫头们送来就完了，怎么又劳动姐姐呢？”宝蟾道：“好说。自家人，二爷何必说这些套话？再者我们大爷这件事，实在叫二爷操心，大奶奶久已要亲自弄点什么儿谢二爷，又怕别人多心。二爷是知道的，咱们家

① 索居——独处。索：孤独。

里都是言和意不和，送点子东西没要紧，倒没的惹人七嘴八舌的讲究。所以今日些微的弄了一两样果子，一壶酒，叫我亲自悄悄儿的送来。”说着，又笑瞅了薛蝌一眼，道：“明儿二爷再别说这些话，叫人听着怪不好意思的。我们不过也是底下的人，服侍的着大爷，就服侍的着二爷，这有何妨呢？”

薛蝌一则秉性忠厚，二则到底年轻，只是向来不见金桂和宝蟾如此相待，心中想到刚才宝赡说为薛蟠之事也是情理，因说道：“果子留下罢，这个酒儿，姐姐只管拿回去。我向来的酒上实在很有限，挤住了，偶然喝一钟，平日无事是不能喝的。难道大奶奶和姐姐还不知道么？”宝蟾道：“别的我作得主，独这一件事，我可不敢应。大奶奶的脾气儿，二爷是知道的，我拿回去，不说二爷不喝，倒要说我不尽心了。”薛蝌没法，只得留下。宝蟾方才要走，又到门口往外看看，回过头来向着薛蝌一笑，又用手指着里面说道：“他还只怕要来亲自给你道乏呢。”薛蝌不知何意，反倒讪讪的起来，因说道：“姐姐替我谢大奶奶罢。天气寒，看凉着。再者，自己叔嫂，也不必拘这些个礼。”宝蟾也不答言，笑着走了。

薛蝌始而以为金桂为薛蟠之事，或者真是不过意，备此酒果给自己道乏，也是有的。及见了宝蟾这种鬼鬼祟祟不尴不尬的光景，也觉了几分。却自己回心一想：“他到底是嫂子的名分，那里就有别的讲究了呢。或者宝蟾不老成，自己不好意思怎么样，却指着金桂的名儿，也未可知。然而到底是哥哥的屋里人，也不好。”忽又一转念：“那金桂素性为人毫无闺阁理法，况且有时高兴，打扮得妖调非常，自以为美，又焉知不是怀着坏心呢？不然，就是他和琴妹妹也有了什么不对的地方儿，所以设下这个毒法儿，要把我拉在浑水里，弄一个不清不白的名儿，也未可知。”想到这里，索性倒怕起来。正在不得主意的时候，忽听窗外扑哧的笑了一声，把薛蝌倒唬了一跳。未知是谁，下回分解。

第九十一回

纵淫心宝蟾工设计　布疑阵宝玉妄谈禅

宝蟾

话说薛蝌正在狐疑，忽听窗外一笑，唬了一跳，心中想道："不是宝蟾，定是金桂。只不理他们，看他们有什么法儿。"听了半日，却又寂然无声。自己也不敢吃那酒果。掩上房门，刚要脱衣时，只听见窗纸上微微一响。薛蝌此时被宝蟾鬼混了一阵，心中七上八下，竟不知是如何是好。听见窗纸微响，细看时，又无动静，自己反倒疑心起来，掩了怀，坐在灯前，呆呆的细想；又把那果子拿了一块，翻来覆去的细看。猛回头，看见窗上纸湿了一块，走过来觑着眼看时，冷不防外面往里一吹，把薛蝌唬了一大跳。听得吱吱的笑声，薛蝌连忙把灯吹灭了，屏息而卧。只听外面一个人说道："二爷为什么不喝酒吃果子，就睡了？"这句话仍是宝蟾的语音。薛蝌只不作声装睡。又隔有两句话时，又听得外面似有恨声道："天下那里有这样没造化的人！"薛蝌听了是宝蟾又似是金桂的语音。这才知道他们原来是这一番意思，翻来覆去，直到五更后才睡着了。

刚到天明，早有人来扣门。薛蝌忙问是谁，外面也不答应。薛蝌只得起来，开了门看时，却是宝蟾，拢着头发，掩着怀，穿一件片锦边琵琶襟[①]小紧身，上面系一条松花绿半新的汗巾，下面并未穿裙，正露着石榴红洒花夹裤，一双新绣红鞋，原来宝蟾尚未梳洗，恐怕人见，赶早来取家伙。

薛蝌见他这样打扮，便走进来，心中又是一动，只得陪笑问道："怎么这样早就起来了？"宝蟾把脸红着，并不答言，只管把果子折在一个碟子里，端着就走。薛蝌见他这般，知是昨晚的原故，心里想道："这也罢了。倒是他们恼了，索性死了心，也省得来缠。"于是把心放下，唤人舀水洗脸。自己打算在家里静坐两天，一则养养心神，二则出去怕人找他。

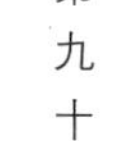

原来和薛蟠好的那些人因见薛家无人，只有薛蝌在那里办事，年纪又轻，便生许多觊觎之心。也有想插在里头做跑腿的；也有能做状子的，认得一二个书役的，要给他上下打点的；甚至有叫他在内趁钱[②]的；也有造作谣言恐吓的：种种不一。薛蝌见了这些人，远远躲避，又不敢面辞，恐怕激出意外之变，只好藏在家中，听候转详。不提。

且说金桂昨夜打发宝蟾送了些酒果去探探薛蝌的消息，宝蟾回来将薛蝌的光景一一的说了。金桂见事有些不大投机，便怕白闹一场，反被宝蟾瞧不起，欲把两三句话遮饰改过口来，又可惜了这个人，心里倒没了主意，怔怔的坐着。

那知宝蟾亦知薛蟠难以回家，正欲寻个头路，因怕金桂拿他，所以不敢透漏。今见金桂所为先已开了端了，他便乐得借风使船，先弄薛蝌到手，不怕金桂不依，所以用言挑拨。见薛蝌似非无情，又不甚兜揽，一时也不敢造次。后来见薛蝌吹灯自睡，大觉扫兴，回来告诉金桂，看金桂有甚方法，再作道理。及见金桂怔怔的，似乎无技可施，他也只得陪金桂收拾睡了。

① 琵琶襟——清代便服前襟的一种新式。大襟只掩至胸前，不到腋下；纽扣自大襟领口钉起到立边下方，排列较密。

② 趁钱——这里是从中赚钱的意思。

夜里那里睡得着？翻来覆去，想出一个法子来：不如明儿一早起来，先去取了家伙，却自己换上一两件动人的衣服，也不梳洗，越显出一番娇媚来。只看薛蝌的神情，自己反倒装出一番恼意，索性不理他。那薛蝌若有悔心，自然移船泊岸[①]，不愁不先到手。及至见了薛蝌，仍是昨晚这般光景，并无邪僻之意，自己只得以假为真，端了碟子回来，却故意留下酒壶，以为再来搭转之地。

只见金桂问道："你拿东西去有人碰见么？"宝蟾道："没有。"金桂道："二爷也没问你什么？"宝蟾道："也没有。"金桂因一夜不曾睡着，也想不出一个法子来，只得回思道："若作此事，别人可瞒，宝蟾如何能瞒？不如我分惠于他，他自然没有不尽心的。我又不能自去，少不得要他作脚[②]，倒不如和他商量一个稳便主意。"因带笑说道："你看二爷到底是个怎么样的人？"宝蟾道："倒像个糊涂人。"金桂听了笑道："你如何说起爷们来了？"宝蟾也笑道："他辜负奶奶的心，我就说得他。"金桂道："他怎么辜负我的心，你倒得说说。"宝蟾道："奶奶给他好东西吃，他倒不吃，这不是辜负奶奶的心么？"说着，却把眼溜着金桂一笑。金桂道："你别胡想。我给他送东西，为大爷的事不辞劳苦，我所以敬他；又怕人说瞎话，所以问你。你这些话向我说，我不懂是什么意思。"

宝蟾笑道："奶奶别多心，我是跟奶奶的，还有两个心么？但是事情要密些，倘或声张起来，不是玩的。"金桂也觉得脸飞红了，因说道："你这个丫头就不是个好货！想来你心里看上了，却拿我作筏子，是不是呢？"宝蟾道："只是奶奶那么想罢咧，我倒是替奶奶难受。奶奶要真瞧二爷好，我倒有个主意。奶奶想，那个耗子不偷油呢？他不过怕事情不密，大家闹出乱子来不好看。依我想，奶奶且别性急，时常在他身上不周不备的去处张罗张罗。他是个小叔子，又没娶媳妇儿，奶奶就多尽点心和他贴个好儿，别人也说不出什么来。过几天他感奶奶的情，他自然要谢候奶奶。那时奶奶再备点东西儿在咱们屋时，我帮着奶奶灌醉了他，怕跑了他？他要不应，咱们索性闹起来，就说他调戏奶

① 移船泊岸——喻主动迁就之意。

② 作脚——传递信息。

奶。他害怕，他自然得顺着咱们的手儿。他再不应，他也不是人，咱们也不至白丢了脸面。奶奶想怎么样？”金桂听了这话，两颧早已红晕了，笑骂道：“小蹄子，你倒偷过多少汉子的似的，怪不得大爷在家时离不开你。”宝蟾把嘴一撇，笑说道：“罢哟，人家倒替奶奶拉纤，奶奶倒往我们说这个话咧。”从此金桂一心笼络薛蝌，倒无心混闹了。家中也少觉安静。

当日宝蟾自去取了酒壶，仍是稳稳重重一脸的正气。薛蝌偷眼看了，反倒后悔，疑心或者是自己错想了他们，也未可知。果然如此，倒辜负了他这一番美意，保不住日后倒要和自己也闹起来，岂非自惹的呢。过了两天，甚觉安静。薛蝌遇见宝蟾，宝蟾便低头走了，连眼皮儿也不抬；遇见金桂，金桂却一盆火儿的赶着。薛蝌见这般光景，反倒过意不去。这且不表。

且说宝钗母女觉得金桂几天安静，待人忽亲热起来，一家子都为罕事，薛姨妈十分欢喜，想到必是薛蟠娶这媳妇时冲犯了什么，才败坏了这几年。目今闹出这样事来，亏得家里有钱，贾府出力，方才有了指望。媳妇儿忽然安静起来，或者是蟠儿转过运气来了，也未可知，于是自己心里倒以为希有之奇。这日饭后扶了同贵过来，到金桂房里瞧瞧。走到院中，只听一个男人和金桂说话。同贵知机，便说道：“大奶奶，老太太过来了。”说着已到门口。只见一个人影儿在房门后一躲，薛姨妈一吓，倒退了出来。金桂道：“太太请里头坐。没有外人，他就是我的过继兄弟，本住在屯里，不惯见人，因没有见过太太。今儿才来，还没去请太太的安。”薛姨妈道：“既是舅爷，不妨见见。”金桂叫兄弟出来，见了薛姨妈，作了一个揖，问了好。薛姨妈也问了好，坐下叙起话来。

薛姨妈道：“舅爷上京几时了？”那夏三道：“前月我妈没有人管家，把我过继来的。前日才进京，今日来瞧姐姐。”薛姨妈看那人不尴尬[①]，于是略坐坐儿，便起身道：“舅爷坐着罢。”回头向金桂道：“舅爷头上末下[②]的来，留在咱们这里吃了饭再去罢。”金桂答应着，

① 不尴尬——这里是不三不四、不正路的意思。

② 头上末下——头一回。

何三　夏三

薛姨妈自去了。金桂见婆婆去了，便向夏三道："你坐着，今日可是过了明路的了。省得我们二爷查考你。我今日还叫你买些东西，只别叫众人看见。"夏三道："这个交给我就完了。你要什么，只要有钱，我就买得来。"金桂道："且别说嘴，你买上了当，我可不收。"说着，二人又笑了一回，然后金桂陪夏三吃了晚饭，又告诉他买的东西，又嘱咐一回，夏三自去。从此夏三往来不绝。虽有个年老的门上人，知是舅爷，也不常回，从此生出无限风波。这是后话，不表。

一日薛蟠有信寄回，薛姨妈打开叫宝钗看时，上写：

男在县里也不受苦，母亲放心。但昨日县里书办说，府里已经准详，想是我们的情到了。岂知府里详上去，道①里反驳下来。亏得县里主文相公好，即刻做了回文顶上去了。那道里却把知县申饬。现在道里要亲提，若一上去，又要吃苦。必是道里没有托到。母亲见字，快快托人求道爷去。还叫兄弟快来，不然就要解道。银子短不得！火速，火速！

薛姨妈听了，又哭了一场，自不必说。薛蝌一面劝慰，一面说道："事不宜迟。"薛姨妈没法，只得叫薛蝌到县照料，命人即便收拾行李，兑了银子，家人李祥本在那里照应的，薛蝌又同了一个当中伙计连夜起程。

那时手忙脚乱，虽有下人办理，宝钗又恐他们思想不到，亲来帮

① 道——行政区域称谓，设在省以下、县以上。

着，直闹至四更才歇。到底富家女子娇养惯的，心上又急，又苦劳了一会，晚上就发烧。到了明日，汤水都吃不下。莺儿去回了薛姨妈。薛姨妈急来看时，只见宝钗满面通红，身如燔灼，话都不说。薛姨妈慌了手脚，便哭得死去活来。宝琴扶着劝薛姨妈。秋菱也泪如泉涌，只管叫着。宝钗不能说话，手也不能摇动，眼干鼻塞。叫人请医调治，渐渐苏醒回来。薛姨妈等大家略略放心。早惊动荣宁两府的人，先是凤姐打发人送十香返魂丹[1]来，随后王夫人又送至宝丹[2]来。贾母、邢、王二夫人以及尤氏等都打发丫头来问候，却都不叫宝玉知道。一连治了七八天，终不见效，还是他自己想起冷香丸，吃了三丸，才得病好。后来宝玉也知道了，因病好了，没有瞧去。

那时薛蝌又有信回来，薛姨妈看了，怕宝钗耽忧，也不叫他知道。自己来求王夫人，并述了一会子宝钗的病。薛姨妈去后，王夫人又求贾政。贾政道："此事上头可托，底下难托，必须打点才好。"王夫人又提起宝钗的事来，因说道："这孩子也苦了。既是我家的人了，也该早些娶了过来才是，别叫他糟蹋坏了身子。"贾政道："我也是这么想。但是他家乱忙，况且如今到了冬底，已经年近岁逼，不无各自要料理些家务。今冬且放了定，明春再过礼，过了老太太的生日，就定日子娶。你把这番话先告诉薛姨太太。"王夫人答应了。

到了明日，王夫人将贾政的话向薛姨妈述了。薛姨妈想着也是。到了饭后，王夫人陪着来到贾母房中，大家让了坐。贾母道："姨太太才过来？"薛姨妈道："还是昨儿过来的。因为晚了，没得过来给老太太请安。"王夫人便把贾政昨夜所说的话向贾母述了一遍，贾母甚喜。说着，宝玉进来了。贾母便问道："吃了饭了没有？"宝玉道："才打学房里回来，吃了要往学房里去，先见见老太太。又听见说姨妈来了，过来给姨妈请请安。"因问："宝姐姐可大好了？"薛姨妈笑道："好

---

① 十香返魂丹——十香返生丹。由沉香、僵蚕、丁香、乳香、檀香、礞石、青木香、苏合香油、冰片、安息香等药制成。主治因七情气郁而致的神昏厥逆，牙关紧闭，痰涎壅盛，神志不清，语言狂乱，哭笑失常。

② 至宝丹——又名局言至宝丹。由犀角、朱砂、雄黄、玳瑁、琥珀、麝香、冰片、牛黄、安息香等药制成。能开窍安神，清热解毒。主治中暑、中恶、中风、痰迷心窍等症。

了。”原来方才大家正说着，见宝玉进来，都煞住了。宝玉坐了坐，见薛姨妈情形不似从前亲热，“虽是此刻没有心情，也不犯大家都不言语。”满腹猜疑，自往学中去了。

晚间回来，都见过了，便往潇湘馆来。掀帘进去，紫鹃接着，见里间屋内无人，宝玉道：“姑娘那里去了？”紫鹃道：“上屋里去了。知道姨太太过来，姑娘请安去了。二爷没有到上屋里去么？”宝玉道：“我去了来的，没有见你姑娘。”紫鹃道：“这也奇了。”宝玉道：“姑娘到底那里去了？”紫鹃道：“不定。”宝玉往外便走。刚出屋门，只见黛玉带着雪雁，冉冉而来。宝玉道：“妹妹回来了。”缩身退步进来。

黛玉进来，走入里间屋内，便请宝玉里头坐。紫鹃拿了一件外罩换上，然后坐下，问道：“你上去看见姨妈没有？”宝玉道：“见过了。”黛玉道：“姨妈说起我没有？”宝玉道：“不但没有说起你，连见了我也不像先时亲热。今日我问起宝姐姐病来，他不过笑了一笑，并不答言。难道怪我这两天没有去瞧他么？”黛玉笑了一笑道：“你去瞧过没有？”宝玉道：“头几天不知道；这两天知道了，也没有去。”黛玉道：“可不是。”宝玉道：“老太太不叫我去，太太也不叫我去，老爷又不叫我去，我如何敢去？若是像从前这扇小门走得通的时候，要我一天瞧他十趟也不难。如今把门堵了，要打前头过去，自然不便了。”黛玉道：“他那里知道这个原故。”宝玉道：“宝姐姐为人是最体谅我的。”黛玉道：“你不要自己打错了主意。若论宝姐姐，更不体谅，又不是姨妈病，是宝姐姐病。向来在园中，做诗赏花饮酒，何等热闹，如今隔开了，你看见他家里有事了，他病到那步田地，你像没事人一般，他怎么不恼呢？”宝玉道：“这样难道宝姐姐便不和我好了不成？”黛玉道：“他和你好不好我却不知，我也不过是照理而论。”

宝玉听了，瞪着眼呆了半晌。黛玉看见宝玉这光景，也不睬他，只是自己叫人添了香，又翻出书来细看了一会，只见宝玉把眉一皱，把脚一跺道：“我想这个人生他做什么！天地间没有了我，倒也干净！”黛玉道：“原是有了我，便有了人；有了人，便有无数的烦恼生出来，恐怖，颠倒，梦想，更有许多缠碍。——才刚我说的都是玩话，你不过是看见姨妈没精打采，如何便疑到宝姐姐身上去？姨妈过来原为他的官司事情心绪不宁，那里还来应酬你？都是你自己心上胡思乱想，钻入魔道里去了。”

宝玉豁然开朗，笑道：“很是，很是。你的性灵比我竟强远了，怨不得前年我生气的时候，你和我说过几句禅语，我实在对不上来。我虽丈六金身[①]，还借你一茎所化[②]。”黛玉乘此机会说道：“我便问你一句话，你如何回答？”宝玉盘着腿，合着手，闭着眼，嘘着嘴道：“讲来。”黛玉道：“宝姐姐和你好你怎么样？宝姐姐不和你好你怎么样？宝姐姐前儿和你好，如今不和你好你怎么样？今儿和你好，后来不和你好你怎么样？你和他好他偏不和你好你怎么样？你不和他好他偏要和你好你怎么样？”宝玉呆了半晌，忽然大笑道：“任凭弱水三千，我只取一瓢饮[③]。”黛玉道：“瓢之漂水奈何？”宝玉道：“非瓢漂水，水自流，瓢自漂耳！”黛玉道：“水止珠沉，奈何？”宝玉道：“禅心已作沾泥絮[④]，莫向春风舞鹧鸪。”黛玉道：“禅门第一戒是不打诳语的。”宝玉道：“有如三宝[⑤]。”黛玉低头不语。

只听见檐外老鸹呱呱的叫了几声，便飞向东南上去，宝玉道：“不知主何吉凶？”黛玉道：“人有吉凶事，不在鸟音中。”忽见秋纹走来说道：“请二爷回去。老爷叫人到园里来问过，说二爷打学里回来了没有。袭人姐姐只说已经来了。快去罢。”吓得宝玉站起身来往外忙走，黛玉也不敢相留。未知何事，下回分解。

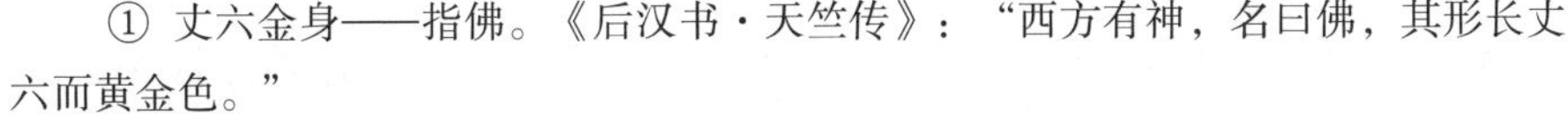

① 丈六金身——指佛。《后汉书·天竺传》：“西方有神，名曰佛，其形长丈六而黄金色。”

② 一茎所化——佛教传说，佛由莲花化生。一茎：代指莲花。

③ “任凭”二句——意谓任凭千变万化，我只一颗真心。这里喻爱情的坚贞专一。弱水，河流名。我国古籍，以弱水为名的河流很多。三千：这里喻水。

④ 禅心已作沾泥絮——意谓禅定之心已经像被泥粘住的飞絮一样，静止不动。这里喻爱情的坚贞不渝。

⑤ 三宝——佛教名词，指佛、法（佛教教义）、僧三者。

第九十二回

评女传巧姐慕贤良　玩母珠贾政参聚散

话说宝玉从潇湘馆出来，连忙问秋纹道："老爷叫我作什么？"秋纹笑道："没有叫，袭人姐姐叫我请二爷，我怕你不来，才哄你的。"宝玉听了才把心放下，因说："你们请我也罢了，何苦来唬我！"

说着，回到怡红院内。袭人便问道："你这好半天到那里去了？"宝玉道："在林姑娘那边，说起薛姨妈宝姐姐的事来，便坐住了。"袭人又问道："说些什么？"宝玉将打禅语的话述了一遍。袭人道："你们再没个计较，正经说些家常闲话儿，或讲究些诗句，也是好的，怎么又说到禅语上了。又不是和尚。"宝玉道："你不知道，我们有我们的禅机，别人是插不下嘴去的。"袭人笑道："你们参禅参翻了，又叫我们跟着打闷葫芦了。"宝玉道："头里我也年纪小，他也孩子气，所以我说了不留神的话，他就恼了。如今我也留神，他也没有恼的了。只是他近来不常过来，我又念书，偶然到一处，好像生疏了似的。"袭人道："原该这么着才是。都长了几岁年纪了，怎么好意思还像小孩子时候的样子。"

宝玉点头道："我也知道。如今且不用说那个。我问你，老太太那里打发人来说什么来着没有？"袭人道："没有说什么。"宝玉道："必是老太太忘了。明儿不是十一月初一日么，年年老太太那里必是个老规矩，要办消寒会[①]，齐打伙儿坐下喝酒说笑。我今日已经在学房里告了假了，这会子没有信儿，明儿可是去不去呢？若去了呢，白白的告了假；若不去，老爷知道了又说我偷懒。”袭人道：“据我说，你竟是去的是。才念的好些儿了，又想歇着。依我说也该上紧些才好。昨儿听见太太说，兰哥儿念书真好，他打学房里回来，还各自念书作文章，天天晚上弄到四更多天才睡。你比他大多了，又是叔叔，倘或赶不上他，又叫老太太生气。倒不如明儿早起去罢。”

麝月道：“这样冷天，已经告了假又去，叫学房里说：既这么着就不该告假呀，显见的是告谎假脱滑儿。依我说落得歇一天。就是老太太忘记了，咱们这里就不消寒了么？咱们也闹个会儿不好么？”袭人道：“都是你起头儿，二爷更不肯去了。”麝月道：“我也是乐一天是一天了，比不得你要好名儿，使唤一个月再多得二两银子！”袭人啐道：“小蹄子，人家说正经话，你又来胡拉混扯的了。”麝月道：“我倒不是混拉扯，我是为你。”袭人道：“为我什么？”麝月道：“二爷上学去了，你又该咕嘟着嘴想着，巴不得二爷早一刻儿回来，就有说有笑的了。这会子又假撇清，何苦呢！我都看见了。”

袭人正要骂他，只见老太太那里打发人来说道：“老太太说了，叫二爷明儿不用上学去呢。明儿请了姨太太来给他解闷，只怕姑娘们都来，家里的史姑娘，邢姑娘、李姑娘们都请了，明儿来赴什么消寒会呢。”宝玉没有听完便喜欢道：“可不是，老太太最高兴的，明日不上学是过了明路的了。”袭人也便不言语了。那丫头回去，宝玉认真念了几天书，巴不得玩这一天。又听见薛姨妈过来，想着“宝姐姐自然也来”。心里喜欢，便说：“快睡罢，明日早些起来。”于是一夜无话。

到了次日，果然一早到老太太那里请了安，又到贾政、王夫人那里请了安，回明了老太太今儿不叫上学，贾政也没言语，便慢慢退出来，走了几步，便一溜烟跑到贾母房中。

见众人都没来，只有凤姐那边的奶妈子带了巧姐儿，跟着几个小丫头过来，给老太太请了安，说：“我妈妈先叫我来请安，陪着老太太说

① 消寒会——旧俗，于每年冬至日举办九九消寒的聚会，饮酒作诗，消磨寒冬，叫消寒会。

巧姐

说话儿。妈妈回来就来。”贾母笑着道：“好孩子，我一早就起来了，等他们总不来，只有你二叔叔来了。”那奶妈子便说：“姑娘给你二叔叔请安。”巧姐便请了安，宝玉也问了一声“妞妞好”。巧姐儿道：“我昨夜听见我妈妈说，要请二叔叔去说话。”宝玉道：“说什么呢？”巧姐儿道：“我妈妈说，跟着李妈认了几年字，不知道我认得不认得。我说都认得，我认给妈妈瞧。妈妈说我瞎认，不信，说我一天尽玩，那里认得。我瞧着那些字也不要紧，就是那《女孝经》[①]也是容易念的。妈妈说我哄他，要请二叔叔得空儿的时候给我理理。”

贾母听了，笑道：“好孩子，你妈妈是不认得字的，所以说你哄他。明儿叫你二叔叔理给他瞧瞧，他就信了。”宝玉道：“你认了多少字了？”巧姐儿道：“认了三千多字，念了一本《女孝经》，半个月头里又上了《列女传》。”宝玉道：“你念了懂得吗？你要不懂，我倒是讲讲这个你听罢。”贾母道：“做叔叔的也该讲究给侄女儿听听。”宝玉道：“那文王后妃[②]是不必说了，想来是知道的。那姜后脱簪待罪[③]，齐国的无盐虽丑，能安邦定国，是后妃里的贤能的[④]。”巧姐听了，答应个“是”。宝玉又道：“若说有才的是曹大姑[⑤]、班婕妤、蔡

① 《女孝经》——唐代侯莫陈（复姓）邈之妻郑氏撰，共十八章，宣扬妇女应遵守的封建孝道。

② 文王后妃——指周文王的正妃太姒。传说她能协助文王治内。

③ 姜后脱簪待罪——姜后，周宣王的王妃，齐国人。传说宣王曾早睡晚起，荒疏朝政。姜后认为错在自己，摘掉簪珥，同宫中的女犯人一起待罪。宣王受了感动，改而勤于政事。

④ “无盐”三句——无盐：地名，这里代指战国齐国无盐女钟离春。传说她貌极丑，年四十，无求婚者。她却自荐于齐宣王，曾谏宣王根除四种危害齐国的坏事。宣王纳之，齐国因获安定，遂封她为无盐君，立为后。

⑤ 曹大姑——东汉曹世叔妻班昭的号。

文姬、谢道韫诸人。”巧姐问道：“那贤德的呢？”宝玉道：“孟光的荆钗布裙，鲍宣妻的提瓮出汲[①]，陶侃母的截发留宾[②]，还有画荻教子的，这是不厌贫的，就是贤德了。”巧姐欣然点头。宝玉道：“那苦的里头，有乐昌公主破镜重圆，苏蕙的回文感主[③]。那孝的是更多了，木兰代父从军[④]，曹娥投水寻父的尸首等类也难尽说。”巧姐听到这些，却默默如有所思。宝玉又讲那曹氏的引刀割鼻[⑤]及那些守节的，巧姐听着更肃敬起来。

宝玉恐他不自在，又说：“那些艳的，如王嫱、西子、樊素、小蛮[⑥]、绛仙[⑦]、文君、红拂，都是女中的……”尚未说出，贾母见巧姐默然，便说：“够了，不用说了。你讲的太多，他那里还记得？”巧姐儿道：“二叔叔才说的，也有念过的，也有没念过的。念过的二叔叔一讲，我更知道好处了。”宝玉道：“那字是自然是认得的了，不用再理了。”巧姐儿道：“我还听见我妈妈昨儿说，我们家的小红，头里是二叔叔那里的，我妈妈要了来，还没有补上人呢。我妈妈想着要把什么柳家的五儿补上，不知二叔叔要不要？”宝玉听了更喜欢，笑着道：“你听，你妈妈的话！要补谁就补谁罢咧，又问什么要不要呢？”因又向贾母笑道：“我瞧大妞妞这个小模样儿，又有这个聪明儿，只怕将来比凤姐姐还强呢，又比他认的字。”贾母道：“女孩儿家认得字呢也好，

① “鲍宣妻”句——传说东汉鲍宣的妻子桓少君，本富家女，嫁贫士鲍宣后，去盛装，着布衣，提瓮打水。

② “陶侃母”句——传说晋代陶侃贫贱时，孝廉范逵雪天造访，宿其家，因家贫无资应酬，侃母即剪发卖钱，治席待客。

③ “苏蕙”句——苏蕙：字若兰，东晋时人，窦滔之妻。惠曾织回文锦赠滔，共八百余字，反复循环读之，皆能成诗。关于苏蕙织回文锦的原因，说法不一：一说，因窦滔获罪充军流沙，苏蕙织锦赠之；一说，因窦滔出镇襄阳，只带宠姬赵阳台赴任，并与苏蕙断绝音信，苏蕙自伤，织锦赠滔，滔读之感动，遂接蕙至襄阳。

④ 木兰代父从军——木兰，古代传说中的孝女。宋代郭茂倩编《乐府诗集·木兰诗》说她女扮男装，代父从军十二年。

⑤ 曹氏引刀割鼻——曹氏，指三国魏曹文叔之妻夏侯令女。传说曹文叔死后，她因拒绝再嫁，先剪去头发，后又割掉两耳和鼻子，以表决心。

⑥ 樊素、小蛮——唐代诗人白居易的家妓。樊素善歌，小蛮善舞。白居易诗有“樱桃樊素口，杨柳小蛮腰”之句。

⑦ 绛仙——姓吴，隋炀帝曾赞她为女相如。

只是女工针黹倒是要紧的。”巧姐儿：“我也跟着刘妈妈学着做呢。什么扎花儿咧，拉锁子[①]咧，我虽弄不好，却也学着会做几针儿。”贾母道：“咱们这样人家固然不仗着自己做，但只到底知道些，日后才不受人家的拿捏。”巧姐儿答应着“是”，还要宝玉解说《列女传》，见宝玉呆呆的，也不好再说。

你道宝玉呆的是什么？只因柳五儿要进怡红院，头一次是他病了不能进来，第二次王夫人撵了晴雯，大凡有些姿色的，都不敢挑。后来又在吴贵家看晴雯去，五儿跟着他妈给晴雯送东西去，见了一面，更觉娇娜妩媚。今日亏得凤姐想着，叫他补入小红的窝儿，竟是喜出望外了。所以呆呆的想他。

贾母等着那些人，见这时候还不来，又叫丫头去请。回来李纨同着他妹子，探春、惜春、史湘云、黛玉都来了，大家请了贾母的安，众人厮见。独有薛姨妈未到，贾母又叫请去。果然姨妈带着宝琴过来。宝玉请了安，问了好。只不见宝钗、邢岫烟二人。黛玉便问起“宝姐姐为何不来”，薛姨妈假说身上不好。邢岫烟知道薛姨妈在坐，所以不来。宝玉虽见宝钗不来，心中纳闷，因黛玉来了，便把想宝钗的心暂且搁开。

不多时，邢、王二夫人也来了。凤姐听见婆婆们先到了，自己不好落后，只得打发平儿先来告假，说是正要过来，因身上发热，过一回儿就来。贾母道：“既是身上不好，不来也罢。咱们这时候很该吃饭了。”丫头们把火盆往后挪了一挪儿，就在贾母榻前一溜摆下两桌，大家序次坐下。吃了饭，依旧围炉闲谈，不须多赘。

且说凤姐因何不来？头里为着倒比邢、王二夫人迟了，不好意思；后来旺儿家的来回说：“迎姑娘那里打发人来请奶奶安，还说并没有到上头，只到奶奶这里来。”凤姐听了纳闷，不知又是什么事，便叫那人进来，问：“姑娘在家好？”那人道：“有什么好的，奴才并不是姑娘打发来的，实在是司棋的母亲央我来求奶奶的。”凤姐道：“司棋已经出去了，为什么来求我？”

那人道：“自从司棋出去，终日啼哭。忽然那一日他表兄来了，他

---

① 拉锁子——刺绣工艺的一种。做法是用线往返编缀为锁链式的结子，结成各种图案花纹。

母亲见了，恨得什么似的，说他害了司棋，一把拉住要打。那小子不敢言语。谁知司棋听见了，急忙出来老着脸和他母亲道：‘我是为他出来的，我也恨他没良心。如今他来了，妈要打他，不如勒死了我。’他母亲骂他：‘不害臊的东西，你心里要怎么样？’司棋说道：‘一个女人嫁一个男人。我一时失脚上了他的当，我就是他的人了，决不肯再跟着别人的。我只恨他为什么这么胆小，一身作事一身当，为什么脱逃了呢？就是他一辈子不来，我也一辈子不嫁人的。妈要给我配人，我原拚着一死的。今儿他来了，妈问他怎么样。若是他不改心，我在妈跟前磕了头，只当是我死了，他到那里，我跟到那里，就是讨饭吃也是愿意的。’他妈气得了不得，便哭着骂着说：‘你是我的女儿，我偏不给他，你敢怎么着？’那知道那司棋这东西糊涂，便一头撞在墙上，把脑袋撞破，鲜血直流，竟碰死了。他妈哭着救不过来，便要叫那小子偿命。他表兄也奇，说道：‘你们不用着急。我在外头原发了财，因想着他才回来的，心也算是真了。你们若不信，只管瞧。’说着，打怀里掏出一匣子金珠首饰来。他妈妈看见了便心软了，说：‘你既有心，为什么总不言语？’他外甥道：‘大凡女人都是水性杨花，我若说有钱，他就是贪图银钱了。如今他只为人，就是难得的。我把首饰给你们，我去买棺盛殓他。那司棋的母亲接了东西，也不顾女孩儿了，便由着外甥去。那里知道他外甥叫人抬了两口棺材来。司棋的母亲看见诧异，说：‘怎么棺材要两口？’他外甥笑道：‘一口装不下，得两口才好。’司棋的母亲见他外甥又不哭，只当是他心疼的傻了。岂知他忙着把司棋收拾了，也不啼哭，眼错不见，把带的小刀子往脖子里一抹，也就抹死了。司棋的母亲懊悔起来，倒哭得了不得。如今坊上知道了，要报官。他急了，央我来求奶奶说个人情，他再过来给奶奶磕头。”

凤姐听了，诧异道：“那有这样傻丫头，偏偏的就碰见这个傻小子！怪不得那一天翻出那些东西来，他心里没事人似的，敢只是这么个烈性孩子。论起来，我也没这么大工夫管他这些闲事，但只你才说的叫人听着怪可怜见儿的。也罢了，你回去告诉他，我和你二爷说，打发旺儿给他撕掳就是了。”凤姐打发那人去了，才过贾母这边来。不提。

且说贾政这日正与詹光下大棋，通局的输赢也差不多，单为着一只角儿死活未分，在那里打劫[①]。门上的小厮进来回道："外面冯大爷要见老爷。"贾政道："请进来。"小厮出去请了。冯紫英走进门来，贾政即忙迎着，冯紫英进来在书房中坐下，见是下棋，便道："只管下棋，我来观局。"詹光笑道："晚生的棋是不堪瞧的。"冯紫英道："好说，请下罢。"贾政道："有什么事么？"冯紫英道："没有什么话。老伯只管下棋，我也学几着儿。"贾政向詹光道："冯大爷是我们相好的，既没事，我们索性下完了这一局再说话儿。冯大爷在旁边瞧着。"冯紫英道："下采[②]不下采？"詹光道："下采的。"冯紫英道："下采的是不好多嘴的。"贾政道："多嘴也不妨，横竖他输了十来两银子，终久是不拿出来的。往后只好罚他做东便了。"詹光笑道："这倒使得。"冯紫英道："老伯和詹公对下么？"贾政笑道："从前对下，他输了；如今让他两个子儿，他又输了。时常还要悔几着，不叫他悔他就急了。"詹光也笑道："没有的事。"贾政道："你试试瞧。"大家一面说笑，一面下完了。做起棋来[③]，詹光还了棋头[④]，输了七个子儿。冯紫英道："这盘终吃亏在打结里头。老伯结少，就便宜了。"

贾政对冯紫英道："有罪，有罪。咱们说话儿罢。"冯紫英道："小侄与老伯久不见面，一来会会，二来因广西的同知进来引见，带了四种洋货，可以做得贡的。一件是围屏，有二十四扇槅子，都是紫檀雕刻的。中间虽说不是玉，却是绝好的硝子石[⑤]，石上镂出山水人物楼台花鸟等物。一扇上有五六十个人，都是宫妆的女子，名为《汉宫春晓》。人的眉目口鼻以及出手衣褶，刻得又清楚又细腻。点缀布置都是好的。我想尊府大观园中正厅上却可用得着。还有一个钟表，有三尺多

---

① 打劫——围棋提子的一种特殊类型。当双方对杀，遇到一种特殊情况，按照规则：黑方提子后，白方不得立即反提，必须先在别处下一着造成对黑方的威胁（叫"寻劫"），使黑方必须应付一子（叫"应劫"），然后才能回提，叫"打劫"。

② 下采——下赌注。

③ 做棋——下完棋，为便于计算子数，双方需互换某些棋子，使棋盘内彼此所占的地盘尽可能整齐划一，叫"做棋"。

④ 还棋头——围棋开局时，甲方让乙数子；下棋子，若乙方胜，计算子数时，须将甲方所让子数扣除，叫"还棋头"。

⑤ 硝子石——一种质地似玉的石头。

高，也是一个小童儿拿着时辰牌，到了什么时候他就报什么时辰。里头也有些人在那打十番的。这是两件重笨的，却还没有拿来。现在我带在这里两件却有些意思儿。”就在身边拿出一个锦匣子，见几重白绵裹着，揭开了绵子，第一层是一个玻璃盒子，里头金托子大红绉绸托底，上放着一颗桂圆大的珠子，光华耀目。冯紫英道：“据说这就叫作母珠。”

因叫拿一个盘儿来。詹光即忙端过一个黑漆茶盘，道：“使得么？”冯紫英道：“使得。”便又向怀里掏出一个白绢包儿，将包儿里的珠子都倒在盘里散着，把那颗母珠搁在中间，将盘置于桌上。看见那些小珠子儿滴溜滴溜滚到大珠身边来，一回儿把这颗大珠子抬高了，别处的小珠子也一颗不剩，都粘在大珠上。詹光道：“这也奇怪。”贾政道：“这是有的，所以叫作母珠，原是珠之母。”

那冯紫英又回头看着他跟来的小厮道：“那个匣子呢？”小厮赶忙捧过一个花梨木匣子来。大家打开看时，原来匣内衬着虎纹锦，锦上叠着一束蓝纱。詹光道：“这是什么东西？”冯紫英道：“这叫作鲛绡帐。”在匣子里拿出来时，叠得长不满五寸，厚不上半寸，冯紫英一层一层地打开，打到十来层，已经桌上铺不下了。冯紫英道：“你看里头还有两折，必得高屋里去才张得下。这就是鲛丝所织，暑热天气张在堂屋里头，苍蝇蚊子一个不能进来，又轻又亮。”贾政道：“不用全打开，怕叠起来倒费事。”詹光便与冯紫英一层一层折好收拾。冯紫英道：“这四件东西价儿也不很贵，两万银他就卖。母珠一万，鲛绡帐五千，《汉宫春晓》与自鸣钟五千。”贾政道：“那里买得起？”冯紫英道：“你们是个国戚，难道宫里头用不着么？”贾政道：“用得着的很多，只是那里有这些银子？等我叫人拿进去给老太太瞧瞧。”冯紫英道：“很是。”

贾政便着人叫贾琏把这两件东西送到老太太那边去，并叫人请了邢、王二夫人、凤姐都来瞧着，又把两样东西一一试过。贾琏道：“他还有两件：一件是围屏，一件是乐钟。共总要卖二万银子呢。”凤姐接着道：“东西自然是好的，但是那里有这些闲钱？咱们又不比外任督抚要办贡。我已经想了好些年了，像咱们这种人家，必得置些不动摇的根基才好，或是祭地，或是义庄[1]，再置些坟屋。往后子孙遇见不得意的事，还是点儿底子，不到一败涂地。我的意思就是这样，不知老太太、老爷、太太们怎么样。若是外头老爷们要买，只管买。”贾母与众人都说：“这话说的倒也是。”贾琏道：“还了他罢。原是老爷叫我送给老太太瞧，为的是宫里好进。谁说买来搁在家里？老太太还没开口，你便说了一大堆丧气话！”

说着，便把两件东西拿出去了，告诉了贾政，只说老太太不要。便与冯紫英道：“这两件东西好可好，就只没银子。我替你留心，有要买的人，我便送信给你去。”冯紫英只得收拾好，坐下说些闲话，没有兴头，就要起身。贾政道：“你在我这里吃了晚饭去罢。”冯紫英道：“罢了，来了就叨扰老伯吗？”贾政道：“说那里的话。”正说着，人回：“大老爷来了。”贾赦早已进来。彼此相见，叙些寒温。

不一时摆上酒来，肴馔罗列，大家喝着酒。至四五巡后，说起洋货的话，冯紫英道：“这种货本是难消的，除非要像尊府这种人家，还可消得，其余就难了。”贾政道：“这也不见得。”贾赦道：“我们家里也比不得从前了，这回儿也不过是个空门面。”冯紫英又问：“东府珍大爷可好么？我前儿见他，说起家常话儿来，提到他令郎续娶的媳妇，远不及头里的那位秦氏奶奶了。如今后娶的到底是那一家的，我也没有问起。”贾政道：“我们这个侄孙媳妇儿，也是这里大家，从前做过京畿道[2]的胡老爷的女孩儿。”紫英道：“胡道长我是知道的。但是他家教上也不怎么样。也罢了，只要姑娘好就好。”

贾琏道：“听得内阁里人说起，贾雨村又要升了。”贾政道：“这也好，不知准不准。”贾琏道：“大约有意思的了。”冯紫英道：“我今儿从吏部里来，也听见这样说。雨村老先生是贵本家不是？”贾政

---

① 义庄——旧时有些封建宗族，以“赡助”贫穷孤寡族人为名，置田收租，算作族中公产，名叫“义庄”。但实际支配权往往被族中豪强把持。

② 京畿道——本为唐代十五道之一，治所在今西安市。这里泛指归京都直辖的地区。

道："是。"冯紫英道："是有服的还是无服[①]的？"

贾政道："说也话长。他原籍是浙江湖州府人，流寓到苏州，甚不得意。有个甄士隐和他相好，时常周济他。以后中了进士，得了榜下知县[②]，便娶了甄家的丫头。如今的太太不是正配。岂知甄士隐弄到零落不堪，没有找处。雨村革了职以后，那时还与我家并未相识，只因舍妹丈林如海林公在扬州巡盐的时候，请他在家做西席，外甥女儿是他学生。因他有起复的信要进京来，恰好外甥女儿要上来探亲，林姑老爷便托他照应上来的，还有一封荐书，托我吹嘘吹嘘。那时看他不错，大家常会。岂知雨村也奇，我家世袭起，从代字辈下来，宁、荣两宅人口房舍以及起居事宜，一概都明白，因此遂觉得亲热了。"因又笑说道："几年间门子也会钻了。由知府推升转了御史，不过几年，升了吏部侍郎，署兵部尚书。为着一件事降了三级，如今又要升了。"

冯紫英道："人世的荣枯，仕途的得失，终属难定。"贾政道："天下事都是一个样的理哟。比如方才那珠子，那颗大的，就像有福气的人似的，那些小的都托赖着他的灵气护庇着，要是那大的没有了，那些小的也就没有收揽了。就像人家儿当头人有了事，骨肉也都分离了，亲戚也都零落了，就是好朋友也都散了。转瞬荣枯，真似春云秋叶一般。你想做官有什么趣儿呢？像雨村算便宜的了。还有我们差不多人家就是甄家，从前一样功勋，一样世袭，一样起居，我们也是时常往来。不多几年，他们进京来差人到我这里请安，还很热闹。一回儿抄了原籍的家财，至今杳无音信，不知他近况若何？心下也着实惦记着。贾赦道："什么珠子？"贾政同冯紫英又说了一遍给贾赦听。贾赦道："咱们家是最没有事的。"冯紫英道："果然，尊府是不怕的。一则里头有贵妃照应，二则故旧好亲戚多，三则你家自老太太起至于少爷们，没有一个刁钻刻薄的。"贾政道："虽无刁钻刻薄，却没有德行才情。白白的衣租食税，那里当得起？"贾赦道："咱们不用说这些话，大家吃酒罢。"大家又喝了几杯，摆上饭来。吃毕，喝茶。

① 有服、无服——服，指丧服。旧时按照宗族关系的亲疏远近，规定斩衰、齐衰、大功、小功、缌麻等五种不同的丧服形式，称为五服。凡在五服以内的亲属叫有服，在五服以外的叫无服。

② 榜下知县——新中进士，陛见以后即被录用去作知县，叫榜下知县。

冯家的小厮走来轻轻的向紫英说了一句，冯紫英便要告辞了。贾赦、贾政道："你说什么？"小厮道："外面下雪，早已下了梆子[①]了。"贾政叫人看时，已是雪深一寸多了。贾政道："那两件东西你收拾好了么？"冯紫英道："收好了。若尊府要用，价钱还自然让些。"贾政道："我留神就是了。"紫英道："我再听信罢。天气冷，请罢，别送了。"贾赦、贾政便命贾琏送了出去。未知后事如何，下回分解。

① 下了梆子——已打过初更的意思。

第九十三回

甄家仆投靠贾家门　水月庵掀翻风月案

却说冯紫英去后，贾政叫门上人来吩咐道："今儿临安伯那里来请吃酒，知道是什么事？"门上的人道："奴才曾问过，并没有什么喜庆事。不过南安王府里到了一班小戏子，都说是个名班。伯爷高兴，唱两天戏请相好的老爷们瞧瞧，热闹热闹。大约不用送礼的。"说着，贾赦过来问道："明儿二老爷去不去？"贾政道："承他亲热，怎么好不去的？"说着，门上进来回道："衙门里书办来请老爷明日上衙门，有堂派[①]的事，必得早些去。"贾政道："知道了。"说着，只见两个管屯里地租子的家人走来，请了安，磕了头，旁边站着。贾政道："你们是郝家庄的？"两个答应了一声。贾政也不往下问，竟与贾赦各自说一回话儿散了。家人等秉着手灯送过贾赦去。

这里贾琏便叫那管租的人道："说你的。"那人说道："十月里的租子奴才已经赶上来了，原是明儿可到。谁知京外拿车，把车上的东西不由分说都掀在地下。奴才告诉他说是府里收租子的车，不是买卖车。他更不管这些，奴才叫车夫只管拉着走，几个衙役就把车夫混打了一顿，硬扯了两辆车去了。奴才所以先来回报，求爷打发个人到衙门里

① 堂派——清代官府的办公处叫堂，中央各部主管长官通称"堂官"。由堂官或办公处交办的事叫堂派。

去要了来才好。再者也整治整治这些无法无天的差役才好。爷还不知道呢，更可怜的是那买卖车，客商的东西全不顾，掀下来，赶着就走。那些赶车的但说句话，打的头破血出的。”贾琏听了，骂道：“这个还了得！”立刻写了一个帖儿，叫家人：“拿去向拿车的衙门里要车去，并车上东西。若少了一件，是不依的。快叫周瑞。”周瑞不在家。又叫旺儿，旺儿晌午出去了，还没有回来。贾琏道：“这些忘八羔子，一个都不在家！他们终年家吃粮不管事。”因吩咐小厮们：“快给我找去。”说着，也回到自己屋里睡下。不题。

且说临安伯第二天又打发人来请。贾政告诉贾赦道：“我是衙门里有事，琏儿要在家等候拿车的事情，也不能去。倒是大老爷带着宝玉应酬一天也罢了。”贾赦点头道：“也使得。”贾政遣人去叫宝玉，说：“今儿跟大爷到临安伯那里听戏去。”宝玉喜欢的了不得，便换上衣服，带了茗烟、扫红、锄药三个小子出来，见了贾赦，请了安，上了车，来到临安伯府里。门上人回进去，一会子出来说：“老爷请。”于是贾赦带着宝玉走入院内，只见宾客喧阗。贾赦、宝玉见了临安伯，又与众宾客都见过了礼。

大家坐着说笑了一回。只见一个掌班拿着一本戏单，一个牙笏，向上打了一个千儿，说道：“求各位老爷赏戏。”先从尊位点起，挨至贾赦，也点了一出。那人回头见了宝玉，便不向别处去，竟抢步上来打个千儿道：“求二爷赏两出。”宝玉一见那人，面如傅粉，唇若涂朱，鲜润如出水芙蕖，飘扬似临风玉树。原来不是别人，就是蒋玉菡。前日听得他带了小戏儿进京，也没有到自己那里。此时见了，又不好站起来，只得笑道：“你多早晚来的？”蒋玉菡把手在自己身子上一指，笑道：“怎么二爷不知道么？”宝玉因众人在坐，也难说话，只得胡乱点了一出。

蒋玉菡去了，便有几个议论道：“此人是谁？”有的说：“他向来是唱小旦的，如今不肯唱小旦，年纪也大了，就在府里掌班。头里也改过小生。他也攒了好几个钱，家里已经有两三个铺子，只是不肯放下本业，原旧领班。”有的说：“想必成了家了。”有的说：“亲还没有定。他倒拿定一个主意，说是人生婚配关系一生一世的事，不是混闹得的，不论尊卑贵贱，总要配的上他的才能，所以到如今还并没娶亲。”宝玉暗忖度道：“不知日后谁家的女孩儿嫁他？要嫁着这样人材儿，也算是不辜负了。”那时开了戏，也有昆腔，也有高腔，也有弋腔梆子腔，做得热闹。

过了晌午，便摆桌子吃酒。又看了一回，贾赦便欲起身。临安伯过来留道：“天色尚早，听见说蒋玉菡还有一出《占花魁》①，他们顶好的首戏。”宝玉听了，巴不得贾赦不走，于是贾赦又坐了一会。果然蒋玉菡扮着秦小官服侍花魁醉后神情，把这一种怜香惜玉的意思，做得极情尽致。以后对饮对唱，缠绵缱绻。

戏中，蒋玉菡扮作秦小官服侍花魁

宝玉这时不看花魁，只把两只眼睛独射在秦小官身上。更加蒋玉菡声音响亮，口齿清楚，按腔落板，宝玉的神魂都唱了进去。直等这出戏进场后，更知蒋玉菡极是情种，非寻常戏子可比。因想着《乐记》②上说的是“情动于中，故形于声；声成文，谓之音”。所以知声，知音，知乐，有许多讲究。声音之原，不可不察。诗词一道，但能传情，不能入骨，自后想要讲究讲究音律。宝玉想出了神，忽见贾赦起身，主人不及相留。宝玉没法，只得跟了回来。

到了家中，贾赦自回那边去了，宝玉来见贾政。贾政才下衙门，正

① 《占花魁》——明末清初人李玉根据话本《卖油郎独占花魁》改编的传奇，写卖油郎秦种同名妓王美娘结成夫妻的故事。

② 《乐记》——《礼记》中的一篇，相传为战国时公孙尼子所作，后散失。现存《乐记》为汉代人所辑录，主要阐述音乐的起源、作用等美学观点，是我国较有系统的音乐论著之一。

向贾琏问起拿车之事。贾琏道："今儿门人拿帖儿去，知县不在家。他的门上说了：这是本官不知道的，并无牌票[①]出去拿车，都是那些混账东西在外头撒野挤讹头[②]。既是老爷府里的，我便立刻叫人去追办，包管明儿连车连东西一并送来，如有半点差迟，再行禀过本官，重重处治。此刻本官不在家，求这里老爷看破些，可以不用本官知道更好。"贾政道："既无官票，到底是何等样人在那里作怪？"贾琏道："老爷不知，外头都是这样。想来明儿必定送来的。"贾琏说完下来，宝玉上去见了。贾政问了几句，便叫他往老太太那里去。

贾琏因为昨夜叫空了家人，出来传唤，那起人多已伺候齐全。贾琏骂了一顿，叫大管家赖升："将各行档的花名册子拿来，你去查点查点。写一张谕帖，叫那些人知道：若有并未告假，私自出去，传唤不到，贻误公事的，立刻给我打了撵出去！"赖升连忙答应了几个"是"，出来吩咐了一回。家人各自留意。

过不几时，忽见有一个人头上戴着毡帽，身上穿着一身青布衣裳，脚下穿着一双撒鞋[③]，走到门上向众人作了个揖。众人拿眼上上下下打量了他一番，便问他是那里来的。那人道："我自南边甄府中来的。并有家老爷手书一封，求这里的爷们呈上尊老爷。"众人听见他是甄府来的，才站起来让他坐下道："你乏了，且坐坐，我们给你回就是了。"门上一面进来回明贾政，呈上来书。贾政拆书看时，上写着："世交夙好，气谊素敦。遥仰襜帷，不胜依切。弟因菲材获谴，自分万死难偿，幸邀宽宥，待罪边隅，迄今门户凋零，家人星散。所有奴子包勇，向曾使用，虽无奇技，人尚悫实[④]。倘使得备奔走，糊口有资，屋乌之爱[⑤]，感佩无涯矣。专此奉达，余容再叙。不宣。年家眷弟甄应嘉顿首。"

贾政看完，笑道："这里正因人多，甄家倒荐人来，又不好却的。"吩咐门上："叫他见我。且留他住下，因材使用便了。"门上

---

① 牌票——旧时各级衙门对下所发公文的一种。

② 挤讹头——也叫"拿讹头"，即找岔子进行敲诈勒索。讹头：岔子；借口。

③ 撒鞋——布鞋的一种。鞋帮用线密密纳过，鞋的前脸较深，脸上有单梁、双梁或三解形梁，有的梁上包着皮子。撒，亦作"靸""洒"。

④ 悫实——诚实，谨慎。

⑤ 屋乌之爱——即爱屋及乌。由于爱此而兼爱及彼的意思。

出去，带进人来。见贾政便磕了三个头，起来道："家老爷请老爷安。"自己又打个千儿说："包勇请老爷安。"贾政回问了甄老爷的好，便把他上下一瞧。但见包勇身长五尺有零，肩背宽肥，浓眉爆眼，磕额[1]长髯，气色粗黑，垂着手站着。便问道："你是向来在甄家的，还是住过几年的？"包勇道："小的向在甄家的。"贾政道："你如今为什么要出来呢？"包勇道："小的原不肯出来。只是家爷再四叫小的出来，说是别处你不肯去，这里老爷家里只当原在自己家里一样的，所以小的来的。"贾政道："你们老爷不该有这事情，弄到这样的田地。"包勇道："小的本不敢说，我们老爷只是太好了，一味的真心待人，反倒招出事来。"贾政道："真心是最好的了。"包勇道："因为太真了，人人都不喜欢，讨人厌烦是有的。"贾政笑了一笑道："既这样，皇天自然不负他的。"

包勇

包勇还要说时，贾政又问道："我听见说你们家的哥儿不是也叫宝玉么？"包勇道："是。"贾政道："他还肯向上巴结么？"包勇道："老爷若问我们哥儿，倒是一段奇事。哥儿的脾气也和我家老爷一个样子，也是一味的诚实。从小儿只管和那些姐妹们在一处玩，老爷太太也狠打过几次，他只是不改。那一年太太进京的时候儿，哥儿大病了一场，已经死了半日，把老爷几乎急死，装裹都预备了。幸喜后来好了，嘴里说道，走到一座牌楼那里，见了一个姑娘领着他到了一座庙里，见了好些柜子，里头见了好些册子。又到屋里，见了无数女子，说是多变了鬼怪似的，也有变做骷髅儿的。他吓急了，便哭喊起来。老爷知他醒过来了，连忙调治，渐渐的好了。老爷仍叫他在姐妹们一处玩去，

① 磕额——额头凸出。

他竟改了脾气了，好着时候的玩意儿一概都不要了，惟有念书为事。就有什么人来引诱他，他也全不动心。如今渐渐能够帮着老爷料理些家务了。”贾政默然想了一回，道：“你去歇歇去罢。等这里用着你时，自然派你一个行次儿[①]。”包勇答应着退下来，跟着这里人出去歇息不提。

一日贾政早起刚要上衙门，看见门上那些人在那里交头接耳，好像要使贾政知道的似的，又不好明回，只管咕咕唧唧的说话。贾政叫上来问道：“你们有什么事，这么鬼鬼祟祟的？”门上的人回道：“奴才们不敢说。”贾政道：“有什么事不敢说的？”门上的人道：“奴才今儿起来开门出去，见门上贴着一张白纸，上写着许多不成事体的字。”贾政道：“那里有这样的事，写的是什么？”门上的人道：“是水月庵里的腌脏话。”贾政道：“拿给我瞧。”门上的人道：“奴才本要揭下来，谁知他贴得结实，揭不下来，只得一面抄一面洗。刚才李德揭了一张给奴才瞧，就是那门上贴的话。奴才们不敢隐瞒。”说着呈上那帖儿。贾政接来看时，上面写着：

西贝草斤年纪轻，水月庵里管尼僧。
一个男人多少女，窝娼聚赌是陶情。
不肖子弟来办事，荣国府内出新闻。

贾政看了，气得头昏目晕，赶着叫门上的人不许声张，悄悄叫人往宁荣两府靠近的夹道子墙壁上再去找寻。随即叫人去唤贾琏出来。

贾琏即忙赶至。贾政忙问道：“水月庵中寄居的那些女尼女道，向来你也考查考查过没有？”贾琏道：“没有。一向都是芹儿在那里照管。”贾政道：“你知道芹儿照管得来照管不来？”贾琏道：“老爷既这么说，想来芹儿必有不妥当的地方儿。”贾政叹道：“你瞧瞧这个帖儿上写的是什么！”贾琏一看，道：“有这样事么！”正说着，只见贾蓉走来，拿着一封书子，写着“二老爷密启”。打开看时，也是无头榜[②]一张，与门上所贴的话相同。贾政道：“快叫赖大带了三四辆车子

① 行次儿——行当；差事。
② 无头榜——不具姓名的招贴、榜文。

到水月庵里去，把那些女尼女道士一齐拉回来。不许泄漏，只说里头传唤。”赖大领命去了。

且说水月庵中小女尼、女道士等初到庵中，沙弥与道士原系老尼收管，日间教他些经忏。以后元妃不用，也便习学得懒怠了。那些女孩子们年纪渐渐的大了，都也有个知觉了。更兼贾芹也是风流人物，打量芳官等出家只是小孩子性儿，便去招惹他们。那知芳官竟是真心，不能上手，便把这心肠移到女尼、女道士身上。因那小沙弥中有个名叫沁香的和女道士中有个鹤仙的，长得都甚妖娆，贾芹便和这两个人勾搭上了。闲时便学些丝弦，唱个曲儿。

那时正当十月中旬，贾芹给庵中那些人领了月例银子，便想起法儿来，告诉众人道：“我为你们领月钱不能进城，又只得在这里歇着。怪冷的，怎么样？我今儿带些果子酒，大家吃着乐一夜好不好？”那些女孩子都高兴，便摆起桌子，连本庵的女尼也叫了来，惟有芳官不来。贾芹喝了几杯，便说道要行令。沁香等道：“我们都不会，到不如揸拳罢。谁输了喝一杯，岂不爽快？”本庵的女尼道：“这天刚过晌午，混嚷混喝的不像。且先喝几盅，爱散的先散去，谁爱陪芹大爷的，回来晚上尽子喝去，我也不管。”

正说着，只见道婆急忙进来说：“快散了罢，府里赖大爷来了。”众女尼忙乱收拾，便叫贾芹躲开。贾芹因多喝了几杯，便道：“我是送月钱来的，怕什么！”话犹未完，已见赖大进来，见这般样子，心里大怒。为的是贾政吩咐不许声张，只得含糊装笑道：“芹大爷也在这里呢么？”贾芹连忙站起来道：“赖大爷，你来作什么？”赖大说：“大爷在这里更好。快快叫沙弥、道士收拾上车进城，宫里传呢。”贾芹等不知原故，还要细问。赖大说：“天已不早了，快快的好赶进城。”众女孩只得一齐上车，赖大骑着大走骡，押着赶进城，不题。

却说贾政知道这事，气得衙门也不能上了，独坐在内书房叹气。贾琏也不敢走开。忽见门上的进来禀道：“衙门里今夜该班是张老爷，因张老爷病了，有知会来请老爷补一班。”贾政正等赖大回来要办贾芹，此时又要该班，心里纳闷，也不言语。贾琏走上去说道：“赖大是饭后出去的，水月庵离城二十来里，就赶进城也得二更天。今日又是老爷的帮班，请老爷只管去。赖大来了，叫他押着，也别声张，等明儿老爷回来再发落。倘或芹儿来了，也不用说明，看他明儿见了老爷怎么样说。”贾政听来有理，只得上班去了。

贾琏抽空才要回到自己房中，一面走着，心里抱怨凤姐出的主意，欲要埋怨，因他病着，只得隐忍，慢慢的走着。

且说那些下人一人传十传到里头。先是平儿知道，即忙告诉凤姐。凤姐因那一夜不好，恹恹的总没精神，正是惦记铁槛寺的事情。听说外头贴了匿名揭帖的一句话，吓了一跳，忙问贴的是什么。平儿随口答应，不留神就错说了道：“没要紧，是馒头庵里的事情。”凤姐本是心虚，听见馒头庵的事情，这一唬直唬怔了，一句话没说出来，急火上攻，眼前发晕，咳嗽了一阵，哇的一声，吐出一口血来。平儿慌了，说道：“水月庵里不过是女沙弥、女道士的事，奶奶着什么急呢？”凤姐听是水月庵，才定了定神，说道：“呸，糊涂东西，到底是水月庵呢，是馒头庵呢？”平儿笑道：“是我头里错听了是馒头庵，后来听见不是馒头庵，是水月庵。我刚才也就说溜了嘴，说成馒头庵了。”

凤姐道：“我就知道是水月庵，那馒头庵与我什么相干！原是这水月庵是我叫芹儿管的，大约克扣了月钱。”平儿道：“我听着不像月钱的事，还有些腌脏话呢。”凤姐道：“我更不管那个。你二爷那里去了？”平儿说：“听见老爷生气，他不敢走开。我听见事情不好，我吩咐这些人不许吵嚷，不知太太们知道了没有。但听见说老爷叫赖大拿这些女孩子去了。且叫个人前头打听打听。奶奶现在病着，依我竟先别管他们的闲事。”

正说着，只见贾琏进来。凤姐欲待问他，见贾琏一脸的怒气，暂且装作不知。贾琏饭没吃完，旺儿来说：“外头请爷呢，赖大回来了。”贾琏道：“芹儿来了没有？”旺儿道：“也来了。”贾琏便道：“你去告诉赖大，说老爷上班儿去了。把这些个女孩子暂且收在园里，明日等老爷回来送进宫去。只叫芹儿在内书房等着我。”旺儿去了。

贾芹走进书房，只见那些下人指指点点，不知说什么。看起这个样儿来，不像宫里要人。想着问人，又问不出来。正在心里疑惑，只见贾琏走出来。贾芹便请了安，垂手侍立，说道：“不知道娘娘宫里即刻传那些孩子们做什么？叫侄儿好赶！幸喜侄儿今儿送月钱去，还没有走，便同着赖大来了。二叔想来是知道的。”贾琏道：“我知道什么？你才是明白的呢！”贾芹摸不着头脑儿，也不敢再问。贾琏道：“你干得好事，把老爷都气坏了！”贾芹道：“侄儿没有干什么。庵里月钱是月月给的，孩子们经忏是不忘记的。”

贾琏见他不知，又是平素常在一处玩笑的，便叹口气道：“打嘴的东西，你各自去瞧瞧罢！”便从靴掖儿里头拿出那个揭帖来，扔与他瞧。贾芹拾来一看，吓得面如土色，说道：“这是谁干的！我并没得罪人，为什么这么坑我？我一月送钱去，只走一趟，并没有这些事。若是老爷回来，打着问我，侄儿就屈死了！我母亲知道，更要打死。”说着，见没人在旁边，便跪下央及道：“好叔叔，救我一救儿罢！”说着，只管磕头，满眼泪流。

贾琏想道：“老爷最恼这些，要是问准了有这些事，这场气也不小。闹出去也不好听，又长那个贴帖儿的人的志气了。将来咱们的事多着呢。倒不如趁着老爷上班儿，和赖大商量着，若混过去，就可以没事了。现在没有对证。”想定主意，便说：“你别瞒我，你干的鬼鬼祟祟的事，你打谅我都不知道呢。若要完事，除非是老爷打着问你，你一口咬定没有才好。没脸的，起去罢！”叫人去唤赖大。

不多时，赖大来了。贾琏便与他商量。赖大说：“这芹大爷本来闹的不像了。奴才今儿到庵里的时候，他们正在那里喝酒呢。帖儿上的话是一定有的。”贾琏道：“芹儿你听，赖大还赖你不成。”

贾芹此时红涨了脸，一句也不敢言语。还是贾琏拉着赖大，央他：“护庇护庇罢，只说是芹哥儿在家里找来的，你带了他去，只说没有见我。明日你求老爷也不用问那些女孩子了，竟是叫了媒人来，领了去一卖完事。果然娘娘再要的时候儿，咱们再买。”赖大想来，闹也无益，且名声不好，就应了。贾琏叫贾芹：“跟了赖大爷去罢，听着他教你。你就跟着他。”说罢，贾芹又磕了一个头，跟着赖大出去。到了没人的地方儿，又给赖大磕头。赖大说：“我的小爷，你太闹的不像了。不知得罪了谁，闹出这个乱儿来。你想想谁和你不对罢。”贾芹想了一会子，并无不对的人，只得无精打采，跟着赖大走回。未知如何抵赖，且听下回分解。

第九十四回

宴海棠贾母赏花妖　失宝玉通灵知奇祸

话说赖大带了贾芹出来，一宿无话，静候贾政回来。单是那些女尼、女道重进园来，都喜欢的了不得，欲要到各处逛逛，明日预备进宫。不料赖大便吩咐了看园的婆子并小厮看守，惟给了些饮食，却是一步不准走开。那些女孩子摸不着头脑，只得坐着等到天亮。园里各处的丫头虽都知道拉进女尼们来预备宫里使唤，却也不能深知原委。

到了明日早起，贾政正要下班，因堂上发下两省城工估销册子[①]立刻要查核，一时不能回家，便叫人回来告诉贾琏说："赖大回来，你务必查问明白。该如何办就如何办了，不必等我。"

贾琏奉命，先替芹儿喜欢，又想道："若是办得一点影儿都没有，又恐贾政生疑，不如回明二太太讨个主意办去，便是不合老爷的心，我也不至甚担干系。"主意定了，进内去见王夫人，陈说："昨日老爷见了揭帖生气，把芹儿和女尼女道等都叫进府来查办。今日老爷没空问这种不成体统的事，叫我来回太太，该怎么便怎么样。我所以来请示太太，这件事如何办理？"

王夫人听了，诧异道："这是怎么说！若是芹儿这么样起来，这还成咱们家的人了么？但只这个贴帖儿的也可恶，这些话可是混嚼说得的

① 估销册子——预计工程花销的册子，犹预算册。

么？你到底问了芹儿有这件事没有呢？”贾琏道：“刚才也问过了。太太想，别说他干了没有，就是干了，一个人干了混账事也肯应承么？但只我想芹儿也不敢行此事，知道那些女孩子都是娘娘一时要叫的，倘或闹出事来，怎么样呢？依侄儿的主见，要问也不难，若问出来，太太怎么个办法呢？”王夫人道：“如今那些女孩子在那里？”贾琏道：“都在园里锁着呢。”王夫人道：“姑娘们知道不知道？”贾琏道：“大约姑娘们也都知道是预备宫里头的话，外头并没提起别的来。”

王夫人道：“很是。这些东西一刻也是留不得的。头里我原要打发他们去来着，都是你们说留着好，如今不是弄出事来了么？你竟叫赖大那些人带去，细细的问他的本家有人没有，将文书查出。花上几十两银子，雇只船，派个妥当人送到本地，一概连文书发还了，也落得无事。若是为着一两个不好，个个都押着他们还俗，那又太造孽了。若在这里发给官媒，虽然我们不要身价，他们弄去卖钱，那里顾人的死活呢？芹儿呢，你便狠狠的说他一顿。除了祭祀喜庆，无事叫他不用到这里来，看仔细碰在老爷气头儿上，那可就吃不了兜着走了。也说与账房儿里，把这一项钱粮档子销了。还打发个人到水月庵，说老爷的谕：除了上坟烧纸，若有本家爷们到他那里去，不许接待。若再有一点儿不好风声，连老姑子一并撵出去。”

贾琏一一答应了，出去将王夫人的话告诉赖大，说：“是太太主意，叫你这么办去。办完了，告诉我去回太太。你快办去罢。回来老爷来，你也按着太太的话回去。”赖大听说，便道：“我们太太真正是个佛心。这班东西着人送回去，既是太太好心，不得不挑个好人。芹哥儿竟交给二爷开发了罢。那个贴帖儿的，奴才想法儿查出来，重重的收拾他才好。”贾琏点头说：“是了。”即刻将贾芹发落。赖大也赶着把女尼等领出，按着主意办去了。

晚上贾政回家，贾琏、赖大回明贾政。贾政本是省事的人，听了也便撂开手了。独有那些无赖之徒，听得贾府发出二十四个女孩子出来，那个不想？究竟那些人能够回家不能，未知着落，亦难虚拟。

且说紫鹃因黛玉渐好，园中无事，听见女尼等预备宫内使唤，不知何事，便到贾母那边打听打听，恰遇着鸳鸯下来，闲着坐下说闲话儿，提起女尼的事。鸳鸯诧异道：“我并没有听见，回来问问二奶奶就知道了。”

正说着，只见傅试家两个女人过来请贾母的安，鸳鸯要陪了上去。那两个女人因贾母正睡晌觉，就与鸳鸯说了一声儿回去了。紫鹃问："这是谁家差来的？"鸳鸯道："好讨人嫌。家里有了一个女孩儿生得好些，便献宝的似的，常常在老太太面前夸他家姑娘长得怎么好，心地儿怎么好，礼貌上又好，说话儿又简绝，做活计儿手儿又巧，会写会算，尊长上头最孝敬的，就是待下人也是极和平的。来了就编这么一大套，常常说给老太太听。我听着很烦。这几个老婆子真讨人嫌！我们老太太偏爱听那些个话。老太太也罢了，还有宝玉，素常见了老婆子便很厌烦的，偏见了他们家的老婆子便不厌烦。你说奇不奇？前儿还来说，他们姑娘现有多少人家儿来求亲，他们老爷总不肯应，心里只要和咱们这种人家作亲才肯。一回夸奖，一回奉承，把老太太的心都说活了。"紫鹃听了一呆，便假意道："若老太太喜欢，为什么不就给宝玉定了呢？"鸳鸯正要说出原故，听见上头说："老太太醒了。"鸳鸯赶着上去。

紫鹃只得起身出来，回到园里。一头走，一头想道："天下莫非只有一个宝玉，你也想他，我也想他。我们家的那一位越发痴心起来了，看他的那个神情儿，是一定在宝玉身上的了。三番五次的病，可不是为着这个是什么？这家里金的银的还闹不清，若添了一个什么傅姑娘，更了不得了。我看宝玉的心也在我们那一位的身上，听着鸳鸯的说话竟是见一个爱一个的。这不是我们姑娘白操了心了吗？"

紫鹃本是想着黛玉，往下一想，连自己也不得主意了，不免掉下泪来。要想叫黛玉不用瞎操心呢，又恐怕他烦恼；若是看着他这样，又可怜见儿的。左思右想，一时烦躁起来，自己啐自己道："你替人耽什么忧！就是林姑娘真配了宝玉，他的那性情儿也是难服侍的。宝玉性情虽好，又是贪多嚼不烂的。我倒劝人不必瞎操心，我自己才是瞎操心呢。从今以后，我尽我的心服侍姑娘，其余的事全不管！"这么一想，心里倒觉清净。回到潇湘馆来，见黛玉独自一人坐在炕上，理从前做过的诗文词稿。抬头见紫鹃来，便问："你到那里去了？"紫鹃道："今儿瞧了瞧姐妹们去。"黛玉道："可是找袭人姐姐去么？"紫鹃道："我找他做什么。"黛玉一想，这话怎么顺嘴说出来了呢？反觉不好意思，便啐道："你找谁与我什么相干！倒茶去罢。"

紫鹃也心里暗笑，出来倒茶。只听见园里的一叠声乱嚷，不知何故，一面倒茶，一面叫人去打听。回来说道："怡红院里的海棠本来萎了几棵，也没人去浇灌他。昨日宝玉走去，瞧见枝头上好像有了骨朵儿似的。人都不信，没有理他。忽然今日开得很好的海棠花，众人诧异，都争着去看。连老太太、太太都哄动了，来瞧花儿呢。所以大奶奶叫人收拾园里败叶枯枝，这些人在那里传唤。"黛玉也听见了，知道老太太来，便更了衣，叫雪雁去打听，"若是老太太来了，即来告诉我。"雪雁去不多时，便跑来说："老太太、太太好些人都来了，请姑娘就去罢。"黛玉略自照了一照镜子，掠了一掠鬓发，便扶着紫鹃到怡红院来。

已见老太太坐在宝玉常卧的榻上，黛玉便说道："请老太太安。"退后，便见了邢、王二夫人，回来与李纨、探春、惜春、邢岫烟彼此问了好。只有凤姐因病未来；史湘云因他叔叔调任回京，接了家去；薛宝琴跟他姐姐家去住了；李家姐妹因见园内多事，李婶娘带了在外居住：所以黛玉今日见的只有数人。

大家说笑了一回，讲究这花开得古怪。贾母道："这花儿应在三月里开的，如今虽是十一月，因节气迟，还算十月，应着小阳春的天气，因为和暖，开花也是有的。"王夫人道："老太太见的多，说得是。也不为奇。"邢夫人道："我听见这花已经萎了一年，怎么这回不应时候儿开了？必有个原故。"李纨笑道："老太太和太太说得都是。据我的糊涂想头，必是宝玉有喜事来了，此花先来报信。"探春虽不言语，心内想："必非好兆。大凡顺者昌，逆者亡。草木知运，不时而发，必是妖孽。"但只不好说出来。

独有黛玉听说是喜事，心里触动，便高兴说道："当初田家有荆树一棵[①]，三个弟兄因分了家，那荆树便枯了。后来感动了他弟兄们仍旧归在一处，那荆树也就荣了。可知草木也随人的。如今二哥哥认真念书，舅舅喜欢，那棵树也就发了。"贾母、王夫人听了喜欢，便说：

① 田家有荆树一棵——传说田真兄弟三人分家，要把一棵紫荆树破成三份，紫荆树马上枯死。田家兄弟受了感动，复又合居，紫荆树即复活开花。

“林姑娘比方得有理，很有意思。”

正说着，贾赦、贾政、贾环、贾兰都进来看花。贾赦便说：“据我的主意，把他砍去，必是花妖作怪。”贾政道：“见怪不怪，其怪自败。不用砍他，随他去就是了。”贾母听见，便说：“谁在这里混说！人家有喜事好处，什么怪不怪的。若有好事，你们享去；若是不好，我一个人当去。你们不许混说。”贾政听了，不敢言语，讪讪的同贾赦等走了出来。

那贾母高兴，叫人传话到厨房里，快快预备酒席，大家赏花，叫“宝玉、环儿、兰儿各人做一首诗志喜。林姑娘的病才好，不要他费心，若高兴，给你们改改”。对着李纨道：“你们都陪我喝酒。”李纨答应了“是”，便笑对探春笑道：“都是你闹的。”探春道：“饶不叫我们做诗，怎么我们闹的？李纨道：“海棠社不是你起的么？如今那棵海棠也要来入社了。”大家听着都笑了。一时摆上酒菜，一面喝着，彼此都要讨老太太的欢喜，大家说些兴头话。宝玉上来，斟了酒，便立成了四句诗，写出来念与贾母听道：

海棠何事忽摧隤，今日繁花为底开？
应是北堂增寿考，一阳旋复占先梅。

贾环也写了来念道：

草木逢春当茁芽，海棠未发候偏差。
人间奇事知多少，冬月开花独我家。

贾兰恭楷誊正，呈与贾母，贾母命李纨念道：

烟凝媚色春前萎，霜浥微红雪后开。
莫道此花知识浅，欣荣预佐合欢杯。

贾母听毕，便说：“我不大懂诗，听去倒是兰儿的好，环儿做得不好。都上来吃饭罢。”宝玉看见贾母喜欢，更是兴头，因想起：“晴雯死的那年海棠死的，今日海棠复荣，我们院内这些人自然都好。但是晴雯不能像花的死而复生了。”顿觉转喜为悲。忽又想起前日巧姐提凤姐要把五儿补入，或此花为他而开，也未可知，却又转悲为喜。依旧说笑。

贾母还坐了半天，然后扶了珍珠回去了。王夫人等跟着过来。只见平儿笑嘻嘻的迎上来说：“我们奶奶知道老太太在这里赏花，自己不得来，叫奴才来服侍老太太、太太们，还有两匹红送给宝二爷包裹这花，当作贺礼。”袭人过来接了，呈与贾母看。贾母笑道：“偏是凤丫头行出点事儿来，叫人看着又体面，又新鲜，很有趣儿。”袭人笑着向平儿道：“回去替宝二爷给二奶奶道谢。要有喜大家喜。”贾母听了笑道：“哎哟，我还忘了呢，凤丫头虽病着，还是他想得到，送得也巧。”一面说着，众人就随着去了。平儿私与袭人道：“奶奶说，这花开得奇怪，叫你铰块红绸子挂挂，便应在喜事上去了。以后也不必只管当作奇事混说。”袭人点头答应，送了平儿出去，不题。

且说那日宝玉本来穿着一裹圆的皮袄在家歇息，因见花开，只管出来看一回，赏一回，叹一回，爱一回的，心中无数悲喜离合，都弄到这株花上去了。忽然听说贾母要来，便去换了一件狐腋箭袖，罩一件元狐腿外褂[①]，出来迎接贾母。匆匆穿换，未将通灵宝玉挂上，及至后来贾母去了，仍旧换衣。袭人见宝玉脖子上没有挂着，便问：“那块玉呢？”宝玉道：“刚才忙乱换衣，摘下来放在炕桌上，我没有带。”袭人回看桌上并没有玉，便向各处找寻，踪影全无，吓得袭人满身冷汗。宝玉道：“不用着急，少不得在屋里的，问他们就知道了。”

袭人当作麝月等藏起吓他玩，便向麝月等笑着说道：“小蹄子们，玩呢到底有个玩法。把这件东西藏在那里了？别真弄丢了，那可就大家活不成了。”麝月等都正色道：“这是那里的话！玩是玩笑是笑，这个事非同儿戏，你可别混说。你自己昏了心了，想想罢，想想搁在那里了。这会子又混赖人了。”袭人见他这般光景，不像是玩话，便着急道：“皇天菩萨小祖宗，到底你摆在那里去了？”宝玉道：“我记得明明放在炕桌上的，你们到底找啊。”袭人、麝月、秋纹等也不敢叫人知

① 元狐腿外褂——用黑狐腿皮做成的褂子。元：玄，黑。

道，大家偷偷儿的各处搜寻。闹了大半天，毫无影响，甚至翻箱倒笼，实在没处去找，便疑到方才这些人进来，不知谁拣了去了。袭人说道："进来的谁不知道这玉是性命似的东西呢，谁敢拣了去呢？你们好歹先别声张，快到各处问去。若有姐妹们拣着吓我们玩呢，你们给他磕头要了回来；若是小丫头偷了去，问出来也不回上头，不论做些什么送他，换了出来都使得的。这可不是小事，真要丢了这个，比丢了宝二爷还利害呢！"麝月、秋纹刚要往外走，袭人又赶出来嘱咐道："头里在这里吃饭的倒先别问去，找不成再惹出些风波来，更不好了。"麝月等依言分头各处追问。人人不晓，个个惊疑。二人连忙回来，俱目瞪口呆，面面相窥。宝玉也吓怔了。袭人急的只是干哭。找是没处找，回又不敢回，怡红院里的人吓得个个像木雕泥塑一般。

大家正在发呆，只见各处知道的都来了。探春叫把园门关上，先命个老婆子带着两个丫头，再往各处去寻去；一面又叫告诉众人：若谁找出来，重重的赏银。大家头宗要脱干系，二宗听见重赏，不顾命的混找了一遍，甚至于茅厕里都找到。谁知那块玉竟像绣花针儿一般，找了一天，总无影响。

李纨急了，说："这件事不是玩的，我要说句无礼的话了。"众人道："什么呢？"李纨道："事情到了这时，也顾不得了。现在园里除了宝玉，都是女人，要求各位姐姐、妹妹、姑娘都要叫跟来的丫头脱了衣服，大家搜一搜。若没有，再叫丫头们去搜那些老婆子并粗使的丫头。"大家说道："这话也说的有理。现在人多手乱，鱼龙混杂，倒是这么一来，你们也洗洗清。"探春独不言语。那些丫头们也都愿意洗净自己。

先是平儿起，平儿说道："打我先搜起。"于是各人自己解怀，李纨一气儿混搜。探春嗔着李纨道："大嫂子，你也学那起不成材料的样子来了。那个人既偷了去，还肯藏在身上？况且这件东西在家里是宝，到了外头，不知道的是废物，偷他做什么？我想来必是有人使促狭。"众人听说，又见环儿不在这里，昨儿是他满屋里乱跑，都疑到他身上，只是不肯说出来。探春又道："使促狭的只有环儿。你们叫个人去悄悄的叫了他来，背地里哄着他，叫他拿出来，然后吓着他，叫他别声张，就完了。"大家点头。

李纨便向平儿道："这件事还是得你去才弄得明白。平儿答应，就赶着去了。不多时同了环儿来了。众人假意装出没事的样子，叫人沏了碗茶搁在里间屋里，众人故意搭讪走开。原叫平儿哄他，平儿便笑着向环儿道："你二哥哥的玉丢了，你瞧见了没有？"贾环便急得紫涨了脸，瞪着眼说道："人家丢了东西，你怎么又叫我来查问，疑我！我是犯过案的贼么？"平儿见这样子，倒不敢再问，便又陪笑道："不是这么说，怕三爷要拿了去吓他们，所以白问问瞧见了没有，好叫他们找。"贾环道："他的玉在他身上，看见不看见该问他，怎么问我？捧着他的人多着咧！得了什么不来问我，丢了东西就来问我！"说着，起身就走。

众人不好拦他。这里宝玉倒急了，说道："都是这劳什子闹事，我也不要他了。你们也不用闹了。环儿一去，必是嚷得满院里都知道了，这可不是闹事了么？"袭人等急得又哭道："小祖宗，你看这玉丢了没要紧，若是上头知道了，我们这些人就要粉身碎骨了！"说着，便嚎啕大哭起来。

众人更加伤感，明知此事掩饰不来，只得要商议定了话，回来好回贾母诸人。宝玉道："你们竟也不用商议，硬说我砸了就完了。"平儿道："我的爷，好轻巧话儿！上头要问为什么砸的呢？他们也是个死啊！倘或要起砸破的碴儿来，那又怎么样呢？"宝玉道："不然便说我前日出门丢了。"众人一想，这句话倒还混得过去，但是这两天又没上学，又没往别处去。宝玉道："怎么没有，大前儿还到南安王府里听戏去了呢，便说那日丢的。"探春道："那也不妥。即是前儿丢的，为什么当日不来回？"

众人正在胡思乱想，要装点撒谎，只听见赵姨妈的声儿哭着喊着走来说："你们丢了东西自己不找，怎么叫人背地里拷问环儿。我把环儿带了来，索性交给你们这一起洑上水的，该杀该剐，随你们罢。"说着，将环儿一推说："你是个贼，快快的招罢！"气得环儿也哭喊起来。

李纨正要劝解，丫头来说："太太来了。"袭人等此时无地可容，宝玉等赶忙出来迎接。赵姨娘暂且也不敢作声，跟了出来。王夫人见众人都有惊惶之色，才信方才听见的话，便道："那块玉真丢了么？"众人都不敢作声，王夫人走进屋里坐下，便叫袭人。慌得袭人连忙跪下，含泪要禀。王夫人道："你起来，快快叫人细细找去，一忙乱倒不好了。"袭人哽咽难言。

宝玉生恐袭人真告诉出来，便说道："太太，这事不与袭人相干。是我前日到南安王府那里听戏，在路上丢了。"王夫人道："为什么那日不找呢？"宝玉道："我怕他们知道，没有告诉他们。我叫茗烟等在外头各处找过的。"王夫人道："胡说！如今脱换衣服，不是袭人他们服侍的么？大凡哥儿出门回来，手巾、荷包短了，还要个明白，何况这块玉不见了！难道不问么？"宝玉无言可答。

赵姨娘听见，便得意了，忙接过口道："外头丢了东西，也赖环儿！"话未说完，被王夫人喝道："这里说这个，你且说那些没要紧的话！"赵姨娘便不敢言语了。还是李纨、探春从实的告诉了王夫人一遍，王夫人也急得泪如雨下，索性要回明贾母，去问邢夫人那边跟来的这些人去。

凤姐病中也听见宝玉失玉，知道王夫人过来，料躲不住，便扶了丰儿来到园里。正值王夫人起身要走，凤姐姣怯怯的说："请太太安。"宝玉等过来问了凤姐好。王夫人因说道："你也听见了么？这可不是奇事吗？刚才眼错不见就丢了，再找不着。你去想想，打从老太太那边丫头起至你们平儿，谁的手不稳，谁的心促狭。我要回了老太太，认真的查出来才好。不然是断了宝玉的命根子了。"凤姐回道："咱们家人多手杂，自古说的'知人知面不知心'，那里保得住谁是好的？但是一吵嚷已经都知道了，偷玉的人若叫太太查出来，明知是死无葬身之地，他着了急，反要毁坏了灭口，那时可怎么处呢。据我的糊涂想头，只说宝玉本不爱他，撂丢了，也没有什么要紧。只要大家严密些，别叫老太太老爷知道。这么说了，暗暗的派人去各处察访，哄骗出来，那时玉也可得，罪名也好定。不知太太心里怎么样？"

王夫人迟了半日，才说道："你这话虽也有理，但只是老爷跟前怎么瞒的过呢？"便叫环儿过来道："你二哥哥的玉丢了，白问了你一句，怎么你就乱嚷，若是嚷破了，人家把那个毁坏了，我看你活得活不得！"贾环吓得哭道："我再不敢嚷了。"赵姨娘听了，那里还敢言语？王夫人便吩咐众人道："想来自然有没找到的地方儿，好端端的在家里的，还怕他飞到那里去不成？只是不许声张。限袭人三天内给我找出来，要是三天找不着，只怕也瞒不住，大家那就不用过安静日子了。”说着，便叫凤姐跟到邢夫人那边，商议踩缉[①]不题。

这里李纨等纷纷议论，便传唤看园子的一干人来，叫把园门锁上，快传林之孝家的来，悄悄儿的告诉了他，叫他吩咐前后门上，三天之内，不论男女下人从里头可以走动，要出时一概不许放出，只说里头丢了东西，待这件东西有了着落，然后放人出来。林之孝家的答应了“是”，因说：“前儿奴才家里也丢了一件不要紧的东西，林之孝必要明白，上街去找了一个测字的，那人叫什么刘铁嘴，测了一个字，说的很明白，回来依旧一找便找着了。”袭人听见，便央及林家的道：“好林奶奶，出去快求林大爷替我们问问去。”那林之孝家的答应着出去了。

邢岫烟道：“若说那外头测字打卦的，是不中用的。我在南边闻妙玉能扶乩，何不烦他问一问。况且我听见说这块玉原有仙机，想来问得出来。”众人都诧异道：“咱们常见的，从没有听他说起。”麝月便忙问岫烟道：“想来别人求他是不肯的，好姑娘，我给姑娘磕个头，求姑娘就去，若问出来了，我一辈子总不忘你的恩。”说着，赶忙就要磕下头去，岫烟连忙拦住。黛玉等也都怂恿着岫烟速往栊翠庵去。

一面林之孝家的进来说道：“姑娘们大喜。林之孝测了字回来说，这玉是丢不了的，将来横竖有人送还来的。”众人听了，也都半信半疑，唯有袭人麝月喜欢的了不得。探春便问：“测的是什么字？”林之孝家的道：“他的话多，奴才也学不上来，记得是拈了个赏人东西的‘赏’字。那刘铁嘴也不问，便说：‘丢了东西不是？’”李纨道：“这就算好。”林之孝家的道：“他还说，‘赏’字头上一个‘小’字，底下一个‘口’字，这件东西很可嘴里放得，必是个珠子宝石。”众人听了，夸赞道：“真是神仙。往下怎么说？”林之孝家的道：“他说底下‘贝’字，拆开不成一个‘见’字，可不是‘不见’了？因上头拆了‘当’字，叫快到当铺里找去。‘赏’字加一‘人’字，可不是‘偿’字？只要找着当铺就有人，有了人便赎了来，可不是偿还了

---

① 踩缉——追捕之意。

吗？”众人道：“既这么着，就先往左近找起。横竖几个当铺都找遍了，少不得就有了。咱们有了东西，再问人就容易了。”李纨道：“只要东西，那怕不问人都使得。林嫂子，烦你就把测字的话快去告诉二奶奶，回了太太，先叫太太放心，就叫二奶奶快派人查去。”林家的答应了便走。

众人略安了一点儿神，呆呆的等岫烟回来。正呆等，只见跟宝玉的茗烟在门外招手儿，叫小丫头子快出来。那小丫头赶忙的出去了。茗烟便说道：“你快进去告诉我们二爷和里头太太奶奶姑娘们，天大喜事！”那小丫头子道：“你快说罢，怎么这么累赘。”茗烟笑着拍手道：“我告诉姑娘，姑娘进去回了，咱们两个人都得赏钱呢。你打量什么，宝二爷的那块玉呀，我得了准信儿来了。”未知如何，下回分解。

第九十五回

因讹成实元妃薨逝　以假混真宝玉疯癫

话说茗烟在门口和小丫头子说宝玉的玉有了，那小丫头急忙回来告诉宝玉。众人听了，都推着宝玉出去问他，众人在廊下听着。宝玉也觉放心，便走到门口问道："你那里得了？快拿来。"茗烟道："拿是拿不来的，还得托人做保去呢。"宝玉道："你快说是怎么得的，我好叫人取去。"茗烟道："我在外头知道林爷爷去测字，我就跟了去。我听见说在当铺里找，我没等他说完，便跑到几个当铺里去。我比给他们瞧，有一家便说有。我说给我罢，那铺子里要票子。我说当多少钱，他说三百钱的也有，五百钱的也有。前儿有一个人拿这么一块玉当了三百钱去，今儿又有人也拿一块玉当了五百钱去。"宝玉不等说完，便道："你快拿三百五百钱去取了来，我们挑着看是不是。"

里头袭人便啐道："二爷不用理他。我小时候儿听见我哥哥常说，有些人卖那些小玉儿，没钱用便去当。想来是家家当铺里有的。"众人正在听得诧异，被袭人一说，想了一想，倒大家笑起来，说："快叫二爷进来罢，不用理那糊涂东西了。他说的那些玉，想来不是正经东西。"

宝玉正笑着，只见岫烟来了。原来岫烟走到栊翠庵见了妙玉，不及闲话，便求妙玉扶乩。妙玉冷笑几声，说道："我与姑娘来往，为的是姑娘不是势利场中的人。今日怎么听了那里的谣言，过来缠我？况且我并不晓得什么叫扶乩。”说着，将要不理。岫烟懊悔此来，知他脾气是这么着的，“一时我已说出，不好白回去，又不好与他质证他会扶乩的话。”只得陪着，笑将袭人等性命关系的话说了一遍，见妙玉略有活动，便起身拜了几拜。妙玉叹道：“何必为人作嫁？但是我进京以来，素无人知，今日你来破例，恐将来缠绕不休。”岫烟道：“我也一时不忍，知你必是慈悲的。便是将来他人求你，愿不愿在你，谁敢相强？”

妙玉笑了一笑，叫道婆焚香，在箱子里找出沙盘乩架，书了符，命岫烟行礼，祝告毕，起来同妙玉扶着乩。不多时，只见那仙乩疾书道：

噫！来无迹，去无踪，青埂峰下倚古松。欲追寻，山万重，入我门来一笑逢。

书毕，停了乩。岫烟便问请是何仙，妙玉道：“请的是拐仙[①]。”岫烟录了出来，请教妙玉解识。妙玉道：“这个可不能，连我也不懂。你快拿去，他们的聪明人多着哩。”

岫烟只得回来。进入院中，各人都问怎么样了。岫烟不及细说，便将所录的乩语递与李纨。众姊妹及宝玉争看，都解的是：“一时要找是找不着的，然而丢是丢不了的，不知几时不找便出来了。但是青埂峰不知在那里？”李纨道：“这是仙机隐语，咱们家里那里跑出青埂峰来，必是谁怕查出，撂在有松树的山子石底下，也未可定。独是‘入我门来’这句，到底是入谁的门呢？”黛玉道：“不知请的是谁！”岫烟道：“拐仙。”探春道：“若是仙家的门，便难入了。”

袭人心里着忙，便捕风捉影的混找，没一块石底下不找到，只是没有。回到院中，宝玉也不问有无，只管傻笑。麝月着急道：“小祖宗！你到底是那里丢的，说明了，我们就是受罪也在明处啊！”宝玉笑道：“我说外头丢的，你们又不依。你如今问我，我知道么？”李纨、探春道：“今儿从早起闹起，已到三更来的天了。你瞧林妹妹已经撑不住，各自去了。我们也该歇歇儿了，明儿再闹罢。”说着，大家散去。宝玉即便睡下。可怜袭人等哭一回，想一回，一夜无眠。暂且不提。

---

① 拐仙——传说中的八仙之一，又称李铁拐或铁拐李。

且说黛玉先自回去，想起金玉的旧话来，反自喜欢，心里说道："和尚道士的话真个信不得。果真金玉有缘，宝玉如何能把这玉丢了呢？或者因我之事，拆散他们的金玉，也未可知。"想了半天，更觉安心，把这一天的劳乏竟不理会，重新倒看起书来。紫鹃倒觉身倦，连催黛玉睡下。黛玉虽躺下，又想到海棠花上，说："这块玉原是胎里带来的，非比寻常之物，来去自有关系。若是这花主好事呢，不该失了这玉呀？看来此花开的不祥，莫非他有不吉之事？"不觉又伤起心来。又转想到喜事上头，此花又似应开，此玉又似应失：如此一悲一喜，直想到五更，方睡着。

次日，王夫人等早派人到当铺里去查问，凤姐暗中设法找寻。一连闹了几天，总无下落。还喜贾母、贾政未知。袭人等每日提心吊胆，宝玉也好几天不上学，只是怔怔的，不言不语，没心没绪的。王夫人只知他因失玉而起，也不大着意。

那日正在纳闷，忽见贾琏进来请安，嘻嘻的笑道："今日听得雨村打发人来告诉二老爷说，舅太爷升了内阁大学士，奉旨来京，已定明年正月二十日宣麻[①]，有三百里的文书[②]去了。想舅太爷昼夜趱行，半个多月就要到了。侄儿特来回太太知道。"王夫人听说，便欢喜非常。正想娘家人少，薛姨妈家又衰败了，兄弟又在外任，照应不着。今日忽听兄弟拜相回京，王家荣耀，将来宝玉都有倚靠，便把失玉的心又略放开了些。天天专望兄弟来京。

忽一天，贾政进来，满脸泪痕，喘吁吁的说道："你快去禀知老太太，即刻进宫。不用多人的，是你服侍进去。因娘娘忽得暴病，现在太监在外立等，他说太医院已经奏明痰厥[③]，不能医治。"王夫人听说，便大哭起来。贾政道："这不是哭的时候，快快去请老太太，说得宽缓些，不要吓坏了老人家。"贾政说着，出来吩咐家人伺候。王夫人收了泪，去请贾母，只说元妃有病，进去请安。贾母念佛道："怎么又病了！前番吓的我了不得，后来又打听错了。这回情愿再错了也罢。"王

---

① 宣麻——唐代任免将相、号令征伐时，用麻纸书写诏书，在朝堂上当众宣布，叫宣麻。这里代指朝廷的任命。

② 三百里的文书——日夜行程三百里的急递公文。

③ 痰厥——中医术语。指痰气壅塞，骤然昏倒的症状。

夫人一面回答，一面催鸳鸯等开箱取衣饰穿戴起来。王夫人赶着回到自己房中，也穿戴好了，过来伺候。一时出厅上轿进宫，不题。

且说元春自选了凤藻宫后，圣眷隆重，身体发福，未免举动费力。每日起居劳乏，时发痰疾。因前日侍宴回宫，偶沾寒气，勾起旧病。不料此回甚属利害，竟至痰气壅塞，四肢厥冷。一面奏明，即召太医调治。岂知汤药不进，连用通关之剂[①]，并不见效。内官忧虑，奏请预办后事。所以传旨命贾氏椒房进见。贾母、王夫人遵旨进宫，见元妃痰塞口涎，不能言语，见了贾母，只有悲泣之状，却没眼泪。贾母进前请安，奏些宽慰的话。少时贾政等职名递进，宫嫔传奏，元妃目不能顾，渐渐脸色改变。内宫太监即要奏闻，恐派各妃看视，椒房姻戚未便久羁，请在外宫伺候。贾母、王夫人怎忍便离，无奈国家制度，只得下来，又不敢啼哭，惟有心内悲感。朝门内官员有信。不多时，只见太监出来，立传钦天监。贾母便知不好，尚未敢动。稍刻，小太监传谕出来说："贾娘娘薨逝。"是年甲寅年十二月十八日立春，元妃薨日是十二月十九日，已交卯年寅月，存年四十三岁。贾母含悲起身，只得出宫上轿回家。贾政等亦已得信，一路悲戚。到家中，邢夫人、李纨、凤姐、宝玉等出厅分东西迎着贾母请了安，并贾政、王夫人请安，大家哭泣。不题。

次日早起，凡有品级的，按贵妃丧礼，进内请安哭临。贾政又是工部，虽按照仪注办理，未免堂上又要周旋他些，同事又要请教他，所以两头更忙，非比从前太后与周妃的丧事了。但元妃并无所出，惟谥曰"贤淑贵妃"。此是王家制度，不必多赘。

只讲贾府中男女天天进宫，忙的了不得。幸喜凤姐近日身子好些，还得出来照应家事，又要预备王子腾进京接风贺喜。凤姐胞兄王仁知道叔叔入了内阁，仍带家眷来京。凤姐心里喜欢，便有些心病，有这些娘家的人，也便撂开，所以身子倒觉比前好了些。王夫人看见凤姐照旧办事，又把担子卸了一半；又眼见兄弟来京，诸事放心，倒觉安静些。

独有宝玉原是无职之人，又不念书，代儒学里知他家里有事，也不

① 通关之剂——指适用于医治昏厥、痰壅、牙关紧闭等症的通关开窍药剂，如通关散等。

来管他；贾政正忙，自然没有空儿查他。想来宝玉趁此机会，竟可与姊妹们天天畅乐，不料他自失了玉后，终日懒怠走动，说话也糊涂了。并贾母等出门回来，有人叫他去请安，便去；没人叫他，他也不动。袭人等怀着鬼胎，又不敢去招惹他，恐他生气。每天茶饭，端到面前便吃，不来也不要。袭人看这光景不像是有气，竟像是有病的。袭人偷着空儿到潇湘馆告诉紫鹃，说是“二爷这么着，求姑娘给他开导开导”。紫鹃虽即告诉黛玉，只因黛玉想着亲事上头一定是自己了，如今见了他，反觉不好意思：“若是他来呢，原是小时在一处的，也难不理他；若说我去找他，断断使不得。”所以黛玉不肯过来。袭人又背地里去告诉探春。那知探春心里明明知道海棠开得怪异，“宝玉”失的更奇，接连着元妃姐姐薨逝，谅家道不祥，日日愁闷，那有心肠去劝宝玉？况兄妹们男女有别，只好过来一两次。宝玉又终是懒懒的，所以也不大常来。

宝钗也知失玉。因薛姨妈那日应了宝玉的亲事，回去便告诉了宝钗。薛姨妈还说：“虽是你姨妈说了，我还没有应准，说等你哥哥回来再定。你愿意不愿意？”宝钗反正色的对母亲道：“妈妈这话说错了。女孩儿家的事情是父母做主的。如今我父亲没了，妈妈应该做主的，再不然问哥哥。怎么问起我来？”所以薛姨妈更加爱惜他，说他虽是从小娇养惯的，却也生来的贞静，因此在他面前，反不提起宝玉了。宝钗自从听此一说，把“宝玉”两字自然更不提起了。如今虽然听见失了玉，心里也甚惊疑，倒不好问，只得听旁人说去，竟像不与自己相干的。只有薛姨妈打发丫头过来了好几次问信。因他自己的儿子薛蟠的事焦心，只等哥哥进京便好为他出脱罪名；又知元妃已薨，虽然贾府忙乱，却得凤姐好了，出来理家，也把贾家的事撂开了。

只苦了袭人，虽然在宝玉跟前低声下气的服侍劝慰，宝玉竟是不懂，袭人只有暗暗的着急而已。

过了几日，元妃停灵寝庙[①]，贾母等送殡去了几天。岂知宝玉一日呆似一日，也不发烧，也不疼痛，只是吃不像吃，睡不像睡，甚至说话都无头绪。那袭人、麝月等一发慌了，回过凤姐次。凤姐不时过来，起

① 寝庙——指宗庙的两个部分。《礼记·月令》：“寝庙毕备。”郑玄注：“凡庙，前曰庙，后曰寝。”

先道是找不着玉生气，如今看他失魂落魄的样子，只有日日请医调治。煎药吃了好几剂，只有添病的，没有减病的。及至问他那里不舒服，宝玉也不说出来。

直至元妃事毕，贾母惦记宝玉，亲自到园看视。王夫人也随过来。袭人等忙叫宝玉接去请安。宝玉虽说有病，每日原起来行动，今日叫他接贾母去，他依然仍是请安，惟是袭人在旁扶着指教。贾母见了，便道："我的儿，我打量你怎么病着，故此过来瞧你。今你依旧的模样儿，我的心放了好些。"王夫人也自然是宽心的。但宝玉并不回答，只管嘻嘻的笑。贾母等进屋坐下，问他的话，袭人教一句，他说一句，大不似往常，直是一个傻子似的。贾母愈看愈疑，便说："我才进来看时，不见有什么病，如今细细一瞧，这病果然不轻，竟是神魂失散的样子。到底因什么起的呢？"

王夫人知事难瞒，又瞧瞧袭人怪可怜的样子，只得便依着宝玉先前的话，将那往南安王府里去听戏时丢了这块玉的话，悄悄的告诉了一遍。心里也彷徨的很，生恐贾母着急，并说："现在着人四下里找寻，求签问卦，都说在当铺里找，少不得找着的。"贾母听了，急得站起来，眼泪直流，说道："这件玉如何是丢得的！你们忒不懂事了，难道老爷也是撂开手的不成！"王夫人知贾母生气，叫袭人等跪下，自己敛容低首回说："媳妇恐老太太着急老爷生气，都没敢回。"贾母咳道："这是宝玉的命根子。因丢了，所以他是这么失魂丧魄的。还了得！况是这玉是满城里都知道的，谁拣了去肯叫你们找出来么？叫人快快请老爷，我与他说。"

那时吓得王夫人、袭人等俱哀告道："老太太这一生气，回来老爷更了不得了。现在宝玉病着，交给我们尽命的找来就是了。"贾母道："你们怕老爷生气，有我呢。"便叫麝月传人去请，不一时传进话来，说："老爷谢客去了。"贾母道："不用他也使得。你们便说我说的话，暂且也不用责罚下人，我便叫琏儿来写出赏格，悬在前日经过的地方，便说有人拣得送来者，情愿送银一万两；如有知人拣得送信找得者，送银五千两。如真有了，不可吝惜银子。这么一找，少不得就找出来了。若是靠着咱们家几个人找，就找一辈子，也找不着的。"王夫人也不敢直言。贾母传话告诉贾琏，叫他速办去了。贾母便叫人："将宝玉动用之物都搬到我那里去，只派袭人秋纹跟过来，余者仍留园内看屋子。”宝玉听了，终不言语，只是傻笑。

贾母便携了宝玉起身，袭人等搀扶出园。回到自己房中，叫王夫人坐下，看人收拾里间屋内安置，便对王夫人道：“你知道我的意思么？我为的园里人少，怡红院里的花树忽萎忽开，有些奇怪。头里仗着一块玉能除邪祟，如今玉丢了，只怕邪气易侵：故我带他过来一块儿住着。这几天也不用叫他出去，大夫来，就在这里瞧。”王夫人听说，便接口道：“老太太想的自然是。如今宝玉同着老太太住了，老太太的福气大，不论什么都压住了。”贾母道：“什么福气，不过我屋里干净些，经卷也多，都可以念念定定心神，你问宝玉好不好？”那宝玉见问，只是笑。袭人叫他说“好”，宝玉也就说“好”。王夫人见了这般光景，未免落泪，在贾母这里，不敢出声。贾母知王夫人着急，便说道：“你回去罢，这里有我调停他。晚上老爷回来，告诉他不必来见我，不许言语就是了。”王夫人去后，贾母叫鸳鸯找些安神定魄的药，按方吃了，不题。

且说贾政当晚回家，车内听见道儿上人说道：“人要发财，也容易的很。”那个问道：“怎么见得？”这个人又道：“今日听见荣府里丢了什么哥儿的玉了，贴着招帖儿，上头写着玉的大小式样颜色，说有人拣了送去，就给一万两银子；送信的还给五千呢。”贾政虽未听得如此真切，心里诧异，急忙赶回，便叫门上的人问起那事来。门上的人禀道：“奴才头里也不知道，今儿晌午琏二爷传出老太太的话，叫人去贴帖儿，才知道的。”贾政便叹气道：“家道该衰，偏生养这么一个孽障！才养他的时候满街的谣言，隔了十几年略好了些，这会子又大张晓谕的找玉，成何道理！”说着忙走进里头去问王夫人。王夫人便一五一十的告诉。贾政知是老太太的主意，又不敢违拗，只抱怨王夫人几句。又走出来，叫瞒着老太太，背地里揭了这个帖儿下来。岂知早有那些游手好闲的人揭了去了。

过了些时，竟有人到荣府门上，口称送玉来的。家人们听见，喜欢的了不得，便说：“拿来，我给你回去。”那人便怀内掏出赏格来，指给门上人瞧，“这不是你府上的帖子么？写明送玉来的给银一万两。二太爷，你们这会子瞧我穷，回来我得了银子，就是个财主了。别这么待

理不理的。”门上人听他话头来得硬，说道：“你到底略给我瞧一瞧，我好给你回去。”那人初倒不肯，后来听人说得有理，便掏出那玉，托在掌中一扬说：“这是不是？”众家人原是在外服役，只知有玉，也不常见，今日才看见这玉的模样儿了。急忙跑到里头，抢头报似的。

那日贾政、贾赦出门，只有贾琏在家。众人回明，贾琏还细问真不真。门上人口称：“亲眼见过，只是不给奴才，要见主子，一手交银，一手交玉。”贾琏却也喜欢，忙去禀知王夫人，即便回明贾母。把个袭人乐得合掌念佛。贾母并不改口，一叠连声：“快叫琏儿请那人到书房内坐下，将玉取来一看，即便送银。”贾琏依言，请那人进来当客待他，用好言道谢：“要借这玉送到里头，本人见了，谢银分厘不短。”那人只得将一个红绸子包儿送过去。贾琏打开一看，可不是那一块晶莹美玉吗？贾琏素昔原不理论，今日倒要看看，看了半日，上面的字也仿佛认得出来，什么“除邪祟”等字。贾琏看了，喜之不胜，便叫家人伺候，忙忙的送与贾母王夫人认去。

这会子惊动了合家的人，都等着争看。凤姐见贾琏进来，便劈手夺去，不敢先看，送到贾母手里。贾琏笑道：“你这么一点儿事还不叫我献功呢。”贾母打开看时，只见那玉比先前昏暗了好些，一面擦摸，鸳鸯拿上眼镜儿来，戴着一瞧，说：“奇怪，这块玉倒是的，怎么把头里的宝色都没了呢？”王夫人看了一会子，也认不出，便叫凤姐过来看。凤姐看了道：“像倒像，只是颜色不大对。不如叫宝兄弟自己一看就知道了。”袭人在旁也看着未必是那一块，只是盼得的心盛，也不敢说出不像来。

凤姐于是从贾母手中接过来，同着袭人拿来给宝玉瞧。这时宝玉正睡着才醒。凤姐告诉道：“你的玉有了。”宝玉睡眼朦胧，接在手里也没瞧，便往地下一撂道：“你们又来哄我了。”说着只是冷笑。凤姐连忙拾起来，道：“这也奇了，怎么你没瞧就知道呢。”宝玉也不答言，只管笑。王夫人也进屋里来了，见他这样，便道：“这不用说了。他那玉原是胎里带来的一种古怪东西，自然他有道理。想来这个必是人见了帖儿照样做的。”大家此时恍然大悟。

贾琏在外间屋里听见这话，便说道：“既不是，快拿来给我问问他去，人家这样事，他敢来鬼混。”贾母喝住道：“琏儿，拿了去给他，叫他去罢。那也是穷极了的人没法儿了，所以见我们家有这样事，他就想着赚几个钱也是有的。如今白白花了钱弄了这个东西，又叫咱们认出来了。依着我不要难为他，把这玉还他，说不是我们的，赏给他几两银子。外头的人知道了，才肯有信儿就送来呢。若是难为了这一个人，就有真的，人家也不敢拿来了。”贾琏答应出去。那人还等着呢，半日不见人来，正在那里心里发虚，只见贾琏气忿走出来了。未知何如，下回分解。

第九十六回

瞒消息凤姐设奇谋　泄机关颦儿迷本性

话说贾琏拿了那块假玉忿忿走出，到了书房。那个人看见贾琏的气色不好，心里先发了虚了，连忙站起来迎着。刚要说话，只见贾琏冷笑道："好大胆，我把你这个混账东西！这里是什么地方儿，你敢来掉鬼！"回头便问："小厮们呢？"外头轰雷一般几个小厮齐声答应。贾琏道："取绳子去捆起他来。等老爷回来问明了，把他送到衙门里去。"众小厮又一齐答应："预备着呢。"嘴里虽如此，却不动身。

那人先自唬的手足无措，见这般势派，知道难逃公道，只得跪下给贾琏碰头，口口声声只叫："老太爷别生气。是我一时穷极无奈，才想出这个没脸的营生来。那玉是我借钱做的，我也不敢要了，只得孝敬府里的哥儿玩罢。"说毕，又连连磕头。贾琏啐道："你这个不知死活的东西！这府里希罕你的那朽不了的浪东西！"正闹着，只见赖大进来，陪着笑向贾琏道："二爷别生气了。靠他算个什么东西，饶了他，叫他滚出去罢。"贾琏道："实在可恶。"赖大贾琏作好作歹，众人在外头都说道："糊涂狗攮的，还不给爷和赖大爷磕头呢。快快的滚罢，还等窝心脚呢！"那人赶忙磕了两个头，抱头鼠窜而去。从此街上闹动了"贾宝玉弄出'假宝玉'"来。

且说贾政那日拜客回来，众人因为灯节底下，恐怕贾政生气，已过去的事了，便也都不肯回。只因元妃的事忙碌了好些时，近日宝玉又病着，虽有旧例家宴，大家无兴，也无有可记之事。

到了正月十七日，王夫人正盼王子腾来京，只见凤姐进来回说："今日二爷在外听得有人传说，我们家大老爷赶着进京，离城只二百多里地，在路上没了。太太听见了没有？"王夫人吃惊道："我没有听见，老爷昨晚也没有说起，到底在那里听见的？"凤姐道："说是在枢密张老爷家听见的。"王夫人怔了半天，那眼泪早流下来了，因拭泪说道："回来再叫琏儿索性打听明白了来告诉我。"凤姐答应去了。王夫人不免暗里落泪，悲女哭弟，又为宝玉耽忧。如此连三接二，都是不随意的事，那里搁得住，便有些心口疼痛起来。又加贾琏打听明白了来说道："舅太爷是赶路劳乏，偶然感冒风寒，到了十里屯地方，延医调治。无奈这个地方没有名医，误用了药，一剂就死了。但不知家眷可到了那里没有？"

王夫人听了，一阵心酸，便心口疼得坐不住，叫彩云等扶了上炕，还扎挣着叫贾琏去回了贾政，"即速收拾行装迎到那里，帮着料理完毕，即刻回来告诉我们。好叫你媳妇儿放心。"贾琏不敢违拗，只得辞了贾政起身。贾政早已知道，心里很不受用；又知宝玉失玉以后神志昏愦，医药无效；又值王夫人心疼。那年正值京察[1]，工部将贾政保列一等。二月，吏部带领引见。皇上念贾政勤俭谨慎，即放了江西粮道[2]。即日谢恩，已奏明起程日期。虽有众亲朋贺喜，贾政也无心应酬，只念家中人口不宁，又不敢耽延在家。正在无计可施，只听见贾母那边叫"请老爷"。

贾政即忙进去，看见王夫人带着病也在那里。便向贾母请了安。贾母叫他坐下，便说："你不日就要赴任，我有多少话与你说，不知你听不听？"说着，掉下泪来，贾政忙站起来说道："老太太有话只管吩咐，儿子怎敢不遵命呢？"

贾母咽哽着说道："我今年八十一岁的人了，你又要做外任去，偏

① 京察——明、清时考核京官、决定升降奖惩的一种制度。考核时间，明代六年一次，于巳、亥年举行；清代三年一次，于子、卯、午、酉年举行。

② 粮道——官名，督粮道的简称，掌管督运漕粮事务。

有你大哥在家，你又不能告亲老[①]。你这一去了，我所疼的只有宝玉，偏偏的又病得糊涂，还不知道怎么样呢！我昨日叫赖升媳妇出去叫人给宝玉算算命，这先生算得好灵，说要娶了金命的人帮扶他，必要冲冲喜才好，不然只怕保不住，我知道你不信那些话，所以教你来商量。你的媳妇也在这里，你们两个也商量商量，还是要宝玉好呢，还是随他去呢？”

贾政陪笑说道：“老太太当初疼儿子这么疼的，难道做儿子的就不疼自己的儿子不成么？只为宝玉不上进，所以时常恨他，也不过是恨铁不成钢的意思。老太太既要给他成家，这也是该当的，岂有逆着老太太不疼他的理？如今宝玉病着，儿子也是不放心。因老太太不叫他见我，所以儿子也不敢言语。我到底瞧瞧宝玉是个什么病？”王夫人见贾政说着也有些眼圈儿红，知道心里是疼的，便叫袭人扶了宝玉来。

宝玉见了他父亲，袭人叫他请安，他便请了个安。贾政见他脸面很瘦，目光无神，大有疯傻之状，便叫人扶了进去，便想到：“自己也是望六的人了，如今又放外任，不知道几年回来。倘或这孩子果然不好，一则年老无嗣，虽说有孙子，到底隔了一层；二则老太太最疼的是宝玉，若有差错，可不是我的罪名更重了？”瞧瞧王夫人，一包眼泪，又想到他身上，复站起来说：“老太太这么大年纪，想法儿疼孙子，做儿子的还敢违拗？老太太主意该怎么便怎么就是了。但只姨太太那边不知说明白了没有？”王夫人便道：“姨太太是早应了的。只为蟠儿的事没有结案，所以这些时总没提起。”贾政又道：“这就是第一层的难处。他哥哥在监里，妹子怎么出嫁？况且贵妃的事虽不禁婚嫁，宝玉应照已出嫁的姐姐有九个月的功服[②]，此时也难娶亲。再者我的起身日期已经奏明，不敢耽搁，这几天怎么办呢？”

贾母想了一想：“说的果然不错。若是等这几件事过去，他父亲又走了。倘成这病一天重似一天，怎么好？只可越些礼办了才好。”道：

---

① 告亲老——即告终身。封建时代，官吏因父母或祖父母年老，家中又无兄弟者，可以辞官，回家奉养，叫“告终养”。

② 九个月的功服——即五服中的大功服。此服用麻布略作加工而成。旧时凡为堂兄弟、未嫁的堂姊妹、已嫁的姑母和已嫁妇女为娘家的伯、叔、兄弟等穿孝者，均穿此服。

“你若给他办呢，我自然有个道理，包管都碍不着。姨太太那边我和你媳妇亲自过去求他。蟠儿那里我央蝌儿去告诉他，说是要救宝玉的命，诸事将就，自然应的。若说服里娶亲，当真使不得。况且宝玉病着，也不可教他成亲，不过是冲冲喜，我们两家愿意，孩子们又有金玉的道理，婚是不用合的了。即挑了好日子，按着咱们家分儿过了礼[①]。赶着挑个娶亲日子，一概鼓乐不用，倒按宫里的样子，用十二对提灯，一乘八人轿子抬了来，照南边规矩拜了堂，一样坐床撒帐[②]，可不是算娶了亲了么？宝丫头心地明白，是不用虑的。内中又有袭人，也还是个妥妥当当的孩子。再有个明白人常劝他更好。他又和宝丫头合的来。再者姨太太曾说，宝丫头的金锁也有个和尚说过，只等有玉的便是婚姻，焉知宝丫头过来，不因金锁倒招出他那块玉来，也定不得。从此一天好似一天，岂不是大家的造化？这会子只要立刻收拾屋子，铺排起来。这屋子是要你派的。一概亲友不请，也不排筵席，等待宝玉好了，过了功服，然后再摆席请人。这么着都赶的上。你也看见了他们小两口的事，也好放心的去。”

贾政听了，原不愿意，只是贾母做主，不敢违命，勉强陪笑说道：“老太太想的极是，也很妥当。只是要吩咐家下众人，不许吵嚷得里外皆知，这要担不是的。姨太太那边，只怕不肯；若是果真应了，也只好按着老太太的主意办去。”贾母道：“姨太太那里有我呢。你去吧。”贾政答应出来，心中好不自在。因赴任事多，部里领凭，亲友们荐人，种种应酬不绝，竟把宝玉的事，听凭贾母交与王夫人凤姐了。惟将荣禧堂后身王夫人内屋旁边一大跨所二十余间房屋指与宝玉，余者一概不管。贾母定了主意叫人告诉他去，贾政只说很好。此是后话。

且说宝玉见过贾政，袭人扶回里间炕上。因贾政在外，无人敢与宝玉说话，宝玉便昏昏沉沉的睡去。贾母与贾政所说的话，宝玉一句也没有听见。袭人等却静静儿的听得明白。头里虽也听得些风声，到底影响，只不见宝钗过来，却也有些信真。今日听了这些话，心里方才水落

---

① 过了礼——旧时男女双方同意订婚之后，男家把聘礼送到女家叫过礼，也叫“过定”或“下彩礼”。

② 坐床撒帐——旧日结婚时的一种风俗。宋代孟元老《东京梦华录·娶妇》：“凡男女对拜毕，就床，男向右女向左坐，妇女以金钱彩果散掷，谓之撒帐。”

归漕，倒也喜欢。心里想道："果然上头的眼力不错，这才配得是。我也造化。若他来了，我可以卸了好些担子。但是这一位的心里只有一个林姑娘，幸亏他没有听见，若知道了，又不知要闹到什么分儿了。"

袭人想到这里，转喜为悲，心想："这件事怎么好？老太太、太太那里知道他们心里的事？一时高兴，说给他知道，原想要他病好。若是他还像头里的心：初见林姑娘便要摔玉砸玉；况且那年夏天在园里把我当作林姑娘，说了好些私心话；后来因为紫鹃说了句玩话儿，便哭得死去活来。若是如今和他说要娶宝姑娘，竟把林姑娘撂开，除非是他人事不知还可，若稍明白些，只怕不但不能冲喜，竟是催命了！我再不把话说明，那不是一害三个人了么？"袭人想定主意，待等贾政出去，叫秋纹照看着宝玉，便从里间出来，走到王夫人身旁，悄悄的请了王夫人到屋里去说话。贾母只道是宝玉有话，也不理会，还在那里打算怎么过礼，怎么娶亲。

那袭人同了王夫人到了后间，便跪下哭了。王夫人不知何意，把手拉着他说："好端端的，这是怎么说？有什么委屈起来说。"袭人道："这话奴才是不该说的，这会子因为没有法儿了。"王夫人道："你慢慢说。"袭人道："宝玉的亲事老太太、太太已定了宝姑娘了，自然是极好的一件事。只是奴才想着，太太看去宝玉和宝姑娘好，还是和林姑娘好呢？"王夫人道："他两个因从小儿在一处，所以宝玉和林姑娘又好些。"袭人道："不是好些。"便将宝玉素与黛玉这些光景一一的说了，还说："这些事都是太太亲眼见的，独是夏天的话我从没敢和别人说。"

王夫人拉着袭人道："我看外面儿已瞧出几分来了。你今儿一说，更加是了。但是刚才老爷说的话想必都听见了，你看他的神情儿怎么样？"袭人道："如今宝玉若有人和他说话他就笑，没人和他说话他就睡。所以头里的话却倒都没听见。"王夫人道："倒是这件事叫人怎么样呢？"袭人道："奴才说是说了，还得太太告诉老太太，想个万全的主意才好。"王夫人便道："既这么着，你去干你的，这时候满屋子的人，暂且不用提起，等我瞅空儿回明老太太，再作道理。"说着，仍到贾母跟前。

贾母正在那里和凤姐商议，见王夫人进来，便问道："袭人丫头说什么？这么鬼鬼祟祟的。”王夫人趁问，便将宝玉的心事，细细回明贾母。贾母听了，半日没言语。王夫人和凤姐也都不再说了。只见贾母叹道：“别的事都好说。林丫头倒没有什么；若宝玉真是这样，这可叫人作了难了。”

只见凤姐想了一想，因说道：“难倒不难。只是我想了个主意，不知姑妈肯不肯。”王夫人道：“你有主意，只管说给老太太听，大家娘儿们商量着办罢了。”凤姐道：“依我想，这件事只有一个掉包儿的法子。”贾母道：“怎么掉包儿？”凤姐道：“如今不管宝兄弟明白不明白，大家吵嚷起来，说是老爷做主，将林姑娘配了他了，瞧他的神情儿怎么样。要是他全不管，这个包儿也就不用掉了。若是他有些喜欢的意思，这事却要大费周折呢。”王夫人道：“就算他喜欢，你怎么样办法呢？”

凤姐走到王夫人耳边，如此这般的说了一遍。王夫人点了几点头，笑了一笑说道：“也罢了。”贾母便问道：“你娘儿两个捣鬼，到底告诉我是怎么着呀？”凤姐恐贾母不懂，露泄机关，便也向耳边轻轻的告诉了一遍。贾母果真一时不懂，凤姐笑着又说了几句。贾母笑道：“这么着也好，可就只忒苦了宝丫头了。倘或吵嚷出来。林丫头又怎么样呢？”凤姐道：“这个话原只说给宝玉听，外头一概不许提起，有谁知道呢？”

正说间，丫头传进话来说：“琏二爷回来了。”王夫人恐贾母问及，使个眼色与凤姐。凤姐便出来迎着贾琏努了个嘴儿，同到王夫人屋里等着去了。一回儿王夫人进来，已见凤姐哭的两眼通红。贾琏请了安，将到十里屯料理王子腾的丧事的话说了一遍，便说：“有恩旨赏了内阁的职衔，谥了文勤公，命本家扶柩回籍，着沿途地方官员照料。昨日起身，连家眷回南去了。舅太太叫我回来请安问好，说如今想不到不能进京，有多少话不能说。听见我大舅子要进京，若是路上遇见了，便叫他来到咱们这里细细的说。”王夫人听毕，其悲痛自不必言。凤姐劝慰了一番，“请太太略歇一歇，晚上来再商量宝玉的事罢。”说毕，同了贾琏回到自己房中，告诉了贾琏，叫他派人收拾新房，不题。

一日，黛玉早饭后带着紫鹃到贾母这边来，一则请安，二则也为自己散散闷。出了潇湘馆，走了几步，忽然想起忘了手绢子来，因叫紫鹃

回去取来，自己却慢慢的走着等他。刚走到沁芳桥那边山石背后，当日同宝玉葬花之处，忽听一个人呜呜咽咽在那里哭。黛玉煞住脚听时，又听不出是谁的声音，也听不出哭着叨叨的是些什么话。心里甚是疑惑，便慢慢的走去。及到了跟前，却见一个浓眉大眼的丫头在那里哭呢。黛玉未见他时，还只疑府里这些大丫头有什么说不出的心事，所以来这里发泄发泄；及至见了这个丫头，却又好笑，因想到：这种蠢货有什么情种，自然是那屋里作粗活的丫头受了大女孩子的气了。细瞧了一瞧，却不认得。

那丫头见黛玉来了，便也不敢再哭，站起来拭眼泪。黛玉问道："你好好的为什么在这里伤心？"那丫头听了这话，又流泪道："林姑娘你评评这个理。他们说话我又不知道，我就说错了一句话，我姐姐也不犯就打我呀。"黛玉听了，不懂他说的是什么，因笑问道："你姐姐是那一个？"那丫头道："就是珍珠姐姐。"黛玉听了，才知他是贾母屋里的，因又问："你叫什么？"那丫头道："我叫傻大姐儿。"黛玉笑了一笑，又问："你姐姐为什么打你？你说错了什么话了？"那丫头道："为什么呢，就是为我们宝二爷娶宝姑娘的事情。"

黛玉听了这句话，如同一个疾雷，心头乱跳。略定了定神，便叫了这丫头"你跟了我这里来"。那丫头跟着黛玉到那畸角儿上葬桃花的去处，那里背静。黛玉因问道："宝二爷娶宝姑娘，他为什么打你呢？"傻大姐道："我们老太太和太太、二奶奶商量了，因为我们老爷要起身，说就赶着往姨太太商量把宝姑娘娶过来罢。头一宗，给宝二爷冲什么喜，第二宗……"说到这里，又瞅着黛玉笑了一笑，才说道："赶着办了，还要给林姑娘说婆婆家呢。"黛玉已经听呆了。这丫头只管说道："我又不知道他们怎么商量的，不叫人吵嚷，怕宝姑娘听见害臊。我白和宝二爷屋里的袭人姐姐说了一句：'咱们明儿更热闹了，又是宝姑娘，又是宝二奶奶，这可怎么叫呢？'林姑娘，你说我这话害着珍珠姐姐什么了吗？他走过来就打了我一个嘴巴，说我混说，不遵上头的话，要撵出我去，我知道上头为什么不叫言语呢？你们又没告诉我，就打我。"说着，又哭起来。

那黛玉此时心里，竟是油儿、酱儿、糖儿、醋儿倒在一处的一般，甜苦酸咸，竟说不上什么味儿来了。停了一会儿，颤巍巍的说道："你别混说了。你再混说，叫人听见又要打你了。你去罢。”说着，自己移身要回潇湘馆去。那身子竟有千百斤重的，两只脚却像踩着棉花一般，早已软了，只得一步一步慢慢的走将来。走了半天，还没到沁芳桥畔，原来脚下软了。走的慢，且又迷迷痴痴，信着脚从那边绕过来，更添了两箭地的路。这时刚到沁芳桥畔，却又不知不觉顺着堤往回里走起来。

紫鹃取了绢子来，却不见黛玉。正在那里看时，只见黛玉颜色雪白，身子恍恍荡荡的，眼睛也直直的，在那里东转西转。又见一个丫头往前头走了，离的远，也看不出是那一个来。心中惊疑不定，只得赶过来轻轻的问道："姑娘怎么又回去？是要往那里去？"黛玉也只模糊听见，随口应道："我问问宝玉去。"紫鹃听了，摸不着头脑，只得搀着他到贾母这边来。

黛玉走到贾母门口，心里微觉明晰，回头看见紫鹃搀着自己，便站住了问道："你作什么来的？"紫鹃陪笑道："我找了绢子来了。头里见姑娘在桥那边呢，我赶着过去问姑娘，姑娘没理会。"黛玉笑道："我打量你来瞧宝二爷来了呢，不然怎么往这里走呢？"紫鹃见他心里迷惑，便知黛玉必是听见那丫头什么话了，惟有点头微笑而已。只是心里怕他见了宝玉，那一个已经是疯疯傻傻，这一个又这样恍恍惚惚，一时说出些不大体统的话来，那时如何是好？心里虽如此想，却也不敢违拗，只得搀他进去。

那黛玉却又奇怪，这时不似先前那样软了，也不用紫鹃打帘子，自己掀起帘子进来，却是寂然无声。因贾母在屋里歇中觉，丫头们也有脱滑玩去的，也有打盹儿的，也有在那里伺候老太太的。倒是袭人听见帘子响，从屋里出来一看，见是黛玉，便让道："姑娘屋里坐罢。"黛玉笑着道："宝二爷在家么？"袭人不知底里，刚要答言，只见紫鹃在黛玉身后和他嘴儿，指着黛玉，又摇摇手儿。袭人不解何意，也不敢言语。黛玉却也不理会，自己走进房来。看见宝玉在那里坐着，也不起来让坐，只瞅着嘻嘻的傻笑。黛玉自己坐下，却也瞅着宝玉笑。两个人也不问好，也不说话，也无推让，只管对着脸傻笑起来。袭人看见这番光景，心里大不得主意，只是没法儿。忽然听着黛玉说道："宝玉，你为什么病了？"宝玉笑道："我为林姑娘病了。"袭人、紫鹃两个吓得面目改色，连忙用言语来岔。两个却又不答言，仍旧傻笑起来。

袭人见了这样，知道黛玉此时心中迷惑不减于宝玉，因悄和紫鹃说道："姑娘才好了，我叫秋纹妹妹同着你搀回姑娘，歇歇去罢。"因回头向秋纹道："你和紫鹃姐姐送林姑娘去罢，你可别混说话。"秋纹笑着，也不言语，便来同着紫鹃搀起黛玉。

那黛玉也就站起来，瞅着宝玉只管笑，只管点头儿。紫鹃又催道："姑娘回家去歇歇罢。"黛玉道："可不是，我这就是回去的时候儿了。"说着，便回身笑着出来了，仍旧不用丫头们搀扶，自己却走得比往常飞快。紫鹃、秋纹后面赶忙跟着走。黛玉出了贾母院门，只管一直走去。紫鹃连忙搀住叫道："姑娘往这么来。"黛玉仍是笑着随了往潇湘馆来。离门口不远，紫鹃道："阿弥陀佛，可到了家了！"只这一句话没说完，只见黛玉身子往前一栽，哇的一声，一口血直吐出来。未知性命如何，且听下回分解。

第九十七回

林黛玉焚稿断痴情　薛宝钗出闺成大礼

话说黛玉到潇湘馆门口，紫鹃说了一句话，更动了心。一时吐出血来，几乎晕倒。亏了还同着秋纹，两个人搀扶着黛玉到屋里来。那时秋纹去后，紫鹃、雪雁守着，见他渐渐苏醒过来，问紫鹃道："你们守着哭什么？"紫鹃见他说话明白，倒放了心了，因说："姑娘刚才打老太太那边回来，身上觉着不大好，唬的我们没了主意，所以哭了。"黛玉笑道："我那里就能够死呢。"这一句话没完，又喘成一处。

原来黛玉因今日听得宝玉、宝钗的事情，这本是他数年的心病，一时急怒，所以迷惑了本性。及至回来吐了这一口血，心中却渐渐的明白过来，把头里的事一字也不记得了。这会子见紫鹃哭，方模糊想起傻大姐的话来，此时反不伤心，惟求速死，以完此债。这时紫鹃、雪雁只得守着，想要告诉人去，怕又像上次招得凤姐说他们失惊打怪的。

那知秋纹回去，神情慌遽。正值贾母睡起中觉来，看见这般光景，便问怎么了。秋纹吓的连忙把刚才的事回了一遍。贾母大惊说："这还了得！"连忙着人叫了王夫人、凤姐过来，告诉了他婆媳两个。凤姐道："我都嘱咐到了，这是什么人去走了风呢？这不更是一件难事了吗！"

贾母道："且别管那些，先瞧瞧去是怎么样了。"说着便起身，带着王夫人、凤姐等过来看视。见黛玉颜色如雪，并无一点血色，神气昏沉，气息微细。半日又咳嗽了一阵，丫头递了痰盒，吐出都是痰中带血的。大家都慌了。只见黛玉微微睁眼，看见贾母在他旁边，便喘吁吁的说道：“老太太，你白疼了我了！”贾母一闻此言，十分难受，便道：“好孩子，你养着罢，不怕的。”黛玉微微一笑，把眼又闭上了。外面丫头进来回凤姐道：“大夫来了。”于是大家略避。王大夫同着贾琏进来，诊了脉，说道：“尚不妨事。这是郁气伤肝，肝不藏血，所以神气不定。如今要用敛阴止血的药，方可望好。”王大夫说完，同着贾琏出去开方取药去了。

贾母看黛玉神气不好，便出来告诉凤姐等道：“我看这孩子的病，不是我咒他，只怕难好。你们也该替他预备预备，冲一冲。或者好了，岂不是大家省心。就是怎么样，也不至临时忙乱。咱们家里这两天正有事呢。”凤姐答应了。贾母又问了紫鹃一回，到底不知是那个说的。贾母心里只是纳闷，因说：“孩子们从小儿在一处儿玩，好些是有的。如今大了懂的人事，就该要分别些，才是做女孩儿的本分，我才心里疼他。若是他心里有别的想头，成了什么人了呢！我可是白疼了他了。你们说了，我倒有些不放心。”

因回到房中，又叫袭人来问。袭人仍将前日回王夫人的话并方才黛玉的光景述了一遍。贾母道：“我方才看他却还不至糊涂，这个理我就不明白了。咱们这种人家，别的事自然没有的，这心病也是断断有不得的。林丫头若不是这个病呢，我凭着花多少钱都使得。若是这个病，不但治不好，我也没心肠了。”凤姐道：“林妹妹的事老太太倒不必挂心，横竖有他二哥哥天天同着大夫瞧。倒是姑妈那边的事要紧。今日早起听见说，房子不差什么就妥当了，竟是老太太、太太到姑妈那边，我也跟了去，商量商量。就只一件，姑妈家里有宝妹妹在那里，难以说话，不如索性请姑妈晚上过来，咱们一夜都说结了，就好办了。”贾母王夫人都道：“你说的是。今日晚了，明日饭后咱们娘儿们就过去。”说着，贾母用了晚饭。凤姐同王夫人各自归房，不提。

且说次日凤姐吃了早饭过来，便要试试宝玉，走进里间说道：“宝兄弟大喜，老爷已择了吉日要给你娶亲了。你喜欢不喜欢？”宝玉听了，只管瞅着凤姐笑，微微的点点头儿。凤姐笑道：“给你娶林妹妹过来好不好？”宝玉却大笑起来。凤姐看着，也断不透他是明白是糊涂，因又问道："老爷说你好了才给你娶林妹妹呢，若还是这么傻，便不给你娶了。"宝玉忽然正色道："我不傻，你才傻呢。"说着，便站起来说："我去瞧瞧林妹妹，叫他放心。"凤姐忙扶住了说："林妹妹早知道了。他如今要做新媳妇了，自然害羞，不肯见你的。"宝玉道："娶过来他到底是见我不见？"凤姐又好笑，又着忙，心里想："袭人的话不差。提了林妹妹，虽说仍旧说些疯话，却觉得明白些。若真明白了，将来不是林姑娘，打破了这个灯虎儿[①]，那饥荒才难打呢。"便忍笑说道："你好好儿的便见你，若是疯疯颠颠的，他就不见你了。"宝玉说道："我有一个心，前儿已交给林妹妹了。他要过来，横竖给我带来，还放在我肚子里头。"凤姐听着竟是疯话，便出来看着贾母笑。贾母听了，又是笑，又是疼，便说道："我早听见了。如今且不用理他，叫袭人好好的安慰他。咱们走罢。"

说着王夫人也来。大家到薛姨妈那里，只说惦记着这边的事来瞧瞧。薛姨妈感激不尽，说些薛蟠的话。喝了茶，薛姨妈才要叫人告诉宝钗，凤姐连忙拦住说："姑妈不必告诉宝妹妹。"又向薛姨妈陪笑说道："老太太此来，一则为瞧姑妈，二则也有句要紧的话特请姑妈到那边商议。"薛姨妈听了，点点头儿说："是了。"于是大家又说些闲话便回来了。

当晚薛姨妈果然过来，见过了贾母，到王夫人屋里来，不免说起王子腾来，大家落了一回泪。薛姨妈便问道："刚才我到老太太那里，宝哥儿出来请安还好好儿的，不过略瘦些，怎么你说得很利害？"凤姐便道："其实也不怎么样，只是老太太悬心。目今老爷又要起身外任去，不知几年才来。老太太的意思，头一件叫老爷看着宝兄弟成了家也放心，二则也给宝兄弟冲冲喜，借大妹妹的金锁压压邪气，只怕就好了。"薛姨妈心里也愿意，只虑着宝钗委屈，便道："也使得，只是大家还要从长计较计较才好。"

王夫人便按着凤姐的话和薛姨妈说，只说："姨太太这会子家里没人，不如把装奁一概蠲免。明日就打发蝌儿去告诉蟠儿，一面这里过门，一面给他变法儿撕掳官事。"并不提宝玉的心事，又说："姨太

① 灯虎儿——即灯谜。

太，既作了亲，娶过来早好一天，大家早放一天心。”正说着，只见贾母差鸳鸯过来候信。薛姨妈虽恐宝钗委屈，然也没法儿，又见这般光景，只得满口应承。鸳鸯回去回了贾母。贾母也甚喜欢，又叫鸳鸯过来求薛姨妈和宝钗说明原故，不叫他受委屈。薛姨妈也答应了。便议定凤姐夫妇作媒人。大家散了。王夫人姊妹不免又叙了半夜话儿。

次日，薛姨妈回家将这边的话细细的告诉了宝钗，还说：“我已经应承了。”宝钗始则低头不语，后来便自垂泪。薛姨妈用好言劝慰解释了好些话。宝钗自回房内，宝琴随去解闷。薛姨妈才告诉了薛蝌，叫他明日起身，“一则打听审详的事，二则告诉你哥哥一个信儿，你即便回来。”

薛蝌去了四日，便回来回复薛姨妈道：“哥哥的事上司已经准了误杀，一过堂就要题本了，叫咱们预备赎罪的银子。妹妹的事，说‘妈妈做主很好的，赶着办又省了好些银子，叫妈妈不用等我，该怎么着就怎么办罢’。”薛姨妈听了，一则薛蟠可以回家，二则完了宝钗的事，心里安放了好些。便是看着宝钗心里好像不愿意似的，“虽是这样，他是女儿家，素来也孝顺守礼的人，知我应了，他也没得说的。”便叫薛蝌：“办泥金庚帖[①]，填上八字，即叫人送到琏二爷那边去。还问了过礼的日子来，你好预备。本来咱们不惊动亲友。哥哥的朋友，是你说的‘都是混账人’；亲戚呢，就是贾王两家，如今贾家是男家，王家无人在京里。史姑娘放定的事，他家没有来请咱们，咱们也不用通知。倒是把张德辉请了来，托他照料些，他上几岁年纪的人，到底懂事。”薛蝌领命，叫人送帖过去。

次日贾琏过来，见了薛姨妈，请了安，便说：“明日就是上好的日子，今日过来回姨太太，就明日过礼罢。只求姨太太不要太挑饬就是了。”说着，捧过通书[②]来。薛姨妈也谦逊了几句，点头应允。贾琏赶着回去回明贾政。贾政便道：“你回老太太说，既不叫亲友们知道，诸事宁可简便些。若是东西上，请老太太瞧了就是了，不必告诉我。”贾

① 泥金庚帖——用泥金笺写的庚帖，上写有订婚者的姓名、籍贯、生辰八字及祖宗三代等。泥金：用金粉打底，纸上涂满金粉的叫泥金，洒成散点的叫洒金。

② 通书——这里指旧时男家通知女家迎娶日期的帖子。

琏答应，进内将话回明贾母。

这里王夫人叫了凤姐命人将过礼的物件都送与贾母过目，并叫袭人告诉宝玉。那宝玉又嘻嘻的笑道：“这里送到园里，回来园里又送到这里。咱们的人送，咱们的人收，何苦来呢。”贾母、王夫人听了，都喜欢道：“说他糊涂，他今日怎么这么明白呢。”

鸳鸯等忍不住好笑，只得上来一件一件的点明给贾母瞧，说：“这是金项圈，这是金珠首饰，共八十件。这是妆蟒四十匹。这是各色绸缎一百二十匹。这是四季的衣服共一百二十件。外面也没有预备羊酒[1]，这是折羊酒的银子。”贾母看了，都说“好”，轻轻的与凤姐说道：“你去告诉姨太太说：不是虚礼，求姨太太等蟠儿出来慢慢的叫人给他妹妹做来就是了。那好日子的被褥还是咱们这里代办了罢。”凤姐答应了，出来叫贾琏过去，又叫周瑞、旺儿等，吩咐他们：“不必走大门，只从园里从前开的便门内送去，我也就过去。这门离潇湘馆还远，倘别处的人见了，嘱咐他们不用在潇湘馆里提起。”众人答应着送礼而去。

宝玉认以为真，心里大乐，精神便觉得好些，只是语言总有些疯傻。

那过礼的回来都不提名说姓，因此上下人等虽都知道，只因凤姐吩咐，都不敢走漏风声。

且说黛玉虽然服药，这病日重一日。紫鹃等在旁苦劝，说道：“事情到了这个分儿，不得不说了。姑娘的心事，我们也都知道。至于意外之事是再没有的。姑娘不信，只拿宝玉的身子说起，这样大病，怎么做得亲呢。姑娘别听瞎话，自己安心保重才好。”黛玉微笑一笑，也不答言，又咳嗽数声，吐出好些血来。紫鹃等看去，只有一息奄奄，明知劝不过来，惟有守着流泪，天天三四趟去告诉贾母。鸳鸯测度贾母近日比前疼黛玉的心差了些，所以不常去回。况贾母这几日的心都在宝钗、宝玉身上，不见黛玉的信儿也不大提起，只请太医调治罢了。

黛玉向来病着，自贾母起，直到姊妹们的下人，常来问候。今见贾府中上下人等都不过来，连一个问的人都没有，睁开眼，只有紫鹃一

① 羊酒——古时用羊和酒作赏赐、馈赠或庆贺的礼物。这里是作为订婚的聘礼。

人。自料万无生理，因扎挣着向紫鹃说道："妹妹，你是我最知心的，虽是老太太派你服侍我这几年，我拿你就当我的亲妹妹。"说到这里，气又接不上来。紫鹃听了，一阵心酸，早哭得说不出话来。迟了半日，黛玉又一面喘一面说道："紫鹃妹妹，我躺着不受用，你扶起我来靠着坐坐才好。"紫鹃道："姑娘的身上不大好，起来又要抖搂着了。"黛玉听了，闭上眼不言语了。一时又要起来。紫鹃没法，只得同雪雁把他扶起，两边用软枕靠住，自己却倚在旁边。

黛玉那里坐得住，下身自觉硌的疼，狠命的撑着，叫过雪雁来道："我的诗本子……"说着又喘。雪雁料是要他前日所理的诗稿，因找来送到黛玉跟前。黛玉点点头儿，又抬眼看那箱子。雪雁不解，只是发怔。黛玉气的两眼直瞪，又咳嗽起来，又吐了一口血。雪雁连忙回身取了水来，黛玉漱了，吐在盒内。紫鹃用绢子给他拭了嘴。黛玉便拿那绢子指着箱子，又喘成一处，说不上来，闭了眼。紫鹃道："姑娘歪歪儿罢。"黛玉又摇摇头儿，紫鹃料是要绢子，便叫雪雁开箱，拿了一块白绫绢子来。黛玉瞧了，撂在一边，使劲说道："有字的。"紫鹃这才明白过来，要那块题诗的旧帕，只得叫雪雁拿出来递给黛玉。紫鹃劝道："姑娘歇歇罢，何苦又劳神，等好了再瞧罢。"只见黛玉接到手里，也不瞧诗，扎挣着伸出那只手来狠命的撕那绢子，却是只有打颤的分儿，那里撕得动？紫鹃早已知他是恨宝玉，却也不敢说破，只说："姑娘何苦自己又生气！"黛玉点点头儿。掖在袖里。便叫雪雁点灯。雪雁答应，连忙点上灯来。

黛玉瞧瞧，又闭了眼坐着，喘了一会子，又道："笼上火盆。"紫鹃打量他冷，因说道："姑娘躺下，多盖一件罢。那炭气只怕耽不住。"黛玉又摇头儿。雪雁只得笼上，搁在地下火盆架上。黛玉点头，意思叫挪到炕上来。雪雁只得端上来，出去拿那张火盆炕桌。那黛玉却又把身子欠起，紫鹃只得两只手来扶着他。黛玉这才将方才的绢子拿在手中，瞅着那火点点头儿，往上一撂。紫鹃唬了一跳，欲要抢时，两只手却不敢动。雪雁又出去拿火盆桌子，此时那绢子已经烧着了。紫鹃劝道："姑娘这是怎么说呢？"黛玉只作不闻，回手又把那诗稿拿起来，瞧了瞧又撂下了。紫鹃怕他也要烧，连忙将身倚住黛玉，腾出手来拿时，黛玉又早拾起，撂在火上。此时紫鹃却够不着，干急。雪雁正拿进桌子来，看见黛玉一撂，不知何物，赶忙抢时，那纸沾火就着，如何能够少待，早已烘烘的着了。雪雁也顾不得烧手，从火里抓起来撂在地下乱踩，却已烧得所余无几了。那黛玉把眼一闭，往后一仰，几乎不曾把紫鹃压倒。紫鹃连忙叫雪雁上来将黛玉扶着放倒，心里突突的乱跳。欲要叫人时，天又晚了；欲不叫人时，自己同着雪雁和鹦哥等几个小丫头，又怕一时有什么原故。好容易熬了一夜。

林黛玉焚稿断痴情

到了次日早起，觉黛玉又缓过一点儿来。饭后，忽然又嗽又吐，又紧起来。紫鹃看着不好了，连忙将雪雁都叫进来看守，自己却来回贾母。那知到了贾母上房，静悄悄的，只有两三个老妈妈和几个做粗活的丫头在那里看屋子呢。紫鹃因问道："老太太呢？"那些人都说不知道。紫鹃听这话诧异，遂到宝玉屋里去看，竟也无人。遂问屋里的丫头，也说不知。紫鹃已知八九，"但这些人怎么竟这样狠毒冷淡！"又想到黛玉这几天竟连一个人问的也没有，越想越悲，索性激起一腔闷气来，一扭身便出来了，自己想了一想，"今日倒要看看宝玉是何形状！看他见了我怎么样过的去！那一年我说了一句谎话他就急病了，今日竟公然做出这件事来！可知天下男子之心真真是冰寒雪冷，令人切齿的！"一面走，一面想，早已来到怡红院。只见院门虚掩，里面却又寂静的很。紫鹃忽然想到："他要娶亲，自然是有新屋子的，但不知他这新屋子在何处？"

正在那里徘徊瞻顾，看见墨雨飞跑，紫鹃便叫住他。墨雨过来笑嘻嘻的道："姐姐在这里做什么？"紫鹃道："我听见宝二爷娶亲，我要来看看热闹儿。谁知不在这里，也不知是几儿。"墨雨悄悄的道："我这话只告诉姐姐，你可别告诉雪雁他们。上头吩咐了，连你们都不叫知道呢。就是今日夜里娶，那里是在这里，老爷派琏二爷另收拾了房子了。”说着又问：“姐姐有什么事么？”紫鹃道：“没什么事，你去罢。”墨雨仍旧飞跑去了。紫鹃自己也发了一回呆，忽然想起黛玉来，这时候还不知是死是活。因两泪汪汪，咬着牙发狠道：“宝玉，我看他明儿死了，你算是躲的过不见了！你过了你那如心如意的事儿，拿什么脸来见我！”一面哭，一面走，呜呜咽咽的自回去了。

还未到潇湘馆，只见两个小丫头在门里往外探头探脑的，一眼看见紫鹃，那一个便嚷道：“那不是紫鹃姐姐来了吗？”紫鹃知道不好了，连忙摆手儿不叫嚷，赶忙进去看时，只见黛玉肝火上炎，两颧红赤。紫鹃觉得不妥，叫了黛玉的奶妈王奶奶来。一看，他便大哭起来。这紫鹃因王奶妈有些年纪，可以仗个胆儿，谁知竟是个没主意的人，反倒把紫鹃弄得心里七上八下。忽然想起一个人来，便命小丫头急忙去请。你道是谁，原来紫鹃想起李宫裁是个孀居，今日宝玉结亲，他自然回避。况且园中诸事向系李纨料理，所以打发人去请他。

李纨正在那里给贾兰改诗，冒冒失失的见一个丫头进来回说：“大奶奶，只怕林姑娘不好了，那里都哭呢。”李纨听了，吓了一大跳，也不及问了，连忙站起身来便走，素云、碧月跟着。一头走着，一头落泪，想着：“姐妹在一处一场，更兼他那容貌才情真是寡二少双，惟有青女、素娥可以仿佛一二，竟这样小小的年纪，就作了北邙乡女①！偏偏凤姐想出一条偷梁换柱之计，自己也不好过潇湘馆来，竟未能少尽姊妹之情。真真可怜可叹。”一头想着，已走到潇湘馆的门口。里面却又寂然无声，李纨倒着起忙来，想来必是已死，都哭过了，那衣衾未知装裹妥当了没有？连忙三步两步走进屋子来。

里间门口一个小丫头已经看见，便说：“大奶奶来了。”紫鹃忙往外走，和李纨走了个对脸。李纨忙问“怎么样？”紫鹃欲说话时，惟有喉中哽咽的分儿，却一字说不出。那眼泪一似断线珍珠一般，只将一只手回过去指着黛玉。

李纨看了紫鹃这般光景，更觉心酸，也不再问，连忙走过来。看时，那黛玉已不能言。李纨轻轻叫了两声，黛玉却还微微的开眼，似有

① 北邙乡女——代指女子的死亡。

知识之状，但只眼皮嘴唇微有动意，口内尚有出入之息，却要一句话一点儿泪也没有了。

李纨回身，见紫鹃不在跟前，便问雪雁。雪雁道："他在外头屋里呢。"李纨连忙出来，只见紫鹃在外间空床上躺着，颜色青黄，闭了眼只管流泪，那鼻涕眼泪把一个砌花锦边的褥子已湿了碗大的一片。李纨连忙唤他，那紫鹃才慢慢的睁开眼欠起身来。李纨道："傻丫头，这是什么时候，且只顾哭你的！林姑娘的衣衾还不拿出来给他换上，还等多早晚呢？难道他个女孩儿家，你还叫他赤身露体，精着来光着去吗？"紫鹃听了这句话，一发止不住痛哭起来。李纨一面也哭，一面着急，一面拭泪，一面拍着紫鹃的肩膀说："好孩子，你把我的心都哭乱了，快着收拾他的东西罢，再迟一会子就了不得了！"

正闹着，外边一个人慌慌张张跑进来，倒把李纨唬了一跳，看时却是平儿。跑进来看见这样，只是呆磕磕的发怔。李纨道："你这会子不在那边，做什么来了？"说着，林之孝家的也进来了。平儿道："奶奶不放心，叫来瞧瞧。既有大奶奶在这里，我们奶奶就只顾那一头儿了。"李纨点点头儿。平儿道："我也见见林姑娘。"说着，一面往里走，一面早已流下泪来。这里李纨因和林之孝家的道："你来的正好，快出去瞧瞧去，告诉管事的预备林姑娘的后事。妥当了叫他来回我，不用到那边去。"林之孝家的答应了，还站着。

李纨道："还有什么话呢？"林之孝家的道："刚才二奶奶和老太太商量了，那边用紫鹃姑娘使唤使唤呢。"李纨还未答言，只见紫鹃道："林奶奶，你先请罢。等着人死了我们自然是出去的，那里用这么……"说到这里却又不好说了，因又改说道："况且我们在这里守着病人，身上也不洁净。林姑娘还有气儿呢，不时的叫我。"李纨在旁解说道："当真这林姑娘和这丫头也是前世的缘法儿。倒是雪雁是他南边带来的，他倒不理会。惟有紫鹃，我看他两个一时也离不开。"

林之孝家的头里听了紫鹃的话，未免不受用，被李纨这番一说，却也没的说，又见紫鹃哭得泪人一般，只好瞅着他微微的笑，因又说道："紫鹃姑娘这些闲话倒不要紧，只是他却说得，我可怎么回老太太呢？况且这话是告诉得二奶奶的吗？"

正说着，平儿擦着眼泪出来道："告诉二奶奶什么事？"林之孝家的将方才的话说了一遍。平儿低了一回头，说："这么着罢，就叫雪姑娘去罢。"李纨道："他使得吗？"平儿走到李纨耳边说了几句，李纨点点头儿道："既是这么着，就叫雪雁过去也是一样的。"林之孝因问平儿道："雪姑娘使得吗？"平儿道："使的，都是一样。"林家的道："那么姑娘就快叫雪姑娘跟了我去。我先回了老太太和二奶奶，这可是大奶奶和姑娘的主意。回来姑娘再各自回二奶奶去。"李纨道："是了。你这么大年纪，连这么点子事还不担呢。"林家的笑道："不是不担，头一宗这件事老太太和二奶奶办的，我们都不能很明白；再者又有大奶奶和平姑娘呢。"说着，平儿已叫了雪雁出来。

原来雪雁因黛玉这几日嫌他小孩子家懂得什么，便也把心冷淡了。况且听是老太太和二奶奶叫，也不敢不去。连忙收拾了头，平儿叫他换了新鲜衣服，跟着林家的去了。随后平儿又和李纨说了几句话。李纨又嘱咐平儿打那么催着林之孝家的叫他男人快办了来。平儿答应着出来，转了个弯子，看见林家的带着雪雁在前头走呢，赶忙叫住道："我带了他去罢，你先告诉林大爷办林姑娘的东西去罢。奶奶那里我替回就是了。"那林家的答应着去了。这里平儿带了雪雁到了新房子里，回明了自去办事。

却说雪雁看见这般光景，想起他家姑娘，也未免伤心，只是在贾母、凤姐跟前不敢露出。因又想道："也不知用我做什么，我且瞧瞧。宝玉一日家和我们姑娘好的蜜里调油，这时候总不见面了，也不知是真病假病。怕我们姑娘不依，他假说丢了玉，装出傻子样儿来，叫我们姑娘寒了心，他好娶宝姑娘的意思。我看看他去，看他见了我傻不傻。莫不成今儿还装傻么？"一面想着，已溜到里间屋子门口，偷偷儿的瞧。这时宝玉虽因失玉昏愦，但只听见娶了黛玉为妻，真乃是从古至今天上人间第一件畅心满意的事了，那身子顿觉健旺起来，只不过不似从前那般灵透，所以凤姐的妙计百发百中，巴不得就见黛玉，盼到今日完姻，真乐得手舞足蹈，虽有几句傻话，却与病时光景大相悬绝了。雪雁看了，又是生气，又是伤心。他那里晓得宝玉的心事？便各自走开。

这里宝玉便叫袭人快快给他装新，坐在王夫人屋里。看见凤姐、尤氏忙忙碌碌，再盼不到吉时，只管问袭人道："林妹妹打园里来，为什么这么费事，还不来？"袭人忍着笑道："等好时辰呢。"回来又听凤姐与王夫人道："虽然有服，外头不用鼓乐，咱们南边规矩要拜堂的，冷清清使不得。我传了家内学过音乐管过戏子的那些女人来吹打，热闹些。"王夫人点头说："使得。"

一时大轿从大门进来，家里细乐[1]迎出去，十二对宫灯，排着进来，倒也新鲜雅致。傧相[2]请了新人出轿。宝玉见喜娘[3]披着红，扶着新人，蒙着盖头。下首扶新人的你道是谁？原来就是雪雁。宝玉看见雪雁，犹想："因何紫鹃不来，倒是他呢？"又想道："是了，雪雁原是他南边家里带来的，紫鹃仍是我们家的，自然不必带来。"因此见了雪雁竟如见了黛玉的一般欢喜。傧相唱礼，拜了天地。请出贾母受了四拜，后请贾政夫妇等登堂，行礼毕，送入洞房。还有坐床撒帐等事，俱是按金陵旧例。贾政原为贾母作主，不敢违拗，不信冲喜之说。那知今日宝玉居然像个好人一般，贾政见了，倒也喜欢。那新人坐了床便要揭起盖头的，凤姐早已防备，故请贾母王夫人等进去照应。

宝玉此时到底有些傻气，便走到新人跟前说道："妹妹身上好了？好些天不见了。盖着这劳什子做什么？"欲待要揭去，反把贾母急出一身冷汗来。宝玉又转念一想道："林妹妹是爱生气的，不可造次了。"又歇了一歇，仍是按捺不住，只得上前揭了盖头。喜娘接去，雪雁走开，莺儿等上来伺候。宝玉睁眼一看，好像宝钗，心里不信，自己一手持灯，一手擦眼，一看，可不是宝钗么！只见他盛妆艳服，丰肩懦体，鬟低鬓，

薛宝钗出闺成大礼

---

① 细乐——用丝竹管弦等乐器所奏的轻清之乐。

② 傧相——古时称接引宾客的人叫傧，赞礼的人叫相。这里指旧日行婚时陪伴引导新郎新娘的男子和女子。

③ 喜娘——旧时结婚时陪伴照料新娘的妇人。

眼息微。论谈雅，似荷粉露垂；看娇羞，真是杏花烟润了。宝玉发了一回怔，又见莺儿立在旁边，不见了雪雁，此时心无主意，自己反以为是梦中了，呆呆的只管站着。众人接过灯去，扶了宝玉仍旧坐下，两眼直视，半语全无。

贾母恐他病发，亲自扶他上床。凤姐尤氏请了宝钗进入里间床上坐下，宝钗此时自然是低头不语。

宝玉定了一回神，见贾母王夫人坐在那边，便轻轻的叫袭人道："我是在那里呢？这不是做梦么？"袭人道："你今日好日子，什么梦不梦的混说！老爷可在外头呢！"宝玉悄悄儿的拿手指着道："坐在那里这一位美人儿是谁？"袭人握了自己的嘴，笑的说不出话来，歇了半日才说道："那是新娶的二奶奶。"众人也都回过头去，忍不住的笑。宝玉又道："好糊涂，你说二奶奶到底是谁？"袭人道："宝姑娘。"宝玉道："林姑娘呢？"袭人道："老爷作主娶的是宝姑娘，怎么混说起林姑娘来？"宝玉道："我才刚看见林姑娘了么，还有雪雁呢。怎么说没有？你们这都是做什么玩呢？"凤姐便走上来轻轻的说道："宝姑娘在屋里坐着呢。别混说，回来得罪了他，老太太不依的。"

宝玉听了，这会子糊涂更利害了。本来原有昏愦的病，加以今夜神出鬼没，更叫他不得主意，便也不顾别的了，口口声声只要找林妹妹去。贾母等上前安慰，无奈他只是不懂。又有宝钗在内，又不好明说。知宝玉旧病复发，也不讲明，只得满屋里点起安息香来，定住他的神魂，扶他睡下。众人鸦雀无闻，停了片时，宝玉便昏沉睡去。贾母等才得略略放心，只好坐以待旦，叫凤姐去请宝钗安歇。宝钗置若罔闻，也便和衣在内暂歇。

贾政在外，未知内里原由，只就方才眼见的光景想来，心下倒放宽了。恰是明日就是起程的吉日，略歇了一歇，众人贺喜送行。贾母见宝玉睡着，也回房去暂歇。

次早，贾政辞了宗祠，过来拜别贾母，禀称："不孝远离，惟愿老太太顺时颐养[1]。儿子一到任所，即修禀[2]请安，不必挂念。宝玉的

---

① 颐养——保养。

② 修禀——这里指给长辈写信。修：撰写。禀：下对上的报告。

事，已经依了老太太完结，只求老太太训诲。”贾母恐贾政在路不放心，并不将宝玉复病的话说起，只说：“我有一句话，宝玉昨夜完姻，并不是同房。今日你起身，必该叫他远送才是。他因病冲喜，如今才好些，又是昨日一天劳乏，出来恐怕着了风。故此问你，你叫他送呢，我即刻去叫他；你若疼他，我就叫人带了他来，你见见，叫他给你磕头就算了。”贾政道：“叫他送什么，只要他从此以后认真念书，比送我还喜欢呢。”

贾母听了，又放了一条心，便叫贾政坐着，叫鸳鸯去如此如此，带了宝玉，叫袭人跟着来。鸳鸯去了不多一会，果然宝玉来了，仍是叫他行礼。宝玉见了父亲，神志略敛些，片时清楚，也没什么大差。贾政吩咐了几句，宝玉答应了。贾政叫人扶他回去了，自己回到王夫人房中，又切实的叫王夫人管教儿子，断不可如前娇纵。明年乡试，务必叫他下场。王夫人一一的听了，也没提起别的。即忙命人扶了宝钗过来，行了新妇送行之礼，也不出房。其余内眷俱送至二门而回。贾珍等也受了一番训饬。大家举酒送行。一班子弟及晚辈亲友，直送至十里长亭[1]而别。

不言贾政起程赴任。且说宝玉回来，旧病陡发，更加昏愦，连饮食也不能进了。未知性命如何，下回分解。

① 十里长亭——古时设在远郊大路旁供人休息的亭舍，送行的人常饯别于此。

第九十八回

苦绛珠魂归离恨天　病神瑛泪洒相思地

话说宝玉见了贾政，回至房中，更觉头昏脑闷，懒待动弹，连饭也没吃，便昏沉睡去。仍旧延医诊治，服药不效，索性连人也认不明白了。大家扶着他坐起来，还是像个好人。

一连闹了几天，那日恰是回九①之期，若不过去，薛姨妈脸上过不去，若说去呢，宝玉这般光景。贾母明知是为黛玉而起，欲要告诉明白，又恐气急生变。宝钗是新媳妇，又难劝慰，必得姨妈过来才好。若不回九，姨妈嗔怪。便与王夫人凤姐商议道："我看宝玉竟是魂不守舍，起动是不怕的。用两乘小轿叫人扶着从园里过去，应了回九的吉期，以后请姨妈过来安慰宝钗，咱们一心一计的调治宝玉，可不两全？"王夫人答应了，即刻预备。幸亏宝钗是新媳妇，宝玉是个疯傻的，由人掇弄过去了。宝钗也明知其事，心里只怨母亲办得糊涂，事已至此，不肯多言。独有薛姨妈看见宝玉这般光景，心里懊悔，只得草草完事。

回家，宝玉越加沉重，次日连起坐都不能了。日重一日，甚至汤水不进。薛姨妈等忙了手脚，各处遍请名医，皆不识病源。只有城外破寺

① 回九——旧俗，新娘在婚后第九天，由新郎陪同回娘家，叫回九，也称"住九"或"回门"。

中住着个穷医，姓毕，别号知庵的，诊得病源是悲喜激射，冷暖失调，饮食失时，忧忿滞中，正气壅闭：此内伤外感之症。于是度量用药，至晚服了，二更后果然省些人事，便要水喝。贾母王夫人等才放了心，请了薛姨妈带了宝钗都到贾母那里暂且歇息。

宝玉片时清楚，自料难保，见诸人散后，房中只有袭人，因唤袭人至跟前，拉着手哭道："我问你，宝姐姐怎么来的？我记得老爷给我娶了林妹妹过来，怎么被宝姐姐赶了去了？他为什么霸占住在这里？我要说呢，又恐怕得罪了他。你们听见林妹妹哭得怎么样了？"

袭人不敢明说，只得说道："林姑娘病着呢。"宝玉又道："我瞧瞧他去。"说着，要起来，那知连日饮食不进，身子岂能动转？便哭道："我要死了！我有一句心里的话，只求你回明老太太：横竖林妹妹也是要死的，我如今也不能保，两处两个病人都要死的，死了越发难张罗。不如腾一处空房子，趁早将我同林妹妹两个抬在那里，活着也好一处医治服侍，死了也好一处停放。你依我这话，不枉了几年的情分。"袭人听了这些话，便哭的哽嗓气噎。

宝钗恰好同了莺儿过来，也听见了，便说道："你放着病不保养，何苦说这些不吉利的话。老太太才安慰了些，你又生出事来。老太太一生疼你一个，如今八十多岁的人了，虽不图你的封诰，将来你成了人，老太太也看着乐一天，也不枉了老人家的苦心。太太更是不必说了，一生的心血精神，扶养了你这一个儿子，若是半途死了，太太将来怎么样呢？我虽是命薄，也不至于此。据此三件看来，你便要死，那天也不容你死的，所以你是不能死的，只管安稳着，养个四五天后，风邪散了，太和正气一足，自然这些邪病都没有了。"宝玉听了，竟是无言可答，半晌方才嘻嘻的笑道："你是好些时不和我说话了，这会子说这些大道理的话给谁听？"

宝钗听了这话，便又说道："实告诉你说罢，那两日你不知人事的时候，林妹妹已经亡故了。"宝玉忽然坐起来，大声诧异道："果真死了吗？"宝钗道："果真死了。岂有红口白舌咒人死的呢。老太太、太太知道你姐妹和睦，你听见他死了，自然你也要死，所以不肯告诉你。"宝玉听了，不禁放声大哭，倒在床上。

忽然眼前漆黑，辨不出方向，心中正自恍惚，只见眼前好像有人走

宝玉听说黛玉死了，哭倒在床上

来，宝玉茫然问道："借问此是何处？"那人道："此阴司泉路。你寿未终，何故至此？"宝玉道："适闻有一故人已死，遂寻访至此，不觉迷途。"那人道："故人是谁？"宝玉道："姑苏林黛玉。"那人冷笑道："林黛玉生不同人，死不同鬼，无魂无魄，何处寻访！凡人魂魄，聚而成形，散而为气，生前聚之，死则散焉。常人尚无可寻访，何况林黛玉呢？汝快回去罢。"宝玉听了，呆了半晌道："既云死者散也，又如何有这个阴司呢？"那人冷笑道："那阴司说有便有，说无就无。皆为世俗溺于生死之说，设言以警世，便道上天深怒愚人，或不守分安常，或生禄未终自行夭折，或嗜淫欲尚气逞凶无故自陨者，特设此地狱，囚其魂魄，受无边的苦，以偿生前之罪。汝寻黛玉，是无故自陷也。且黛玉已归太虚幻境，汝若有心寻访，潜心修养，自然有时相见。如不安生，即以自行夭折之罪囚禁阴司，除父母外，图一见黛玉，终不能矣。"那人说毕，袖中取出一石，向宝玉心口掷来。宝玉听了这话，又被这石子打着心窝，吓的即欲回家，只恨迷了道路。

正在踌躇，忽听那边有人唤他。回首看时，不是别人，正是贾母、王夫人、宝钗、袭人等围绕哭泣叫着，自己仍旧躺在床上。见案上红灯，窗前皓月，依然锦绣丛中，繁华世界。定神一想，原来竟是一场大梦。浑身冷汗，觉得心内清爽。仔细一想，真正无可奈何，不过长叹数声而已。

宝钗早知黛玉已死，因贾母等不许众人告诉宝玉知道，恐添病难治。自己却深知宝玉之病实因黛玉而起，失玉次之，故趁势说明，使其一痛决绝，神魂归一，庶可疗治。贾母、王夫人等不知宝钗的用意，深怪他造次。后来见宝玉醒了过来，方才放心。立即到外书房请了毕大夫进来诊视。那大夫进来诊了脉，便道："奇怪，这回脉气沉静，神安郁散，明日进调理的药，就可以望好了。"说着出去。众人各自安心散去。

袭人起初深怨宝钗不该告诉，惟是口中不好说出。莺儿背地也说宝钗道："姑娘忒性急了。"宝钗道："你知道什么好歹！横竖有我呢。"那宝钗任人诽谤，并不介意，只窥察宝玉心病，暗下针砭。

一日，宝玉渐觉神志安定，虽一时想起黛玉，尚有糊涂。更有袭人缓缓的将"老爷选定的宝姑娘为人和厚；嫌林姑娘秉性古怪，原恐早夭；老太太恐你不知好歹，病中着急，所以叫雪雁过来哄你"的话时常劝解。宝玉终是心酸落泪。欲待寻死，又想着梦中之言，又恐老太太、太太生气，又不能撩开。又想黛玉已死，宝钗又是第一等人物，方信金石姻缘有定，自己也解了好些。

宝钗看来不妨大事，于是自己心也安了，只在贾母、王夫人等前尽行过家庭之礼后，便设法以释宝玉之忧。宝玉虽不能时常坐起，亦常见宝钗坐在床前，禁不住生来旧病。宝钗每以正言劝解，以"养身要紧，你我既为夫妇，岂在一时"之语安慰他。那宝玉心里虽不顺遂，无奈日里贾母、王夫人及薛姨妈等轮流相伴，夜间宝钗独去安寝，贾母又派人服侍，只得安心静养。又见宝钗举动温柔，也就渐渐的将爱慕黛玉的心肠略移在宝钗的身上。此是后话。

却说宝玉成家的那一日，黛玉白日已昏晕过去，却心头口中一丝微气不断，把个李纨和紫鹃哭的死去活来。到了晚间，黛玉却又缓过来了，微微睁开眼，似有要水要汤的光景。此时雪雁已去，只有紫鹃和李纨在旁。紫鹃便端了一盏桂圆汤和的梨汁，用小银匙灌了两三匙。黛玉闭着眼静养了一会子，觉得心里似明似暗的。此时李纨见黛玉略缓，明知是回光返照的光景，却料着还有一半天耐头，自己回到稻香村料理了一回事情。

这里黛玉睁开眼一看，只有紫鹃和奶妈并几个小丫头在那里，便一手攥了紫鹃的手，使着劲说道："我是不中用的人了。你服侍我几年，我原指望咱们两个总在一处。不想我……"说着，又喘了一会子，闭了眼歇着。紫鹃见他攥着不肯松手，自己也不敢挪动，看他的光景比早半天好些，只当还可以回转，听了这话，又寒了半截。半天，黛玉又说

道："妹妹，我这里并没亲人。我的身子是干净的，你好歹叫他们送我回去。"说到这里，又闭了眼不言语了。那手却渐渐紧了，喘成一处，只是出气大入气小，已经促疾的很了。

紫鹃忙了，连忙叫人请李纨。可巧探春来了。紫鹃见了，忙悄悄的说道："三姑娘，瞧瞧林姑娘罢。"说着，泪如雨下。探春过来，摸了摸黛玉的手已经凉了，连目光也都散了。探春紫鹃正哭着叫人端水来给黛玉擦洗，李纨赶忙进来了。三个人才见了，不及说话。刚擦着，猛听黛玉直声叫道："宝玉，宝玉，你好……"说到"好"字，便浑身冷汗，不作声了。紫鹃等急忙扶住，那汗愈出，身子便渐渐的冷了。探春李纨叫人乱着拢头穿衣，只见黛玉两眼一翻，呜呼！"香魂一缕随风散，愁绪三更入梦遥！"

当时黛玉气绝，正是宝玉娶宝钗的这个时辰。紫鹃等都大哭起来。李纨探春想他素日的可疼，今日更加可怜，也便伤心痛哭。因潇湘馆离新房子甚远，所以那边并没听见。一时大家痛哭了一阵，只听得远远一阵音乐之声，侧耳一听，却又没有了。探春、李纨走出院外再听时，惟有竹梢风动，月影移墙，好不凄凉冷淡！一时叫了林之孝家的过来，将黛玉停放毕，派人看守，等明早去回凤姐。

凤姐因见贾母、王夫人等忙乱，贾政起身，又为宝玉昏愦更甚，正在着急异常之时，若是又将黛玉的凶信一回，恐贾母、王夫人愁苦交加，急出病来，只得亲自到园。到了潇湘馆内，也不免哭了一场。见了李纨探春，知道诸事齐备，便说："很好。只是刚才你们为什么不言语，叫我着急？"探春道："刚才送老爷，怎么说呢？"凤姐道："还倒是你们两个可怜他些。这么着，我还得那边去招呼那个冤家呢。但是这件事好累坠，若是今日不回，使不得；若回了，恐怕老太太搁不住。"李纨道："你去见机行事，得回再回方好。"凤姐点头，忙忙的去了。

凤姐到了宝玉那里，听见大夫说不妨事，贾母、王夫人略觉放心，凤姐便背了宝玉，缓缓的将黛玉的事回明了。贾母、王夫人听得都唬了一大跳。贾母眼泪交流说道："是我弄坏了他了。但只这个丫头也忒傻气！"说着，便要到园里去哭他一场，又惦记着宝玉，两头难顾。王夫人等含悲共劝贾母不必过去，"老太太身子要紧。"贾母无奈，只得叫王夫人自去。又说："你替我告诉他的阴灵：'并不是我忍心不来送你，只为有个亲疏。你是我的外孙女儿，是亲的了，若与宝玉比起来，可是宝玉比你更亲些。倘宝玉有些不好，我怎么见他父亲呢？'"说着，又哭起来。

王夫人劝道："林姑娘是老太太最疼的，但只寿夭有定。如今已经死了，无可尽心，只是葬礼上要上等的发送。一则可以少尽咱们的心，二则就是姑太太和外甥女儿的阴灵儿，也可以少安了。"贾母听到这里，越发痛哭起来。凤姐恐怕老人家伤感太过，明仗着宝玉心中不甚明白，便偷偷的使人撒个谎儿哄老太太道："宝玉那里找老太太呢。"贾母听见，才止住泪问道："不是又有什么缘故？"凤姐陪笑道："没什么缘故，他大约是想老太太的意思。"贾母连忙扶了珍珠儿，凤姐也跟着过来。

走至半路，正遇王夫人过来，一一回明了贾母。贾母自然又是哀痛的，只因要到宝玉那边，只得忍泪含悲的说道："既这么着，我也不过去了。由你们办罢，我看着心里也难受，只别委屈了他就是了。"王夫人、凤姐一一答应了。贾母才过宝玉这边来，见了宝玉，因问："你做什么找我？"宝玉笑道："我昨日晚上看见林妹妹来了，他说要回南去。我想没人留的住，还得老太太给我留一留他。"贾母听着，说："使得，只管放心罢。"袭人因扶宝玉躺下。

贾母出来，到宝钗这边来。那时宝钗尚未回九，所以每每见了人倒有些含羞之意。这一天见了贾母满面泪痕，递了茶，贾母叫他坐下。宝钗侧身陪着坐了，才问道："听得林妹妹病了，不知他可好些了？"贾母听了这话，那眼泪止不住流下来，因说道："我的儿，我告诉你，你可别告诉宝玉。都是因你林妹妹，才叫你受了多少委屈。你如今作媳妇了，我才告诉你。这如今你林妹妹没了两三天了，就是娶你的那个时辰死的。如今宝玉这一番病还是为着这个，你们先都在园子里，自然也都是明白的。"宝钗把脸飞红了，想到黛玉之死，又不免落下泪来。贾母又说了一回话去了。自此宝钗千回万转，想了一个主意，只不肯造次，所以过了回九才想出这个法子来。如今果然好些，然后大家说话才不至似前留神。

独是宝玉虽然病势一天好似一天，他的痴心总不能解，必要亲去哭他一场。贾母等知他病未除根，不许他胡思乱想，怎奈他郁闷难堪，病多反复。倒是大夫看出心病，索性叫他开散了，再用药调理，倒可好得快些。宝玉听说，立刻要往潇湘馆来。贾母等只得叫人抬了竹椅子过来，扶宝玉坐上。贾母、王夫人即便先行。到了潇湘馆内，一见黛玉灵柩，贾母已哭得泪干气绝。凤姐等再三劝住。王夫人也哭了一场。李纨便请贾母、王夫人在里间歇着，犹自落泪。

宝玉一到，想起未病之先来到这里，今日屋在人亡，不禁嚎啕大哭。想起从前何等亲密，今日死别，怎不更加伤感。众人原恐宝玉病后过哀，都来解劝，宝玉已经哭得死去活来，大家搀扶歇息。其余随来的，如宝钗，俱极痛哭。独是宝玉必要叫紫鹃来见，问明姑娘临死有何话说。紫鹃本来深恨宝玉，见如此，心里已回过来些，又见贾母、王夫人都在这里，不敢洒落[①]宝玉，便将林姑娘怎么复病，怎么烧毁帕子，焚化诗稿，并将临死说的话，一一的都告诉了。宝玉又哭得气噎喉干。探春趁便又将黛玉临终嘱咐带柩回南的话也说了一遍。贾母、王夫人又哭起来。多亏凤姐能言劝慰，略略止些，便请贾母等回去。宝玉那里肯舍，无奈贾母逼着，只得勉强回房。

贾母有了年纪的人，打从宝玉病起，日夜不宁，今又大痛一阵，已觉头晕身热。虽是不放心惦着宝玉，却也挣扎不住，回到自己房中睡下。王夫人更加心痛难禁，也便回去，派了彩云帮着袭人照应，并说："宝玉若再悲戚，速来告诉我们。"宝钗是知宝玉一时必不能舍，也不相劝，只用讽刺的话说他。宝玉倒恐宝钗多心，也便饮泣收心。歇了一夜，倒也安稳。明日一早，众人都来瞧他，但觉气虚身弱，心病倒觉去了几分。于是加意调养，渐渐的好起来。贾母幸不成病，惟是王夫人心痛未痊。那日薛姨妈过来探望，看见宝玉精神略好，也就放心，暂且住下。

一日，贾母特请薛姨妈过去商量说："宝玉的命，都亏姨太太救的，如今想来不妨了，独委屈了你的姑娘。如今宝玉调养百日，身体复旧，又过了娘娘的功服，正好圆房。要求姨太太作主，另择个上好的吉日。"薛姨妈便道："老太太主意很好，何必问我？宝丫头虽生的粗

① 洒落——这里是数落、责备的意思。

笨，心里却还是极明白的。他的情性老太太素日是知道的。但愿他们两口儿言和意顺。从此老太太也省好些心，我姐姐也安慰些，我也放了心了。老太太便定个日子，还通知亲戚不用呢？”贾母道：“宝玉和你们姑娘生来第一件大事，况且费了多少周折，如今才得安逸，必要大家热闹几天。亲戚都要请的。一来酬愿，二则咱们吃杯喜酒，也不枉我老人家操了好些心。”

薛姨妈听说，自然也是喜欢的，便将要办妆奁的话也说了一番。贾母道：“咱们亲上做亲，我想也不必这些。若说动用的，他屋里已经满了。必定宝丫头他心爱的要你几件，姨太太就拿了来。我看宝丫头也不是多心的人，不比的我那外孙女儿的脾气，所以他不得长寿。”说着，连薛姨妈也便落泪。恰好凤姐进来，笑道：“老太太、姑妈又想着什么了？”薛姨妈道：“我和老太太说起你林妹妹来，所以伤心。”凤姐笑道：“老太太和姑妈且别伤心，我刚才听了个笑话儿来了，意思说给老太太和姑妈听。”贾母拭了拭眼泪，微笑道：“你又不知要编派谁呢，你说来我和姨太太听听。说不笑我们可不依。”只见那凤姐未从张口，先用两只手比着，笑弯了腰了。未知他说出些什么来，下回分解。

第九十九回

守官箴恶奴同破例　阅邸报老舅自担惊

话说凤姐见贾母和薛姨妈为黛玉伤心，便说："有个笑话儿说给老太太和姑妈听，"未从开口，先自笑了，因说道："老太太和姑妈打谅是那里的笑话儿？就是咱们家的那二位新姑爷、新媳妇啊。"贾母道："怎么了？"凤姐拿手比着道："一个这么坐着，一个这么站着。一个这么扭过去，一个这么转过来。一个又……"说到这里，贾母已经大笑起来，说道："你好生说罢，倒不是他们两口儿，你倒把人怄的受不得了。"薛姨妈也笑道："你往下直说罢，不用比了。"

凤姐才说道："刚才我到宝兄弟屋里，我看见好几个人笑。我只道是谁，巴着窗户眼儿一瞧，原来宝妹妹坐在炕沿上，宝兄弟站在地下。宝兄弟拉着宝妹妹的袖子，口口声声只叫：'宝姐姐，你为什么不会说话了？你这么说一句话，我的病包管全好。'宝妹妹却扭着头只管躲。宝兄弟却作了一个揖，上前又拉宝妹妹的衣服。宝妹妹急得一扯，宝兄弟自然病后是脚软的，索性一扑，扑在宝妹妹身上了。宝妹妹急得红了脸，说道：'你越发比先不尊重了。'"说到这里，贾母和薛姨妈都笑起来。凤姐又道："宝兄弟便立起身来笑道：'亏了跌了这一跤，好容易才跌出你的话来了。'"

薛姨妈笑道："这是宝丫头古怪。这有什么的，既作了两口儿，说说笑笑的怕什么？他没见他琏二哥和你。"凤姐笑道："这是怎么说呢，我饶说笑话给姑妈解闷儿，姑妈反倒拿我打起卦[1]来了。”贾母也笑道：“要这么着才好，夫妻固然要和气，也得有个分寸儿。我爱宝丫头就在这尊重上头。只是我愁着宝玉还是那么傻头傻脑的，这么说起来，比头时竟明白多了。你再说说，还有什么笑话儿没有？”凤姐道：“明儿宝玉圆了房，亲家太太抱了外孙子，那时候不更是笑话儿了么。”

贾母笑道：“猴儿，我在这里同着姨太太想你林妹妹，你来怄个笑儿还罢了，怎么臊起皮来了。你不叫我们想你林妹妹，你不用太高兴了，你林妹妹恨你，将来不要独自一个到园里去，隄防他拉着你不依。”凤姐笑道：“他倒不怨我。他临死咬牙切齿倒恨着宝玉呢。”贾母、薛姨妈听着，还道是玩话儿，也不理会，便道：“你别胡拉扯了。你去叫外头挑个很好的日子给你宝兄弟圆了房儿罢。”凤姐去了，择了吉日，重新摆酒唱戏请亲友，这不在话下。

却说宝玉虽然病好复原，宝钗有时高兴翻书观看，谈论起来，宝玉所有眼前常见的尚可记忆，若论灵机，大不似从前活变了。连他自己也不解，宝钗明知是通灵失去，所以如此。倒是袭人时常说他：“你何故把从前的灵机都没有了？倒是忘了旧毛病也好，怎么脾气还照旧，独道理上更糊涂了呢？”宝玉听了并不生气，反是嘻嘻的笑。有时宝玉顺性胡闹，多亏宝钗劝说，诸事略觉收敛些。袭人倒可少费些唇舌，惟知悉心服侍。别的丫头素仰宝钗贞静和平，各人心服，无不安静。

只有宝玉到底是爱动不爱静的，时常要到园里去逛。贾母等一则怕他招受寒暑，二则恐他睹景伤情，虽黛玉之柩已寄放城外庵中，然而潇湘馆依然人亡屋在，不免勾起旧病来，所以也不使他去。况且亲戚姊妹们，薛宝琴已回到薛姨妈那边去了；史湘云因史侯回京，也接了家去了，又有了出嫁的日子，所以不大常来，只有宝玉娶亲那一日与吃喜酒这天来过两次，也只在贾母那边住下，为着宝玉已经娶过亲的人，又想自己就要出嫁的，也不肯如从前的诙谐谈笑，就是有时过来，也只和宝钗说话，见了宝玉不过问好而已；那邢岫烟却是因迎春出嫁之后随着邢夫人过去；李家姊妹也另住在外，即同着李婶娘过来，亦不过到太太们

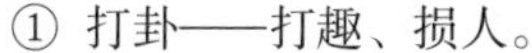

① 打卦——打趣、损人。

与姐妹们处请安问好，即回到李纨那里略住一两天就去了：所以园内的只有李纨、探春、惜春了。贾母还要将李纨等挪进来，为着元妃薨后，家中事情接二连三，也无暇及此。现今天气一天热似一天，园里尚可住得，等到秋天再挪。此是后话，暂且不提。

且说贾政带了几个在京请的幕友，晓行夜宿，一日到了本省，见过上司，即到任拜印受事，便查盘各属州县粮米仓库。贾政向来作京官，只晓得郎中事务都是一景儿[①]的事情，就是外任，原是学差，也无关于吏治上。所以外省州县折收粮米勒索乡愚这些弊端，虽也听见别人讲究，却未尝身亲其事。只有一心做好官，便与幕宾商议出示严禁，并谕以一经查出，必定详参揭报[②]。

初到之时，果然胥吏畏惧，便百计钻营，偏遇贾政这般固执。那些家人跟了这位老爷在都中一无出息，好容易盼到主人放了外任，便在京指着在外发财的名头向人借贷，做衣裳装体面，心里想着，到了任，银钱是容易的了。不想这位老爷呆性发作，认真要查办起来，州县馈送一概不受。门房签押等人心里盘算道："我们再挨半个月，衣服也要当完了。债又逼起来，那可怎么样好呢？眼见得白花花的银子，只是不能到手。"那些长随也道："你们爷们到底还没花什么本钱来的。我们才冤，花了若干的银子打了个门子[③]，来了一个多月，连半个钱也没见过。想来跟这个主儿是不能捞本儿的了。明儿我们齐打伙儿告假去。"次日果然聚齐，都来告假。贾政不知就里，便说："要来也是你们，要去也是你们。既嫌这里不好，就都请便。"那些长随怨声载道而去。

只剩下些家人，又商议道："他们可去的去了，我们去不了的，到底想个法儿才好。"内中有一个管门的叫李十儿，便说："你们这些没能耐的东西，着什么忙！我见这长字号儿的在这里，不犯给他出头。如今都饿跑了，瞧瞧你十太爷的本领，少不得本主儿依我。只是要你们齐心，打伙儿弄几个钱回家受用，若不随我，我也不管了，横竖拚得过你们。"众人都说："好十爷，你还主儿信得过。若你不管，我们实

① 一景儿——这里是一样、同类的意思。

② 详参揭报——呈报上级，揭发弊端，进行弹劾。参：弹劾。

③ 打了个门子——这里是找了个门路，得了个差事之意。

在是死症了。”李十儿道：“不要我出了头得了银钱，又说我得了大分儿了。窝儿里反起来，大家没意思。”众人道：“你万安，没有的事。就没有多少，也强似我们腰里掏钱。”

李十儿

正说着，只见粮房书办走来找周二爷。李十儿坐在椅子上，跷着一只腿，挺着腰说道：“找他做什么？”书办便垂手陪着笑说道：“本官到了一个多月的任，这些州县太爷见得本官的告示利害，知道不好说话，到了这时候都没有开仓。若是过了漕[1]，你们太爷们来做什么的？”李十儿道：“你别混说。老爷是有根蒂的，说到那里是要办到那里。这两天原要行文催兑，因我说了缓几天才歇的。你到底找我们周二爷做什么？”书办道：“原为打听催文的事，没有别的。”李十儿道：“越发胡说，方才我说催文，你就信嘴胡诌。可别鬼鬼祟祟来讲什么账，我叫本官打了你，退你！”书办道：“我在这衙门内已经三代了。外头也有些体面，家里还过得，就规规矩矩伺候本官升了还能够，不像那些等米下锅的。”说着，回了一声：“二太爷，我走了。”李十儿便站起，堆着笑说：“这么不禁玩，几句话就脸急了。”书办道：“不是我脸急，若再说什么，岂不带累了二太爷的清名呢？”李十儿过来拉着书办的手说：“你贵姓啊？”书办道：“不敢，我姓詹，单名是个‘会’字，从小儿也在京里混了几年。”李十儿道：“詹先生，我是

① 过了漕——超过了漕运的期限。漕：水路运输，这里专指水道运粮。

李十儿

久闻你的名的。我们弟兄们是一样的，有什么话晚上到这里咱们说一说。”书办也说：“谁不知道李十太爷是能事的，把我一诈就吓毛了。”大家笑着走开。那晚便与书办咕唧了半夜，第二天拿话去探贾政，被贾政痛骂了一顿。

隔一天拜客，里头吩咐伺候，外头答应了。停了一会子，打点已经三下了，大堂上没有人接鼓。好容易叫个人来打了鼓。贾政踱出暖阁，站班喝道的衙役只有一个。贾政也不查问，在墀下上了轿，等轿夫又等了好一回。来齐了，抬出衙门，那个炮只响得一声，吹鼓亭的鼓手只有一个打鼓，一个吹号筒。贾政便也生气说：“往常还好，怎么今儿不齐集至此。”抬头看那执事，却是搀前落后。勉强拜客回来，便传误班的要打，有的说因没有帽子误的，有的说是号衣当了误的，又有的说是三天没吃饭抬不动。贾政生气，打了一两个也就罢了。隔一天，管厨房的上来要钱，贾政带来银两付了。

以后便觉样样不如意，比在京的时候倒不便了好些。无奈，便唤李十儿问道：“我跟来这些人怎样都变了？你也管管。现在带来银两早使没有了，藩库[①]俸银尚早，该打发京里取去。”李十儿禀道：“奴才那一天不说他们，不知道怎么样这些人都是没精打彩的，叫奴才也没法儿。老爷说家里取银子，取多少？现在打听节度衙门这几天有生日，别的府道老爷都上千上万的送了，我们到底送多少呢？”贾政道：“为什么不早说？”李十儿说：“老爷最圣明的。我们新来乍到，又不与别位老爷很来往，谁肯送信？巴不得老爷不去，便好想老爷的美缺。”贾政

① 藩库——即省库。明清时代，各省所设掌管财务等事的承宣布政使司，又称藩司，故省库也称藩库。

道：“胡说，我这官是皇上放的，不与节度做生日便叫我不做不成！”李十儿笑着回道：“老爷说的也不错。京里离这里很远，凡百的事都是节度奏闻。他说好便好，说不好便吃不住。到得明白，已经迟了。就是老太太、太太们，那个不愿意老爷在外头烈烈轰轰的做官呢？”

贾政听了这话，也自然心里明白，道：“我正要问你，为什么不说起来？”李十儿回说：“奴才本不敢说。老爷既问到这里，若不说是奴才没良心，若说了少不得老爷又生气。”贾政道：“只要说得在理。”李十儿说道：“那些书吏衙役都是花了钱买着粮食的衙门，那个不想发财？俱要养家活口，自从老爷到了任，并没见为国家出力，倒先有了口碑载道。”贾政道：“民间有什么话？”李十儿道：“百姓说，凡有新到任的老爷，告示出得愈利害，愈是想钱的法儿。州县害怕了，好多多的送银子。收粮的时候，衙门里便说新道爷的法令，明是不敢要钱，这一留难叨蹬[①]，那些乡民心里愿意花几个钱早早了事，所以那些人不说老爷好，反说不谙民情。便是本家大人是老爷最相好的，他不多几年已巴到极顶的分儿，也只为识时达务能够上和下睦罢了。”

贾政听到这话，道：“胡说，我就不识时务吗？若是上和下睦，叫我与他们猫鼠同眠吗？”李十儿回说道：“奴才为着这点忠心儿掩不住，才这么说。若是老爷就是这样做去，到了功不成名不就的时候，老爷又说奴才没良心，有什么话不告诉老爷了。”贾政道：“依你怎么做才好？”李十儿道：“也没有别的。趁着老爷的精神年纪，里头的照应，老太太的硬朗，为顾着自己就是了。不然到不了一年，老爷家里的钱也都贴补完了，还落了自上至下的人抱怨，都说老爷是做外任的，自然弄了钱藏着受用。倘遇着一两件为难的事，谁肯帮着老爷？那时办也办不清，悔也悔不及。”

贾政道：“据你一说，是叫我做贪官吗？送了命还不要紧，必定将祖父的功勋抹了才是？”李十儿回禀道：“老爷极圣明的人，没看见旧年犯事的几位老爷吗？这几位都与老爷相好，老爷常说是个做清官的，如今名在那里！现有几位亲戚，老爷向来说他们不好的。如今升的升，迁的迁。只在要做的好就是了。老爷要知道，民也要顾，官也要顾。若

① 留难叨蹬——故意刁难、折腾。

是依着老爷不准州县得一个大钱，外头这些差使谁办？只要老爷外面还是这样清名声原好，里头的委屈只要奴才办去，关碍不着老爷的。奴才跟主儿一场，到底也要掏出忠心来。”贾政被李十儿一番言语，说得心无主见，道：“我是要保性命的，你们闹出来不与我相干。”说着，便踱了进去。

李十儿便自己做起威福，钩连内外一气的哄着贾政办事，反觉得事事周到，件件随心。所以贾政不但不疑，反多相信。便有几处揭报，上司见贾政古朴忠厚，也不查察。惟是幕友们耳目最长；见得如此，得便用言规谏，无奈贾政不信，也有辞去的，也有与贾政相好在内维持的。于是漕务事毕，尚无陨越[①]。

一日，贾政无事，在书房中看书，签押上[②]呈一封书子，外面官封，上开着“镇守海门等处总制公文一角[③]，飞递江西粮道衙门”。贾政拆封看时，只见上写道：

> 金陵契好，桑梓[④]情深。昨岁供职来都，窃喜常依座右，仰蒙雅爱，许结朱陈[⑤]，至今佩德勿谖。祇因调任海疆，未敢造次奉求，衷怀歉仄，自叹无缘。今幸棨戟遥临，快慰平生之愿。正申燕贺[⑥]，先蒙翰教，边帐[⑦]光生，武夫额手[⑧]。虽隔重洋，尚叨樾荫[⑨]。想蒙不弃卑寒，希望茑萝之附。小儿已承青盼，淑媛素仰芳仪。如蒙践诺，即遣冰人[⑩]。途路虽遥，一水可通。不敢云百辆之

---

① 陨越——颠坠。这里喻失败、丢官。

② 签押上——指掌管收发、处理公文的部门。

③ 公文一角——一封公文；一件公文。

④ 桑梓——两种树名。因多种宅旁，故常用以代指家乡。

⑤ 结朱陈——朱陈：村名，在江苏省丰县。据说村中朱、陈两姓世代通婚，后遂以结朱陈代指联姻。

⑥ 燕贺——本为庆贺新屋落成之词。这里用来祝贺官位的升迁。

⑦ 边帐——边防的军营。

⑧ 额手——以手加额，表示庆幸。

⑨ 樾荫——代指别人的庇护。樾：树荫。

⑩ 冰人——媒人。

迎[1]，敬备仙舟以俟。兹修寸幅[2]，恭贺升祺，并求金允。临颖[3]不胜待命之至。

世弟周琼顿首。

贾政看了，心想："儿女姻缘果然有一定的。旧年因见他就了京职，又是同乡的人，素来相好，又见那孩子长得好，在席间原提起这件事。因未说定，也没有与他们说起。后来他调了海疆，大家也不说了。不料我今升任至此，他写书来问。我看起门户却也相当，与探春倒也相配。但是我并未带家眷，只可写字与他商议。"正在踌躇，只见门上传进一角文书，是议取到省会议事件。贾政只得收拾上省，候节度派委。

一日在公馆闲坐，见桌上堆着许多邸报，贾政一一看去，见刑部一本："为报明事，会看得金陵籍行商薛蟠……"贾政便吃惊道："了不得，已经提本了！"随用心看下去，是"薛蟠殴伤张三身死，串嘱尸证捏供误杀一案"。贾政一拍桌道："完了！"只得又看，底下是：

据京营节度使咨[4]称：缘薛蟠籍隶金陵，行过太平县，在李家店歇宿，与店内当槽之张三素不相认，于某年月日薛蟠令店主备酒邀请太平县民吴良同饮，令当槽张三取酒。因酒不甘，薛蟠令换好酒。张三因称酒已沽定难换。薛蟠因伊倔强，将酒照脸泼去，不期去势甚猛，恰值张三低头拾箸，一时失手，将酒碗掷在张三囟门，皮破血出，逾时殒命。李店主趋救不及，随向张三之母告知。伊母张王氏往看，见已身死，随喊禀地保赴县呈报。前署县诣验，仵作将骨破一寸三分及腰眼一伤，漏报填格，详府审转。看得薛蟠实系泼酒失手，掷碗误伤张三身死，将薛蟠照过失杀人，准斗杀罪收赎等因前来。臣等细阅各犯证尸亲前后供词不符，且查《斗杀律》注云："相争为斗，相打为殴。必实无争斗情形，邂逅身死，方可以过失杀定拟。"应令该节度审明实情，妥拟具题，今据该节度疏

① 百辆之迎——意谓迎娶新妇。

② 寸幅——短信。寸：短小的意思。幅：这里代指书信。

③ 临颖——当执笔写信的时候。颖：笔尖。

④ 咨——咨文，旧时用于同级机关的公文。

称："薛蟠因张三不肯换酒，醉后拉着张三右手，先殴腰眼一拳。张三被殴回骂，薛蟠将碗掷出，致伤囟门深重，骨碎脑破，立时殒命。是张三之死实由薛蟠以酒碗砸伤深重致死，自应以薛蟠拟抵。将薛蟠依《斗杀律》拟绞监候[①]，吴良拟以杖徒[②]。承审不实之府州县应请……

以下注着"此稿未完"。贾政因薛姨妈之托曾托过知县，若请旨革审起来，牵连着自己，好不放心。即将下一本开看，偏又不是。只好翻来覆去将报看完，终没有接这一本的。心中狐疑不定，更加害怕起来。

正在纳闷，只见李十儿进来："请老爷到官厅伺候去，大人衙门已经打了二鼓了。"贾政只是发怔，没有听见。李十儿又请了一遍。贾政道："这便怎么处？"李十儿道："老爷有什么心事？"贾政将看报之事说了一遍。李十儿道："老爷放心。若是部里这么办了，还算便宜薛大爷呢。奴才在京的时候听见，薛大爷在店里叫了好些媳妇，都喝醉了生事，直把个当槽儿的活活打死的。奴才听见不但是托了知县，还求琏二爷去花了好些钱各衙门打通了才提的。不知道怎么部里没有弄明白。如今就是闹破了，也是官官相护的，不过认个承审不实革职处分罢，那里还肯认得银子听情的话呢？老爷不用想，等奴才再打听罢，倒不要误了上司的事。"贾政道："你们那里知道，只可惜那知县听了一个情，把这个官都丢了，还不知道有罪没有罪！"李十儿道："如今想他也无益，外头伺候着好半天了，请老爷就去罢。"贾政不知节度传办何事，且听下回分解。

---

① 监候——清代刑律，拟成死罪但不立即处决，暂时监禁等待秋审叫监候。

② 杖徒——杖：用木棍、竹板或荆条拷打犯人。徒：强制犯人服一定时间的劳役。

第一百回

破好事香菱结深恨　悲远嫁宝玉感离情

话说贾政去见节度，进去了半日不见出来，外头议论不一。李十儿在外也打听不出什么事来，便想到报上的饥荒，实在也着急。好容易听见贾政出来，便迎上来跟着，等不得回去，在无人处便问："老爷进去这半天，有什么要紧的事？"贾政笑道："并没有事。只为镇海总制是这位大人的亲戚，有书来嘱托照应我，所以说了些好话。又说我们如今也是亲戚了。"李十儿听得，心内喜欢，不免又壮了些胆子，便竭力纵恿贾政许这亲事。贾政心想薛蟠的事到底有什么挂碍，在外头信息不通，难以打点，故回到本任来便打发家人进京打听，顺便将总制求亲之事回明贾母，如若愿意，即将三姑娘接到任所。家人奉命赶到京中，回明了王夫人，便在吏部打听得贾政并无处分，惟将署[①]太平县的这位老爷革职，即写了禀帖安慰了贾政，然后住着等信。

且说薛姨妈为着薛蟠这件人命官司，各衙门内不知花了多少银钱，才定了误杀具题。原打量将当铺折变给人，备银赎罪。不想刑部驳审，又托人花了好些钱，总不中用，依旧定了个死罪，监着守候秋天大审。薛姨妈又气又疼，日夜啼哭。宝钗虽时常过来劝解，说是："哥哥本来没造化。承受了祖父这些家业，就该安安顿顿的守着过日子。在南边已

① 署——旧时称代理、暂任或试充官员叫署。

经闹的不像样，便是香菱那件事情就了不得，因为仗着亲戚们的势力，花了些银钱，这算白打死了一个公子。哥哥就该改过做起正经人来，也该奉养母亲才是，不想进了京仍是这样。妈妈为他不知受了多少气，哭掉了多少眼泪。给他娶了亲，原想大家安安逸逸的过日子，不想命该如此，偏偏娶的嫂子又是一个不安静的，所以哥哥躲出门的。真正俗语说的'冤家路儿狭'，不多几天就闹出人命来了。妈妈和二哥哥也算不得不尽心的了，花了银钱不算，自己还求三拜四的谋干。无奈命里应该，也算自作自受。大凡养儿女是为着老来有靠，便是小户人家还要挣一碗饭养活母亲，那里有将现成的闹光了反害老人家哭的死去活来的？不是我说，哥哥的这样行为，不是儿子，竟是个冤家对头。妈妈再不明白，明哭到夜，夜哭到明，又受嫂子的气，我呢，又不能常在这里劝解，我看见妈妈这样，那里放得下心？他虽说是傻，也不肯叫我回去。前儿老爷打发人回来说，看见京报唬的了不得，所以才叫人来打点的。我想哥哥闹了事，担心的人也不少。幸亏我还是在跟前的一样，若是离乡调远听见了这个信，只怕我想妈妈也就想杀了。我求妈妈暂且养养神，趁哥哥的活口现在，问问各处的账目。人家该咱们的，咱们该人家的，亦该请个旧伙计来算一算，看看还有几个钱没有。"

薛姨妈哭着说道："这几天为闹你哥哥的事，你来了，不是你劝我，便是我告诉你衙门的事。你还不知道，京里官商的名字已经退了，两个当铺已经给了人家，银子早拿来使完了。还有一个当铺，管事的逃了，亏空了好几千两银子，也夹在里头打官司。你二哥哥天天在外头要账，料着京里的账已经去了几万银子，只好拿南边公分里银子并住房折变才够。前两天还听见一个荒信，说是南边的公当铺也因为折了本儿收了。若是这么着，你娘的命可就活不成的了。"说着，又大哭起来。

宝钗也哭着劝道："银钱的事，妈妈操心也不中用，还有二哥哥给我们料理。单可恨这些伙计们，见咱们的势头儿败了，各自奔各自的去也罢了，我还听见说帮着人家来挤我们的讹头。可见我哥哥活了这么大，交的人总不过是些个酒肉弟兄，急难中是一个没有的。妈妈若是疼我，听我的话，有年纪的人，自己保重些。妈妈这一辈子，想来还不致挨冻受饿。家里这点子衣裳家伙，只好听凭嫂子去，那是没法儿的了。所有的家人婆子，瞧他们也没心在这里，该去的叫他们去。就可怜香菱苦了一辈子，只好跟着妈妈过去。实在短什么，我要是有的，还可以拿些个来，料我们那个也没有不依的。就是袭姑娘也是心术正道的，他听见咱们家的事，他倒提起妈妈来就哭。我们那一个还打谅没事的，所以不大着急，若听见了也是要唬个半死儿的。”薛姨妈不等说完，便说：“好姑娘，你可别告诉他。他为一个林姑娘几乎没要了命，如今才好了些。要是他急出个原故来，不但你添一层烦恼，我越发没了依靠了。”宝钗道：“我也是这么想，所以总没告诉他。”

正说着，只听见金桂跑来外间屋里哭喊道：“我的命是不要的了！男人呢，已经是没有活的分儿了。咱们如今索性闹一闹，大伙儿到法场上去拚一拚。”说着，便将头往隔断板上乱撞，撞的披头散发。气得薛姨妈白瞪着两只眼，一句话也说不出来。还亏得宝钗嫂子长、嫂子短，好一句、歹一句的劝他。金桂道：“姑奶奶，如今你是比不得头里的了。你两口儿好好的过日子，我是个单身人儿，要脸做什么！”说着，便要跑到街上回娘家去。亏得人还多，扯住了，又劝了半天方住。把个宝琴唬的再不敢见他。

若是薛蝌在家，他便抹粉施脂，描眉画鬓，奇情异致的打扮收拾起来，不时打从薛蝌住房前过，或故意咳嗽一声，或明知薛蝌在屋，特问房里何人。有时遇见薛蝌，他便妖妖乔乔、娇娇痴痴的问寒问热，忽喜忽嗔。丫头们看见，都赶忙躲开。他自己也不觉得，只是一意一心要弄得薛蝌感情时，好行宝蟾之计。那薛蝌却只躲着；有时遇见，也不敢不周旋一二，只怕他撒泼放刁的意思。更加金桂一则为色迷心，越瞧越爱，越想越幻，那里还看得出薛蝌的真假来，只有一宗，他见薛蝌有什么东西都是托香菱收着，衣服缝洗也是香菱，两个人偶然说话，他来了，急忙散开，一发动了一个“醋”字。欲待发作薛蝌，却是舍不得，只得将一腔隐恨都搁在香菱身上。却又恐怕闹了香菱得罪了薛蝌，倒弄得隐忍不发。

一日，宝蟾走来笑嘻嘻的向金桂道：“奶奶看见了二爷没有？”金桂道：“没有。”宝蟾笑道：“我说二爷的那种假正经是信不得的。咱们前日送了酒去，他说不会喝；刚才我见他到太太那屋里去，那脸上红扑扑儿的一脸酒气。奶奶不信，回来只在咱们院门口等他，他打那边过来时奶奶叫住他问问，看他说什么。”金桂听了，一心的怒气，便道：

"他那里就出来了呢。他既无情义，问他作什么！"宝蟾道："奶奶又迂了。他好说，咱们也好说，他不好说，咱们再另打主意。"金桂听着有理，因叫宝蟾："瞧着他，看他出去了。"宝蟾答应着出来。金桂却去打开镜奁，又照了一照，把嘴唇儿又抹了一抹，然后拿一条洒花绢子，才要出来，又似忘了什么的，心里倒不知怎么是好了。只听宝蟾外面说道："二爷今日高兴呵，那里喝了酒来了？"金桂听了，明知是叫他出来的意思，连忙掀起帘子出来。只见薛蝌和宝蟾说道："今日是张大爷的好日子，所以被他们强不过吃了半钟，到这时候脸还发烧呢。"一句话没说完，金桂早接口道："自然人家外人的酒比咱们自己家里的酒是有趣儿的。"薛蝌被他拿话一激，脸越红了，连忙走过来陪笑道："嫂子说那里的话。"宝蟾见他二人交谈，便躲到屋里去了。

这金桂初时原要假意发作薛蝌两句，无奈一见他两颊微红，双眸带涩，别有一种谨愿可怜之意，早把自己那骄悍之气感化到爪洼国去了，因笑说道："这么说，你的酒是硬强着才肯喝的呢。"薛蝌道："我那里喝得来？"金桂道："不喝也好，强如像你哥哥喝出乱子来，明儿娶了你们奶奶儿，像我这样守活寡受孤单呢！"说到这里，两个眼已经乜斜了，两腮上也觉红晕了。薛蝌见这话越发邪僻了，打算着要走。

金桂也看出来了，那里容得，早已走过来一把拉住。薛蝌急了道："嫂子放尊重些。"说着浑身乱颤。金桂索性老着脸道："你只管进来，我和你说一句要紧的话。"正闹着，忽听背后一个人叫道："奶奶，香菱来了。"把金桂唬了一跳，回头瞧时，却是宝蟾掀着帘子看他二人的光景，一抬头见香菱从那边来了，赶忙知会金桂。金桂这一惊不小，手已松了。薛蝌得便脱身跑了。那香菱正走着，原不理会，忽听宝蟾一嚷，才瞧见金桂在那里拉住薛蝌往里死拽。香菱却唬的心头乱跳，自己连忙转身回去。这里金桂早已连吓带气，呆呆的瞅着薛蝌去了。怔了半天，恨了一声，自己扫兴归房。从此把香菱恨入骨髓。那香菱本是要到宝琴那里，刚走出腰门，看见这般，吓回去了。

是日，宝钗在贾母屋听得王夫人告诉老太太要聘探春一事。贾母说道："既是同乡的人，很好。只是听见说那孩子到过我们家里，怎么你老爷没有提起？"王夫人道："连我们也不知道。"贾母道："好便好，但是道儿太远。虽然老爷在那里，倘或将来老爷调任，可不是我们孩子太单了吗？”王夫人道：“两家都是做官的，也是拿不定。或者那边还调进来；既不然，终有个叶落归根。况且老爷既在那里做官，上司已经说了，好意思不给么？想来老爷的主意定了，只是不敢做主，故遣人来回老太太的。”贾母道：“你们愿意更好。只是三丫头这一去了，不知三年两年那边可能回家？若再迟了，恐怕我赶不上再见他一面了。”说着，掉下泪来。

王夫人道：“孩子们大了，少不得总要给人家的。就是本乡本土的人，除非不做官还使得，若是做官的，谁保得住总在一处。只要孩子们有造化就好。譬如迎姑娘倒配得近呢，偏是时常听见他被女婿打闹，甚至不给饭吃。就是我们送了东西去，他也摸不着。近来听见益发不好了，也不放他回来。两口子拌起来，就说咱们使了他家的银钱。可怜这孩子总不得个出头的日子。前儿我惦记他，打发人去瞧他，迎丫头藏在耳房里不肯出来。老婆子们必要进去，看见我们姑娘这样冷天还穿着几件旧衣裳。他一包眼泪的告诉婆子们说：‘回去别说我这么苦，这也是命里所招，也不用送什么衣服东西来，不但摸不着，反要添一顿打。说是我告诉的。’老太太想想，这倒是近处眼见的，若不好更难受。倒亏了大太太也不理会他，大老爷也不出个头！如今迎姑娘实在比我们三等使唤的丫头还不如。我想探丫头虽不是我养的，老爷既看见过女婿，定然是好才许的。只请老太太示下，择个好日子，多派几个人送到他老爷任上。该怎么着，老爷也不肯将就。”

贾母道：“有他老子作主，你就料理妥当，拣个长行的日子送去，也就定了一件事。”王夫人答应着“是”。宝钗听得明白，也不敢作声，只是心里叫苦：“我们家里姑娘们就算他是个尖儿，如今又要远嫁，眼看着这里的人一天少似一天了。”见王夫人起身告辞出去，他也送了出来，一径回到自己房中，并不与宝玉说话。见袭人独自一个做活，便将听见的话说了。袭人也很不受用。

却说赵姨娘听见探春这事，反欢喜起来，心里说道：“我这个丫头在家忒瞧不起我，我何从还是个娘？比他的丫头还不济。况且洑上水护着别人。他挡在头里，连环儿也不得出头。如今老爷接了去，我倒干净。想要他孝敬我，不能够了。只愿意他像迎丫头似的，我也称称愿。”一面想着，一面跑到探春那边与他道喜说：“姑娘，你是要高飞

的人了，到了姑爷那边自然比家里还好。想来你也是愿意的。便是养了你一场，并没有借你的光儿。就是我有七分不好，也有三分的好，总不要一去了把我搁在脑杓子后头。”探春听着毫无道理，只低头作活，一句也不言语。赵姨娘见他不理，气忿忿的自己去了。

这里探春又气，又笑，又伤心，也不过自己掉泪而已。坐了一回，闷闷的走到宝玉这边来。宝玉因问道：“三妹妹，我听见林妹妹死的时候你在那里来着。我还听见说，林妹妹死的时候，远远的有音乐之声。或者他是有来历的也未可知。”探春笑道：“那是你心里想着罢了。只是那夜却怪，不像人家鼓乐的声儿。你的话或者也是。”宝玉听了，更以为实，又想前日自己神魂飘荡之时，曾见一人，说是黛玉生不同人，死不同鬼，必是那里的仙子临凡。忽又想起那年唱戏做的嫦娥，飘飘艳艳，何等风致。

过了一回，探春去了。因必要紫鹃过来，立刻回了贾母去叫他。无奈紫鹃心里不愿意，虽经贾母、王夫人派了过来，也就没法，只是在宝玉跟前，不是唉声，就是叹气的。宝玉背地里拉着他，低声下气要问黛玉的话，紫鹃从没好话回答。宝钗倒背地里夸他有忠心，并不嗔怪他。那雪雁虽是宝玉娶亲这夜出过力的，宝钗见他心地不甚明白，便回了贾母、王夫人，将他配了一个小厮，各自过活去了。王奶奶养着他，将来好送黛玉的灵柩回南。鹦哥等小丫头仍服侍了老太太。宝玉本想念黛玉，因此及彼，又想跟黛玉的人已经云散，更加纳闷。闷到无可如何，忽又想起黛玉死得这样清楚，必是离凡返仙去了，反又欢喜。

忽然听袭人和宝钗那里讲究探春出嫁之事，宝玉听了，啊呀的一声，哭倒在炕上。唬得宝钗、袭人都来扶起说：“怎么了？”宝玉早哭的说不出来，定了一回子神，说道：“这日子过不得了！我姊妹们都一个一个的散了！林妹妹是成了仙去了。大姐姐呢，已经死了，这也罢了，没天天在一块儿。二姐姐呢，碰着了一个混账不堪的东西。三妹妹又远嫁，总不得见的了。史妹妹又不知要到那里去？薛妹妹是有了人家的。这些姐姐妹妹，难道一个都不留在家里，单留我做什么？”袭人忙又拿话解劝。宝钗摆着手说：“你不用劝他，让我来问他。”因问着宝玉道：“据你的心里，要这些姐妹都在家里陪到你老了，都不要为终身的事吗？若说别人，或者还有别的想头。你自己的姐姐妹妹，不用说没有远嫁的；就是有，老爷作主，你有什么法儿！打量天下独是你一个人爱姐姐妹妹呢，若是都像你，就连我也不能陪你了。大凡人念书，原为的是明理，怎么你益发糊涂了。这么说起来，我同袭姑娘各自一边儿去，让你把姐姐妹妹们都邀了来守着你。”宝玉听了，两只手拉住宝钗、袭人道：“我也知道。为什么散的这么早呢？等我化了灰的时候再散也不迟。”袭人掩着他的嘴道：“又胡说。才这两天身上好些，二奶奶才吃些饭。若是你又闹翻了，我也不管了。”

宝玉慢慢的听他两个人的说话都有道理，只是心上不知道怎样才好，只得强说道：“我却明白，但只是心里闹的慌。”宝钗也不理他，暗叫袭人快把定心丸给他吃了，慢慢的开导他。袭人便欲告诉探春说临行不必来辞，宝钗道：“这怕什么。等消停几日，待他心里明白，还要叫他们多说句话儿呢。况且三姑娘是极明白的人，不像那些假惺惺的人，少不得有一番箴谏。他以后便不是这样了。”正说着，贾母那边打发过鸳鸯来说，知道宝玉旧病又发，叫袭人劝说安慰，叫他不要胡思乱想。袭人等应了。鸳鸯坐了一会子去了。那贾母又想起探春远行，虽不备妆奁，其一应动用之物俱该预备，便把凤姐叫来，将老爷的主意告诉了一遍，即叫他料理去，凤姐答应。不知怎么办理，下回分解。

第一百一回

大观园月夜感幽魂　散花寺神签惊异兆

却说凤姐回至房中，见贾琏尚未回来，便分派那管办探春行装奁事的一干人。那天已有黄昏以后，因忽然想起探春来，要瞧瞧他去，便叫丰儿与两个丫头跟着，头里一个丫头打着灯笼。走出门来，见月光已上，照耀如水。凤姐便命打灯笼的："回去罢。"因而走至茶房窗下，听见里面有人嘁嘁喳喳的，又似哭，又似笑，又似议论什么的。凤姐知道不过是家下婆子们又不知搬什么是非，心内大不受用，便命小红进去，装做无心的样子细细打听着，用话套出原委来。小红答应着去了。

凤姐只带着丰儿来至园门前，门尚未关，只虚虚的掩着。于是主仆二人方推门进去，只见园中月色比外面更觉明朗，满地下重重树影，杳无人声，甚是凄凉寂静。刚欲往秋爽斋这条路来，只听唿的一声风过，吹的那树枝上落叶满园中唰喇喇的作响，枝梢上吱喽喽发哨，将那些寒鸦宿鸟都惊飞起来。凤姐吃了酒，被风一吹，只觉身上发噤。那丰儿也把头一缩说："好冷！"凤姐也掌不住，便叫丰儿："快回去把那件银鼠坎肩儿拿来，我在三姑娘那里等着。"丰儿巴不得一声，也要回去穿衣裳来，答应了一声，回头就跑了。

凤姐刚举步走了不远，只觉身后咈咈哧哧，似有闻嗅之声，不觉头发森然直竖起来。由不得回头一看，只见黑油油一个东西在后面伸着鼻子闻他呢，那两只眼睛恰似灯光一般。凤姐吓的魂不附体，不觉失声的咳了一声，却是一只大狗。那狗抽头回身，拖着一个扫帚尾巴，一气跑上大土山上，方站住了，回身犹向凤姐拱爪儿。

凤姐此时心跳神移，急急的向秋爽斋来。已将来至门口，方转过山子，只见迎面有一个人影儿一恍。凤姐心中疑惑，心里想着必是那一房里的丫头，便问："是谁？"问了两声，并没有人出来，已经吓得神魂飘荡。恍恍忽忽的似乎背后有人说道："婶娘连我也不认得了！"凤姐忙回头一看，只见这人形容俊俏，衣履风流，十分眼熟，只是想不起是那房那屋里的媳妇来。只听那人又说道："婶娘只管享荣华受富贵的心盛，把我那年说的'立万年永远之基'都付于东洋大海了。"凤姐听说，低头寻思，总想不起。那人冷笑道："婶娘那时怎样疼我了，如今就忘在九霄云外了？"

凤姐听了，此时方想起来是贾蓉的先妻秦氏，便说道："哎哟，你是死了的人那，怎么跑到这里来了呢？"啐了一口，方转回身，脚下不防一块石头绊了一跤，犹如梦醒一般，浑身汗如雨下。虽然毛发悚然，心中却也明白，只见小红丰儿影影绰绰的来了。凤姐恐怕落人的褒贬，连忙爬起来说道："你们做什么呢，去了这半天？快拿来我穿上罢。"一面丰儿走至跟前服侍穿上，小红过来搀扶。凤姐道："我才到那里，他们都睡了。咱们回去罢。"一面说，一面带了两个丫头急急忙忙回到家中。贾琏已回来了，只是见他脸上神色更变，不似往常，待要问他，又知他素日性格，不敢突然相问，只得睡了。

至次日五更，贾琏就起来要往总理内庭都检点太监裘世安家来打听事务。因太早了，见桌上有昨日送来的抄报，便拿起来闲看。第一件是云南节度使王忠一本，新获了一起私带神枪[①]火药出边事，共有十八名人犯。头一名鲍音，口称系太师[②]镇国公贾化家人。第二件苏州刺史李孝一本，参劾纵放家奴，倚势凌辱军民，以致因奸不遂杀死节妇一家人命三口事，凶犯姓时名福，自称系世袭三等职衔贾范家人。贾琏看见这两件，心中早又不自在起来，等待要看第三件，又恐迟了不能见裘世安

---

① 神枪——用火药发射的枪，明清时称为神枪。

② 太师——官名。古"三公"之一，位高望重。始设于殷周，历代职掌不同，明清以朝臣兼任，成为有职名无实权的虚衔。

的面，因此急急的穿了衣服，也等不得吃东西，恰好平儿端上茶来，喝了两口，便出来骑马走了。

平儿在房内收拾换下的衣服。此时凤姐尚未起来，平儿因说道："今儿夜里我听着奶奶没睡什么觉，我这会子替奶奶捶着，好生打个盹儿罢。"凤姐半日不言语。平儿料着这意思是了，便爬上炕来坐在身边轻轻的捶着。才捶了几拳，那凤姐刚有要睡之意，只听那边大姐儿哭了。凤姐又将眼睁开，平儿连向那边叫道："李妈，你到底是怎么着？姐儿哭了，你到底拍着他些。你也忒好睡了。"那边李妈从梦中惊醒，听得平儿如此说，心中没好气，只得狠命拍了几下，口里嘟嘟哝哝的骂道："真真的小短命鬼儿，放着尸不挺，三更半夜嚎你娘的丧！"一面说，一面咬牙便向那孩子身上拧了一把。那孩子哇的一声大哭起来。凤姐听见，说："了不得！你听听，他该挫磨孩子了。你过去把那黑心的养汉老婆下死劲的打他几下子，把妞妞抱过来罢。"平儿笑道："奶奶别生气，他那里敢挫磨姐儿，只怕是不隄防错碰了一下子也是有的。这会子打他几下子没要紧，明儿叫他们背地里嚼舌根，倒说三更半夜打人。"

凤姐听了，半日不言语，长叹一声说道："你瞧瞧，这会子不是我十旺八旺的呢！明儿我要是死了，剩下这小孽障，还不知怎么样呢！"平儿笑道："奶奶这怎么说！大五更的，何苦来呢？"凤姐冷笑道："你那里知道，我是早已明白了。我也不久了。虽然活了二十五岁，人家没见的也见了，没吃的也吃了，也算全了。所有世上有的也都有了。气也算赌尽了，强也算争足了，就是寿字儿上头缺一点儿，也罢了。"平儿听说，由不的滚下泪来。凤姐笑道："你这会子不用假慈悲，我死了你们只有欢喜的。你们一心一计和和气气的，省得我是你们眼里的刺似的。只有一件，你们知好歹只疼我那孩子就是了。"平儿听说这话，越发哭的泪人似的。凤姐笑道："别扯你娘的臊了，那里就死了呢。哭的那么痛！我不死还叫你哭死了呢。"平儿听说，连忙止住哭，道："奶奶说得这么伤心。"一面说，一面又捶，半日不言语，凤姐才朦胧睡着。

平儿方下炕来要去，只听外面脚步响。谁知贾琏去迟了，那裘世安已经上朝去了，不遇而回，心中正没好气，进来就问平儿道："他们还没起来呢么？”平儿回说：“没有呢。”贾琏一路摔帘子进来，冷笑道：“好啊！这会子还都不起来，安心打擂台打撒手儿！”一叠声又要吃茶。平儿忙倒了一碗茶来。原来那些丫头、老婆见贾琏出了门又复睡了，不打谅这会子回来，原不曾预备。平儿便把温过的拿了来。贾琏生气，举起碗来，哗啷一声摔了个粉碎。

凤姐惊醒，唬了一身冷汗，哎哟一声，睁开眼，只见贾琏气狠狠的坐在旁边，平儿弯着腰拾碗片子呢。凤姐道：“你怎么就回来了？”问了一声，半日不答应，只得又问一声。贾琏嚷道：“你不要我回来，叫我死在外头罢？”凤姐笑道：“这又是何苦来呢？常时我见你不像今儿回来的快，问你一声，也没什么生气的。”贾琏又嚷道：“又没遇见，怎么不快回来呢！”凤姐笑道：“没有遇见，少不得耐烦些，明儿再去早些儿，自然遇见了。”贾琏嚷道：“我可不吃着自己的饭替人家赶獐子呢。我这里一大堆的事没个动秤儿的[①]，没来由为人家的事，瞎闹了这些日子，当什么呢！正经那有事的人还在家里受用，死活不知还听见说要锣鼓喧天的摆酒唱戏做生日呢。我可瞎跑他娘的腿子！”一面说，一面往地下啐了一口，又骂平儿。

凤姐听了，气的干咽，要和他分证，想了一想，又忍住了，勉强陪笑道：“何苦来生这么大气，大清早起和我叫喊什么？谁叫你应了人家的事？你既应了，就得耐烦些，少不得替人家办办。也没见这个人自己有为难的事还有心肠唱戏摆酒的闹！”贾琏道：“你可说么，你明儿倒也问问他！”凤姐诧异道：“问谁？”贾琏道：“问谁！问你哥哥。”凤姐道：“是他吗？”贾琏道：“可不是他，还有谁呢？”凤姐忙问道：“他又有什么事叫你替他跑？”贾琏道：“你还在坛子里[②]呢。”凤姐道：“真真这就奇了，我连一个字儿也不知道。”贾琏道：“你怎么能知道呢，这个事连太太和姨太太还不知道呢。头一件怕太太和姨太太不放心，二则你身上又常嚷不好，所以我在外头压住了，不叫里头知道的。说起来真真可人恼！你今儿不问我，我也不便告诉你。你打谅你哥哥行事像个人呢，你知道外头人都叫他什么？”凤姐道：“叫他什

① 动秤儿的——实际干事的。

② 在坛子里——受蒙蔽的意思，义近“蒙在鼓里”。

么？”贾琏道：“叫他什么，叫他‘忘仁’！”凤姐扑哧的一笑：“他可不叫王仁叫什么呢。”贾琏道：“你打谅那个王仁吗？是忘了仁义礼智信的那个‘忘仁’那！”

凤姐道：“这是什么人这么刻薄嘴儿糟蹋人！”贾琏道：“不是糟蹋他呀！今儿索性告诉你，你也不知道知道你那哥哥的好处，到底知道他给他二叔做生日呵！”凤姐想了一想道：“哎哟！可是呵，我还忘了问你，二叔不是冬天的生日吗？我记得年年都是宝玉去。前者老爷升了，二叔那边送过戏来，我还偷偷儿的说，二叔为人是最啬刻的，比不得大舅太爷。他们各自家里还乌眼鸡似的。不么，昨儿大舅太爷没了，你瞧他是个兄弟，他还出了个头儿揽了个事儿吗！所以那一天说，赶他的生日咱们还他一班子戏，省了亲戚跟前落亏欠。如今这么早就做生日，也不知道是什么意思。”

贾琏道：“你还作梦呢。他一到京，接着舅太爷的首尾就开了一个吊[①]，他怕咱们知道拦他，所以没告诉咱们，弄了好几千银子。后来二舅嗔着他，说他不该一网打尽。他吃不住了，变了个法儿，指着你们二叔的生日撒了个网，想着再弄几个钱，好打点二舅太爷不生气。也不管亲戚朋友冬天夏天的，人家知道不知道，这么丢脸！你知道我起早为什么？这如今因海疆的事情御史参了一本，说是大舅太爷的亏空，本员已故，应着落其弟王子胜、侄王仁赔补。爷儿两个急了，找了我给他们托人情。我见他们吓的那么个样儿，再者又关系太太和你，我才应了。想着找找总理内庭都检点老裘替办办，或者前任后任挪移挪移。偏又去晚了，他进里头去了，我白起来跑了一趟。他们家里还那里定戏摆酒呢。你说说，叫人生气不生气！”

凤姐听了，才知王仁所行如此。但他素性要强护短，听贾琏如此说，便道：“凭他怎么样，到底是你的亲大舅儿。再者，这件事死的大太爷活的二叔都感激你。罢了，没什么说的，我们家的事，少不得我低三下四地求你了，省的带累别人受气，背地里骂我。”说着，眼泪早流下来，掀开被窝一面坐起来，一面挽头发，一面披衣裳。贾琏道：“你倒不用这么着，是你哥哥不是人，我并没说你呀。况且我出去了，你身

① 开了一个吊——丧家择定日期接受亲友吊唁送礼。

上又不好，我都起来了，他们还睡觉。咱们老辈子有这个规矩么？你如今作好好先生不管事了。我说了一句，你就起来，明儿我要嫌这些人，难道你都替了他们么？好没意思啊！”凤姐听了这些话，才把泪止住了，说道：“天呢不早了，我也该起来了。你有这么说的，你替他们家在心的办办，那就是你的情分了。再者也不光为我，就是太太听见也喜欢。”贾琏道：“是了，知道了。‘大萝卜还用屎浇’[①]。”

平儿道：“奶奶这么早起来做什么，那一天奶奶不是起来有一定的时候儿呢？爷也不知是那里的邪火，拿着我们出气。何苦来呢，奶奶也算替爷挣够了，那一点儿不是奶奶挡头阵？不是我说，爷把现成儿的也不知吃了多少，这会子替奶奶办了一点子事，况且关会着好几层儿呢，就是这么拿糖作醋[②]的起来，也不怕人家寒心。况且这也不单是奶奶的事呀！我们起迟了，原该爷生气，左右到底是奴才呀！奶奶跟前尽着身子累的成了个病包儿了，这是何苦来呢。”说着，自己的眼圈儿也红了。那贾琏本是一肚子闷气，那里见得这一对娇妻美妾又尖利又柔情的话呢，便笑道：“够了，算了罢。他一个人就够使的了，不用你帮着。左右我是外人，多早晚我死了，你们就清净了。”凤姐道：“你也别说那个话，谁知道谁怎么样呢。你不死我还死呢，早死一天早心净。”说着，又哭起来。平儿只得又劝了一回。那时天已大亮，日影横窗。贾琏也不便再说，站起来出去了。

这里凤姐自己起来，正在梳洗，忽见王夫人那边小丫头过来道：“太太说了，叫问二奶奶今日过舅太爷那边去不去？要去，说叫二奶奶同着宝二奶奶一路去呢。”凤姐因方才一段话，已经灰心丧意，恨嫁家不给争气；又兼昨夜园中受了那一惊，也实在没精神，便说道：“你先回太太去，我还有一两件事没办清，今日不能去。况且他们那又不是什么正经事。宝二奶奶要去各自去罢。”小丫头答应着，回去回复了。不在话下。

且说凤姐梳了头，换了衣服，想了想，虽然自己不去，也该带个信

---

① 大萝卜还用屎浇——嫌对方多话的意思。俗有“大萝卜——不用屎浇”的歇后语，“浇”谐音“教”。

② 拿糖作醋——故意作态、拿架子。

儿。再者，宝钗还是新媳妇，出门子自然要过去照应照应的。于是见过王夫人，支吾了一件事，便过来到宝玉房中。只见宝玉穿着衣服歪在炕上，两个眼睛呆呆的看宝钗梳头。凤姐站在门口，还是宝钗一回头看见了，连忙起身让坐。宝玉也爬起来，凤姐才笑嘻嘻的坐下。宝钗因说麝月道："你们瞧着二奶奶进来也不言语声儿。"麝月笑着道："二奶奶头里进来就摆手儿不叫言语么。"凤姐因向宝玉道："你还不走，等什么呢？没见这么大人了还是这么小孩子气的。人家各自梳头，你爬在旁边看什么？成日家一块子在屋里还看不够？也不怕丫头们笑话。"说着，哧的一笑，又瞅着他咂嘴儿。宝玉虽也有些不好意思，还不理会，把个宝钗直臊的满脸飞红，又不好听着，又不好说什么，只见袭人端过茶来，只得搭讪着自己递了一袋烟。凤姐笑着站起来接了，道："二妹妹，你别管我们的事，你快穿衣服罢。"

宝玉一面也搭讪着找这个，弄那个。凤姐道："你先去罢，那里有个爷们等着奶奶们一块儿走的理呢。"宝玉道："我只是嫌我这衣裳不大好，不如前年穿着老太太给的那件雀金呢好。"凤姐因怄他道："你为什么不穿？"宝玉道："穿着太早些。"凤姐忽然想起，自悔失言，幸亏宝钗也和王家是内亲，只是那些丫头们跟前已经不好意思了。袭人却接着说道："二奶奶还不知道呢，就是穿得，他也不穿了。"凤姐道："这是什么原故？"袭人道："告诉二奶奶，真真是我们这位爷的行事都是天外飞来的。那一年因二舅太爷的生日，老太太给了他这件衣裳，谁知那一天就烧了。我妈病重了，我没在家。那时候还有晴雯妹妹呢，听见说病着整给他补了一夜，第二天老太太才没瞧出来呢。去年那一天上学天冷，我叫茗烟拿了去给他披披。谁知这位爷见了这件衣裳想起晴雯来了，说了总不穿了，叫我给他收一辈子呢。"

凤姐不等说完，便道："你提晴雯，可惜了儿的，那孩子模样儿手儿都好，就只嘴头子利害些。偏偏的太太不知听了那里的谣言，活活儿的把个小命儿要了。还有一件事，那一天我瞧见厨房里柳家的女人他女孩儿，叫什么五儿，那丫头长的和晴雯脱了个影儿似的。我心里要叫他进来，后来我问他妈，他妈说是很愿意。我想着宝二爷屋里的小红跟了我去，我还没还他呢，就把五儿补过来。平儿说太太那一天说了，凡像那个样儿的都不叫派到宝二爷屋里呢。我所以也就搁下了。这如今宝二爷也成了家了，还怕什么呢，不如我就叫他进来。可不知宝二爷愿意不愿意？要想着晴雯，只瞧见这五儿就是了。”宝玉本要走，听见这些话已呆了。袭人道：“为什么不愿意，早就要弄了来的，只是因为太太的话说的结实罢了。”凤姐道：“那么着明儿我就叫他进来。太太的跟前有我呢。”宝玉听了，喜不自胜，才走到贾母那边去了。

这里宝钗穿衣服。凤姐看他两口儿这般恩爱缠绵，想起贾琏方才那种光景，好不伤心，坐不住，便起身向宝钗笑道：“我和你向老太太屋里去罢。”笑着出了房门，一同来见贾母。

宝玉正在那里回贾母往舅舅家去。贾母点头说道：“去罢，只是少吃酒，早些回来。你身子才好些。”宝玉答应着出来，刚走到院内，又转身回来向宝钗耳边说了几句不知什么。宝钗笑道：“是了，你快去罢。”将宝玉催着去了。

这贾母和凤姐、宝钗说了没三句话，只见秋纹进来传说：“二爷打发茗烟转来，说请二奶奶。”宝钗说道：“他又忘了什么，又叫他回来？”秋纹道：“我叫小丫头问了，茗烟说是‘二爷忘了一句话，二爷叫我回来告诉二奶奶：若是去呢，快些来罢；若不去呢，别在风地里站着。’”说的贾母、凤姐并地下站着的众老婆子丫头都笑了。宝钗飞红了脸，把秋纹啐了一口，说道：“好个糊涂东西！这也值得这样慌慌张张跑了来说。”秋纹也笑着回去叫小丫头去骂茗烟。那茗烟一面跑着，一面回头说道：“二爷把我巴巴的叫下马来，叫回来说的。我若不说，回来对出来又骂我了。这会子说了，他们又骂我。”那丫头笑着跑回来说了。贾母向宝钗道：“你去罢，省得他这么记挂。”说的宝钗站不住，又被凤姐怄他玩笑，没好意思，才走了。

只见散花寺的姑子大了来了，给贾母请安，见过了凤姐，坐着吃茶。贾母因问道：“这一向怎么不来？”大了道：“因这几日庙中作好事，有几位诰命夫人不时在庙里起坐，所以不得空儿来。今日特来回老祖宗，明儿还有一家作好事，不知老祖宗高兴不高兴，若高兴也去随喜随喜。”贾母便问：“做什么好事？”大了道：“前月为王大人府里不干净，见神见鬼的，偏生那太太夜间又看见去世的老爷。因此昨日在我庙里告诉我，要在散花菩萨跟前许愿烧香，做四十九天的水陆道场，保佑家口安宁，亡者升天，生者获福。所以我不得空儿来请老太太的

安。”

却说凤姐素日最厌恶这些事的，自从昨夜见鬼，心中总是疑疑惑惑的，如今听了大了这些话，不觉把素日的心性改了一半，已有三分信意，便问大了道：“这散花菩萨是谁？他怎么就能避邪除鬼呢？”大了见问，便知他有些信意，说道：“奶奶今日问我，让我告诉奶奶知道。这个散花菩萨来历根基不浅，道行非常。生在西天大树园中，父母打柴为生。养下菩萨来，头长三角，眼横四目，身长八尺，两手拖地。父母说这是妖精，便弃在冰山背后了。谁知这山上有一个得道的老猢狲出来打食，看见菩萨顶上白气冲天，虎狼远避，知道来历非常，便抱回洞中抚养。谁知菩萨带了来的聪慧，禅也会谈，与猢狲天天谈道参禅，说的天花散漫缤纷。至一千年后飞升了。至今山上犹见谈经之处天花散漫，所求必灵，时常显圣，救人苦厄。因此世人才盖了庙，塑了像供奉着。”

凤姐道：“这有什么凭据呢？”大了道：“奶奶又来搬驳了。一个佛爷可有什么凭据呢？就是撒谎，也不过哄一两个人罢咧，难道古往今来多少明白人都被他哄了不成？奶奶只想，惟有佛家香火历来不绝，他到底是祝国祝民，有些灵验，人才信服。”凤姐听了大有道理，因道：“既这么，我明儿去试试。你庙里可有签？我去求一签。我心里的事，签上批的出来，我从此就信了。”大了道：“我们的签最是灵的，明儿奶奶去求一签就知道了。”贾母道：“既这么着，索性等到后日初一你再去求。”说着，大了吃了茶，到王夫人各房里去请了安，回去不提。

这里凤姐勉强扎挣着，到了初一清早，令人预备了车马，带着平儿并许多奴仆来至散花寺。大了带了众姑子接了进去。献茶后，便洗手至大殿上焚香。那凤姐也无心瞻仰圣像，一秉虔诚，磕了头，举起签筒默默的将那见鬼之事并身体不安等故祝告了一回，才摇了三下，只听的唰的一声，筒中撺出一支签来。于是叩头拾起一看，只见写着“第三十三签，上上大吉。”大了忙查签簿看时，只见上面写着“王熙凤衣锦还乡”。凤姐一见这几个字，吃一大惊，惊问大了道：“古人也有叫王熙凤的么？”大了笑道：“奶奶最是通今博古的，难道汉朝的王熙凤求官的这一段事也不晓得？”周瑞家的在旁笑道：“前年李先儿还说这一回书来着。我们还告诉他重着奶奶的名字，不要叫呢。”凤姐笑道：“可是呢，我倒忘了。”说着，又瞧底下的，写的是：

> 去国离乡二十年，于今衣锦返家园。
> 蜂采百花成蜜后，为谁辛苦为谁甜[①]！
> 行人至，音信迟，讼宜和，婚再议。

看完也不甚明白。大了道：“奶奶大喜。这一签巧得很，奶奶自幼在这里长大，何曾回南京去了。如今老爷放了外任，或者接家眷来，顺便还家，奶奶可不是‘衣锦还乡’了？”一面说，一面抄了个签经交与丫头。凤姐也半疑半信的。大了摆了斋来，凤姐只动了一动，放下了要走，又给了香银。大了苦留不住，只得让他走了。凤姐回至家中，见了贾母、王夫人等，问起签来，命人一解，都欢喜非常，“或者老爷果有此心，咱们走一趟也好。”凤姐见人人这么说，也就信了。不在话下。

却说宝玉这一日正睡午觉，醒来不见宝钗，正要问时，只见宝钗进来。宝玉问道：“那里去了？半日不见。”宝钗笑道：“我给凤姐姐瞧一回签。”宝玉听说，便问是怎么样的。宝钗把签帖念了一回，又道：“家中人人都说好的。据我看，这‘衣锦还乡’四字里头还有缘故，后来再瞧罢了。”宝玉道：“你又多疑了，妄解圣意。‘衣锦还乡’四字从古至今都知道是好的，今儿你偏生看出缘故来了。依你说，这‘衣锦还乡’还有什么别的解说？”宝钗正要解说，只见王夫人那边打发丫头过来请二奶奶。宝钗立刻过去。未知何事，下回分解。

① “蜂采”二句——见唐代罗隐《蜂》诗。“蜂采”原作“采得”。

第一百二回

宁国府骨肉病灾祲[1]　大观园符水驱妖孽

话说王夫人打发人来唤宝钗，宝钗连忙过来，请了安。王夫人道："你三妹妹如今要出嫁了，只得你们作嫂子的大家开导开导他，也是你们姊妹之情。况且他也是个明白孩子，我看你们两个也很合的来。只是我听见说宝玉听见他三妹妹出门子，哭的了不的，你也该劝劝他。如今我的身子是十病九痛的，你二嫂子也是三日好两日不好。你还心地明白些，诸事该管的也别说只管吞着不肯得罪人。将来这一番家事，都是你的担子。"宝钗答应着。

王夫人又说道："还有一件事，你二嫂子昨儿带了柳家媳妇的丫头来，说补在你们屋里。"宝钗道："今日平儿才带过来，说是太太和二奶奶的主意。"王夫人道："是呦，你二嫂子和我说，我想也没要紧，不便驳他的回。只是一件，我见那孩子眉眼儿上头也不是个很安顿的。起先为宝玉房里的丫头狐狸似的，我撵了几个，那时候你也自然知道，才搬回家去的。如今有你，固然不比先前了。我告诉你，不过留点神儿就是了。你们屋里，就是袭人那孩子还可以使得。"宝钗答应了，又说了几句话，便过来了。饭后到了探春那边，自有一番殷勤劝慰之言，不必细说。

次日，探春将要起身，又来辞宝玉。宝玉自然难割难分。探春便将

① 祲——妖气，不祥之气。

纲常大体的话，说的宝玉始而低头不语，后来转悲作喜，似有醒悟之意。于是探春放心，辞别众人，竟上轿登程，水舟车陆而去。

先前众姊妹们都住在大观园中，后来贾妃薨后，也不修葺。到了宝玉娶亲，林黛玉一死，史湘云回去，宝琴在家住着，园中人少，况兼天气寒冷，李纨姊妹、探春、惜春等俱挪回旧所。到了花朝月夕，依旧相约玩耍。如今探春一去，宝玉病后不出屋门，益发没有高兴的人了。所以园中寂寞，只有几家看园的人住着。

那日尤氏过来送探春起身，因天晚省得套车，便从前年在园里开通宁府的那个便门里走过去了。觉得凄凉满目，台榭依然，女墙[①]一带都种作园地一般，心中怅然如有所失，因到家中，便有些身上发热，扎挣一两天，竟躺倒了。日间的发烧犹可，夜里身热异常，便谵语[②]绵绵。贾珍连忙请了大夫看视，说感冒起的，如今缠经，入了足阳明胃经[③]，所以谵语不清，如有所见，有了大秽[④]即可身安。尤氏服了两剂，并不稍减，更加发起狂来。

贾珍着急，便叫贾蓉来打听外头有好医生再请几位来瞧瞧。贾蓉回道："前儿这位太医是最兴时的了。只怕我母亲的病不是药治得好的。"贾珍道："胡说！不吃药难道由他去罢？"贾蓉道："不是说不治。为的是前日母亲从西府去，回来是穿着园子里走来家的，一到了家就身上发烧，别是撞客着了罢？外头有个毛半仙，是南方人，卦起的很灵，不如请他来占卦占卦。看有信儿呢，就依着他，要是不中用，再请别的好大夫来。"贾珍听了，即刻叫人请来；坐在书房内喝了茶，便说："府上叫我，不知占什么事？"贾蓉道："家母有病，请教一卦。"毛半仙道："既如此，取净水洗手，设下香案。让我起出一课来看就是了。"一时下人安排定了。他便怀里掏出卦筒来，走到上头恭恭敬敬的作了一个揖，手内摇着卦筒，口里念道："伏以太极两仪，絪交

① 女墙——城墙上的短墙。

② 谵语——妄语；说胡话。

③ 缠经、足阳明胃经——中医术语。缠经即传经。足阳明胃经：人体十二经脉中的足三阳经之一，体表循行始于眼眶下的承泪穴，一支上行止于额角部，一支下行止于足趾部，主头面、胃肠及神志病等本经所过部位的病症。

④ 大秽——大便。秽：粪便。

感，图书[1]出而变化不穷，神圣作而诚求必应。兹有信官贾某，为因母病，虔请伏羲、文王、周公、孔子四大圣人，鉴临在上，诚感则灵，有凶报凶，有吉报吉。先请内象三爻[2]。"说着，将筒内的钱倒在盘内，说："有灵的，头一爻就是交。"拿起来又摇了一摇，倒出来说是单。第三爻又是交。检起钱来，嘴里说是："内爻已示，更请外象三爻，完成一卦。"起出来，是"单拆单"。

那毛半仙收了卦筒和铜钱，便坐下问道："请坐，请坐，让我来细细的看看。这个卦乃是'未济'之卦。世爻是第三爻，午火兄弟劫财，晦气是一定该有的。如今尊驾为母问病，用神是初爻，真是父母爻动出官鬼来。五爻上又有一层官鬼，我看令堂太夫人的病是不轻的。还好，还好，如今子亥之水休囚，寅木动而生火。世爻上动出一个子孙来，倒是克鬼的。况且日月生身，再隔两日，子水官鬼落空，交到戌日就好了。但是父母爻上变鬼，恐怕令尊大人也有些关碍。就是本身世爻，比劫过重，到了水旺土衰的日子也不好。"说完了，便撅着胡子坐着。

贾蓉起先听他捣鬼，心里忍不住要笑，听他讲的卦理明白，又说生怕父亲也不好，便说道："卦是极高明的，但不知我母亲到底是什么病？"毛半仙道："据这卦上世爻午火变水相克，必是寒火凝结。若要断得清楚，揲蓍[3]也不大明白，除非用大六壬[4]才断得准。"贾蓉道：

---

① 图书——河图、洛书。《易·系辞上》："河出图、洛出书，圣人则之。"传说远古之时有龙马从黄河出现，背负"河图"；有神龟从洛水出现，背负"洛书"。有人说伏羲根据"河图""洛书"画成八卦，就是《周易》的来源。也有人说伏羲依照"河图"画成八卦，夏禹效法"洛书"而成《洪范》。

② "内象三爻"一段——"内象三爻"为占卜术语。《周易》把表示自然变化和人事休咎的卦爻等符号称之为象。后来卜者附会《周易》，因卦起课。占卜时焚香祝祷说明缘由，将三枚制钱放进卦筒内摇动后倒出，凡两背一面的叫"拆"，一背两面的叫"单"，三个都是背的叫"重"，三个都是面的叫"交"。摇倒一次成为一爻，共进行六次，前三爻为"内象"，后三爻为"外象"，合成一卦；爻旁地支叫做课，以此推断吉凶祸福谓之"文王课"。

③ 揲蓍——我国古代占卜的一种。蓍：草，多年生草本植物，古人用它的茎进行占卜。揲：依照一定规则，按蓍草的不同数目分组，以卜吉凶。

④ 大六壬——占卜的一种。五行（水、火、木、金、土）以水为首，壬属水；六十甲子中，壬有六个，故名六壬。以天上十二辰分野和地上十二方位配合起来推算吉凶。

“先生都高明的么？”毛半仙道：“知道些。”贾蓉便要请教，报了一个时辰。毛先生便画了盘子，将神将排定算去，是戌上白虎。“这课叫作‘魄化课’。大凡白虎乃是凶将，乘旺象气受制，便不能为害。如今乘着死神死煞及时令囚死，则为饿虎，定是伤人。就如魄神受惊消散，故名‘魄化’。这课象说是人身丧鬼，忧患相仍，病多丧死，讼有忧惊。按象有日暮虎临，必定是傍晚得病的。象内说，凡占此课，必定旧宅有伏虎作怪，或有形响。如今尊驾为大人而占，正合着虎在阳忧男，在阴忧女：此课十分凶险呢。”贾蓉没有听完，唬得面上失色道：“先生说得很是。但与那卦又不大相合，到底有妨碍么？”毛半仙道：“你不用慌，待我慢慢的再看。”低着头又咕哝了一会子，便说：“好了，有救星了！算出巳上有贵神救解，谓之‘魄化魂归’。先忧后喜，是不妨事的。只要小心些就是了。”

贾蓉奉上卦金，送了出去，回禀贾珍，说是：“母亲的病是在旧宅傍晚得的，为撞着什么伏尸白虎。”贾珍道：“你说你母亲前日从园里走回来的，可不是那里撞着的！你还记得你二婶娘到园里去，回来就病了。他虽没有见什么，后来那些丫头、老婆们都说是山子上一个毛烘烘的东西，眼睛有灯笼大，还会说话，他把二奶奶赶了回来，唬出一场病来。”贾蓉道：“怎么不记得！我还听见宝叔家的茗烟说，晴雯是做了园里芙蓉花的神了，林姑娘死了半空里有音乐，必定他也是管什么花儿了。想这许多妖怪在园里，还了得！头里人多阳气重，常来常往不打紧。如今冷落的时候，母亲打那里走，还不知踹了什么花儿呢，不然就是撞着那一个？那卦也还算是准的。”贾珍道：“到底说有防碍没有呢？”贾蓉道：“据他说，到了戌日就好了，只愿早两天好，或除两天才好。”贾珍道：“这又是什么意思？”贾蓉道：“那先生若是这样准，生怕老爷也有些不自在。”正说着，里头喊说“奶奶要坐起到那边园里去，丫头们都按捺不住”。贾珍等进去安慰定了。只闻尤氏嘴里乱说：“穿红的来叫我，穿绿的来赶我。”地下这些人又怕又好笑。贾珍便命人买些纸钱送到园里烧化，果然那夜出了汗，便安静些。到了戌日，也就渐渐的好起来。

由是一人传十，十人传百，都说大观园中有了妖怪。唬得那些看园的人也不修花补树，灌溉果蔬。起先晚上不敢行走，以致鸟兽逼人，甚至

日里也是约伴持械而行。过了些时，果然贾珍患病，竟不请医调治，轻则到园化纸许愿，重则详星拜斗。贾珍方好，贾蓉等相继而病。如此接连数月，闹得两府俱怕。从此风声鹤唳，草木皆妖。园中出息，一概全蠲，各房月例重新添起，反弄得荣府中更加拮据。那些看园的没有了想头，个个要离此处，每每造言生事，便将花妖树怪编派起来，各要搬出，将园门封固，再无人敢到园中。以致崇楼高阁，琼馆瑶台，皆为禽兽所栖。

却说晴雯的表兄吴贵正住在园门口，他媳妇自从晴雯死后，听见说作了花神，每日晚间便不敢出门。这一日吴贵出门买东西，回来晚了。那媳妇子本有些感冒着了，日间吃错了药，晚上吴贵到家，已死在炕上。外面的人因那媳妇子不大妥当，便都说妖怪爬过墙来吸了精去死的。于是老太太着急的了不得，替另派了好些人将宝玉的住房围住，巡逻打更。这些小丫头们还说，有的看见红脸的，有的看见很俊的女人的，吵嚷不休，唬得宝玉天天害怕。亏得宝钗有把持，听得丫头们混说，便唬吓着要打，所以那些谣言略好些。无奈各房的人都是疑人疑鬼的不安静，也添了人坐更，于是更加了好些食用。

独有贾赦不大很信，说："好好园子，那里有什么鬼怪！"挑了个风清日暖的日子，带了好几个家人，手内持着器械，到园踹看动静。众人劝他不依。到了园中，果然阴气逼人。贾赦还扎挣前走，跟的人都探头缩脑的。内中有个年轻的家人，心内已经害怕，只听唿的一声，回过头来，只见五色灿烂的一件东西跳过去了，唬得哎哟一声，腿子发软，就栽倒了。

贾赦回身查问，那小子喘嘘嘘的回道："亲眼看见一个黄脸红胡子绿衣裳一个妖精走到树林子后头山窟窿里去了。"贾赦听了，便也有些胆怯，问道："你们都看见么？"有几个推顺水船儿的回说："怎么没瞧见，因老爷在头里，不敢惊动罢了。奴才们还撑的住。"说得贾赦害怕，也不敢再走，急急的回来，吩咐小子们："不要提及，只说看遍了，没有什么东西。"心里实也相信，要到真人府[①]里请法官驱邪。岂

---

① 真人府——这里指道教"真人"居住的府第。"真人"本系道家对"得道成仙"者的尊称，后有少数道人被封建帝王封为"真人"。如明清时曾封龙虎山道士为"正一真人"，令掌道教。

知那些家人无事还要生事，今见贾赦怕了，不但不瞒着，反添些穿凿，说得人人吐舌。

贾赦没法，只得请道士到园作法事驱邪逐妖。择吉日先在省亲正殿上铺排起坛场，上供三清圣像，旁设二十八宿并马、赵、温、周四大将[①]，下排三十六天将图像。香花灯烛设满一堂，钟鼓法器排两边，插着五方旗号。道纪司[②]派定四十九位道众的执事，净了一天的坛。三位法官行香取水毕，然后擂起法鼓，法师们俱戴上七星冠，披上九宫八卦的法衣，踏着登云履，手执牙笏，便拜表请圣。又念了一天的消灾驱邪接福的《洞元经》[③]，以后便出榜召将。榜上大书“太乙混元上清三境灵宝符录演教大法师行文敕令本境诸神到坛听用”。

那日两府上下爷们仗着法师擒妖，都到园中观看，都说：“好大法令！呼神遣将的闹起来，不管有多少妖怪也唬跑了。”大家都挤到坛前。只见小道士们将旗幡举起，按定五方站住，伺候法师号令。三位法师，一位手提宝剑拿着法水，一位捧着七星皂旗，一位举着桃木打妖鞭，立在坛前。只听法器一停，上头令牌三下，口中念念有词，那五方旗便团团散布。法师下坛，叫本家领着到各处楼阁殿亭、房廊屋舍、山崖水畔洒了法水，将剑指画了一回，回来连击牌令，将七星旗祭起，众道士将旗幡一聚，接下打妖鞭望空打了三下。本家众人都道拿住妖怪，争着要看，及到跟前，并不见有什么形响。只见法师叫众道士拿取瓶罐，将妖收下，加上封条。法师朱笔书符收禁，令人带回在本观塔下镇住，一面撤坛谢将。

贾赦恭敬叩谢了法师。贾蓉等小弟兄背地都笑个不住，说：“这样的大排场，我打量拿着妖怪给我们瞧瞧到底是些什么东西，那里知道是这样收罗，究竟妖怪拿去了没有？”贾珍听见骂道：“糊涂东西，妖怪

① 马、赵、温、周四大将——为道教著名四位神将。马，即灵官马元帅，亦即五显灵官大帝华光天王。赵，即正一玄坛元帅赵公明，民间又奉为财神。温，即孚祐温元帅温琼。周，即风轮周元帅广泽。其事分别见于《三教搜神大全》及《南游记》《北游记》等。有时亦作马、赵、温、关四天将，关即关羽。

② 道纪司——明清时代掌管州府中有关道教事务的官署。

③ 《洞元经》——即《洞玄经》，道教《太上洞玄灵宝无量度人上品妙经》的简称，宣扬元始天尊开劫度人之说，也称《度人经》。

原是聚则成形，散则成气，如今多少神将在这里，还敢现形吗？无非把这妖气收了，便不作祟，就是法力了。”

众人将信将疑，且等不见响动再说。那些下人只知妖怪被擒，疑心去了，便不大惊小怪，往后果然没人提起了。贾珍等病愈复原，都道法师神力。独有一个小子笑说道：“头里那些响动我也不知道，就是跟着大老爷进园这一日，明明是个大野公鸡飞过去了，拴儿吓离了眼，说得活像。我们都替他圆了个谎，大老爷就认真起来。倒瞧了个很热闹的坛场。”众人虽然听见，那里肯信？究无人敢住。

一日，贾赦无事，正想要叫几个家下人搬住园中，看守房屋，惟恐夜晚藏匿奸人。方欲传出话去，只见贾琏进来，请了安，回说今日到他大舅家去听见一个荒信，“说是二叔被节度使参进来，为的是失察属员，重征粮米，请旨革职的事。”贾赦听了吃惊道：“只怕是谣言罢。前儿你二叔带书子来说，探春于某日到了任所，择了某日吉时送了你妹子到了海疆，路上风恬浪静，合家不必挂念，还说节度认亲，倒设席贺喜，那里有做了亲戚倒提参起来的？且不必言语，快到吏部打听明白就来回我。”

贾琏即刻出去，不到半日回来便说：“才到吏部打听，果然二叔被参。题本上去，亏得皇上的恩典，没有交部，便下旨意，说是‘失察属员，重征粮米，苛虐百姓，本应革职，姑念初膺外任，不谙吏治，被属员蒙蔽，着降三级，加恩仍以工部员外上行走[①]，并令即日回京’。这信是准的。正在吏部说话的时候，来了一个江西引见知县，说起我们二叔，是很感激的，但说是个好上司，只是用人不当，那些家人在外招摇撞骗，欺凌属员，已经把好名声都弄坏了。节度大人早已知道，也说我们二叔是个好人。不知怎么样这回又参了。想是忒闹得不好，恐将来弄出大祸，所以借了一件失察的事情参的，倒是避重就轻的意思也未可知。”贾赦未听说完，便叫贾琏：“先去告诉你婶子知道，且不必告诉老太太就是了。”贾琏去回王夫人。未知有何话说，下回分解。

---

① 行走——入值办事的意思。清制，凡在朝廷某部门任职称在某处或某官上行走。

第一百三回

施毒计金桂自焚身　昧真禅雨村空遇旧

话说贾琏到了王夫人那边，一一的说了。次日到了部里打点停妥，回来又到王夫人那边，将打点吏部之事告知。王夫人便道："打听准了么？果然这样，老爷也愿意，合家也放心。那外任是何尝做得的！若不是那样的参回来，只怕叫那些混账东西把老爷的性命都坑了呢！"贾琏道："太太那里知道？"王夫人道："自从你二叔放了外任，并没有一个钱拿回来，把家里的倒掏摸了好些去了。你瞧那些跟老爷去的人，他男人在外头不多几时，那些小老婆子们便金头银面的妆扮起来了，可不是在外头瞒着老爷弄钱？你叔叔便由着他们闹去，若弄出事来，不但自己的官做不成，只怕连祖上的官也要抹掉了呢。"贾琏道："太太说的很是。方才我听见参了，吓的了不得，直等打听明白才放心。也愿意老爷做个京官，安安逸逸的做几年，才保得住一辈子的声名。就是老太太知道了，倒也是放心的，只要太太说得宽缓些。"王夫人道："我知道。你到底再去打听打听。"

贾琏答应了，才要出来，只见薛姨妈家的老婆子慌慌张张的走来，到王夫人里间屋内，也没说请安，便道："我们太太叫我来告诉这里的姨太太，说我们家了不得了，又闹出事来了。"王夫人听了，便问："闹出什么事来？"那婆子又说："了不得，了不得！"王夫人哼道："糊涂东西！有要紧事你到底说啊！"婆子便说："我们家二爷不在家，一个男人也没有。这件事情出来怎么办！要求太太打发几位爷们去料理料理。”王夫人听着不懂，便急着道：“究竟要爷们去干什么事？”婆子道：“我们大奶奶死了。”王夫人听了，便啐道：“这种女人死就死了罢咧，也值得大惊小怪的！”婆子道：“不是好好儿死的，是混闹死的。快求太太打发人去办办。”说着就要走。

王夫人又生气，又好笑，说：“这婆子好混账。琏哥儿，倒不如你过去瞧瞧，别理那糊涂东西。”那婆子没听见打发人去，只听见说别理他，他便赌气跑回去了。这里薛姨妈正在着急，再等不来，好容易见那婆子来了，便问：“姨太太打发谁来？”婆子叹说道：“人最不要有急难事，什么好亲好眷，看来也不中用。姨太太不但不肯照应我们，倒骂我糊涂。”薛姨妈听了，又气又急道：“姨太太不管，你姑奶奶怎么说了？”婆子道：“姨太太既不管，我们家的姑奶奶自然更不管了。没有去告诉。”薛姨妈啐道：“姨太太是外人，姑娘是我养的，怎么不管！”婆子一时省悟道：“是啊，这么着我还去。”

正说着，只见贾琏来了，给薛姨妈请了安，道了恼，回说：“我婶子知道弟妇死了，问老婆子，再说不明，着急得很，打发我来问个明白，还叫我在这里料理。该怎么样，姨太太只管说了办去。”薛姨妈本来气得干哭，听见贾琏的话，便笑着说：“倒要二爷费心。我说姨太太是待我最好的，都是这老货说不清，几乎误了事。请二爷坐下，等我慢慢的告诉你。”便说：“不为别的事，为的是媳妇不是好死的。”贾琏道：“想是为兄弟犯事怨命死的？”薛姨妈道：“若这样倒好了。前几个月头里，他天天蓬头赤脚的疯闹。后来听见你兄弟问了死罪，他虽哭了一场，以后倒擦脂抹粉的起来。我若说他，又要吵个了不得，我总不理他。有一天不知怎么样来要香菱去作伴，我说：‘你放着宝蟾，还要香菱做什么？况且香菱是你不爱的，何苦惹气呢？’他必不依。我没法儿，便叫香菱到他屋里去。可怜这香菱不敢违我的话，带着病就去了。谁知道他待香菱很好，我倒喜欢。你大妹妹知道了，说：‘只怕不是好心罢。’我也不理会。头几天香菱病着，他倒亲手去做汤给他吃，那知香菱没福，刚端到跟前，他自己烫了手，连碗都砸了。我只说必要迁怒在香菱身上，他倒没生气，自己还拿笤帚扫了，拿水泼净了地，仍旧两个人很好。昨儿晚上，又叫宝蟾去做了两碗汤来，自己说同香菱一块儿喝，隔了一会子，听见他屋里闹起来，宝蟾急的也乱嚷着，以后香菱也嚷着，扶着墙出来叫人。我忙着看去，只见媳妇鼻子眼睛里都流出血来，在地下乱滚，两手在心口乱抓，两脚乱蹬，把我就吓死了！问他也说不出来，只管直嚷，闹了一回就死了。我瞧那光景是服了毒的。宝蟾便哭着来揪香菱，说他拿药药死了奶奶了。我看香菱也不是这么样的人，再者他病的起还起不来，怎么能药人呢？无奈宝蟾一口咬定。我的二爷，这叫我怎么办？只得硬着心肠叫老婆子们把香菱捆了，交给宝蟾，便把房门反扣了。我同你二妹妹守了一夜，等府里的门开了才告诉去的。二爷你是明白人，这件事怎么好？"贾琏道："夏家知道了没有？"薛姨妈道："也得撕掳明白了才好报啊。"贾琏道："据我看起来，必要经官才了得下来。我们自然疑在宝蟾身上，别人便说宝蟾为什么药死他奶奶，也是没答对的。若说在香菱身上，竟还装得上。"

正说着，只见荣府女人们进来说："我们二奶奶来了。"贾琏虽是大伯子，因从小儿见的，也不回避。宝钗进来见了母亲，又见了贾琏，便往里间屋里同宝琴坐下。薛姨妈也将前事告诉一遍。宝钗便说："若把香菱捆了，可不是我们也说是香菱药死的了么？妈妈说这汤是宝蟾做的，就该捆起宝蟾来问他呀。一面便该打发人报夏家去，一面报官的是。"薛姨妈听见有理，便问贾琏。贾琏道："二妹子说得很是。报官还得我去，托了刑部里的人，相验问口供的时候，方有照应。只是要捆宝蟾放香菱倒怕难些。"薛姨妈道："并不是我要捆香菱，我恐怕香菱病中受冤着急，一时寻死，又添了一条人命，才捆了交给宝蟾，也是一个主意。"贾琏道："虽是这么说，我们倒帮了宝蟾了。若要放都放，要捆都捆，他们三个人是一处的。只要叫人安慰香菱就是了。"薛姨妈便叫人开门进去，宝钗就派了带来几个女人帮着捆宝蟾。只见香菱已哭得死去活来，宝蟾反得意洋洋。以后见人要捆他，便乱嚷起来。那禁得荣府的人吆喝着，也就捆了。竟开着门，好叫人看着。这里报夏家的人已经去了。

那夏家先前不住在京里，因近年消索，又记挂女儿，新近搬进京来。父亲已没，只有母亲，又过继了一个混账儿子，把家业都花完了，不时的常到薛家。那金桂原是个水性人儿，那里守得住空房，况兼天天心里想念薛蝌，便有些饥不择食的光景。无奈他这一干兄弟又是个蠢货，虽也有些知觉，只是尚未入港。所以金桂时常回去，也帮贴他些银钱。这些时正盼金桂回家，只见薛家的人来，心里就想又拿什么东西来了。不料说这里姑娘服毒死了，他便气得乱嚷乱叫。金桂的母亲听见了，更哭喊起来，说："好端端的女孩儿在他家，为什么服了毒呢？"哭着喊着的，带了儿子，也等不得雇车，便要走来。那夏家本是买卖人家，如今没了钱，那顾什么脸面？儿子头里就走，他跟了一个破老婆子出了门，在街上啼啼哭哭地雇了一辆车，一直跑到薛家。

进门也不打话，便儿一声肉一声的闹起。那时贾琏到刑部托人，家里只有薛姨妈、宝钗、宝琴，何曾见过这个阵仗儿，都吓得不敢作声。便要和他讲理，他们也不听，只说："我女孩儿在你家得过什么好处？两口朝打暮骂的，闹了几时，还不容他两口子在一处。你们商量着把女婿弄在监里，永不见面。你们娘儿们仗着好亲戚受用也罢了，还嫌他碍眼，叫人药死了他，倒说是服毒！他为什么服毒？"说着，直奔着薛姨妈来。薛姨妈只得后退，说："亲家太太且请瞧瞧你女儿，问问宝蟾，再说歪话不迟呢！"

那宝钗宝琴因外面有夏家的儿子，难以出来拦护，只在里边着急。恰好王夫人打发周瑞家的照看，一进门来，见一个老婆子指着薛姨妈的脸哭骂。周瑞家的知道必是金桂的母亲，便走上来说："这位是亲家太太么？大奶奶自己服毒死的，与我们姨太太什么相干？也不犯这么糟蹋呀！"那金桂的母亲问："你是谁？"薛姨妈见有了人，胆子略壮了些，便说："这就是我亲戚贾府里的。"金桂的母亲便说："谁不知道，你们有仗腰子的亲戚，才能够叫姑爷坐在监里。如今我的女孩儿倒白死了不成？"说着，便拉薛姨妈说道："你到底把我女儿怎样弄杀了？给我瞧瞧！"周瑞家的一面劝说："只管瞧去，用不着拉拉扯扯。"便把手一推。夏家的儿子便跑进来不依道："你仗着府里的势头儿来打我母亲么？"说着，便将椅子打去，却没有打着。

里头跟宝钗的人听见外头闹起来，赶着来瞧，恐怕周瑞家的吃亏，齐打伙的上去半劝半喝。那夏家的母子索性撒起泼来，说："知道你们荣府的势头儿。我们家的姑娘已经死了，如今也都不要命了！"说着，仍奔薛姨妈拚命。地下的人虽多，那里挡得住，自古说的"一人拚命，万夫莫当"。

正闹到危急之际，贾琏带了七八个家人进来，见是如此，便叫人先把夏家的儿子拉出去，便说："你们不许闹，有话好好儿的说。快将家里收拾收拾，刑部里头的老爷们就来相验了。"金桂的母亲正在撒泼，只见来了一位老爷，几个在头里吆喝，那些人都垂手侍立。

金桂的母亲见这个光景，也不知是贾府何人，又见他儿子已被众人揪住，又听见说刑部来验，他心里原想看见女儿尸首先闹了一个稀烂再去喊官去，不承望这里先报了官，也便软了些。薛姨妈已吓糊涂了，还是周瑞家的回说："他们来了，也没有去瞧他姑娘，便作践起姨太太来了。我们为好劝他，那里跑进一个野男人，在奶奶们里头混撒村混打，这可不是没有王法了！"贾琏道："这回子不用和他讲理，等一会子打着问他，说：男人有男人的所在，里头都是些姑娘奶奶们。况且有他母亲还瞧不见他们姑娘么？他跑进来不是要打抢来了么！"家人们做好做歹压伏住了。

周瑞家的仗着人多，便说："夏太太，你不懂事，既来了，该问个青红皂白。你们姑娘是自己服毒死了，不然便是宝蟾药死他主子了，怎么不问明白，又不看尸首，就想讹人来了呢？我们就肯叫一个媳妇儿白死了不成？现在把宝蟾捆着，因为你们姑娘必要点病儿，所以叫香菱陪着他，也在一个屋里住，故此两个人都看守在那里，原等你们来眼看看刑部相验，问出道理来才是啊！"

金桂的母亲此时势孤，也只得跟着周瑞家的到他女孩儿屋里，只见满脸黑血，直挺挺的躺在炕上，便叫哭起来。宝蟾见是他家的人来，便哭喊说："我们姑娘好意待香菱，叫他在一块儿住，他倒抽空儿药死我们姑娘。"那时薛家上下人等俱在，便齐声吆喝道："胡说，昨日奶奶喝了汤才药死的，这汤可不是你做的！"宝蟾道："汤是我做的，端了来我有事走了，不知香菱起来放些什么在里头药死的。"金桂的母亲没听完，就奔香菱。众人拦住。薛姨妈便道："这样子是砒霜药的，家里决无此物。不管香菱宝蟾，终有替他买的，回来刑部少不得问出来，才赖不去。如今把媳妇权放平正，好等官来相验。"众婆子上来抬放。宝钗道："都是男人进来，你们将女人动用的东西检点检点。"只见炕褥底下有一个揉成团的纸包儿。金桂的母亲瞧见便拾起，打开看时，并没有什么，便撩开了。宝蟾看见道："可不是有了凭据了。这个纸包儿

我认得，头几天耗子闹得慌，奶奶家去与舅爷要的，拿回来搁在首饰匣内，必是香菱看见了拿来药死奶奶的。若不信，你们看看首饰匣里有没有了？”

金桂的母亲便依着宝蟾的所在取出匣子，只有几支银簪子。薛姨妈便说：“怎么好些首饰都没有了？”宝钗叫人打开箱柜，俱是空的，便道：“嫂子这些东西谁拿去，这可要问宝蟾。”金桂的母亲心里也虚了好些，见薛姨妈查问宝蟾，便说：“姑娘的东西他那里知道？”周瑞家的道：“亲家太太别这么说呢。我知道宝姑娘是天天跟着大奶奶的，怎么说不知道？”这宝蟾见问得紧，又不好胡赖，只得说道：“奶奶自己每每带回家去，我管得么？”众人便说：“好个亲家太太！哄着拿姑娘的东西，哄完了叫他寻死来讹我们。好罢咧！回来相验，就是这么说。”宝钗叫人：“到外头告诉琏二爷说，别放了夏家的人！”

里面金桂的母亲忙了手脚，便骂宝蟾道：“小蹄子别嚼舌头了！姑娘几时拿东西到我家去？”宝蟾道：“如今东西是小，给姑娘偿命是大。”宝琴道：“有了东西，就有偿命的人了。快请琏二哥哥问准了夏家的儿子买砒霜的话，回来好回刑部里的话。”金桂的母亲着了急道：“这宝蟾必是撞见鬼了，混说起来。我们姑娘何尝买过砒霜？若这么说，必是宝蟾药死了的。”宝蟾急的乱嚷说：“别人赖我也罢了，怎么你们也赖起我来呢？你们不是常和姑娘说，叫他别受委屈，闹得他们家破人亡，那时将东西卷包儿一走，再配一个好姑爷。这个话是有的没有？”金桂的母亲还未及答言，周瑞家的便接口说道：“这是你们家的人说的，还赖什么呢？”金桂的母亲恨的咬牙切齿的骂宝蟾说：“我待你不错呀，为什么你倒拿话来葬送我呢？回来见了官，我就说是你药死姑娘的！”宝蟾气得瞪着眼说：“请太太放了香菱罢，不犯着白害别人。我见官自有我的话。”

宝钗听出这个话头儿来了，便叫人反倒放开了宝蟾，说：“你原是个爽快人，何苦白冤在里头。你有话索性说了，大家明白，岂不完了事了呢？”宝蟾也怕见官受苦，便说：“我们奶奶天天抱怨说：‘我这样人，为什么碰着这个瞎眼的娘，不配给二爷，偏给了这么个混账东西。要是能够和二爷过一天，死了也是愿意的。’说到那里，便恨香菱。我起初不理会，后来看见和香菱好了，我只道是香菱怎么哄转了，不承望昨儿的汤不是好意。”金桂的母亲接说道：“益发胡说了，若是要药香菱，为什么倒药了自己呢？”宝钗便问道：“香菱，昨日你喝汤来着没有？”香菱道：“头几天我病得抬不起头来，奶奶叫我喝汤，我不敢说不喝，刚要扎挣起来，那碗汤已经洒了，倒叫奶奶收拾了个难，我心里很过不去。昨儿听见叫我喝汤，我喝不下去，没有法儿正要喝的时候儿呢，偏又头晕起来。只见宝蟾姐姐端了去。我正喜欢，刚合上眼，奶奶自己喝着汤，叫我尝尝，我便勉强也喝了两口。”

宝蟾不待说完，便道：“是了，我老实说罢。昨儿奶奶叫我做两碗汤，说是和香菱同喝。我气不过，心里想着香菱那里配我做汤给他喝呢。我故意的一碗里头多抓了一把盐，记了暗记儿，原想给香菱喝的。刚端进来，奶奶却拦着我到外头叫小子们雇车，说今日回家去。我出去说了，回来见盐多的这碗汤在奶奶跟前呢，我恐怕奶奶喝着咸，又要骂我。正没法的时候，奶奶往后头走动，我眼错不见就把香菱的这碗汤换了过来。也是合该如此，奶奶回来就拿了汤去到香菱床边，喝着说：‘你到底尝尝。’那香菱也不觉咸，两个人都喝完了。我正笑香菱没嘴道儿[①]，那里知道这死鬼奶奶要药香菱，必定趁我不在将砒霜撒上了，也不知道我换碗，这可就是‘天理昭彰，自害其身’了。”于是众人往前后一想，真正一丝不错，便将香菱也放了，扶着他仍旧睡在床上。

不说香菱得放，且说金桂母亲心虚事实，还想辩赖。薛姨妈等你言我语，反要他儿子偿还金桂之命。正然吵嚷，贾琏在外嚷说：“不用多说了，快收拾停当，刑部老爷就到了。”此时惟有夏家母子着忙，想来总要吃亏的，不得已反求薛姨妈道：“千不是万不是，终是我死的女孩儿不长进，这也是自作自受。若是刑部相验，到底府上脸面不好看。求亲家太太息了这件事罢。”宝钗道：“那可使不得，已经报了，怎么能息呢？”周瑞家的等人大家做好做歹的劝说：“若要息事，除非夏亲家太太自己出去拦验，我们不提长短罢了。”贾琏在外也将他儿子吓住，他情愿迎到刑部具结拦验[②]。众人依允。薛姨妈命人买棺成殓，不提。

---

① 没嘴道儿——嘴头没准儿，品尝不出味道的好坏。

② 具结拦验——由死者亲属出具保证文书阻拦官府验尸，表示对死因不怀疑、不告发。

且说贾雨村升了京兆府尹[①]兼管税务，一日出都查勘开垦地亩，路过知机县，到了急流津。正要渡过彼岸，因待人夫，暂且停轿。只见村旁有一座小庙，墙壁坍颓，露出几株古松，倒也苍老。雨村下轿，闲步进庙，但见庙内神像金身脱落，殿宇歪斜，旁有断碣，字迹模糊，也看不明白。意欲行至后殿，只见一翠柏下荫着一间茅庐，庐中有一个道士合眼打坐。雨村走近看时，面貌甚熟，想着倒像在那里见来的，一时再想不出来。从人便欲吆喝，雨村止住，徐步向前叫一声："老道。"那道士双眼微启，微微的笑道："贵官何事？"雨村便道："本府出都查勘事件，路过此地，见老道静修自得，想来道行深通，意欲冒昧请教。"那道人说："来自有地，去自有方。"雨村知是有些来历的，便长揖请问："老道从何处修来，在此结庐？此庙何名？庙中共有几人？或欲真修，岂无名山；或欲结缘[②]，何不通衢？"那道人道："葫芦尚可安身，何必名山结舍？庙名久隐，断碣犹存。形影相随，何须修募？岂似那'玉在中求善价，钗于奁内待时飞'之辈耶？"

雨村原是个颖悟人，初听见"葫芦"两字，后闻"玉钗"一对，忽然想起甄士隐的事来。重复将那道士端详一回，见他容貌依然，便屏退从人，问道："君家莫非甄老先生么？"那道人从容笑道："什么真，什么假！要知道真即是假，假即是真。"雨村听说出贾字来，益发无疑，便重新施礼道："学生自蒙慨赠到都，托庇获隽公车[③]，受任贵乡，始知老先生超悟尘凡，飘举仙境。学生虽溯洄[④]思切，自念风尘俗吏，未由再睹仙颜。今何幸于此处相遇，求老仙翁指示愚蒙。倘荷不弃，京寓甚近，学生当得供奉，得以朝夕聆教。"那道人也站起来回礼道："我于蒲团之外，不知天地间尚有何物。适才尊官所言，贫道一概不解。"说毕，依旧坐下。

---

① 京兆府尹——掌治京师的一级行政长官，在清称顺天府尹，正三品。

② 结缘——佛家语。意谓现世去恶行善，积德修福，可结来世因缘，得到超度；世人寺庙募捐布施也叫结缘。

③ 获隽公车——获公车之隽，是会试得中的意思。公车：原为官署名，汉代以公家车马送应举的人，后因以"公车"为入京应试举人的代称。隽：通俊，行智出众。

④ 溯洄——这里是追念往昔的意思。

雨村复又心疑："想去若非士隐，何貌言相似若此？离别来十九载，面色如旧，必是修炼有成，未肯将前身说破。但我既遇恩公，又不可当面错过。看来不能以富贵动之，那妻女之私更不必说了。"想罢又道："仙师既不肯说破前因，弟子于心何忍！"正要下礼，只见从人进来，禀说天色将晚，快请渡河。雨村正无主意，那道人道："请尊官速登彼岸，见面有期，迟则风浪顿起。果蒙不弃，贫道他日尚在渡头候教。"说毕，仍合眼打坐。

雨村无奈，只得辞了道人出庙。正要过渡，只见一人飞奔而来。未知何事，下回分解。

第一百四回

醉金刚小鳅生大浪　痴公子余痛触前情

话说贾雨村刚欲过渡，见有人飞奔而来，跑到跟前，口称："老爷，方才进的那庙火起了！"雨村回首看时，只见烈焰烧天，飞灰蔽日。雨村心想，"这也奇怪，我才出来，走不多远，这火从何而来？莫非士隐遭劫于此？"欲待回去，又恐误了过河；若不回去，心下又不安。想了一想，便问道："你方才见这老道士出来了没有？"那人道："小的原随老爷出来，因腹内疼痛，略走了一走。回头看见一片火光，原来就是那庙中火起，特赶来禀知老爷，并没有见有人出来。"雨村虽则心里狐疑，究竟是名利关心的人，那肯回去看视？便叫那人："你在这里等火灭了进去瞧那老道在与不在，即来回禀。"那人只得答应了伺候。

雨村过河，仍自去查看，查了几处，遇公馆处便自歇下。明日又行一程，进了都门，众衙役接着，前呼后拥的走着。雨村坐在轿内，听见轿前开路的人吵嚷，雨村问是何事。那开路的拉了一个人过来跪在轿前禀道："那人酒醉不知回避，反冲突过来。小的吆喝他，他倒恃酒撒泼，躺在街心，说小的打了他了。"雨村便道："我是管理这里地方的。你们都是我的子民，知道本府经过，喝了酒不知退避，还敢撒赖！"那人道："我喝酒是自己的钱，醉了躺的是皇上的地，便是大人老爷也管不得！"雨村怒道："这人目无法纪，问他叫什么名字。"那人回道："我叫醉金刚倪二。"雨村听了生气，叫人："打这东西，瞧他是金刚不是！"手下把倪二按倒，着实打了几鞭。倪二负痛，酒醒求饶。雨村在轿内笑道："原来是这么个金刚么。我且不打你，叫人带进衙门慢慢的问你。"众衙役答应，拴了倪二，拉着便走。倪二哀求，也不中用。

雨村进内复旨回曹[①]，那里把这件事放在心上。那街上看热闹的三三两两传说："倪二仗着有些力气，恃酒讹人，今儿碰在贾大人手里，只怕不轻饶的。"这话已传到他的妻女耳边。那夜果等倪二不见回家，他女儿便到各处赌场寻觅，那赌博的都是这么说，他女儿哭了。众人都道："你不用着急。那贾大人是荣府的一家。荣府里的一个什么二爷和你父亲相好，你同你母亲去找他说个情，就放出来了。"倪二的女儿听了，想了一想，"果然我父亲常说间壁贾二爷和他好，为什么不找他去。"赶着回来，即和母亲说了。

娘儿两个去找贾芸。那日贾芸恰在家，见他母女两个过来，便让坐。贾芸的母亲便倒茶。倪家母女即将倪二被贾大人拿去的话说了一遍，"求二爷说情放出来"。贾芸一口应承，说："这算不得什么，我到西府里说一声就放了。那贾大人全仗我家的西府里才得做了这么大官，只要打发个人去一说就完了。"倪家母女喜欢，回来便到府里告诉了倪二，叫他不用忙，已经求了贾二爷，他满口应承，讨个情便放出来的。倪二听了也喜欢。

不料贾芸自从那日给凤姐送礼不收，不好意思进来，也不常到荣府。那荣府的门上原看着主子的行事，叫谁走动才有些体面，一时来了他便进去通报；若主子不大理了，不论本家亲戚，他一概不回，支了去就完事。那日贾芸到府上说："给琏二爷请安。"门上的说："二爷不在家，等回来我们替回罢。"贾芸欲要说"请二奶奶的安"，生恐门上厌烦，只得回家。又被倪家母女催逼着说："二爷常说府上是不论那个衙门，说一声谁敢不依。如今还是府里的一家，又不为什么大事，这个情还讨不来，白是我们二爷了。"贾芸脸上下不来，嘴里还说硬话："昨儿我们家里有事，没打发人说去，少不得今儿说了就放。什么大不

---

① 回曹——回衙。曹：古代分科办事的官署。

了的事！”倪家母女只得听信。

岂知贾芸近日大门竟不得进去，绕到后头要进园内找宝玉，不料园门锁着，只得垂头丧气的回来。想起“那年倪二借钱与我，买了香料送给他，才派我种树。如今我没有钱去打点，就把我拒绝。他也不是什么好的，拿着太爷留下的公中银钱在外放加一钱[①]，我们穷当家儿，要借一两也不能。他打谅保得住一辈子不穷的了！那知外头的名声儿很不好。我不说罢了，若说起来，人命官司不知有多少呢！”

一面想着，来到家中，只见倪家母女都等着。贾芸无言可支，便说道：“西府里已经打发人说了，只言贾大人不依。你还求我们家的奴才周瑞的亲戚冷子兴去才中用。”倪家母女听了说：“二爷这样体面爷们还不中用，若是奴才，是更不中用了。”贾芸不好意思，心里发急道：“你不知道，如今的奴才比主子强多着呢。”倪家母女听来无法，只得冷笑几声说：“这倒难为二爷白跑了这几天，等我们那一个出来再道乏罢。”说毕出来，另托人将倪二弄了出来，只打了几板，也没有什么罪。

倪二回家，他妻女将贾家不肯说情的话说了一遍。倪二正喝着酒，便生气要找贾芸，说：“这小杂种，没良心的东西！头里他没有饭吃要到府内钻谋事办，亏我倪二爷帮了他。如今我有了事他不管。好罢咧，若是我倪二闹出来，连两府里都不干净！”他妻女忙劝道：“哎！你又喝了黄汤，就是这么有天没日头的，前儿可不是醉了闹的乱子，捱了打还没好呢，你又闹了！”倪二道：“捱了打便怕他不成，只怕拿不着由头！我在监里的时候，倒认得了好几个有义气的朋友，听见他们说起来，不独是城内姓贾的多，外省姓贾的也不少。前儿监里收下了好几个贾家的家人，我倒说，这里的贾家小一辈子并奴才们虽不好，他们老一辈的还好，怎么犯了事呢？我打听打听，说是和这里贾家是一家，都住在外省，审明白了解进来问罪的，我才放心。若说贾二这小子他忘恩负义，我便和几个朋友说他家怎样倚势欺人，怎样盘剥小民，怎样强娶有男妇女，叫他们吵嚷出来，有了风声到了都老爷耳朵里，这一闹起来，叫你们才认得倪二金刚呢！”他女人道：“你喝了酒睡去罢！他又强

① 加一钱——高利贷的一种，月息为本金的十分之一。

占谁家的女人来了？没有的事你不用混说了。”倪二道：“你们在家里那里知道外头的事。前年我在赌场里碰见了小张，说他女人被贾家占了，他还和我商量，我倒劝他才了事的。但不知这小张如今那里去了，这两年没见。若碰着了他，我倪二出个主意叫贾老二死，给我好好的孝敬孝敬我倪二太爷才罢了。你倒不理我了！”说着，倒身躺下，嘴里还是咕咕嘟嘟的说了一回，便睡去了。他妻女只当是醉话，也不理他。明日早起，倪二又往赌场中去了，不题。

醉金刚小鳅生大浪

且说雨村回到家中，歇息了一夜，将道上遇见甄士隐的事告诉了他夫人一遍。他夫人便埋怨他：“为什么不回去瞧一瞧，倘或烧死了，可不是咱们没良心！”说着，掉下泪来。雨村道：“他是方外[1]的人了，不肯和咱们在一处的。”正说着，外头传进话来，禀说：“前日老爷吩咐瞧那庙里失火去的回来了。”雨村踱了出来。那衙役打千请了安，回说：“小的奉老爷的命回去，也不等火灭，便冒火进去瞧那个道士，岂知他坐的地方都烧了，小的想着那道士必定烧死了。那烧的墙屋往后塌去，道士的影儿都没有，只有一个蒲团、一个瓢儿还是好好的。小的各处找寻他的尸首，连骨头都没有一点儿。小的恐老爷不信，想要拿这蒲团瓢儿回来做个证见，小的这么一拿，谁知都化成了灰了。”雨村听毕，心下明白，知士隐仙去，便把那衙役打发出去了。回到房中，并没提起士隐火化之言，恐他妇女不知，反生悲感，只说并无形迹，必是他先走了。

雨村出来，独坐书房，正要细想士隐的话，忽有家人传报说：“内

① 方外——世外。

廷传旨，交看事件。”雨村疾忙上轿进内，只听见人说：“今日贾存周江西粮道被参回来，在朝内谢罪。”雨村忙到了内阁，见了各大人，将海疆办理不善的旨意看了，出来即忙找着贾政，先说了些为他抱屈的话，后又道喜，问：“一路可好？”贾政也将违别以后的话细细的说了一遍。雨村道：“谢罪的本上了去没有？”贾政道：“已上去了，等膳后下来看旨意罢。”

正说着，只听里头传出旨来叫贾政，贾政即忙进去。各大人有与贾政关切的，都在里头等着。等了好一回方见贾政出来，看见他带着满头的汗。众人迎上去接着，问：“有什么旨意？”贾政吐舌道：“吓死人，吓死人！倒蒙各位大人关切，幸喜没有什么事。”众人道：“旨意问了些什么？”贾政道：“旨意问的是云南私带神枪一案。本上奏明的是原任太师贾化的家人，主上一时记着我们先祖的名字，便问起来。我忙着磕头奏明先祖的名字是代化，主上便笑了，还降旨意说：‘前放兵部后降府尹的不是也叫贾化么？’”那时雨村也在旁边，倒吓了一跳，便问贾政道：“老先生怎么奏的？”贾政道：“我便慢慢奏道，‘原任太师贾化是云南人，现任府尹贾某是浙江人。’主上又问‘苏州刺史奏的贾范，是你一家子么？’我又磕头奏道：‘是。’主上便变色道：‘纵使家奴强占良民妻女，还成事么？’我一句不敢奏。主上又问道：‘贾范是你什么人？’我忙奏道：‘是远族。’主上哼了一声，降旨叫出来了。可不是诧事！”

众人道：“本来也巧，怎么一连有这两件事。”贾政道：“事到不奇，倒是都姓贾的不好。算来我们寒族人多，年代久了，各处都有。现在虽没有事，究竟主上记着一个贾字就不好。”众人说：“真是真，假是假，怕什么？”贾政道：“我心里巴不得不做官，只是不敢告老。现在我们家里两个世袭，这也无可奈何的。”雨村道：“如今老先生仍是工部，想来京官是没有事的。”贾政道：“京官虽然无事，我究竟做过两次外任，也就说不齐了。”众人道：“二老爷的人品行事我们都佩服的。就是令兄大老爷，也是个好人。只要在令侄辈身上严紧些就是了。”贾政道：“我因在家的日子少，舍侄的事情不大查考，我心里也不甚放心。诸位今日提起，都是至相好，或者听见东宅的侄儿家有什么不奉规矩的事么？”众人道：“没听见别的，只有几位侍郎心里不大和睦，内监里头也有些。想来不怕什么，只要嘱咐那边令侄诸事留神就是了。”众人说毕，举手而散。

贾政然后回家，众子侄等都迎接上来。贾政迎着，请贾母的安，然后众子侄俱请了贾政的安，一同进府。王夫人等已到了荣禧堂迎请。贾政先到了贾母那里拜见了，陈述些违别的话。贾母问探春的消息。贾政将许嫁探春的事都禀明了，还说：“儿子起身急促，难过重阳，虽没有亲见，听见那边亲家的人来说的极好。亲家老爷、太太都说请老太太的安；还说今冬明春大约还可调进京来，这便好了。如今闻得海疆有事，只怕那时还不能调。”贾母始则因贾政降调回来，知探春远在他乡，一无亲故，心下不悦。后听贾政将官事说明，探春安好，也便转悲为喜，便笑着叫贾政出去。然后弟兄相见，众子侄拜见，定了明日清晨拜祠堂。

贾政回到自己屋内，王夫人等见过，宝玉、贾琏替另[①]拜见。贾政见了宝玉果然比起身之时脸面丰满，倒觉安静，并不知他心里糊涂，所以心甚喜欢，不以降调为念，心想“幸亏老太太办理的好”。又见宝钗沉厚更胜先时，兰儿文雅俊秀，便喜形于色。独见环儿仍是先前，究不甚钟爱。歇息了半天，忽然想起：“为何今日短了一人？”王夫人知是想着黛玉。前因家书未报，今日又初到家，正是喜欢，不便直告，只说是病着。岂知宝玉的心里已如刀绞，因父亲到家，只得把持心性伺候。王夫人家筵接风，子孙敬酒。凤姐虽是侄媳，现办家事，也随了宝钗等递酒。贾政便叫：“递了一巡酒都歇息去罢。”命众家人不必伺候，待明早拜过宗祠，然后进见。分派已定，贾政与王夫人说些别后的话，余者王夫人都不敢言。倒是贾政先提起王子腾的事来，王夫人也不敢悲戚。贾政又说蟠儿的事，王夫人只说他是自作自受，趁便也将黛玉已死的话告诉。贾政反吓了一惊，不觉掉下泪来，连声叹息。王夫人也撑不住，也哭了。旁边彩云等即忙拉衣，王夫人止住，重又说些喜欢的话，便安寝了。

次日一早，至宗祠行礼，众子侄都随往。贾政便在祠旁厢房坐下，叫了贾珍贾琏过来，问起家中事务，贾珍拣可说的说了。贾政又道：

---

① 替另——单另。

"我初回家，也不便来细细的查问。只是听见外头说起你家里更不比往前，诸事要谨慎才好。你年纪也不小了，孩子们该管教管教，别叫他们在外头得罪人。琏儿也该听听。不是才回家便说你们，因我有所闻，所以才说的，你们更该小心些。"贾珍等脸涨通红的，也只答应个"是"字，不敢说什么。贾政也就罢了。回归西府，众家人磕头毕，仍复进内，众女仆行礼，不必多赘。

只说宝玉因昨日贾政问起黛玉，王夫人答以有病，他便暗里伤心。直待贾政命他回去，一路上已滴了好些眼泪。回到房中，见宝钗和袭人等说话，他便独坐外间纳闷。宝钗叫袭人送过茶去，知他必是怕老爷查问功课，所以如此，只得过来安慰。宝玉便借此过去向宝钗说："你今夜先睡，我要定定神。这时更不如从前了，三言倒忘两语，老爷瞧着不好。你先睡，叫袭人陪我略坐坐。"宝钗不便强他，点头应允。

宝玉出来便轻轻和袭人说，央他把紫鹃叫来，有话问他："但是紫鹃见了我，脸上总是有气，须得你去解劝开了他来才好。"袭人道："你说要定神，我倒喜欢，怎么又定到这上头了？有话你明儿问不得？"宝玉道："我就是今晚得闲，明日倘或老爷叫干什么，便没空儿。好姐姐，你快去叫他来。"袭人道："他不是二奶奶叫是不来的。"宝玉道："所以得你去说明白了才好。"袭人道："叫我说什么？"宝玉道："你还不知道我的心和他的心么？都为的是林姑娘。你说我并不是负心。我如今叫你们弄成了一个负心人了！"

说着这话，便瞧瞧里头，用手一指说："他是我本不愿意的，都是老太太他们捉弄的，好端端把个林妹妹弄死了。就是他死，也该叫我见见，说个明白，他死了也不怨我嗄。你是听见三姑娘他们说的，临死恨怨我。那紫鹃为他姑娘，也是恨的我了不得。你想我是无情的人么？晴雯到底是个丫头，也没有什么大好处，他死了，我老实告诉你罢，我还做个祭文去祭他。那时林姑娘还亲眼见的。如今林姑娘死了，莫非倒不如晴雯么？死了连祭都不能祭一祭。况且林姑娘死了还有灵圣的，他想起来不更要怨我么？"袭人道："你要祭便祭去，谁拦着你呢！"

宝玉道："我自从好了起来，就想要做一首祭文，不知道如今怎么一点灵机儿都没有了。要祭别人，胡乱还使得，祭他，是断断粗糙不得一点儿的。所以叫紫鹃来问他姑娘的心，他打从那里看出来的。我没病的头里还想得出来，病后都不记得了。你倒说林姑娘已经好了，怎么忽然死的？他好的时候我不去，他怎么说来着？我病的时候他不来，他又怎么说来着？所有他的东西，我诓过来，你二奶奶总不叫我动，不知什么意思？”袭人道：“二奶奶惟恐你伤心罢了，还有什么呢！”宝玉道：“我不信。林姑娘既是念我，为什么临死把诗稿烧了，不留给我作个纪念？又听见说天上有音乐响，必是他成了神或是登了仙去。我虽见过了棺材，到底不知道棺材里有他没有？”袭人道：“你这话益发糊涂了，怎么一个人不死就搁上一个空棺材当死了人呢？”宝玉道：“不是嗄！大凡成仙的人，或是肉身去的，或是脱胎去的。好姐姐，你到底叫了紫鹃来，我问问。”袭人道：“如今等我细细的说明了你的心，他要肯来还好，要不肯来，还得费多少话。就是来了，见你也不肯细说。据我的主意，明后日等二奶奶上去了，我慢慢的问他，或者倒可仔细。遇着闲空儿，我再慢慢的告诉你。”宝玉道：“你说的也是。你不知道我心里的着急。”

正说着，麝月出来说：“二奶奶说，天已四更了，请二爷进去睡罢。袭人姐姐必是说高了兴了，忘了时候儿了。”袭人听了道：“可不是，该睡了，有话明儿再说罢。”宝玉无奈，只得含愁进去，又向袭人耳边道：“明儿不要忘了。”袭人笑说：“知道了。”麝月抹着脸笑道：“你们两个又闹鬼儿了。为什么不和二奶奶说明了，就到袭人那边睡去？由着你们说一夜，我们也不管。”宝玉摆手道：“不用言语。”袭人恨道：“小蹄子儿，你又嚼舌根！看我明儿撕你的嘴！”回头对宝玉道：“这不是二爷闹的？说了四更天的话。”一面说，一面送宝玉进屋，各人散去。

那夜宝玉无眠，到了明日，还思这事。只闻得外头传进话来说：“众亲朋因老爷回家，都要送戏接风。老爷再四推辞，说：‘唱戏不必，竟在家里备了水酒，倒请亲朋过来大家谈谈。’于是定了后儿摆席请人，所以进来告诉。”不知所请何人，下回分解。

第一百五回

锦衣军查抄宁国府　骢马使弹劾平安州

话说贾政正在那里设宴请酒，忽见赖大急忙走上荣禧堂来回贾政道："有锦衣府堂官赵老爷带领好几位司官，说来拜望。奴才要取职名来回，赵老爷说：'我们至好，不用的。'一面就下了车，走进来了。请老爷同爷们快接去。"贾政听了，心想："和老赵并无来往，怎么也来？现在有客，留他不便，不留又不好。"正自思想，贾琏说："叔叔快去罢，再想一回，人都进来了。"正说着，只见二门上家人又报进来说："赵老爷已进二门了。"贾政等抢步接去。只见赵堂官满脸笑容，并不说什么，一径走上厅来。后面跟着五六位司官，也有认得的，也有不认得的，但是总不答话。贾政等心里不得主意，只得跟着上来让坐。众亲友也有认得赵堂官的，见他仰着脸不大理人，只拉着贾政的手，笑着说了几句寒温的话。众人看见来头不好，也有躲进里间屋里的，也有垂手侍立的。

贾政正要带笑叙话，只见家人慌张报道："西平王爷到了。"贾政慌忙去接，已见王爷进来。赵堂官抢上去请了安，便说："王爷已到，随来的老爷们就该带领府役把守前后门。"众官应了出去。贾政等知事不好，连忙跪接。西平郡王用两手扶起，笑嘻嘻的说道："无事不敢轻造，有奉旨交办事件，要赦老接旨。如今满堂中筵席未散，想有亲友在此未便，且请众位府上亲友各散，独留本宅的人听候。"赵堂官回说：

"王爷虽是恩典，但东边的事，这位王爷办事认真，想是早已封门。"众人知是两府干系，恨不能脱身。只见王爷笑道："众位只管就请，叫人来给我送出去，告诉锦衣府的官员说，这都是亲友，不必盘查，快快放出。"那些亲友听见，就一溜烟如飞的出去了。独有贾赦、贾政一干人唬得面如土色，满身发颤。

不多一回，只见进来无数番役，各门把守。本宅上下人等，一步不能乱走。赵堂官便转过一付脸来回王爷道："请爷宣旨意，就好动手。"这些番役都撩衣勒臂，专等旨意。西平王慢慢的说道："小王奉旨带领锦衣府赵全来查看贾赦家产。"贾赦等听见，俱俯伏在地。王爷便站在上头说："有旨意：'贾赦交通外官[①]，依势凌弱，辜负朕恩，有忝[②]祖德，着革去世职。钦此。'"赵堂官一叠声叫："拿下贾赦，其余皆看守。"

此时贾赦、贾政、贾琏、贾珍、贾蓉、贾蔷、贾芝、贾兰俱在，惟宝玉假说有病，在贾母那边打闹，贾环本来不大见人的，所以就将现在几人看住。赵堂官即叫他的家人："传齐司员，带同番役，分头按房抄查登账。"这一言不打紧，唬得贾政上下人等面面相看，喜得番役家人摩拳擦掌，就要往各处动手。西平王道："闻得赦老与政老同房各爨[③]的，理应遵旨查看贾赦的家资，其余且按房封锁，我们复旨去再候定夺。"赵堂官站起来说："回王爷：贾赦贾政并未分家，闻得他侄儿贾琏现在承总管家，不能不尽行查抄。"西平王听了，也不言语。赵堂官便说："贾琏、贾赦两处须得奴才带领去查抄才好。"西平王便说："不必忙，先传信后宅，且请内眷回避，再查不迟。"

一言未了，老赵家奴番役已经拉着本宅家人领路，分头查抄去了。王爷喝命："不许啰嗦！待本爵自行查看。"说着，便慢慢的站起来要走，又吩咐说："跟我的人一个不许动，都给我站在这里候着，回来一齐瞧着登数。"正说着，只见锦衣司官跪禀说："在内查出御用衣裙并多少禁用之物，不敢擅动，回来请示王爷。"一回儿又有一起人来拦住

① 交通外官——指京官私自交结外任官员，是一种结党营私的罪名。

② 忝——辱没，有愧于。

③ 同房各爨——意谓同一房、未分家，但各自起火过活。爨：烧火做饭。

西平王，回说："东跨所抄出两箱子房地契，又一箱借票，都是违例取利的。"老赵便说："好个重利盘剥！很该全抄！请王爷就此坐下，叫奴才去全抄来再候定夺罢。"说着，只见王府长史来禀说："守门军传进来说，主上特命北静王到这里宣旨，请爷接去。"赵堂官听了，心里喜欢说："我好晦气，碰着这个酸王。如今那位来了，我就好施威。"一面想着，也迎出来。

只见北静王已到大厅，就向外站着，说："有旨意，锦衣府赵全听宣。"说："奉旨意：'着锦衣官惟提贾赦质审，余交西平王遵旨查办。钦此。'"西平王领了，甚实喜欢，便与北静王坐下，着赵堂官提取贾赦回衙。里头那些查抄的人听得北静王到，俱一齐出来，及闻赵堂官走了，大家没趣，只得侍立听候。

北静王便拣选两个诚实司官并十来个老年番役，余者一概逐出。西平王便说："我正与老赵生气。幸得王爷到来降旨，不然这里很吃大亏。"北静王说："我在朝内听见王爷奉旨查抄贾宅，我甚放心，谅这里不致荼毒。不料老赵这么混账。但不知现在政老及宝玉在那里？里面不知闹到怎么样了？"众人回禀："贾政等在下房看守着，里面已抄得乱腾腾的了。"西平王便吩咐司员："快将贾政带来问话。"众人命带了上来。

贾政跪了请安，不免含泪乞恩。北静王便起身拉着，说："政老放心。"便将旨意说了。贾政感激涕零，望北又谢了恩，仍上来听候。王爷道："政老，方才老赵在这里的时候，番役呈禀有禁用之物并重利欠票，我们也难掩过。这禁用之物，原备办进贵妃用的，我们声明也无碍。独是借券，想个什么法儿才好。如今政老且带司员实在将赦老家产呈出，也就完事，切不可再有隐匿，自干罪戾。"贾政答应道："犯官再不敢。但犯官祖父遗产并未分过，惟各人所住的房屋有的东西便为己有。"两王便说："这也无妨，惟将赦老那一边所有的交出就是了。"又吩咐司员等依命行去，不许胡乱混动。司官领命去了。

且说贾母那边女眷也摆家宴，王夫人正在那边说："宝玉不到外头，恐他老子生气。"凤姐带病哼哼唧唧的说："我看宝玉也不是怕人，他见前头陪客的人也不少了，所以在这里照应也是有的。倘或老爷想起里头少个人在那里照应，太太便把宝兄弟献出去，可不是好？"贾母笑道："凤丫头病到这地位，这张嘴还是那么尖巧。"正说到高兴，只听见邢夫人那边的人一直声的嚷进来说："老太太、太太，不……不好了！多多少少的穿靴带帽的强……强盗来了，翻箱倒笼的来拿东西！"

贾母等听着发呆。又见平儿披头散发拉着巧姐哭啼啼的来说："不好了，我正与姐儿吃饭，只见来旺被人拴着进来说：'姑娘快快传进去，请太太们回避，外头王爷就进来查抄家产了。'我听了几乎唬死，正要进房拿要紧东西，被一伙子人浑推浑赶出来了。这里该穿该带的快快收拾罢。"王、邢二夫人等听得，俱魂飞天外，不知怎样才好。独见凤姐先前圆睁两眼听着，后来一仰身栽到地下。贾母没有听完，便吓得涕泪交流，连话也说不出来。那时一屋子人拉这个，扯那个，正闹得翻天覆地。又听见一叠声嚷说："叫里面女眷们回避，王爷进来了！"

可怜宝钗宝玉等正在没法，只见地下这些丫头婆子乱抬乱扯的时候，贾琏喘吁吁的跑进来说："好了，好了，幸亏王爷救了我们了！"众人正要问他，贾琏见凤姐死在地下，哭着乱叫，又怕老太太吓坏了，也回不过气来，更是着急，还亏平儿将凤姐叫醒，令人扶着。老太太也苏醒了，又哭得气短神昏，躺在炕上。李纨再三宽慰。然后贾琏定神，将两王恩典说明，惟恐贾母、邢夫人知道贾赦被拿，又要唬死，暂且不敢明说，只得出来照料自己屋内。

一进屋门，只见箱开柜破，物件抢得半空。此时急得两眼直竖，淌泪发呆。听见外头叫，只得出来。见贾政同司员登记物件，一人报说："枷楠寿佛一尊，枷楠观音像一尊，佛座一件，枷楠念珠二串，金佛一堂，镀金镜光九件，玉佛三尊，玉寿星八仙一堂，枷楠金玉如意各二柄，古磁瓶炉十七件，古玩软片共十四箱，玉缸一口，小玉缸二件，玉盘二对，玻璃大屏二架，炕屏二架，玻璃盘四件，玉盘四件，玛瑙盘二件，淡金盘四件，金碗六对，金抢碗[①]八个，金匙四十把，银大碗银盘各六十个，三镶金牙筯四把，镀金执壶十二把，折盂[②]三对，茶托二件，银碟银杯一百六十件，黑狐皮十八张，貂皮五十六

① 金抢碗——抢金碗。在碗盘等器物上镶嵌金的花纹叫抢金，也作戗金。

② 折盂——旧时备以承接饭后漱口水的小盂。

张，黄白狐皮各四十四张，猞猁狲皮十二张，云狐[①]筩子二十五件，海龙二十六张，海豹三张，虎皮六张，麻叶皮[②]三张，獭子皮二十八张，绛色羊皮四十张，黑羊皮六十三张，香鼠筩子二十件，豆鼠皮二十四方，天鹅绒四卷，灰鼠二百六十三张，倭缎三十二度，洋呢三十度，毕叽二十三度[③]，姑绒[④]四十度，细缎一百三十卷，纱绫一百八十卷，线绉三十二卷，羽缎羽纱各二十二卷，氆氇[⑤]三十卷，妆蟒缎十八卷，各色布三十捆，皮衣一百三十二件，绵夹单纱绢衣三百四十件，带头[⑥]儿九副，铜锡等物五百余件，钟表八十件，朝珠[⑦]九挂，珍珠十三挂，赤金首饰一百二十三件，珠宝俱全，黄缎十二卷，潮银[⑧]七千两，淡金一百五十二两，钱七千五百串。”一切动用家伙及荣国赐第，一一开列。房地契纸，家人文书，亦俱封裹。

贾琏在旁边窃听，只不听见报他的东西，心里正在疑惑。只闻两家王爷问贾政道：“所抄家资，内有借券，实系盘剥，究是谁行的？政老据实才好。”贾政听了，跪在地下碰头说：“实在犯官不理家务，这些事全不知道。问犯官侄儿贾琏才知。”贾琏连忙走上，跪下禀说：“这一箱文书既在奴才屋内抄出来的，敢说不知道么？只求王爷开恩。奴才叔叔并不知道的。”两王道：“你父已经获罪，只可并案办理。你今认了，也是正理。如此叫人将贾琏看守，余俱散收宅内。政老，你须小心候旨，我们进内复旨去了。这里有官役看守。”说着，上轿出门。贾政等就在二门跪送。北静王把手一伸，说：“请放心。”觉得脸上大有不忍之色。

此时贾政魂魄方定，犹是发怔。贾兰便说：“请爷爷进内瞧老太太，再想法儿打听东府里的事。”贾政疾忙起身进内。只见各门上妇女

---

① 云狐——用狐脑门和狐股两处皮毛拼成的皮衣料，毛色呈云纹，故名。

② 麻叶皮——或即“麻叶子”。

③ 度——度尺。古代称黍百粒横排起来的长度为一度尺，等于清代营造尺的八寸一分。

④ 姑绒——洋绒的一种。

⑤ 氆氇——藏族生产的一种羊毛织品。

⑥ 带头——旧时袍外所系腰带一端的扣头，常镶以金玉等饰物。

⑦ 朝珠——清代礼服中的一种佩饰，珠计一百零八颗，五品以上文官得挂。

⑧ 潮银——成色不好或重新回炉熔炼过的银子。

乱糟糟的，都不知要怎样。贾政无心查问，一直到贾母房中，只见人人泪痕满面，王夫人、宝玉等围住贾母，寂静无言，各各掉泪，惟有邢夫人哭作一团。因见贾政进来，都说："好了，好了！"便告诉老太太说："老爷仍旧好好的进来了，请老太太安心罢。"贾母奄奄一息地，微开双目说："我的儿，不想还见得着你！"一声未了，便嚎啕的哭起来。于是满屋里人俱哭个不住。贾政恐哭坏老母，即收泪说："老太太放心罢。本来事情原不小，蒙主上天恩，两位王爷的恩典，万般轸恤[1]。就是大老爷暂时拘质，等问明白了，主上还有恩典。如今家里一些也不动了。"贾母见贾赦不在，又伤心起来，贾政再三安慰方止。

众人俱不敢走散，独邢夫人回至自己那边，见门总封锁，丫头、婆子亦锁在几间屋内。邢夫人无处可走，放声大哭起来，只得往凤姐那边去。见二门旁边也上了封条，惟有屋门开着，里头呜咽不绝。邢夫人进去，见凤姐面如纸灰，合眼躺着，平儿在旁暗哭。邢夫人打谅凤姐死了，又哭起来。平儿迎上来说："太太不要哭，奶奶才抬回来，像是死了的。歇息了一会子，醒过来，哭了几声，这会子略安一安神。太太也请定定神儿罢。但不知老太太怎样了？"邢夫人也不答言，仍走到贾母那边。见眼前俱是贾政的人，自己夫子被拘，媳妇病危，女儿受苦，现在身无所归，那里止得住悲痛？众人劝慰。李纨等令人收拾房屋，请邢夫人暂住，王夫人拨人服侍。

贾政在外，心惊肉跳，拈须搓手的等候旨意。听见外面看守军人乱嚷道："你到底是那一边的？既碰在我们这里，就记在这里册上。拴着他，交给里头锦衣府爷们！"贾政出外看时，见是焦大，便说："怎么跑到这里来？"焦大见问，便号天蹈地的哭道："我天天劝，这些不长进的爷们，倒拿我当作冤家！连爷还不知道焦大跟着太爷受的苦！今朝弄到这个田地！珍大爷、蓉哥儿都叫什么王爷拿了去了，里头女主儿们都被什么府里衙役抢得披头散发，圈在一处空房里；那些不成材料的狗男女都像猪狗似的拦起来了。所有的都抄出来搁着，木器钉得破烂，磁器打得粉碎。他们还要把我拴起来。我活了八九十岁，只有跟着太爷捆人的，那里倒叫人捆起来的！我说我是西府里的，就跑出来。那些人不

① 轸恤——同情；怜悯。轸：伤痛。

依，押到这里，不想这里也是这么着。我如今也不要命了，和那些人拚了罢！”说着撞头。众役见他年老，又是两王吩咐，不敢发狠，便说：“你老人家安静些，这是奉旨的事。你且这里歇歇，听个信儿再说。”贾政听明，虽不理他，但是心里刀搅一般，便道：“完了，完了，不料我们一败涂地如此！”

正在着急听候内信，只见薛蝌气嘘嘘的跑进来说：“好容易进来了！姨父在那里呢？”贾政道：“来得好！外头怎么放进来的？”薛蝌道：“我再三央说，又许他们钱，所以我才能够出入的。”贾政便将抄去之事告诉了他，便烦去打听打听，说：“别的亲友，在火头儿上，也不便送信，是你就好通信了。”薛蝌道：“这里的事我倒想不到，那边东府的事我已听见说了。”贾政道：“究竟犯什么事？”薛蝌道：“今朝为我哥哥打听决罪的事，在衙门内听见有两位御史，风闻是珍大爷引诱世家子弟赌博，这款还轻；还有一大款是强占良民之妻为妾，因其不从，凌逼致死。那御史恐怕不准，还将咱们家的鲍二拿去，又还拉出一个姓张的来。只怕连都察院都有不是，为的是姓张的起先告过。”贾政尚未听完，便跺脚道：“了不得！罢了，罢了！”叹了一口气，扑簌簌的掉下泪来。

薛蝌宽慰了几句，即便又出去打听去了，隔了半日，仍旧进来说：“事情不好。我在刑科里打听，倒没有听见两王复旨的信，但听得说李御史今早参奏平安州奉承京官，迎合上司，虐害百姓，好几大款。”贾政慌道：“那管他人的事，到底打听我们的怎么样？”薛蝌道：“说是平安州就有我们，那参的京官就是大老爷。说的是包揽词讼，所以火上浇油。就是同朝这些官府，俱藏躲不迭，谁肯送信？即如才散的这些亲友们，有的竟回家去了，也有远远儿的歇下打听的。可恨那些贵本家便在路上说，‘祖宗撂下的功业，弄出事来了，不知道飞到那个头上去呢，大家也好施为施为……’”贾政没有听完，复又顿足道：“都是我们大爷忒糊涂！东府也忒不成事体！如今老太太与琏儿媳妇是死是活还不知道呢。你再打听去，我到老太太那边瞧瞧。若有信，能够早一步才好。”

正说着，听见里头乱嚷出来说：“老太太不好了！”急得贾政即忙进去。未知生死如何，下回分解。

第一百六回

王熙凤致祸抱羞惭　贾太君祷天消祸患

话说贾政闻知贾母危急，即忙进去看视。见贾母惊吓气逆，王夫人、鸳鸯等唤醒回来，即用疏气安神的丸药服了，渐渐的好些，只是伤心落泪。贾政在旁劝慰，总说是“儿子们不肖，招了祸来累老太太受惊。若老太太宽慰些，儿子们尚可在外料理；若是老太太有什么不自在，儿子们的罪孽更重了”。贾母道：“我活了八十多岁，自作女孩儿起到你父亲手里，都托着祖宗的福，从没有听见过这些事。如今到老了，见你们倘或受罪，叫我心里过去得么？倒不如合上眼随你们去罢了。”说着，又哭。

贾政此时着急异常，又听外面说：“请老爷，内廷有信。”贾政急忙出来，见是北静王府长史，一见面便说“大喜”。贾政谢了，请长史[①]坐下，“请问王爷有何谕旨？”那长史道：“我们王爷同西平郡王进内复奏，将大人惧怕之心、感激天恩之话都代奏过了。主上甚是悯恤，并念及贵妃溘逝[②]未久，不忍加罪，着加恩仍在工部员外上行走。所封家产，惟将贾赦的入官，余俱给还。并传旨令尽心供职。惟抄出借券，令我们王爷查核，如有违禁重利的一概照例入官，其在定例生息

① 长史——长府官。

② 溘逝——逝世。溘：忽然。

的，同房地文书尽行给还。贾琏着革去职衔，免罪释放。”贾政听毕，即起身叩谢天恩，又拜谢王爷恩典。“先请长史大人代为禀谢，明晨到阙[①]谢恩，并到府里磕头。”那长史去了。少停，传出旨来。承办官遵旨一一查清，入官者入官，给还者给还，将贾琏放出，所有贾赦名下男妇人等造册入官。

可怜贾琏屋内东西除将按例放出的文书发给外，其余虽未尽入官的，早被查抄的人尽行抢去，所存者只有家伙物件。贾琏始则惧罪，后蒙释放已是大幸，及想起历年积聚的东西并凤姐的体己不下七八万金，一朝而尽，怎得不痛？且他父亲现禁在锦衣府，凤姐病在垂危，一时悲痛。

又见贾政含泪叫他，问道：“我因官事在身，不大理家，故叫你们夫妇总理家事。你父亲所为，固难劝谏，那重利盘剥究竟是谁干的？况且非咱们这样人家所为。如今入了官，在银钱是不打紧的，这种声名出去还了得吗？”贾琏跪下说道：“侄儿办家事，并不敢存一点私心。所有出入的账目，自有赖大、吴新登、戴良等登记，老爷只管叫他们来查问。现在这几年，库内银子出多入少，虽没贴补在内，已在各处做了好些空头，求老爷问太太就知道了。这些放出去的账，连侄儿也不知道那里的银子，要问周瑞旺儿才知道。”贾政道：“据你说来，连你自己屋里的事还不知道，那些家中上下的事更不知道了。我这回也不来查问你，现今你无事的人，你父亲的事和你珍大哥的事还不快去打听打听吗？”

贾琏一心委屈，含着眼泪答应了出去。贾政叹气连连的想道：“我祖父勤劳王事，立下功勋，得了两个世职，如今两房犯事都革去了。我瞧这些子侄没一个长进的。老天那，老天那！我贾家何至一败如此！我虽蒙圣恩格外垂慈，给还家产，那两处食用自应归并一处，叫我一人那里支撑的住？方才琏儿所说更加诧异，说不但库上无银，而且尚有亏空。这几年竟是虚名在外，只恨我自己为什么糊涂若此？倘或我珠儿在世，尚有膀臂；宝玉虽大，更是无用之物。”想到那里，不觉泪满衣

① 阙——古代建于城门、宫殿、陵墓前的两个砖木或石砌的对称建筑物，两阙间之空缺作为道路，故称阙（古时“阙”通“缺”）。后亦以代指宫殿、朝廷。

襟。又想："老太太偌大年纪，儿子们并没有能奉养一日，反累他吓得死去活来。种种罪孽，叫我委之何人？"

正在独自悲切，只见家人禀报各亲友进来看候。贾政一一道谢，说起："家门不幸，是我不能管教子侄，所以至此。"有的说："我久知令兄赦大老爷行事不妥，那边珍哥更加骄纵。若说因官事错误得个不是，于心无愧，如今自己闹出的，倒带累了二老爷。"有的说："人家闹的也多，也没见御史参奏，不是珍老大得罪朋友，何至如此！"有的说："也不怪御史，我们听见说是府上的家人同几个泥腿在外头哄嚷出来的。御史恐参奏不实，所以诓了这里的人去才说出来的。我想府上待下人是最宽的，为什么还有这事。"有的说："大凡奴才们是一个养活不得的。今儿在这里都是好亲友我才敢说，就是尊驾在外任，我保得你是不爱钱的，那外头风声也不好，都是奴才们闹的。你该提防些。如今虽说没有动你的家，倘或再遇着主上疑心起来，好些不便呢。"贾政听说，心下着忙道："众位听见我的风声怎样？"众人道："我们虽没听见实据，只闻外面人说你在粮道任上怎么叫门上家人要钱。"贾政听了，便说道："我是对得天的，从不敢起这要钱的念头。只是奴才在外招摇撞骗，闹出事来我就吃不住了。"众人道："如今怕也无益，只好将现在的管家们都严严的查一查，若有抗主的奴才，查出来严严的办一办。"贾政听了点头。

便见门上进来回禀说："孙姑爷那边打发人来说，自己有事不能来，着人来瞧瞧。说大老爷该他一项银子，要在二老爷身上还的。"贾政心内忧闷，只说："知道了。"众人都冷笑道："人说令亲孙绍祖混账，果然有的。如今丈人抄了家，不但不来瞧看帮补照应，倒赶忙的来要银子，真真不在理上。"贾政道："如今且不必说他。那头亲事原是家兄配错了的。我的侄女儿的罪已经受够了，如今又找上我来了。"正说着，只见薛蝌进来说道："我打听锦衣府赵堂官必要照御史参的办去，只怕大老爷和珍大爷吃不住。"众人都道："二老爷，还得是你出去求求王爷，怎么挽回挽回才好。不然这两家就完了。"贾政答应致谢，众人都散。

那时天已点灯时候，贾政进去请贾母的安，见贾母略略好些。回到自己房中，埋怨贾琏夫妇不知好歹，如今闹出放账取利的事情，大家不好，心里很不受用。只是凤姐现在病重，况他所有什物尽被抄抢，心里自然难受，一时也未便说他，暂且隐忍不言。一夜无话。

次早贾政进内谢恩，并到北静王府、西平王府两处叩谢，求两位王爷照应他哥哥侄儿。两位应许。贾政又在同寅[①]相好处托情。

且说贾琏打听得父兄之事不很妥，无法可施，只得回到家中。平儿守着凤姐哭泣，秋桐在耳房中抱怨凤姐。贾琏走近旁边，见凤姐奄奄一息，就有多少怨言，一时也说不出来。平儿哭道："如今事已如此，东西已去不能复来。奶奶这样，还得再请个大夫瞧瞧才好啊。"贾琏啐道："呸！我的性命还不保，我还管他呢！"凤姐听见，睁眼一瞧，虽不言语，那眼泪流个不尽，见贾琏出去，便与平儿道："你别不达事务了，到了这个田地，你还顾我做什么？我巴不得今儿就死才好！只要你能够眼里有我，我死之后，你抚养大了巧姐儿，我在阴司里也感激你的情。"平儿听了，越发抽抽搭搭的哭起来了。凤姐道："你也不糊涂。他们虽没有来说我，必是抱怨我的。虽说事是外头闹起，我不放账，也没有我的事。如今枉费心计，挣了一辈子的强，偏偏儿的落在人后头了。我还恍惚听见珍大爷的事，说是强占良民妻子为妾，不从逼死，有个姓张的在里头，你想想还有谁？要是这件事审出来，咱们二爷是脱不了的，我那时候儿怎么见人呢？我要立刻就死，又担不起吞金服毒的。你还要请大夫，这不是你疼我，反倒害了我了么！"平儿愈听愈惨，想来实在难处，恐凤姐自寻短见，只得紧紧守着。

幸贾母不知底细，因近日身子好些，又见贾政无事，宝玉、宝钗天天在旁不离左右，略觉放心。素来最疼凤姐，便叫鸳鸯："将我体己东西拿些给凤丫头，再拿些银钱交给平儿，好好的服侍好了凤丫头，我再慢慢的分派。"又命王夫人照看了邢夫人。又加了宁国府第入官，所有财产房地等并家奴等俱造册收尽。这里贾母命人将车接了尤氏婆媳等过来。可怜赫赫宁府，只剩得他们婆媳两个并佩凤、偕鸾二人，连一个下人没有。贾母指出房子一所居住，就在惜春所住的间壁。又派了婆子四人、丫头两个服侍。一应饭食起居在大厨房内分送，衣裙什物又是贾母送去。零星需用亦在账房内开销，俱照荣府每人月例之数。那贾赦、贾

① 同寅——旧称同在一处任事供职的人为同寅。

珍、贾蓉在锦衣府使用，账房内实在无项可支。如今凤姐一无所有，贾琏外头债务满身，贾政不知家务，只说已经托人，自有照应。贾琏无计可施，想到那亲戚里头，薛姨妈家已败，王子腾已死，余者亲戚虽有，俱是不能照应的，只得暗暗差人下屯，将地亩暂卖了数千金作为监中使费。贾琏如此一行，那些家奴见主家势败，也便趁此弄鬼，并将东庄租税也就指名借用些。此是后话，暂且不提。

且说贾母见祖宗世职革去，现在子孙在监质审，邢夫人、尤氏等日夜啼哭，凤姐病在垂危，虽有宝玉、宝钗在侧，只可解劝，不能分忧，所以日夜不宁，思前想后，眼泪不干。一日傍晚，叫宝玉回去，自己挣扎坐起，叫鸳鸯等各处佛堂上香，又命自己院内焚起斗香，用拐拄着出到院中。琥珀知是老太太拜佛，铺下大红猩毡拜垫。贾母上香跪下，磕了好些头，念了一回佛，含泪祝告天地道："皇天菩萨在上：我贾门史氏，虔诚祷告，求菩萨慈悲。我贾门数世以来，不敢行凶霸道。我帮夫助子，虽不能为善，亦不敢作恶。必是后辈儿孙骄奢淫佚，暴殄天物，以致合府抄检。现在儿孙监禁，自然凶多吉少，皆由我一人罪孽，不教儿孙，所以至此。我今即求皇天保佑：在监逢凶化吉，有病的早早安身。纵有合家罪孽，情愿一人承当，只求饶恕儿孙。若皇天见怜，念我虔诚，早早赐我一死，宽免儿孙

贾太君祷天消祸患

之罪。”默默说到此，不禁伤心，呜呜咽咽的哭泣起来。鸳鸯、珍珠一面解劝，一面扶进房去。

只见王夫人带了宝玉、宝钗过来请晚安，见贾母悲伤，三人也大哭起来。宝钗更有一层苦楚：想哥哥也在外监，将来要处决，不知可能减等；公婆虽然无事，眼见家业萧条；宝玉依然疯傻，毫无志气。想到后来终身，更比贾母王夫人哭得悲痛。宝玉见宝钗如此大恸，他也有一番悲戚。想着老太太年老不得安心，老爷太太见此光景不免悲伤，众姐妹风流云散，一日少似一日。追想“在园中吟诗起社，何等热闹；自从林妹妹一死，我郁闷到今，又有宝姐姐过来，未便时常悲切；况他忧兄思母，日夜难得笑容。”今日看他悲哀欲绝，心里更加不忍，竟嚎啕大哭起来。

鸳鸯、彩云、莺儿、袭人看见，也各有所思，便都抽抽搭搭的。余者丫头们看的伤心，不觉也都哭了，竟无人解慰。满屋中哭声惊天动地，将外头上夜婆子吓慌，急报于贾政知道。那贾政正在书房纳闷，听见贾母的人来报，心中着忙，飞奔进内。远远听得哭声甚众，打谅老太太不好，急得魂魄俱丧。疾忙进来，只见坐着悲啼，才放下心来，便道：“老太太伤心，你们该劝解才是啊，怎么打伙儿哭起来了？”众人这才急忙止哭，大家对面发怔。贾政上前安慰了老太太，又说了众人几句。都心里想道：“我们原怕老太太悲伤，所以来劝解，怎么忘情，大家痛哭起来？”

正自不解，只见老婆子带了史侯家的两个女人进来，请了贾母的安，又向众人请安毕，便说道：“我们家的老爷、太太、姑娘打发我来，说听见府里的事原没有什么大事，不过一时受惊。恐怕老爷太太烦恼，叫我们过来告诉一声，说这里二老爷是不怕的了。我们姑娘本要自己来的，因不多几日就要出阁，所以不能来了。”贾母听了，不便道谢，说：“你回去给我问好。这是我们的家运合该如此。承你老爷太太惦记，改日再去道谢。你们姑娘出阁，想来姑爷是不用说的了。他们的家计如何呢？”两个女人回道：“家计倒不怎么着，只是姑爷长的很好，为人又和平。我们见过好几次，看来与这里宝二爷差不多儿，还听得说文才也好。”

贾母听了，喜欢道：“咱们都是南边人，虽在这儿住久了，那些大规矩还是从南方礼儿，所以新站爷我们都没见过。我前儿还想起我娘家的人来，最疼的就是你们家姑娘，一年三百六十天，在我跟前的日子倒有二百多天，混得这么大了。我原想给他说个好女婿，又为他叔叔不在家，我又不便作主。他既造化配了个好姑爷，我也放心。月里头出阁，我原想过来吃杯喜酒，不料我们家闹出这样事来，我的心就像在热锅里熬的似的，那里能够再到你们家去？你回去说我问好，我们这里的人都请安问好。你替另告诉你们姑娘，不要把我放在心上。我是八十多岁的人了，就死也算不得没福了。只愿他过了门，两口儿和和顺顺的百年到老，我便心安了。”说着，不觉掉下泪来。那女人道：“老太太也不必伤心。姑娘过了门，等回了九，少不得同姑爷过来请老太太的安，那时老太太见了才喜欢呢。”贾母点头。

那女人出去，别人都不理论，只有宝玉听了发了一回怔，心里想道：“为什么人家养了女儿到大了必要出嫁呢？一出了嫁就改换了一个人似的。史妹妹这样一个人又被他叔叔硬压着配了人了。他将来见了我，必是也不理我了。我想一个人到了这个没人理的分儿，还活着做什么？”想到这里，又是伤心。见贾母此时才安，又不敢哭泣，只得闷坐着。

一时贾政不放心，又进来瞧瞧老太太，见是好些，便出来传了赖大，叫他将合府里管事家人的花名册子拿来，一齐点了一点，除去贾赦入官的人，尚有三十余家，共男女二百十二名。贾政叫现在府内当差的男人共四十一名进来，问起历年居家用度，共有若干进来，该用若干出去。那管总的家人将近来支用簿子呈上。贾政看时，所入不敷所出，又加连年宫里花用，账上多有在外浮借[1]的。再查东省地租，近年所交不及祖上一半，如今用度比祖上加了十倍。

贾政不看则已，看了急得跺脚道：“这了不得！我打谅琏儿管事，在家自有把持，岂知好几年头里，已就寅年用了卯年的，还是这样装好看！竟把世职俸禄当作不打紧的事，有什么不败的呢？我如今要就省俭起来，已是迟了。”想到那里，背着手踱来踱去，竟无方法。

众人知贾政不知理家，也是白操心着急，便说道：“老爷也不用心

① 浮借——暂借。浮：暂时。

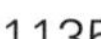

焦，这是家家这样的。若是统总算起来，连王爷家还不够过的呢！不过是装着门面，过到那里是那里罢咧。如今老爷到底得了主上的恩典，才有这点子家产，若是一并入了官，老爷就不用过了不成？”贾政嗔道：“放屁！你们这班奴才最没良心的，仗着主子好的时候儿任意开销，到弄光了，走的走，跑的跑，还顾主子的死活吗？如今你们说是没有查抄，你们知道吗？外头的名声，连大本儿都保不住了，还搁得住你们在外头支架子说大话诓人骗人？到闹出事来望主子身上一推就完了。如今大老爷与珍大爷的事，说是咱们家人鲍二吵嚷的，我看这人口册上并没有鲍二，这是怎么说？”众人回道：“这鲍二是不在档子上的。先前在宁府册上。为二爷见他老实，把他们两口子叫过来了。后来他女人死了，他又回宁府去。后来老爷衙门有事，老太太们爷们往陵上去，珍大爷替理家事带过来的。以后也就去了。老爷数年不管家务事，那里知道这些事呢？老爷打量册上没有名字的就只有这个人，不知一个人手下亲戚们也有，奴才还有奴才呢。”贾政道：“这还了得！”想来一时不能清理，只得喝退众人，早打了主意在心里了，且听贾赦等的官事审得怎样再定。

一日正在书房筹算，只见一人飞奔进来说：“请老爷快进内廷问话。”贾政听了心下着忙，只得进去。未知凶吉，下回分解。

第一百七回

散余资贾母明大义　复世职政老沐天恩

话说贾政进内，见了枢密院[①]各位大人，又见了各位王爷。北静王道："今日我们传你来，有遵旨问你的事。"贾政即忙跪下。众大人便问道："你哥哥交通外官，恃强凌弱，纵儿聚赌，强占良民妻女不遂逼死的事，你都知道么？"贾政回道："犯官自从主恩钦点学政，任满后查看赈恤，于上年冬底回家，又蒙堂派工程，后又往江西粮道，题参回都，仍在工部行走，日夜不敢怠惰。一应家务并未留心伺察，实在糊涂，不能管教子侄，这就是辜负圣恩。亦求主上重重治罪。"

北静王据说转奏，不多时传出旨来。北静王便述道："主上因御史参奏贾赦交通外官，恃强凌弱。据该御史指出安平州互相往来，贾赦包揽词讼。严鞫[②]贾赦，据供平安州原系姻亲来往，并未干涉官事。该御史亦不能指实。惟有倚势强索石呆子古扇一款是实的，然系玩物，究非强索良民之物可比。虽石呆子自尽，亦系疯傻所致，与逼勒致死者有间[③]。今从宽将贾赦发往台站[④]效力赎罪。所参贾珍强占良民妻女为妾

① 枢密院——封建时代中央官署名称，始于五代，宋元沿置，主要掌管军事机密、边防等。明代废。这里是托古虚拟。

② 鞫——审讯、查问。

③ 有间——这里是有区别的意思。

④ 台站——清代设置在边远地区的报告军情、传递公文、押送犯人之驿站。

不从逼死一款，提取都察院原案，看得尤二姐实系张华指腹为婚未娶之妻，因伊贫苦自愿退婚，尤二姐之母愿结贾珍之弟为妾，并非强占。再尤三姐自刎掩埋并未报官一款，查尤三姐原系贾珍妻妹，本意为伊择配，因被逼索定礼，众人扬言秽乱，以致羞忿自尽，并非贾珍逼勒致死。但身系世袭职员，罔知法纪，私埋人命，本应重治，念伊究属功臣后裔，不忍加罪，亦从宽革去世职，派往海疆效力赎罪。贾蓉年幼无干，省释[①]。贾政实系在外任多年，居官尚属勤慎，免治伊治家不正之罪。”

贾政听了，感激涕零，叩首不及，又叩求王爷代奏下忱。北静王道：“你该叩谢天恩，更有何奏？”贾政道：“犯官仰蒙圣恩不加大罪，又蒙将家产给还，实在扪心惶愧，愿将祖宗遗受重禄积余置产一并交官。”北静王道：“主上仁慈待下，明慎用刑，赏罚无差。如今既蒙莫大深恩，给还财产，你又何必多此一奏？”众官也说不必。贾政便谢了恩，叩谢了王爷出来。恐贾母不放心，急忙赶回。

上下男女人等不知传进贾政是何吉凶，都在外头打听，一见贾政回家，都略略的放心，也不敢问。只见贾政忙忙的走到贾母跟前，将蒙圣恩宽免的事，细细告诉了一遍。贾母虽则放心，只是两个世职革去，贾赦又往台站效力，贾珍又往海疆，不免又悲伤起来。邢夫人尤氏听见那话，更哭起来。贾政便道：“老太太放心。大哥虽则台站效力，也是为国家办事，不致受苦，只要办得妥当，就可复职。珍儿正是年轻，很该出力。若不是这样，便是祖父的余德，亦不能久享。”说了些宽慰的话。贾母素来不大喜欢贾赦，那边东府贾珍究竟隔了一层。只有邢夫人尤氏痛哭不已。

邢夫人想着：“家产一空，丈夫年老远出，膝下虽有琏儿，又是素来顺他二叔的，如今是都靠着二叔，他两口子更是顺着那边去了。独我一人孤苦伶仃，怎么好。”那尤氏本来独掌宁府的家计，除了贾珍也算是惟他为尊，又与贾珍夫妇相和，“如今犯事远出，家财抄尽，依住荣府，虽则老太太疼爱，终是依人门下。又带了偕鸾、佩凤，蓉儿夫妇又是不能兴家立业的人”；又想着“二妹妹、三妹妹俱是琏二叔闹的，如

① 省释——释放。察其无罪而开释。省：省察。

今他们倒安然无事，依旧夫妇完聚。只留我们几人，怎生度日”！想到这里，痛哭起来。

贾母不忍，便问贾政道：“你大哥和珍儿现已定案，可能回家？蓉儿既没他的事，也该放出来了。”贾政道：“若在定例，大哥是不能回家的。我已托人徇个私情，叫我们大老爷同侄儿回家好置办行装，衙门内业已应了。想来蓉儿同着他爷爷、父亲一起出来。只请老太太放心，儿子办去。”贾母又道：“我这几年老的不成人了，总没有问过家事。如今东府里是抄了去了，房子入官不用说。你大哥那边，琏儿那里，也都抄了。咱们西府里的银库和东省地土，你知道到底还剩了多少？他两个起身，也得给他们几千银子才好。”

贾政正是没法，听见贾母一问，心想着：“若是说明，又恐老太太着急；若不说明，不用说将来，现在怎样办法呢？”想毕，便回道：“若老太太不问，儿子也不敢说。如今老太太既问到这里，现在琏儿也在这里，昨日儿子已查了，旧库的银子早已虚空，不但用尽，外头还有亏空。现今大哥这件事，若不花银托人，虽说主上宽恩，只怕他们爷儿两个也不大好。就是这项银子尚无打算。东省的地亩早已寅年吃了卯年的租儿了，一时也算不过来，只好尽所有蒙圣恩没有动的衣服首饰拆变了，给大哥珍儿作盘费罢了。过日子的事只可再打算。”

贾母听了，又急得眼泪直淌，说道：“怎么着，咱们家到了这样田地了么？我虽没有经过，我想起我家向日比这里还强十倍，也是摆了几年虚架子，没有出这样事，已经塌下来了，不消一二年就完了。据你说起来，咱们竟一两年就不能支了。”贾政道：“若是这两个世俸不动，外头还有些挪移。如今无可指称，谁肯接济？”说着，也泪流满面，“想起亲戚来，用过我们的，如今都穷了；没有用过我们的，又不肯照应。昨日儿子也没有细查，只看家下的人丁册子，别说上头的钱一无所出，那底下的人也养不起许多。”

贾母正在忧虑，只见贾赦、贾珍、贾蓉一齐进来给贾母请安。贾母看这般光景，一只手拉着贾赦，一只手拉着贾珍，便大哭起来。他两人脸上羞惭，又见贾母哭泣，都跪在地下哭着说道：“儿孙们不长进，将祖上功勋丢了，又累老太太伤心，儿孙们是死无葬身之地的了！”满屋中人看这光景，又一齐大哭起来。贾政只得劝解：“倒先要打算他两个

的使用，大约在家只可住得一两日，迟则人家就不依了。”老太太含悲忍泪的说道：“你两个且各自同你们媳妇们说说话儿去罢。”又吩咐贾政道：“这件事是不能久待的，想来外面挪移恐不中用，那时误了钦限[①]怎么好？只好我替你们打算罢了。就是家中如此乱糟糟的，也不是常法儿。”一面说着，便叫鸳鸯吩咐去了。

这里贾赦等出来，又与贾政哭泣了一会，都不免将从前任性、过后恼悔、如今分离的话说了一会，各自夫妻们那边悲伤去了。贾赦年老，倒也抛的下；独有贾珍与尤氏怎忍分离！贾琏、贾蓉两个也只有拉着父亲啼哭。虽说是比军流[②]减等，究竟生离死别，这也是事到如此，只得大家硬着心肠过去。

却说贾母叫邢、王二夫人同了鸳鸯等，开箱倒笼，将做媳妇到如今积攒的东西都拿出来，又叫贾赦、贾政、贾珍等，一一的分派说：“这里现有的银子，交给贾赦三千两，你拿二千两去做你的盘费使用，留一千给太太另用。这三千给珍儿，你只许拿一千去，留下二千交你媳妇过日子。仍旧各自过日子。房子还是在一处，饭食各自吃罢。四丫头将来的亲事，还是我的事。只可怜凤丫头操心了一辈子，如今弄得精光，也给他三千两，叫他自己收着，不许叫琏儿用。如今他还病得神昏气丧，叫平儿来拿去。这是你祖父留下来的衣服，还有我少年穿的衣服首饰，如今我也用不着了。男的呢，叫大老爷、珍儿、琏儿、蓉儿拿去分了。女的呢，叫大太太、珍儿媳妇、凤丫头拿了分去。这五百两银子交给琏儿，明年将林丫头的棺材送回南去。”

分派定了，又叫贾政道：“你说现在还该着人的使用，这是少不得的。你叫拿这金子变卖偿还。这是他们闹掉了我的。你也是我的儿子，我并不偏向。宝玉已经成了家，我剩下这些金银等物，大约还值几千两银子，这是都给宝玉的了。珠儿媳妇向来孝顺我，兰儿也好，我也分给他们些。这便是我的事情完了。”贾政见母亲如此明断分晰，俱跪下哭着说：“老太太这么大年纪，儿孙们没点孝顺，承受老祖宗这样恩典，叫儿孙们更无地自容了！”贾母道：“别瞎说，若不闹出这个乱

① 钦限——皇帝亲定的期限。钦：皇帝亲自处理事情的专用词语。

② 军流——充军流放。

儿，我还收着呢。只是现在家人过多，只有二老爷是当差的，留几个人就够了。你就吩咐管事的，将人叫齐了，他分派妥当。各家有人便就罢了。譬如一抄尽了，怎么样呢？我们里头的，也要叫人分派，该配人的配人，赏去的赏去。如今虽说这房子不入官，你到底把这园子交了才是呢。那些田亩还交琏儿清理，该卖的卖，留的留，断不要支架子做空头。我索性说了罢，江南甄家还有几两银子，二太太那里收着，该叫人就送去罢。倘或再有点事出来，可不是他们躲过了风暴又遇了雨了么？”

贾政本是不知当家立计的人，一听贾母的话，一一领命，心想：“老太太实在真真是理家的人，都是我们这些不长进的闹坏了。”贾政见贾母劳乏，求着老太太歇歇养神。贾母又道：“我所剩的东西也有限，等我死了做结果我的使用，余的都给服侍我的丫头。”贾政等听到这里，更加伤感。大家跪下：“请老太太宽怀，只愿儿子们托老太太的福，过了些时都邀了恩眷。那时兢兢业业的治起家来，以赎前愆[①]，奉养老太太到一百岁。”贾母道：“但愿这样才好，我死了也好见祖宗。你们别打谅我是享得富贵受不得贫穷的人那，不过这几年看着你们轰轰烈烈，我落得都不管，说说笑笑养身子罢了，那知道家运一败直到这样！若说外头好看里头空虚，是我早知道的了。只是‘居移气，养移体’[②]，一时下不了台。如今借此正好收敛，守住这个门头儿，不然叫人笑话。你还不知，只打谅我知道穷了便着急的要死，我心里是想着祖宗莫大的功勋，无一日不指望你们比祖宗还强，能够守住也就罢了。谁知他们爷儿两个做些什么勾当！”

贾母正自长篇大论的说，只见丰儿慌慌张张的跑来回王夫人道：“今早我们奶奶听见外头的事，哭了一场，如今气都接不上来。平儿叫我来回太太。”丰儿没有说完，贾母听见，便问：“到底怎么样？”王夫人便代回道：“如今说是不大好。”贾母起身道：“哎，这些冤家竟要磨死我了！”说着，叫人扶着，要亲自去看。贾政即忙拦住劝道：

---

① 前愆——从前的罪过。愆：过失，罪咎。

② 居移气，养移体——意思是一个人所处的环境可以改变气度，供养可以改变体质。这里是养尊处优惯了的意思。

"老太太伤了好一回的心，又分派了好些事，这会该歇歇。便是孙子媳妇有什么事，该叫媳妇瞧去就是了，何必老太太亲身过去呢？倘或再伤感起来，老太太身上要有一点儿不好，叫做儿子的怎么处呢？"贾母道："你们各自出去，等一会子再进来。我还有话说。"贾政不敢多言，只得出来料理兄侄起身的事，又叫贾琏挑人跟去。这里贾母才叫鸳鸯等派人拿了给凤姐的东西跟着过来。

凤姐正在气厥[①]。平儿哭得眼肿腮红，听见贾母带着王夫人、宝玉、宝钗过来，疾忙出来迎接。贾母便问："这会子怎么样了？"平儿恐惊了贾母，便说："这会子好些。老太太既来了，请进去瞧瞧。"他先跑进去轻轻的揭开帐子。凤姐开眼瞧着，只见贾母进来，满心惭愧。先前原打算贾母等恼他，不疼的了，是死活由他的，不料贾母亲自来瞧，心里一宽，觉那拥塞的气略松动些，便要扎挣坐起。贾母叫平儿接着，"不要动，你好些么？"凤姐含泪道："我好些了，只是从小过来，老太太、太太怎么样疼我。那知我福气薄，叫神鬼支使的失魂落魄，不但不能够在老太太跟前尽点孝心，公婆前讨个好儿。还这样把我当人，叫我帮着料理家务，被我闹的七颠八倒，我还有什么脸儿见老太太、太太呢？今日老太太、太太亲自过来，我更当不起了，恐怕该活三天的又折上两天去了！"说着，悲咽。

贾母道："那些事原是外头闹起来的，与你什么相干？就是你的东西被人拿去，这也算不了什么呀！我带了好些东西给你，你瞧瞧。"说着，叫人拿上来给他瞧瞧。凤姐本是贪得无厌的人，如今被抄尽净，自然愁苦，又恐人埋怨，正是几不欲生的时候。今见贾母仍旧疼他，王夫人也不嗔怪，过来安慰他，又想贾琏无事，心下安放好些，便在枕上与贾母磕头，说道："请老太太放心。若是我的病托着老太太的福好了，我情愿自己当个粗使丫头，尽心竭力的服侍老太太、太太罢！"贾母听他说得伤心，不免掉下泪来。

宝玉是从来没经过这大风浪的，心下只知安乐、不知忧患的人，如今碰来碰去都是哭泣的事，所以他竟比傻子尤甚，见人哭他就哭。

凤姐看见众人忧闷，反倒勉强说几句宽慰贾母的话，求着"请老太

① 气厥——由情绪紧张、气血逆乱而引起的昏厥。

太、太太回去，我略好些过来磕头”。说着，将头仰起。贾母叫平儿“好生服侍，短什么到我那里要去”。说着，带了王夫人将要回自己房中。只听见两三处哭声，贾母实在不忍闻见，便叫王夫人散去，叫宝玉：“去见你大爷、大哥，送一送就回来。”自己躺在榻上下泪。幸喜鸳鸯等能用百样言语劝解，贾母暂且安歇。

不言贾赦等分离悲痛。那些跟去的人，谁是愿意的？不免心中抱怨，叫苦连天。正是生离果胜死别，看者比受者更加伤心。好好的一个荣国府，闹到人嚎鬼哭。贾政最循规矩，在伦常上也讲究的，执手分别后，自己先骑马赶至城外举酒送行，又叮咛了好些国家轸恤勋臣，力图报称的话。贾赦等挥泪分头而别。

贾政带了宝玉回家，未及进门，只见门上有好些人在那里乱嚷说：“今日旨意，将荣国公世职着贾政承袭。”那些人在那里要喜钱，门上人和他们分争，说是“本来的世职我们本家袭了，有什么喜报”。那些人说道：“那世职的荣耀比任什么还难得，你们大老爷闹掉了，想要这个再不能的了。如今的圣人在位，赦过宥罪，还赏给二老爷袭了，这是千载难逢的，怎么不给喜钱？”

正闹着，贾政回家，门上回了，虽则喜欢，究是哥哥犯事所致，反觉感极涕零，赶着进内告诉贾母。王夫人正恐贾母伤心，过来安慰，听得世职复还，自是欢喜。又见贾政进来，贾母自然喜欢，拉着说些勤黾[1]报恩的话。独有邢夫人、尤氏心下悲苦，只不好露出来。且说外面这些趋炎奉势的亲戚朋友，先前贾宅有事都远避不来，今儿贾政袭职，知圣眷[2]尚好，大家都来贺喜。那知贾政纯厚性成，因他袭哥哥的职，心内反生烦恼，只知感激天恩。于第二日进内谢恩，到底将赏还府第园子，备折奏请入官。内廷降旨不必，贾政才得放心回家，以后循分供职。但是家计萧条，入不敷出。贾政又不能在外应酬。

家人们见贾政忠厚，凤姐抱病不能理家，贾琏的亏缺一日重似一日，难免典房卖地。府内家人几个有钱的，怕贾琏缠扰，都装穷躲事，甚至告假不来，各自另寻门路。独有一个包勇，虽是新投到此，恰遇荣

① 勤黾——勤勉，努力。

② 圣眷——皇上的恩遇。眷：眷顾，关切。

府坏事，他倒有些真心办事，见那些人欺瞒主子，便时常不忿。奈他是个新来乍到的人，一句话也插不上，他便生气，每天吃了就睡。众人嫌他不肯随和，便在贾政前说他终日贪杯生事，并不当差。贾政道："随他去罢。原是甄府荐来，不好意思，横竖家内添这一人吃饭，虽说是穷，也不在他一人身上。"并不叫来驱逐。众人又在贾琏跟前说他怎样不好，贾琏此时也不敢自己作威福，只得由他。

忽一日，包勇奈不过，吃了几杯酒，在荣府街上闲逛，见有两个人说话。那人说道："你瞧，这么个大府，前儿抄了家，不知如今怎么样了？"那人道："他家怎么能败，听见说里头有位娘娘是他家的姑娘，虽是死了，到底有根基的。况且我常见他们来往的都是王公、侯伯，那里没有照应？便是现在的府尹，前任的兵部，是他们的一家儿。难道有这些人还护庇不来么？"那人道："你白住在这里！别人犹可，独是那个贾大人更了不得！我常见他在两府来往，前儿御史虽参了，主子还叫府尹查明实迹再办。你道他怎么样？他本沾过两府的好处，怕人说他回护一家儿，他便狠狠的踢了一脚，所以两府里才到底抄了。你道如今的世情还了得吗！"两人无心说闲话，岂知旁边有人跟着听的明白。包勇心下暗想："天下有这样人！但不知是我老爷的什么人。我若见了他，便打他一个死，闹出事来我承当去。"那包勇正在酒后胡思乱想，忽听那边喝道而来。包勇远远站着。只见那两人轻轻的说道："这来的就是那个贾大人了。"包勇听了，心里怀恨，趁了酒兴，便大声的道："没良心的男女！怎么忘了我们贾家的恩了？"雨村在轿内，听得一个"贾"字，便留神观看，见是一个醉汉，便不理会过去了。那包勇醉着不知好歹，便得意洋洋回到府中，问起同伴，知是方才见的那位大人是这府里提拔起来的。"他不念旧恩，反来踢弄咱们家里，见了他骂他几句，他竟不敢答言。"那荣府的人本嫌包勇，只是主人不计较他，如今他又在外闯祸，不得不回，趁贾政无事，便将包勇喝酒闹事的话回了。贾政此时正怕风波，听得家人回禀，便一时生气，叫进包勇骂了几句，便派去看园，不许他在外行走。那包勇本是直爽的脾气，投了主子他便赤心护主，岂知贾政反倒责骂他。他也不敢再辩，只得收拾行李往园中看守浇灌去了。未知后事如何，下回分解。

第一百八回

强欢笑蘅芜庆生辰　死缠绵潇湘闻鬼哭

却说贾政先前曾将房产并大观园奏请入官，内廷不收，又无人居住，只好封锁。因园子接连尤氏惜春住宅，太觉旷阔无人，遂将包勇罚看荒园。此时贾政理家，又奉了贾母之命将人口渐次减少，诸凡省俭，尚且不能支持。幸喜凤姐为贾母疼惜，王夫人等虽则不大喜欢，若说治家办事尚能出力，所以将内事仍交凤姐办理。但近来因被抄以后，诸事运用不来，也是每形拮据。那些房头上下人等原是宽裕惯的，如今较之往日，十去其七，怎能周到，不免怨言不绝。凤姐也不敢推辞，扶病承欢贾母。过了些时，贾赦贾珍各到当差地方，恃有用度，暂且自安，写书回家，都言安逸，家中不必挂念。于是贾母放心，邢夫人尤氏也略略宽怀。

一日，史湘云出嫁回门，来贾母这边请安。贾母提起他女婿甚好，史湘云也将那里过日平安的话说了，请老太太放心。又提起黛玉去世，不免大家泪落。贾母又想起迎春苦楚，越觉悲伤起来。史湘云劝解一回，又到各家请安问好毕，仍到贾母房中安歇，言及“薛家这样人家被薛大哥闹的家破人亡。今年虽是缓决人犯，明年不知可能减等？”贾母道：“你还不知道呢，昨儿蟠儿媳妇死的不明白，几乎又闹出一场大事来。还幸亏老佛爷有眼，叫他带来的丫头自己供出来了，那夏奶奶才没的闹了，自家拦住相验。你姨妈这里才将皮裹肉[①]的打发出去了。你说说，真真是六亲同运[②]！薛家是这样了，姨太太守着薛蝌过日，为这孩子有良心，他说哥哥在监里尚未结局，不肯娶亲。你邢妹妹在大太太那边也就很苦。琴姑娘为他公公死了尚未满服，梅家尚未娶去。二太太的娘家舅太爷一死，凤丫头的哥哥也不成人，那二舅太爷也是个小器的，又是官项不清[③]，也是打饥荒。甄家自从抄家以后别无信息。"

湘云道："三姐姐去了曾有书字回家么？"贾母道："自从嫁了去，二老爷回来说，你三姐姐在海疆甚好。只是没有书信，我也日夜惦记。为着我们家连连的出些不好的事，所以我也顾不来。如今四丫头也没有给他提亲。环儿呢，谁有功夫提起他来？如今我们家的日子比你从前在这里的时候更苦了。只可怜你宝姐姐，自过了门，没过一天舒服日子。你二哥哥还是这样疯疯颠颠，这怎么处呢？"湘云道："我从小儿在这里长大的，这里那些人的脾气我都知道的。这一回来了，竟都改了样子了。我打量我隔了好些时没来，他们生疏我；我细想起来，竟不是的。就是见了我，瞧他们的意思原要像先前一样的热闹，不知道怎么，说说就伤起心来了。我所以坐坐就到老太太这里来了。"贾母道："如今的日子，在我也罢了，你们年轻轻儿的人还了得！我正要想个法儿，叫他们还热闹一天才好，只是打不起这个精神来。"

湘云道："我想起来了，宝姐姐不是后儿的生日吗？我多住一天，给他拜过寿，大家热闹一天。不知老太太怎么样？"贾母道："我真正气糊涂了。你不提我竟忘了，后日可不是他的生日吗！我明日拿出钱来，给他办个生日。他没有定亲的时候倒做过好几次，如今他过了门，倒没有做。宝玉这孩子头里很伶俐很淘气，如今为着家里的事不好，把这孩子越发弄的话都没有了。倒是珠儿媳妇还好，他有的时候是这么着，没的时候他也是这么着，带着兰儿静静儿的过日子，倒难为他。"

湘云道："别人还不离，独有琏二嫂子连模样儿都改了，说话也不

---

① 将皮裹肉——喻仅够对付、刚刚够。

② 六亲同运——指近支亲族休戚相关、命运相同。六亲，古说不一，或指父、母、兄、弟、妻、子，或指父、子、兄、弟、夫、妇等。封建宗法社会中，往往一人获罪，九族株连；反之，一人得宠，鸡犬飞升。

③ 官项不清——公款不清，闹亏空的意思。

伶俐了。明日等我来引导他们，看他们怎么样。但是他们嘴里不说，心里要抱怨我，说我有了……”湘云说到那里，却把脸飞红了。贾母会意，道：“这怕什么。原来姊妹们都是在一处乐惯了的，说说笑笑，再别要留这些心。大凡一个人，有也罢没也罢，总要受得富贵耐得贫贱才好呢。你宝姐姐生来是个大方的人，头里他家这样好，他也一点儿不骄傲，后来他家坏了事，他也是舒舒坦坦的。如今在我家里，宝玉待他好，他也是那样安顿；一时待他不好，不见他有什么烦恼。我看这孩子倒是个有福气的。你林姐姐那是个最小性儿又多心的，所以到底不长命。凤丫头也见过些事，很不该略见些风波就改了样子，他若这样没见识，也就是小器了。后儿宝丫头的生日，我另拿出银子来，热热闹闹给他做个生日，也叫他喜欢这么一天。”湘云答应道：“老太太说得很是。索性把那些姐妹们都请来了，大家叙一叙。”贾母道：“自然要请的。”一时高兴，遂叫鸳鸯：“拿出一百银子来交给外头，叫他明日起预备两天的酒饭。”鸳鸯领命，叫婆子交了出去。一宿无话。

次日传话出去，打发人去接迎春。又请了薛姨妈、宝琴，叫带了香菱来。又请李婶娘。不多半日，李纹、李绮都来了。宝钗本没有知道，听见老太太的丫头来请，说：“薛姨太太来了，请二奶奶过去呢。”宝钗心里喜欢，便是随身衣服过去，要见他母亲。只见他妹子宝琴并香菱都在这里，又见李婶娘等人也都来了。心想：“那些人必是知道我们家的事情完了，所以来问候的。”便去问了李婶娘好，见了贾母，然后与他母亲说了几句话，便与李家姐妹们问好。湘云在旁说道：“太太们请都坐下，让我们姐妹们给姐姐拜寿。”宝钗听了倒呆了一呆，回来一想：“可不是明日是我的生日吗？”便说：“妹妹们过来瞧老太太是该的，若说我的生日，是断断不敢的。”

正推让着，宝玉也来请薛姨妈、李婶娘的安。听见宝钗自己推让，他心里本早打算过宝钗生日，因家中闹得七颠八倒，也不敢在贾母处提起，今见湘云等众人要拜寿，便喜欢道：“明日才是生日，我正要告诉老太太来。”湘云笑道：“扯臊，老太太还等你告诉。你打量这些人为什么来？是老太太请的！”宝钗听了，心下未信。只听贾母和他母亲道：“可怜宝丫头做了一年新媳妇，家里接二连三的有事，总没有给他做过生日。今日我给他做个生日，请姨太太、太太们来大家说说话儿。”薛姨妈道：“老太太这些时心里才安，他小人儿家，还没有孝敬老太太，倒要老太太操心。”湘云道：“老太太最疼的孙子是二哥哥，难道二嫂子就不疼了么？况且宝姐姐也配老太太给他做生日。”宝钗低头不语。宝玉心里想道：“我只说史妹妹出了阁是换了一个人了，我所以不敢亲近他，他也不来理我。如今听他的话，原是和先前一样的。为什么我们那个过了门更觉得腼腆了，话都说不出来了呢？”

正想着，小丫头进来说：“二姑奶奶回来了。”随后李纨、凤姐都进来，大家厮见一番。迎春提起他父亲出门，说：“本要赶来见见，只是他拦着不许来，说是咱们家正是晦气时候，不要沾染在身上。我扭不过，没有来，直哭了两三天。”凤姐道：“今儿为什么肯放你回来？”迎春道：“他又说咱们家二老爷又袭了职，还可以走走，不妨事的，所以才放我来。”说着，又哭起来。贾母道：“我原为气得慌，今日接你们来给孙子媳妇过生日，说说笑笑解个闷儿。你们又提起这些烦事来，又招起我的烦恼来了。”迎春等都不敢作声了。

凤姐虽勉强说了几句有兴的话，终不似先前爽利，招人发笑。贾母心里要宝钗喜欢，故意的怄凤姐说话。凤姐也知贾母之意，便竭力张罗，说道：“今儿老太太喜欢些了。你看这些人好几时没有聚在一处，今儿齐全。”说着回过头去，看见婆婆、尤氏不在这里，又缩住了口。贾母为着“齐全”两字，也想邢夫人等，叫人请去。邢夫人、尤氏、惜春等听见老太太叫，不敢不来，心内也十分不愿意，想着家业零败，偏又高兴给宝钗做生日，到底老太太偏心，便来了也是无精打彩的。贾母问起岫烟来，邢夫人假说病着不来。贾母会意，知薛姨妈在这里有些不便，也不提了。

一时摆下果酒。贾母说：“也不送到外头，今日只许咱们娘儿们乐一乐。”宝玉虽然娶过亲的人，因贾母疼爱，仍在里头打混，但不与湘云、宝琴等同席，便在贾母身旁设着一个坐儿，他代宝钗轮流敬酒。贾母道：“如今且坐下大家喝酒，到挨晚儿再到各处行礼去。若如今行起来，大家又闹规矩，把我的兴头打回去就没趣了。”宝钗便依言坐下。贾母又叫人来道：“咱们今儿索性洒脱些，各留一两个人伺候。我叫鸳鸯带了彩云、莺儿、袭人、平儿等在后间去，也喝一钟酒。”鸳鸯等说：“我们还没有给二奶奶磕头，怎么就好喝酒去呢。”贾母道：

“我说了，你们只管去，用的着你们再来。”鸳鸯等去了。这里贾母才让薛姨妈等喝酒，见他们都不是往常的样子，贾母着急道：“你们到底是怎么着？大家高兴些才好。”湘云道：“我们又吃又喝，还要怎样着呢？”凤姐道：“他们小的时候都高兴，如今都碍着脸不敢混说，所以老太太瞧着冷净了。”

宝玉轻轻的告诉贾母道：“话是没有什么说的，再说就说到不好的上头来了。不如老太太出个主意，叫他们行个令儿罢。”贾母侧着耳朵听了，笑道：“若是行令，又得叫鸳鸯去。”宝玉听了，不待再说，就出席到后间去找鸳鸯，说：“老太太要行令，叫姐姐去呢。”鸳鸯道：“小爷，让我们舒舒服服的喝一杯罢，何苦来，又来搅什么？”宝玉道：“当真老太太说，得叫你去呢，与我什么相干？”鸳鸯没法，说道：“你们只管喝，我去了就来。”便到贾母那边。老太太道：“你来了么，不是要行令呢。”鸳鸯道：“听见宝二爷说老太太叫我，才来的。不知老太太要行什么令儿？”贾母道：“那文的怪闷的慌，武的又不好，你倒是想个新鲜玩意儿才好。”鸳鸯想了想道：“如今姨太太有了年纪，不肯费心，倒不如拿出令盆骰子来，大家掷个曲牌名儿赌输赢酒罢。”贾母道：“这也使得。”便命人取骰盆放在案上。鸳鸯说：“如今用四个骰子掷去，掷不出名儿来的罚一杯，掷出名儿来，每人喝酒的杯数儿，掷出来再定。”众人听了道：“这是容易的，我们都随着。”

鸳鸯便打点儿。众人叫鸳鸯喝了一杯，就在他身上数起，恰是薛姨妈先掷。薛姨妈便掷了一下，却是四个幺。鸳鸯道：“这是有名的，叫作‘商山四皓[①]’。有年纪的喝一杯。”于是贾母、李婶娘、邢、王两夫人都该喝。贾母举酒要喝，鸳鸯道：“这是姨太太掷的，还该姨太太说个曲牌名儿，下家儿接一句《千家诗》[②]。说不出的罚一杯。”薛姨妈道：“你又来算计我了，我那里说得上来？”贾母道：“不说到底

① 商山四皓——秦末东园公、绮里季、夏黄公、角里先生四人年皆八十有余，须眉皓白，隐居商山，时称“商山四皓”。这里是指骰子的“四个幺”。

② 《千家诗》——旧时流行的儿童启蒙读物之一。宋代谢枋得选，王相注；也有说是根据宋代刘克庄所编《唐宋千家诗》选出的。但都经后人增删，版本很多。所选唐宋诗歌二百余首，限于绝律二体，便于背诵，流传很广。

寂寞，还是说一句的好。下家儿就是我了，若说不出来，我陪姨太太喝一钟就是了。”薛姨妈便道：“我说个‘临老入花丛’①。”贾母点点头儿道：“将谓偷闲学少年。”②说完，骰盆过到李纹，便掷了两个四两个二。鸳鸯说：“也有名了，这叫作‘刘阮入天台’③。”李纹便接着说了个“二士入桃源”。下手儿便是李纨，说道：“寻得桃源好避秦。”④大家又喝了一口。骰盆又过到贾母跟前，便掷了两个二两个三。贾母道：“这要喝酒了。”鸳鸯道：“有名儿的，这是‘江燕引雏’⑤。众人都该喝一杯。”凤姐道：“雏是雏，倒飞了好些了。”众人瞅了他一眼，凤姐便不言语。贾母道：“我说什么呢，‘公领孙’罢。”下手是李绮，便说道：“闲看儿童捉柳花。”⑥众人都说好。

宝玉巴不得要说，只是令盆轮不到，正想着，恰好到了跟前，便掷了一个二两个三一个幺，便说道：“这是什么？”鸳鸯笑道：“这是个‘臭’⑦，先喝一杯再掷罢。”宝玉只得喝了又掷，这一掷掷了两个三两个四。鸳鸯道：“有了，这叫作‘张敞画眉’⑧。”宝玉明白打趣他，宝钗的脸也飞红了。凤姐不大懂得，还说：“二兄弟快说了，再找下家儿是谁。”宝玉明知难说，自认“罚了罢，我也没下家。”过了令盆轮到李纨，便掷了一下。鸳鸯道：“大奶奶掷的是‘十二金钗’。”宝玉听了，赶到李纨身旁看时，只见红绿对开，便说：“这一个好看得很。”忽然想起十二钗的梦来，便呆呆的退到自己座上，心里想：“这十二钗说是金陵的，怎么家里这些人如今七大八小的就剩了这几个？”复又看看湘云宝钗，虽说都在，只是不见了黛玉，一时按捺不住，眼

---

① 临老入花丛——依上文应是“曲牌名”，实际上，这和下面的“二士入桃源”“公领孙”“秋鱼入菱窠”等都是“骨牌副儿”的名称，是依照所掷相应的骰子色点而起的，这里仍指“四个幺”。

② 将谓偷闲学少年——见《千家诗》中宋代程颢《春日偶成》。

③ 刘阮入天台——传说汉代刘晨、阮肇入天台山遇到了二位仙女。

④ 寻得桃源好避秦——见《千家诗》中宋代谢枋得《庆全庵桃花》。

⑤ 江燕引雏——唐代殷遥《春晚山行》诗：“野花成子落，江燕引雏飞。”

⑥ 闲看儿童捉柳花——见《千家诗》中宋代杨万里《初夏睡起》。

⑦ 这是个“臭”——意为所掷点数不好，是要输的。

⑧ 张敞画眉——张敞，西汉宣帝时任京兆尹等官，曾为妻子画眉，传为佳话。

泪便要下来。恐人看见，便说身上燥的很，脱脱衣服去，挂了筹[1]出席去了。

这史湘云看见宝玉这般光景，打量宝玉掷不出好的，被别人掷了去，心里不喜欢，便去了；又嫌那个令儿没趣，便有些烦。只见李纨道："我不说了，席间的人也不齐，不如罚我一杯。"贾母道："这个令儿也不热闹，不如蠲了罢。让鸳鸯掷一下，看掷出个什么来。"小丫头便把令盆放在鸳鸯跟前。鸳鸯依命便掷了两个二一个五，那一个骰子在盆中只管转。鸳鸯叫道："不要五！"那骰子单单转出一个五来，鸳鸯道："了不得！我输了。"贾母道："这不算什么的吗？"鸳鸯道："名儿倒有，只是我说不上曲牌名来。"贾母道："你说名儿，我给你诌。"鸳鸯道："这是'浪扫浮萍'。"贾母道："这也不难，我替你说个'秋鱼入菱窠'。"鸳鸯下手的就是湘云，便道："白萍吟尽楚江秋。"[2]众人都道："这句很确。"贾母道："这令完了。咱们喝两杯吃饭罢。"回头一看，见宝玉还没进来，便问道："宝玉那里去了？还不来？"鸳鸯道："换衣服去了。"贾母道："谁跟了去的？"那莺儿便上来回道："我看见二爷出去，我叫袭人姐姐跟了去了。"贾母王夫人才放心。

等了一回，王夫人叫人去找来。小丫头子到了新房，只见五儿在那里插蜡。小丫头便问："宝二爷那里去了？"五儿道："在老太太那边喝酒呢。"小丫头道："我在老太太那里，太太叫我来找的。岂有在那里倒叫我来找的呢？"五儿道："这就不知道了，你到别处找去罢。"小丫头没法，只得回来，遇见秋纹，便道："你见二爷那里去了？"秋纹道："我也找他。太太们等他吃饭，这会子那里去了呢？你快去回老太太去，不必说不在家，只说喝了酒不大受用不吃饭了，略躺一躺再来，请老太太们吃饭罢。"小丫头依言回去告诉珍珠，珍珠依言回了贾母。贾母道："他本来吃不多，不吃也罢了。叫他歇歇罢。告诉他今儿不必过来，有他媳妇在这里。"珍珠便向小丫头道："你听见了？"小

---

① 挂筹——行酒令时告假离席叫挂筹。筹：竹、木、象牙等制成的小片或小棍，主要作计数用；这里指行酒令时用以计数的酒筹。

② 白萍吟尽楚江秋——见《千家诗》中宋代程颢《题淮南寺》，原句作"白萍吹尽楚江秋"。

丫头答应着，不便说明，只得在别处转了一转，说告诉了。众人也不理会，便吃毕饭，大家散坐说话，不题。

且说宝玉一时伤心，走了出来，正无主意，只见袭人赶来，问是怎么了。宝玉道："不怎么，只是心里烦得慌。何不趁他们喝酒咱们两个到珍大奶奶那里逛逛去？"袭人道："珍大奶奶在这里，去找谁？"宝玉道："不找谁，瞧瞧他现在这里住的房屋怎么样。"袭人只得跟着，一面走，一面说。走到尤氏那边，又一个小门儿半开半掩，宝玉也不进去。只见看园门的两个婆子坐在门槛上说话儿。宝玉问道："这小门开着么？"婆子道："天天是不开的。今儿有人出来说，今日预备老太太要用园里的果子，故开着门等着呢。"宝玉便慢慢的走到那边，果见腰门半开，宝玉便走了进去。袭人忙拉住道："不用去，园里不干净，常没有人去，不要撞见什么。"宝玉仗着酒气，说："我不怕那些。"袭人苦苦的拉住不容他去。婆子们上来说道："如今这园子安静的了。自从那日道士拿了妖去，我们摘花儿、打果子一个人常走的。二爷要去，咱们都跟着，有这些人，怕什么！"宝玉喜欢，袭人也不便相强，只得跟着。

宝玉进得园来，只见满目凄凉，那些花木枯萎，更有几处亭馆，彩色久经剥落，远远望见一丛修竹，倒还茂盛。宝玉一想，说："我自病时出园住在后边，一连几个月不准我到这里，瞬息荒凉。你看独有那几杆翠竹菁葱，这不是潇湘馆么？"袭人道："你几个月没来，连方向都忘了。咱们只管说话，不觉将怡红院走过了。"回过头来用手指着道："这才是潇湘馆呢。"宝玉顺着袭人的手一瞧，道："可不是过了吗！咱们回去瞧瞧。"袭人道："天晚了，老太太必是等着吃饭，该回去了。"宝玉不言，找着旧路，竟往前走。

你道宝玉虽离了大观园将及一载，岂遂忘了路径？只因袭人恐他见了潇湘馆，想起黛玉又要伤心，所以用言混过。后来见宝玉只望里走，又怕他招了邪气，所以哄着他，只说已经走过了，那里知宝玉的心全在潇湘馆上。袭人见他往前急走，只得赶上，见宝玉站着，似有所见，如有所闻，便道："你听什么？"宝玉道："潇湘馆倒有人住么？"袭人道："大约没有人罢。"宝玉道："我明明听见有人在内啼哭，怎么没有人？"袭人道："是你疑心，素常你到这里，常听见林姑娘伤心，所以如今还是那样。”宝玉不信，还要听去。婆子们赶上说道：“二爷快回去罢。天已晚了，别处我们还敢走走，只是这里路又隐僻，又听得人说这里林姑娘死后常听见有哭声，所以人都不敢走的。”宝玉、袭人听说，都吃了一惊。宝玉道：“可不是？”说着，便滴下泪来，说：“林妹妹，林妹妹，好好儿的是我害了你了！你别怨我，只是父母作主，并不是我负心。”愈说愈痛，便大哭起来。

袭人正在没法，只见秋纹带着些人赶来对袭人道：“你好大胆子，怎么和二爷到这里来？老太太、太太他们打发人各处都找到了，刚才腰门上有人说是你同二爷到这里来了，唬得老太太、太太们了不得，骂着我，叫我带人赶来，还不快回去呢！”宝玉犹自痛哭。袭人也不顾他哭，两个人拉着就走，一面替他拭眼泪，告诉他老太太着急。宝玉没法，只得回来。

袭人知老太太不放心，将宝玉仍送到贾母那边。众人都等着未散。贾母便说：“袭人，我素常知你明白，才把宝玉交给你，怎么今儿带他园里去！他的病才好，倘或撞着什么，又闹起来，那可怎么好？”袭人也不敢分辩，只得低头不语。

宝钗看宝玉颜色不好，心里着实的吃惊。倒还是宝玉恐袭人受委屈，说道：“青天白日怕什么？我因为好些时没到园里逛逛，今儿趁着酒兴走走，那里就撞着什么了呢！”凤姐在园里吃过大亏的，听到那里寒毛倒竖，说：“宝兄弟胆子忒大了。”湘云道：“不是胆大，倒是心实。不知是会芙蓉神去了，还是寻什么仙去了。”宝玉听着，也不答言。独有王夫人急的一言不发。

贾母问道：“你到园里可曾唬着么？这回不用说了，以后要逛，到底多带几个人才好。不然大家早散了。回去好好的睡一夜，明日一早过来，我还要找补，叫你们再乐一天呢。不要为他又闹出什么原故来。”众人听说，辞了贾母出来。薛姨妈便到王夫人那里住下。史湘云仍在贾母房中。迎春便往惜春那里去了。余者各自回去，不题。

独有宝玉回到房中，唉声叹气。宝钗明知其故，也不理他，只是怕他忧闷，勾出旧病来，便进里间叫袭人来细问他，宝玉到园怎么的光景。未知袭人怎生回说，下回分解。

第一百九回

候芳魂五儿承错爱　还孽债迎女返真元[1]

话说宝钗叫袭人问出原故，恐宝玉悲伤成疾，便将黛玉临死的话与袭人假作闲谈，说是："人生在世，有意有情，到了死后各自干各自的去了，并不是生前那样个人死后还是这样。活人虽有痴心，死的竟不知道。况且林姑娘既说仙去，他看凡人是个不堪的浊物，那里还肯混在世上。只是人自己疑心，所以招些邪魔外祟来缠扰了。"宝钗虽是与袭人说话，原说给宝玉听的。袭人会意，也说是："没有的事。若说林姑娘的魂灵儿还在园里，我们也算好的，怎么不曾梦见过一次？"

宝玉在外间听得，细细的想道："果然也奇。我知道林妹妹死了，那一日不想几遍，怎么从没梦见。想是他到天上去了，瞧我这凡夫俗子，不能交通神明，所以梦都没有一个儿。我就在外间睡着，或者我从园里回来，他知道我的实心，肯与我梦里一见。我必要问他实在那里去了，我也时常祭奠。若是果然不理我这浊物，竟无一梦，我便不想他了。"主意已定，便说："我今夜就在外间睡了，你们也不用管我。"宝钗也不强他，只说："你不要胡思乱想。你不瞧瞧，太太因你园里去了急得话都说不出来。若是知道还不保养身子，倘或老太太知道了，又

①返真元——意即死亡。道家谓人死为返归自然，称"反真"。元：本初；元始。

说我们不用心。”宝玉道：“白这么说罢咧，我坐一会子就进来。你也乏了，先睡罢。”

宝钗知他必进来的，假意说道：“我睡了，叫袭姑娘伺候你罢。”宝玉听了，正合机宜。候宝钗睡了，他便叫袭人、麝月另铺设下一副被褥，常叫人进来瞧二奶奶睡着了没有。宝钗故意装睡，也是一夜不宁。那宝玉知是宝钗睡着，便与袭人道：“你们各自睡罢，我又不伤感。你若不信，你就服侍我睡了再进去，只要不惊动我就是了。”袭人果然服侍他睡下，便预备下了茶水，关好了门，进里间去照应一回，各自假寐，等着宝玉若有动静，再为出来。宝玉见袭人等进来，便将坐更的两个婆子支到外头，他轻轻的坐起来，暗暗的祝赞了几句，方才睡下。起初再睡不着，以后把心一静，便睡去了。

岂知一夜安眠，直到天亮。宝玉醒来，拭眼坐起来想了一回，并无有梦，便叹口气道：“正是‘悠悠生死别经年，魂魄不曾入梦来’[①]。”宝钗却一夜反没有睡着，听宝玉在外边念这两句，便接口道：“这句又说莽撞了，如若林妹妹在时，又该生气了。”宝玉听了，反不好意思，只得起来搭讪着往里间走来，说：“我原要进来的，不觉得一个盹儿就打着了。”宝钗道：“你进来不进来与我什么相干。”袭人也本没有睡，听见他们两个说话，即忙倒上茶来。只见老太太那边打发小丫头来，问：“宝二爷昨夜睡得安顿么？若安顿时，早早的同二奶奶梳洗了就过来。”袭人便说：“你去回老太太，说宝玉昨夜很安顿，回来就过来。”小丫头去了。

宝钗起来梳洗了，莺儿、袭人等跟着先到贾母那里行了礼，便到王夫人那边起至凤姐都让过了，仍到贾母处，见他母亲也过来了。大家问起：“宝玉晚上好么？”宝钗便说：“回去就睡了，没有什么。”众人放心，又说些闲话。

只见小丫头进来说：“二姑奶奶要回去了。听见说孙姑爷那边人来，到大太太那里说了些话，大太太叫人到四姑娘那边说不必留了，让他去罢。如今二姑奶奶在大太太那边哭呢，大约就过来辞老太太。”贾

① “悠悠生死”二句——唐代白居易《长恨歌》中诗句，写唐玄宗对杨贵妃的意念，渴望在梦中见到死去的杨贵妃。

母众人听了，心中好不自在。都说："二姑娘这样一个人，为什么命里遭着这样的人，一辈子不能出头，这可怎么好呢！"说着，迎春进来，泪痕满面，因为是宝钗的好日子，只得含着泪，辞了众人要回去。贾母知道他的苦处，也不便强留。只说道："你回去也罢了。但是不要悲伤，碰着了这样人，也是没法儿的。过几天我再打发人接你去罢。"迎春道："老太太始终疼我，如今也疼不来了。可怜我只是没有再来的时候了。"说着，眼泪直流。众人都劝道："这有什么不能回来的？比不得你三妹妹，隔得远，要见面就难了。"贾母等想起探春，不觉也大家落泪。为是宝钗的生日，即转悲为喜说。"这也不难，只要海疆平静，那边亲家调进京来，就见的着了。"大家说："可不是这么着么！"说着，迎春只得含悲而别。众人送了出来，仍回贾母那里。从早至暮，又闹了一天。

众人见贾母劳乏，各自散了。独有薛姨妈辞了贾母，到宝钗那里，说道："你哥哥是今年过了，直要等到皇恩大赦的时候减了等才好赎罪。这几年叫我孤苦伶仃，怎么处！我想要与你二哥哥完婚，你想想好不好？"宝钗道："妈妈是为着大哥哥娶了亲唬怕了的，所以把二哥哥的事也疑惑起来。据我说很该办。邢姑娘是妈妈知道的，如今在这里也很苦。娶了去虽说咱们穷，究竟比他傍人门户好多着呢。"薛姨妈道："你得便的时候就去告诉老太太，说我家没人，就要拣日子了。"宝钗道："妈妈只管同二哥哥商量，挑个好日子，过来和老太太、大太太说了，娶过去就完了一宗事。这里大太太也巴不得妈妈娶了去才好。"薛姨妈道："今日听见史姑娘也就回去了，老太太心里要留你妹妹在这里住几天，所以他住下了。我想他也是不定多早晚就走的人了，你们姊妹们也多叙几天话儿。"宝钗道："正是呢。"于是薛姨妈又坐了一坐，出来辞了众人回去了。

却说宝玉晚间归房，因想起昨夜黛玉竟不入梦，"或者他已经成仙，所以不肯来见我这种浊人也是有的；不然就是我的性儿太急了，也未可知"。便想了个主意，向宝钗说道："我昨夜偶然在外间睡着，似乎比在屋里睡的安稳些，今日起来心里也觉清净些。我的意思还要在外间睡两夜，只怕你们又来拦我。"宝钗听了，明知早晨他嘴里念诗是为着黛玉的事了。想来他那个呆性是不能劝的，倒好叫他睡两夜，索性自己死了心也罢了，况兼昨夜听他睡的倒也安静，便道："好没来由，你只管睡去，我们拦你作什么？但只不要胡思乱想的，招出些邪魔外祟来。"宝玉笑道："谁想什么？"袭人道："依我劝二爷竟还是屋里睡罢，外边一时照应不到，着了风倒不好。"宝玉未及答言，宝钗却向袭人使了个眼色。袭人会意，便道："也罢，叫个人跟着你罢，夜里好倒茶倒水的。"宝玉便笑道："这么说，你就跟了我来。"袭人听了倒没意思起来，登时飞红了脸，一声也不言语。宝钗素知袭人稳重，便说道："他是跟惯了我的，还叫他跟着我罢。叫麝月、五儿照料着也罢了。况且今日他跟着我闹了一天也乏了，该叫他歇歇了。"宝玉只得笑着出来。宝钗因命麝月、五儿给宝玉仍在外间铺设了，又嘱咐两个人醒睡些，要茶要水都留点神儿。

两个答应着出来，看见宝玉端然坐在床上，闭目合掌，居然像个和尚一般，两个也不敢言语，只管瞅着他笑。宝钗又命袭人出来照应。袭人看见这般却也好笑，便轻轻的叫道："该睡了，怎么又打起坐来了！"宝玉睁开眼看见袭人，便道："你们只管睡罢，我坐一坐就睡。"袭人道："因为你昨日那个光景，闹的二奶奶一夜没睡。你再这么着，成什么事？"宝玉料着自己不睡，都不肯睡，便收拾睡下。袭人又嘱咐了麝月等几句，才进去关门睡了。这里麝月、五儿两个人也收拾了被褥，伺候宝玉睡着，各自歇下。

那知宝玉要睡越睡不着，见他两个人在那里打铺，忽然想起那年袭人不在家时晴雯、麝月两个人服侍，夜间麝月出去，晴雯要唬他，因为没穿衣服着了凉，后来还是从这个病上死的。想到这里，一心移在晴雯身上去了。忽又想起凤姐说五儿给晴雯脱了个影儿，因又将想晴雯的心肠移在五儿身上。自己假装睡着，偷偷的看那五儿，越瞧越像晴雯，不觉呆性复发。听了听，里间已无声息，知是睡了，却见麝月也睡着了，便故意叫了麝月两声，却不答应，五儿听见宝玉唤人，便问道："二爷要什么？"宝玉道："我要漱漱口。"五儿见麝月已睡，只得起来重新剪了蜡花，倒了一钟茶来，一手托着漱盂。却因赶忙起来的，身上只穿着一件桃红绫子小袄儿，松松的挽着一个鬟儿。宝玉看时，居然晴雯复生。忽又想起晴雯说的"早知担个虚名，也就打个正经主意了"，不觉呆呆的呆看，也不接茶。

那五儿自从芳官去后，也无心进来了。后来听见凤姐叫他进来服侍宝玉，竟比宝玉盼他进来的心还急。不想进来以后，见宝钗、袭人一般尊贵稳重，看着心里实在敬慕；又见宝玉疯疯傻傻，不似先前风致；又听见王夫人为女孩子们和宝玉玩笑都撵了：所以把那女儿的柔情和素日的痴心，一概搁起。怎奈这位呆爷今晚把他当作晴雯，只管爱惜起来。那五儿早已羞得两颊红潮，又不敢大声说话，只得轻轻的说道："二爷漱口啊。"宝玉笑着接了茶在手中，也不知道漱了没有，便笑嘻嘻的问道："你和晴雯姐姐好不是啊！"五儿听了摸不着头脑，便道："都是姐妹，也没有什么不好的。"宝玉又悄悄的问道："晴雯病重了我看他去，不是你也去了么？"五儿微微笑着点头儿。宝玉道："你听见他说什么了没有？"五儿摇着头儿道："没有。"宝玉已经忘神，便把五儿的手一拉。五儿急得红了脸，心里乱跳，便悄悄说道："二爷有什么话只管说，别拉拉扯扯的。"宝玉才放了手，说道："他和我说来着，'早知担了个虚名，也就打正经主意了'。你怎么没听见么？"五儿听了这话明明是撩拨自己的意思，又不敢怎么样，便说道："那是他自己没脸，这也是我们女孩儿家说得的吗？"宝玉着急道："你怎么也是这么个道学先生！我看你长的和他一模一样，我才肯和你说这个话，你怎么倒拿这些话来糟蹋他！"

此时五儿心中也不知宝玉是怎么个意思，便说道："夜深了，二爷也睡罢，别紧着坐着，看凉着。刚才奶奶和袭人姐姐怎么嘱咐了？"宝玉道："我不凉。"说到这里，忽然想起五儿没穿着大衣服，就怕他也像晴雯着了凉，便说道："你为什么不穿上衣服就过来？"五儿道："爷叫的紧，那里有尽着穿衣裳的空儿。要知道说这半天话儿时，我也穿上了。"宝玉听了，连忙把自己盖的一件月白绫子绵袄儿揭起来递给五儿，叫他披上。五儿只不肯接，说："二爷盖着罢，我不凉。我凉我有我的衣裳。"说着，回到自己铺边。拉了一件长袄披上。又听了听，麝月睡的正浓，才慢慢过来说："二爷今晚不是要养神呢吗？"宝玉笑道："实告诉你罢，什么是养神，我倒是要遇仙的意思。"五儿听了，越发动了疑心，便问道："遇什么仙？"宝玉道："你要知道，这话长着呢。你挨着我来坐下，我告诉你。"五儿红了脸笑道："你在那里躺着，我怎么坐呢。"宝玉道："这个何妨。那一年冷天，也是你麝月姐姐和你晴雯姐姐玩，我怕冻着他，还把他揽在被窝儿里呢。这有什么？大凡一个人总不要酸文假醋才好。”五儿听了，句句都是宝玉调戏之意，那知这位呆爷却是实心实意的话。五儿此时走开不好，站着不好，坐下不好，倒没了主意了，因微微的笑着道：“你别混说了，看人家听见这是什么意思。怨不得人家说你专在女孩儿身上用工夫，你自己放着二奶奶和袭人姐姐都是仙人儿似的，只爱和别人胡缠。明儿再说这些话，我回了二奶奶，看你什么脸见人。”

正说着，只听外面咕咚一声，把两个人吓了一跳。里间宝钗咳嗽了一声。宝玉听见，连忙嘴儿。五儿也就忙忙的息了灯，悄悄的躺下了。原来宝钗、袭人因昨夜不曾睡，又兼日间劳乏了一天，所以睡去，都不曾听见他们说话。此时院中一响，早已惊醒，听了听，也无动静。宝玉此时躺在床上，心里疑惑：“莫非林妹妹来了，听见我和五儿说话，故意吓我们的？”翻来覆去，胡思乱想，五更以后，才朦胧睡去。

却说五儿被宝玉鬼混了半夜，又兼宝钗咳嗽，自己怀着鬼胎，生怕宝钗听见了，也是思前想后，一夜无眠。次日一早起来，见宝玉尚自昏昏睡着，便轻轻的收拾了屋子。那时麝月已醒，便道：“你怎么这么早起来了？你难道一夜没睡吗？”五儿听这话又似麝月知道了的光景，便只是讪笑，也不答言。不一时，宝钗、袭人也都起来，开了门见宝玉尚睡，却也纳闷：“怎么在外头两夜睡的倒这么安稳？”

及宝玉醒来，见众人都起来了，自己连忙爬起，揉着眼睛，细想昨夜又不曾梦见，可是仙凡路隔了。慢慢的下了床，又想昨夜五儿说的宝钗、袭人都是天仙一般，这话却也不错，便怔怔的瞅着宝钗。宝钗见他发怔，虽知他为黛玉之事，却也定不得梦不梦，只是瞅的自己倒不好意思，便道：“二爷昨夜可真遇见仙了么？”宝玉听了，只道昨晚的话宝钗听见了，笑着勉强说道：“这是那里的话？”那五儿听了这一句，越发心虚起来，又不好说的，只得且看宝钗的光景。只见宝钗又笑着问五儿道：“你听见二爷睡梦中和人说话来着么？”宝玉听了，自己坐不住，搭讪着走开了。五儿把脸飞红，只得含糊道：“前半夜倒说了几句，我也没听真。什么‘担了虚名’，又什么‘没打正经主意’，我也不懂，劝着二爷睡了。后来我也睡了，不知二爷还说来着没有。”宝钗低头一想：“这话明是为黛玉了。但尽着叫他在外头，恐怕心邪了招出

些花妖柳怪来，况兼他的旧病原在姊妹上情重，只好设法将他的心意挪移过来，然后能免无事。”想到这里，不免面红耳热起来，也就讪讪的进房梳洗去了。

且说贾母两日高兴，略吃多了些，这晚有些不受用，第二天便觉着胸口饱闷。鸳鸯等要回贾政。贾母不叫言语，说：“我这两日嘴馋些吃多了点子，我饿一顿就好了。你们快别吵嚷。”于是鸳鸯等并没有告诉人。

这日晚间，宝玉回到自己屋里，见宝钗自贾母、王夫人处才请了晚安回来。宝玉想着早起之事，未免赧颜抱惭。宝钗看他这样，也晓得是个没意思的光景，因想着他是个痴情人，要治他的这个病，少不得仍以痴情治之。想了一回，便问宝玉道：“你今夜还在外头睡去罢咧？”宝玉自觉没趣，便道：“里间外头都是一样的。”宝钗意欲再说，反觉碍难出口。袭人道：“罢呀，这倒是什么道理呢？我不信睡得那么安顿！”五儿听见这话，连忙接口道：“二爷在外头睡，别的倒没有什么，只爱说梦话，叫人摸不着头脑儿，又不敢驳他的回。”袭人便道：“我今日挪到床上睡睡，看说梦话不说？你们只管把二爷的铺盖铺在里间就完了。”宝钗听了，也不作声。宝玉自己惭愧，那里还有强嘴的分儿，便依着搬进来。

一则宝玉负歉，欲安慰宝钗之心；二则宝钗恐宝玉思郁成疾，不如假以词色，不如稍示柔情，使得亲近，以为移花接木之计。于是当晚袭人果然挪出去。这宝玉固然是有意负荆，那宝钗自然也无心拒客，从过门至今日，方才是雨腻云香，氤氲调畅。从此“二五之精，妙合而凝①”了。此是后话不提。

且说次日宝玉、宝钗同起，宝玉梳洗了，先过贾母这边来。这里贾母因疼宝玉，又想宝钗孝顺，忽然想起一件东西来，便叫鸳鸯开了箱子，取出祖上所遗一个汉玉块，虽不及宝玉他那块玉石，挂在身上却也稀罕。鸳鸯找出来递与贾母，便说道：“这件东西我好像从没见的。老太太这些年还记得这样清楚，说是那一箱什么匣子里装着。我按老太太的话一拿就拿出来了。老太太这会子叫拿出来做什么？”贾母道：“你

① 二五之精，妙合而凝——隐指生命之孕育。“二”指阴阳，“五”指五行。

那里知道？这块玉还是祖爷爷给我们老太爷，老太爷疼我，临出嫁的时候叫了我去，亲手递给我的。还说：‘这玉是汉时所佩的东西，很贵重，你拿着就像见了我的一样。’我那时还小，拿了来也不当什么，便撂在箱子里。到了这里，我见咱们家的东西也多，这算得什么！从没带过，一撂便撂了六十多年。今日见宝玉这样孝顺，他又丢了一块玉，故此想着拿出来给他，也像是祖上给我的意思。”

一时宝玉请了安，贾母便喜欢道：“你过来，我给你一件东西瞧瞧。”宝玉走到床前，贾母便把那块汉玉递给宝玉。宝玉接来一瞧，那玉有三寸方圆，形似甜瓜，色有红晕，甚是精致。宝玉口口称赞。贾母道：“你爱么？这是我祖爷爷给我的，我传了你罢。”宝玉笑着，请了个安谢了，又拿了要送给他母亲瞧。贾母道：“你太太瞧了告诉你老子，又说疼儿子不如疼孙子了。他们从没见过。”宝玉笑着去了。宝钗等又说了几句话，也辞了出来。

自此贾母两日不进饮食，胸口仍是膨闷，觉得头晕目眩，咳嗽。邢、王二夫人、凤姐等请安，见贾母精神尚好，不过叫人告诉贾政，立刻来请了安。贾政出来，即请大夫看脉。不多一时，大夫来诊了脉，说是有年纪的人停了些饮食，感冒些风寒，略消导发散些就好了。开了方子，贾政看了，知是寻常药品，命人煎好进服。以后贾政早晚进来请安，一连三日，不见稍减。贾政又命贾琏：“打听好大夫，快去请来瞧老太太的病。咱们家常请的几个大夫，我瞧着不怎么好，所以叫你去。”贾

还孽债迎女返真元

琏想了一想，说道：“记得那年宝兄弟病的时候，倒是请了一个不行医的来瞧好了的，如今不如找他。”贾政道：“医道却是极难的，愈是不兴时的大夫倒有本领。你就打发人去找来罢。”贾琏即忙答应去了，回来说道：“这刘大夫新近出城教书去了，过十来天进城一次。这时等不得了，又请了一位，也就来了。”贾政听了，只得等着，不题。

且说贾母病时，合宅女眷无日不来请安。一日，众人都在那里，只见着园内腰门的老婆子进来，回说：“园里的栊翠庵的妙师父知道老太太病了，特来请安。”众人道：“他不常过来，今儿特地来，你们快请进来。凤姐走到床前回贾母。岫烟是妙玉的旧相识，先走出去接他。只见妙玉头带妙常髻①，身上穿一件月白素绸袄儿，外罩一件水田青缎镶边长背心，拴着秋香色的丝绦，腰上系一条淡墨画的白绫裙；手执麈尾念珠，跟着一个侍儿，飘飘拽拽的走来。岫烟见了问好，说是：“在园内住的日子，可以常常来瞧瞧你。近来因为园内人少，一个人轻易难出来。况且咱们这里的腰门常关着，所以这些日子不得见你。今儿幸会。”妙玉道：“头里你们是热闹场中，你们虽在外园里住，我也不便常来亲近。如今知道这里的事情也不大好，又听说是老太太病着，又惦记着你，并要瞧瞧宝姑娘。我那管你们的门关不关，我要来就来，我不来你们要我来也不能啊。”岫烟笑道：“你还是那种脾气。”

一面说着，已到贾母房中。众人见了都问了好。妙玉走到贾母床前问候，说了几句套话。贾母便道：“你是个女菩萨，你瞧瞧我的病可好得了好不了？”妙玉道：“老太太这样慈善的人，寿数正有呢。一时感冒，吃几贴药想来也就好了。有年纪人，只要宽心些。”贾母道：“我倒不为这些，我是极爱寻快乐的。如今这病也不觉怎样，只是胸膈闷饱，刚才大夫说是气恼所致。你是知道的，谁敢给我气受？这不是那大夫脉理平常么？我和琏儿说了，还是头一个大夫说感冒伤食的是，明儿仍请他来。”说着，叫鸳鸯吩咐厨房里办一桌净素菜来，请他在这里便饭。妙玉道：“我已吃过午饭了。我是不吃东西的。”王夫人道：“不吃也罢，咱们多坐一会说些闲话儿罢。”妙玉道：“我久已不见你们，今儿来瞧瞧。”又说了一回话便要走，回头见惜春站着，便问道：“四

① 妙常髻——带发修行的尼姑所梳的一种发髻，上覆巾帻。

姑娘为什么这样瘦？不要只管爱画劳了心。”惜春道：“我久不画了。如今住的房屋不比园里的显亮，所以没兴画。”妙玉道：“你如今住在那一所？”惜春道：“就是你才进来的那个门东边的屋子。你要来，很近。”妙玉道：“我高兴的时候来瞧你。”惜春等说着送了出去。回身过来，听见丫头们回说大夫在贾母那边呢。众人暂且散去。

那知贾母这病日重一日，延医调治不效，以后又添腹泻。贾政着急，知病难医，即命人到衙门告假，日夜同王夫人亲视汤药。一日，见贾母略进些饮食，心里稍宽。

只见老婆子在门外探头，王夫人叫彩云看去，问问是谁。彩云看了是陪迎春到孙家去的人，便道：“你来做什么！”婆子道：“我来了半日，这里找不着一个姐姐们，我又不敢冒撞，我心里又急。”彩云道：“你急什么？又是姑爷作践姑娘不成么？”婆子道：“姑娘不好了。前儿闹了一场，姑娘哭了一夜，昨日痰堵住了。他们又不请大夫，今日更利害了。”彩云道：“老太太病着呢，别大惊小怪的。”王夫人在内已听见了，恐老太太听见不受用，忙叫彩云带他外头说去。

岂知贾母病中心静，偏偏听见，便道：“迎丫头要死了么？”王夫人便道：“没有。婆子们不知轻重，说是这两日有些病，恐不能就好，到这里问大夫。”贾母道：“瞧我的大夫就好，快请了去。”王夫人便叫彩云叫这婆子去回大太太去，那婆子去了。这里贾母便悲伤起来，说是：“我三个孙女儿，一个享尽了福死了，三丫头远嫁不得见面，迎丫头虽苦，或者熬出来，不打量他年轻轻儿的就要死了。留着我这么大年纪的人活着做什么！”王夫人、鸳鸯等解劝了好半天。

那时宝钗、李氏等不在房中，凤姐近来有病，王夫人恐贾母生悲添病，便叫人叫了他们来陪着，自己回到房中，叫彩云来埋怨：“这婆子不懂事。以后我在老太太那里，你们有事不用来回。”丫头们依命不言。岂知那婆子刚到邢夫人那里，外头的人已传进来说：“二姑奶奶死了。”邢夫人听了，也便哭了一场。现今他父亲不在家中，只得叫贾琏快去瞧看。知贾母病重，众人都不敢回。可怜一位如花似月之女，结褵[1]年余，不料被孙家揉搓以致身亡。又值贾母病笃，众人不便离开，竟容孙家草草完结。

贾母病势日增，只想这些孙女儿。一时想起湘云，便打发人去瞧他。回来的人悄悄的找鸳鸯，因鸳鸯在老太太身旁，王夫人等都在那里，不便上去，到了后头找了琥珀，告诉他说："老太太想史姑娘，叫我们去打听。那里知道史姑娘哭得了不得，说是姑爷得了暴病，大夫都瞧了，说这病只怕不能好，若是变了痨病，还可捱个四五年。所以史姑娘心里着急。又知道老太太病，只是不能过来请安，还叫我不要在老太太面前提起。倘或老太太问起来，务必托你们变个法儿回老太太才好。"琥珀听了，咳了一声，就也不言语了，半日说道："你去罢。"

琥珀也不大便回，心里打算告诉鸳鸯，叫他撒谎去，所以来到贾母床前，只见贾母神色大变，地下站着一屋子的人，嘁嘁的说"瞧着是不好了"，也不敢言语了。这里贾政悄悄的叫贾琏到身旁，向耳边说了几句话。贾琏轻轻的答应出去了，便传齐了现在家的一干家人说："老太太的事待好出来了，你们快快分头派人办去。头一件先请出板来瞧瞧，好挂里子[2]。快到各处将各人的衣服量了尺寸，都开明了，便叫裁缝去做孝衣。那棚杠执事都讲定了。厨房里还该多派几个人。"赖大等回道："二爷，这些事不用爷费心，我们早打算好了。只是这项银子在那里领呢？"贾琏道："这种银子不用打算了，老太太自己早留下了。刚才老爷的主意只要办的好，我想外面也要好看。"赖大等答应，派人分头办去。

贾琏复回到自己房中，便问平儿："你奶奶今儿怎么样？"平儿把嘴往里一努说："你瞧去。"贾琏进内，见凤姐正要穿衣，一时动不得，暂且靠在炕桌儿上，贾琏道："你只怕养不住了。老太太的事今儿明儿就要出来了，你还脱得过么？快叫人将屋里收拾收拾就该扎挣上去了。若有了事，你我还能回来么？"凤姐道："咱们这里还有什么收拾的？不过就是这点子东西，还怕什么？你先去罢，看老爷叫你。我换件

---

① 结褵——古代女子出嫁，母亲把褵（也作袆，即佩巾）结在女儿身上。为女子成婚的代称。

② 板、挂里子——板：这里指棺木。给棺材内壁涂上桐油、松香、黄蜡之类并覆以丝绸一类织物叫"挂里子"。

衣裳就来。”

贾琏先回到贾母房里，向贾政悄悄的回道：“诸事已交派明白了。”贾政点头。外面又报太医进来了，贾琏接入，又诊了一回，出来悄悄的告诉贾琏：“老太太的脉气不好，防着些。”贾琏会意，与王夫人等说知。王夫人即忙使眼色叫鸳鸯过来，叫他把老太太的装裹衣服预备出来。鸳鸯自去料理。贾母睁眼要茶喝，邢夫人便进了一杯参汤。贾母刚用嘴接着喝，便道：“不要这个，倒一钟茶来我喝。”众人不敢违拗，即忙送上来，一口喝了，还要，又喝一口，便说：“我要坐起来。”贾政等道：“老太太要什么只管说，可以不必坐起来才好。”贾母道：“我喝了口水，心里好些，略靠着和你们说说话。”珍珠等用手轻轻的扶起，看见贾母这回精神好些。未知生死，下回分解。

第一百十回

史太君寿终归地府　王凤姐力诎[1]失人心

却说贾母坐起说道："我到你们家已经六十多年了，从年轻的时候到老来，福也享尽了。自你们老爷起，儿子孙子也都算是好的了。就是宝玉呢，我疼了他一场。"说到那里，拿眼满地下瞅着。王夫人便推宝玉走到床前。贾母从被窝里伸出手来拉着宝玉道："我的儿，你要争气才好！"宝玉嘴里答应，心里一酸，那眼泪便要流下来，又不敢哭，只得站着，听贾母说道："我想再见一个重孙子，我就安心了。我的兰儿在那里呢？"李纨也推贾兰上去。贾母放了宝玉，拉着贾兰道："你母亲是要孝顺的，将来你成了人，也叫你母亲风光风光。凤丫头呢？"凤姐本来站在贾母旁边，赶忙走到眼前说："在这里呢。"贾母道："我的儿，你是太聪明了，将来修修福罢。我也没有修什么，不过心实吃亏，那些吃斋念佛的事我也不大干，就是旧年叫人写了些《金刚经》送送人，不知送完了没有？"凤姐道："没有呢。"贾母道："早该施舍完了才好。我们大老爷和珍儿是在外头罢了，最可恶的是史丫头没良心，怎么总不来瞧我。"鸳鸯等明知其故，都不言语。贾母又瞧了一瞧宝钗，叹了口气，只见脸上发红。贾政知是回光返照，即忙进上参汤。贾母的牙关已经紧了，合了一回眼，又睁着满屋里瞧了一瞧。王夫人、

①力诎——力穷，力所不及。诎：缩短。

宝钗上去轻轻扶着，邢夫人、凤姐等便忙穿衣，地下婆子们已将床安设停当，铺了被褥，听见贾母喉间略一响动，脸变笑容，竟是去了，享年八十三岁。众婆子疾忙停床。

于是贾政等在外一边跪着，邢夫人等在内一边跪着，一齐举起哀来。外面家人各样预备齐全，只听里头信儿一传出来，从荣府大门起至内宅门扇扇大开，一色净白纸糊了，孝棚高起，大门前的牌楼立时竖起，上下人等登时成服。贾政报了丁忧[①]。礼部奏闻，主上深仁厚泽，念及世代功勋，又系元妃祖母，赏银一千两，谕礼部主祭。家人们各处报丧。众亲友虽知贾家势败，今见圣恩隆重，都来探丧，择了吉时成殓，停灵正寝。

贾赦不在家，贾政为长，宝玉、贾环、贾兰是亲孙，年纪又小，都应守灵。贾琏虽也是亲孙，带着贾蓉尚可分派家人办事。虽请了些男女外亲来照应，内里邢王二夫人、李纨、凤姐、宝钗等是应灵旁哭泣的，尤氏虽可照应，然贾珍外出依住荣府，一向总不上前，且又荣府的事不甚谙练；贾蓉的媳妇更是不必说了。惜春年小，虽在这里长的，他于家事全不知道。所以内里竟无一人支持，只有凤姐可以照管里头的事。况又贾琏在外作主，里外他二人倒也相宜。

凤姐先前仗着自己的才干，原打量老太太死了他大有一番作用。邢、王二夫人等本知他曾办过秦氏的事，必是妥当，于是仍叫凤姐总理里头的事。凤姐本不应辞，自然应了，心想："这里的事本是我管的，那些家人更是我手下的人，太太和珍大嫂子的人本来难使唤些，如今他们都去了。银项虽没有了对牌，这种银子却是现成的。外头的事又是我们那个办。虽说我现今身子不好，想来也不致落褒贬，必是比宁府里还得办些。"心下已定，且待明日接了三，后日一早便叫周瑞家的传出话去，将花名册取上来。凤姐一一的瞧了，统共只有男仆二十一人，女仆只有十九人，余者俱是些丫头，连各房算上，也不过三十多人，难以派差。心里想道："这回老太太的事倒没有东府里的人多。"又将庄上的弄出几个，也不敷差遣。

---

① 丁忧——旧称遭父母之丧为丁忧，为官的须闭门谢客、辞官归里、守制三年（实际为二十七个月），期满之后方可"起复"。

正在思算，只见一个小丫头过来说："鸳鸯姐姐请奶奶。"凤姐只得过去。只见鸳鸯哭得泪人一般，一把拉着凤姐说道："二奶奶请坐，我给二奶奶磕个头。虽说服中不行礼，这个头是要磕的。"鸳鸯说着跪下。慌的凤姐赶忙拉住，说道："这是什么礼，有话好好的说。"鸳鸯跪着，凤姐便拉起来。鸳鸯说道："老太太的事一应内外都是二爷和奶奶办，这种银子是老太太留下的。老太太这一辈子也没有糟蹋过什么银钱，如今临了这件大事，必得求二奶奶体体面面的办一办才好。我方才听见老爷说什么诗云子曰，我不懂；又说什么'丧与其易，宁戚'，我听了不明白。我问宝二奶奶，说是老爷的意思，老太太的丧事只要悲切才是真孝，不必糜费图好看的念头。我想老太太这样一个人，怎么不该体面些？我虽是奴才丫头，敢说什么？只是老太太疼二奶奶和我这一场，临死了还不叫他风光风光？我想二奶奶是能办大事的，故此我请二奶奶来，作个主意。我生是跟老太太的人，老太太死了我也是跟老太太的！若是瞧不见老太太的事怎么办，将来怎么见老太太呢？"

凤姐听了这话来的古怪，便说："你放心，要体面是不难的。况且老爷虽说要省，那势派也错不得。便拿这项银子都花在老太太身上，也是该当的。"鸳鸯道："老太太的遗言说，所有剩下的东西是给我们的，二奶奶倘或用着不够，只管拿这个去折变补上。就是老爷说什么，也不好违了老太太的遗言。那日老太太分派的时候，不是老爷在这里听见的么？"凤姐道："你素来最明白的，怎么这会子那样的着急起来了？"鸳鸯道："不是我着急，为的是大太太是不管事的，老爷是怕招摇的，若是二奶奶心里也是老爷的想头，说抄过家的人丧事还是这么好，将来又要抄进来，也就不顾起老太太来，怎么样呢？我呢是个丫头，好歹碍不着，到底是这里的声名！"凤姐道："我知道了，你只管放心，有我呢！"鸳鸯千恩万谢的托了凤姐。

那凤姐出来想道："鸳鸯这东西好古怪，不知打了什么主意？论理老太太身上本该体面些。唉，不要管他，且按着咱们家先前的样子办去。"于是叫了旺儿家的来把话传出去请二爷进来。不多时，贾琏进来，说道："怎么找我？你在里头照应着些就是了。横竖作主是咱们二老爷，他说怎么着咱们就怎么着。"凤姐道："你也说起这个话来了，可不是鸳鸯说的话应验了么？"贾琏道："什么鸳鸯的话？"凤姐便将鸳鸯请进去的话述了一遍。

贾琏道："他们的话算什么！才刚二老爷叫我去，说老太太的事固要认真办理，但是知道的呢，说是老太太自己结果自己，不知道的只说咱们都隐匿起来了，如今很宽裕。老太太的这种银子用不了，谁还要么？仍旧该用在老太太身上。老太太是在南边的，坟地虽有，阴宅却没有。老太太的柩是要归到南边去的，留这银子在祖坟上盖起些房屋来，再余下的置买几顷祭田。咱们回去也好，就是不回去，便叫这些贫穷族中住着，也好按时按节早晚上香，时常祭扫祭扫。你想这些话可不是正经主意？据你这个话，难道都花了罢？"凤姐道："银子发出来了没有？"

贾琏道："谁见过银子！我听见咱们太太听见了二老爷的话，极力的窜掇二太太和二老爷，说这是好主意。叫我怎么着？现在外头棚扛上要支几百两银子，这会子还没有发出来。我要去，他们都说有，先叫外头办了回来再算。你想这些奴才们有钱的早溜了，按着册子叫去，有的说告病，有的说下庄子去了。走不动的有几个，只有赚钱的能耐，还有赔钱的本事么？"凤姐听了，呆了半天，说道："这还办什么？"

正说着，见来了一个丫头说："大太太的话问二奶奶，今儿第三天了，里头还很乱，供了饭还叫亲戚们等着吗？叫了半天，来了菜，短了饭，这是什么办事的道理？"凤姐急忙进去，吆喝人来伺候，胡弄着将早饭打发了。偏偏那日人来的多，里头的人都死眉瞪眼的。凤姐只得在那里照料了一会子，又惦记着派人，赶着出来叫了旺儿家的传齐了家人、女人们，一一分派了。众人都答应着不动。

凤姐道："什么时候，还不供饭？"众人道："传饭是容易的，只要将里头的东西发出来，我们才好照管去。"凤姐道："糊涂东西，派定了你们，少不得有的。"众人只得勉强答应着。凤姐即往上房取发应用之物，要去请示邢、王二夫人，见人多难说，看那时候已经日渐平西了，只得找了鸳鸯，说要老太太存的这一分家伙。鸳鸯道："你还问我呢，那一年二爷当了赎了来了么？"凤姐道："不用银的金的，只要这一分平常使的。"鸳鸯道："大太太、珍大奶奶屋里使的是那里来的？"凤姐一想不差，转身就走，只得到王夫人那边找了玉钏儿、彩云，才拿了一分出来，急忙叫彩明登账，发与众人收管。

鸳鸯见凤姐这样慌张，又不好叫他回来，心想："他头里作事何等爽利周到，如今怎么掣肘[①]的这个样儿。我看这两三天连一点儿头脑都没有，不是老太太白疼了他了吗！"那里知邢夫人一听贾政的话，正合着将来家计艰难的心，巴不得留一点子作个收局。况且老太太的事原是长房作主，贾赦虽不在家，贾政又是拘泥的人，有件事便说请大奶奶的主意。邢夫人素知凤姐手脚大，贾琏的闹鬼，所以死拿住不放松。鸳鸯只道已将这项银两交了出去了，故见凤姐掣肘如此，便疑为不肯用心，便在贾母灵前唠唠叨叨哭个不了。

邢夫人等听了话中有话，不想到自己不令凤姐便宜行事，反说凤丫头果然有些不用心。王夫人到了晚上，叫了凤姐过来说："咱们家虽说不济，外头的体面是要的。这两三日人来人往，我瞧着那些人都照应不到，想是你没有吩咐。还得你替我们操点心儿才好。"凤姐听了，呆了一会，要将银两不凑手的话说出，但是银钱是外头管的，王夫人说的是照应不到。凤姐也不敢辩，只好不言语。邢夫人在旁说道："论理该是我们做媳妇的操心，本不是孙子媳妇的事。但是我们动不得身，所以托你的，你是打不得撒手的。"凤姐紫涨了脸，正要回说，只听外头鼓乐一奏，是烧黄昏纸的时候了，大家举起哀来，又不得说。凤姐原想回来再说，王夫人催他出去料理，说道："这里有我们呢，你快快儿的去料理明儿的事罢。"

凤姐不敢再言，只得含悲忍泣的出来，又叫人传齐了众人，又吩咐了一会，说："大娘婶子们可怜我罢！我上头捱了好些说，为的是你们不齐截，叫人笑话。明儿你们豁出些辛苦来罢。"那些人回道："奶奶办事不是今儿个一遭儿了，我们敢违拗吗？只是这回的事上头过于累赘。只说打发这顿饭罢，有的在这里吃的，有的要在家里吃的，请了那位太太，又是那位奶奶不来。诸如此类，那里能齐全？还求奶奶劝劝那些姑娘们不要挑饬就好了。"凤姐道："头一层是老太太的丫头们是难缠的，太太们的也难说话，叫他说谁去呢？"众人道："从前奶奶在东

① 掣肘——掣：拉扯。肘：臂中部弯处。肘关节如被拉扯，手臂即不能屈伸自如，故常以掣肘比喻对别人作事从旁牵制阻梗。这里是办事不爽利、左支右绌、穷于应付的意思。

府里还是署事[1]，要打要骂，怎么这样锋利？谁敢不依？如今这些姑娘们都压不住了？”

凤姐叹道：“东府里的事虽说托办的，太太虽在那里，不好意思说什么。如今是自己的事情，又是公中的，人人说得话。再者外头的银钱也叫不灵，即如棚里要一件东西，传了出去总不见拿进来。这叫我什么法儿呢？”众人道：“二爷在外头，倒怕不应付么？”凤姐道：“还提那个，他也是那里为难。第一件银钱不在他手里，要一件得回一件，那里凑手？”众人道：“老太太这项银子不在二爷手里吗？”凤姐道：“你们回来问管事的便知道了。”众人道：“怨不得！我们听见外头男人抱怨说：‘这么件大事，咱们一点儿摸不着，净当苦差！’叫人怎么能齐心呢？”凤姐道：“如今不用说了，眼面前的事大家留些神罢。倘或闹的上头有了什么说的，我和你们不依的。”众人道：“奶奶要怎么样，他们敢抱怨吗？只是上头一人一个主意，我们实在难周到。”凤姐听了没法，只得央说道：“好大娘们！明儿且帮我一天，等我把姑娘们闹明白了，再说罢了。”众人听命而去。

凤姐一肚子的委屈，愈想愈气，直到天亮又得上去。要把各处的人整理整理，又恐邢夫人生气；要和王夫人说，怎奈邢夫人挑唆。这些丫头们见邢夫人等不助着凤姐的威风，更加作践起他来。幸得平儿替凤姐排解，说是“二奶奶巴不得要好，只是老爷太太们吩咐了外头，不准糜费，所以我们二奶奶不能应付到了”。说过几次才得安静些。虽说僧经道忏，吊祭供饭，络绎不绝，终是银钱吝啬，谁肯踊跃，不过草草了事。连日王妃诰命也来的不少，凤姐也不能上去照应，只好在底下张罗。叫了那个，走了这个，发一回急，央及一会，胡弄过了一起，又打发一起。别说鸳鸯等看去不像样，连凤姐自己心里也过不去了。

邢夫人虽说是冢妇[2]，仗着“悲戚为孝”四个字，倒也都不理会。王夫人落得跟了邢夫人行事，余者更不必说了。独有李纨瞧出凤姐的苦处，也不敢替他说话，只自叹道：“俗语说的，‘牡丹虽好，全仗绿叶扶持’，太太们不亏了凤丫头，那些人还帮着吗？若是三姑娘在家还

---

① 署事——代理事务。

② 冢妇——嫡长子之妻。

好，如今只有他几个自己的人瞎张罗，面前背后的也抱怨，说是一个钱摸不着，脸面也不能剩一点儿。老爷是一味的尽孝，庶务上头不大明白，这样的一件大事，不撒散几个钱就办的开了吗？可怜凤丫头闹了几年，不想在老太太的事上，只怕保不住脸了。”于是抽空儿叫了他的人来吩咐道：“你们别看着人家的样儿，也糟蹋起琏二奶奶来。别打量什么穿孝、守灵就算了大事了，不过混过几天就是了。看见那些人张罗不开，便插个手儿也未为不可，这也是公事，大家都该出力的。”

那些素服李纨的人都答应着说：“大奶奶说的很是。我们也不敢那么着，只听见鸳鸯姐姐们的口话儿好像怪琏二奶奶似的。”李纨道：“就是鸳鸯我也告诉过他，我说琏二奶奶并不是在老太太的事上不用心，只是银子钱都不在他手里，叫他巧媳妇还作的上没米的粥来吗？如今鸳鸯也知道了，所以他不怪他了。只是鸳鸯的样子竟是不像从前了。这也奇怪，那时候有老太太疼他，倒没有作过什么威福，如今老太太死了，没有仗腰子的了，我看他倒有些气质不大好了。我先前替他愁，这会子幸喜大老爷不在家才躲过去了，不然他有什么法儿？”

说着，只见贾兰走来说：“妈妈睡罢，一天到晚人来客去的也乏了，歇歇罢。我这几天总没有摸摸书本儿，今儿爷爷叫我家里睡，我喜欢的很，要理个一两本书才好。别等脱了孝再都忘了。”李纨道：“好孩子，看书呢自然是好的。今儿且歇歇罢，等老太太送了殡再看罢。”贾兰道：“妈妈要睡，我也就睡在被窝里头想想也罢了。”

众人听了都夸道：“好哥儿，怎么这点年纪得了空儿就想到书上！不像宝二爷娶了亲的人还是那么孩子气，这几日跟着老爷跪着，瞧他很不受用，巴不得老爷一动身就跑过来找二奶奶，不知唧唧咕咕的说些什么，甚至弄的二奶奶都不理他了。他又去找琴姑娘，琴姑娘也远避他。邢姑娘也不很同他说话。倒是咱们本家的什么喜姑娘咧、四姑娘咧，哥哥长、哥哥短的和他亲蜜。我们看那宝二爷，除了和奶奶姑娘们混混，只怕他心里也没有别的事，白过费了老太太的心，疼了他这么大，那里及兰哥儿一零儿呢？大奶奶，你将来是不愁的了。”

李纨道：“就好也还小，只怕到他大了，咱们家还不知怎么样了呢！环哥儿你们瞧着怎么样？”众人道：“这一个更不像样儿了！两个眼睛倒像个活猴儿似的，东溜溜，西看看，虽在那里嚎丧，见了奶奶姑娘们来了，他在孝幔子里头净偷着眼儿瞧人呢。”李纨道：“他的年纪其实也不小了。前日听见说还要给他说亲呢，如今又得等着了。唉，还有一件事，咱们家这些人，我看来也是说不清的。且不必说闲话，后日送殡各房的车辆是怎么样了？”

众人道：“琏二奶奶这几天闹的像失魂落魄的样儿了，也没见传出去。昨儿听见我男人说，琏二爷派了蔷二爷料理，说是咱们家的车也不够，赶车的也少，要到亲戚家去借去呢。”李纨笑道：“车也都是借得的么？”众人道：“奶奶说笑话儿了，车怎么借不得？只是那一日所有的亲戚都用车，只怕难借，想来还得雇呢。”李纨道：“底下人的只得雇，上头白车[1]也有雇的么？”众人道：“现在大太太、东府里大奶奶、小蓉奶奶都没有车了，不雇那里来呢？”李纨听了叹息道：“先前见有咱们家儿的太太、奶奶们坐了雇的车来，咱们都笑话，如今轮到自己头上了。你明儿去告诉你的男人，我们的车马早早儿的预备好了，省得挤。”众人答应了出去，不题。

且说史湘云因他女婿病着，贾母死后只来了一次，屈指算是后日送殡，不能不去。又见他女婿的病已成痨症，暂且不妨，只得坐夜[2]前一日过来。想起贾母素日疼他，又想到自己命苦，刚配了一个才貌双全的男人，性情又好，偏偏的得了冤孽症候，不过捱日子罢了：于是更加悲痛，直哭了半夜，鸳鸯等再三劝慰不止。

宝玉瞅着也不胜悲伤，又不好上前去劝，见他淡妆素服，不敷脂粉，更比未嫁的时候犹胜几分。转念又看宝琴等淡素装饰，自有一种天生丰韵，独有宝钗浑身孝服，那知道比寻常穿颜色时更有一番雅致。心里想道：“所以千红万紫终让梅花为魁，殊不知并非为梅花开的早，竟是‘洁白清香’四字是不可及的了。但只这时候若有林妹妹也是这样打扮，又不知怎样的丰韵了！”想到这里，不觉的心酸起来，那泪珠便直滚滚的下来了，趁着贾母的事，不妨放声大哭。众人正劝湘云不止，外间又添出一个哭的来了。大家只道是想着贾母疼他的好处，所以伤悲，岂知他们两个各自有各自的心事。这场大哭，不禁满屋的人无不下泪。

---

① 白车——送丧的车。

② 坐夜——也叫“伴宿”。殡葬前夜，丧家守灵不寐。

还是薛姨妈、李婶娘等劝住。

次日乃坐夜之期，更加热闹。凤姐这日竟支撑不住，也无方法，只得用尽心力，甚至咽喉嚷哑，敷衍过了半日。到了下半天，人客更多了，事情也更繁了，瞻前不能顾后。正在着急，只见一个小丫头跑来说："二奶奶在这里呢，怪不得大太太说，里头人多照应不过来，二奶奶是躲着受用去了。"凤姐听了这话，一口气撞上来，往下一咽，眼泪直流，只觉得眼前一黑，嗓子里一甜，便喷出鲜红的血来，身子站不住，就蹲倒在地。幸亏平儿急忙过来扶住。只见凤姐的血一口一口的吐个不住。未知性命如何，下回分解。

第一百十一回

鸳鸯女殉主登太虚　狗彘奴欺天招伙盗

话说凤姐听了小丫头的话，又气又急又伤心，不觉吐了一口血，便昏晕过去，坐在地下。平儿急来靠着，忙叫人来搀扶着，慢慢的送到自己房中，将凤姐轻轻的安放在炕上，立刻叫小红斟上一杯开水送到凤姐唇边。凤姐呷了一口，昏迷仍睡。秋桐过来略瞧了一瞧，便走开了，平儿也不叫他。只见丰儿在旁站着，平儿便说："快去回明二位太太。"于是丰儿将凤姐吐血不能照应的话回了邢、王二夫人，邢夫人打谅凤姐推病藏躲，因这时女亲都在内里不少，也不好说别的，心里却不全信，只说："叫他歇着去罢。"众人也并无言语。自然这晚亲友来往不绝，幸得几个内亲照应。家下人等见凤姐不在，也有偷闲歇力的，乱乱吵吵，已闹的七颠八倒，不成事体了。

到二更多天远客去后，便预备辞灵，孝幕内的女眷大家都哭了一阵。只见鸳鸯已哭的昏晕过去了，大家扶住捶闹了一阵，才醒过来，便说老太太疼了一场，要跟了去的话。众人都打谅人到悲哭，俱有这些言语，也不理会。到了辞灵之时，上上下下也有百十余人，只不见鸳鸯。众人因为忙乱，却也不曾检点。到了琥珀等一干人哭奠之时，才要找鸳鸯，又恐是他哭乏了，暂在别处歇着，也不言语。

辞灵以后，外头贾政叫了贾琏问明送殡的事，便商量着派人看家。贾琏回说："上人里头派了芸儿在家照应，不必送殡；下人里头派了

林之孝的一家子照应拆棚等事。但不知里头派谁看家？”贾政道：“听见你母亲说是你媳妇病了不能去，就叫他在家的。你珍大嫂子又说你媳妇病得利害，还叫四丫头陪着，带领了几个丫头、婆子照看上屋里才好。”贾琏听了，心想：“珍大嫂子与四丫头两个不合，所以撺掇着不叫他去，若是上头就是他照应，也是不中用的。我们那一个又病着，也难照应。”想了一回，回贾政道：“老爷且歇歇儿，等进去商量定了再回。”贾政点了点头，贾琏便进去了。

谁知此时鸳鸯哭了一场，想到“自己跟着老太太一辈子，身子也没有着落。如今大老爷虽不在家，大太太的这样行为我也瞧不上。老爷是不管事的人，以后便乱世为王起来了，我们这些人不是要叫他们掇弄了么？谁收在屋子里，谁配小子，我是受不得这样折磨的，倒不如死了干净。但是一时怎么样的个死法呢？”一面想，一面走回老太太的套间屋内。

才跨进门，只见灯光惨淡，隐隐有个女人拿着汗巾子，好似要上吊的样子。鸳鸯也不惊怕，心里想道：“这一个是谁？和我的心事一样，倒比我走在头里了。”便问道：“你是谁？咱们两个人是一样的心，要死一块儿死。”那个人也不答言。鸳鸯走到跟前一看，并不是这屋子的丫头，仔细一看，觉得冷气侵人时就不见了。鸳鸯呆了一呆，退出在炕沿上坐下，细细一想道：“哦，是了，这是东府里的小蓉大奶奶啊！他早死了的了，怎么到这里来？必是来叫我来了。他怎么又上吊呢？”想了一想道：“是了，必是教给我死的法儿。”鸳鸯这么一想，邪侵入骨，便站起来，一面哭，一面开了妆匣，取出那年绞的一绺头发，揣在怀里，就在身上解下一条汗巾，按着秦氏方才比的地方拴上。自己又哭了一回，听见外头人客散去，恐有人进来，急忙关上屋门，然后端了一个脚凳自己站上，把汗巾拴上扣儿套在咽喉，便把脚凳蹬开。可怜咽喉气绝，香魂出窍。

正无投奔，只见秦氏隐隐在前，鸳鸯的魂魄疾忙赶上说道：“蓉大奶奶，你等等我。”那个人道：“我并不是什么蓉大奶奶，乃警幻之妹可卿是也。”鸳鸯道：“你明明是蓉大奶奶，怎么说不是呢？”那人道：“这也有个缘故，待我告诉你，你自然明白了。我在警幻宫中原是个钟情的首坐，管的是风情月债，降临尘世，自当为第一情人，引这些痴情怨女早早归入情司，所以该当悬梁自尽的。因我看破凡情，超出情海，归入情天，所以太虚幻境痴情一司竟自无人掌管。今警幻仙子已经将你补入，替我掌管此司，所以命我来引你前去的。”鸳鸯的魂道：“我是个最无情的，怎么算我是个有情的人呢？”那人道：“你还不知道呢。世人都把那淫欲之事当作‘情’字，所以作出伤风败化的事来，还自谓风月多情，无关紧要。不知‘情’之一字，喜怒哀乐未发之时便是个性，喜怒哀乐已发便是情了①。至于你我这个情，正是未发之情，就如那花的含苞一样，欲待发泄出来，这情就不为真情了。”鸳鸯的魂听了点头会意，便跟了秦可卿而去。

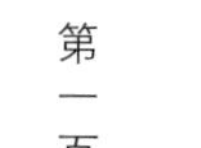

这时琥珀辞了灵，听邢、王二夫人分派看家的人，想着去问鸳鸯明日怎样坐车的，在贾母的外间屋里找了一遍不见，便找到套间里头。刚到门口，见门儿掩着，从门缝里望里看时，只见灯光半明不灭的，影影绰绰，心里害怕，又不听见屋里有什么动静，便走回来说道：“这蹄子跑到那里去了？”劈头见了珍珠，说：“你见鸳鸯姐姐来着没有？”珍珠道：“我也找他，太太们等他说话呢。必在套间里睡着了罢。”琥珀道：“我瞧了，屋里没有。那灯也没人夹蜡花儿，漆黑怪怕的，我没进去。如今咱们一块儿进去瞧，看有没有。”琥珀等进去正夹蜡花，珍珠说：“谁把脚凳撂在这里，几乎绊我一跤。”说着往上一瞧，唬的哎哟一声，身子往后一仰，咕咚的栽在琥珀身上。琥珀也看见了，便大嚷起来，只是两只脚挪不动。

外头的人也都听见了，跑进来一瞧，大家嚷着，报与邢、王二夫人知道。王夫人、宝钗等听了，都哭着去瞧。邢夫人道：“我不料鸳鸯倒有这样志气，快叫人去告诉老爷。”只有宝玉听见此信，便唬的双眼直竖。袭人等慌忙扶着，说道：“你要哭就哭，别憋着气。”宝玉死命的才哭出来了，心想：“鸳鸯这样一个人偏又这样死法。”又想：“实在天地间的灵气独钟在这些女子身上了。他算得了死所，我们究竟是一件浊物，还是老太太的儿孙，谁能赶得上他？”复又喜欢起来。那时宝钗听见宝玉大哭，也出来了，及到跟前，见他又笑。袭人等忙说：“不好

---

① “喜怒哀乐”一段——本于宋代朱熹《四书集注·中庸》注：“喜怒哀乐，情也；其未发，则性也。”

了，又要疯了。”宝钗道：“不妨事，他有他的意思。”宝玉听了，更喜欢宝钗的话，“倒是他还知道我的心，别人那里知道。”正在胡思乱想，贾政等进来，着实的嗟叹着，说道：“好孩子，不枉老太太疼他一场！”即命贾琏：“出去吩咐人连夜买棺盛殓，明日便跟着老太太的殡送出，也停在老太太棺后，全了他的心志。”贾琏答应出去。这里命人将鸳鸯放下，停放里间屋内。平儿也知道了，过来同袭人、莺儿等一干人都哭的哀哀欲绝。内中紫鹃也想起自己终身一无着落，“恨不跟了林姑娘去，又全了主仆的恩义，又得了死所。如今空悬在宝玉屋内，虽说宝玉仍是柔情蜜意，究竟算不得什么”。于是更哭得哀切。

王夫人即传了鸳鸯的嫂子进来，叫他看着入殓。遂与邢夫人商量了，在老太太项内赏了他嫂子一百两银子，还说等闲了将鸳鸯所有的东西俱赏他们。他嫂子磕了头出去，反喜欢说：“真真的我们姑娘是个有志气的，有造化的，又得了好名声，又得了好发送[①]。”旁边一个婆子说道：“罢呀！嫂子，这会子你把一个活姑娘卖了一百银子便这么喜欢了，那时候儿给了大老爷，你还不知得多少银钱呢，你该更得意了。”一句话戳了他嫂子的心，便红了脸走开了。刚走到二门上，见林之孝带了人抬进棺材来了，他只得也跟进去帮着盛殓，假意哭嚎了几声。

贾政因他为贾母而死，要了香来上了三炷，作了一个揖，说：“他是殉葬的人，不可作丫头论。你们小一辈都该行个礼。”宝玉听了，喜不自胜，走上来恭恭敬敬磕了几个头。贾琏想他素日的好处，也要上来行礼，被邢夫人说道：“有了一个爷们便罢了，不要折受他不得超生。”贾琏就不便过来了。宝钗听了，心中好不自在，便说道：“我原不该给他行礼，但只老太太去世，咱们都有未了之事，不敢胡为，他肯替咱们尽孝，咱们也该托托他好好的替咱们服侍老太太西去，也少尽一点子心那。”说着扶了莺儿走到灵前，一面奠酒[②]，那眼泪早扑簌簌流下来了，奠毕拜了几拜，狠狠的哭了他一场。众人也有说宝玉的两口子都是傻子，也有说他两个心肠儿好的，也有说他知礼的。贾政反倒合了意。

---

① 发送——送灵柩去殡葬。这里用作名词，指丧葬费用。

② 奠酒——以酒祭奠死者。

一面商量定了，看家的仍是凤姐惜春，余者都遣去伴灵。一夜谁敢安眠？一到五更，听见外面齐人。到了辰初发引，贾政居长，衰麻[1]哭泣，极尽孝子之礼。灵柩出了门，便有各家的路祭，一路上的风光不必细述。走了半日，来至铁槛寺安灵，所有孝男等俱应在庙伴宿，不题。

且说家中林之孝带领拆了棚，将门窗上好，打扫净了院子，派了巡更的人，到晚打更上夜。只是荣府规例，一交二更，三门掩上，男人便进不去了，里头只有女人们查夜。凤姐虽隔了一夜，渐渐的神气清爽了些，只是那里动得？只有平儿同着惜春各处走了一走，吩咐了上夜的人，也便各自归房。

却说周瑞的干儿子何三，去年贾珍管事之时，因他和鲍二打架，被贾珍打了一顿，撵在外头，终日在赌场过日。近知贾母死了，必有些事情领办，岂知探了几天的信，一些也没有想头，便唉声叹气的回到赌场中，闷闷的坐下。那些人便说道："老三，你怎么不下来捞本了么？"何三道："倒想要捞一捞呢，就只没有钱么。"那些人道："你到你们周大太爷那里去了几日，府里的钱你也不知弄了多少来，又来和我们装穷儿了。"何三道："你们还说呢，他们的金银不知有几百万，只藏着不用。明儿留着，不是火烧了，就是贼偷了，他们才死心呢。"那些人道："你又撒谎，他家抄了家，还有多少金银？"何三道："你们还不知道呢，抄去的是搁不了的[2]。如今老太太死后，还留了好些金银，他们一个也不使，都在老太太屋里搁着，等送了殡回来才分呢。"

内中有一个人听在心里，掷了几骰，便说："我输了几个钱，也不翻本儿了，睡去了。"说着，便走出来拉了何三道："老三，我和你说句话。"何三跟他出来。那人道："你这么个伶俐人，这么穷，我替你不服这口气。"何三道："我命里穷，可有什么法儿呢？"那人道："你才说荣府的银子这么多，为什么不去拿些使唤使唤？"何三道："我的哥哥，他家的金银虽多，你我去白要一二钱他们给咱们吗？"那人笑道："他不给咱们，咱们就不会拿吗？"何三听了这话里有话，

① 衰麻——同缞麻，旧时丧服胸前所缀的麻布。因"衰"是丧服的主要标志，故称丧服曰"衰"。

② 搁不了的——意谓没处放的。"搁"在这里是存放、保存的意思。

便问道："依你说，怎么样拿呢？"那人道："我说你没有本事，若是我，早拿了来了。"何三道："你有什么本事？"那人便轻轻的说道："你若要发财，你就引个头儿。我有好些朋友都是通天的本事，不要说他们送殡去了，家里剩下几个女人，就让有多少男人也不怕。只怕你没这么大胆子罢咧。"何三道："什么敢不敢！你打谅我怕那个干老子么？我是瞧着干妈的情儿上头，才认他作干老子罢咧，他又算了人了？你刚才的话，就只怕弄不来倒招了饥荒。他们那个衙门不熟？别说拿不来，倘或拿了来也要闹出来的。"那人道："这么说，你的运气来了。我的朋友还有海边上的呢，现今都在这里看个风头，等个门路。若到了手，你我在这里也无益，不如大家下海去受用不好么？你若撂不下你干妈，咱们索性把你干妈也带了去，大家伙儿乐一乐好不好？"何三道："老大，你别是醉了罢？这些话混说的是什么！"说着，拉了那人走到一个僻静地方，两个人商量了一回，各人分头而去，暂且不题。

且说包勇自被贾政吆喝派去看园，贾母的事出来，也忙了，不曾派他差使，他也不理会，总是自做自吃，闷来睡一觉，醒时便在园里耍刀弄棍，倒也无拘无束。那日贾母一早出殡，他虽知道，因没有派他差事，他任意闲游。只见一个女尼带了一个道婆来到园内腰门那里扣门，包勇走来说道："女师父那里去？"道婆道："今日听得老太太的事完了，不见四姑娘送殡，想必是在家看家。想他寂寞，我们师父来瞧他一瞧。"包勇道："主子都不在家，园门是我看的，请你们回去罢。要来呢，等主子们回来了再来。"婆子道："你是那里来的个黑炭头？也要管起我们的走动来了。"包勇道："我嫌你们这些人，我不叫你们来，你们有什么法儿？"婆子生了气，嚷道："这都是反了天的事了！连老太太在日还不能拦我们的来往走动呢，你是那里的这么个横强盗，这样没法没天的。我偏要打这里走！"说着，便把手在门环上狠狠的打了几下。

妙玉已气的不言语，正要回身便走，不料里头看二门的婆子听见有人拌嘴似的，开门一看，见是妙玉，已经回身走去，明知必是包勇得罪了走了。近日婆子们都知道上头太太们、四姑娘都和他亲近，恐他日后说出门上不放他进来，那时如何担得住？赶忙走来说："不知师父来，我们开门迟了。我们四姑娘在家里还正想师父呢，快请回来。看园子的小子是个新来的，他不知咱们的事，回来回了太太，打他一顿撵出去就完了。”妙玉虽是听见，总不理他。那经得看腰门的婆子赶上再四央求，后来才说出怕自己担不是，几乎急的跪下，妙玉无奈，只得随了那婆子过来。包勇见这般光景，自然不好拦他，气得瞪眼叹气而回。

这里妙玉带了道婆走到惜春那里，道了恼，叙了些闲话。惜春说起：“在家看家，只好熬个几夜。但是二奶奶病着，一个人又闷又害怕。能有一个人在这里，我就放心，如今里头一个男人也没有，今儿你既光降，肯伴我一宵，咱们下棋说话儿，可使得么？”妙玉本自不肯，见惜春可怜，又提起下棋，一时高兴应了。打发道婆回去取了他的茶具衣褥，命侍儿送了过来，大家坐谈一夜。惜春欣幸异常，便命彩屏去开上年蠲的雨水，预备好茶。那妙玉自有茶具。那道婆去了不多一时，又来了个侍者，带了妙玉日用之物。惜春亲自烹茶。两人言语投机，说了半天，那时已是初更时候，彩屏放下棋枰，两人对弈。惜春连输两盘，妙玉又让了四个子儿，惜春方赢了半子[①]。这时已到四更，天空地阔，万籁无声。妙玉道：“我到五更须得打坐一回，我自有人服侍，你自去歇息。”惜春犹是不舍，见妙玉要自己养神，不便扭他。

正要歇去，猛听得东边上屋内上夜的人一片声喊起，惜春那里的老婆子们也接着声嚷道：“了不得了！有了人了！”唬得惜春彩屏等心胆俱裂，听见外头上夜的男人便声喊起来。妙玉道：“不好了，必是这里有了贼了。”正说着，赶忙的关上屋门，便掩了灯光，在窗户眼内往外一瞧，只是几个男人站在院内，唬得不敢作声，回身摆着手，轻轻的爬下来说：“了不得，外头有几个大汉站着。”说犹未了，又听得房上响声不绝，便有外头上夜的人进来吆喝拿贼。一个人说道：“上屋里的东西都丢了，并不见人。东边有人去了，咱们到西边去。”惜春的老婆子听见有自己的人，便在外间屋里说道：“这里有好些人上了房了。”上夜的都道：“你瞧，这可不是吗。”大家一齐嚷起来。只听房上飞下好些瓦来，众人都不敢上前。

正在没法，只听园门腰门一声大响，打进门来。见一个梢长大汉，

---

① 赢了半子——围棋双方共三百六十一个子，平均每方各一百八十又半个子，即使棋逢对手最后也必有半子之差，得子一百八十一个者即赢了对方半子。

手执木棍，众人唬得藏躲不及。听得那人喊说道："不要跑了他们一个！你们都跟我来。"这些家人听了这话，越发唬得骨软筋酥，连跑也跑不动了。只见这人站在当地，只管乱喊。家人中有一个眼尖些的看出来了，你道是谁，正是甄家荐来的包勇。这些家人不觉胆壮起来，便颤巍巍的说道："有一个走了，有的在房上呢。"包勇便向地下一扑，耸身上房追赶那贼。这些贼人明知贾家无人，先在院内偷看惜春房内，见有个绝色女尼，便顿起淫心，又欺上屋俱是女人，且又畏惧，正要踹进门去，因听外面有人进来追赶，所以贼众上房。见人不多，还想抵挡，猛见一人上房赶来，那些贼见是一人，越发不理论了，便用短兵抵住。那经得包勇用力一棍打去，将贼打下房来。那些贼飞奔而逃，从园墙过去，包勇也在房上追捕。岂知园内早藏下了几个在那里接赃，已经接过好些，见贼伙跑回，大家举械保护，见追的只有一人，明欺寡不敌众，反倒迎上来。包勇一见，生气道："这些毛贼！敢来和我斗斗！"那伙贼便说："我们有一个伙计被他们打倒了，不知死活，咱们索性抢了他出来。"这里包勇闻声即打，那伙贼便抡起器械，四五个人围住包勇乱打起来。外头上夜的人也都仗着胆子，只顾赶了来。众贼见斗他不过，只得跑了。包勇还要赶时，被一个箱子一绊，立定看时，心想东西未丢，众贼远逃，也不追赶。便叫众人将灯照看，地下只有几个空箱，叫人收拾，他便欲跑回上房。因路径不熟，走到凤姐那边，见里面灯烛辉煌，便问："这里有贼没有？"里头的平儿战兢兢的说道："这里也没开门，只听上屋叫喊说有贼呢。你到那里去罢。"包勇正摸不着路头，遥见上夜的人过来，才跟着一齐寻到上屋。见是门开户启，那些上夜的在那里啼哭。

一时贾芸、林之孝都进来了，见是失盗。大家着急进内查点，老太太的房门大开，将灯一照，锁头拧折，进内一瞧，箱柜已开，便骂那些上夜女人道："你们都是死人么？贼人进来，你们不知道的么？"那些上夜的人啼哭着说道："我们几个人轮更上夜，是管二三更的，我们都没有住脚前后走的。他们是四更、五更。我们才下班儿，只听见他们喊起来，并不见一个人。赶着照看，不知什么时候把东西早已丢了。求爷们问管四五更的。"林之孝道："你们个个要死，回来再说。咱们先到各处看去。"

上夜的男人领着走到尤氏那边，门儿关紧，有几个接音说："唬死我们了。"林之孝问道："这里没有丢东西呀？"里头的人方开了门道："这里没丢东西。"林之孝带着人走到惜春院内，只听得里面说道："了不得！唬死了姑娘了，醒醒儿罢。"林之孝便叫人开门，问是怎样了。里头婆子开门说："贼在这里打仗，把姑娘都唬坏了，亏得妙师父和彩屏才将姑娘救醒。东西是没失。"林之孝道："贼人怎么打仗？"上夜的男人说："幸亏包大爷上了房把贼打跑了去了，还听见打倒一个人呢。"包勇道："在园门那里呢。"贾芸等走到那边，果见一个人躺在地下死了。细细一瞧，好像周瑞的干儿子。众人见了诧异。派一个人看守着，又派两个人照看前、后门，走到门前看时，那门俱仍旧关锁着。

林之孝便叫人开了门，报了营官。立刻到来查勘贼踪，是从后夹道子上了房的，到了西院房上，见那瓦片破碎不堪，一直过了后门去了。众上夜的齐声说道："这不是贼，是强盗。"营官着急道："并非明火执仗，怎么算是强盗？"上夜的道："我们赶贼，他在房上掷瓦，我们不能近前，幸亏我们家的姓包的上房打退。赶到园里，还有好几个贼竟与姓包的打仗，打不过姓包的才都跑了。"营官道："可又来，若是强盗，倒打不过你们的人么？不用说了，你们快查清了东西，递了失单，我们报就是了。"

贾芸等又到上屋，已见凤姐扶病过来，惜春也来了。贾芸请了凤姐的安，问了惜春的好。大家查看失物，因鸳鸯已死，琥珀等又送灵去了，那些东西都是老太太的，并没见过数儿，只用封锁，如今打从那里查起？众人都说："箱柜东西不少，如今一空。偷的时候儿自然不小了，那些上夜的人管做什么的？况且打死的贼是周瑞的干儿子，必是他们通同一气的。"凤姐听了，气的眼睛直瞪瞪的便说："把那些上夜的女人都拴起来，交给营里审问。"众人叫苦连天，跪地哀求。不知怎生发放，并失去的物有无着落，下回分解。

第一百十二回

活冤孽妙尼遭大劫　死雠仇[①]赵妾赴冥曹[②]

说话凤姐命捆起上夜众女人，送营审问，众女人跪地哀求。林之孝同贾芸道：“你们求也无益。老爷派我们看家，没有事是造化，如今有了事，上下都担不是，谁救得你？若说是周瑞的干儿子，连太太起，里里外外的都不干净。”凤姐喘吁吁的说道：“这都是命里所招，和他们说什么，带了他们去就是了。这丢的东西你告诉营里去说，实在是老太太的东西，问老爷们才知道。等我们报了去，请了老爷们回来，自然开了失单送来。文官衙门[③]里我们也是这样报。”贾芸林之孝答应出去。

惜春一句话也没有，只是哭道：“这些事我从来没有听见过，为什么偏偏在咱们两个人身上？明儿老爷太太回来，叫我怎么见人！说把家里交给咱们，如今闹到这个分儿，还想活着么？”凤姐道：“咱们愿意吗？现在有上夜的人在那里。”惜春道：“你还能说，况且你又病着。我是没有说的。这都是我大嫂子害了我的，他撺掇着太太派我看家的。如今我的脸搁在那里呢？”说着，又痛哭起来。凤姐道：“姑娘，你快别这么想。若说没脸，大家一样的。你若这么糊涂想头，我更搁不住

① 死雠仇——死对头。雠：仇敌。

② 冥曹——阴曹地府。

③ 文官衙门——这里指管辖京城事务的地方政府，与上文“营里”即武官衙门相对而言。

了。”

二人正说着，只听见外头院子里有人大嚷的说道：“我说那三姑六婆[1]是再要不得的，我们甄府里从来是一概不许上门的，不想这府里倒不讲究这个呢。昨儿老太太的殡才出去，那个什么庵里的尼姑死要到咱们这里来，我吆喝着不准他们进来，腰门上的老婆子倒骂我，死央及着叫那姑子进去。那腰门一会儿开着，一会儿关着，不知做什么。我不放心，没敢睡，听到四更，这里就嚷起来。我来叫门倒不开了。我听见声儿紧了，打开了门，见西边院子里有人站着，我便赶上打死了。我今儿才知道，这是四姑奶奶的屋子。那个姑子就在里头，今儿天没亮溜出去了，可不是那姑子引进来的贼么？”

平儿等听着，都说：“这是谁这么没规矩？姑娘、奶奶都在这里，敢在外头这么混嚷？”凤姐道：“你听见他说甄府里，别就是甄家荐来的那个厌物罢？”惜春听得明白，更加心里受不的。凤姐接着问惜春说：“那个人混说什么姑子，你们那里弄了个姑子住下了？”惜春便将妙玉来瞧他留着下棋守夜的话说了。凤姐道：“是他么，他怎么肯这样，是再没有的话。但是叫这讨人嫌的东西嚷出来，老爷知道了也不好。”惜春愈想愈怕，站起来要走。凤姐虽说坐不住，又怕惜春害怕弄出事来，只得叫他先别走，“且看着人把偷剩下的东西收起来，再派了人看着才好走呢。”平儿道：“咱们不敢收，等衙门里来了，踏看了才好收呢。咱们只好看着。但只不知老爷那里有人去了没有？”凤姐道：“你叫老婆子问去。”一回进来说：“林之孝是走不开，家下人要伺候查验的，再有的是说不清楚的，已经芸二爷去了。”凤姐点头，同惜春坐着发愁。

且说那伙贼原是何三等邀的，偷抢了好些金银财宝接运出去，见人追赶，知道都是那些不中用的人，要往西边屋内偷去，在窗外看见里面灯光底下两个美人：一个姑娘，一个姑子。那些贼那顾性命，顿起不良，就要踹进来，因见包勇来赶，才获赃而逃。只不见了何三。大家且躲入窝家。到第二天打听动静，知是何三被他们打死，已经报了文武衙

---

① 三姑六婆——三姑：尼姑，道姑，卦姑；六婆：牙婆（人贩子），媒婆，师婆（巫婆），虔婆（鸨母），药婆，稳婆（收生婆）。

门。这里是躲不住的，便商量趁早归入海洋大盗一处，去若迟了，通缉文书一行，关津[①]上就过不去了。内中一个人胆子极大，便说："咱们走是走，我就只舍不得那个姑子，长的实在好看。不知是那个庵里的雏儿[②]呢？"一个人道："啊呀，我想起来了，必就是贾府园里的什么栊翠庵里的姑子。不是前年外头说他和他们家什么宝二爷有原故，后来不知怎么又害起相思病来了，请大夫吃药的？就是他。"那一个人听了，说："咱们今日躲一天，叫咱们大哥借钱置办些买卖行头[③]，明儿亮钟[④]时候陆续出关。你们在关外二十里坡等我。"众贼议定，分赃俵散[⑤]，不题。

且说贾政等送殡，到了寺内安厝[⑥]毕，亲友散去。贾政在外厢房伴灵，邢、王二夫人等在内，一宿无非哭泣。到了第二日，重新上祭。正摆饭时，只见贾芸进来，在老太太灵前磕了个头，忙忙的跑到贾政跟前跪下请了安，喘吁吁的将昨夜被盗，将老太太上房的东西都偷去，包勇赶贼打死了一个，已经呈报文、武衙门的话说了一遍。贾政听了发怔。邢、王二夫人等在里头也听见了，都唬得魂不附体，并无一言，只有啼哭。贾政过了一会子，问失单怎样开的。贾芸回道："家里的人都不知道，还没有开单。"贾政道："还好，咱们动过家[⑦]的，若开出好的来反担罪名。快叫琏儿。"

贾琏领了宝玉等去别处上祭未回，贾政叫人赶了回来。贾琏听了，急得直跳，一见芸儿，也不顾贾政在那里，便把贾芸狠狠的骂了一顿说："不配抬举的东西，我将这样重任托你，押着人上夜巡更，你是死人么？亏你还有脸来告诉！"说着，往贾芸脸上啐了几口。贾芸垂手站着，不敢回一言。贾政道："你骂他也无益了。"贾琏然后跪下说：

---

① 关津——关塞渡口，泛指关卡。

② 雏儿——幼禽。此指少女，含有轻薄的意味。

③ 买卖行头——指做买卖所需的装备用具。

④ 亮钟——天快亮时更楼上敲的报晓钟。

⑤ 俵散——分给；散开。

⑥ 安厝——本为安葬之意，停柩待葬或暂时浅埋以待改葬也称安厝。厝：同措，置放的意思。

⑦ 动过家——此指抄过家。

"这便怎么样？"贾政道："也没法儿，只有报官缉贼。但只是一件：老太太遗下的东西咱们都没动，你说要银子，我想老太太死得几天，谁忍得动他那一项银子？原打谅完了事算了账还人家，再有的在这里和南边置坟产的，再有东西也没见数儿。如今说文、武衙门要失单，若将几件好的东西开上恐有碍，若说金银若干，衣饰若干，又没有实在数目，谎开使不得。倒可笑你如今竟换了一个人了，为什么这样料理不开？你跪在这里是怎么样呢？"贾琏也不敢答言，只得站起来就走。贾政又叫道："你那里去？"贾琏又跪下道："赶回去料理清楚再来回。"贾政哼的一声，贾琏把头低下。贾政道："你进去回了你母亲，叫了老太太的一两个丫头去，叫他们细细的想了开单子。"

贾琏心里明知老太太的东西都是鸳鸯经管，他死了问谁？就问珍珠，他们那里记得清楚？只不敢驳回，连连的答应了，起来走到里头。邢、王夫人又埋怨了一顿，叫贾琏快回去，问他们这些看家的说："明儿怎么见我们！"贾琏也只得答应了出来，一面命人套车预备琥珀等进城，自己骑上骡子，跟了几个小厮，如飞的回去。贾芸也不敢再回贾政，斜签着身子慢慢的溜出来，骑上了马来赶贾琏。一路无话。

到了家中，林之孝请了安，一直跟了进来。贾琏到了老太太上屋，见了凤姐、惜春在那里，心里又恨又说不出来，便问林之孝道："衙门里瞧了没有？"林之孝自知有罪，便跪下回道："文武衙门都瞧了，来踪去迹也看了，尸也验了。"贾琏吃惊道："又验什么尸？"林之孝又将包勇打死的伙贼似周瑞的干儿子的话回了贾琏。贾琏道："叫芸儿。"贾芸进来也跪着听话。贾琏道："你见老爷时怎么没有回周瑞的干儿子做了贼被包勇打死的话？"贾芸说道："上夜的人说像他的，恐怕不真，所以没有回。"贾琏道："好糊涂东西！你若告诉了我，就带了周瑞来一认可不就知道了？"林之孝回道："如今衙门里把尸首放在市口儿招认去了。"

贾琏道："这又是个糊涂东西，谁家的人做了贼，被人打死，要偿命么？"林之孝回道："这还用人家认，奴才就认得是他。"贾琏听了想道："是啊，我记得珍大爷那一年要打的可不是周瑞家的么？"林之孝回说："他和鲍二打架来着，还见过的呢。"贾琏听了更生气，便要打上夜的人。林之孝哀告道："请二爷息怒，那些上夜的人，派了他们，还敢偷懒？只是爷府上的规矩，三门里一个男人不敢进去的，就是奴才们，里头不叫，也不敢进去。奴才在外同芸哥儿刻刻查点，见三门关的严严的，外头的门一重没有开。那贼是从后夹道子来的。”贾琏道：“里间上夜的女人呢？”林之孝将上夜的人，说奉奶奶的命捆着，等爷审问的话回了。贾琏又问：“包勇呢？”林之孝说：“又往园里去了。”贾琏便说：“去叫来。”小厮们便将包勇带来。说：“还亏你在这里，若没有你，只怕所有房屋里的东西都抢了去了呢。”包勇也不言语。惜春恐他说出那话，心下着急。凤姐也不敢言语。只见外头说：“琥珀姐姐等回来了。”大家见了，不免又哭一场。

贾琏叫人检点偷剩下的东西，只有些衣服尺头钱箱未动，余者都没有了。贾琏心里更加着急，想着：“外头的棚杠银、厨房的钱都没有付给，明儿拿什么还呢？”便呆想了一会。只见琥珀等进去，哭了一会，见箱柜开着，所有的东西怎能记忆，便胡乱想猜，虚拟了一张失单，命人即送到文武衙门。贾琏复又派人上夜。凤姐、惜春各自回房。贾琏不敢在家安歇，也不及埋怨凤姐，竟自骑马赶出城外。这里凤姐又恐惜春短见，又打发了丰儿过去安慰。

天已二更。不言这里贼去关门，众人更加小心，谁敢睡觉？且说伙贼一心想着妙玉，知是孤庵女众，不难欺负。到了三更夜静，便拿了短兵器，带了些闷香，跳上高墙。远远瞧见栊翠庵内灯光犹亮，便潜身溜下，藏在房头僻处。等到四更，见里头只有一盏海灯，妙玉一人在蒲团上打坐。歇了一会，便唉声叹气的说道：“我自玄墓到京，原想传个名的，为这里请来，不能又栖他处。昨儿好心去瞧四姑娘，反受了这蠢人的气，夜里又受了大惊。今日回来，那蒲团再坐不稳，只觉肉跳心惊。”因素常一个打坐的，今日又不肯叫人相伴。岂知到了五更，寒颤起来。正要叫人，只听见窗外一响，想起昨晚的事，更加害怕，不免叫人。岂知那些婆子都不答应。自己坐着，觉得一股香气透入囟门，便手足麻木，不能动弹，口里也说不出话来，心中更自着急。只见一个人拿着明晃晃的刀进来。此时妙玉心中却是明白，只不能动，想是要杀自己，索性横了心，倒也不怕。那知那个人把刀插在背后，腾出手来将妙玉轻轻的抱起，轻薄了一会子，便拖起背在身上。此时妙玉心中只是如醉如痴。可怜一个极洁极净的女儿，被这强盗的闷香熏住，由着他掇弄了去了。

却说这贼背了妙玉，来到园后墙边，搭了软梯，爬上墙跳出去了。外边早有伙计弄了车辆在园外等着，那人将妙玉放倒在车上，反打起官衔灯笼，叫开栅栏，急急行到城门，正是开门之时。门官只知是有公干出城的，也不及查诘。赶出城去，那伙贼加鞭，赶到二十里坡，和众强徒打了照面，各自分头奔南海而去。不知妙玉被劫或是甘受污辱，还是不屈而死，不知下落，也难妄拟。

只言栊翠庵一个跟妙玉的女尼，他本住在静室后面，睡到五更，听见前面有人声响，只道妙玉打坐不安。后来听见有男人脚步，门窗响动，欲要起来瞧看，只是身子发软懒怠开口，又不听见妙玉言语，只睁着两眼听着。到了天亮，终觉得心里清楚，披衣起来，叫了道婆预备妙玉茶水，他便往前面来看妙玉。岂知妙玉的踪迹全无，门窗大开。心里诧异，昨晚响动，甚是疑心，说："这样早，他到那里去了？"走出院门一看，有一个软梯靠墙立着，地下还有一把刀鞘，一条搭膊，便道："不好了，昨晚是贼烧了闷香了！"急叫人起来查看，庵门仍是紧闭。那些婆子、女侍们都说："昨夜煤气熏着了，今早都起不起来，这么早叫我们做什么？"那女尼道："师父不知那里了。"众人道："在观音堂打坐呢。"女尼道："你们还做梦呢，你来瞧瞧。"众人不知，也都着忙，开了庵门，满园里都找到了，"想来或是到四姑娘那里去了"。

众人来叩腰门，又被包勇骂了一顿。众人说道："我们妙师父昨晚不知去向，所以来找。求你老人家叫开腰门，问一问来了没有就是了。"包勇道："你们师父引了贼来偷我们，已经偷到手了，他跟了贼去受用了。"众人道："阿弥陀佛，说这些话的防着下割舌地狱！"包勇生气道："胡说，你们再闹我就要打了。"众人陪笑央告道："求爷叫开门我们瞧瞧，若没有，再不敢惊动你太爷了。"包勇道："你不信你去找，若没有，回来问你们！"包勇说着叫开腰门，众人找到惜春那里。

惜春正是愁闷，惦着"妙玉清早去后不知听见我们姓包的话了没有，只怕又得罪了他，以后总不肯来。我的知己是没有了。况我现在实难见人。父母早死，嫂子嫌我，头里有老太太，到底还疼我些，如今也死了，留下我孤苦伶仃，如何了局？"想到："迎春姐姐磨折死了，史姐姐守着病人，三姐姐远去，这都是命里所招，不能自由。独有妙玉如闲云野鹤，无拘无束。我能学他，就造化不小了。但我是世家之女，怎能遂意？这回看家已大担不是，还有何颜？又恐太太们不知我的心事，将来的后事，更未晓如何？”想到其间，便要把自己的青丝绞去，要想出家。彩屏等听见，急忙来劝，岂知已将一半头发绞去。彩屏愈加着忙，说道：“一事不了又出一事，这可怎么好呢？”

正在吵闹，只见妙玉的道婆来找妙玉。彩屏问起来由，先唬了一跳，说是昨日一早去了没来。里面惜春听见，急忙问道：“那里去了？”道婆们将昨晚听见的响动，被煤气熏着，今早不见有妙玉，庵内软梯刀鞘的话说了一遍。惜春惊疑不定，想起昨日包勇的话来，必是那些强盗看见了他，昨晚抢去了也未可知。但是他素来孤洁的很，岂肯惜命？“怎么你们都没听见么？”众人道：“怎么不听见！只是我们这些人都是睁着眼连一句话也说不出，必是那贼子烧了闷香。妙姑一人想也被贼闷住，不能言语；况且贼人必多，拿刀弄杖威逼，他还敢声喊么？”正说着，包勇又在腰门那里嚷，说：“里头快把这些混账的婆子赶了出来罢，快关腰门！”彩屏听见恐担不是，只得叫婆子出去，叫人关了腰门。惜春于是更加苦楚，无奈彩屏等再三以礼相劝，仍旧将一半青丝笼起。大家商议不必声张，就是妙玉被抢也当作不知，且等老爷太太回来再说。惜春心里从此死定下一个出家的念头，暂且不提。

且说贾琏回到铁槛寺，将到家中查点了上夜的人，开了失单报去的话回了。贾政道：“怎样开的？”贾琏便将琥珀所记得的数目单子呈出，并说：“这上头元妃赐的东西已经注明。还有那人家不大有的东西不便开上，等侄儿脱了孝出去托人细细的缉访，少不得弄出来的。”贾政听了合意，就点头不言。贾琏进内见了邢、王二夫人，商量着“劝老爷早些回家才好呢，不然都是乱麻似的”。邢夫人道：“可不是，我们在这里也是惊心吊胆。”贾琏道：“这是我们不敢说的，还是太太的主意二老爷是依的。”邢夫人便与王夫人商议妥了。

过了一夜，贾政也不放心，打发宝玉进来说：“请太太们今日回家，过两三日再来。家人们已经派定了，里头请太太们派人罢。”邢夫人派了鹦哥等一干人伴灵，将周瑞家的等人派了总管，其余上下人等都回去。一时忙乱套车备马。贾政等在贾母灵前辞别，众人又哭了一场。

都起来正要走时，只见赵姨娘还爬在地下不起。周姨娘打谅他还哭，便去拉他。岂知赵姨娘满嘴白沫，眼睛直竖，把舌头吐出，反把家人唬了一大跳。贾环过来乱嚷。赵姨娘醒来说道："我是不回去的，跟着老太太回南去。"众人道："老太太那用你跟呢？"赵姨娘道："我跟了一辈子老太太，大老爷还不依，弄神弄鬼的来算计我。我想，仗着马道婆要出出我的气，银子白花了好些，也没有弄死了一个。如今我回去了，又不知谁来算计我！"众人先只说鸳鸯附着他，后头听说马道婆的事，又不像了。邢、王二夫人都不言语。只有彩云等代他央告道："鸳鸯姐姐，你死是自己愿意的，与赵姨娘什么相干？放了他罢。"见邢夫人在这里，也不敢说别的。赵姨娘道："我不是鸳鸯。我是阎王差人拿我去的，要问我为什么和马婆子用魇魔法的案件。"说着口里又叫："好琏二奶奶！你在这里老爷面前少顶一句儿罢，我有一千日的不好还有一天的好呢。好二奶奶！亲二奶奶！并不是我要害你，我一时糊涂，听了那个老娼妇的话。"

正闹着，贾政打发人进来叫环儿。婆子们去回说："赵姨娘中了邪了，三爷看着呢。"贾政道："没有的事，我们先走了。"于是爷们等先回。

这里赵姨娘还是混说，一时救不过来。邢夫人恐他又说出什么来，便说："多派几个人在这里瞧着他，咱们先走。到了城里，打发大夫出来瞧罢。"王夫人本嫌他，也打撒手儿。宝钗本是仁厚的人，虽想着他害宝玉的事，心里究竟过不去，背地里托了周姨娘在这里照应。周姨娘也是个好人，便应承了。李纨说道："我也在这里罢。"王夫人道："可以不必。"于是大家都要起身。贾环急忙道："我也在这里吗？"王夫人啐道："糊涂东西！你姨妈的死活都不知，你还要走吗？"贾环就不敢言语了。宝玉道："好兄弟，你是走不得的。我进了城打发人来瞧你。"说毕，都上车回家。寺里只有赵姨娘、贾环、鹦哥等人。

贾政、邢夫人等先后到家，到了上房，哭了一场。林之孝带了家下众人请了安，跪着。贾政喝道："去罢！明日问你！"

凤姐那日发晕了几次，竟不能出接，只有惜春见了，觉得满面羞惭。邢夫人也不理他，王夫人仍是照常，李纨、宝钗拉着手说了几句话。独有尤氏说道："姑娘，你操心了，倒照应了好几天！"惜春一言

不答，只紫涨了脸。宝钗将尤氏一拉，使了个眼色。尤氏等各自归房去了。贾政略略的看了一看，叹了口气，并不言语。到书房席地坐下①，叫了贾琏、贾蓉、贾芸吩咐了几句话。宝玉要在书房来陪贾政，贾政道："不必。"兰儿仍跟他母亲。一宿无话。

次日，林之孝一早进书房跪着，贾政将前后被盗的事问了一遍，并将周瑞供了出来，又说："衙门拿住了鲍二，身边搜出了失单上的东西。现在夹讯，要在他身上要这一伙贼呢。"贾政听了大怒道："家奴负恩，引贼偷窃家主，真是反了！"立刻叫人到城外将周瑞捆了，送到衙门审问。林之孝只管跪着不敢起来。贾政道："你还跪着做什么？"林之孝道："奴才该死，求老爷开恩。"

正说着，赖大等一干办事家人上来请了安，呈上丧事账簿。贾政道："交给琏二爷算明了来回。"吆喝着林之孝起来出去了。贾琏一腿跪着，在贾政身边说了一句话。贾政把眼一瞪道："胡说，老太太的事，银两被贼偷去，就该罚奴才拿出来么？"贾琏红了脸不敢言语，站起来也不敢动。贾政道："你媳妇怎么样？"贾琏又跪下说："看来是不中用了。"贾政叹口气道："我不料家运衰败一至如此！况且环哥儿他妈尚在庙中病着，也不知是什么症候，你们知道不知道？"贾琏也不敢言语。贾政道："传出话去，叫人带了大夫瞧去。"贾琏即忙答应着出来，叫人带了大夫到铁槛寺去瞧赵姨娘。未知死活，下回分解。

① 席地坐下——旧时居丧守孝的礼节，孝子只能席地坐卧，即所谓"寝苫枕块"。

第一百十三回

忏宿冤凤姐托村妪　释旧憾情婢感痴郎

话说赵姨娘在寺内得了暴病，见人少了，更加混说起来，唬得众人都恨，就有两个女人搀着。赵姨娘双膝跪在地下，说一回，哭一回，有时爬在地下叫饶，说："打杀我了！红胡子的老爷，我再不敢了。"有一时双手合着，也是叫疼。眼睛突出，嘴里鲜血直流，头发披散，人人害怕，不敢近前。那时又将天晚，赵姨娘的声音只管暗哑起来了，居然鬼嚎一般。无人敢在他跟前，只得叫了几个有胆量的男人进来坐着。赵姨娘一时死去，隔了些时又回过来，整整的闹了一夜。

到了第二天，也不言语，只装鬼脸，自己拿手撕开衣服，露出胸膛，好像有人剥他的样子。可怜赵姨娘虽说不出来，其痛苦之状实在难堪。正在危急，大夫来了，也不敢诊，只嘱咐"办理后事罢"，说了起身就走。那送大夫的家人再三央告说："请老爷看看脉，小的好回禀家主。"那大夫用手一摸，已无脉息。贾环听了，然后大哭起来。众人只顾贾环，谁料理赵姨娘蓬头赤脚死在炕上。只有周姨娘心里想到："做偏房侧室的下场头，不过如此！况他还有儿子的，我将来死的时候，还不知怎样呢！"于是反倒悲切。且说那人赶回家去禀知贾政，即派家人去照例料理，陪着环儿住了三天，一同回来。

那人去了，这里一人传十，十人传百，都知道赵姨娘使了毒心害人被阴司里拷打死了。又说是"琏二奶奶只怕也好不了，怎么说琏二奶奶告的呢”？这些话传到平儿耳内，甚是着急，看着凤姐的样子实在是不能好的了，看着贾琏近日并不似先前的恩爱，本来事也多，竟像不与他相干的。平儿在凤姐跟前只管劝慰。又想着邢、王二夫人回家几日，只打发人来问问，并不亲身来看。凤姐心里更加悲苦。贾琏回来也没有一句贴心的话。

凤姐此时只求速死，心里一想，邪魔即至。只见尤二姐从房后走来，潜近床前说：“姐姐，许久的不见了。做妹妹的想念得很，要见不能，如今好容易进来见见姐姐。姐姐的心机也用尽了。咱们的二爷糊涂，也不领姐姐的情，反倒怨姐姐作事过于刻薄，把他的前程去了，叫他如今见不得人。我替姐姐气不平。”凤姐恍惚说道：“我如今也后悔我的心忒窄了，妹妹不念旧恶，还来瞧我。”平儿在旁听见，说道：“奶奶说什么？”凤姐一时苏醒，想起尤二姐已死，必是他来索命。被平儿叫醒，心里害怕，又不肯说出，只得勉强说道：“我神魂不定，想是说梦话。给我捶捶。”平儿上去捶着。

见个小丫头子进来，说是“刘姥姥来了，婆子们带着来请奶奶的安”。平儿急忙下来说：“在那里呢？”小丫头子说：“他不敢就进来，还听奶奶的示下。”平儿听了点头，想凤姐病里必是懒待见人，便说道：“奶奶现在养神呢，暂且叫他等着。你问他来有什么事么？”小丫头子说道：“他们问过了，没有事。说知道老太太去世了，因没有报，才来迟了。”小丫头子说着，凤姐听见，便叫：“平儿，你来，人家好心来瞧，不可冷淡人家。你去请了刘姥姥进来，我和他说说话儿。”平儿只得出来请刘姥姥这里坐。

凤姐刚要合眼，又见一个男人一个女人走向炕前，就像要上炕似的。凤姐着忙，便叫平儿说：“那里来了一个男人，跑到这里来了！”连叫两声，只见丰儿小红赶来说：“奶奶要什么？”凤姐睁眼一瞧，不见有人，心里明白，不肯说出来，便问丰儿道：“平儿这东西那里去了？”丰儿道：“不是奶奶叫去请刘姥姥去了么？”凤姐定了一会神，也不言语。

只见平儿同刘姥姥带了一个小女孩儿进来，说：“我们姑奶奶在那里？”平儿引到炕边，刘姥姥便说：“请姑奶奶安。”凤姐睁眼一看，不觉一阵伤心，说：“姥姥你好？怎么这时候才来？你瞧你外孙女儿也长的这么大了。”刘姥姥看着凤姐骨瘦如柴，神情恍惚，心里也就悲惨起来，说：“我的奶奶，怎么这几个月不见，就病到这个分儿？我糊涂的要死，怎么不早来请姑奶奶的安！”便叫青儿给姑奶奶请安。青儿只是笑，凤姐看了倒也十分喜欢，便叫小红招呼着。刘姥姥道：“我们屯乡里的人不会病的，若一病了就要求神许愿，从不知道吃药。我想姑奶奶的病不是撞着什么了罢？”平儿听着那话不在理，便在背地里扯他。刘姥姥会意，便不言语。那里知道这句话倒合了凤姐的意，扎挣着说：“姥姥你是有年纪的人，说的不错。你见过的赵姨娘也死了，你知道么？”刘姥姥诧异道：“阿弥陀佛！好端端一个人怎么就死了？我记得他也有一个小哥儿，这便怎么样呢？”平儿道：“那怕什么？他还有老爷太太呢。”刘姥姥道：“姑娘，你那里知道，不好死了是亲生的，隔了肚皮子是不中用的。”这句话又招起凤姐的愁肠，呜呜咽咽的哭起来了。众人都来解劝。

巧姐儿听见他母亲悲哭，便走到炕前用手拉着凤姐的手，也哭起来。凤姐一面哭着道：“你见过了姥姥了没有？”巧姐儿道：“没有。”凤姐道：“你的名字还是他起的呢，就和干娘一样，你给他请个安。”巧姐儿便走到跟前，刘姥姥忙拉着道：“阿弥陀佛，不要折杀我了！巧姑娘，我一年多不来，你还认得我么？”巧姐儿道：“怎么不认得。那年在园里见的时候我还小，前年你来，我还合你要隔年的蝈蝈儿，你也没有给我，必是忘了。”刘姥姥道：“好姑娘，我是老糊涂了。要说蝈蝈儿，我们屯里多得很，只是不到我们那里去，若去了，要一车也容易。”凤姐道：“不然，你带了他罢。”刘姥姥笑道：“姑娘这样千金贵体，绫罗裹大了的，吃的是好东西，到了我们那里，我拿什么哄他玩，拿什么给他吃呢？这倒不是坑杀我了么？”说着，自己还笑，因说：“那么着，我给姑娘做个媒罢。我们那里虽说是屯乡里，也有大财主人家，几千顷地，几百牲口，银子钱亦不少，只是不像这里有金的，有玉的。姑奶奶是瞧不起这种人家，我们庄家人瞧着这样大财主，也算是天上的人了。”凤姐道：“你说去，我愿意就给。”刘姥姥道：“我是玩话儿罢咧。放着姑奶奶这样，大官大府的人家只怕还不肯给，那里肯给庄稼人。就是姑奶奶肯了，上头太太们也不给。”巧姐因他这话不好听，便走了去和青儿说话。两个女孩儿倒说得上，渐渐的就熟起来了。

这里平儿恐刘姥姥话多，搅烦了凤姐，便拉了刘姥姥说："你提起太太来，你还没有过去呢。我出去叫人带了你去见见，也不枉来这一趟。"刘姥姥便要走。凤姐道："忙什么？你坐下，我问你近来的日子还过的么？"刘姥姥千恩万谢的说道："我们若不仗着姑奶奶，"说着，指着青儿说："他的老子娘都要饿死了。如今虽说是庄家人苦，家里也挣了好几亩地，又打了一眼井，种些菜蔬瓜果。一年卖的钱也不少，尽够他们嚼吃的了。这两年姑奶奶还时常给些衣服布匹，在我们村里算过得的了。阿弥陀佛，前日他老子进城，听见姑奶奶这里动了家，我就几乎唬杀了。亏得又有人说不是这里，我才放心。后来又听见说这里老爷升了，我又喜欢，就要来道喜，为的是满地的庄家来不得。昨日又听说老太太没有了，我在地里打豆子，听见了这话，唬得连豆子都拿不起来了，就在地里狠狠的哭了一大场。我和女婿说，我也顾不得你们了，不管真话谎话，我是要进城瞧瞧去的。我女儿女婿也不是没良心的，听见了也哭了一会子，今儿天没亮就赶着我进城来了。我也不认得一个人，没有地方打听，一径来到后门，见是门神都糊了[①]，我这一唬又不小。进了门找周嫂子，再找不着，撞见一个小姑娘，说周嫂子得了不是，撵出去了。我又等了好半天，遇见了熟人，才得进来。不打谅姑奶奶也是这么病。"说着，就掉下泪来。

平儿着急，也不等他说完拉着就走，说："你老人家说了半天，口干了，咱们喝碗茶去罢。"拉着刘姥姥到下房坐着，青儿在巧姐儿那边。刘姥姥道："茶倒不要。好姑娘，叫人带了我去请太太的安，哭哭老太太去罢。"平儿道："你不用忙，今儿也赶不出城的了。方才我是怕你说话不防头，招的我们奶奶哭，所以催你出来。你别思量。"刘姥姥道："阿弥陀佛，姑娘，这是多心，我知道。倒是奶奶的病怎么好呢？"平儿道："你瞧去妨碍不妨碍？"刘姥姥道："说是罪过，我瞧着不好。"

正说着，又听凤姐叫呢。平儿及到床前，凤姐又不言语了。平儿正问丰儿，贾琏进来，向炕上一瞧，也不言语，走到里间气哼哼的坐下。

---

① 门神都糊了——旧俗有丧事的人家，要用白纸把门神遮盖起来。

只有秋桐跟了进去，倒了茶，殷勤了一回，不知嘁嘁喳喳的说些什么。回来贾琏叫平儿来问道：“奶奶不吃药么？”平儿道：“不吃药。怎么样呢？”贾琏道：“我知道么？你拿柜子上的钥匙来罢。”平儿见贾琏有气，又不敢问，只得出来凤姐耳边说了一声。凤姐不言语，平儿便将一个匣子搁在贾琏那里就走。贾琏道：“有鬼叫你吗？你搁着叫谁拿呢？”平儿忍气打开，取了钥匙开了柜子，便问道：“拿什么？”贾琏道：“咱们有什么吗？”平儿气得哭道：“有话明白说，人死了也愿意！”贾琏道：“还要说么？头里的事是你们闹的。如今老太太的还短了四五千银子，老爷叫我拿公中的地账弄银子，你说有么？外头拉的账不开发，使得么？谁叫我应这个名儿！只好把老太太给我的东西折变去罢了。你不依么？”平儿听了，一句不言语，将柜里的东西搬出。只见小红过来说：“平姐姐快走，奶奶不好呢。”平儿也顾不得贾琏，急忙过来，见凤姐用手空抓，平儿用手攥着哭叫。贾琏也过来一瞧，把脚一跺道：“若是这样，是要我的命了。”说着，掉下泪来。丰儿进来说：“外头找二爷呢。”贾琏只得出去。

这里凤姐愈加不好，丰儿等不免哭起来。巧姐听见赶来。刘姥姥也急忙走到炕前，嘴里念佛，捣了些鬼，果然凤姐好些。一时王夫人听了丫头的信，也过来了，先见凤姐安静些，心下略放心，见了刘姥姥，便说：“刘姥姥，你好？什么时候来的？”刘姥姥便说：“请太太安。”也不及说别的，只言凤姐的病。讲究了半天，彩云进来说：“老爷请太太呢。”王夫人叮咛了平儿几句话，便过去了。凤姐闹了一回，此时又觉清楚些，见刘姥姥在这里，心里信他求神祷告，便把丰儿等支开，叫刘姥姥坐在头边，告诉他心神不宁，如见鬼的样子。刘姥姥便说我们屯里什么菩萨灵，什么庙有感应。凤姐道：“求你替我祷告，要用供献的银钱我有。”便在手腕上褪下一支金镯子来交给他。刘姥姥道：“姑奶奶，不用那个。我们村庄人家许了愿，好了，花上几百钱就是了，那用这些。就是我替姑奶奶求去，也是许愿。等姑奶奶好了，要花什么自己去花罢。”

凤姐明知刘姥姥一片好心，不好勉强，只得留下，说：“姥姥，我的命交给你了。我的巧姐儿也是千灾百病的，也交给你了。”刘姥姥顺口答应，便说：“这么着，我看天气尚早，还赶得出城去，我就去了。

明儿姑奶奶好了，再请还愿去。”凤姐因被众冤魂缠绕害怕，巴不得他就去，便说：“你若肯替我用心，我能安稳睡一觉，我就感激你了。你外孙女儿，叫他在这里住下罢。”刘姥姥道：“庄家孩子没有见过世面，没的在这里打嘴。我带他去的好。”凤姐道：“这就是多心了。既是咱们一家人，这怕什么？虽说我们穷了，这一个人吃饭也不算什么。”刘姥姥见凤姐真情，落得叫青儿住几天，又省了家里的嚼吃。只怕青儿不肯，不如叫他来问问，若是他肯，就留下，于是和青儿说了几句。青儿因与巧姐儿玩得熟了，巧姐儿又不愿他去，青儿又要在这里。刘姥姥便吩咐了几句，辞了平儿，忙忙的赶出城去，不题。

且说栊翠庵原是贾府的地址，因盖省亲园子，将那庵圈在里头，向来食用香火并不动贾府的钱粮。今日妙玉被劫，那女尼呈报到官，一则候官府缉盗的下落，二则是妙玉基业不便离散，依旧住下，不过回明了贾府。那时贾府的人虽都知道，只为贾政新丧，且又心事不宁，也不敢将这些没要紧的事回禀，只有惜春知道此事，日夜不安。渐渐传到宝玉耳边，说妙玉被贼劫去，又有的说妙玉凡心动了跟人而走。宝玉听得，十分纳闷：“想来必是被强徒抢去，这个人必不肯受，一定不屈而死。”但是一无下落，心下甚不放心，每日长嘘短叹。还说：“这样一个人自称为‘槛外人’，怎么遭此结局！”又想到：“当日园中何等热闹，自从二姐姐出阁以来，死的死，嫁的嫁，我想他一尘不染是保得住的了，岂知风波顿起，比林妹妹死的更奇！”由是一而二，二而三，追思起来，想到《庄子》上的话，虚无缥缈，人生在世，难免风流云散，不觉的大哭起来。袭人等又道是他的疯病发作，百般的温柔解劝。

宝钗初时不知何故，也用话箴规。怎奈宝玉抑郁不解，又觉精神恍惚。宝钗想不出道理，再三打听，方知妙玉被劫，不知去向，也是伤感。只为宝玉愁烦，便用正言解释，因提起：“兰儿自送殡回来，虽不上学，闻得日夜攻苦。他是老太太的重孙。老太太素来望你成人，老爷为你日夜焦心，你为闲情痴意糟蹋自己，我们守着你，如何是个结果？”说得宝玉无言可答，过了一回才说道：“我那管人家的闲事，只可叹咱们家的运气衰颓。”宝钗道：“可又来，老爷太太原为是要你成人，接续祖宗遗绪[1]。你只是执迷不悟，如何是好？”宝玉听了，说不投机，便靠在桌上睡去。宝钗也不理他，叫麝月等伺候着，自己却去睡了。

宝玉见屋里人少，想起：“紫鹃到了这里，我从没合他说句知心的话儿，冷冷清清撂着他，我心里甚不过意。他呢，又比不得麝月、秋纹，我可以安放得的。想起从前我病的时候，他在我这里伴了好些时，如今他的那一面小镜子还在我这里，他的情义却也不薄了。如今不知为什么，见我就是冷冷的。若说为我们这一个呢，他是和林妹妹最好的，我看他待紫鹃也不错。我有不在家的日子，紫鹃原也与他有说有笑的；到我来了，紫鹃便走开了。想来自然是为林妹妹死了，我便成了家的原故。哎，紫鹃，紫鹃，你这样一个聪明女孩儿，难道连我这点子苦处都看不出来么？”因又一想：“今晚他们睡的睡，做活的做活，不如趁着这个空儿我找他去，，看他有什么话？倘或我还有得罪之处，便赔个不是也使得。”想定主意，轻轻的走出了房门，来找紫鹃。

那紫鹃的下房也就在西厢里间。宝玉悄悄的走到窗下，只见里面尚有灯光，便用舌头舐破窗纸往里一瞧，见紫鹃独自挑灯，又不是做什么，呆呆的坐着。宝玉便轻轻的叫道：“紫鹃姐姐还没有睡么？”紫鹃听了唬了一跳，怔怔的半日才说：“是谁？”宝玉道：“是我。”紫鹃听着，似乎是宝玉的声音，便问：“是宝二爷么？”宝玉在外轻轻的答应一声。紫鹃问道：“你来做什么？”宝玉道：“我有一句心里的话要和你说说，你开了门，我到你屋里坐坐。”紫鹃停了一会儿说道：“二爷有什么话，天晚了，请回罢，明日再说罢。”宝玉听了，寒了半截。自己还要进去，恐紫鹃未必开门，欲要回去，这一肚子的隐情，越发被紫鹃这一句话勾起。无奈，说道：“我也没有多余的话，只问你一句。”紫鹃道：“既是一句，就请说。”宝玉半日反不言语。紫鹃在屋里不见宝玉言语，知他素有痴病，恐怕一时实在抢白了他，勾起他的旧病倒也不好了，因站起来细听了一听，又问道：“是走了，还是傻站着呢？有什么又不说，尽着在这里怄人。已经怄死了一个，难道还要怄死一个么？这是何苦来呢？”说着，也从宝玉舐破之处往外一张，见宝玉

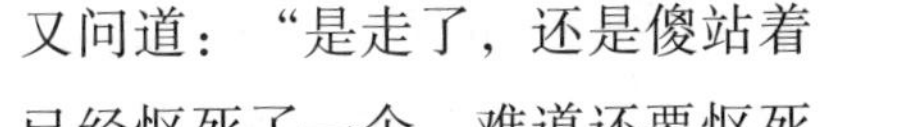

① 祖宗遗绪——祖宗遗下的事业。绪：事业，功业。

正在那里呆听。紫鹃不便再说，回身剪了剪烛花。

忽听宝玉叹了一声道："紫鹃姐姐，你从来不是这样铁心石肠，怎么近来连一句好好儿话都不和我说了？我固然是个浊物，不配你们理我；但只我有什么不是，只望姐姐说明了，那怕姐姐一辈子不理我，我死了倒作个明白鬼呀！"紫鹃听了，冷笑道："二爷就是这个话呀，还有什么？若就是这个话呢，我们姑娘在时我也跟听俗了！若是我们有什么不好处呢，我是太太派来的，二爷倒是回太太去，左右我们丫头们更算不得什么了。"说到这里，那声儿便哽咽起来，说着又擤鼻涕，宝玉在外知他伤心哭了，便急的跺脚道："这是怎么说，我的事情你在这里几个月还有什么不知道的。就便别人不肯替我告诉你，难道你还不叫我说，叫我憋死了不成？"说着，也呜咽起来了。

宝玉正在这里伤心，忽听背后一个人接言道："你叫谁替你说呢？谁是谁的什么？自己得罪了人，自己央及呀！人家赏脸不赏在人家，何苦来拿我们这些没要紧的垫喘儿呢？"这一句把里外两个人都吓了一跳。你道是谁，原来却是麝月。宝玉自觉脸上没趣。只见麝月又说道："到底是怎么着？一个陪不是，一个又不理。你倒是快快的央及呀。唉，我们紫鹃姐姐也就太狠心了，外头这么怪冷的，人家央及了这半天，总连个活动气儿也没有。"又向宝玉道："刚才二奶奶说了，多早晚了，打量你在那里呢，你却一个人站在这房檐底下做什么？"紫鹃里面接着说道："这可是什么意思呢？早就请二爷进去，有话明日说罢。这是何苦来！"

宝玉还要说话，因见麝月在那里，不好再说别的，只得一面同麝月走回，一面说道："罢了，罢了！我今生今世也难剖白这个心了！惟有老天知道罢了！"说到这里，那眼泪也不知从何处来的，滔滔不断了。麝月道："二爷，依我劝你死了心罢，白陪眼泪也可惜了儿的。"宝玉也不答言，遂进了屋子。只见宝钗睡了，宝玉也知宝钗装睡。却是袭人说了一句道："有什么话明日说不得，巴巴儿的跑那里去闹，闹出……"说到这里也就不肯说，迟了一迟才接着道："身上不觉怎么样？"宝玉也不言语，只摇摇头儿，袭人一面才打发睡下。一夜无眠，自不必说。

这里紫鹃被宝玉一招，越发心里难受，直直的哭了一夜。思前想后，“宝玉的事，明知他病中不能明白，所以众人弄鬼弄神的办成了。后来宝玉明白了，旧病复发，常时哭想，并非忘情负义之徒。今日这种柔情，一发叫人难受。只可怜我们林姑娘真真是无福消受他。如此看来，人生缘分都有一定。在那未到头时，大家都是痴心妄想；乃至无可如何，那糊涂的也就不理会了，那情深义重的也不过临风对月，洒泪悲啼。可怜那死的倒未必知道，这活的真真是苦恼伤心，无休无了。算来竟不如草木石头，无知无觉，倒也心中干净！”想到此处，倒把一片酸热之心一时冰冷了。才要收拾睡时，只听东院吵嚷起来。未知何事，下回分解。

第一百十四回

王熙凤历幻返金陵　甄应嘉蒙恩还玉阙

却说宝玉、宝钗听说凤姐病的危急，赶忙起来，丫头秉烛伺候。正要出院，只见王夫人那边打发人来说："琏二奶奶不好了，还没有咽气，二爷、二奶奶且慢些过去罢。琏二奶奶的病有些古怪。从三更天起到四更时候，琏二奶奶没有住嘴说些胡话，要船要轿的，说到金陵归入册子去。众人不懂，他只是哭哭喊喊的。琏二爷没有法儿，只得去糊了船轿，还没拿来，琏二奶奶喘着气等呢。叫我们过来说，等琏二奶奶去了再过去罢。"宝玉道："这也奇，他到金陵做什么？"袭人轻轻的和宝玉说道："你不是那年做梦，我还记得说有多少册子，不是琏二奶奶是到那里去么？"宝玉听了点头道："是呀，可惜我不记得那上头的话了。这么说起来，人都有个定数的了。但不知林妹妹又到那里去了？我如今被你一说，我有些懂得了。若再做这个梦时，我得细细的瞧一瞧，便有未卜先知的分儿了。"袭人道："你这样的人可是不可和你说话的，偶然提了一句，你便认起真来了吗？就算你能先知了，你有什么法儿？"宝玉道："只怕不能先知，若是能了，我也犯不着为你们瞎操心了。"

两人正说着，宝钗走来问道："你们说什么？"宝玉恐他盘诘，只说："我们谈论凤姐姐。"宝钗道："人要死了，你们还只管议论他。旧年你还说我咒人，那个签不是应了么？"宝玉又想了一想，拍手道：

"是的，是的。这么说起来，你倒能先知了。我索性问问你，你知道我将来怎么样？"宝钗笑道："这是又胡闹起来了。我是就他求的签上的话混解的，你就认了真了。你就和我们二嫂子一样的了，你失了玉，他去求妙玉扶乩，批出来的众人不解，他还背地里和我说妙玉怎么前知，怎么参禅悟道。如今他遭此大难，他如何自己都不知道，这可是算得前知吗？就是我偶然说着了二奶奶的事情，其实知道他是怎么样了？只怕我连我自己也不知道呢。这样下落可不是虚诞的事，是信得的么？"宝玉道："别提他了。你只说邢妹妹罢，自从我们这里连连的有事，把他这件事竟忘记了。你们家这么一件大事怎么就草草的完了，也没请亲唤友的。"

宝钗道："你这话又是迂了。我们家的亲戚只有咱们这里和王家最近。王家没了什么正经人了。咱们家遭了老太太的大事，所以也没请，就是琏二哥张罗了张罗。别的亲戚虽也有一两门子，你没过去，如何知道？算起来我们这二嫂子的命和我差不多，好好的许了我二哥哥，我妈妈原想要体体面面的给二哥哥娶这房亲事的。一则为我哥哥在监里，二哥哥也不肯大办；二则为咱家的事；三则为我二嫂子在大太太里边忒苦，又加着抄了家，大太太是苛刻一点的，他也实在难受：所以我和妈妈说了，便将将就就的娶了过去。我看二嫂子如今倒是安心乐意的孝敬我妈妈，比亲媳妇还强十倍呢。待二哥哥也是极尽妇道的，和香菱又甚好，二哥哥不在家，他两个和和气气的过日子。虽说是穷些，我妈妈近来倒安逸好些。就是想起我哥哥来不免悲伤。况且常打发人家里来要使用，多亏二哥哥在外头账头儿上讨来应付他。我听见说城里有几处房子已经典去，还剩了一所在那里，打算着搬去住。"宝玉道："为什么要搬？住在这里你来去也便宜些，若搬远了，你去就要一天了。"宝钗道："虽说是亲戚，到底各自的稳便些。那里有个一辈子住在亲戚家的呢。"

宝玉还要讲出不搬去的理，王夫人打发人来说："琏二奶奶咽了气了。所有的人多过去了，请二爷、二奶奶就过去。"宝玉听了，也掌不住跺脚要哭。宝钗虽也悲戚，恐宝玉伤心，便说："有在这里哭的，不如到那边哭去。"

于是两人一直到凤姐那里，只见好些人围着哭呢。宝钗走到跟前，

见凤姐已经停床，便大放悲声，宝玉也拉着贾琏的手大哭起来。贾琏也重新哭泣。平儿等因见无人劝解，只得含悲上来劝止了。众人都悲哀不止。贾琏此时手足无措，叫人传了赖大来，叫他办理丧事。自己回明了贾政，然后行事。但是手头不济，诸事拮据。又想起凤姐素日来的好处，更加悲哭不已。又见巧姐哭的死去活来，越发伤心。哭到天明，即刻打发人去请他大舅子王仁过来。

那王仁自从王子腾死后，王子胜又是无能的人，任他胡为，已闹的六亲不和。今知妹子死了，只得赶着过来哭了一场。见这里诸事将就，心下便不舒服，说："我妹妹在你家辛辛苦苦当了好几年家，也没有什么错处，你们家该认真的发送发送才是。怎么这时候诸事还没有齐备？"贾琏本与王仁不睦，见他说些混账话，知他不懂的什么，也不大理他。王仁便叫了他外甥女儿巧姐过来说："你娘在时，本来办事不周到，只知道一味的奉承老太太，把我们的人都不大看在眼里。外甥女儿，你也大了，看见我曾经沾染过你们没有？如今你娘死了，诸事要听着舅舅的话。你母亲娘家的亲戚就是我和你二舅舅了。你父亲的为人我也早知道的了，只有重别人，那年什么尤姨娘死了，我虽不在京，听见人说花了好些银子。如今你娘死了，你父亲倒是这样的将就办去吗！你也不快些劝劝你父亲。"巧姐道："我父亲巴不得要好看，只是如今比不得从前了。现在手里没钱，所以诸事省些是有的。"王仁道："你的东西还少么？"巧姐儿道："旧年抄去，何尝还了呢？"王仁道："你也这样说。我听见老太太又给了好些东西，你该拿出来。"巧姐又不好说父亲用去，只推不知道。王仁便道："哦，我知道了，不过是你要留着做嫁妆罢咧。"

巧姐听了，不敢回言，只气得哽噎难鸣的哭起来了。平儿生气说道："舅老爷有话，等我们二爷进来再说，姑娘这么点儿年纪，他懂的什么？"王仁道："你们是巴不得二奶奶死了，你们就好为王了。我并不要什么，好看些也是你们的脸面。"说着，赌气坐着。巧姐满怀的不舒服，心想："我父亲并不是没情，我妈妈在时舅舅不知拿了多少东西去，如今说得这样干净。"于是便不大瞧得起他舅舅了。岂知王仁心里想来，他妹妹不知攒积了多少，虽说抄了家，那屋里的银子还怕少吗？"必是怕我来缠他们，所以也帮着这么说。这小东西儿也是不中用的。”从此王仁也嫌了巧姐儿了。

贾琏并不知道，只忙着弄银钱使用。外头的大事叫赖大办了，里头也要用好些钱，一时实在不能张罗。平儿知他着急，便叫贾琏道：“二爷也别过于伤了自己的身子。”贾琏道：“什么身子，现在日用的钱都没有，这件事怎么办！偏有个糊涂行子又在这里蛮缠，你想有什么法儿？”平儿道：“二爷也不用着急，若说没钱使唤，我还有些东西旧年幸亏没有抄去，在里头。二爷要就拿去当着使唤罢。”贾琏听了，心想难得这样，便笑道：“这样更好，省得我各处张罗。等我银子弄到手了还你。”平儿道：“我的也是奶奶给的，什么还不还，只要这件事办的好看些就是了。”贾琏心里倒着实感激他，便将平儿的东西拿了去当钱使用，诸凡事情便与平儿商量。秋桐看着心里就有些不甘，每每口角里头便说：“平儿没有了奶奶，他要上去了。我是老爷的人，他怎么就越过我去了呢？”平儿也看出来了，只不理他。倒是贾琏一时明白，越发把秋桐嫌了，一时有些烦恼便拿着秋桐出气。邢夫人知道，反说贾琏不好。贾琏忍气，不题。

再说凤姐停了十余天，送了殡。贾政守着老太太的孝，总在外书房。那时清客、相公渐渐的都辞去了，只有个程日兴还在那里，时常陪着说说话儿。提起“家运不好，一连人口死了好些，大老爷和珍大爷又在外头，家计一天难似一天。外头东庄地亩也不知道怎么样，总不得了呀！”程日兴道：“我在这里好些年，也知道府上的人那一个不是肥己的。一年一年都往他家里拿，那自然府上是一年不够一年了。又添了大老爷、珍大爷那边两处的费用，外头又有些债务，前儿又破了好些财，要想衙门里缉贼追赃是难事。老世翁若要安顿家事，除非传那些管事的来，派一个心腹的人各处去清查清查：该去的去，该留的留，有了亏空，着在经手的身上赔补，这就有了数儿了。那一座大的园子，人家是不敢买的。这里头的出息也不少，又不派人管了。那年老世翁不在家，这些人就弄神弄鬼儿的，闹的一个人不敢到园里。这都是家人的弊。此时把下人查一查，好的使着，不好的便撵了，这才是道理。”

贾政点头道：“先生你有所不知，不必说下人，便是自己的侄儿也靠不住。若要我查起来，那能一一亲见亲知。况我又在服中，不能照管这些个。我素来又兼不大理家，有的没的，我还摸不着呢。”程日兴

道："老世翁最是仁德的人，若在别人家这样的家计，就穷起来，十年五载还不怕，便向这些管家的要，也就够了。我听见世翁的家人还有做知县的呢。"贾政道："一个人若要使起家人们的钱来，便了不得了，只好自己俭省些。但是册子上的产业，若是实有还好，生怕有名无实了。"程日兴道："老世翁所见极是。晚生为什么说要查查呢！"贾政道："先生必有所闻。"程日兴道："我虽知道些那些管事的神通，晚生也不敢言语的。"贾政听了，便知话里有因，便叹道："我自祖父以来都是仁厚的，从没有刻薄过下人。我看如今这些人一日不似一日了。在我手里行出主子样儿来，又叫人笑话。"

两人正说着，门上的进来回道："江南甄老爷到来了。"贾政便问道："甄老爷进京为什么？"那人道："奴才也打听了，说是蒙圣恩起复了。"贾政道："不用说了，快请罢。"那人出去请了进来。那甄老爷即是甄宝玉之父，名叫甄应嘉，表字友忠，也是金陵人氏，功勋之后。原与贾府有亲，素来走动的。因前年挂误革了职，动了家产。今遇主上眷念功臣，赐还世职，行取[①]来京陛见，知道贾母新丧，特备祭礼择日到寄灵地方拜奠，所以先来拜望。贾政有服不能远接，在外书房门口等着。那位甄老爷一见，便悲喜交集，因在制中不便行礼，便拉着了手叙了些

甄应嘉会贾政

① 行取——行文调取的意思。明、清时代，皇帝召见地方官，或地方官按规定年限，经上司保举，进京考选，补授京官，皆由京中有关部门发公文调取。

阔别思念的话，然后分宾主坐下，献了茶，彼此又将别后事情的话说了。

贾政问道："老亲翁几时陛见的？"甄应嘉道："前日。"贾政道："主上隆恩，必有温谕。"甄应嘉道："主上的恩典真是比天还高，下了好些旨意。"贾政道："什么好旨意？"甄应嘉道："近来越寇[①]猖獗，海疆一带小民不安，派了安国公征剿贼寇。主上因我熟悉土疆，命我前往安抚，但是即日就要起身。昨日知老太太仙逝，谨备瓣香[②]至灵前拜奠，稍尽微忱。"贾政即忙叩首拜谢，便说："老亲翁即此一行，必是上慰圣心，下安黎庶，诚哉莫大之功，正在此行。但弟不克亲睹奇才，只好遥聆捷报。现在镇海统制是弟舍亲，会时务望青照。"

甄应嘉道："老亲翁与统制是什么亲戚？"贾政道："弟那年在江西粮道任时，将小女许配与统制少君[③]，结褵已经三载。因海口案内未清，继以海寇聚奸，所以音信不通。弟深念小女，俟老亲翁安抚事竣后，拜恳便中请为一视。弟即修字数行，烦尊纪[④]带去，便感激不尽了。"甄应嘉道："儿女之情，人所不免。我正在有奉托老亲翁的事。日蒙圣恩召取来京，因小儿年幼，家下乏人，将贱眷全带来京。我因钦限迅速，昼夜先行，贱眷在后缓行，到京尚需时日，弟奉旨出京，不敢久留。将来贱眷到京，少不得要到尊府，定叫小犬叩见。如可进教，遇有姻事可图之处，望乞留意为感。"贾政一一答应。那甄应嘉又说了几句话，就要起身，说："明日在城外再见。"贾政见他事忙，谅难再坐，只得送出书房。

贾琏、宝玉早已伺候在那里代送，因贾政未叫，不敢擅入。甄应嘉出来，两人上去请安。应嘉一见宝玉，呆了一呆，心想："这个怎么甚像我家宝玉？只是浑身缟素。"因问："至亲久阔，爷们都不认得了。"贾政忙指贾琏道："这是家兄名赦之子琏二侄儿。"又指着宝玉

① 越寇——越地（古之会稽，今属浙江）的盗寇。

② 瓣香——指劈作瓜瓣形的沉香、檀香等。本为敬佛所用，也用于祭尊长者。

③ 少君——旧时对他人之子的客气称呼。

④ 尊纪——犹言您的仆人。旧称仆人为纪纲，这里是烦对方办事的一种委婉说法。

道："这是第二小犬，名叫宝玉。"应嘉拍手道奇："我在家听见说老亲翁有个衔玉生的爱子，名叫宝玉。因与小儿同名，心中甚为罕异。后来想着这个也是常有的事，不在意了。岂知今日一见，不但面貌相同，且举止一般，这更奇了。"问起年纪，比这里的哥儿略小一岁。贾政便因提起承荐包勇，问及令郎哥儿与小儿同名的话述了一遍。应嘉因属意宝玉，也不暇问及那包勇的得妥，只连连的称道："真真罕异！"因又拉了宝玉的手，极致殷勤。又恐安国公起身甚速，急须预备长行，勉强分手徐行。贾琏宝玉送出，一路又问了宝玉好些。及至登车去后，贾琏、宝玉回来见了贾政，便将应嘉问的话回了一遍。

贾政命他二人散去。贾琏又去张罗算明凤姐丧事的账目。宝玉回到自己房中，告诉了宝钗，说是："常提的甄宝玉，我想一见不能，今日倒先见了他父亲了。我还听得说宝玉也不日要到京了，要来拜望我老爷呢。又人人说和我一模一样的，我只不信。若是他后儿到了咱们这里来，你们都去瞧去，看他果然和我像不像。"宝钗听了道："唉，你说话怎么越发不留神了，什么男人同你一样都说出来了，还叫我们瞧去吗？"宝玉听了，知是失言，脸上一红，连忙的还要解说。不知何话，下回分解。

第一百十五回

惑偏私惜春矢素志　证同类宝玉失相知

话说宝玉为自己失言被宝钗问住，想要掩饰过去，只见秋纹进来说："外头老爷叫二爷呢。"宝玉巴不得一声，便走了。到贾政那里，贾政道："我叫你来不为别的。现在你穿着孝，不便到学里去，你在家里，必要将你念过的文章温习温习。我这几天倒也闲着，隔两三日要做几篇文章我瞧瞧，看你这些时进益了没有。"宝玉只得答应着。贾政又道："你环兄弟、兰侄儿我也叫他们温习去了。倘或你作的文章不好，反倒不及他们，那可就不成事了。"宝玉不敢言语，答应了个"是"，站着不动。贾政道："去罢。"宝玉退了出来，正撞见赖大诸人拿着些册子进来。

宝玉一溜烟回到自己房中，宝钗问了知道叫他作文章，倒也喜欢，惟有宝玉不愿意，也不敢怠慢，正要坐下静静心，只见两个姑子进来，宝玉看是地藏庵的，来和宝钗说："请二奶奶安。"宝钗待理不理的说："你们好？"因叫人来："倒茶给师父们喝。"宝玉原要和那姑子说话，见宝钗似乎厌恶这些，也不好兜搭。那姑子知道宝钗是个冷人，也不久坐，辞了要去。宝钗道："再坐坐去罢。"那姑子道："我们因在铁槛寺做了功德，好些时没来请太太、奶奶们的安。今日来了，见过了奶奶、太太们，还要看四姑娘呢。"宝钗点头，由他去了。

那姑子便到惜春那里，见了彩屏，说："姑娘在那里呢？"彩屏道："不用提了。姑娘这几天饭都没吃，只是歪着。"那姑子道："为什么？"彩屏道："说也话长。你见了姑娘只怕他便和你说了。"

惜春早已听见，急忙坐起来说："你们两个人好啊！见我们家事差了，便不来了。"那姑子道："阿弥陀佛！有也是施主，没也是施主。别说我们是本家庵里的，受过老太太多少恩惠呢。如今老太太的事，太太、奶奶们都见了，只没有见姑娘，心里惦记，今儿是特特的来瞧姑娘来了。"惜春便问起水月庵的姑子来，那姑子道："他们庵里闹了些事，如今门上也不肯常放进来了。"便问惜春道："前儿听见说栊翠庵的妙师父怎么跟了人去了？"惜春道："那里的话！说这个话的人隄防着割舌头。人家遭了强盗抢去，怎么还说这样的坏话？"那姑子道："妙师父的为人怪僻，只怕是假惺惺罢？在姑娘面前，我们也不好说的。那里像我们这些粗夯人，只知道讽经念佛，给人家忏悔，也为着自己修个善果。"惜春道："怎么样就是善果呢？"那姑子道："除了咱们家这样善德人家儿不怕，若是别人家，那些诰命夫人、小姐也保不住一辈子的荣华。到了苦难来了，可就救不得了。只有个观世音菩萨大慈大悲，遇见人家有苦难的就慈心发动，设法儿救济。为什么如今都说大慈大悲救苦救难的观世音菩萨呢。我们修了行的人，虽说比夫人、小姐们苦多着呢，只是没有险难的了。虽不能成佛作祖，修修来世或者转个男身，自己也就好了。不像如今脱生了个女人胎子，什么委屈烦难都说不出来。姑娘你还不知道呢，要是人家姑娘们到了出了门子，这一辈子跟着人是更没法儿的。若说修行，也只要修得真。那妙师父自为才情比我们强，他就嫌我们这些人俗，岂知俗的才能得善缘呢。他如今到底是遭了大劫了。"

惜春被那姑子一番话说得合在机上，也顾不得丫头们在这里，便将尤氏待他怎样，前儿看家的事说了一遍。并将头发指给他瞧道："你打谅我是什么没主意恋火炕的人么？早有这样的心，只是想不出道儿来。"那姑子听了，假作惊慌道："姑娘再别说这个话！珍大奶奶听见还要骂杀我们，撵出庵去呢！姑娘这样人品，这样人家，将来配个好姑爷，享一辈子的荣华富贵……"惜春不等说完，便红了脸说："珍大奶奶撵得你，我就撵不得么？"那姑子知是真心，便索性激他一激，说道："姑娘别怪我们说错了话，太太奶奶们那里就依得姑娘的性子呢？

那时闹出没意思来倒不好。我们倒是为姑娘的话。”惜春道：“这也瞧罢咧。”彩屏等听这话头不好，便使个眼色儿给姑子叫他走。那姑子会意，本来心里也害怕，不敢挑逗，便告辞出去。惜春也不留他，便冷笑道：“打谅天下就是你们一个地藏庵么？”那姑子也不敢答言，去了。

彩屏见事不妥，恐担不是，悄悄的去告诉了尤氏说：“四姑娘绞头发的念头还没有息呢。他这几天不是病，竟是怨命。奶奶隄防些，别闹出事来，那会子归罪我们身上。”尤氏道：“他那里是为要出家，他为的是大爷不在家，安心和我过不去，也只好由他罢了。”彩屏等没法，也只好常常劝解。岂知惜春一天一天的不吃饭，只想绞头发。彩屏等吃不住，只得到各处告诉。邢、王二夫人等也都劝了好几次，怎奈惜春执迷不解。

邢、王二夫人正要告诉贾政，只听见外头传进来说：“甄家的太太带了他们家的宝玉来了。”众人急忙接出，便在王夫人处坐下。众人行礼，叙些寒温，不必细述。只言王夫人提起甄宝玉与自己的宝玉无二，要请甄宝玉进来一见。传话出去，回来说道：“甄少爷在外书房同老爷说话，说的投了机了，打发人来请我们二爷、三爷，还叫兰哥儿，在外头吃饭。吃了饭进来。”说毕，里头也便摆饭。不题。

甄宝玉

原来此时贾政见甄宝玉相貌果与宝玉一样，试探他的文才，竟应对如流，甚是心敬，故叫宝玉等三人出来，警励他们；再者到底叫宝玉来比一比。宝玉听命，穿了素服，带了兄弟、侄儿出来，见了甄宝玉，竟是旧相识一般。那甄宝玉也像那里见过的，两人行了礼，然后贾环、贾兰相见。本来贾政席地而坐，要让甄宝玉在椅子上坐。甄宝玉因是晚辈，不敢上坐，就在地下铺了褥子坐下。如今宝玉等出来，又不能同贾政一处坐着，为甄宝玉又是晚一辈，又不好叫宝玉等站着。贾政知是不便，站着又说了几句话，叫人摆饭，说："我失陪，叫小儿辈陪着，大家说说话儿，好叫他们领领大教。"甄宝玉逊谢道："老伯大人请便。侄儿正欲领世兄们的教呢。"贾政回复了几句，便自往内书房去。那甄宝玉反要送出来，贾政拦住。宝玉等先抢了一步，出了书房门槛站立着，看贾政进去，然后进来让甄宝玉坐下。彼此套叙了一回，诸如久慕渴想的话，也不必细述。

且说贾宝玉因见了甄宝玉，想到梦中之景，并且素知甄宝玉为人必是和他同心，以为得了知己。因初次见面，不便造次。且又贾环、贾兰在坐，只有极力夸赞说："久仰芳名，无由亲炙[①]。今日见面，真是谪仙[②]一流的人物。"

那甄宝玉素来也知贾宝玉的为人，今日一见，果然不差，"只是可与我共学，不可与你适道[③]。他既和我同名同貌，也是三生石上的旧精魂了。既我略知了些道理，怎么不和他讲讲。但是初见，尚不知他的心与我同不同，只好缓缓的来。"便道："世兄的才名，弟所素知的，在世兄是数万人的里头选也来最清最雅的，在弟是庸庸碌碌一等愚人，忝附同名，殊觉玷辱了这两个字。"

贾宝玉听了，心想："这个人果然同我的心一样的。但是你我都是男人，不比那女孩儿们清洁，怎么他拿我当作女孩儿看待起来？"便道："世兄谬赞，实不敢当。弟是至浊至愚，只不过一块顽石耳，何敢比世兄品望高清，实称此两字。"甄宝玉道："弟少时不知分量，自谓尚可琢磨。岂知家遭消索，数年来更比瓦砾犹贱。虽不敢说历尽甘苦，然世道人情，略略的领悟了些须。世兄是锦衣玉食，无不遂心的，必是

① 亲炙——亲身受到熏陶教益。

② 谪仙——贬谪人间的神仙，旧时常用作对才学出众、风度潇洒者的赞喻。又唐代贺知章曾称李白为"谪仙人"，后常用以代指李白。

③ 可与我共学，不可与你适道——意谓可以一道学习，却不能共同完成某种事业或达到某种道德境界。

文章经济，高出人上，所以老伯钟爱，将为席上之珍[①]。弟所以才说尊名方称。”贾宝玉听这话头又近了禄蠹的旧套，想话回答。

贾环见未与他说话，心中早不自在。倒是贾兰听了这话甚觉合意，便说道：“世叔所言固是太谦，若论到文章经济，实在从历练中出来的，方为真才实学。在小侄年幼，虽不知文章为何物，然将读过的细味起来，那膏粱文绣比着令闻广誉[②]，真是不啻百倍的了。”

甄宝玉未及答言，贾宝玉听了兰儿的话心里越发不合，想道：“这孩子从几时也学了这一派酸论。”便说道：“弟闻得世兄也诋尽流俗，性情中另有一番见解。今日弟幸会芝范[③]，想欲领教一番超凡入圣的道理，从此可以净洗俗肠，重开眼界，不意视弟为蠢物，所以将世路的话来酬应。”

甄宝玉听说，心里晓得：“他知我少年的性情，所以疑我为假。我索性把话说明，或者与我作个知心朋友也是好的。”便说道：“世兄高论，固是真切，但弟少时也曾深恶那些旧套陈言。只是一年长似一年，家君致仕[④]在家，懒于酬应，委弟接待。后来见过那些大人、先生尽都是显亲扬名的人，便是著书立说，无非言忠言孝，自有一番立德立言[⑤]的事业，方不枉生在圣明之时，也不致负了父亲、师长养育教诲之恩，所以把少时那一派迂想痴情渐渐的淘汰了些。如今尚欲访师觅友，教导愚蒙，幸会世兄，定当有以教我。适才所言，并非虚意。”

贾宝玉愈听愈不耐烦，又不好冷淡，只得将言语支吾。幸喜里头传出话来说：“若是外头爷们吃了饭，请甄少爷里头去坐呢。”宝玉听

---

① 席上之珍——指贤才美质。为“儒者有席上之珍以待聘”的省语。

② 膏粱文绣、令闻广誉——旨在说明君子安贫乐道。贾兰在此也是发挥这个意思，认为“膏粱文绣”同“令闻广誉”相比，不止相差百倍。膏粱文绣：代指锦衣玉食。令闻：美名。广誉：盛誉。

③ 芝范——旧时客套话，意即高尚的典范。芝：香草名，古人常用以比喻高尚的品德和美好的事物。范：典范；榜样。

④ 致仕——也作“致事”，辞职、退休的意思。

⑤ 立德立言——语本《左传》襄公二十四年：“太上有立德，其次有立功，其次有立言，虽久不废，此之谓不朽。”孔颖达疏：“立德，谓创制垂法，博施济众；立功，谓拯危除难，功济于时；立言，谓言得其要，理足可传。”这是儒家历来主张的匡时济世名垂千古的大事业。

了，趁势便邀甄宝玉进去。

那甄宝玉依命前行，贾宝玉等陪着来见王夫人。贾宝玉见是甄太太上坐，便先请过了安，贾环、贾兰也见了。甄宝玉也请了王夫人的安。两母两子互相厮认。虽是贾宝玉是娶过亲的，那甄夫人年纪已老，又是老亲，因见贾宝玉的相貌身材与他儿子一般，不禁亲热起来。王夫人更不用说，拉着甄宝玉问长问短，觉得比自己家的宝玉老成些。回看贾兰，也是清秀超群的，虽不能像两个宝玉的形象，也还随得上。只有贾环粗夯，未免有偏爱之色。众人一见两个宝玉都在这里，都来瞧看，说道："真真奇事，名字同了也罢，怎么相貌身材都是一样的。亏得是我们宝玉穿孝，若是一样的衣服穿着，一时也认不出来。"内中紫鹃一时痴意发作，便想起黛玉来，心里说道："可惜林姑娘死了，若不死时，就将那甄宝玉配了他，只怕也是愿意的。"

正想着，只听得甄夫人道："前日听得我们老爷回来说，我们宝玉年纪也大了，求这里老爷留心一门亲事。"王夫人正爱甄宝玉，顺口便说道："我也想要与令郎作伐[①]，我家有四个姑娘，那三个都不用说，死的死、嫁的嫁了，还有我们珍大侄儿的妹子，只是年纪过小几岁，恐怕难配。倒是我们大媳妇的两个堂妹子生得人才齐整，二姑娘呢，已经许了人家，三姑娘正好与令郎为配。过一天我给令郎作媒，但是他家的家计如今差些。"甄夫人道："太太这话又客套了。如今我们家还有什么，只怕人家嫌我们穷罢了。"王夫人道："现今府上复又出了差，将来不但复旧，必是比先前更要鼎盛起来。"甄夫人笑着道："但愿依着太太的话更好。这么着就求太太作个保山。"

甄宝玉听他们说起亲事，便告辞出来。贾宝玉等只得陪着来到书房，见贾政已在那里，复又立谈几句。听见甄家的人来回甄宝玉道："太太要走了，请爷回去罢。"于是甄宝玉告辞出来。贾政命宝玉、环、兰相送，不提。

且说宝玉自那日见了甄宝玉之父，知道甄宝玉来京，朝夕盼望。今儿见面原想得一知己，岂知谈了半天，竟有些冰炭不投。闷闷的回到自己房中，也不言，也不笑，只管发怔。宝钗便问："那甄宝玉果然像

① 作伐——作媒。

你么？”宝玉道：“相貌倒还是一样的。只是言谈间看起来并不知道什么，不过也是个禄蠹。”宝钗道：“你又编派人家了。怎么就见得也是个禄蠹呢？”宝玉道：“他说了半天，并没个明心见性[①]之谈，不过说些什么文章经济，又说什么为忠为孝，这样人可不是个禄蠹么！只可惜他也生了这样一个相貌。我想来，有了他，我竟要连我这个相貌都不要了。”宝钗见他又发呆话，便说道：“你真真说出句话来叫人发笑，这相貌怎么能不要呢。况且人家这话是正理，做了一个男人原该要立身扬名的，谁像你一味的柔情私意。不说自己没有刚烈，倒说人家是禄蠹。”

宝玉本来听了甄宝玉的话甚不耐烦，又被宝钗抢白了一场，心中更加不乐，闷闷昏昏，不觉将旧病又勾起来了，并不言语，只是傻笑。宝钗不知，只道是“我的话错了，他所以冷笑”，也不理他。岂知那日便有些发呆，袭人等怄他也不言语。过了一夜，次日起来只是发呆，竟有前番病的样子。

一日，王夫人因为惜春定要绞发出家，尤氏不能拦阻，看着惜春的样子是若不依他必要自尽的，虽然昼夜着人看着，终非常事，便告诉了贾政。贾政叹气跺脚，只说：“东府里不知干了什么，闹到如此地位。”叫了贾蓉来说了一顿，叫他去和他母亲说，认真劝解劝解。“若是必要这样，就不是我们家的姑娘了。”岂知尤氏不劝还好，一劝了更要寻死，说：“做了女孩儿终不能在家一辈子的，若像二姐姐一样，老爷太太们倒要烦心，况且死了。如今譬如我死了似的，放我出了家，干干净净的一辈子，就是疼我了。况且我又不出门，就是栊翠庵，原是咱们家的基趾，我就在那里修行。我有什么，你们也照应得着。现在妙玉的当家的在那里。你们依我呢，我就算得了命了；若不依我呢，我也没法，只有死就完了。我如若遂了自己的心愿，那时哥哥回来我和他说，并不是你们逼着我的。若说我死了，未免哥哥回来倒说你们不容我。”尤氏本与惜春不合，听他的话也似乎有理，只得去回王夫人。

---

① 明心见性——本为佛教禅宗用语，认为只要悟得人所固有的“净心”即“佛性”，便可见性成佛。后为宋、明理学家陆九渊、王阳明等袭用，认为“心”“性”“理”本是一体，只要通过“明心”的内省工夫，便可“见性”而认识“理”。这里宝玉借用此语来同所谓“文章经济”相对峙。

王夫人已到宝钗那里，见宝玉神魂失所，心下着忙，便说袭人道："你们忒不留神，二爷犯了病也不来回我。"袭人道："二爷的病原来是常有的，一时好，一时不好。天天到太太那里仍旧请安去，原是好好儿的，今儿才发糊涂些。二奶奶正要来回太太，恐防太太说我们大惊小怪。"

宝玉听见王夫人说他们，心里一时明白，恐他们受委屈，便说道："太太放心，我没什么病，只是心里觉着有些闷闷的。"王夫人道："你是有这病根子，早说了好请大夫瞧瞧，吃两剂药好了不好？若再闹到头里丢了玉的时候似的，就费事了。"宝玉道："太太不放心便叫个人来瞧瞧，我就吃药。"

王夫人便叫丫头传话出来请大夫。这一个心思都在宝玉身上，便将惜春的事忘了。迟了一回，大夫看了，服药。王夫人回去。

过了几天，宝玉更糊涂了，甚至于饭食不进，大家着急起来。恰又忙着脱孝，家中无人，又叫了贾芸来照应大夫。贾琏家下无人，请了王仁来在外帮着料理。那巧姐儿是日夜哭母，也是病了。所以荣府中又闹得马仰人翻。

一日又当脱孝来家，王夫人亲身又看宝玉，见宝玉人事不醒，急得众人手足无措。一面哭着，一面告诉贾政说："大夫回了，不肯下药，只好预备后事。"贾政叹气连连，只得亲自看视，见其光景果然不好，便又叫贾琏办去。贾琏不敢违拗，只得叫人料理。手头又短，正在为难，只见一个人跑进来说："二爷，不好了，又有饥荒来了。"贾琏不知何事，这一唬非同小可，瞪着眼说道："什么事？"那小厮道："门上来了一个和尚，手里拿着二爷的这块丢的玉，说要一万赏银。"贾琏照脸啐道："我打量什么事，这样慌张。前番那假的你不知道么？就是真的，现在人要死了，要这玉做什么？"小厮道："奴才也说了，那和尚说给他银子就好了。"又听着外头嚷进来说："这和尚撒野，各自跑进来了，众人拦他拦不住。"贾琏道："那里有这样怪事，你们还不快打出去呢。"正闹着，贾政听见了，也没了主意了。里头又哭出来说："宝二爷不好了！"贾政益发着急。只见那和尚嚷道："要命拿银子来！"贾政忽然想起："头里宝玉的病是和尚治好的，这会子和尚来，或者有救星。但是这玉倘或是真，他要起银子来怎么样呢？"想一想，姑且不管他，果真人好了再说。

贾政叫人去请，那和尚已进来了，也不施礼，也不答话，便往里就跑。贾琏拉着道："里头都是内眷，你这野东西混跑什么？"那和尚道："迟了就不能救了。"贾琏急得一面走一面乱嚷道："里头的人不要哭了，和尚进来了。"王夫人等只顾着哭，那里理会？贾琏走近来又嚷，王夫人等回过头来，见一个长大的和尚，唬了一跳，躲避不及。那和尚直走到宝玉炕前，宝钗避过一边，袭人见王夫人站着，不敢走开。只见那和尚道："施主们，我是送玉来的。"说着，把那块玉擎着道："快把银子拿出来，我好救他。"王夫人等惊惶无措，也不择真假，便说道："若是救活了人，银子是有的。"那和尚笑道："拿来！"王夫人道："你放心，横竖折变的出来。"和尚哈哈大笑，手拿着玉在宝玉耳边叫道："宝玉，宝玉，你的宝玉回来了。"说了这一句，王夫人等见宝玉把眼一睁。袭人说道："好了。"只见宝玉便问道："在那里呢？"那和尚把玉递给他手里。宝玉先前紧紧的攥着，后来慢慢的回过手来，放在自己眼前细细的一看说："哎哟，久违了！"里外众人都喜欢的念佛，连宝钗也顾不得有和尚了。贾琏也过来一看，果见宝玉回过来了，心里一喜，疾忙躲出去了。

那和尚也不言语，赶来拉着贾琏就跑。贾琏只得跟着到了前头，赶着告诉贾政。贾政听了喜欢，即找和尚施礼叩谢。和尚还了礼坐下。贾琏心下狐疑："必是要了银子才走。"贾政细看那和尚，又非前次见的，便问："宝刹何方？法师大号？这玉是那里得的？怎么小儿一见便会活过来呢？"那和尚微微笑道："我也不知道，只要拿一万银子来就完了。"贾政见这和尚粗鲁，也不敢得罪，便说："有。"和尚道："有便快拿来罢，我要走了。"贾政道："略请少坐，待我进内瞧瞧。"和尚道："你去快出来才好。"

贾政果然进去，也不及告诉便走到宝玉炕前。宝玉见是父亲来，欲要爬起，因身子虚弱起不来。王夫人按着说道："不要动。"宝玉笑着拿这玉给贾政瞧道："宝玉来了。"贾政略略一看，知道此事有些根源，也不细看，便和王夫人道："宝玉好过来了。这赏银怎么样？"王夫人道："尽着我所有的折变了给他就是了。"宝玉道："只怕这和尚不是要银子的罢。"贾政点头道："我也看来古怪，但是他口口声声的

要银子。”王夫人道：“老爷出去先款留着他再说。”

贾政出来，宝玉便嚷饿了，喝了一碗粥，还说要饭。婆子们果然取了饭来，王夫人不敢给他吃。宝玉说：“不妨的，我已经好了。”便爬着吃了一碗，渐渐的神气果然好过来了，便要坐起来。麝月上去轻轻的扶起，因心里喜欢，忘了情说道：“真是宝贝，才看见了一会儿就好了。亏的当初没有砸破。”宝玉听了这话，神色一变，把玉一撂，身子往后一仰。未知死活，下回分解。

第一百十六回

得通灵幻境悟仙缘　进慈柩故乡全孝道

话说宝玉一听麝月的话，身往后仰，复又死去，急得王夫人等哭叫不止。麝月自知失言致祸，此时王夫人等也不及说他。那麝月一面哭着，一面打定主意，心想："若是宝玉一死，我便自尽跟了他去！"不言麝月心里的事。且言王夫人等见叫不回来，赶着叫人出来找和尚救治。岂知贾政进内出去时，那和尚已不见了。贾政正在诧异，听见里头又闹，急忙进来。见宝玉又是先前的样子，口关紧闭，脉息全无。用手在心窝中一摸，尚是温热。贾政只得急忙请医灌药救治。

那知那宝玉的魂魄早已出了窍了。你道死了不成？却原来恍恍惚惚赶到前厅，见那送玉的和尚坐着，便施了礼。那知和尚站起身来，拉着宝玉就走。宝玉跟了和尚，觉得身轻如叶，飘飘摇摇，也没出大门，不知从那里走了出来。行了一程，到了个荒野地方，远远的望见一座牌楼，好像曾到过的。正要问那和尚时，只见恍恍惚惚来了一个女人。宝玉心里想："这样旷野地方，那得有如此的丽人，必是神仙下界了。"宝玉想着，走近前来细细一看，竟有些认得的，只是一时想不起来。见那女人和和尚打了一个照面就不见了。宝玉一想，竟是尤三姐的样子，越发纳闷："怎么他也在这里？"又要问时，那和尚拉着宝玉过了那牌楼，只见牌上写着"真如福地"四个大字，两边一副对联，乃是：

假去真来真胜假，无原有是有非无。

转过牌坊，便是一座宫门。门上横书四个大字道："福善祸淫。"又有一副对联，道：

过去未来，莫谓智贤能打破；
前因后果，须知亲近不相逢。

宝玉看了，心下想道："原来如此。我倒要问问因果来去的事了。"这么一想，只见鸳鸯站在那里招手儿叫他。宝玉想道："我走了半日，原不曾出园子，怎么改了样子了呢？"赶着要和鸳鸯说话，岂知一转眼便不见了，心里不免疑惑起来。走到鸳鸯站的地方儿，乃是一溜配殿，各处都有匾额。宝玉无心去看，只向鸳鸯立的所在奔去。见那一间配殿的门半掩半开，宝玉也不敢造次进去，心里正要问那和尚一声，回过头来，和尚早已不见了。宝玉恍惚，见那殿宇巍峨，绝非大观园景象。便立住脚，抬头看那匾额上写道："引觉情痴。"两边写的对联道：

喜笑悲哀都是假，贪求思慕总因痴。

宝玉看了，便点头叹息，想要进去找鸳鸯问他是什么所在。细细想来甚是熟识，便仗着胆子推门进去。满屋一瞧，并不见鸳鸯，里头只是黑漆漆的，心下害怕。正要退出，见有十数个大橱，橱门半掩。

宝玉忽然想起："我少时做梦曾到过这个地方。如今能够亲身到此，也是大幸。"恍惚间，把找鸳鸯的念头忘了。便壮着胆把上首的大橱开了一瞧，见有好几本册子，心里更觉喜欢，想道："大凡人做梦，说是假的，岂知有这梦便有这事。我常说还要做这个梦再不能的，不料今儿被我找着了。但不知那册子是那个见过的不是？"伸手在上头取了一本，册上写着"金陵十二钗正册"。宝玉拿着一想道："我恍惚记得是那个，只恨记得不清楚。"便打开头一页看去，见上头有画，但是画迹模糊，再瞧不出来。后面有几行字迹也不清楚，尚可摹拟，便细细的看去。见有什么"玉带"，上头有个好像"林"字，心里想道："不要是说林妹妹罢？"便认真看去，底下又有"金簪雪里"四字，诧异道：

"怎么又像他的名字呢？"复将前后四句合起来一念道："也没有什么道理，只是暗藏着他两个名字，并不为奇。独有那'怜'字'叹'字不好。这是怎么解？"想到那里，又自啐道："我是偷着看，若只管呆想起来，倘有人来，又看不成了。"遂往后看去，也无暇细玩那画图，只从头看去。看到尾儿有几句词，什么"相逢大梦归"一句，便恍然大悟道："是了，果然机关不爽，这必是元春姐姐了。若都是这样明白，我要抄了去细玩起来，那些姊妹们的寿夭穷通没有不知的了。我回去自不肯泄漏，只做一个未卜先知的人，也省了多少闲想。"又向各处一瞧，并没有笔砚。又恐人来，只得忙着看去。只见图上影影绰绰有一个放风筝的人儿，也无心去看。急急的将那十二首诗词都看遍了，也有一看便知的，也有不大明白的，心下牢牢记着。一面叹息，一面又取那《金陵又副册》一看，看到"堪羡优伶有福，谁知公子无缘"，先前不懂，见上面尚有花席的影子，便大惊痛哭起来。

待要往后再看，听见有人说道："你又发呆了！林妹妹请你呢。"好似鸳鸯的声气，回头却不见人。心中正自惊疑，忽鸳鸯在门外招手。宝玉一见，喜得赶出来。但见鸳鸯在前影影绰绰的走，只是赶不上。宝玉叫道："好姐姐，等等我。"那鸳鸯并不理，只顾前走。宝玉无奈，尽力赶去，忽见别有一洞天，楼阁高耸，殿角玲珑，且有好些宫女隐约其间。宝玉贪看景致，竟将鸳鸯忘了。

宝玉顺步走入一座宫门，内有奇花异卉，都也认不明白。惟有白石花栏围着一颗青草，叶头上略有红色，但不知是何名草，这样名贵？只见微风动处，那青草已摇摆不休，虽说是一枝小草，又无花朵，其妩媚之态，不禁心动神怡，魂消魄丧。宝玉只管呆呆的看着，只听见旁边有一人说道："你是那里来的蠢物，在此窥探仙草！"宝玉听了，吃了一惊，回头看时，却是一位仙女，便施礼道："我找鸳鸯姐姐，误入仙境，恕我冒昧之罪。请问神仙姐姐，这里是何地方？怎么我鸳鸯姐姐到此还说是林妹妹叫我？望乞明示。"那人道："谁知你的姐姐妹妹，我是看管仙草的，不许凡人在此逗留。"宝玉欲待要出来，又舍不得，只得央告道："神仙姐姐既是那管理仙草的，必然是花神姐姐了。但不知这草有何好处？"那仙女道："你要知道这草，说起来话长着呢。那草本在灵河岸上，名曰绛珠草。因那时萎败，幸得一个神瑛侍者日以甘露灌溉，得以长生。后来降凡历劫，还报了灌溉之恩，今返归真境。所以警幻仙子命我看管，不令蜂缠蝶恋。”宝玉听了不解，一心疑定必是遇见了花神了，今日断不可当面错过，便问：“管这草的是神仙姐姐了。还有无数名花必有专管的，我也不敢烦问，只有看管芙蓉花的是那位神仙？”那仙女道：“我却不知，除是我主人方晓。”宝玉便问道：“姐姐的主人是谁？”那仙女道：“我主人是潇湘妃子。”宝玉听道：“是了，你不知道这位妃子就是我的表妹林黛玉。”那仙女道：“胡说。此地乃上界神女之所，虽号为潇湘妃子，并不是娥皇女英之辈，何得与凡人有亲。你少来混说，瞧着叫力士①打你出去。”

宝玉听了发怔，只觉自形秽浊，正要退出，又听见有人赶来说道：“里面叫请神瑛侍者。”那人道：“我奉命等了好些时，总不见有神瑛侍者过来，你叫我那里请去？”那一个笑道：“才退去的不是么？”那侍女慌忙赶出来说：“请神瑛侍者回来！”宝玉只道是问别人，又怕被人追赶，只得踉跄而逃。正走时，只见一人手提宝剑迎面拦住说：“那里走！”唬得宝玉惊惶无措，仗着胆抬头一看，却不是别人，就是尤三姐。宝玉见了，略定些神，央告道：“姐姐怎么你也来逼起我来了？”那人道：“你们弟兄没有一个好人，败人名节，破人婚姻。今儿你到这里，是不饶你的了！”宝玉听去话头不好，正自着急，只听后面有人叫道：“姐姐快快拦住，不要放他走了。”尤三姐道：“我奉妃子之命等候已久，今儿见了，必定要一剑斩断你的尘缘。”宝玉听了益发着忙，又不懂这些话到底是什么意思，只得回头要跑。岂知身后说话的并非别人，却是晴雯。宝玉一见，悲喜交集，便说：“我一个人走迷了道儿，遇见仇人，我要逃回，却不见你们一人跟着我。如今好了，晴雯姐姐，快快的带我回家去罢。”晴雯道：“侍者不必多疑，我非晴雯，我是奉妃子之命特来请你一会，并不难为你。”宝玉满腹狐疑，只得问道：“姐姐说是妃子叫我，那妃子究是何人？”晴雯道：“此时不必问，到了那里自然知道。”宝玉没法，只得跟着走。细看那人背后举动恰是晴雯，那面目声音是不错的了。“怎么他说不是？我此时心里模糊，且别管他。到了那边见了妃子，就有不是，那里再求他，到底女人的心肠是

① 力士——即黄巾力士，神话传说中上界值勤的神将。

慈悲的，必是恕我冒失。”

正想着，不多时到了一个所在。只见殿宇精致，彩色辉煌，庭中一丛翠竹，户外数本苍松。廊下立着几个侍女，都是宫妆打扮。见了宝玉进来，便悄悄的说道：“这就是神瑛侍者么？”引着宝玉的说道：“就是。你快进去通报罢。”有一侍女笑着招手，宝玉便跟着进去。过了几层房舍，见一正房，珠帘高挂。那侍女说：“站着候旨。”宝玉听了，也不敢则声，只得在外等着。那侍女进去不多时，出来说：“请侍者参见。”又有一人卷起珠帘。只见一女子，头戴花冠，身穿绣服，端坐在内。宝玉略一抬头，见是黛玉的形容，便不禁的说道：“妹妹在这里，叫我好想！”那帘外的侍女悄咤道：“这侍者无礼，快快出去。”说犹未了，又见一个侍儿将珠帘放下。宝玉此时欲待进去又不敢，要走又不舍，待要问明，见那些侍女并不认得，又被驱逐，无奈出来。心想要问晴雯，回头四顾，并不见有晴雯。心下狐疑，只得怏怏出来，又无人引着，正欲找原路而去，却又找不出旧路了。

正在为难，见凤姐站在一所房檐下招手了。宝玉看见喜欢道：“可好了，原来回到自己家里了。我怎么一时迷乱如此？”急奔前来说：“姐姐在这里么，我被这些人捉弄到这个分儿。林妹妹又不肯见我，不知何原故？”说着，走到凤姐站的地方，细看起来并不是凤姐，原来却是贾蓉的前妻秦氏。宝玉只得立住脚要问“凤姐姐在那里”，那秦氏也不答言，竟自往屋里去了。宝玉恍恍惚惚的又不敢跟进去，只得呆呆的站着，叹道：“我今儿得了什么不是，众人都不理我？”便痛哭进来。见有几个黄巾力士执鞭赶来，说是：“何处男人敢闯入我们这天仙福地来，快走出去！”宝玉听得，不敢言语。正要寻路出来，远远望见一群女子说笑前来。宝玉看时，又像有迎春等一干人走来，心里喜欢，叫道：“我迷住在这里，你们快来救我！”正嚷着，后面力士赶来。宝玉急得往前乱跑，急见那一群女子都变作鬼怪形象，也来追扑。

宝玉正在情急，只见那送玉来的和尚手里拿着一面镜子一照，说道：“我奉元妃娘娘的旨意，特来救你。”登时鬼怪全无，仍是一片荒郊。宝玉拉着和尚说道：“我记得是你领我到这里，你一时又不见了。看见了好些亲人，只是都不理我，急又变作鬼怪，到底是梦是真？望老师明白指示。”那和尚道：“你到这里曾偷看什么东西没有？”宝玉一

想道："他既能带我到天仙福地，自然也是神仙了，如何瞒得他。况且正要问个明白。"便道："我倒见了好些册子来着。"那和尚道："可又来，你见了册子还不解么？世上的情缘都是那些魔障。只要把历过的事情细细记着，将来我与你说明。"说着，把宝玉狠命的一推，说："回去罢！"宝玉站不住脚，一交跌倒，口里嚷道："阿哟！"

王夫人等正在哭泣，听见宝玉醒来，连忙叫唤。宝玉睁眼看时，仍躺在炕上，见王夫人、宝钗等哭的眼泡红肿。定神一想，心里说道："是了，我是死去过来的。"遂把神魂所历的事呆呆的细想，幸喜多还记得，便哈哈的笑道："是了，是了。"

王夫人只道旧病复发，便好延医调治，即命丫头、婆子快去告诉贾政，说是"宝玉回过来了，头里原是心迷住了，如今说出话来，不用备办后事了"。贾政听了，即忙进来看视，果见宝玉醒来，便道："没福的痴儿，你要唬死谁吗？"说着，眼泪也不知不觉流下来了，又叹了几口气，仍出去叫人请医生诊脉服药。

这里麝月正思自尽，见宝玉一过来，也放了心。

只见王夫人叫人端了桂圆汤叫他喝了几口，渐渐的定了神。王夫人等放心，也没有说麝月，只叫人仍把那玉交给宝钗给他带上，"想起那和尚来，这玉不知那里找来的，也是古怪。怎么一时要银，一时又不见了，莫非是神仙不成？"宝钗道："说起那和尚来的踪迹去的影响，那玉并不是找来的。头里丢的时候，必是那和尚取去的。"王夫人道："玉在家里，怎么能取的了去？"宝钗道："既可送来，就可取去。"袭人、麝月道："那年丢了玉，林大爷测了个字，后来二奶奶过了门，我还告诉过二奶奶，说测的那字是什么'赏'字。二奶奶还记得么？"宝钗想道："是了。你们说测的是当铺里找去，如今才明白了，竟是个和尚的'尚'字在上头，可不是和尚取了去的么？"王夫人道："那和尚本来古怪。那年宝玉病的时候，那和尚来说是我们家有宝贝可解，说的就是这块玉了。他既知道，自然这块玉到底有些来历。况且你女婿养下来就嘴里含着的。古往今来，你们听见过这么第二个么？只是不知终究这块玉到底是怎么着，就连咱们这一个也还不知是怎么着。病也是这块玉，好也是这块玉，生也是这块玉……"说到这里忽然住了，不免又流下泪来。

宝玉听了，心里却也明白，更想死去的事愈加有因，只不言语，心里细细的记忆。那时惜春便说道："那年失玉，还请妙玉请过仙，说是'青埂峰下倚古松'，还有什么'入我门来一笑逢'的话，想起来'入我门'三字大有讲究。佛教的法门最大，只怕二哥不能入得去。"宝玉听了，又冷笑几声。宝钗听着，不觉的把眉头儿肐揪[①]着，发起怔来。尤氏道："偏你一说又是佛门了。你出家的念头还没有歇么？"惜春笑道："不瞒嫂子说，我早已断了荤了。"王夫人道："好孩子，阿弥陀佛，这个念头是起不得的。"惜春听了，也不言语。宝玉想"青灯古佛前"的诗句，不禁连叹几声。忽又想起一床席一枝花的诗句来，拿眼睛看着袭人，不觉又流下泪来。众人都见他忽笑忽悲，也不解是何意，只道是他的旧病。岂知宝玉触处机来，竟能把偷看册上诗句俱牢牢记住了，只是不说出来，心中早有一个成见[②]在那里了。暂且不题。

且说众人见宝玉死去复生，神气清爽，又加连日服药，一天好似一天，渐渐的复原起来。便是贾政见宝玉已好，现在丁忧无事，想起贾赦不知几时遇赦，老太太的灵柩久停寺内，终不放心，欲要扶柩回南安葬，便叫了贾琏来商议。贾琏便道："老爷想得极是，如今趁丁忧干了一件大事更好。将来老爷起了服，生恐又不能遂意了。但是我父亲不在家，侄儿呢又不敢僭越。老爷的主意很好，只是这件事也得好几千银子。衙门里缉赃那是再缉不出来的。"贾政道："我的主意是定了，只为大爷不在家，叫你来商议商议怎么个办法。你是不能出门的。现在这里没有人，我为是好几口材都要带回去，我一个人怎么能够照应？想起把蓉哥儿带了去，况且有他媳妇的棺材也在里头。还有你林妹妹的，那是老太太的遗言说跟着老太太一块儿回去的。我想这一项银子只好在那里挪借几千，也就够了。"贾琏道："如今的人情过于淡薄。老爷呢，又丁忧；我们老爷呢，又在外头，一时借是借不出来的了。只好拿房地文书出去押去。"贾政道："住的房子是官盖的，那里动得？"贾琏道："住房是不能动的。外头还有几所可以出脱的，等老爷起复后再赎也使得。将来我父亲回来了，倘能也再起用，也好赎的。只是老爷这

① 肐揪——眉头紧皱的样子。

② 成见——这里是主见、定见的意思。

贾琏　贾政

么大年纪，辛苦这一场，侄儿们心里实不安。”贾政道：“老太太的事，是应该的。只要你在家谨慎些，把持定了才好。”贾琏道：“老爷这倒只管放心，侄儿虽糊涂，断不敢不认真办理的。况且老爷回南少不得多带些人去，所留下的人也有限了，这点子费用还可以过的来。就是老爷路上短少些，必经过赖尚荣的地方，可也叫他出点力儿。”贾政道：“自己的老人家的事，叫人家帮什么？”贾琏答应了“是”，便退出来打算银钱。

贾政便告诉了王夫人，叫他管了家，自己便择了发引长行的日子，就要起身。宝玉此时身体复元，贾环、贾兰倒认真念书，贾政都交付给贾琏，叫他管教，“今年是大比的年头。环儿是有服的，不能入场；兰儿是孙子，服满了也可以考的；务必叫宝玉同着侄儿考去。能够中一个举人，也好赎一赎咱们的罪名。”贾琏等唯唯应命。贾政又吩咐了在家的人，说了好些话，才别了宗祠，便在城外念了几天经，就发引下船，带了林之孝等而去。也没有惊动亲友，惟有自家男女送了一程回来。

宝玉因贾政命他赴考，王夫人便不时催逼查考起他的工课来。那宝钗、袭人时常劝勉，自不必说。那知宝玉病后虽精神日长，他的念头一发更奇僻了，竟换了一种。不但厌弃功名仕进，竟把那儿女情缘也看淡了好些。只是众人不大理会，宝玉也并不说出来。

一日，恰遇紫鹃送了林黛玉的灵柩回来，闷坐自己屋里啼哭，想着：“宝玉无情，见他林妹妹的灵柩回去并不伤心落泪，见我这样痛哭也不来劝慰，反瞅着我笑。这样负心的人，从前都是花言巧语来哄着我们！前夜亏我想得开，不然几乎又上了他的当。只是一件叫人不解，如今我看他待袭人等也是冷冷儿的。二奶奶是本来不喜欢亲热的，麝月那些人就不抱怨他么？我想女孩子们多半是痴心的，白操了那些时的心，看将来怎样结局！”

正想着，只见五儿走来瞧他，见紫鹃满面泪痕，便说：“姐姐又想林姑娘了？想一个人闻名不如眼见，头里听着宝二爷女孩子跟前是最好的，我母亲再三的把我弄进来。岂知我进来了，尽心竭力的服侍了几次病，如今病好了，连一句好话也没有剩出来，如今索性连眼儿也都不瞧了。”紫鹃听他说的好笑，便噗嗤的一笑，啐道：“呸，你这小蹄子，你心里要宝玉怎么个样儿待你才好？女孩儿家也不害臊，连名公正气的屋里人瞧着他还没事人一大堆呢，有功夫理你去？”因又笑着拿个指头往脸上抹着问道：“你到底算宝玉的什么人那？”那五儿听了，自知失言，便飞红了脸。待要解说不是要宝玉怎样看待，说他近来不怜下的话，只听院门外乱嚷说：“外头和尚又来了，要那一万银子呢。太太着急，叫琏二爷和他讲去，偏偏琏二爷又不在家。那和尚在外头说些疯话，太太叫二奶奶过去商量。”不知怎样打发那和尚，下回分解。

第一百十七回

阻超凡佳人双护玉　欣聚党恶子独承家

说话王夫人打发人来叫宝钗过去商量，宝玉听见说是和尚在外头，赶忙的独自一人走到前头，嘴里乱嚷道：“我的师父在那里？”叫了半天，并不见有和尚，只得走到外面。见李贵将和尚拦住，不放他进来。宝玉便说道：“太太叫我请师父进去。”李贵听了松了手，那和尚便摇摇摆摆的进来。宝玉看见那僧的形状与他死去时所见的一般，心里早有些明白了，便上前施礼，连叫：“师父，弟子迎候来迟。”那僧说：“我不要你们接待，只要银子，拿了来我就走。”宝玉听来又不像有道行的话，看他满头癞疮，混身腌臜破烂，心里想道：“自古说‘真人不露相，露相不真人’，也不可当面错过，我且应了他谢银，并探探他的口气。”便说道：“师父不必性急，现在家母料理，请师父坐下略等片刻。弟子请问师父，可是从‘太虚幻境’而来？”那和尚道：“什么幻境，不过是来处来去处去罢了！我是送还你玉来的。我且问你，那玉是从那里来的？”宝玉一时对答不来。那僧笑道：“你自己的来路还不知，便来问我！”宝玉本来颖悟，又经点化，早把红尘看破，只是自己的底里未知；一闻那僧问起玉来，好像当头一棒，便说道：“你也不用银子了，我把那玉还你罢。”那僧笑道：“也该还我了。”

宝玉也不答言，往里就跑，走到自己院内，见宝钗、袭人等都到王夫人那里去了，忙向自己床边取了那玉便走出来。迎面碰见了袭人，撞了一个满怀，把袭人唬了一跳，说道："太太说，你陪着和尚坐着很好，太太在那里打算送他些银两。你又回来做什么？"宝玉道："你快去回太太，说不用张罗银两了，我把这玉还了他就是了。"袭人听说，即忙拉住宝玉道："这断使不得的！那玉就是你的命，若是他拿去了，你又要病着了。"宝玉道："如今不再病的了，我已经有了心了，要那玉何用？"摔脱袭人，便要想走。袭人急得赶着嚷道："你回来，我告诉你一句话。"宝玉回过头来道："没有什么说的了。"袭人顾不得什么，一面赶着跑，一面嚷道："上回丢了玉，几乎没有把我的命要了！刚刚儿的有了，你拿了去，你也活不成，我也活不成了！你要还他，除非是叫我死了！"说着，赶上一把拉住。宝玉急了道："你死也要还，你不死也要还！"狠命的把袭人一推，抽身要走。怎奈袭人两只手绕着宝玉的带子不放松，哭喊着坐在地下。里面的丫头听见连忙赶来，瞧见他两个人的神情不好，只听见袭人哭道："快告诉太太去，宝二爷要把那玉去还和尚呢！"丫头赶忙飞报王夫人。那宝玉更加生气，用手来掰开了袭人的手，幸亏袭人忍痛不放。紫鹃在屋里听见宝玉要把玉给人，这一急比别人更甚，把素日冷淡宝玉的主意都忘在九霄云外了，连忙跑出来帮着抱住宝玉。那宝玉虽是个男人，用力摔打，怎奈两个人死命的抱住不放，也难脱身，叹口气道："为一块玉这样死命的不放，若是我一个人走了，又待怎么样呢？"袭人、紫鹃听到那里，不禁嚎啕大哭起来。

正在难分难解，王夫人、宝钗急忙赶来，见是这样形景，便哭着喝道："宝玉，你又疯了！"宝玉见王夫人来了，明知不能脱身，只得陪笑说道："这当什么？又叫太太着急。他们总是这样大惊小怪的，我说那和尚不近人情，他必要一万银子，少一个不能。我生气进来拿这玉还他，就说是假的，要这玉干什么？他见得我们不希罕那玉，便随意给他些就过去了。"王夫人道："我打量真要还他，这也罢了。为什么不告诉明白了他们，叫他们哭哭喊喊的像什么？"宝钗道："这么说呢倒还使得。要是真拿那玉给他，那和尚有些古怪，倘或一给了他，又闹到家口不宁，岂不是不成事了么？至于银钱呢，就把我的头面折变了，也还够了呢。"王夫人听了道："也罢了，且就这么办罢。"宝玉也不回答。只见宝钗走上来在宝玉手里拿了这玉，说道："你也不用出去，

我合太太给他钱就是了。”宝玉道：“玉不还他也使得。只是我还得当面见他一见才好。”袭人等仍不肯放手，到底宝钗明决，说：“放了手由他去就是了。”袭人只得放手。宝玉笑道：“你们这些人原来重玉不重人那。你们既放了我，我便跟着他走了，看你们就守着那块玉怎么样？”袭人心里又着急起来，仍要拉他，只碍着王夫人和宝钗的面前，又不好太露轻薄。恰好宝玉一撒手就走了。袭人忙叫小丫头在三门口传了茗烟等，“告诉外头照应着二爷，他有些疯了。”小丫头答应了出去。

王夫人、宝钗等进来坐下，问起袭人来由，袭人便将宝玉的话细细说了。王夫人、宝钗甚是不放心，又叫人出去吩咐众人伺候，听着和尚说些什么。回来小丫头传话进来回王夫人道：“二爷真有些疯了。外头小厮们说，里头不给他玉，他也没法儿，如今身子出来了，求着那和尚带了他去。”王夫人听了说道：“这还了得！那和尚说什么来着？”小丫头回道：“和尚说要玉不要人。”宝钗道：“不要银子了么？”小丫头道：“没听见说，后来和尚和二爷两个说着笑着，有好些话外头小厮们都不大懂。”王夫人道：“糊涂东西，听不出来，学是自然学得来的。“便叫小丫头：“你把那小厮叫进来。”小丫头连忙出去叫进那小厮，站在廊下，隔着窗户请了安。王夫人便问道：“和尚和二爷的话你们不懂，难道学也学不来吗？”那小厮回道：“我们只听见说什么‘大荒山’，什么‘青埂峰’，又说什么‘太虚境’、‘斩断尘缘’这些话。”王夫人听了也不懂。宝钗听了，唬得两眼直瞪，半句话都没有了。

正要叫人出去拉宝玉进来，只见宝玉笑嘻嘻的进来说：“好了，好了。”宝钗仍是发怔。王夫人道：“你疯疯癫癫的说的是什么？”宝玉道：“正经话又说我疯癫。那和尚与我原认得的，他不过也是要来见我一见。他何尝是真要银子呢？也只当化个善缘就是了。所以说明了，他自己就飘然而去了。这可不是好了么？”王夫人不信，又隔着窗户问那小厮。那小厮连忙出去问了门上的人，进来回说：“果然和尚走了。说请太太们放心，我原不要银子，只要宝二爷时常到他那里去去就是了。诸事只要随缘，自有一定的道理。”王夫人道：“原来是个好和尚，你们曾问住在那里？”门上道：“奴才也问来着，他说我们二爷是知道的。”王夫人问宝玉道：“他到底住在那里？”宝玉笑道：“这个地方说远就远，说近就近。”宝钗不待说完，便道：“你醒醒儿罢，别尽着迷在里头。现在老爷太太就疼你一个人，老爷还吩咐你干功名长进呢。”宝玉道：“我说的不是功名么！你们不知道，‘一子出家，七祖升天’呢！”王夫人听了，不觉伤心起来，说：“我们的家运怎么好？一个四丫头口口声声要出家，如今又添出一个来了。我这样个日子过他做什么？”说着，大哭起来。宝钗见王夫人伤心，只得上前苦劝。宝玉笑道：“我说了这一句玩话，太太又认起真来了。”王夫人止住哭声道：“这些话也是混说的么？”

正闹着，只见丫头来回话：“琏二爷回来了，颜色大变，说请太太回去说话。”王夫人又吃了一惊，说道：“将就些，叫他进来罢，小婶子也是旧亲，不用回避了。”贾琏进来，见了王夫人请了安。宝钗迎着也问了贾琏的安。回说道：“刚才接了我父亲的书信，说是病重的很，叫我就去，若迟了恐怕不能见面。”说到那里，眼泪便掉下来了。王夫人道：“书上写的是什么病？”贾琏道：“写的是感冒风寒起来的，如今成了痨病了。现在危急，专差一个人连日连夜赶来的，说如若再耽搁一两天，就不能见面了。故来回太太，侄儿必得就去才好。只是家里没有照管。蔷儿、芸儿虽说糊涂，到底是个男人，外头有了事来还可传个话。侄儿家里倒没有什么事，秋桐是天天哭着喊着不愿意在这里，侄儿叫了他娘家的人来领了去了，倒省了平儿好些气。虽是巧姐儿没人照应，还亏平儿的心不很坏。妞儿心里也明白，只是性气比他娘还刚硬些，求太太时常管教管教他。”说着，眼圈儿一红，连忙把腰里拴槟榔荷包的小绢子拉下来擦眼。王夫人道：“放着他亲祖母在那里，托我做什么？”贾琏轻轻的说道：“太太要说这个话，侄儿就该活活儿的打死了。没什么说的，总求太太始终疼侄儿就是了。”说着，就跪下来了。王夫人也眼圈儿红了，说：“你快起来，娘儿们说话儿，这是怎么说。只是一件，孩子也大了，倘或你父亲有个一差二错又耽搁住了，或者有个门当户对的来说亲，还是等你回来，还是你太太作主？”贾琏道：“现在太太们在家，自然是太太们做主，不必等我。”王夫人道：“你要去，就写了禀帖给二老爷送个信，说家下无人，你父亲不知怎样，快请二老爷将老太太的大事早早的完结，快快回来。”

贾琏答应了"是"，正要走出去，复转回来回说道："咱们家的家下人家里还够使唤，只是园里没有人太空了。包勇又跟了他们老爷去了。姨太太住的房子，薛二爷已搬到自己的房子内住了。园里一带屋子都空着，忒没照应，还得太太叫人常查看查看。那栊翠庵原是咱们家的地基，如今妙玉不知那里去了，所有的根基他的当家女尼不敢自己作主，要求府里一个人管理管理。"王夫人道："自己的事还闹不清，还搁得住外头的事么？这句话好歹别叫四丫头知道，若是他知道了，又要吵着出家的念头出来了。你想咱们家什么样的人家，好好的姑娘出了家，还了得！"贾琏道："太太不提起侄儿也不敢说，四妹妹到底是东府里的，又没有父母，他亲哥哥又在外头，他亲嫂子又不大说的上话。侄儿听见要寻死觅活了好几次。他既是心里这么着的了，若是牛着他，将来倘或认真寻了死，比出家更不好了。"王夫人听了点头道："这件事真真叫我也难担。我也做不得主，由他大嫂子去就是了。"

贾琏又说了几句才出来，叫了众家人来交代清楚，写了书，收拾了行装。平儿等不免叮咛了好些话。只有巧姐儿惨伤的了不得，贾琏又欲托王仁照应，巧姐到底不愿意；听见外头托了芸、蔷二人，心里更不受用，嘴里却说不出来，只得送了他父亲，谨谨慎慎的随着平儿过日子。丰儿、小红因凤姐去世，告假的告假，告病的告病，平儿意欲接了家中一个姑娘来，一则给巧姐作伴，二则可以带量他。遍想无人，只有喜鸾、四姐儿是贾母旧日钟爱的，偏偏四姐儿新近出了嫁了，喜鸾也有了人家儿，不日就要出阁，也只得罢了。

且说贾芸、贾蔷送了贾琏，便进来见了邢、王二夫人。他两个倒替着在外书房住下，日间便与家人厮闹，有时找了几个朋友吃个车轱辘会[①]，甚至聚赌，里头那里知道？一日邢大舅王仁来，瞧见了贾芸、贾蔷住在这里，知他热闹，也就借着照看的名儿时常在外书房设局赌钱喝酒。所有几个正经的家人，贾政带了几个去，贾琏又跟去了几个，只有那赖林诸家的儿子、侄儿。那些少年托着老子娘的福吃喝惯了的，那知当家立计的道理？况且他们长辈都不在家，便是没笼头的马了，又有两个旁主人怂恿，无不乐为。这一闹，把个荣国府闹得没上没下，没里没

① 吃个车轱辘会——轮流做东的聚餐会。

外。那贾蔷还想勾引宝玉，贾芸拦住道："宝二爷那个人没运气的，不用惹他。那一年我给他说了一门子绝好的亲，父亲在外头做税官，家里开几个当铺，姑娘长的比仙女儿还好看。我巴巴儿的细细的写了一封书子给他，谁知他没造化……"说到这里，瞧了瞧左右无人，又说："他心里早和咱们这个二婶娘好上了。你没听见说，还有一个林姑娘呢，弄的害了相思病死的，谁不知道。这也罢了，各自的姻缘罢咧。谁知他为这件事倒恼了我了，总不大理。他打谅谁必是借谁的光儿呢。"贾蔷听了点点头，才把这个心歇了。

王仁　邢德全

他两个还不知道宝玉自会那和尚以后，他是欲断尘缘，一则在王夫人跟前不敢任性，已与宝钗、袭人等皆不大款洽了。那些丫头不知道，还要逗他，宝玉那里看得到眼里？他也并不将家事放在心里。时常王夫人、宝钗劝他念书，他便假作攻书，一心想着那个和尚引他到仙境的机关。心目中触处皆为俗人，却在家难受，闲来倒与惜春闲讲。他们两个讲得上了，那种心更加准了几分，那里还管贾环、贾兰等？

那贾环为他父亲不在家，赵姨娘已死，王夫人不大理会他，便入了贾蔷一路。倒是彩云时常规劝，反被贾环辱骂。玉钏儿见宝玉疯癫更甚，早和他娘说了，要求着出去。如今宝玉、贾环他哥儿两个各有一种脾气，闹得人人不理。独有贾兰跟着他母亲上紧攻书，作了文字送到学里请教代儒。因近来代儒老病在床，只得自己刻苦。李纨是素来沉静的，除了请王夫人的安，会会宝钗，余者一步不走，只有看着贾兰攻书。所以荣府住的人虽不少，竟是各自过各自的，谁也不肯做谁的主。

贾环、贾蔷等愈闹的不像事了，甚至偷典偷卖，不一而足。贾环更加宿娼滥赌，无所不为。

一日邢大舅、王仁都在贾家外书房喝酒，一时高兴，叫了几个陪酒的来唱着喝着劝酒。贾蔷便说："你们闹的太俗。我要行个令儿。"众人道："使得。"贾蔷道："咱们'月字流觞[①]'罢。我先说起'月'字，数到那个便是那个喝酒，还要酒面酒底。须得依着令官，不依者罚三大杯。"众人都依了。贾蔷喝了一杯令酒，便说："飞羽觞而醉月[②]。"顺饮数到贾环。贾蔷说："酒面要个'桂'字。"贾环便说道："'冷露无声湿桂花[③]'。酒底呢？"贾蔷道："说个'香'字。"贾环道："天香云外飘[④]。"

邢大舅说道："没趣，没趣。你又懂得什么字了，也假斯文起来！这不是取乐，竟是怄人了。咱们都蠲了，倒是搳搳拳，输家喝输家唱，叫作'苦中苦'。若是不会唱的，说个笑话儿也使得，只要有趣。"众人都道："使得。"于是乱搳起来。王仁输了，喝了一杯，唱了一个。众人道好，又搳起来了。是个陪酒的输了，唱了一个什么"小姐小姐多丰彩"。以后邢大舅输了，众人要他唱曲儿，他道："我唱不上来的，我说个笑话儿罢。"贾蔷道："若说不笑仍要罚的。"

邢大舅就喝了杯，便说道："诸位听着：村庄上有一座元帝庙[⑤]，旁边有个土地祠。那元帝老爷就叫土地来说闲话儿。一日元帝庙里被盗了，便叫土地去查访。土地禀道：'这地方没有贼的，必是神将不小心，被外贼偷了东西去。'元帝道：'胡说，你是土地，失了盗不问你问谁去呢？你倒不去拿贼，反说我的神将不小心吗？'土地禀道：'虽说是不小心，到底是庙里的风水不好。'元帝道：'你倒会看风水

① 月字流觞——酒令的一种。古人每逢三月三日聚会于环曲的水流旁，在上游放置酒杯，任其顺流而下，停在谁的面前，谁即取饮，叫作"流觞"。后来就把传杯行令这种游戏叫"流觞"，规定在酒令中必须带出一个"月"字的就叫"月字流觞"。觞：酒杯。

② 飞羽觞而醉月——语出唐代李白《春夜宴桃李园序》。羽觞：盛酒器。

③ 冷露无声湿桂花——见唐代王建《十五夜望月寄杜郎中》诗。

④ 天香云外飘——见唐代宋之问《灵隐寺》诗。

⑤ 元帝庙——即玄帝庙。玄帝亦即玄武。道教祀玄武。宋时因避讳，改玄为真，尊为"镇天真武灵应祐圣帝君"，简称真武帝君。

么？’土地道：‘待小神看看。’那土地向各处瞧了一会，便来回禀道：‘老爷坐的身子背后两扇红门就不谨慎。小神坐的背后是砌的墙，自然东西丢不了。以后老爷的背后亦改了墙就好了。’元帝老爷听来有理，便叫神将派人打墙。众神将叹口气道：‘如今香火一炷也没有，那里有砖灰人工来打墙！’元帝老爷没法，叫众神将作法，却都没有主意。那元帝老爷脚下的龟将军站起来道：‘你们不中用，我有主意。你们将红门拆下来，到了夜里拿我的肚子垫住在这门口，难道当不得一堵墙么？’众神将都说道：‘好，又不花钱，又便当结实。’于是龟将军便当这个差使，竟安静了。岂知过了几天，那庙里又丢了东西。众神将叫了土地来说道：‘你说砌了墙就不丢东西，怎么如今有了墙还要丢？”那土地道：‘这墙砌的不结实。’众神将道：‘你瞧去。’土地一看，果然是一堵好墙，怎么还有失事？把手摸了一摸道：‘我打谅是真墙，那里知道是个假墙！’”众人听了大笑起来。贾蔷也忍不住的笑，说道：“傻大舅，你好！我没有骂你，你为什么骂我？快拿杯来罚一大杯。”邢大舅喝了，已有醉意。

众人又喝了几杯，都醉起来。邢大舅说他姐姐不好，王仁说他妹妹不好，都说的狠狠毒毒的。贾环听了，趁着酒兴也说凤姐不好，怎样苛刻我们，怎么样踏我们的头。众人道：“大凡做个人，原要厚道些。看凤姑娘仗着老太太这样的利害，如今焦了尾巴梢子[①]了，只剩了一个姐儿，只怕也要现世现报呢。”贾芸想着凤姐待他不好。又想起巧姐儿见他就哭，也信着嘴儿混说。还是贾蔷道：“喝酒罢，说人家做什么？”那两个陪酒的道：“这位姑娘多大年纪了？长得怎么样？”贾蔷道：“模样儿是好的很的。年纪也有十三四岁了。”那陪酒的说道：“可惜这样人生在府里这样人家，若生在小户人家，父母兄弟都做了官，还发了财呢。”众人道：“怎么样？”那陪酒的道：“现今有个外藩王爷[②]，最是有情的，要选一个妃子。若合了式，父母兄弟都跟了去，可不是好事儿吗？”众人都不大理会，只有王仁心里略动了一动，仍旧喝酒。

① 焦了尾巴梢子——骂别人没有后代。俗有“干尾巴绝后”的话。

② 外藩王爷——这里指分封在京师以外的王爷。藩：屏障；保卫。

只见外头走进赖、林两家的子弟来，说："爷们好乐呀！"众人站起来说道："老大老三怎么这时候才来？叫我们好等！"那两个人说道："今早听见一个谣言，说是咱们家又闹出事来了，心里着急，赶到里头打听去，并不是咱们。"众人道："不是咱们就完了，为什么不就来？"那两个说道："虽不是咱们，也有些干系。你们知道是谁？就是贾雨村老爷。我们今儿进去，看见带着锁子，说要解到三法司[①]衙门里审问去呢。我们见他常在咱们家里来往，恐有什么事，便跟了去打听。"贾芸道："到底老大用心，原该打听打听。你且坐下喝一杯再说。"两人让了一回，便坐下，喝着酒道："这位雨村老爷人也能干，也会钻营，官也不小了，只是贪财，被人家参了个婪索属员的几款。如今的万岁爷是最圣明最仁慈的，独听了一个'贪'字，或因遭蹋了百姓，或因恃势欺良，是极生气的，所以旨意便叫拿问。若是问出来了，只怕搁不住。若是没有的事，那参的人也不便。如今真真是好时候，只要有造化，做个官儿就好。"众人道："你的哥哥就是有造化的，现做知县还不好么？"赖家的说道："我哥哥虽是做了知县，他的行为只怕也保不住怎么样呢。"众人道："手也长么？"赖家的点点头儿，便举起杯来喝酒。

众人又道："里头还听见什么新闻？"两人道："别的事没有，只听见海疆的贼寇拿住了好些，也解到法司衙门里审问。还审出好些贼寇，也有藏在城里的，打听消息，抽空儿就劫抢人家。如今知道朝里那些老爷们都是能文能武，出力报效，所到之处早就消灭了。"众人道："你听见有在城里的，不知审出咱们家失盗了一案来没有？"两人道："倒没有听见。恍惚有人说是有个内地里的人，城里犯了事，抢了一个女人下海去了。那女人不依，被这贼寇杀了。那贼寇正要逃出关去，被官兵拿住了，就在拿获的地方正了法了。"众人道："咱们栊翠庵的什么妙玉不是叫人抢去，不要就是他罢？"贾环道："必是他！"众人道："你怎么知道？"贾环道："妙玉这个东西是最讨人嫌的。他一日家捏酸，见了宝玉就眉开眼笑了。我若见了他，他从不拿正眼瞧我

① 三法司——明、清两代以刑部、都察院、大理寺为三法司，重大案件由三法司会审。

一瞧。真要是他，我才趁愿呢！”众人道：“抢的人也不少，那里就是他？”贾芸道：“有点信儿。前日有个人说，他庵里的道婆做梦，说看见是妙玉叫人杀了。”众人笑道：“梦话算不得。”邢大舅道：“管他梦不梦，咱们快吃饭罢。今夜做个大输赢。”众人愿意，便吃毕了饭，大赌起来。

赌到三更天，只听见里头乱嚷，说是四姑娘和珍大奶奶拌嘴，把头发都绞掉了，赶到邢夫人、王夫人那里去磕了头，说是要求容他做尼姑呢，送他一个地方，若不容他，他就死在眼前。那邢、王两位太太没主意，叫请蔷大爷、芸二爷进去。贾芸听了，便知是那回看家的时候起的念头，想来是劝不过来的了，便和贾蔷商议道：“太太叫我们进去，我们是做不得主的。况且也不好做主，只好劝去。若劝不住，只好由他们罢。咱们商量了写封书给琏二叔，便卸了我们的干系了。”两人商量定了主意，进去见了邢、王两位太太，便假意的劝了一回。无奈惜春立意必要出家，就不放他出去，只求一两间净屋子给他诵经拜佛。尤氏见他两个不肯作主，又怕惜春寻死，自己便硬作主张，说是：“这个不是索性我担了罢。说我做嫂子的容不下小姑子，逼他出了家了就完了。若说到外头去呢，断断使不得。若在家里呢，太太们都在这里，算我的主意罢。叫蔷哥儿写封书子给你珍大爷、琏二叔就是了。”贾蔷等答应了。不知邢、王二夫人依与不依，下回分解。

第一百十八回

记微嫌舅兄欺弱女　惊谜语妻妾谏痴人

话说邢、王二夫人听尤氏一段话，明知也难挽回。王夫人只得说道："姑娘要行善，这也是前生的夙根，我们也实在拦不住。只是咱们这样人家的姑娘出了家，不成了事体。如今你嫂子说了准你修行，也是好处。却有一句话要说，那头发可以不剃的，只要自己的心真，那在头发上头呢？你想妙玉也是带发修行的，不知他怎样凡心一动，才闹到那个分儿。姑娘执意如此，我们就把姑娘住的房子便算了姑娘的静室。所有服侍姑娘的人也得叫他们来问：他若愿意跟的，就讲不得说亲配人；若不愿意跟的，另打主意。"惜春听了，收了泪，拜谢了邢、王二夫人、李纨、尤氏等。王夫人说了，便问彩屏等谁愿跟姑娘修行。彩屏等回道："太太们派谁就是谁。"王夫人知道不愿意，正在想人。

袭人立在宝玉身后，想来宝玉必要大哭，防着他的旧病。岂知宝玉叹道："真真难得。"袭人心里更自伤悲。宝钗虽不言语，遇事试探，见是执迷不醒，只得暗中落泪。王夫人才要叫了众丫头来问。忽见紫鹃走上前去，在王夫人面前跪下，回道："刚才太太问跟四姑娘的姐姐，太太看着怎么样？"王夫人道："这个如何强派得人的，谁愿意他自然就说出来了。"紫鹃道："姑娘修行自然姑娘愿意，并不是别的姐姐们的意思。我有句话回太太，我也并不是拆开姐姐们，各人有各人的心。我服侍林姑娘一场，林姑娘待我也是太太们知道的，实在恩重如山，无以可报。他死了，我恨不得跟了他去。但是他不是这里的人，我又受主子家的恩典，难以从死。如今四姑娘既要修行，我就求太太们将我派了跟着姑娘，服侍姑娘一辈子。不知太太们准不准？若准了，就是我的造化了。”

邢、王二夫人尚未答言，只见宝玉听到那里，想起黛玉一阵心酸，眼泪早下来了。众人才要问他时，他又哈哈的大笑，走上来道：“我不该说的。这紫鹃蒙太太派给我屋里，我才敢说。求太太准了他罢，全了他的好心。”王夫人道：“你头里姊妹出了嫁，还哭得死去活来；如今看见四妹妹要出家，不但不劝，倒说好事，你如今到底是怎么个意思？我索性不明白了。”宝玉道：“四妹妹修行是已经准的了，四妹妹也是一定主意了。若是真呢，我有一句话要告诉太太；若是不定呢，我就不敢混说了。”惜春道：“二哥哥说话也好笑，一个人主意不定便扭得过太太们来了？我也是像紫鹃的话，容我呢，是我的造化，不容我呢，还有一个死呢，那怕什么！二哥哥既有话，只管说。”宝玉道：“我这也不算什么泄漏了，这也是一定的。我念一首诗给你们听听罢！”众人道：“人家苦得很的时候，你倒来作诗。怄人！”宝玉道：“不是作诗，我到一个地方儿看了来的。你们听听罢。”众人道：“使得。你就念念，别顺着嘴儿胡诌。”宝玉也不分辩，便说道：

勘破三春景不长，缁衣顿改昔年妆。
可怜绣户侯门女，独卧青灯古佛旁！

李纨、宝钗听了，诧异道：“不好了，这人入了迷了。”王夫人听了这话，点头叹息，便问宝玉：“你到底是那里看来的？”宝玉不便说出来，回道：“太太也不必问，我自有见的地方。”王夫人回过味来，细细一想，便更哭起来道：“你说前儿是玩话，怎么忽然有这首诗？罢了，我知道了，你们叫我怎么样呢！我也没有法儿了，也只得由着你们去罢！但是要等我合上了眼，各自干各自的就完了！”宝钗一面劝着，这个心比刀绞更甚，也撑不住便放声大哭起来。袭人已经哭的死去活来，幸亏秋纹扶着。宝玉也不啼哭，也不相劝，只不言语。贾兰、贾环听到那里，各自走开。李纨竭力的解说：“总是宝兄弟见四妹妹修行，

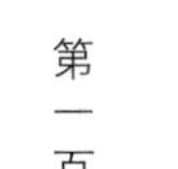

他想来是痛极了，不顾前后的疯话，这也作不得准的。独有紫鹃的事情准不准？好叫他起来。”

王夫人道：“什么依不依，横竖一个人的主意定了，那也是扭不过来的。可是宝玉说的也是一定的了。”紫鹃听了磕头。惜春又谢了王夫人。紫鹃又给宝玉、宝钗磕了头。宝玉念声“阿弥陀佛！难得，难得。不料你倒先好了！”宝钗虽然有把持，也难撑住。只有袭人，也顾不得王夫人在上，便痛哭不止，说：“我也愿意跟了四姑娘去修行。”宝玉笑道：“你也是好心。但是你不能享这个清福的。”袭人哭道：“这么说，我是要死的了！”宝玉听到那里，倒觉伤心，只是说不出来。因时已五更，宝玉请王夫人安歇，李纨等各自散去。彩屏等暂且服侍惜春回去，后来指配了人家。紫鹃终身服侍，毫不改初。此是后话。

且言贾政扶了贾母灵柩一路南行，因遇着班师的兵将船只过境，河道拥挤，不能速行，在道实在心焦。幸喜遇见了海疆的官员，闻得镇海统制钦召回京，想来探春一定回家，略略解些烦心。只打听不出起程的日期，心里又烦躁。想到盘费算来不敷，不得已写书一封，差人到赖尚荣任上借银五百，叫人沿途迎上来应需用。那人去了几日，贾政的船才行得十数里。那家人回来，迎上船只，将赖尚荣的禀启呈上。书内告了多少苦处，备上白银五十两。贾政看了生气，即命家人立刻送还，将原书发回，叫他不必费心。那家人无奈，只得回到赖尚荣任所。

赖尚荣接到原书银两，心中烦闷，知事办得不周到，又添了一百，央求来人带回，帮着说些好话。岂知那人不肯带回，撂下就走了。赖尚荣心下不安，立刻修书到家，回明他父亲，叫他设法告假赎出身来。于是赖家托了贾蔷、贾芸等在王夫人面前乞恩放出。贾蔷明知不能，过了一日，假说王夫人不依的话回复了。赖家一面告假，一面差人到赖尚荣任上，叫他告病辞官。王夫人并不知道。

那贾芸听见贾蔷的假话，心里便没想头，连日在外又输了好些银钱，无所抵偿，便和贾环相商。贾环本是一个钱没有的，虽是赵姨娘积蓄些微，早被他弄光了，那能照应人家？便想起凤姐待他刻薄，趁贾琏不在家，要摆布巧姐出气，遂把这个当叫贾芸来上，故意的埋怨贾芸道：“你们年纪又大，放着弄银钱的事又不敢办，倒和我没有钱的人相商。”贾芸道：“三叔，你这话说的倒好笑，咱们一块儿玩，一块儿闹，那里有银钱的事？”贾环道：“不是前儿有人说是外藩要买个偏房，你们何不和王大勇商量把巧姐说给他呢？”贾芸道：“叔叔，我说句招你生气的话，外藩花了钱买人，还想能和咱们走动么？”贾环在贾芸耳边说了些话，贾芸虽然点头，只道贾环是小孩子的话，也不当事。恰好王仁走来说道：“你们两个人商量些什么，瞒着我么？”贾芸便将贾环的话附耳低言的说了。王仁拍手道：“这倒是一种好事，又有银子。只怕你们不能，若是你们敢办，我是亲舅舅，做得主的。只要环老三在大太太跟前那么一说，我找邢大舅再一说，太太们问起来你们齐打伙说好就是了。”贾环等商议定了，王仁便去找邢大舅，贾芸便去回邢、王二夫人，说得锦上添花。

王夫人听了虽然入耳，只是不信。邢夫人听得邢大舅知道，心里愿意，便打发人找了邢大舅来问他。那邢大舅已经听了王仁的话，又可分肥，便在邢夫人跟前说道：“若说这位郡王，是极有体面的。若应了这门亲事，虽说是不是正配，保管一过了门，姐夫的官早复了，这里的声势又好了。”邢夫人本是没主意的人，被邢大舅一番假话哄得心动，请了王仁来一问，更说得热闹。于是邢夫人倒叫人出去追着贾芸去说。王仁即刻找了人去到外藩公馆说了。那外藩不知底细，便要打发人来相看。贾芸又钻了[①]相看的人，说明：“原是瞒着合宅的，只说是王府相亲。等到成了，他祖母作主，亲舅舅的保山，是不怕的。”那相看的人应了。贾芸便送信与邢夫人，并回了王夫人。那李纨、宝钗等不知原故，只道是件好事，也都欢喜。

那日果然来了几个女人，都是艳妆丽服。邢夫人接了进去，叙了些闲话。那来人本知是个诰命，也不敢怠慢。邢夫人因事未定，也没有和巧姐说明，只说有亲戚来瞧，叫他去见。那巧姐到底是个小孩子，那管这些，便跟了奶妈过来。平儿不放心，也跟着来。只见有两个宫人打扮的，见了巧姐便浑身上下一看，更又起身来拉着巧姐的手又瞧了一遍，略坐了一坐就走了。倒把巧姐看得羞臊，回到房中纳闷，想来没有这门亲戚，便问平儿。平儿先看见来头，却也猜得八九必是相亲的。“但

① 钻了——意即诳骗。

是二爷不在家，大太太作主，到底不知是那府里的。若说是对头亲[①]，不该这样相看。瞧那几个人的来头，不像是本支王府[②]，好像是外头路数。如今且不必和姑娘说明，且打听明白再说。”

平儿心下留神打听。那些丫头、婆子都是平儿使过的，平儿一问，所有听见外头的风声都告诉了。平儿便吓的没了主意，虽不和巧姐说，便赶着去告诉了李纨、宝钗，求他二人告诉王夫人。王夫人知道这事不好，便和邢夫人说知。怎奈邢夫人信了兄弟并王仁的话，反疑心王夫人不是好意，便说：“孙女儿也大了，现在琏儿不在家，这件事我还做得主。况且是他亲舅爷爷和他亲舅舅打听的，难道倒比别人不真么？我横竖是愿意的。倘有什么不好，我和琏儿也抱怨不着别人！”

王夫人听了这些话，心下暗暗生气，勉强说些闲话，便走了出来，告诉了宝钗，自己落泪。宝玉劝道：“太太别烦恼，这件事我看来是不成的。这又是巧姐儿命里所招，只求太太不管就是了。”王夫人道：“你一开口就是疯话。人家说定了就要接过去。若依平儿的话，你琏二哥哥可不抱怨我么？别说自己的侄孙女儿，就是亲戚家的，也是要好才好。邢姑娘是我们作媒的，配了你二大舅子，如今和和顺顺的过日子不好么。那琴姑娘梅家娶了去，听见说是丰衣足食的很好。就是史姑娘是他叔叔的主意，头里原好，如今姑爷痨病死了，你史妹妹立志守寡，也就苦了。若是巧姐儿错给了人家儿，可不是我的心坏？”

正说着，平儿过来瞧宝钗，并探听邢夫人的口气。王夫人将邢夫人的话说了一遍。平儿呆了半天，跪下求道：“巧姐儿终身全仗着太太。若信了人家的话，不但姑娘一辈子受了苦，便是琏二爷回来怎么说呢？”王夫人道：“你是个明白人，起来，听我说。巧姐儿到底是大太太孙女儿，他要作主，我能够拦他么？”宝玉劝道：“无妨碍的，只要明白就是了。”平儿生怕宝玉疯癫嚷出来，也并不言语，回了王夫人竟自去了。

这里王夫人想到烦闷，一阵心痛。叫丫头扶着勉强回到自己房中躺下，不叫宝玉、宝钗过来，说睡睡就好的。自己却也烦闷，听见说李婶

---

① 对头亲——门当户对的亲事。

② 本支王府——属于皇族宗室的王府，与异姓王相对。

娘来了也不及接待。只见贾兰进来请了安，回道："今早爷爷那里打发人带了一封书子来，外头小子们传进来的。我母亲接了正要过来，因我老娘来了，叫我先呈给太太瞧，回来我母亲就过来回太太。还说我老娘要过来呢。"说着，一面把书子呈上。王夫人一面接书，一面问道："你老娘来作什么？"贾兰道："我也不知道。我只见我老娘说，我三姨儿的婆婆家有什么信儿来了。"王夫人听了，想起来还是前次给甄宝玉说了李绮，后来放定下茶，想来此时甄家要娶过门，所以李婶娘来商量这件事情，便点点头儿。一面折开书信，见上面写着道：

近因沿途俱系海疆凯旋船只，不能迅速前行。闻探姐随翁婿来都，不知曾有信否？前接到琏侄手禀，知大老爷身体欠安，亦不知已有确信否？宝玉、兰哥场期已近，务须实心用功，不可怠惰。老太太灵柩抵家，尚需日时。我身体平善，不必挂念。此谕宝玉等知道。月日手书。蓉儿另禀。

王夫人看了，仍旧递给贾兰，说："你拿去给你二叔叔瞧瞧，还交给你母亲罢。"

正说着，李纨同李婶娘过来。请安问好毕，王夫人让了坐。李婶娘便将甄家要娶李绮的话说了一遍。大家商议了一会子。李纨因问王夫人道："老爷的书子太太看过了么？"王夫人道："看过了。"贾兰便拿着给他母亲瞧。李纨看了道："三姑娘出门了好几年，总没有来，如今要回京了。太太也放了好些心。"王夫人道："我本是心痛，看见探丫头要回来了，心里略好些。只是不知几时才到。"李婶娘便问了贾政在路好。李纨因向贾兰道："哥儿瞧见了？场期近了，你爷爷惦记的什么似的。你快拿了去给二叔叔瞧会罢。"李婶娘道："他们爷儿两个又没进过学，怎么能下场呢？"王夫人道："他爷爷做粮道的起身时，给他们爷儿两个援了例监[①]了。"李婶娘点头。贾兰一面拿着书子出来，来找宝玉。

① 援了例监——明清制度，由捐纳取得监生资格者称为例监。援：引用成例。

却说宝玉送了王夫人去后，正拿着《秋水》[①]一篇在那里细玩。宝钗从里间走出，见他看的得意忘言，便走过来一看，见是这个，心里着实烦闷。细想他只顾把这些出世离群的话当作一件正经事，终久不妥。看他这种光景，料劝不过来，便坐在宝玉旁边，怔怔的坐着。宝玉见他这般，便道："你这又是为什么？"宝钗道："我想你我既为夫妇，你便是我终身的倚靠，却不在情欲之私。论起荣华富贵，原不过是过眼烟云，但自古圣贤，以人品根柢为重……"宝玉也没听完，把那书本搁在旁边，微微的笑道："据你说人品根柢，又是什么古圣贤，你可知古圣贤说过'不失其赤子之心'[②]？那赤子有什么好处，不过是无知无识无贪无忌。我们生来已陷溺在贪嗔痴爱中，犹如污泥一般，怎么能跳出这般尘网？如今才晓得'聚散浮生'四字，古人说了，不曾提醒一个。既要讲到人品根柢，谁是到那太初一步地位的？"宝钗道："你既说'赤子之心'，古圣贤原以忠孝为赤子之心，并不是遁世离群无关无系为赤子之心。尧舜禹汤周孔时刻以救民济世为心，所谓赤子之心，原不过是'不忍'二字[③]。若你方才所说的，忍于抛弃天伦，还成什么道理？"宝玉点头笑道："尧舜不强巢许，武周不强夷齐[④]。"宝钗不等他说完，便道："你这个话益发不是了。古来若都是巢许夷齐，为什么如今人又把尧舜周孔称为圣贤呢？况且你自比夷齐，更不成话。伯夷叔齐原是生在殷商末世，有许多难处之事，所以才有托而逃。当此圣世，咱们世受国恩，祖父锦衣玉食；况你自有生以来，自去世的老太太以及老爷太太视如珍宝。你方才所说，自己想一想是与不是？"

---

① 《秋水》——《庄子》篇名。这是一篇富于哲理的寓言，借秋天河水入海的浩渺景象抒发天道难穷而人的智能有限的感慨。全篇用各种生动的譬喻说明大与小、是与非、善与恶都是相对的，主张率性自然、无所追求。因此被宝钗看作"出世离群"之作。

② 不失其赤子之心——语出《孟子·离娄下》。赤子：婴儿。

③ "不忍"二字——不忍加害于人之意。语出《孟子·公孙丑上》，全句为"人皆有不忍人之心"。

④ 尧舜不强巢许，武周不强夷齐——巢许：即巢父和许由，相传为唐尧时的隐士。尧要让天下给巢父，他不受，尧又让许由，由也引以为耻，逃走隐居起来。武周：西周的武王和周公；夷齐：即伯夷叔齐，相传为殷代孤竹君之二子。武王灭殷，天下宗周，伯夷叔齐义不食周粟，隐居首阳山，最终饿死。

宝玉听了，也不答言，只有仰头微笑。宝钗因又劝道："你既理屈词穷，我劝你从此把心收一收，好好的用用功。但能博得一第，便是从此而止，也不枉天恩祖德了。"宝玉点了点头，叹了口气说道："一第呢，其实也不是什么难事，倒是你这个'从此而止，不枉天恩祖德'却还不离其宗。"宝钗未及答言，袭人过来说道："刚才二奶奶说的古圣先贤，我们也不懂。我只想着我们这些人从小儿辛辛苦苦跟着二爷，不知陪了多少小心，论起理来原该当的，但只二爷也该体谅体谅。况二奶奶替二爷在老爷太太跟前行了多少孝道，就是二爷不以夫妻为事，也不可太辜负了人心。至于神仙那一层，更是谎话，谁见过有走到凡间来的神仙呢？那里来的这么个和尚，说了些混话，二爷就信了真。二爷是读书的人，难道他的话比老爷太太还重么！"宝玉听了，低头不语。

袭人还要说时，只听外面脚步响，隔着窗户问道："二叔在屋里呢么？"宝玉听了，是贾兰的声音，便站起来笑道："你进来罢。"宝钗也站起来。贾兰进来，笑容可掬的给宝玉宝钗请了安，问了袭人的好，袭人也问了好，便把书子呈给宝玉瞧。宝玉接在手中看了，便道："你三姑姑回来了。"贾兰道："爷爷既如此写，自然是回来的了。"宝玉点头不语，默默如有所思。贾兰便问："叔叔看见爷爷后头写的叫咱们好生念书了？叔叔这一程子只怕总没作文章罢？"宝玉笑道："我也要作几篇熟一熟手，好去诓这个功名。"贾兰道："叔叔既这样，就拟几个题目，我跟着叔叔作作，也好进去混场，别到那时交了白卷子惹人笑话。不但笑话我，人家连叔叔都要笑话了。"宝玉道："你也不至如此。"说着，宝钗命贾兰坐下。宝玉仍坐在原处，贾兰侧身坐了。两个谈了一回文，不觉喜动颜色。

宝钗见他爷儿两个谈得高兴，便仍进屋里去了。心中细想宝玉此时光景，或者醒悟过来了，只是刚才说话，他把那"从此而止"四字单单的许可，这又不知是什么意思了。宝钗尚自犹豫，惟有袭人看他爱讲文章，提到下场，更又欣然。心里想道："阿弥陀佛！好容易讲四书似的才讲过来了！"这里宝玉和贾兰讲文，莺儿沏过茶来，贾兰站起来接了。又说了一会子下场的规矩并请甄宝玉在一处的话，宝玉也甚似愿意。一时贾兰回去，便将书子留给宝玉了。

那宝玉拿着书子，笑嘻嘻走进来递给麝月收了，便出来将那本《庄子》收了，把几部向来最得意的，如《参同契》《元命苞》《五灯会元》[①]之类，叫出麝月秋纹莺儿等都搬了搁在一边。宝钗见他这番举动，甚为罕异，因欲试探他，便笑问道："不看他倒是正经，但又何必搬开呢。"宝玉道："如今才明白过来了。这些书都算不得什么，我还要一火焚之，方为干净。"宝钗听了，更欣喜异常。只听宝玉口中微吟道："内典语中无佛性，金丹法外有仙舟。"[②]宝钗也没很听真，只听得"无佛性""有仙舟"几个字，心中转又狐疑，且看他作何光景。宝玉便命麝月、秋纹等收拾一间静室，把那些语录名稿及应制诗之类都找出来搁在静室中，自己却当真静静的用起功来。宝钗这才放了心。

那袭人此时真是闻所未闻，见所未见，便悄悄的笑着向宝钗道："到底奶奶说话透彻，只一路讲究，就把二爷劝明白了。就只可惜迟了一点儿，临场太近了。"宝钗点头微笑道："功名自有定数，中与不中倒也不在用功的迟早。但愿他从此一心巴结正路，把从前那些邪魔永不沾染就是好了。"说到这里，见房里无人，便悄说道："这一番悔悟回来固然很好，但只一件，怕又犯了前头的旧病，和女孩儿们打起交道来，也是不好。"袭人道："奶奶说的也是。二爷自从信了和尚，才把这些姐妹冷淡了；如今不信和尚，真怕又要犯了前头的旧病呢。我想奶奶和我二爷原不大理会，紫鹃去了，如今只他们四个，这里头就是五儿有些个狐媚子，听见说他妈求了大奶奶和奶奶，说要讨出去给人家儿呢，但是这两天到底在这里呢。麝月、秋纹虽没别的，只是二爷那几年也都有些顽顽皮皮的。如今算来，只有莺儿二爷倒不大理会，况且莺儿也稳重。我想倒茶弄水只叫莺儿带着小丫头们服侍就够了，不知奶奶心里怎么样？"宝钗道："我也虑的是这些，你说的倒也罢了。"从此便派莺儿带着小丫头服侍。

---

① 《参同契》《元命苞》《五灯会元》——《参同契》：道教书名，全称《周易参同契》，东汉魏伯阳著，意在将"大易""黄老""炉火"三家理法参照会同而契合为一。《元命苞》："春秋纬"之一种，其书已佚，仅存遗编残图。纬书是西汉末假托经义而言符箓瑞应之书。《五灯会元》：佛教书名，宋代普济编，取《传灯录》《广灯录》《续灯录》《联灯会要》及《普灯录》撮要汇编而成。

② 内典、金丹、仙舟——内典：佛典之通称。佛家称佛经教典为内典，称佛典以外的典籍为外典。金丹：道家炼得的所谓长生不老药。仙舟：借指求仙的途径。

那宝玉却也不出房门，天天只差人去给王夫人请安。王夫人听见他这番光景，那一种欣慰之情，更不待言了。到了八月初三，这一日正是贾母的冥寿①。宝玉早晨过来磕了头，便回去，仍到静室中去了。饭后，宝钗、袭人等都和姊妹们跟着邢、王二夫人在前面屋里说闲话儿。宝玉自在静室冥心危坐，忽见莺儿端了一盘瓜果进来说："太太叫人送来给二爷吃的。这是老太太的克什②。"宝玉站起来答应了，复又坐下，便道："搁在那里罢。"莺儿一面放下瓜果，一面悄悄向宝玉道："太太那里夸二爷呢。"宝玉微笑。莺儿又道："太太说了，二爷这一用功，明儿进场中了出来，明年再中了进士，作了官，老爷太太可就不枉了盼二爷了。"宝玉也只点头微笑。

莺儿忽然想起那年给宝玉打络子的时候宝玉说的话来，便道："真要二爷中了，那可是我们姑奶奶的造化了。二爷还记得那一年在园子里，不是二爷叫我打梅花络子时说的，我们姑奶奶后来带着我不知到那一个有造化的人家儿去呢。如今二爷可是有造化的罢咧。"宝玉听到这里，又觉尘心一动，连忙敛神定息，微微的笑道："据你说来，我是有造化的，你们姑娘也是有造化的，你呢？"莺儿把脸飞红了，勉强道："我们不过当丫头一辈子罢咧，有什么造化呢？"宝玉笑道："果然能够一辈子是丫头，你这个造化比我们还大呢！"莺儿听见这话似乎又是疯话了，恐怕自己招出宝玉的病根来，打算着要走。只见宝玉笑着说道："傻丫头，我告诉你罢。"未知宝玉又说出什么话来，且听下回分解。

① 冥寿——阴寿。为已故父祖的逢十生辰行寿礼称为做阴寿。

② 克什——满语。指供品，分得撤供后赏赐的食品，有托庇福荫之意。

第一百十九回

中乡魁宝玉却尘缘　沐皇恩贾家延世泽

话说莺儿见宝玉说话摸不着头脑，正自要走，只听宝玉又说道："傻丫头，我告诉你罢。你姑娘既是有造化的，你跟着他自然也是有造化的了。你袭人姐姐是靠不住的。只要往后你尽心服侍他就是了。日后或有好处，也不枉你跟着他熬了一场。"莺儿听了前头像话，后头说的又有些不像了，便道："我知道了。姑娘还等我呢。二爷要吃果子时，打发小丫头叫我就是了。"宝玉点头，莺儿才去了。一时宝钗、袭人回来，各自房中去了，不提。

且说过了几天便是场期，别人只知盼望他爷儿两个作了好文章便可以高中的了，只有宝钗见宝玉的功课虽好，只是那有意无意之间，却别有一种冷静的光景。知他要进场了，头一件，叔侄两个都是初次赴考，恐人马拥挤有什么失闪；第二件，宝玉自和尚去后总不出门，虽然见他用功喜欢，只是改的太速太好了，反倒有些信不及，只怕又有什么变故，所以进场的头一天，一面派了袭人带了小丫头们同着素云等给他爷儿两个收拾妥当，自己又都过了目，好好的搁起预备着；一面过来同李纨回了王夫人，拣家里的老成管事的多派了几个，只说怕人马拥挤碰了。

次日宝玉、贾兰换了半新不旧的衣服，欣然过来见了王夫人。王夫人嘱咐道："你们爷儿两个都是初次下场，但是你们活了这么大，并不曾离开我一天。就是不在我眼前，也是丫鬟、媳妇们围着，何曾自己孤身睡过一夜？今日各自进去，孤孤凄凄，举目无亲，须要自己保重。早些作完了文章出来，找着家人早些回来，也叫你母亲、媳妇们放心。”王夫人说着不免伤心起来。

贾兰听一句答应一句。只见宝玉一声不哼，待王夫人说完了，走过来给王夫人跪下，满眼流泪，磕了三个头，说道：“母亲生我一世，我也无可答报，只有这一入场用心作了文章，好好的中个举人出来。那时太太喜欢喜欢，便是儿子一辈的事也完了，一辈子的不好也都遮过去了。”王夫人听了，更觉伤心起来，便道：“你有这个心自然是好的，可惜你老太太不能见你的面了！”一面说，一面拉他起来。那宝玉只管跪着不肯起来，便说道：“老太太见与不见，总是知道的，喜欢的，既能知道了，喜欢了，便不见也和见了的一样。只不过隔了形质，并非隔了神气啊。”

李纨见王夫人和他如此，一则怕勾起宝玉的病来，二则也觉得光景不大吉祥，连忙过来说道：“太太，这是大喜的事，为什么这样伤心？况且宝兄弟近来很知好歹，很孝顺，又肯用功，只要带了侄儿进去好好的作文章，早早的回来，写出来请咱们的世交老先生们看了，等着爷儿两个都报了喜就完了。”一面叫人搀起宝玉来。宝玉却转过身来给李纨作了个揖，说：“嫂子放心。我们爷儿两个都是必中的。日后兰哥还有大出息，大嫂子还要带凤冠穿霞帔呢。”李纨笑道：“但愿应了叔叔的话，也不枉……”说到这里，恐怕又惹起王夫人的伤心来，连忙咽住了。宝玉笑道：“只要有了个好儿子能够接续祖基，就是大哥哥不能见，也算他的后事完了。”李纨见天气不早了，也不肯尽着和他说话，只好点点头儿。

此时宝钗听得早已呆了，这些话不但宝玉，便是王夫人、李纨所说，句句都是不祥之兆，却又不敢认真，只得忍泪无言。那宝玉走到跟前，深深的作了一个揖。众人见他行事古怪，也摸不着是怎么样，又不敢笑他。只见宝钗的眼泪直流下来。众人更是纳罕。又听宝玉说道：“姐姐，我要走了，你好生跟着太太听我的喜信儿罢。”宝钗道：“是时候了，你不必说这些唠叨话了。”宝玉道：“你倒催的我紧，我自己也知道该走了。”回头见众人都在这里，只没惜春、紫鹃，便说：“四妹妹和紫鹃姐姐跟前替我说一句罢，横竖是再见就完了。”

众人见他的话又像有理，又像疯话。大家只说他从没出过门，都是太太的一套话招出来的，不如早早催他去了就完了事了，便说道："外面有人等你呢，你再闹就误了时辰了。"宝玉仰面大笑道："走了，走了！不用胡闹了，完了事了！"众人也都笑道："快走罢。"独有王夫人和宝钗娘儿两个倒像生离死别的一般，那眼泪也不知从那里来的，直流下来，几乎失声哭出。但见宝玉嘻天哈地，大有疯傻之状，遂从此出门走了。正是：

走来名利无双地，打出樊笼[1]第一关。

不言宝玉、贾兰出门赴考。且说贾环见他们考去，自己又气又恨，便自大为王说："我可要给母亲报仇了。家里一个男人没有，上头大太太依了我，还怕谁！"想定了主意，跑到邢夫人那边请了安，说了些奉承的话。那邢夫人自然喜欢，便说道："你这才是明理的孩子呢。像那巧姐儿的事，原该我作主的，你琏二哥糊涂，放着亲奶奶，倒托别人去！"贾环道："人家那头儿也说了，只认得这一门子。现在定了，还要备一分大礼来送太太呢。如今太太有了这样的藩王孙女婿儿，还怕大老爷没大官做么？不是我说自己的太太，他们有了元妃姐姐，便欺压的人难受。将来巧姐儿别也是这样没良心，等我去问问他。"邢夫人道："你也该告诉他，他才知道你的好处。只怕他父亲在家也找不出这么门子好亲事来！但只平儿那个糊涂东西，他倒说这件事不好，说是你太太也不愿意，想来恐怕我们得了意。若迟了，你二哥回来，又听人家的话，就办不成了。"贾环道："那边都定了，只等太太出了八字。王府的规矩，三天就要来娶的。但是一件，只怕太太不愿意，那边说是不该娶犯官的孙女，只好悄悄的抬了去，等大老爷免了罪做了官，再大家热闹起来。"邢夫人道："这有什么不愿意，也是礼上应该的。"贾环道："既这么着，这帖子太太出了就是了。"邢夫人道："这孩子又糊涂了，里头都是女人，你叫芸哥儿写了一个就是了。"贾环听说，喜欢的了不得，连忙答应了出来，赶着和贾芸说了，邀着王仁到那外藩公馆

① 樊笼——关鸟兽的笼子，这里比喻世俗名利的羁绊。

立文书兑银子去了。

那知刚才所说的话，早被跟邢夫人的丫头听见。那丫头是求了平儿才挑上的，便抽空儿赶到平儿那里，一五一十的都告诉了。平儿早知此事不好，已和巧姐细细的说明。巧姐哭了一夜，必要等他父亲回来作主，大太太的话不能遵。今儿又听见这话，便大哭起来，要和太太讲去。平儿急忙拦住道："姑娘且慢着。大太太是你的亲祖母，他说二爷不在家，大太太做得主的，况且还有舅舅做保山。他们都是一气，姑娘一个人那里说得过呢？我到底是下人，说不上话去。如今只可想法儿，断不可冒失的。"邢夫人那边的丫头道："你们快快的想主意，不然可就要抬走了。"说着，各自去了。平儿回过头来见巧姐哭作一团，连忙扶着道："姑娘，哭是不中用的，如今是二爷够不着，听见他们的话头……"这句话还没说完，只见邢夫人那边打发人来告诉："姑娘大喜的事来了。叫平儿将姑娘所有应用的东西料理出来。若是赔送呢，原说明了等二爷回来再办。"平儿只得答应了。

回来又见王夫人过来，巧姐儿一把抱住，哭得倒在怀里。王夫人也哭道："妞儿不用着急！我为你吃了大太太的好些话，看来是扭不过来的。我们只好应着缓下去，即刻差个家人赶到你父亲那里去告诉。"平儿道："太太还不知道么？早起三爷在大太太跟前说了，什么外藩规矩三日就要过去的。如今大太太已叫芸哥儿写了名字年庚去了，还等得二爷么？"王夫人听说是"三爷"，便气得说不出话来，呆了半天，一叠声叫人找贾环。找了半日，人回："今早同蔷哥儿、王舅爷出去了。"王夫人问："芸哥呢？"众人回说不知道。巧姐屋内人人瞪眼，一无方法。王夫人也难和邢夫人争论，只有大家抱头大哭。

有个婆子进来，回说："后门上的人说，那个刘姥姥又来了。"王夫人道："咱们家遭着这样事，那有工夫接待人。不拘怎么回了他去罢。"平儿道："太太该叫他进来，他是姐儿的干妈，也得告诉告诉他。"王夫人不言语，那婆子便带了刘姥姥进来。各人见了问好。刘姥姥见众人眼圈儿都是红的，也摸不着头脑，迟了一会子，便问道："怎么了？太太姑娘们必是想二姑奶奶了。"巧姐儿听见提起他母亲，越发大哭起来。平儿道："姥姥别说闲话，你既是姑娘的干妈，也该知道的。"便一五一十的告诉了。把个刘姥姥也唬怔了，等了半天，忽然

笑道："你这样一个伶俐姑娘，没听见过鼓儿词么？这上头的方法多着呢，这有什么难的。"平儿赶忙问道："姥姥你有什么法儿快说罢。"刘姥姥道："这有什么难的呢，一个人也不叫他们知道，扔崩[①]一走，就完了事了。"平儿道："这可是混说了。我们这样人家的人，走到那里去？"刘姥姥道："只怕你们不走，你们要走，就到我屯里去。我就把姑娘藏起来，即刻叫我女婿弄了人，叫姑娘亲笔写个字儿，赶到姑老爷那里，少不得他就来了。可不好么？"平儿道："大太太知道呢？"刘姥姥道："我来他们知道么？"平儿道："大太太住在后头，他待人刻薄，有什么信，没人送给他的。你若前门走来就知道了，如今是后门来的，不妨事。"刘姥姥道："咱们说定了几时，我叫女婿打了车来接了去。"平儿道："这还等得几时呢，你坐着罢。"急忙进去，将刘姥姥的话避了旁人告诉了。

王夫人想了半天不妥当。平儿道："只有这样。为的是太太才敢说明，太太就装不知道，回来倒问大太太。我们那里就有人去，想二爷回来也快。"王夫人不言语，叹了一口气。巧姐儿听见，便和王夫人道："只求太太救我，横竖父亲回来只有感激的。"平儿道："不用说了，太太回去罢。回来只要太太派人看屋子。"王夫人道："掩密些。你们两个人的衣服铺盖是要的。"平儿道："要快走了才中用呢，若是他们定了，回来就有了饥荒了。"一句话提醒了王夫人，便道："是了，你们快办去罢，有我呢。"于是王夫人回去，倒过去找邢夫人说闲话儿，把邢夫人先绊住了。平儿这里便遣人料理去了，嘱咐道："倒别避人，有人进来看见，就说是大太太吩咐的，要一辆车子送刘姥姥去。"这里又嘱了看后门的人雇了车来。平儿便将巧姐

平儿送巧姐

① 扔崩——形容极快离开，跑掉。

装做青儿模样，急急的去了。后来平儿只当送人，眼错不见，也跨上车去了。

原来近日贾府后门虽开，只有一两个人看着，余外虽有几个家下人，因房大人少，空落落的，谁能照应？且邢夫人又是个不怜下人的，众人明知此事不好，又都感念平儿的好处，所以通同一气放走了巧姐。邢夫人还自和王夫人说话，那里理会？只有王夫人甚不放心，说了一回话，悄悄的走到宝钗那里坐下，心里还是惦记着。宝钗见王夫人神色恍惚，便问："太太的心里有什么事？"王夫人将这件事背地里和宝钗说了。宝钗道："险得很！如今得快快儿的叫芸哥儿止住那里才妥当。"王夫人道："我找不着环儿呢。"宝钗道："太太总要装作不知，等我想个人去叫大太太知道才好。"王夫人点头，一任宝钗想人，暂且不言。

且说外藩原是要买几个使唤的女人，据媒人一面之辞，所以派人相看。相看的人回去禀明了藩王。藩王问起人家，众人不敢隐瞒，只得实说。那外藩听了，知是世代勋戚，便说："了不得！这是有干例禁的，几乎误了大事！况我朝觐已过，便要择日起程，倘有人来再说，快快打发出去。"这日恰好贾芸、王仁等递送年庚，只见府门里头的人便说："奉王爷的命，再敢拿贾府的人来冒充民女者，要拿住究治的。如今太平时候，谁敢这样大胆？"这一嚷，唬得王仁等抱头鼠窜的出来，埋怨那说事的人，大家扫兴而散。

贾环在家候信，又闻王夫人传唤，急得烦躁起来。见贾芸一人回来，赶着问道："定了么？"贾芸慌忙跺足道："了不得，了不得！不知谁露了风了！"还把吃亏的话说了一遍。贾环气得发怔说："我早起在大太太跟前说的这样好，如今怎么样处呢？这都是你们众人坑了我了！"正没主意，听见里头乱嚷，叫着贾环等的名字说："大太太、二太太叫呢。"两个人只得蹭进去。只见王夫人怒容满面说："你们干的好事！如今逼死了巧姐和平儿了，快快的给我找还尸首来完事！"两个人跪下。贾环不敢言语，贾芸低头说道："孙子不敢干什么，为的是邢舅太爷和王舅爷说给巧妹妹作媒，我们才回太太的。大太太愿意，才叫孙子写帖儿去的。人家还不要呢。怎么我们逼死了妹妹呢？"王夫人道："环儿在大太太那里说的，三日内便要抬了走。说亲作媒有这样的么？我也不问你们，快把巧姐儿还了我们，等老爷回来再说。"邢夫

人如今也是一句话儿说不出了，只有落泪。王夫人便骂贾环说：“赵姨娘这样混账的东西，留的种子也是这混账的！”说着，叫丫头扶了回到自己房中。

那贾环、贾芸、邢夫人三个人互相埋怨，说道：“如今且不用埋怨，想来死是不死的，必是平儿带了他到那什么亲戚家躲着去了。”邢夫人叫了前后的门上人来骂着，问巧姐儿和平儿知道那里去了。岂知下人一口同音说是：“大太太不必问我们，问当家的爷们就知道了。在大太太也不用闹，等我们太太问起来我们有话说。要打大家打，要发大家都发。自从琏二爷出了门，外头闹的还了得！我们的月钱月米是不给了，赌钱喝酒闹小旦，还接了外头的媳妇儿到宅里来。这不是爷吗？”说得贾芸等顿口无言。王夫人那边又打发人来催说：“叫爷们快找来！”那贾环等急得恨无地缝可钻，又不敢盘问巧姐那边的人。明知众人深恨，是必藏起来了。但是这句话怎敢在王夫人面前说？只得各处亲戚家打听，毫无踪迹。里头一个邢夫人，外头环儿等，这几天闹的昼夜不宁。

看看到了出场日期，王夫人只盼着宝玉、贾兰回来。等到晌午，不见回来，王夫人、李纨、宝钗着忙，打发人到下处打听。去了一起，又无消息，连去的人也不来了。回来又打发一起人去，又不见回来。三个人心里如热油熬煎，等到傍晚有人进来，见是贾兰。众人喜欢问道：“宝二叔呢？”贾兰也不及请安，便哭道：“二叔丢了。”

王夫人听了这话便怔了，半天也不言语，便直挺挺的躺倒床上。亏得彩云等在后面扶着，下死的叫醒转来哭着，见宝钗也是白瞪两眼。袭人等已哭得泪人一般，只有哭着骂贾兰道：“糊涂东西，你同二叔在一处，怎么他就丢了？”贾兰道：“我和二叔在下处，是一处吃一处睡。进了场，相离也不远，刻刻在一处的。今儿一早，二叔的卷子早完了，还等我呢。我们两个人一起去交了卷子，一同出来，在龙门口[①]一挤，回头就不见了。我们家接场的人都问我，李贵还说看见的，相离不过数步，怎么一挤就不见了。现叫李贵等分头的找去，我也带了人各处

---

① 龙门口——这里指科举考场的门口。旧时以“登龙门”比喻科举中试，飞黄腾达。

号里都找遍了，没有，我所以这时候才回来。”

王夫人是哭的一句话也说不出来，宝钗心里已知八九，袭人痛哭不已。贾蔷等不等吩咐，也是分头而去。可怜荣府的人个个死多活少，空备了接场的酒饭。贾兰也忘却了辛苦，还要自己找去，倒是王夫人拦住道：“我的儿，你叔叔丢了，还禁得再丢了你么？好孩子，你歇歇去罢。”贾兰那里肯走？尤氏等苦劝不止。

众人中只有惜春心里却明白了，只不好说出来，便问宝钗道：“二哥哥带了玉去了没有？”宝钗道：“这是随身的东西，怎么不带？”惜春听了便不言语。

袭人想起那日抢玉的事来，也是料着那和尚作怪，柔肠几断，珠泪交流，呜呜咽咽哭个不住。追想当年宝玉相待的情分，有时怄他，他便恼了，也有一种令人回心的好处，那温存体贴是不用说了。若怄急了他，便赌誓说做和尚。那知道今日却应了这句话！

不言袭人苦想，却说那天已是四更，并没个信儿。李纨怕王夫人苦坏了，极力的劝着回房。众人都跟着伺候，只有邢夫人回去。贾环躲着不敢出来。王夫人叫贾兰去了，一夜无眠。次日天明，虽有家人回来，都说没有一处不寻到，实在没有影儿。于是薛姨妈、薛蝌、史湘云、宝琴、李婶等，接二连三的过来请安问信。

如此一连数日，王夫人哭得饮食不进，命在垂危。忽有家人回道：“海疆来了一人，口称统制大人那里来的，说我们家的三姑奶奶明日到京了。”王夫人听说探春回京，虽不能解宝玉之愁，那个心略放了些。到了明日，果然探春回来。众人远远接着，见探春出挑得比先前更好了，服采鲜明。见了王夫人形容枯槁，众人眼肿腮红，便也大哭起来，哭了一会，然后行礼。看见惜春道姑打扮，心里很不舒服。又听见宝玉心迷走失，家中多少不顺的事，大家又哭起来。还亏得探春能言，见解亦高，把话来慢慢儿的劝解了好些时，王夫人等略觉好些。再明儿，三姑爷也来了。知有这样的事，探春住下劝解。跟探春的丫头、老婆也与众姐妹们相聚，各诉别后的事。从此上上下下的人，竟是无昼无夜专等宝玉的信。

那一夜五更多天，外头几个家人进来到二门口报喜。几个小丫头乱跑进来，也不及告诉大丫头了，进了屋子便说：“太太、奶奶们大喜。"王夫人打谅宝玉找着了，便喜欢的站起身来说："在那里找着的，快叫他进来。"那人道："中了第七名举人。"王夫人道："宝玉呢？"家人不言语，王夫人仍旧坐下。探春便问："第七名中的是谁？"家人回说"是宝二爷"。正说着，外头又嚷道："兰哥儿中了。"那家人赶忙出去接了报单回禀，见贾兰中了一百三十名。李纨心下喜欢，因王夫人不见了宝玉，不敢喜形于色。

王夫人见贾兰中了，心下也是喜欢，只想："若是宝玉一回来，咱们这些人不知怎样乐呢？"独有宝钗心下悲苦，又不好掉泪。众人道喜，说是"宝玉既有中的命，自然再不会丢的。况天下那有迷失了的举人"。王夫人等想来不错，略有笑容。众人便趁势劝王夫人等多进了些饮食。

只见三门外头茗烟乱嚷说："我们二爷中了举人，是丢不了的了。"众人问道："怎见得呢？"茗烟道："'一举成名天下闻'，如今二爷走到那里，那里就知道的。谁敢不送来！"里头的众人都说："这小子虽是没规矩，这句话是不错的。"

惜春道："这样大人了，那里有走失的？只怕他勘破世情，入了空门，这就难找着他了。"这句话又招得王夫人等又大哭起来。李纨道："古来成佛作祖成神仙的，果然把爵位富贵都抛了也多得很。"王夫人哭道："他若抛了父母，这就是不孝，怎能成佛作祖？"探春道："大凡一个人不可有奇处。二哥哥生来带块玉来，都道是好事，这么说起来，都是有了这块玉的不好。若是再有几天不见，我不是叫太太生气，就有些原故了，只好譬如没有生这位哥哥罢了。果然有来头成了正果，也是太太几辈子的修积。"

宝钗听了不言语，袭人那里忍得住？心里一疼，头上一晕，便栽倒了。王夫人见了可怜，命人扶他回去。贾环见哥哥侄儿中了，又为巧姐的事大不好意思，只抱怨蔷、芸两个，知道探春回来，此事不肯干休，又不敢躲开，这几天竟是如在荆棘之中。

明日贾兰只得先去谢恩，知道甄宝玉也中了，大家序了同年[①]。提

① 序同年——科举制度下称同科考中的人为"同年"，明清时代乡试会试同榜登科者都称"同年"。序：排列、次第。

起贾宝玉心迷走失，甄宝玉叹息劝慰。知贡举[1]的将考中的卷子奏闻，皇上一一披阅，看取中的文章俱是平正通达的。见第七名贾宝玉是金陵籍贯，第一百三十名又是金陵贾兰，皇上传旨询问，两个姓贾的是金陵人氏，是否贾妃一族？大臣领命出来，传贾宝玉、贾兰问话，贾兰将宝玉场后迷失的话并将三代陈明，大臣代为转奏。皇上甚是圣明仁德，想起贾氏功勋，命大臣查复，大臣便细细的奏明。皇上最是悯恤，命有司将贾赦犯罪情由查案呈奏。皇上又看到海疆靖寇班师善后事宜一本，奏的是海宴河清，万民乐业的事，皇上圣心大悦，命九卿[2]叙功议赏，并大赦天下。贾兰等朝臣散后拜了座师[3]，并听见朝内有大赦的信，便回了王夫人等。合家略有喜色，只盼宝玉回来。薛姨妈更加喜欢，便要打算赎罪。

一日，人报甄老爷同三姑爷来道喜，王夫人便命贾兰出去接待。不多一回，贾兰进来笑嘻嘻的回王夫人道："太太们大喜了。甄老伯在朝内听见有旨意，说是大老爷的罪名免了，珍大爷不但免了罪，仍袭了宁国三等世职。荣国世职仍是老爷袭了，俟丁忧服满，仍升工部郎中。所抄家产，全行赏还。二叔的文章，皇上看了甚喜，问知元妃兄弟，北静王还奏说人品亦好，皇上传旨召见，众大臣奏称据伊侄贾兰回称出场时迷失，现在各处寻访，皇上降旨着五营[4]各衙门用心寻访。这旨意一下，请太太们放心，皇上这样圣恩，再没有找不着了！"王夫人等这才大家称贺，喜欢起来。只有贾环等心下着急，四处找寻巧姐。

那知巧姐随了刘姥姥带着平儿出了城，到了庄上，刘姥姥也不敢轻亵巧姐，便打扫上房让给巧姐、平儿住下。每日供给虽是乡村风味，倒也洁净。又有青儿陪着，暂且宽心。那庄上也有几家富户，知道刘姥

---

① 知贡举——主考官。这里写的是乡试，所以此处"知贡举"是泛指主考官。

② 九卿——秦汉即有此称，通常统指中央行政机构长官，历代多有变化，至明、清有大、小九卿之别。大九卿为六部尚书、都察院都御史、大理寺卿、通政司使；小九卿清时指宗人府府丞、詹事、太常寺卿、太仆寺卿、光禄寺卿、鸿胪寺卿、国子监祭酒、顺天府府尹、左右春坊庶子。但清代谕旨中常以六部九卿并称，一般不将六部尚书计算在九卿之内，九卿究指那几种官，并无明文规定，记载中亦不一致。这里的"九卿"系泛指中央机构及朝中要员。

③ 座师——明、清时代举人、进士称本科主考官为"座师"或"座主"。

④ 五营——清代京城最高治安机构，属"提督九门巡捕五营步军统领"统辖。

姥家来了贾府姑娘，谁不来瞧？都道是天上神仙。也有送菜果的，也有送野味的，倒也热闹。内中有个极富的人家，姓周，家财巨万，良田千顷。只有一子，生得文雅清秀，年纪十四岁，他父母延师读书，新近科试中了秀才。那日他母亲看见了巧姐，心里羡慕，自想："我是庄家人家，那能配得起这样世家小姐！"呆呆的想着。刘姥姥知他心事，拉着他说："你的心事我知道了，我给你们做个媒罢。"周妈妈笑道："你别哄我，他们什么人家，肯给我们庄家人么？"刘姥姥道："说着瞧罢。"于是两个各自走开。

刘姥姥惦记着贾府，叫板儿进城打听，那日恰好到宁荣街，只见有好些车轿在那里。板儿便在邻近打听，说是："宁荣两府复了官，赏还抄的家产，如今府里又要起来了。只是他们的宝玉中了官，不知走到那里去了。"板儿心里喜欢，便要回去，又见好几匹马到来，在门前下马。只见门上打千儿请安说："二爷回来了，大喜！大老爷身上安了么？"那位爷笑着道："好了。又遇恩旨，就要回来了。"还问："那些人做什么的？"门上回说："是皇上派官在这里下旨意，叫人领家产。"那位爷便喜欢进去。

板儿便知是贾琏了。也不用打听，赶忙回去告诉了他外祖母。刘姥姥听说，喜得眉开眼笑，去和巧姐儿贺喜，将板儿的话说了一遍。平儿笑说道："可不是，亏得姥姥这样一办，不然姑娘也摸不着那好时候。"巧姐更自欢喜。正说着，那送贾琏信的人也回来了，说是："姑老爷感激得很，叫我一到家快把姑娘送回去。又赏了我好几两银子。"刘姥姥听了得意，便叫人赶了两辆车，请巧姐、平儿上车。巧姐等在刘姥姥家住熟了，反是依依不舍，更有青儿哭着，恨不能留下。刘姥姥知他不忍相别，便叫青儿跟了进城，一径直奔荣府而来。

且说贾琏先前知道贾赦病重，赶到配所，父子相见，痛哭了一场，渐渐的好起来。贾琏接着家书，知道家中的事，禀明贾赦回来，走到中途，听得大赦，又赶了两天，今日到家，恰遇颁赏恩旨。里面邢夫人等正愁无人接旨，虽有贾兰，终是年轻，人报琏二爷回来，大家相见，悲喜交集，此时也不及叙话，即到前厅叩见了钦命大人。问了他父亲好，说明日到内府领赏，宁国府第发交居住。众人起身辞别，贾琏送出门去。见有几辆屯车，家人们不许停歇，正在吵闹。贾琏早知道是巧姐来的车，便骂家人道："你们这班糊涂忘八崽子，我不在家，就欺心害主，将巧姐儿都逼走了。如今人家送来，还要拦阻，必是你们和我有什么仇么？"众家人原怕贾琏回来不依，想来少时才破，岂知贾琏说得更明，心下不懂，只得站着回道："二爷出门，奴才们有病的，有告假的，都是三爷、蔷大爷、芸大爷作主，不与奴才们相干。"贾琏道："什么混账东西！我完了事再和你们说，快把车赶进来！"

贾琏进去见邢夫人，也不言语，转身到了王夫人那里，跪下磕了个头，回道："姐儿回来了，全亏太太。环兄弟太太也不用说他了。只是芸儿这东西，他上回看家就闹乱儿，如今我去了几个月，便闹到这样。回太太的话，这种人撵了他不往来也使得。"王夫人道："你大舅子为什么也是这样？"贾琏道："太太不用说，我自有道理。"正说着，彩云等回道："巧姐儿进来了。"见了王夫人，虽然别不多时，想起这样逃难的景况，不免落下泪来。巧姐儿也便大哭。贾琏谢了刘姥姥。王夫人便拉他坐下，说起那日的话来。贾琏见平儿，外面不好说别的，心里感激，眼中流泪。自此贾琏心里愈敬平儿，打算等贾赦等回来要扶平儿为正。此是后话，暂且不题。

邢夫人正恐贾琏不见了巧姐，必有一番的周折，又听见贾琏在王夫人那里，心下更是着急，便叫丫头去打听。回来说是巧姐儿同着刘姥姥在那里说话，邢夫人才如梦初觉，知他们的鬼，还抱怨着王夫人："调唆我母子不和，到底是那个送信给平儿的？"正问着，只见巧姐同着刘姥姥带了平儿，王夫人在后头跟着进来，先把头里的话都说在贾芸、王仁身上，说："大太太原是听见人说，为的是好事，那里知道外头的鬼。"邢夫人听了，自觉羞惭。想起王夫人主意不差，心里也服。于是邢王夫人彼此心下相安。

平儿回了王夫人，带了巧姐到宝钗那里来请安，各自提各自的苦处。又说到"皇上隆恩，咱们家该兴旺起来了。想来宝二爷必回来的"。正说到这话，只见秋纹忽忙来说："袭人不好了！"不知何事，且听下回分解。

第一百二十回

甄士隐详说太虚情　贾雨村归结红楼梦

话说宝钗听秋纹说袭人不好，连忙进去瞧看。巧姐儿同平儿也随着走到袭人炕前，只见袭人心痛难禁，一时气厥。宝钗等用开水灌了过来，仍旧扶他睡下，一面传请大夫。巧姐儿问宝钗道："袭人姐姐怎么病到这个样？"宝钗道："大前儿晚上哭伤了心了，一时发晕栽倒了。太太叫人扶他回来，他就睡倒了。因外头有事，没有请大夫瞧他，所以致此。"说着，大夫来了，宝钗等略避。大夫看了脉，说是急怒所致，开了方子去了。

原来袭人模糊听见说宝玉若不回来，便要打发屋里的人都出去，一急越发不好了。到大夫瞧后，秋纹给他煎药。他各自一人躺着，神魂未定，好像宝玉在他面前，恍惚又像是见个和尚，手里拿着一本册子揭着看，还说道："你别错了主意，我是不认得你们的了。"袭人似要和他说话，秋纹走来说："药好了，姐姐吃罢。"袭人睁眼一瞧，知是个梦，也不告诉人。吃了药，便自己细细的想："宝玉必是跟了和尚去。上回他要拿玉出去，便是要脱身的样子，被我揪住，看他竟不像往常，把我混推混搡的，一点儿情意都没有。后来待二奶奶更生厌烦。在别的姊妹跟前，也是没有一点情意。这就是悟道的样子。但是你悟了道，抛了二奶奶怎么好？我是太太派我服侍你，虽是月钱照着那样的分例，其实我究竟没有在老爷太太跟前回明就算了你的屋里人。若是老爷太太打发我出去，我若死守着，又叫人笑话；若是我出去，心想宝玉待我的情分，实在不忍。”左思右想，实在难处。想到刚才的梦“好像和我无缘”的话，倒不如死了干净。岂知吃药以后，心痛减了好些，也难躺着，只好勉强支持。过了几日，起来服侍宝钗。宝钗想念宝玉，暗中垂泪，自叹命苦。又知他母亲打算给哥哥赎罪，很费张罗，不能不帮着打算。暂且不表。

且说贾政扶贾母灵柩，贾蓉送了秦氏、凤姐、鸳鸯的棺木，到了金陵，先安了葬。贾蓉自送黛玉的灵也去安葬。贾政料理坟基的事。一日接到家书，一行一行的看到宝玉、贾兰得中，心里自是喜欢。后来看到宝玉走失，复又烦恼，只得赶忙回来。在道儿上又闻得有恩赦的旨意，又接家书，果然赦罪复职，更是喜欢，便日夜趱行。

一日，行到毘陵[①]驿地方，那天乍寒下雪，泊在一个清净去处。贾政打发众人上岸投帖辞谢朋友，总说即刻开船，都不敢劳动。船中只留一个小厮伺候，自己在船中写家书，先要打发人起早到家。写到宝玉的事，便停笔。抬头忽见船头上微微的雪影里面一个人，光着头，赤着脚，身上披着一领大红猩猩毡的斗篷，向贾政倒身下拜。贾政尚未认清，急忙出船，欲待扶住问他是谁。那人已拜了四拜，站起来打了个问讯[②]。贾政才要还揖，迎面一看，不是别人，却是宝玉。贾政吃一大惊，忙问道：“可是宝玉么？”那人只不言语，似喜似悲。贾政又问道：“你若是宝玉，如何这样打扮，跑到这里来？”宝玉未及回言，只见舡头上来了两人，一僧一道，夹住宝玉说道：“俗缘已毕，还不快走？”说着，三个人飘然登岸而去。贾政不顾地滑，疾忙来赶。见那三人在前，那里赶得上？只听得他们三人口中不知是那个作歌曰：

> 我所居兮，青埂之峰。我所游兮，鸿蒙太空。谁与我游兮，吾谁与从。渺渺茫茫兮，归彼大荒。

贾政一面听着，一面赶去，转过一小坡，倏然不见。贾政已赶得心

---

① 毘陵——地名。汉置县，晋置郡改称晋陵。治所在今江苏省常州市。
② 问讯——僧尼向人合掌问安叫问讯。

虚气喘，惊疑不定，回过头来，见自己的小厮也随后赶来。贾政问道："你看见方才那三个人么？"小厮道："看见的。奴才为老爷追赶，故也赶来。后来只见老爷，不见那三个人了。"贾政还欲前走，只见白茫茫的一片旷野，并无一人。贾政知是古怪，只得回来。

众家人回舱，见贾政不在舱中，问了舡夫，说是"老爷上岸追赶两个和尚一个道士去了"。众人也从雪地里寻踪迎去，远远见贾政来了，迎上去接着，一同回船。

贾政坐下，喘息方定，将见宝玉的话说了一遍。众人回禀，便要在这地方寻觅。贾政叹道："你们不知道，这是我亲眼见的，并非鬼怪。况听得歌声，大有元妙。那宝玉生下时衔了玉来，便也古怪，我早知不祥之兆，为的是老太太疼爱，所以养育到今。便是那和尚道士，我也见了三次：头一次是那僧道来说玉的好处；第二次便是宝玉病重，他来了将那玉持诵了一番，宝玉便好了；第三次送那玉来，坐在前厅，我一转眼就不见了。我心里便有些诧异，只道宝玉果真有造化，高僧仙道来护佑他的，岂知宝玉是下凡历劫的，竟哄了老太太十九年！如今叫我才明白。"说到那里，掉下泪来。

众人道："宝二爷果然是下凡的和尚，就不该中举人了。怎么中了才去？"贾政道："你们那里知道，大凡天上星宿，山中老僧，洞里的精灵，他自具一种性情。你看宝玉何尝肯念书？他若略一经心，无有不能的。他那一种脾气也是各别另样。"说着，又叹了几声。众人便拿"兰哥得中，家道复兴"的话解了一番。

贾政仍旧写家书，便把这件事写上，劝谕合家不必想念了。写完封好，即着家人回去。贾政随后赶回，暂且不题。

且说薛姨妈得了赦罪的信，使命薛蝌去各处借贷，并自己凑齐了赎罪银两。刑部准了，收兑了银子，一角文书将薛蟠放出。他们母子、姊妹、弟兄见面，不必细述，自然是悲喜交集了。薛蟠自己立誓说道："若是再犯前病，必定犯杀犯剐！"薛姨妈见他这样，便要捂他嘴说："只要自己拿定主意，必定还要妄口巴舌血淋淋的起这样恶誓么？只香菱跟了你受了多少的苦处，你媳妇已经自己治死自己了，如今虽说穷了，这碗饭还有得吃，据我的主意，我便算他是媳妇了，你心里怎么样？"薛蟠点头愿意。宝钗等也说："很该这样。"倒把香菱急得脸胀通红，说是：“服侍大爷一样的，何必如此。”众人便称起大奶奶来，无人不服。

薛蟠便要去拜谢贾家，薛姨妈、宝钗也都过来。见了众人，彼此聚首，又说了一番的话。

正说着，恰好那日贾政的家人回家，呈上书子，说：“老爷不日到了。”王夫人叫贾兰将书子念给听。贾兰念到贾政亲见宝玉的一段，众人听了，都痛哭起来，王夫人、宝钗、袭人等更甚。大家又将贾政书内叫家内“不必悲伤，原是借胎”的话解说了一番。“与其作了官，倘或命运不好，犯了事坏家败产，那时倒不好了。宁可咱们家出一位佛爷，倒是老爷太太的积德，所以才投到咱们家来。不是说句不顾前后的话，当初东府里太爷倒是修炼了十几年，也没有成了仙。这佛是更难成的。太太这么一想，心里便开豁了。”王夫人哭着和薛姨妈道：“宝玉抛了我，我还恨他呢。我叹的是媳妇的命苦，才成了一二年的亲，怎么他就硬着肠子都撂下了走了呢？”薛姨妈听了也甚伤心。

宝钗哭得人事不知。所有爷们都在外头，王夫人便说道：“我为他担了一辈子的惊，刚刚儿的娶了亲，中了举人，又知道媳妇作了胎，我才喜欢些，不想弄到这样结局！早知这样，就不该娶亲害了人家的姑娘！”薛姨妈道：“这是自己一定的。咱们这样人家，还有什么别的说的吗？幸喜有了胎，将来生个外孙子必定是有成立的，后来就有了结果了。你看大奶奶，如今兰哥儿中了举人，明年成了进士，可不是就做了官了么？他头里的苦也算吃尽的了，如今的甜来，也是他为人的好处。我们姑娘的心肠儿姐姐是知道的，并不是刻薄轻佻的人，姊姊倒不必耽忧。”王夫人被薛姨妈一番言语说得极有理，心想：“宝钗小时候更是廉静寡欲极爱素淡的，他所以才有这个事，想人生在世真有一定数的。看着宝钗虽是痛哭，他端庄样儿一点儿不走，却倒来劝我，这是真真难得的！不想宝玉这样一个人，红尘中福分竟没有一点儿！”想了一回，也觉解了好些。又想到袭人身上：“若说别的丫头呢，没有什么难处的，大的配了出去，小的服侍二奶奶就是了。独有袭人可怎么处呢？”此时人多，也不好说，且等晚上和薛姨妈商量。

那日薛姨妈并未回家，因恐宝钗痛哭，所以在宝钗房中解劝。那宝钗却是极明理，思前想后，“宝玉原是一种奇异的人。夙世前因，自有一定，原无可怨天尤人。”更将大道理的话告诉他母亲了。薛姨妈心里反倒安了，便到王夫人那里先把宝钗的话说了。王夫人点头叹道：“若说我无德，不该有这样好媳妇了。”说着，更又伤心起来。

薛姨妈倒又劝了一会子，因又提起袭人来，说：“我见袭人近来瘦的了不得，他是一心想着宝哥儿。但是正配呢理应守的，屋里人愿守也是有的。惟有这袭人，虽说是算个屋里人，到底他和宝哥儿并没有过明路儿的。”王夫人道：“我才刚想着，正要等妹妹商量商量。若说放他出去，恐怕他不愿意，又要寻死觅活的；若要留着他也罢，又恐老爷不依，所以难处。”薛姨妈道：“我看姨老爷是再不肯叫守着的。再者姨老爷并不知道袭人的事，想来不过是个丫头，那有留的理呢？只要姐姐叫他本家的人来，狠狠的吩咐他，叫他配一门正经亲事，再多多的陪送他些东西。那孩子心肠儿也好，年纪儿又轻，也不枉跟了姐姐会子，也算姐姐待他不薄了。袭人那里还得我细细劝他。就是叫他家的人来也不用告诉他，只等他家里果然说定了好人家儿，我们还打听打听，若果然足衣足食，女婿长的像个人儿，然后叫他出去。”王夫人听了道：“这个主意很是。不然叫老爷冒冒失失的一办，我可不是又害了一个人了么？”薛姨妈听了点头道：“可不是么！”又说了几句，便辞了王夫人，仍到宝钗房中去了。

看见袭人泪痕满面，薛姨妈便劝解譬喻了一会。袭人本来老实，不是伶牙利齿的人，薛姨妈说一句，他应一句，回来说道：“我是做下人的人，姨太太瞧得起我，才和我说这些话，我是从不敢违拗太太的。”薛姨妈听他的话，“好一个柔顺的孩子！”心里更加喜欢。宝钗又将大义的话说了一遍，大家各自相安。

过了几日，贾政回家，众人迎接。贾政见贾赦、贾珍已都回家，弟兄叔侄相见，大家历叙别来的景况。然后内眷们见了，不免想起宝玉来，又大家伤了一会子心。贾政喝住道：“这是一定的道理。如今只要我们在外把持家事，你们在内相助，断不可仍是从前这样的散漫。别房的事，各有各家料理，也不用承总。我们本房的事，里头全归于你，都要按理而行。”王夫人便将宝钗有孕的话也告诉了，将来丫头们都放出去。贾政听了，点头无语。

次日贾政进内，请示大臣们，说是："蒙恩感激，但未服阕[1]，应该怎么谢恩之处，望乞大人们指教。"众朝臣说是代奏请旨。于是圣恩浩荡，即命陛见。贾政进内谢了恩，圣上又降了好些旨意，又问起宝玉的事来。贾政据实回奏。圣上称奇，旨意说，宝玉的文章固是清奇，想他必是过来人，所以如此。若在朝中，可以进用。他既不敢受圣朝的爵位，便赏了一个"文妙真人"的道号。贾政又叩头谢恩而出。

回到家中，贾琏、贾珍接着，贾政将朝内的话述了一遍，众人喜欢。贾珍便回说："宁国府第收拾齐全，回明了要搬过去。栊翠庵圈在园内，给四妹妹静养。"贾政并不言语，隔了半日，却吩咐了一番仰报天恩的话。贾琏也趁便回说："巧姐亲事，父亲、太太都愿意给周家为媳。"贾政昨晚也知巧姐的始末，便说："大老爷、大太太作主就是了。莫说村居不好，只要人家清白，孩子肯念书，能够上进。朝里那些官儿难道都是城里的人么？"贾琏答应了"是"，又说："父亲有了年纪，况且又有痰症的根子，静养几年，诸事原仗二老爷为主。"贾政道："提起村居养静，甚合我意。只是我受恩深重，尚未酬报耳。"贾政说毕进内。贾琏打发请了刘姥姥来，应了这件事。刘姥姥见了王夫人等，便说些将来怎样升官，怎样起家，怎样子孙昌盛。

正说着，丫头回道："花自芳的女人进来请安。"王夫人问几句话，花自芳的女人将亲戚作媒，说的是城南蒋家的，现在有房有地，又有铺面，姑爷年纪略大几岁，并没有娶过的，况且人物儿长的是百里挑一的。王夫人听了愿意，说道："你去应了，隔几日进来再接你妹子罢。"王夫人又命人打听，都说是好。王夫人便告诉了宝钗，仍请了薛姨妈细细的告诉了袭人。袭人悲伤不已，又不敢违命的，心里想起宝玉那年到他家去，回来说的死也不回去的话，"如今太太硬作主张。若说我守着，又叫人说我不害臊；若是去了，实不是我的心愿"，便哭得咽哽难鸣，又被薛姨妈、宝钗等苦劝，回过念头想道："我若是死在这里，倒把太太的好心弄坏了。我该死在家里才是。"

于是，袭人含悲叩辞了众人，那姐妹分手时自然更有一番不忍说。

① 服阕——旧制，父母死后守丧三年，期满除服称为"服阕"。服：丧服。阕：终了的意思。

袭人怀着必死的心肠上车回去，见了哥哥嫂子，也是哭泣，但只说不出来。那花自芳悉把蒋家的聘礼送给他看，又把自己所办妆奁一一指给他瞧，说那是太太赏的，那是置办的。袭人此时更难开口，住了两天，细想起来："哥哥办事不错，若是死在哥哥家里，岂不又害了哥哥？"千思万想，左右为难，真是一缕柔肠，几乎牵断，只得忍住。

那日已是迎娶吉期，袭人本不是那一种泼辣人，委委屈屈的上轿而去，心里另想到那里再作打算。岂知过了门，见那蒋家办事极其认真，全都按着正配的规矩。一进了门，丫头、仆妇都称奶奶。袭人此时欲要死在这里，又恐害了人家，辜负了一番好意。那夜原是哭着不肯俯就的，那姑爷却极柔情曲意的承顺。到了第二天开箱[①]，这姑爷看见一条猩红汗巾，方知是宝玉的丫头。原来当初只知是贾母的侍儿，益想不到是袭人。此时蒋玉菡念着宝玉待他的旧情，倒觉满心惶愧，更加周旋，又故意将宝玉所换那条松花绿的汗巾拿出来。袭人看了，方知这姓蒋的原来就是蒋玉菡，始信姻缘前定。袭人才将心事说出，蒋玉菡也深为叹息敬服，不敢勉强，并越发温柔体贴，弄得个袭人真无死所了。看官听说：虽然事有前定，无可奈何，但孽子孤臣，义夫节妇，这"不得已"三字也不是一概推委得的。此袭人所以在又副册也。正是前人过那桃花庙上的诗上说道："千古艰难惟一死，伤心岂独息夫人[②]！"

不言袭人从此又是一番天地。且说那贾雨村犯了婪索的案件，审明定罪，今遇大赦，褫籍为民[③]。雨村因叫家眷先行，自己带了一个小厮，一车行李，来到急流津觉迷渡口，只见一个道者从那渡头草棚里出来，执手相迎。雨村认得是甄士隐，也连忙打恭。士隐道："贾老先生别来无恙？"雨村道："老仙长到底是甄老先生！何前次相逢觌面不认？后知火焚草亭，下鄙深为惶恐。今日幸得相逢，益叹老仙翁道德高

---

① 开箱——旧俗，女子嫁后第一次打开陪嫁的箱柜妆奁谓之开箱。

② 息夫人——春秋时息国君主的夫人，姓妫。楚灭息，她被楚文王掳而为妾，生二子，却始终不同楚王说话，问其故，答道："吾一妇人而事二夫，纵弗能死，其又奚言？"事见《左传》庄公十四年。汉代刘向《列女传》说她后来又见到息君，终于自杀，与《左传》所载不同。后代文人多有题咏，这里所引的诗句见清初邓汉仪《题息夫人庙》。息夫人又称桃花夫人，"桃花庙"也即息夫人庙。

③ 褫籍为民——革去官职禄籍，贬为平民百姓。褫：黜革；剥夺。

深。奈鄙人下愚不移，致有今日。”甄士隐道：“前者老大人高官显爵，贫道怎敢相认？原因故交，敢赠片言，不意老大人相弃之深。然而富贵穷通，亦非偶然，今日复得相逢，也是一桩奇事。这里离草庵不远，暂请膝谈，未知可否？”

雨村欣然领命，两人携手而行，小厮驱车随后，到了一座茅庵。士隐让进雨村坐下，小童献上茶来。雨村便请教仙长超尘的始末。士隐笑道：“一念之间，尘凡顿易。老先生从繁华境中来，岂不知温柔富贵乡中有一宝玉乎？”雨村道：“怎么不知？近闻纷纷传述，说他也遁入空门。下愚当时也曾与他往来过数次，再不想此人竟有如是之决绝。”士隐道：“非也。这一段奇缘，我先知之。昔年我与先生在仁清巷旧宅门口叙话之前，我已会过他一面。”雨村惊讶道：“京城离贵乡甚远，何以能见？”士隐道：“神交久矣。”雨村道：“既然如此，现今宝玉的下落，仙长定能知之。”士隐道：“宝玉，即宝玉也。那年荣、宁查抄之前，钗、黛分离之日，此玉早已离世。一为避祸，二为撮合，从此夙缘一了，形质归一。又复稍示神灵，高魁贵子，方显得此玉那天奇地灵煅炼之宝，非凡间可比。前经茫茫大士渺渺真人携带下凡，如今尘缘已满，仍是此二人携归本处，这便是宝玉的下落。”雨村听了，虽不能全然明白，却也十知四五，便点头叹道：“原来如此，下愚不知。但那宝玉既有如此的来历，又何以情迷至此，复又豁悟如此？还要请教。”士隐笑道：“此事说来，老先生未必尽解。太虚幻境即是真如福地。一番阅册，原始要终之道，历历生平，如何不悟？仙草归真，焉有通灵不复原之理呢？”

雨村听着，却不明白了。知仙机也不便更问，因又说道：“宝玉之事既得闻命，但是敝族闺秀如此之多，何元妃以下算来结局俱属平常呢？”士隐叹息道：“老先生莫怪拙言，贵族之女俱属从情天孽海而来。大凡古今女子，那‘淫’字固不可犯，只这‘情’字也是沾染不得的。所以崔莺、苏小[①]，无非仙子尘心；宋玉、相如，大是文人口

① 苏小——苏小小，六朝南齐时钱塘名妓。《乐府诗集》有《苏小小歌》，后代多有以苏小小为题材的诗词、散曲、话本等，成为文学作品中一个常见的人物。

甄士隐详说太虚情

孽[①]。凡是情思缠绵的，那结局就不可问了。”雨村听到这里，不觉拈须长叹，因又问道：“请教老仙翁，那荣、宁两府，尚可如前否？”士隐道：“福善祸淫，古今定理。现今荣、宁两府，善者修缘，恶者悔祸，将来兰桂齐芳，家道复初，也是自然的道理。”雨村低了半日头，忽然笑道：“是了，是了。现在他府中有一个名兰的已中乡榜，恰好应着‘兰’字。适间老仙翁说‘兰桂齐芳’，又道宝玉‘高魁子贵’，莫非他有遗腹之子，可以飞黄腾达的么？”士隐微微笑道：“此系后事，未便预说。”雨村还要再问，士隐不答，便命人设具盘飧，邀雨村共食。

食毕，雨村还要问自己的终身，士隐便道：“老先生草庵暂歇，我还有一段俗缘未了，正当今日完结。”雨村惊讶道：“仙长纯修若此，不知尚有何俗缘？”士隐道：“也不过是儿女私情罢了。”雨村听了益发惊异：“请问仙长，何出此言？”士隐道：“老先生有所不知，小女英莲幼遭尘劫，老先生初任之时曾经判断。今归薛姓，产难完劫，遗一子于薛家以承宗祧[②]。此时正是缘尘脱尽之时，只好接引接引。”士隐说着拂袖而起。雨村心中恍恍惚惚，就在这急流津觉迷渡口草庵中睡着了。

① 口孽——佛教用语，即口业，指妄言、恶口、绮语等。

② 以承宗祧——宗祧即宗庙。传宗接代叫承祧。

这士隐自去度脱了香菱，送到太虚幻境，交那警幻仙子对册。刚过牌坊，见那一僧一道，缥缈而来。士隐接着说道："大士真人，恭喜，贺喜！情缘完结，都交割清楚了么？"那僧说道："情缘尚未全结，倒是那蠢物已经回来了。还得把他送还原所，将他的后事叙明，不枉他下世一回。"士隐听了，便拱手而别。那僧道仍携了玉到青埂峰下，将宝玉安放在女娲炼石补天之处，各自云游而去。从此后，"天外书传天外事，两番人作一番人"。

这一日空空道人又从青埂峰前经过，见那补天未用之石仍在那里，上面字迹依然如旧，又从头的细细看了一遍，见后面偈文后又历叙了多少收缘结果的话头，便点头叹道："我从前见石兄这段奇文，原说可以闻世传奇，所以曾经抄录，但未见返本还原。不知何时复有此一佳话，方知石兄下凡一次，磨出光明，修成圆觉[①]，也可谓无复遗憾了。只怕年深日久，字迹模糊，反有舛错，不如我再抄录一番，寻个世上清闲无事的人，托他传遍，知道奇而不奇，俗而不俗，真而不真，假而不假。或者尘梦劳人，聊倩鸟呼归去[②]；山灵好客，更从石化飞来[③]，亦未可知。"想毕，便又抄了，仍袖至那繁华昌盛的地方，遍寻了一番，不是建功立业之人，即系餬口谋衣之辈，那有闲情更去和石头饶舌？直寻到急流津觉迷渡口，草庵中睡着一个人，因想他必是闲人，便要将这抄录的《石头记》给他看看。那知那人再叫不醒。空空道人复又使劲拉他，才慢慢的开眼坐起。便接来草草一看，仍旧掷下道："这事我已亲见尽知。你这抄录的尚无舛错，我只指与你一个人，托他传去，便可归结这一新鲜公案了。"空空道人忙问何人，那人道："你须待某年某月某日某时到一个悼红轩中，有个曹雪芹先生，只说贾雨村言托他如此如

---

① 圆觉——佛家语，所谓圆满之灵觉，或称无上觉，指智慧和功行都已达到最高最圆满的境地，即悟道成佛的意思。

② 尘梦劳人，聊倩鸟呼归去——尘梦：尘世的幻梦。劳：烦恼、纷扰。鸟呼归去：传说杜鹃的鸣声像"不如归去"。这句意思为，尘世的梦幻使人烦恼，不如借助杜鹃的鸣声唤醒迷梦，寻找归宿。

③ 山灵好客，更从石化飞来——山灵：山神。飞来：寓飞来峰故事。飞来峰在浙江杭州灵隐山东南，相传东晋时印度僧人慧理登此山叹道，此是中天竺国灵鹫山之小岭，"不知何年飞来"，因名"飞来峰"，亦称"灵鹫峰"。与上句相连，这句包含使顽石归化的意思。

此。”说毕，仍旧睡下了。

那空空道人牢牢记着此言，又不知过了几世几劫，果然有个悼红轩，见那曹雪芹先生正在那里翻阅历来的古史。空空道人便将贾雨村言了，方把这《石头记》示看。那雪芹先生笑道："果然是'贾雨村言'了！"空空道人便问："先生何以认得此人，便肯替他传述？"雪芹先生笑道："说你空，原来你肚里果然空空。既是假语村言，但无鲁鱼亥豕[①]以及背谬矛盾之处，乐得与二三同志，酒余饭饱，雨夕灯窗之下，同消寂寞，又不必大人先生品题传世。似你这样寻根究底，便是刻舟求剑[②]，胶柱鼓瑟了。"

那空空道人听了，仰天大笑，掷下抄本，飘然而去。一面走着，口中说道："果然是敷衍荒唐！不但作者不知，抄者不知，并阅者也不知。不过游戏笔墨，陶情适性而已！"

后人见了这本奇传，亦曾题过四句为作者缘起之言更转一竿头[③]云：

说到辛酸处，荒唐愈可悲。
由来同一梦，休笑世人痴！

---

① 鲁鱼亥豕——古代篆书，"鲁"与"鱼"、"亥"与"豕"字形相近，抄写易误，后人因称文字形近而传写讹误为"鲁鱼亥豕"。鲁鱼：《抱朴子·遐览》："书字人知之，犹尚写之多误，故谚曰，书三写，鱼成鲁，虚成虎。"亥豕：《吕氏春秋·察传》："有读史记者曰：'晋师三豕涉河'，子夏曰：'非也，是己亥也'，夫己与三相近，豕与亥相似。至于晋而问之，则曰，晋师己亥涉河也。"

② 刻舟求剑——楚国有人过江时，剑掉在水里，他就在船帮上刻下记号，船至岸停泊，他还从所刻的记号处入水去找剑，当然没有找到。后以"刻舟求剑"喻固守成式不知变通。

③ 更转一竿头——即"百尺竿头更进一步"。这里是说结语比缘起之言意思更进一层。